NIRWANA

Tommy Wieringa

NIRWANA

Roman

2023
DE BEZIGE BIJ
AMSTERDAM

Met dank aan het Netherlands Institute for Advanced Study in the Humanities and Social Sciences (NIAS)

Met dank aan het Instituut voor Oorlogs-, Holocaust- en Genocidestudies (NIOD)

Omslagontwerp Rouwhorst + Van Roon
Omslagbeeld Caroline Walker, *Downtown LA*/Pictoright
Foto auteur Keke Keukelaar
Vormgeving binnenwerk Martien Frijns
Zetwerk Peter Verwey
Druk en bindwerk Wilco, Amersfoort
ISBN 978 94 031 8081 6
NUR 301

debezigebij.nl

Tommy Wieringa kan als spreker geboekt worden via Beespeakers.com, het sprekersbureau van De Bezige Bij.

voor channa, voor hazel, voor zoë, *mi kas di lus*

en voor john

‘Nirwana wordt vaak verbeeld als het doven van een vuur. Als het vuur niet langer brandt, is het “in nirwana opgegaan” – de elementen waaruit het bestond, zijn niet langer in staat van ontbranding. Bezien vanuit het vuur lijkt dat misschien een steriele en levenloze toestand, maar vanuit de elementen betekent het juist leven en kracht. Dat wil zeggen – als de vuren van hebzucht, haat en waan zijn geblust, is de geest vrij om op volle kracht te werken.’

Het Wiel der Waarheid in beweging zetten.
Commentaar bij het Eerste Onderricht van de Boeddha
AJAHN SUCITTO

VOORAF

Na jaren van onbruik wordt er in de zomer van 1990 bijna elke dag gezwommen in het zwembad tussen de villa en de bosrand. De hittegolf die eind juli begon en tien dagen duurde is voorbij; het is nog altijd erg warm. Op de bodem van het bad scherpt een jongen opnieuw zijn onderwaterrecord aan. In juni is hij veertien geworden. Het wrede seizoen. Wanneer hij zich buiten adem op de tegelvloer afzet en naar de oppervlakte schiet, is het alsof hij zal sterven, maar dat is pas over achtenvijftig jaar, op ditzelfde landgoed, in een ander jaargetijde en onder omstandigheden die het best paradoxaal genoemd kunnen worden. Nu leeft hij, de jongen Hugo Adema, en hoe: happend naar lucht breekt hij door de waterspiegel. Hij zwemt naar de rand en hijst zich erop. Zijn hart dreunt, zijn schouderbladen steken scherp uit wanneer hij bij de badhokken een handdoek rond zijn middel slaat. Hij is mager en zo bruin als een eekhoorn, een en al knoken en huid. Sinds kort kruipt er een potloodstreepje haar vanuit zijn zwembroek naar zijn navel.

Het spoor van zijn natte voetstappen vervliegt vlug op de warme stenen. De gedachten van de jongen zijn bij zijn nieuwe record van één minuut achtentwintig, maar voor het overige overal en nergens. In *De Telegraaf* van zijn grootvader leest hij over de val van de Muur, de aanstaande hereniging van de beide Duitslanden en de Golfoorlog die eerder die maand is uitgebroken, maar zijn eigen beslommeringen schijnen onvergelijkelijk veel groter. De toekomst is een duisternis, sinds hij bij zijn grootouders is ondergebracht. De eeuwige ruzies en vechtpartijen met zijn broer zijn zo uit de hand gelopen dat ze elke nieuwe au pair binnen de kortste keren aan de rand van een zenuwinzinking brengen. Dit, moeten zijn ouders hebben gedacht, is een eenvoudige, elegante oplossing zo: hij hier op het Wassenaarse landgoed van zijn grootouders en zijn tweelingbroer thuis aan de Groot Haesebroekseweg, hemelsbreed nog geen twee kilometer bij elkaar vandaan, maar de verwijdering is compleet. Er is geen einddatum vastgesteld, zodat zijn excommunicatie zich tot in het oneindige uitstrekt, en er is ook geen sprake van dat ze zullen ruilen op een dag, zodat hij terug naar huis kan en zijn broer hier wordt geparkeerd, waardoor hij zich daadwerkelijk verbannen voelt, de ongewenste van de twee.

Hij mist de honden.

Ondraaglijk traag zijn de zomerdagen met alleen twee bejaarden en een kokkin om zich heen, al past het woord 'bejaarde' misschien niet zo erg bij zijn opgedofte grootmoeder of de gestrengheid van zijn grootvader. Hij, de oude man, is het merendeel van de tijd afwezig omdat hij zijn onderneming op zijn vierenzeventigste nog altijd met vaste hand leidt; de jongen voelt zich beter op zijn gemak in huis wanneer hij er niet is.

Hij mist niet alleen de honden maar ook zijn moeder. Vooral haar, als hij eerlijk is, maar hij slikt nog liever zijn tong in dan eerlijk te zijn. Zij heeft deze regeling bedacht, dat weet hij zeker. Hij zal het haar nooit vergeven.

De zon brandt, een aangename rilling trekt over zijn huid. Vanuit de bosrand klinkt het koeren van een holenduif, zoveel bescheidener dan de jonge kauw die op het gazon met schrille stem en klapperende vleugels zit te bedelen bij de ouderdieren.

De sproeier op het gazon gaat tikkend rond; de tuinman verplaatst het ding een paar keer per dag. De man leidt een verborgen leven op het landgoed, en maakt zich over het algemeen slechts kenbaar door het geknetter van de bosmaaier of de motorzaag in de verte.

Als Hugo zich omdraait ziet hij aan het andere eind van het zwembad zijn grootvader staan in een robijnrode badjas. Hij is uit het souterrain opgedoken, de deur staat open. Hij schrikt, hoelang staat hij daar al zo? Onbeweeglijk staart de oude man naar hem. Onpeilbaar is zijn blik. Tussen de brede stoffen kraag schemert het wit van zijn borst. De jongen loopt langs de rand van het bad naar hem toe alsof hij gehoorzaamt aan een opdracht. 'Gaat u zwemmen, pake?' brengt hij onnozel uit. Er steekt iets in zijn keel bij die woorden.

'Ik heb altijd veel gezwommen,' zegt zijn grootvader. 'In zee.' Hij knijpt zijn ogen dicht tegen de schitteringen op het water. 'Maar op een warme dag als deze…' Hij trekt zijn badjas uit en vouwt hem over de rug van een ligstoel. De jongen wendt zijn ogen af. Willem Adema, geglazuurd in formaliteit, draagt thuis zelfs aan tafel een das; dat het inwendige van zijn pakken een mens van vlees en bloed blijkt te bevatten komt de kleinzoon obsceen voor.

Anders dan de jongen is de grootvader buitengewoon geïnteresseerd in de hereniging van de Duitslanden en de Golfoorlog, net als in de schokkende desintegratie van de Sovjet-Unie en in de prijs van een vat ruwe olie die sinds de Iraakse inval in Koeweit naar 41 dollar is gekatapulteerd – elke ochtend krijgt hij een knipselmap met het belangrijkste nieuws over de mondiale energie-industrie op zijn bureau. Hij weegt zijn kansen, de president-directeur van Adema Marine Operations. De offshore beweegt mee met de wereldconjunctuur en de wereldconjunctuur beweegt mee met de prijs en de mate van beschikbaarheid van olie en gas – vurige tango.

Het einde van de Koude Oorlog brengt voor de offshore nieuwe wingebieden binnen bereik. De verovering van de aarde gaat altijd door, onophoudelijk spieden mannen zoals hij tot in de verste uithoeken van de planeet om te zien waar ze hun geavanceerde gereedschappen in de moederrots kunnen planten. Al dat hakken, boren, graven en delven in de aardkorst heeft het aanzien van een gewelddaad, van een verkrachting in symbolische zin, waarmee ze gehoorzamen aan de goddelijke opdracht die aan het begin der tijden aan de mens is gesteld, om vruchtbaar te zijn en de aarde en alles wat daarop is aan zich te onderwerpen.

Wanneer zijn grootvader achterwaarts het zwembadtrapje afdaalt, ziet Hugo een kleine tatoeage op de onderkant van zijn bovenarm, een donker cirkeltje op zijn witte vel. Hij kijkt nog eens, het cirkeltje bevindt zich een centimeter of twintig onder zijn linkeroksel. Het kan volgens hem niets anders dan een tatoeage zijn. De oude man laat zich onder water zakken en komt snuivend weer boven. Is het misschien de eerste letter van de naam van zijn grootmoeder, Odilia, vraagt de jongen zich af, of is hij lid geweest van een of ander geheim genootschap met zo'n merkteken? Voor dat eerste lijkt zijn grootvader hem niet romantisch genoeg, zonder het te weten nadert hij met zijn tweede veronderstelling de werkelijkheid al een stuk dichter.

De kleine gebeurtenis aan de rand van het zwembad zal Hugo zich zijn leven lang herinneren als het begin van iets, het water en het licht, de zeurende droefheid en de euforie om zijn verlatenheid, en ook de tatoeage onder de arm van de oude man met zijn bleke ogen, op die zomermiddag in het warmste jaar sinds het begin van de meteorologische metingen in 1705.

DEEL EEN

1

Toen Hugo Adema in het voorjaar van 2016 door zijn geliefde werd verlaten en alleen achterbleef in het pand aan de Herengracht, was zenmeditatie een van de weinige gewoonten waar hij zich aan vasthield. Niet meteen, de eerste weken was hij tot niets in staat. Toen hij voor het eerst weer ging zitten en de meditatie-app activeerde (geluid van drie lang resonerende slagen op een tempelbel), ervoer hij aanvankelijk alleen maar een scherpe verheviging van verdriet, zozeer dat het zweet hem uitbrak en zijn hart oversloeg. Gaandeweg de sessie zwakte het af. Zo zou, hoopte hij, ook het verloop van de liefdesziekte zijn: na de crisis een geleidelijke afname van de kwellingen en ten slotte de uitdoving.

Hij at regelmatig en ging op tijd naar bed, hij hield het organisme in stand. Tot veel meer dan het lezen van online nieuws en Facebook-posts was hij niet in staat; een boek of zelfs maar een essay betekende een onoverwinnelijke horde, laat staan het vervaardigen van een tekening of schilderij. Wanneer hij door de stad liep vermeed hij de plaatsen waar ze vaak samen geweest waren, zelfs de Ekoplaza of het terras waar ze op een nazomerdag een lunchkaart de gracht in hadden zien waaien deed hem zeer.

Ook al zat hij tweemaal twintig minuten per dag in de halve lotus en deed hij alles zoals hij het jaren geleden in een zendo aan het Entrepotdok had geleerd, het ontbrak hem aan aandacht. Hij zat de tijd uit en registreerde gelaten zijn zelfmedelijden, wrok en nutteloze gedachten; de gedetailleerde wraakvoorstellingen over zijn rivaal waren een welkome afleiding. Nooit loste de gedachtestroom op in een transcendentie die hij eerder weleens ervaren had, het materiaal bleef pijnlijk en direct. Als er uit die vloed aan rotzooi al een les te trekken viel, dan was het dat de angst voor eenzaamheid hem oneindig veel sterker leek dan de angst voor de dood. Dat was, hoewel niet opzienbarend, nieuw voor hem. Een roedeldier dat uit de groep verstoten wordt sterft een vlugge, ellendige dood, het gaat in feite aan niets anders dan aan zijn eigen ongelukkige eenzaamheid ten onder.

Het werd november, de Amerikaanse presidentsverkiezingen kwamen eraan. De race tussen Clinton en Trump was ongekend spannend, er leek zoveel van af te hangen. De toekomst van de vrije wereld, de beschaving zelf, al die versierselen die het Westen zichzelf op de borst had gespeld. Op de dag van de verkiezingen, dinsdag 8 november 2016, vierde Hugo's grootvader Willem Bruno Adema zijn honderdste verjaardag. Lang zal hij leven, inderdaad.

Op maandag kocht Hugo bij Hajenius op het Rokin een honderd jaar oude sigaar voor hem. Of die precies uit 1916 stamde kon de verkoper niet beloven, maar wel om en nabij; de firma had een collectie stokoude sigaren op voorraad, ze waren nog prima te roken.

Een koude, grijze dag, in het oosten was de eerste nachtvorst gemeten. Een sigaar was om meerdere redenen een passend aardigheidje voor zijn grootvader, dacht Hugo op weg naar huis. Zijn hele leven had de oude Adema in zekere zin het vuur gediend, eerst in de oorlog en later in de offshore, waar hij de fossiele industrie met krachtige innovaties vooruit had geholpen om de wereldbrand te blijven voeden. Het onttrekken van olie- en gasdeposito's was de *spécialité de la maison*, de familie had er haar hoge notering in de Quote 500 mee verdiend.

Inspectie van de krantenkoppen bij Athenaeum op het Spui leerde hem dat Hillary Clinton de beste papieren voor het presidentschap had. *Newsweek* had alvast 'Madam President' op de cover gezet. Bij Le Pain Quotidien liet hij een broodje inpakken. Koude wind blies zwerfafval over de stoep, uit de iepen waaiden blaadjes in de Herengracht.

Thuis at hij het pistoletje gorgonzola op een kruk aan het kookeiland op. Het kartonnen kokertje met de sigaar lag voor hem. Hij wist eigenlijk niet eens of zijn grootvader nog wel tot het roken van een sigaar in staat was. Hij had, naast de gebruikelijke ouderdomsklachten, twee herseninfarcten gehad, Hugo had allang een keer een telefoontje verwacht.

Later die middag hing hij pak en overhemd klaar; daarmee zaten zijn bezigheden voor die dag er zo'n beetje op.

2

De volgende dag nam hij een Uber naar Wassenaar. De chauffeur keek een paar keer in zijn achteruitkijkspiegel maar durfde niet te vragen waar hij hem van kende. De man stopte bij de afslag naar het landgoed en tuurde bezorgd naar het zandpad met kuilen vol water. Hij draaide zich half om naar zijn passagier, wees op zijn routeplanner en zei: 'Hij zegt dat er hier geen weg is.'

'Je ziet dat er een weg is.'

'Geen echte weg.'

Hugo stapte zacht vloekend uit en verlangde naar zijn eigen auto, die bij de garage wachtte op een onderdeel. Hij slalomde rond de kuilen; het pad tussen het struikgewas en de lage eiken werd voornamelijk gebruikt door ruiters en terreinwagens. Zijn grootvader had lang geleden zijn contacten bij de gemeente aangesproken om te voorkomen dat het zandpad zou worden verhard. Hij was gesteld op zijn afzondering, een asfaltweg bracht de bewoonde wereld gevaarlijk dichtbij. Bij de poort meldde Hugo zich via de intercom, langzaam schoven de zware deuren even later uiteen. Gadegeslagen door camera's in de bomen liep hij het terrein op. Achter hem schoven de poortdeuren weer dicht. Buitenplaats Oostraven, gesticht door Jacob Veth, tabaksplanter te Medan. Halverwege de negentiende eeuw was de planter naar het vaderland teruggekeerd en had de rest van zijn dagen besteed aan het uitbreiden en verfraaien van zijn bezit. Op de plaats van een paar stropershuisjes op de oude strandwal was een Toscaanse villa verrezen, met een oranjerie en een tennisbaan, en later nog een zwembad met withouten badhuisjes.

Hugo stapte opzij, met zijn rug tegen de dichte haag rododendrons aan, toen een auto hem achteropkwam. Een beige Bentley stopte naast hem, een raampje ging open en vanaf de achterbank vroeg een vrouw: 'U gaat ook naar het feest? Wilt u een lift?'

Hij bukte en keek naar binnen. 'Dag Agnès,' zei hij toen. Uit het raam dreef de geur van patchoeli, die hij altijd bijzonder smerig vond.

'Nou ja, Hugo zelf!' zei de vrouw. 'Of is het Willem?' Ze schoot in de lach. 'Kom, stap in.'

'Ik loop graag,' zei hij. 'Het is niet ver meer.'

'Wat jij wilt. Tot zo jongen!'

Hobbelend over bovengrondse boomwortels vervolgde de Bentley zijn weg. Agnès Brouyère, die oude antroposofische teef – Hugo zag opeens erg tegen het feestje op.

Bij een opening in de rododendrons verliet hij het pad en liep het bos in om de weg af te snijden. Honderd hectare landgoed, *intra muros*, ingeklemd tussen het zandpad en de waterleidingduinen. De beuken waren oud en hoog, onder hun gladde bast lagen welvingen als spieren die zich spanden. Hij kende het bos als zijn broekzak, hij wist de oude dassenburcht en de duinpoelen waar de reeën dronken blindelings te vinden.

Waar het terrein steeg verliet hij het bos weer. Boven op de strandwal, aan het eind van de oprijlaan, zag hij de villa opdoemen, de strenge symmetrie ervan, de bentheimersteen die soms grijs en soms zandkleurig leek. Het middenportaal week terug zodat aan weerszijden de indruk van wachttorens ontstond. Het brede balkon werd geschraagd door twee Toscaanse zuilen, daartussen stond in hoogreliëf OOSTRAVEN geschreven.

Het was geen weemoed die hem overviel toen hij het koetshuis passeerde waar hij lang geleden zijn eerste schilderijen had gemaakt – het was het verlangen naar een nieuw begin, van wat dan ook.

In de salon waren ongeveer veertig mensen verzameld. Familie, vrienden. Hugo bleef in de hal staan en nam de situatie in zich op. Helemaal achteraan, tegen de terrasdeuren naar het bordes aan de achterzijde van het huis, zaten zijn grootouders, als publiek bij hun eigen voorstelling. Zijn grootmoeder was intussen ook alweer negenentachtig of negentig jaar oud; ze waren uit zulk sterk hout gesneden die twee, dat ze, geholpen door huishoudelijk en verplegend personeel, nog altijd in hetzelfde huis woonden dat ze in 1963 hadden betrokken. Zijn grootvader loerde vanonder zijn zware wenkbrauwbogen naar het gezelschap. Honderd was een leeftijd die je verstand te boven ging, dacht Hugo. Dingen waren honderd, gobelins, secretaires, hemelbedden; een mens van honderd was bij vergissing door de dood overgeslagen. Zo onvoorstelbaar veel tijd lag er achter de oude man – tijd waarin geen steen op de andere was gebleven, heel het continent was omgeploegd en weer herrezen – en toch zat hij daar nog altijd, in zijn ouderdom gebalsemd. Ergens in de hersenwindingen achter die ogen lagen de herinneringen aan zijn eeuw opgeslagen, herinneringen aan de donkerste dagen van die eeuw, aan de veldtocht over de steppes van het oosten, de brandende steden en dorpen en het duizelingwekkende patroon van littekens dat hij had achtergelaten.

Een zwartgerokt meisje van de catering boog licht door haar knieën en bood het echtpaar een glas champagne aan. Zijn grootmoeder nam er een van het dienblad, zijn grootvader leek niet te begrijpen welke handeling er van hem werd gevraagd. Pake en gran, zon en maan in de wereldorde van de Adema's. Zij was als jonge vrouw van haar eiland in de Caribische Zee ontvoerd naar zijn werf in Venezuela, waar hij na de oorlog zijn toevlucht had gezocht.

Odilia Blum kwam uit een gegoede familie van *protestant blanku* uit Willemstad, de relatief kleine groep witte protestanten op het eiland; toen ze met haar knappe *stranhero* trouwde in de Fortkerk wist ze niet dat ze op de oever van het Meer van Maracaibo in een huis op palen zou moeten wonen, waar de passaat moerasgassen en de giftige lucht van ruwe olie door de horren blies. Daar pionierde haar echtgenoot, door zijn oorlogsverleden van zijn Nederlanderschap beroofd, met olieplatforms en havenwerken op en rond het meer. Nu had hij moeite zijn hoofd rechtop te houden.

'Hugo! Wat sta jij daar verdekt opgesteld!'

'Dag Mizzi,' zei Hugo tegen de tweede echtgenote van zijn vader.

Ze troonde hem de salon binnen. 'Kijk eens mensen, de verloren zoon!'

Hij werd op zijn schouders geslagen, een hand streek over zijn onderrug. Carrousel van gezichten en reputaties. Zijn tweelingbroer Willem – die met starre trots dezelfde voor- en achternaam als zijn grootvader droeg – greep zijn schouder en manoeuvreerde hem weg uit de drukte. 'Zo man,' zei hij, 'ben je daar weer eens.'

'Honderd jaar,' zei Hugo, 'dat wilde ik zien.'

Hij begroette zijn schoonzuster Lidewij en vroeg: 'Waar zijn de kinderen?'

'O,' zei ze, 'buiten ergens, of boven, die vervelen zich natuurlijk rot tussen al die bejaarden.' Haar hoge lach die haar kleine tanden en haar tandvlees ontblootte. Hugo liep naar zijn grootouders. Het parket in Escher-achtige patronen was nog altijd net zo glimmend opgewreven als vroeger. Hij boog zich voorover en omhelsde zijn grootmoeder. Het goudbrokaten jasje leek een leegte te omhullen, er was weinig van haar over. Haar brilmontuur prikte in zijn slaap. 'Mi yu,' zei ze zacht bij zijn oor. 'Kontento ku bo t'ei?'

'Kon ta bai, gran?' zei hij. 'Wat is het lang geleden.'

‘Te lang! Je maakt ons bezorgd, yònkuman…’ Haar artritische handen hielden de zijne met alle kracht vast. Hugo maakte zich van haar los en schoof door naar zijn grootvader. ‘Proficiat, pake,’ zei hij, en kuste hem op zijn wangen. ‘Op naar de duizend.’ Hij rook Old Spice en een vleug zure adem. De bleekblauwe ogen van de oude man speurden zijn gezicht af. Hij had een kopie van zijn favoriete kleinzoon en erfopvolger voor zich – oké, een iets vollere kopie momenteel, dacht Hugo – maar deze was toch duidelijk een ander. De oude man monsterde hem wantrouwig, aan de verwarring van Isaak ten prooi.

Hugo dacht aan het getatoeëerde cirkeltje dat hij op die dag aan het zwembad lang geleden onder zijn grootvaders oksel had gezien; natuurlijk was het niet de eerste letter van de naam van zijn grootmoeder geweest – rond zijn twintigste had Hugo min of meer bij toeval en met behulp van zoekmachine AltaVista ontdekt dat het om een *Blutgruppentätowierung* ging zoals elke SS-man die onder zijn linkerarm getatoeëerd kreeg, een A, een B, de combinatie AB of een O, om hem op het slagveld een snelle bloedtransfusie te kunnen toedienen. Willem Bruno Adema had de zijne gekregen in de kazerne van Bad Tölz, vlak voordat hij als Untersturmführer aan de Waffen-SS was toegevoegd en op transport was gesteld naar het oostfront.

Nu hij de leeftijd van honderd had bereikt, dacht Hugo, was de betekenis van die zwarte cirkel veranderd: nu kon zijn tatoeage niets anders meer betekenen dan de eerste letter van het woord ‘onsterfelijk’.

Hij haalde het sigarendoosje uit zijn binnenzak. ‘Een sigaar van honderd jaar oud, pake. Om en nabij.’

‘Sinds zijn tweede infarct is hij behoorlijk afatisch,’ hoorde Hugo de stem van zijn broer achter zich. ‘Maar verder is hij nog helemaal bij, hè pake?’

Hugo knipte het mondstuk van de sigaar en stak hem aan. Toen de punt egaal gloeide gaf hij hem aan zijn grootvader. De oude man stak hem tussen zijn lippen en zoog er onbeheerst aan. Rookslierten dwarrelden rond zijn gezicht. Hij zei iets wat Hugo niet verstond. Hij zonk op een knie en vroeg: 'Wat zei u?' Raspend ging de ademhaling van Willem Adema de Oudere in en uit. Twee woorden onderscheidde zijn kleinzoon: *Holunder* en *rasieren*.

'De neuroloog zegt dat hij een ander taalregister aanspreekt nu de sectie Nederlands daarbinnen is aangetast,' zei Willem.

'Het lijkt wel Duits.'

'Vooral Duits ja.'

'Typisch.' Hugo haalde zijn telefoon tevoorschijn en gaf hem aan zijn broer. 'Maak je een foto van ons? Doe er maar een paar.'

Even later kwam hij moeizaam overeind. De broers keken hoe de oude man aan de sigaar zoog alsof het zijn laatste was.

'Hé, en Loïs?' vroeg Willem terloops.

Hugo haalde zijn schouders op. 'Ballade des dames du temps jadis.'

'Ik hoorde het van papa. Spijt?'

Hugo fixeerde zijn blik boven de salondeuren, waar tientallen schildjes met reebokgeweien hingen, gedateerd vanaf halverwege de jaren zestig en geschoten door zijn grootvader, zijn vader en hun jachtvrienden. Er zaten er vast ook een paar van zijn broer tussen. 'Wat zal ik zeggen,' zei Hugo. Het was er de tijd en de plaats niet voor om de innerlijke verwoesting te omschrijven, hoe hij zich op voorjaarsavonden door de straat van zijn rivaal had gesleept en zich in portieken verborg. Dat hij alles daarboven gezien en gehoord had, ook al speelde het zich buiten het bereik van zijn zintuigen af: haar zuchten en aansporingen en de geile woordjes die ooit alleen voor zijn oren bestemd waren geweest en nu op zijn opvolger waren overgegaan; hoe hij zijn koninkrijk had verspeeld.

Dat hij sindsdien nergens meer naartoe leefde maar alleen maar ergens bij vandaan. Er waren naties die hun nederlagen eeuwenlang herdachten, zo was in zijn leven 27 april met rouw omhangen. Zes, bijna zeven maanden geleden nu. Op die woensdag, Koningsdag, was ze tegen het middaguur met een oranje bandana rond haar hals de stad ingegaan. 's Middags om vier uur had hij haar voor het eerst gebeld, de enige in zijn menu Favorieten. Ze nam niet op. Hij hield zich in, aanvankelijk, tot hij 's avonds om de paar minuten belde met noodlottige voorstellingen op zijn netvlies. In het beste geval zou ze opnemen en 'sorry liefje!' roepen in het gedruis van een café vol Koningsdagvierders, en dan zeggen: 'Ik hoorde mijn telefoon niet maar ik kom er zo aan', maar ze nam niet op, ook 's nachts niet, zodat hij de donkerste uren doorbracht als in een koortsdroom, aangevallen door uilen en vleermuizen. Pas de volgende dag nam ze op en zei dat ze niet terugkwam, nooit meer, ze zou het later uitleggen, nu was niet het moment. Daarna was ze weer onbereikbaar, de gevreesde vliegtuigstand. Zijn berichten bleven ongelezen. Hij zou haar alles vergeven hebben maar ze had zijn vergeving al niet meer nodig.

Pas dagen later hoorde hij van hun gemeenschappelijke vriendin Yasmin dat ze die nacht verliefd was geworden op een surfdude die bij de bohème faam genoot als leverancier van alle soorten narcotica waar maar om werd gevraagd.

Zo zag zijn knock-out eruit, vanuit het niets, hard en onverbiddelijk.

'Jammer,' zei Willem. 'Spectaculaire griet was het. Maar je weet wat papa altijd zegt: geen handvol maar een land vol. Zit je al op Tinder?'

'Djiezus.' Hugo wendde zich naar het gezelschap. Boven alles uit klonk een mannenstem die zei: 'De Rus heeft gewoon een tsaar nodig, zo simpel is het.' Hugo herkende hem, Geert Lameris, groot in het transportwezen, hij zag hem weleens bij een ondernemersprogramma op tv. Verder zag hij een Boelens, een Idzerda, Agnès Brouyère natuurlijk, die hij op het bospad al was tegengekomen – alle drie kinderen van vaders die hun rol hadden gespeeld in het Nederlandse nationaalsocialisme. Allemaal allang onder de zoden waarschijnlijk, dacht hij, behalve zijn grootvader, die het eeuwige leven had.

'Kijk, kijk,' zei hij tegen Willem, 'de hele sibbe gezellig bij elkaar.'

Agnès Brouyère kwam op hen toe en zei: 'Ik kom je toch nog even een zoen geven, jij rare snijboon.' En tegen Willem, koket: 'Jou heb ik al gehad.'

Ze droeg een grote bril met getint glas, het brillenkoord van gouden schakeltjes rinkelde bij zijn oren. Hij wist dat hij de geur van patchoeli de rest van de dag niet zou kwijtraken. Nazihippie, schamperde hij in gedachten. Haar Nederlands klonk alsof ze het pas op latere leeftijd had geleerd; misschien was het een dialect dat gesproken werd rond het Sallandse jachtslot dat ze samen met haar eveneens kinderloze broer bewoonde.

'Wie was haar vader ook alweer?' vroeg Hugo aan zijn broer toen ze zich weer bij het gezelschap voegde. 'De Beul van Zwolle? Of van Deventer? Zoiets toch?'

'Toe even,' zei zijn broer. 'Gedraag je alsjeblieft.'

Hugo grinnikte. 'Vroeger brak je m'n vingers, nu vraag je het tenminste beleefd.'

Willems grijns van gebleekte tanden. 'Die had je verdiend.'

Verderop baste Lameris: 'Erdoğan is democratisch gekozen, Poetin net zo. Een democratisch gekozen tsaar. Zo slecht zijn die heren dus blijkbaar niet voor hun land.' De man tegen wie hij deze dingen zei had een onopvallend en scherpzinnig voorkomen; Hugo zag er een of ander financieel genie in, dat wellicht de Ademaholding bestierde vanuit een kantoor op de Zuidas ergens.

Toen even later hun vader binnenkwam beende hij op Hugo af en omhelsde hem. 'Hugo, wanneer hebben we jou voor het laatst gezien? Allemachtig.' Hij hield hem bij zijn schouders vast en duwde hem een beetje van zich af om hem beter te kunnen bekijken. 'Bij de tewaterlating van de Njord was het denk ik?' Hij keek een beetje hulpeloos naar Mizzi, die naast hem was opgedoken. Hugo herinnerde zich de groepsfoto die na de plechtigheden was gemaakt, met prinses Mabel in het midden, die de scheepsdoop had verricht. Maar de blikvanger van de foto was Loïs geweest, zo begeerlijk als wat met haar rode Louboutins en een manteltje rond haar schouders.

Zijn vader zag er goed uit, jong voor zijn leeftijd. Hij was de eerste die Hugo kende die zijn gezicht had laten doen – de littekens bij zijn vaders oren waren nog lang te zien geweest, de coupenaden als het ware. Injecteerde hij nog altijd testosteron?

'Als ze verstandig zijn kiezen ze vandaag Trump,' klonk de stem van Lameris. 'Je moet toch niet denken aan een *vrouw* op die positie.'

'Zeg Geert, hou het een beetje gezellig, ja,' blies Mizzi in zijn richting. En na een teken van de cateringdame aan het andere eind van de ruimte: 'Lieve mensen, we kunnen aan tafel!'

Na het voorgerecht van avocado en garnalen verliet Hugo de eetkamer en ging de brede eikenhouten trap op naar boven. Met een gevoel van beklemming opende hij op de eerste etage de deur naar zijn oude slaapkamer – de mufheid daarbinnen sloeg op zijn keel. Een schemerige ruimte, weinig herinnerde nog aan zijn verblijf daar. Hij liet zich op het bed vallen. Met de geur van de vochtige deken in zijn neus luisterde hij naar de geluiden van het huis. Zo had hij als jongen ook geluisterd naar het kraken van de vloer op de overloop – iets beweegt en ademt in dit mausoleum, en er is een jongenshart dat dreunt en krimpt van angst.

Hij ging rechtop zitten. Drie jaar had destijds zijn verbanning naar Oostraven geduurd, onvaste tijd, jaren zonder geraamte. Later had hij begrepen dat zijn grootvader liever Willem had zien komen, in wie hij al vroeg een mogelijke opvolger had herkend – niet zijn zoon maar zijn kleinzoon, het talent zou een generatie overslaan. Maar zijn ouders hadden hém gestuurd, Hugo, de laatstgeborene, elf minuten na zijn broer ter wereld gekomen.

Hij was niet de enige ontheemde op Oostraven, had Hugo gaandeweg ontdekt, zijn grootmoeder was het net zozeer, op een andere manier. Ze praatte Papiaments tegen hem wanneer ze alleen waren. Haar echtgenoot verdroeg het niet wanneer hij haar aan de telefoon die 'apentaal' hoorde spreken met haar familie overzee, het was al erg genoeg dat ze een Antilliaans accent had dat zich nooit helemaal liet verdonkeremanen. Ze was, vertelde ze bij herhaling, nog zo speels als een meisje geweest toen ze met hem trouwde. Wat weet zo'n kind nou helemaal, bedoelde ze, ze had geen idee gehad van het leven dat haar wachtte in een land ver van huis, eerst Venezuela en later Nederland. Er was zo onvoorstelbaar veel zee en lucht tussen dit huis aan de Noordzee en haar voorouderlijk huis in Pietermaai, je werd er draaierig van. Natuurlijk kon ze een of twee keer per jaar teruggaan om haar geliefden daar te bezoeken, maar de afstand was nooit meer helemaal te overbruggen – door weg te gaan had ze zichzelf buitengesloten en kon ze, zoals ze zei, alleen nog maar door een klein, vuil raampje naar binnen kijken.

In haar geslachtslijn kwamen Hollandse zeekapiteins en Franse soldaten voor, en ongetwijfeld ook een verdwaalde tot slaaf gemaakte Afrikaan hier of daar, niet ongebruikelijk in de smeltkroes van een eiland als Curaçao, want toen haar zoon Max Bruno in 1950 ter wereld kwam in een hypermodern hospitaal in Caracas, vloekte haar echtgenoot bij het zien van het kroezige haar en de donkere tint van de jongen. Willem Bruno Adema had zich, toen hij een wit meisje van het eiland trouwde, onvoldoende gerealiseerd dat op de Cariben raszuiverheid niet te garanderen valt – het DNA van de eilanders zit nu eenmaal vol ironieën. Hoewel een Afrikaanse voorouder geduldig zijn kans had afgewacht om in Max Bruno tevoorschijn te komen, was hij onloochenbaar een zoon van zijn vader, met Adema-trekken die steeds sterker werden naarmate hij ouder werd.

In die drie jaar op Oostraven had Hugo niets te zoeken gehad in dat huis met oude mensen; hij blokte hard aan zijn bureautje onder het raam dat uitkeek op de bosrand, waar 's nachts de holle roep van uilen klonk. In het oude koetshuis had hij een atelier ingericht waar hij tekende en schilderde. Hij knobbelde de snelste vluchtroute uit en schreef zich, net zeventien, in voor een voorbereidend jaar op de Haagse kunstacademie. Hij liet een tijd achter zich waaraan hij niet graag terugdacht, zomin als aan de gelambriseerde slaapkamer op de eerste verdieping van de villa; tevergeefs doorzocht hij soms het huis naar een ander levend wezen.

Hij stond op en ging terug naar het feest. Het was of er een luchtbel vol stemmen en tafelgeluiden uiteenspatte toen hij de eetkamer binnenkwam waar het early dinner werd geserveerd. De man tegenover hem aan tafel zei: 'Je vader heeft geweldig gesproken zojuist.' Het duurde even voordat Hugo in de slappe trekken van zijn tafelgenoot de jongeman herkende met wie hij vroeger weleens getennist had op het landgoed: Hendrik Seegers van Rhijn, een jaar of tien ouder dan hij. Hendriks moeder was een jonkvrouw die het in de oorlog nog met zijn grootvader had aangelegd. Ze was een leidster van de Nationaal-Socialistische Vrouwenorganisatie geweest die een vriendschappelijke band had onderhouden met Reichsführer Himmler zelf. Na de oorlog had ze zich een paar jaar gedeisd gehouden in de omgeving van het Teutoburgerwoud en eenmaal weer in Nederland – net als Willem Adema was ze begin jaren zestig teruggekeerd – was ze macrobioot en antroposoof geworden. Ze leidde een meditatiekring in Zeist, waar men van haar zwarte verleden vermoedelijk niet op de hoogte was. Rond haar vijftigste was ze na een bezoek aan een Zwitserse wonderdokter alsnog zwanger geraakt – het langgewenste kind zat nu tegenover Hugo. Hij meende dat Hendrik en zijn moeder Oostraven vroeger weleens een paar dagen achtereen hadden bezocht – ook zij was vermoedelijk allang dood.

Aan de tafel bij het raam zaten zijn grootouders, ze konden het hele gezelschap overzien. Schuin achter zijn grootvader zat zijn verpleegkundige, een blondine met scherpe trekken die zijn vlees sneed en discreet etensresten van zijn schoot verwijderde.

'Je gaat lekker hè,' zei Seegers van Rhijn opgewekt. 'Ik zie je overal, bij Matthijs en zo, en laatst in het *FD* over je tentoonstellingen in het buitenland.'

Hugo wrong een lachje tevoorschijn. 'Het is een tijdje goed gegaan,' zei hij. 'Eerlijk gezegd weet ik niet hoe het er nu voor staat, maar het is een tijd behoorlijk goed gegaan, dat kan ik niet ontkennen.'

Aan de overzijde van de tafel zag hij zijn grootvader tot zijn verbazing langzaam overeind komen uit zijn stoel. Toen hij eenmaal stond hield de oude man zich met twee handen aan het tafelblad vast. Zo bleef hij staan, een kromgegroeide dividiviboom; het gezelschap zweeg op slag. De honderdjarige keek de genodigden langs. Hugo dacht aan de zestig jaar die hen van elkaar scheidden: de stamoudste werd in 1916 geboren en hij in 1976, de beslissende gebeurtenissen van de twintigste eeuw hadden zich in zijn grootvaders tijd afgespeeld. Schematisch gezien, dacht Hugo, verhielden zijn grootvader en hij zich als Prometheus tot Epimetheus, wier namen zoveel betekenden als 'vooruitkijker' en 'achteruitkijker'. Willem Adema de Oudere had zich als jongeman in dienst gesteld van een destructieve, vitalistische ideologie, Hugo was opgegroeid in een wereld die was ontstaan op de ruïnes daarvan. Nietsontziend hadden zijn grootvader en zijn kameraden de loop van de geschiedenis herschikt, en Hugo zou, realiseerde hij zich terwijl hij naar zijn grootvader keek die daar zwijgend stond, graag over de wijsheid beschikken om dat verleden te begrijpen. Het besmette verleden dat ook hem, de kleinzoon, nog altijd achtervolgde. Van de geheven rechterarm en het 'Heil Hitler' van oudere jongens op het schoolplein tot besprekingen van zijn werk waarin ernaar werd verwezen, het was nooit ver weg.

Hij was het verleden lang uit de weg gegaan; meestal had hij genoegen genomen met wat er in de familie over werd verteld. Hij wist dat dat onvoldoende was. Meester Cijiao had gezegd dat hij die een parel zoekt, eerst het water moet verstillen. *Zodra het water der concentratie stil en helder is, onthult de parel zichzelf.*

Wanneer was het water stil en helder genoeg?

Spiedend ging zijn grootvaders blik het gezelschap langs. Zijn onderarmen trilden van de inspanning die het hem kostte om rechtop te blijven. Hugo herinnerde zich dat hij vroeger al graag had willen inbreken in die vlekkerige oude schedel om zich meester te maken van de herinneringen daarbinnen, de beelden te zien van het oude Europa dat zijn grootvader in zijn jonge jaren had doorkruist en aan zich had onderworpen. Ieder mens was een geheim, en de oude man daar bestond uit wel drie mensen, die allemaal een ander leven hadden geleid. Zijn grootmoeder keek bezorgd toe hoe haar echtgenoot het moment op wilskracht liet voortduren, tot hij zijn *Lied ohne Worte* met een knikje besloot en zich, ondersteund door de verpleegkundige, liet terugzakken in zijn stoel. Geert Lameris riep 'Bravo!' en toen daarop het 'Lang zal hij leven' werd ingezet ging iedereen staan en zong de jarige toe met de glazen in de lucht. Het 'Hoera! hoera!' dreunde even later op de eeuweling neer, en niemand die wist dat dat in het hoofd van de oude man weerklonk als een echo van de woeste strijdkreet waarmee de Russen aan het front uit hun schuilplaatsen stormden en zich met duizenden tegelijk lieten neermaaien.

Na het diner werd er nog een digestief geserveerd in de salon. Enkele gasten vertrokken al. Uit de gesprekken om zich heen maakte Hugo op dat het optreden van zijn grootvader als een dankwoord was verstaan, een teken dat hij 'nog net zo scherp was als vroeger', maar Hugo dacht aan het avondappel: Untersturmführer Adema inspecteert nog eenmaal zijn troepen. Het was niet, zoals hij zijn schoonzuster Lidewij hoorde zeggen, 'om iedereen nog even zijn aandachtsmomentje te geven' (ze praatte altijd al als die gedresseerde trutten uit theereclames), nee, hij had ieders loyaliteit gepeild. Zijn hele leven had hij getrouwen om zich heen verzameld die hem dienden uit bewondering en ontzag.

'Je gaat toch niet alweer, Hugo?' vroeg zijn vader. 'We drinken nog een glas in de salon.'

Hugo zei dat hij nog net op tijd was voor een wandeling in de duinen.

'Nu nog? Wat je fijn vindt. Volg je het een beetje met de Boreas? Doen hoor, dat is groter dan alles wat we ooit hebben gedaan.'

Hugo knikte, hij had geen zin om te praten over het schip dat zijn broer liet bouwen, dat het grootste schip moest worden dat ooit de wereldzeeën bevaren had en zou opereren in opdracht van de grote energiemaatschappijen. Hij moest echt gaan nu, zei hij tegen zijn vader, anders zag hij straks geen hand meer voor ogen. Hij knoopte zijn overjas dicht en verliet het huis. Buiten was het lichter dan het binnen geleken had.

3

Achter het huis keek hij op naar de salon boven aan de halfronde stenen trappen; gestalten bewogen in het gouden licht daarbinnen. Zijn grootouders waren al naar hun vertrekken gebracht, waar ze via alarmknoppen en paniekkoorden met het verplegend personeel in verbinding stonden. Het zwembad was afgedekt voor de winter, zag Hugo toen hij naar de bosrand liep. De verf van de badhokken bladderde, het hout was aangetast door zwam. In het bos vermenigvuldigde het grijs zich tussen de boomstammen. Bij de westelijke muur vond hij de plek met oneffenheden in het metselwerk die hem vroeger als treden hadden gediend. Het klimmen kostte hem aanmerkelijk meer moeite dan toen; buiten adem zat hij even later boven op de muur. Over het zandpad onder hem reden alleen terreinwagens van Staatsbosbeheer en waterleidingbedrijf Dunea, het natuurgebied was niet voor publiek toegankelijk. Voor hem strekte zich het duinlandschap uit. Als hij opschoot was hij nog voor het donker aan zee. Hij liep over smalle wildpaden tussen heide en laag struikgewas, lange braamslingers haakten aan zijn broekspijpen. Algauw plakte zijn hemd aan zijn lijf. Weerzin over zijn slechte conditie. Ganzen vlogen gakkend over. Hij kon ze niet zien, alleen maar horen. Hij dacht aan de foto die eens gemaakt was van Loïs en hem, broodmager en weergaloos op het platte dak van hun finca op Ibiza, de ondergaande zon in hun rug, vlak voor ze hand in hand in het zwembad sprongen; gelukkige kinderen. De foto had een zekere bekendheid gekregen, mede door een documentaire waarin hij prominent was vertoond, mensen zagen er het hedonisme van zijn generatie kunstenaars in. Waarschijnlijk hadden ze gelijk. Het was te mooi om waar te zijn, en toch waren zij het daar hoog boven de wereld, vrije mensen – *Imazighen*.

Om de herinnering uit te bannen intensiveerde hij zijn strafmars. Ergens hinnikte een paard. Even later zag hij het, een konikpaard. Het hinnikte opnieuw. Van verder weg hoorde hij het antwoord. Het dier begon te draven en verdween achter een duin, waar het zich naar hij aannam aansloot bij zijn volk. Hugo bleef zo veel mogelijk hogerop om de vochtige duinvalleien en rietmoerassen te vermijden. Hij zou zich, nam hij zich voor, oprichten en weer fit worden. Nieuw werk maken. Hij was zowat mid-career nu, dat kloterige begrip dat in zijn geval zoveel betekende als alles of niets. Was Loïs werkelijk bijna zeven maanden rouw waard geweest? Zo kostbaar kan een kut niet zijn, had een dichter ooit geschreven, maar alleen al de gedachte aan haar blonde kut maakte hem ziek van gemis.

Hij was bij het begin gekomen van de betonnen muur die over een lengte van een paar honderd meter het landschap doorsneed. Hij stond dwars op de zee, de Panzermauer die daar in 1942 was verrezen. Twee meter dik en onderdeel van de Atlantikwall, net als de bunkers en drakentandversperringen in het gebied. Het meeste was er nog, soms onder het zand verdwenen en in het landschap opgegaan. De muur leek met witte graffiti beklad, maar de spookachtige witte figuren waren uitvloeisels van kalk, achtergelaten door het regenwater dat door spleten in het beton sijpelde. Aan de voet van de hoge duinenrij met de verdedigingsmuur erop stonden symmetrisch geplaatste drakentanden, de eerste verdedigingslinie voordat vijandelijke tanks op de pantsermuur zouden stoten. De schaduwzijden van de kleine piramides waren met mos begroeid, maar de randen van het beton waren nog even scherp als op de dag dat ze uit de bekisting kwamen. Ze deden hem, zoals ze daar rij na rij in het gelid stonden, denken aan het Holocaustmonument in Berlijn, een miniatuurversie ervan. Alles voor niets, de inval was anders verlopen. De vergeefsheid van een nooit beproefd verdedigingswerk.

Willem en hij hadden hier veel gespeeld, hoewel het ze verboden was zich zo ver van Oostraven te begeven. Hoe vaak was hij hier niet gesneuveld, en hoe vaak niet zijn broer? Tussen het helmgras nam hun vijandschap de vorm aan van zenuwslopende besluipingen en met de mond nagebootst mitrailleurvuur. De geheimzinnige nabijheid van het verleden had hem altijd de rillingen bezorgd wanneer hij tussen de drakentanden in hinderlaag lag. Een scherp bevel, een wapen dat werd doorgeladen, zo klonk het einde dat hij zich voorstelde.

De muur had al lang geleden gesloopt zullen worden maar stond er nog altijd, zoals ook zijn grootvader er nog altijd was. De muur huisvestte intussen vleermuizen en zeldzame mossoorten, zoals de schedel van zijn grootvader met vlekken, cystes en wratjes was bepokt. De witte littekens op zijn gezicht waren veroorzaakt door granaatscherven, in de hecatombes van het oostfront.

Monotoon hijgend gaat de wind door het helmgras. Bij zijn voeten is nog juist het lichtgroene mos te onderscheiden, het paars van de heidestruiken heeft alle kleur al verloren. Zijn ogen tasten de ruimte voor zich af. Het is niet te zien of de donkere bult verderop een homp struikheide is of een slapend paard. Zo zijn de eerste verhalen ontstaan, in de mist of de schaduwen van het bijna-donker, het onvaste terrein waar het een het ander wordt. Metamorfosen.

Nog een paar duinen scheiden hem van het strand. Buiten adem en met zijn schoenen vol zand steekt hij even later het laatste hoge duin over. Vloed, de golven dichtbij. Hij tuurt in de donkergrijze holte boven zee. Geen horizon en geen houvast, alleen de golven die sissend aanspoelen bij zijn voeten.

4

Niet Hillary Clinton maar Donald Trump had onverwachts de Amerikaanse verkiezingen gewonnen, zag hij de volgende morgen op het nieuws. Na twee termijnen werd de gepolijste gentleman Obama opgevolgd door een volstrekte parvenu, wiens leven in het teken stond van een meedogenloze wedijver. Afgaand op de reacties op het nieuws was iedereen in shock, maar het leek Hugo de logische uitkomst van een wereld die steeds jonger werd, jonger en infantieler. Volwassenen waren grijze kinderen geworden, uitgebloeide pubers. Zijn vader en moeder modelleerden zich zelfs met cosmetische chirurgie naar jeugdig voorbeeld, en hij beschouwde ook Donald Trump, hoewel al in de zeventig, als een volmaakte uitdrukking van het woekerende infantilisme. Trumps emotieregulering was zwak, zijn woedeaanvallen waren die van een kleuter. Hij diende niets anders dan zichzelf – *Deze God, dit ene woord: Ik.* De wereld stond weinig goeds te wachten en toch was dit de richting die de mensen zelf gekozen hadden door het zuivere kapitalisme te aanbidden, zijn doodse, verblindende schittering in het centrum van het firmament.

Hugo kleedde zich aan en ging met boterhammen en koffie naar zijn atelier. De grote, lichte zolderverdieping was een van de redenen dat hij het huis had gekocht. Een cacaofabrikant had de ruimte in de jaren dertig laten verbouwen voor zijn schilderende echtgenote, met hoge atelierramen op het noorden. Hugo hield van de vergrijsde plankenvloer, de ouderwetse lambrisering. Tegen de muur stonden de doeken waar hij na Loïs' vertrek aan begonnen was, maar vers verdriet bleek een slecht vertrekpunt. Het was rotzooi. Hij bedwong de neiging om door de doeken heen te trappen en de spielatten te versplinteren; er waren genoeg dramatische gebaren geweest. Hij wilde zo graag iets nieuws maken, iets wat zijn leven opnieuw richting zou geven. Vanaf zijn adolescentenjaren op Oostraven had hij met het grootste gemak dingen gemaakt – een tekening ging over in een schilderij, een schilderij in een of ander object (hij hield van lassen), het laswerk in een film, om uiteindelijk altijd weer terug te keren bij het schilderen; hij schilderde zoals hij ademhaalde. Het was allemaal abrupt opgehouden. Hij had onlangs ook zijn laatste assistent ontslagen; in zijn goede jaren waren in het souterrain twee assistenten en een stagiair aan het werk geweest.

Aan zijn werktafel bekeek hij de foto's die zijn broer van hem en zijn grootvader had gemaakt en printte een ervan uit op A5-formaat. Het was een krachtig beeld, de kleinzoon die knielt voor zijn grootvader in zijn grimmige ouderdom. Rond het hoofd van de oude man drijft sigarenrook, naast hem lacht zijn echtgenote haar grote witte kunsttanden bloot naar iemand. Hugo knipte haar eraf en maakte zijn grootvaders jasje zwart met een stift. Op zijn schouders tekende hij een kraagspiegel en epauletten met de dubbele Sig-rune erop. De vervreemding van die oeroude pauselijke schildpaddenkop boven dat heersersuniform – er waren nooit zulke oude SS'ers geweest, zoals de geallieerde veteranen die je bij herdenkingen van D-day of operatie Market Garden zag, daarvoor was er te vroeg met ze afgerekend. Hij prikte de bewerkte foto op de muur. Misschien kon hij er iets mee, misschien niet, hij was nergens meer zeker van.

Hij mediteerde en las de rest van de ochtend nieuws en achtergronden. Regeringsleiders die de nieuwe president tandenknarsend feliciteerden en de nadrukkelijke verwachting uitspraken dat de oude diplomatieke, economische en militaire banden tussen Europa en de VS gehandhaafd zouden blijven. Er klonk diepe ongerustheid in door. De wereld had duidelijk een nieuwe fase betreden. De burger in het vrije Westen had, in de woorden van Baudelaire, toegegeven aan het 'eenvoudige genoegen om te slopen'. Het wonderbaarlijke democratische experiment leek aan zijn einde te komen door zoiets stompzinnigs als verveling, er *gebeurde* simpelweg te weinig. De kanonnen zwegen, de mensen stierven gemiddeld genomen van ouderdom. Burgers hadden helemaal geen zin om hun zwaarbevochten individuele vrijheden te verdedigen, ze hadden gewoonweg zin in een verzetje na driekwart eeuw vrede, vrijheid en economische voorspoed, als rebellen uit verveling en revolutionairen uit vernielzucht.

Toen hij tussen de middag naar buiten ging om een broodje te halen werd hij op de hoek van de Herengracht en de Huidenstraat staande gehouden door een lange man met een Fidel Castro-achtige vechtpet op.

'Meneer Adema?' vroeg de man, een vijftiger met wallen onder zijn ogen.

Zijn gezicht kwam hem vaag bekend voor. 'Ja?' zei Hugo, en hij boog zijn bovenlichaam een beetje voorover alsof hij haast had, een houding die hij had aangeleerd sinds hij vaker door onbekenden werd aangesproken.

'Wat een geweldig toeval dat ik u hier zie,' zei de man. 'Ik zit daar onderzoek te doen naar uw grootvader, bij het NIOD.' Hij wees achter zich, waar zich een eindje verderop het Nederlands Instituut voor Oorlogsdocumentatie bevond.

Afgemeten zei Hugo: 'Dat is toevallig inderdaad.'

'Tommy Wieringa,' zei de man, en hij stak zijn hand uit. 'Aangenaam.'

'Aha,' zei Hugo, ten teken dat hij wist wie hij voor zich had, en schudde hem de hand. Hij hield verborgen dat zijn naam een steek bij hem teweegbracht – Loïs, haar benen onder zich gevouwen in een luie stoel op het slaapkamerterras van hun huis op Ibiza, met haar neus in zijn roman. Ze had het boek gekocht na een lezing. Ze lachte soms hardop onder het lezen. Hij had het uit haar hand gepakt en doorgebladerd. Voorin zag hij dat het was gesigneerd. 'Voor Loïs, iemands muze', had de auteur op de Franse titelpagina geschreven, vergezeld van plaats, datum en een zwierige handtekening. 'Hoe weet híj dat?' had Hugo gevraagd, en Loïs de opdracht voorgehouden.

'Misschien schrijft hij dat voor alle vrouwen,' zei ze, en stak haar hand uit om het boek terug te vragen.

Nu, zo'n tien jaar later, stond hij opeens tegenover hem.

Wieringa zei: 'Ik heb de hele ochtend over hem zitten lezen. Ik doe onderzoek bij het NIOD. En nu ontmoet ik hier zijn kleinzoon. Dat is echt... Als je het opschrijft gelooft niemand het.'

De schrijver schuwde het cliché niet, zoveel was zeker.

Hugo vroeg: 'Waarom doet u onderzoek naar hem, als ik vragen mag?'

'Ik schrijf over hem,' zei Wieringa. 'Of beter, dat wil ik. Ik ben nog niet zover. Ik weet nog zoveel niet. Een heel interessante figuur, uw grootvader. Volstrekt dubbelzinnig. Mag ik u uitnodigen voor een kop koffie ergens? Of voor een lunch? Ik wilde juist gaan lunchen.'

Hugo schudde zijn hoofd. Ontelbare keren was hij geïnterviewd, maar altijd over zijn werk, over zijn familie sprak hij niet met buitenstaanders. Zijn broer, de huidige president-directeur van Adema Marine Operations, gaf hoogstzelden interviews, zijn vader en grootvader waren er nog minder happig op geweest. Ze kwamen niet op televisie en hielden afstand van de social events van de rijken. Hij wist dat zijn grootvader zich in het verre verleden had laten interviewen in *Tros Aktua*, en dat hij weleens was opgedoken in het Stan Huygens Journaal in *De Telegraaf*, maar dat was het wel zo'n beetje.

De schrijver glimlachte teleurgesteld. 'Ik heb uw vader ook al een interviewverzoek gestuurd. Niets teruggehoord helaas. Ook al schrijf ik fictie, ik onderzoek eerst de feiten. Die zijn vaak interessanter dan alles wat ik kan verzinnen, begrijpt u? Trouwens, vierde hij gisteren niet zijn verjaardag? Zijn honderdste?'

Hugo knikte. Van de trivia was de man in elk geval goed op de hoogte.

'Hoe is hij?' vroeg Wieringa. 'Is hij nog helemaal bij?'

'Laten we het hierbij laten,' zei Hugo.

'Sorry,' zei de ander een beetje geschrokken. 'Ik begrijp het.' Hij stak zijn hand uit ten afscheid en zei toen: 'Kent u zijn dossier? Dat bij het NIOD ligt?'

Hugo schudde zijn hoofd.

'Mag ik het u laten zien? Het ligt allemaal klaar, het is echt heel interessant.'

Hugo wist dat in het NIOD, dat maar een paar huizen verwijderd was van het zijne, veel over het oorlogsverleden van zijn grootvader te vinden moest zijn, maar hij was er nooit naar binnen gegaan. Hij had genoegen genomen met artikelen en trivia die hij op het web gevonden had – de afgronden van een archief boezemden hem angst in.

'Ik heb wel even,' hoorde hij zichzelf zeggen.

In de centrale hal van het instituut aten morsige mannen hun middagbrood. Het rook er naar mandarijntjes. De bibliotheek en de leeszaal waren geformeerd rond een kleine binnentuin achter glas, als de binnenhof van een klooster, met in het midden een Japanse kers.

Overal zaten mensen te werken tussen stapels archiefmappen. Ook de tafel van de schrijver lag vol boeken en mappen. Er lagen een laptop en een havannabruin notitieboek waarin Wieringa, afgaand op het hoopje puntenslijpsel op de hoek van de tafel, met potlood notities maakte. De schrijver pakte de bovenste map en maakte het lint los waarmee die was dichtgebonden.

'Dit is nog maar een deel,' zei hij op fluistertoon. 'In de kelder ligt nog meer. Het meeste heb ik al doorgewerkt.'

Hugo deed een stapje terug vanwege de rottingsgeur uit Wieringa's mond. Hij zag de bekende foto van zijn grootvader in *Feldgrau*, die altijd gebruikt werd wanneer er over het bedrijf geschreven werd, breed lachend en zelfverzekerd, met de kraagspiegels met de Sig-runen en de zwarte ruit. Zijn scheiding droeg Willem Bruno Adema, dun en nicotinegeel nu, nog altijd rechts. Gedreven bladerde de schrijver door de papierstapel in de map.

'Hier, briefje aan Rost van Tonningen uit de tijd dat uw grootvader directeur was bij de Nederlandsche Oostcompagnie. Hij heeft ongelofelijk snel carrière gemaakt binnen de SS. Veel correspondentie is natuurlijk verloren gegaan maar het is een wonder hoeveel er ook nog bewaard is gebleven.'

Hugo zag swastika's in briefhoofden, verbleekte schrijfmachineletters en het ruim gespatieerde HEIL HITLER! waarmee de missives besloten werden.

'Vanmorgen heb ik zijn inschrijfkaart van de NSNAP gevonden,' zei Wieringa. 'Hij was er vroeg bij, halverwege de jaren dertig al. Hier...' Hij hield een kopie van zwart carbonpapier op. Willem Bruno Adema was twintig jaar oud geweest toen hij zich had aangemeld bij de Nationaal-Socialistische Nederlandsche Arbeiderspartij, bij de rubriek 'geloof' stond een gestempeld hakenkruisje.

De schrijver bleef maar papieren tevoorschijn halen, te vlug voor Hugo om ze goed in zich te kunnen opnemen. Tussen de kale takken van de Japanse kers was een stukje blauwe hemel te zien, de zon was doorgebroken. Een paar fragmenten van het verleden had Wieringa hem getoond. Hem onbekende namen, situaties, connecties. De administratie van een leven in dienst van een sinistere ideologie. Een leven dat zich onmetelijk lang geleden leek te hebben afgespeeld en toch was Willem Adema de Oudere gisteren nog op eigen kracht in de benen gekomen en had hij het gezelschap zwijgend geïnspecteerd – zijn grootvader de coelacant.

Had hij, vroeg Hugo toen ze eenmaal weer op de gracht stonden, iets nieuws over hem gevonden, iets wat niet al op Wikipedia of Traces of War te vinden was?

'Iets nieuws,' herhaalde de schrijver peinzend. 'Iets wat een ander licht werpt op zijn keuzes... dat geloof ik niet nee.' Ze stonden even stil bij de Vier Heemskinderenbrug om een fietser te laten passeren. Wieringa vervolgde: 'Uit alles rijst het beeld op van een begaafde einzelgänger, iemand die zich door niemand iets laat vertellen. Er blijven veel vragen over. Wat deed hij precies aan het oostfront? En zijn jaren in Venezuela daarna, ik vind er zowat niets over. Er is in zijn dossier sprake van dagboeken, maar daar is geen snipper van terug te vinden. Met die vraag heb ik uw vader aangeschreven, of hij misschien wist waar die dagboeken zijn, maar niks teruggehoord helaas.'

Ze liepen de gracht af alsof ze ergens naartoe onderweg waren, de schrijver breed gesticulerend; het onderwerp had hem duidelijk in zijn greep.

'God,' zei Wieringa halverwege de Leidsestraat, 'dagboeken, dat zou echt de heilige graal zijn. Ze moeten er geweest zijn, ik vond een document waarin iemand zich afvroeg waarom de dagboeken na de oorlog niet aan het strafdossier van uw grootvader zijn toegevoegd. Volgens de Politieke Opsporingsdienst moeten er acht dagboeken geweest zijn, maar ze zijn niet gebruikt bij de behandeling van zijn zaak in 1946.'

Hugo stelde voor om het gesprek voort te zetten bij Americain, waar ze ook iets konden eten. Nieuwsgierig geworden had hij besloten zijn voordeel te doen met de ontmoeting; de schrijver wist ontegenzeggelijk veel meer over het verleden van zijn grootvader dan hij.

'Mag ik vragen,' zei Wieringa op het Leidseplein, 'of er bij u thuis over gesproken werd, over zijn oorlogsverleden? Of was dat taboe?'

Hugo schudde zijn hoofd. 'Het was iets voor de buitenwereld vooral. Het kwam altijd ter sprake als er over het bedrijf geschreven werd. De laatste jaren minder. De oorlog is een oude man geworden.'

Voor de Stadsschouwburg weken ze uit voor een groep toeristen die een tram verliet. De schrijver vroeg: 'En hoe wordt er bij u in de familie over hem gedacht?'

Hugo zweeg. Tot nu toe had hij nog niets gezegd wat de familie kon schaden. De omerta was nog niet geschonden. Bij het kruispunt wachtten ze voor een passerende tram. Gezichten, oplichtend achter de ramen, geluidloos schreeuwend om hulp. De tram verdween, ze staken het verkeersplein over. Koud zonlicht spatte van autodaken en putdeksels. Voor Americain wierp de fontein hoge waterstralen in de lucht. Het beweeglijke water in het bassin riep in Hugo een herinnering op die zo oud was dat ze naam noch vorm bezat – ze moest uit zijn vroege kindertijd afkomstig zijn, waar hij zich had verloren in zulk beweeglijk geschitter. Het bijbehorende gevoel was warm en aangenaam, maar verder liet zijn geheugen hem niet toe – een lichtstraal scheen een ogenblik lang op geheimzinnige tekens op de rotswand, voordat ze weer in duisternis wegzonken.

Een serveerster bracht hen naar een tafeltje bij het raam. Hugo keek uit over de fontein, de platanen en de Leidsebrug daarachter. Hij bestelde de tuna melt met jalapeños, de schrijver nam brood met kroketten. 'Het is me nooit gelukt om vegetariër te worden,' zei Wieringa met spijt in zijn stem. 'Een grote mislukking eigenlijk.'

Hugo zei: 'Ik wil graag horen wat u te weten bent gekomen. Uw gedachten over hem.'

'Ik ben misschien iets te veel geobsedeerd door de werkelijkheid,' zei Wieringa schouderophalend. 'Goede, harde feiten maken de verbeelding geloofwaardig, de beperking die ruimte schept. Zoals u de randen van het schilderij hebt waar u niet buiten kunt treden.' Hij boog voorover. 'Ik heb trouwens nog niet verteld dat ik een bewonderaar ben van uw werk. U hoort dat natuurlijk vaker, maar *Das größte Kunstwerk, das es je gegeben hat*... dat schilderij van u... Ook al is de titel misschien ironisch, het is echt een heel groot werk.'

'Het is lang geleden,' zei Hugo, alsof hij zich verontschuldigde voor wie hij nu was.

'U nam een risico met die titel,' zei Wieringa. 'Stockhausen werd uitgekotst toen hij dat zei na 9/11. Dat had u ook kunnen gebeuren.'

Hugo schudde zijn hoofd. 'Stockhausen zei dat direct na de aanslagen, dat schilderij is van een paar jaar later. De opwinding was er al een beetje vanaf toen. Bovendien kon het inderdaad ironisch worden opgevat. Dan ben je altijd safe.'

'Ik heb het gezien op de Luftmensch-tentoonstelling in het Stedelijk. Ik kon niet ophouden met kijken.' Wieringa grinnikte. 'Ik heb er zelfs een ansichtkaart van gekocht.'

Het deed Hugo op een onverwachte manier goed dat de ander zijn werk waardeerde. Zelfs als het hem nooit meer zou lukken om iets van enige betekenis te maken, hij was niet altijd een mislukking geweest. Er was wil en gravitas geweest, en het werk was, naar het zich liet aanzien, vooralsnog sterker gebleken dan de maker.

'Waarom schrijft u over mijn grootvader?' vroeg hij toen. 'Hoe kwam u bij hem?'

Wieringa veerde op. 'In mijn propedeusejaar schreef ik een werkstuk over Alcibiades,' zei hij. 'Kent u hem? Een Atheens generaal uit de vijfde eeuw voor Christus. Hij werd de meest begaafde van zijn generatie genoemd. Alcibiades was een atleet, een redenaar, een strateeg, in alles even goed, en ook nog eens onmatig knap en dapper. Alsof de natuur ermee geëxperimenteerd had hoeveel talenten en charmes ze kwijt kon in één man.'

In de Peloponnesische Oorlog wisselde Alcibiades van kant, vervolgde Wieringa, nadat hij in Athene in de problemen was geraakt. Hij vluchtte naar Sparta, waar zijn hulp leidde tot veel tegenslag voor de Atheners. Zijn zwakte was dat hij zich vlug verveelde en zich dan overgaf aan seksuele pleziertjes. Omdat hij het had aangelegd met de vrouw van de Spartaanse koning moest hij ook daar weer vluchten, en bood toen zijn diensten bij de Perzen aan. 'Een ongrijpbare figuur kortom,' zei Wieringa, 'de meningen over hem lopen zeer uiteen.'

De schrijver smeerde boter op zijn brood en prakte de kroketten tot moes. Daaroverheen kneep hij twee zakjes mosterd leeg en hij begon te eten terwijl hij uitweidde over de avonturen van de Atheense generaal, die daarna nog een paar keer van kant wisselde. Hugo was de draad allang kwijt en keek hoe het brood en de kroketten in de pratende mond van de schrijver werden vermalen tot een grauwe bal.

'Nou ja,' zei Wieringa tot besluit, 'dat laatste geintje kwam Alcibiades dus duur te staan, want toen hebben ze zijn huis in brand gestoken en hem met pijlen gedood toen hij naar buiten rende.'

Triomfantelijk keek hij hem aan. Hugo begreep het niet. De

serveerster dook naast hun tafel op om te vragen of alles in orde was. Wieringa knikte ongeduldig en zei: 'Kijk, trouw is een deugd die we belonen met lintjes en medailles. Voor ontrouw is geen waardering. Neem Judas, de slechtste mens die ooit heeft geleefd volgens de traditie, maar zijn kus was er natuurlijk een van diepe vriendschap, die het wiel in beweging zette dat van Christus de Verlosser maakte. Verraad en ontrouw hebben soms geldige, complexe redenen, wil ik maar zeggen, terwijl voor trouw geen andere redenen bestaan dan die van het hart. Alcibiades was te intelligent en te avontuurlijk voor werkelijke trouw in een onzekere tijd, daarom vind ik hem interessant, net als uw grootvader.'

'Aha,' zei Hugo. 'Ik vroeg me al af waar hij bleef.'

'Ze hebben veel van elkaar weg vind ik,' zei de ander, 'Alcibiades en Adema.' Een vlugge glimlach. 'Ga maar na, Alcibiades was olympisch kampioen paardenrennen, uw grootvader roeikampioen in de jaren dertig. Uw grootvader deed als ingenieur baanbrekende dingen en bouwde als ondernemer een imperium op. Zijn redevoeringen in de oorlog trokken de aandacht, er werd over geschreven in de kranten. Hij was gezien bij vrouwen. Hij wisselde weliswaar niet vier keer van kant zoals Alcibiades, maar twee keer is toch ook al heel wat. De eerste keer toen hij de kant koos van de bezetter en de tweede keer toen hij zich aansloot bij het verzet.' Wieringa viel even stil. 'Daar kom ik niet uit, die schimmige bekering tot het verzet. Daar loopt hij voor de tweede keer over, naar de goede kant ditmaal. De commandant van de verzetsgroep waarbij hij zich aansluit zal na de oorlog voor zijn rechters getuigen dat uw grootvader ondanks zijn eerdere fout toch een goede vaderlander was. Hij was ten goede gekeerd en had de illegaliteit geholpen aan belangrijke informatie over bunkerbouw en plaatsen waar hoge ss'ers samenkwamen. Die commandant Versteeg steekt echt zijn hand voor hem in het vuur. Hij benadrukt dat de contacten tussen uw grootvader en hem al dateren van voor de Duitse nederlaag bij Stalingrad, want na Stalingrad werd duidelijk dat Duitsland de oorlog kon verliezen. Adema, zegt hij daarmee, is dus geen opportunist die zich wilde indekken voor na de oorlog. Van zijn anti-Duitse ontwikkeling getuigen volgens hem ook zijn dagboeken. Dat is de tweede keer dat er in zijn dossier naar wordt verwezen. Die commandant Versteeg heeft ze dus gelezen. Maar die dagboeken, en nou wordt het detectiveachtig, zijn verdwenen voordat de rechters van de Bijzondere Rechtspleging ze hebben kunnen inzien. Ze zaten dus wél in zijn strafdossier maar zijn niet gebruikt bij zijn berechting.' Wieringa hief zijn handen hulpeloos in de lucht.

'Het einde van de feiten,' zei Hugo.

De schrijver knikte mismoedig. 'Het einde van de feiten.'

'En nu?'

Wieringa zweeg en staarde naar het Hirsch-gebouw aan de overkant van de straat, ooit gebouwd als majestueus modehuis en nu, meer dan honderd jaar later, een Apple Store waar je net als bij de huisarts alleen op afspraak terechtkon.

'De dagboeken waren er,' zei Wieringa, 'en toen niet meer. Dat betekent vrijwel zeker dat ze belastende informatie bevatten.'

'Of dat ze gewoon zijn zoekgeraakt.'

Wieringa keek op. 'Dat kan ook. Het was een totaal chaotische tijd.' Hij dacht even na en zei toen: 'Die verzetsepisode bepaalt in welk licht we de rest van zijn levensloop moeten zien. Was het zijn geweten dat sprak of was het berekening? Vermomde de nazi zich als verzetsstrijder of ontdeed de verzetsstrijder zich van zijn nazi-uniform? Welk van de mombakkesen moeten we geloven?' Hij keek Hugo aan. 'Wat denkt u?'

Zijn broer Willem, dacht Hugo, zou zeggen dat hun grootvader een verzetsheld in het uniform van de vijand was geweest. Zijn vader net zo. Dat was hoe er in de familie over werd gepraat. Pake heeft een fout gemaakt, maar er is geen zondaar zonder toekomst en geen heilige zonder verleden.

Hugo haalde zijn schouders op en zei onwillig: 'Ik weet er te weinig van.' Hij realiseerde zich hoe zwak en ontwijkend dat klonk, maar liet het erbij.

'En als ik u vertel dat er destijds een integriteitsonderzoek is ingesteld naar die commandant?' zei Wieringa. 'De Politieke Recherche Afdeling verdacht hem van meineed. Ze hebben het niet kunnen bewijzen, maar in elk geval leefde het vermoeden dat zijn verzetsgroep allerlei foute figuren onderdak heeft verleend, als dekmantel voor na de oorlog.'

'Aha.'

'Ik probeer contouren te ontwaren in de mist,' zei Wieringa. 'Vaste vormen, iets tastbaars, maar hij ontglipt me steeds.'

Hugo zag zijn grootvader voor zich aan de rand van het zwembad lang geleden, de dwingende blik die niets prijsgaf maar slechts opeiste. Je zou gehoorzamen, wat hij ook vroeg.

Wieringa bestelde een cappuccino. 'Een sterke, kunt u daarvoor zorgen? Dus met minder melk of meer koffie.'

Een vlaag van irritatie trok over het gezicht van de serveerster. Ze liet de borden staan. Toen ze even later zijn bestelling neerzette, roerde hij erin en zei: 'Veel te veel melk. Ik vroeg een sterke cappuccino. Dit is een caffè latte of zo.' Hij keek haar na en mompelde: 'Nederlands horecapersoneel... Een vloek.'

Hij leek nogal fanatiek als het op zijn koffie aankwam, dacht Hugo, wat een bron van voortdurende teleurstellingen moest zijn. 'Wat u bestelt,' zei hij, 'lijkt nog het meest op een cortado. Of een noisette, zoals in Frankrijk.'

'U hebt gelijk,' zei de schrijver somber. 'Ik zal in het vervolg om een cortado vragen.' Hij tuurde in zijn kopje. 'Dit is niks.'

5

Hugo bleef alleen in Americain achter toen Wieringa er na een geschrokken blik op de grote art-decoklok vandoor ging. Hij moest zijn dochters ophalen en nog afsluiten bij het NIOD. Hij greep zijn jas en pet, bedankte Hugo en sprak de hoop uit dat ze elkaar nog eens zouden zien.

'Run, Forrest, run,' mompelde Hugo tegen het raam toen hij hem even later op hoge, stakerige benen langs zag rennen.

De staart van de ontmoeting had nog een verrassing opgeleverd. 'Hoe ik bij uw grootvader kwam, vroeg u daarstraks,' zei Wieringa. 'De belangrijkste reden heb ik nog helemaal niet verteld. De waarheid is dat u en ik elkaar al eerder hebben ontmoet. Een paar keer zelfs.' Hij lachte om Hugo's gefronste wenkbrauwen. 'Heel lang geleden hoor, u was nog maar een jochie toen, dus geen wonder dat u het niet meer weet. Uw gouvernante destijds was namelijk mijn pleegmoeder. Beth? Beth Wiel?'

Hugo schoot naar voren in zijn stoel. '*Onze* Beth?!'

'Beth is mijn pleegmoeder inderdaad. Voordat zij voor u en uw broer zorgde heeft ze zich over mij ontfermd. Toen ik dreigde te ontsporen heb ik een paar jaar bij haar gewoond.'

Dankzij haar inspanningen was Wieringa op vijftienjarige leeftijd aangenomen op een middelbare school in Diever, vertelde hij, zijn laatste kans nadat hij van twee andere scholen was gestuurd. En toen hij onder haar voortdurende aanmoediging zijn middelbareschooldiploma had gehaald en was gaan studeren in Groningen, was Beth via een nanny-bemiddelingsbureau bij de familie Adema in dienst getreden. Bij haar op bezoek in Wassenaar had Wieringa voor het eerst over Willem Bruno Adema gehoord – pas vele jaren later had hij in hem een personage voor een roman herkend.

Beth woonde na haar laatste dienstverband alweer jaren in Drenthe.

Wieringa vertelde over de keren dat hij op bezoek was geweest op de Groot Haesebroekseweg. Hij had er zelfs een paar keer gelogeerd. 'In dat prachtige huis met die stallen en zo. Dus ja, ik weet zo'n beetje waar u vandaan komt. U en uw broer waren een soort terrible twins, heel grappig.'

Hugo herinnerde zich de vrijheid die Beth naar hun huis had gebracht in de drie of vier jaar dat ze bij hen was, vrijheid die naar koude voorjaarslucht en kluiten vers gestoken aarde rook. Misschien zelfs, zei hij tegen Wieringa, dat zijn jeugd toen pas werkelijk begonnen was. Voorbij was het met de eeuwige vermaningen van vorige gouvernantes, Beth kocht blauwe overalls voor de tweeling en joeg hen naar buiten. Ze kregen tuingereedschap en een eigen gereedschapskist. Toen Willem in zijn been zaagde verpleegde ze eerst zijn wond en naaide toen zijn overall. Ze had er een uitgesproken hekel aan om hen in dezelfde pakjes te steken op verjaardagen en feestdagen. 'Jullie zijn niet hetzelfde, verdorie,' mopperde ze. Ze maakte grote pannen chili con carne en stamppotten met liefst twee rookworsten erin en legde een moestuin en een bloementuin aan. Haar gebogen gestalte in de tuin, met lange rokken en op klompen, had Hugo later teruggezien in het werk van Van Gogh, bij de arenleester en de boerinnen in de velden rond Nuenen.

Wieringa zat verheugd te knikken, en het trof Hugo als een onaangename intimiteit dat ze dezelfde soort herinneringen hadden aan haar. Hij, die indringer, had zelfs aan Beths tafel in de kamers en suite op de eerste verdieping van zijn ouderlijk huis gezeten, en gezien hoe ze daar na werktijd onder de lamp zat te lezen en te roken. Die vurenhouten tafel die ze van thuis had meegebracht zat vol brandplekken van de filterloze Camel-sigaretten die ze rookte; beide mannen herinnerden zich hoe tal van sigaretten die ze opstak opbrandden in de koperen asbak. De grijze askegel groeide net zo lang tot hij brak, waarop het laatste stuk uit de asbak viel en een zwarte plek in het tafelblad schroeide.

Beth maakte quilts en breide wollen sokken en truien voor de tweeling. Hugo was altijd graag bij haar op die kamer geweest. Ze kwam uit een wereld die hij niet kende, hij had nog nooit iemand ontmoet zoals zij. Hij vond het betoverend als ze in de Wassenaarse boekhandel stapels boeken tegelijk kocht voor Willem en hem. Ze las de jongens *Kikker en Pad* voor, en de verhalen van Uil die griende om stompjes potlood die te klein waren om vast te houden en liedjes die niemand meer kon zingen omdat de woorden vergeten waren. Bestond er zulk onherroepelijk verlies, had Hugo zich afgevraagd, kon iets ooit volledig uit het geheugen van de wereld verdwijnen? Hijzelf bewaarde ook stompjes potlood in zijn zakken, en Bic-pennen die altijd lekten. Van Beth kreeg hij op een dag een groot schetsblok en Caran d'Ache-potloden die in vervloeiende kleuren in de doos lagen. De geur van een vers geslepen potlood bracht hem nog altijd terug naar die dagen van beginnersgeluk.

Beth kwam uit een streng gereformeerd gezin in de Alblasserwaard, waar de stem des Heeren luid boven de polders en rivieren werd gehoord. Ze had hem verteld hoe ouderlingen als schaduwen door de straten gingen, en deed voor hoe haar vader bij de maaltijden uit de Statenbijbel voorlas. Haar moeder werd steeds strenger in de leer, het geloof werd naar de letter beleefd. Haar zeven roodharige kinderen lachten stilletjes om de vele exegese-uren die hun moeder in de voorkamer met de dominee doorbracht. Ook die kinderen raakten doordesemd van de predestinatieleer en van 'wat niet plicht is, is zonde'. Een buurmeisje verdronk zich op een winteravond na de kerkdienst in de Beneden-Merwede en kwam weken later pas bovendrijven tegen een krib. Beth was aan het regime van een kwezelachtige moeder, een tirannieke vader en een toornige God ontsnapt door aan een verpleegstersopleiding te beginnen in Arnhem en verkering te krijgen met een nozem. Zo had ze zich vrijgemaakt, ten koste van verstoting.

'Mijn vader is civiel ingenieur,' had ze op een dag tegen de jongens gezegd, 'net als die van jullie, maar de mijne bouwt winkelcentra en geen schepen, heel saai.' Ze voorspelde dat Willem net als zijn vader en grootvader naar Delft zou gaan. 'Jij niet,' had ze tegen Hugo gezegd. 'Jij gaat andere dingen doen. Jij moet alleen zijn.'

Terwijl beide mannen spraken over deze wonderbaarlijke overeenkomst in hun bestaan, probeerde Hugo zich de schrijver, een jongeman toen nog, te herinneren, maar hij stond voor een zwart gat. Het stak hem dat de ander een geheugenvoorsprong had en zich hem wel herinnerde, zodat het leek alsof hij hem vanuit een verborgen positie bespiedde.

Beth, vertelde Wieringa, was het geweest die zijn leven in een beslissende richting had geduwd, door haar was de literatuur in zijn leven gekomen. Hugo knikte en dacht aan de dag waarop Beth hem had meegenomen naar Goedman in Den Haag, waar hij zielsgelukkig tussen de stellingkasten met kunstenaarsbenodigdheden had gedwaald. Het duizelde hem van de kleuren voor de kasten met verf. Hij hield onverklaarbaar veel van verf, potloden en papier. Ze hadden de winkel verlaten met tassen vol opgespannen doeken, houtskoolstiften, penselen en verf, en op de terugweg had hij haar gevraagd waarom de meeste kleuren geen eigen naam hadden maar naar iets uit de natuur waren vernoemd, zoals eigeel en zalmroze. Daar had ze nog nooit over nagedacht, zei ze, maar hij had gelijk als ze dacht aan hemelsblauw, mosgroen en kobaltblauw. Hugo vond maisgeel en zij noemde pikzwart ('van pek,' zei ze, 'een soort teer') en ossenbloed, waar hij nog nooit van had gehoord. Na sneeuwwit, grasgroen, bloedrood, citroengeel en kastanjebruin liep het spelletje op z'n eind. Legergroen, noemde Beth nog toen ze de oprijlaan op reden, maar dat was geen kleur uit de natuur, had Hugo tegengesputterd.

'Purist,' zei ze, en lachte.

Nooit had ze hem als kind behandeld. Ze had zijn gedachten en voorstellingen van de wereld altijd serieus genomen en praatte met hem als een gelijke. Het leek, zei Hugo tegen Wieringa, of aan de gelukkige jaren van zijn jeugd een einde was gekomen toen zij uit hun leven verdween, terwijl zijn kunstenaarschap nu juist door haar begonnen was – zij was het die hem onophoudelijk had voortgeduwd en aangespoord het aantal goede en ware dingen in de wereld te vergroten.

Soms had Beth de tweeling afgezet bij het hoofdkantoor van Adema Marine Operations in Delft om daarna zelf inkopen te gaan doen. Terwijl op ooghoogte auto's langszoefden op de A13 zaten Willem en Hugo aan het bureau van hun vader schepen te tekenen. Aan de muren hingen foto's van kraanschepen die hun grootvader had ontworpen voor de olie- en gaswinning op de Noordzee. Een vriendelijke ingenieur die Dick heette en een ziekenfondsbrilletje op zijn neus droeg, wees ze op het kraanschip Loki, 'waarmee jullie opa een revolutie heeft veroorzaakt op zee'. In 1963 had Willem Adema een vrachtschip doormidden laten zagen en een werkplatform tussen beide helften geplaatst. Daarmee had hij de maximumhijscapaciteit van een schip vergroot naar driehonderd ton.

'Toen was dat nog enorm veel,' zei Dick. 'Er was nog nooit een schip geweest dat zoveel kon tillen.' Hij vertelde Hugo hoe hij het verschil tussen deining en zeegang kon zien – Hugo hield ervan om golven te tekenen, de afwisseling van licht en schaduw, de schuimkoppen waar de wind overheen stoof. Van de secretaresses kregen ze koekjes in cellofaan en waterige chocolademelk uit de automaat. Als Beth klaar was met de boodschappen reden ze met open dak terug naar Wassenaar, de jongens joelend achterin.

De zwarte Saab 900 Classic was als een van de eerste auto's in Nederland uitgerust met een autotelefoon, de Carvox 2453 – een veiligheidsmaatregel. Na de ontvoering van Toos van der Valk en Freddy Heineken was de beveiliging van de rijken flink opgevoerd, en toen in 1987 ook Gerrit Jan Heijn en Valérie Albada Jelgersma werden ontvoerd ontkwam niemand meer aan persoonlijke beveiliging.

De vader van de tweeling had een Vlaamse oud-marinier in de arm genomen. Omer Vandamme had in Congo gediend en volgens Max Bruno 'heel wat Bosjesmannen in zijn dradenkruis gevangen'. Als Beth met de jongens op stap was reed hij altijd vlak in de buurt. Het was haar nooit gelukt hem af te schudden. Met twee Mechelse herders bewaakte hij de villa aan de Groot Haesebroekseweg. Op zaterdagmorgen nam Omer de honden mee naar een trainingsbaan waar hij ze, gestoken in een bijtpak, africhtte tot griezelige vechtmachines. Op een dag was Hugo met hem meegegaan en had met ontzetting toegekeken hoe de zachtaardige Leopold en Louise op Omers teken veranderden in verscheurende monsters. Koolmezen en tjiftjafs schalden in de bomen, langs de sloten liepen de wilgenkatjes uit. Omer matte de honden – moeder en zoon – flink af en slingerde ze in het rond om hun beet krachtiger te maken. Schuimvlokken vlogen door de lucht, de honden piepten en grauwden, aan het eind van de training waren ze volledig doorweekt.

's Middags lag Leopold uitgeteld bij de stallen. Hugo zat op zijn hurken bij hem en aaide hem. Hoe kon dit zachtaardige dier dezelfde zijn als de hellehond van daarstraks? Zou hij hem ook zo te pakken nemen als Omer daartoe het bevel gaf? Hij stelde bitter vast dat hij de hond nooit meer helemaal kon vertrouwen. Toen zijn moeder uit de stal kwam met haar favoriet Bucephalus aan het leidsel, stond hij op. Ze hees zich in het zadel. Hoog torende ze boven hem uit op de rug van het grootste paard ter wereld. Ze boog voorover en tikte Hugo met het leren lusje van haar rijzweep op het puntje van zijn neus. 'Tot straks lieverd.' Mama. Moeder. Petra Adema, geboren Veenendaal. Ze zal het haar ouders nooit vergeven dat ze met die boerentrienennaam geboren is.

Omer vond het ergerlijk en onverantwoord als ze alleen uit rijden ging, ze doorkruiste het veiligheidsprotocol. Hij kon haar volgen tot ze de ruiterpaden op ging, daarna was hij haar kwijt. Ze lachte om zijn zorgen. Hugo keek haar na, zijn moeder de krijgsgodin. De poort schoof open, nog enige tijd hoorde hij het hoefgeklepper op het plaveisel. 'Kom Leo,' zei hij mat. Met een zucht kwam de hond in de benen en volgde hem naar het huis.

En dit is de dag waarop Beth hem vertelt dat het niet langer gaat tussen zijn moeder en haar. Hij zit met haar aan de tafel met het firmament van schroeiplekken erop en hoort haar stem die zegt: 'Jouw moeder en ik denken nu eenmaal heel anders over veel dingen. En er zit bij ons allebei een kop op, dus dan is het soms beter om uit elkaar te gaan.' Hij weet alleen maar praktische vragen te stellen, waarbij het lijkt of er een ellendig gepiep opstijgt uit zijn borst. Waar ze dan naartoe gaat, vraagt hij, want haar huis in

Diever heeft ze opgegeven toen ze bij hen in dienst trad. 'Dat weet ik nog niet,' zegt ze, 'maar ik vind heus een plekje ergens, maak je over mij maar geen zorgen.' Zal ze voor de kinderen van een andere familie gaan zorgen? Dat kan, antwoordt ze, en een golf van jaloezie overspoelt hem bij de gedachte aan de kinderen die ze met haar geelberookte vingers over de bol zal aaien en naar hun kamers zal vloeken als ze over de schreef gaan. Onbedaarlijk huilend kruipt hij op haar brede schoot die voor tweelingen gemaakt schijnt. Ze vouwt haar hand rond zijn achterhoofd. 'Ach jochie toch,' zegt ze zacht. 'Zo gaat dat soms, wees maar niet verdrietig, alles blijft verder zoals het is.' Maar hij weet dat dat niet waar is. Dit is de dag waarop hij ontdekt dat er inderdaad onherstelbaar verlies bestaat. In de hele wereld zijn er maar twee levende wezens onmisbaar, Leopold en zij. Ze heeft hem getroost en aangemoedigd, tuinbroeken voor hem genaaid en een maan, een zon en sterren op zijn favoriete spijkerjasje geborduurd. Ze is zijn moeder geweest. En wanneer ze op een zwarte dag niet lang daarna voorgoed vertrekt ziet hij haar door een waas van tranen zwaaien door het autoraam als Omer haar naar het station brengt. De Saab rijdt de oprijlaan af, Beths behuilde gezicht is het laatste wat hij van haar ziet, het wapperende rode haar. Nog jarenlang stuurt ze hem brieven en ansichtkaarten. Met terugschrijven is hij na een paar keer opgehouden.

6

Op Facebook waren een paar mensen onder de naam Elizabeth Wiel actief. Hugo gokte op degene met het meest activistische profiel, ze had onder meer een petitie getekend tegen de doodstraf van ene Robert Garza in de VS en erbij geschreven dat de doodstraf zelfs bij schuld wreed en inhumaan was. Hugo stuurde haar een vriendschapsverzoek via Messenger en googelde daarna Robert Garza, de jongeman die in een trailerpark het vuur had geopend op zes serveersters in een auto. Rond de auto waren eenenzestig hulzen van verschillend kaliber gevonden. Op 19 september 2013 had Garza per injectie het middel pentobarbital toegediend gekregen. Nog voordat Hugo kon bedenken wat hij vond van een staat die gewetenloze jongemannen afmaakte als overtollige asielhonden, werd zijn vriendschapsverzoek geaccepteerd. 'Goedemiddag,' tikte hij terug, 'is dit de Beth Wiel die ik zoek?', waarop per omgaande haar antwoord kwam. 'Dag Hugo!' las hij, 'wat vind ik dat fijn om van je te horen! Een wonder toch dat zoiets zomaar kan tegenwoordig. We hebben elkaar zoveel te vertellen! Ik volg je natuurlijk op afstand, zo trots dat je je weg hebt gevonden.'

Het bericht ontroerde hem. Een uur lang wisselde hij wederwaardigheden uit met zijn vroegere gouvernante, opgetogen over het herstel van het contact na al die jaren. Ze woonde in Nieuw-Balinge, op Google Maps zag hij dat dat niet ver van de Duitse grens in Drenthe lag – New York leek dichterbij.

'Ik zit helaas in de lappenmand nu,' schreef ze, 'maar zodra ik beter ben moeten we elkaar beslist gauw zien!' Hij schreef dat hij hoopte dat het niets ernstigs was, waarop ze antwoordde dat het een nare griep was die maar niet overging. Ze sloot af met 'Dag lieve jongen', alsof er geen dertig lange jaren verstreken waren.

De rest van de middag was hij alleen met zijn herinneringen. Het was Beth geweest die hem in bescherming had genomen tegen de driftaanvallen van zijn broer. Toen dat niet hielp zei ze: 'Dan sla je maar terug, dan leert-ie het wel af.'

Waren Willems geweldsuitbarstingen tot dan toe kort en hevig geweest omdat Hugo ze passief onderging, vanaf het moment dat hij zich verweerde had hij vaak een bloedlip en een lijf vol blauwe plekken en krassen, en soms ook een blauw oog. Terugslaan was niet gemakkelijk, hij miste kracht en sloeg vaak naast.

Willems woedeaanvallen waren onvoorspelbaar en hevig, in hem bevond zich een granieten kern, ondoordringbaar voor de buitenwereld en misschien ook wel voor hemzelf. Had de woede eenmaal bezit van hem genomen, dan gaf hij niet langer om de gevolgen en sloeg er in opdracht van het commandocentrum in het kerngesteente machinaal op los. Waarom? Omdat, zoals gezegd wordt, iemand die zijn dubbelganger tegenkomt zichzelf vernietigd voelt? Beth trok hen uit elkaar en joeg ze naar hun kamers. Willem accepteerde zijn straf met taaie gelatenheid. Hij zond haar woedende blikken toe en klemde zijn lippen stijf opeen.

Toen de jongens met Omer een kippenhok bouwden achter in de tuin was op een dag de klauwhamer zoek. Ze vonden hem nergens in het gras rond het hok dat het onderkomen zou worden van twee Araucaner kippen. Hugo maakte zich zorgen over de verdwenen hamer, hij zag voor zich hoe zijn broer hem van achteren besloop om zijn hersenen ermee in te slaan. De hamer zweefde nog enige tijd door zijn verbeelding en verdween toen weer.

Hij won nu soms van zijn broer. De eerste keer dat hij bovenop kwam was hij zo beduusd dat Willem van zijn verwarring gebruikmaakte om zich onder hem vandaan te worstelen en hem alsnog in elkaar te slaan. Als je eenmaal de bovenliggende partij was dan moest je je overmacht agressief verdedigen, wist Hugo nu – hij raakte vertrouwd met de schitterende, withete vlam die in hem opschoot, in het verterende licht waarvan alleen nog maar dat ene bestond: de vernietiging van zijn evenbeeld. Maar jammerde zijn broer eenmaal van pijn dan hield hij op en liep weg. Willem niet. Op een dag boog hij Hugo's wijsvinger net zo ver door tot die brak. Hugo's pijnkreten waren geen reden voor hem om op te houden, integendeel, het leek of hij ze als aanmoediging beschouwde, een teken dat hij op de goede weg was. Of het kraken van de vinger ook uitwendig te horen was geweest wist Hugo niet, maar in zijn oren had het geklonken als het breken van een dorre tak. Hij kon een tijdlang niet tekenen met zijn vinger in een spalk.

'Wat moeten we nou met jou?' had Beth tegen Willem gezegd. 'Jullie zijn net Esau en Jakob.' Willem knikte schuldbewust, dankbaar dat hij stukje bij beetje weer in genade werd aangenomen. Beth las hun *De brief voor de koning* van Tonke Dragt voor op haar bed vol geborduurde kussens, en daarna in twee dagen *De gebroeders Leeuwenhart*. 'Goh, wat is dat prachtig,' zei ze een paar keer, en stelde hun de broers Jonatan en Karel Leeuwenhart ten voorbeeld. 'Dat is nou broederliefde,' zei ze, en Willem zei: 'Ja makkelijk, zij schelen een paar jaar.' Beth had hem gelijk gegeven: 'Jullie slaan elkaar inderdaad de hersens in omdat jullie zo dicht op elkaar zitten.'

7

In het grijze licht van de vooravond liet Hugo zich in een hoek van de zolderverdieping op zijn meditatiekussen zinken. Hij strekte zijn rug en vouwde zijn handen rond zijn navel, zijn ademhaling verdiepte zich als vanzelf. *Bouw je houding zorgvuldig op* – met die woorden was zijn leraar zijn lessen begonnen, en zacht weerklonk die zazen-instructie nu ook in zijn hoofd. *Niets veranderen. Niets willen verbeteren. Alles zo laten.* De bewegingloze zitmeditatie was hem aanvankelijk erg bevallen, de pijn van het zitten en de wanhoop door de volgehouden bewegingloosheid waren een essentieel onderdeel van de oefening, maar ze was in de loop der tijd steeds meer corvee geworden, waar hij niettemin aan vasthield. *Er is alleen maar dit.* Zo zat hij in het halfduister, zijn geloken ogen gericht op een punt voor zich op de plankenvloer. De tijd verstreek. Telkens wanneer zijn gedachten afdwaalden naar de dag die achter hem lag keerde hij naar zijn ademhaling terug. De geest was notoir ontembaar, zoals sommige diersoorten dat waren. Waarom dook de gouden kies van de schrijver opeens zo dwingend in zijn geheugen op, een irrelevant detail dat hij had waargenomen terwijl Wieringa die middag brood en kroketten vermalen had? *Alles zo laten.* Aantrekkelijk was de afwezigheid van elk spoortje esoterie in zazen. De praktijk vroeg iets heel eenvoudigs van je – zitten en blijven zitten, en onderwijl je gedachten en aandriften beheersen – waar zelfs de meest gevorderden nog elke dag mee worstelden. Hij stroomde door de tijd en de tijd stroomde door hem. Zebra's, die waren bijvoorbeeld nooit gedomesticeerd – te paniekerig, ze sloegen op de vlucht bij elk geluidje en elke onverwachte beweging. *Er is alleen maar dit…* Iedereen op de zenweg bleef een leerling, de roshi niet uitgezonderd. Shunryu Suzuki wees op het belang daarvan in zijn instructie *Zen Mind, Beginner's Mind*: 'In de geest van de beginner zijn er vele mogelijkheden, in die van de ervarene maar enkele.' De zentraditie bediende zich van paradoxen en stond een beetje lacherig tegenover de discursieve dualiteit van het westerse denken. Het was een strenge praktijk, vond Hugo, die je niets in het vooruitzicht stelde, straf noch beloning, alleen het scherpen van je bewustzijn en concentratie op het nu – en zelfs de hoofdprijs, *kensho* of *satori*, kleine of grote momenten van verlichtend inzicht, werd niet erg aangeprezen. Het viel zo nu en dan iemand te beurt, in hapjes of ineens, zonder dat er veel ruchtbaarheid aan werd gegeven. Het waren harde jongens, zenbeoefenaars, goede denkers vaak ook. *Alleen maar zitten…*

Loïs op het slaapkamerterras van het huis op Ibiza, in de ochtendzon. Het restje koelte in de kamer van de nacht die achter hen ligt. Hij zit aan zijn werktafel, zij leest. Deze herinnering had zich 's middags, tijdens de ontmoeting met de schrijver op de gracht, in uiterste samenballing aan hem opgedrongen, en ook nu, terwijl hij stil op zijn kussen zat, keerde de verloren tijd in al zijn zintuiglijke volheid naar hem terug – Loïs, het huis, de vrede die hij vond in de liefde. Zomer 2006, toen ook de foto van hen tweeën op het dak van de finca was gemaakt, vlak voor de afsprong in het zwembad in de diepte – Loïs en Hugo, Hugo en Loïs, hun namen vervlochten als initialen op een zegelring. Functionele, prachtige lichamen, uitgeteerd door een dieet van vis en narcotica. Soms lagen ze onder bleek sterrenlicht op het platte dak, rookten een jointje en ondergingen de afgrondelijke verbijstering over de diepten boven hun hoofd. Overdag werkte hij in de slaapkamer annex werkkamer, een vertrek dat uitkeek over de maquis op de berghelling en de zee daarbeneden. De ventilator zwiepte rond boven zijn hoofd, op de hoeken van het A3-tekenpapier lagen ronde stenen van het strand. Met houtskool tekende hij de stieren die hij een paar dagen eerder tijdens een corrida op Mallorca had gezien. Hij was er met de veerdienst tussen Ibiza en Mallorca naartoe gegaan. In de arena van het Coliseo Balear had hij naar de stieren gekeken zoals de steentijdmens ze moet hebben gezien voordat hij ze in een hinderlaag dreef en met speren en pijlen doorboorde, om ze daarna op een rotswand diep in de aarde te vereeuwigen. Toen Hugo de arena weer verliet wekte een groep demonstranten met protestborden en gescandeerde yells hem uit de betovering van zo-even; het was of de activisten leuzen riepen bij het uitgaan van een kerk, een protest tegen het sacrale. Hij was zo in de rituele slachting opgegaan dat hij er geen moralistische gedachten bij had gehad.

Nu tekende hij de dieren in zwart en oker en keerde terug naar het begin van alle kunst. 'Después de Altamira todo es decadencia,' had Picasso gezegd, na Altamira is alles decadentie. Er school wellust in het kijken naar stieren en het afbeelden ervan; het verschil tussen hem en een steentijdmens was niet zo groot, ze waren evenzeer onder de indruk van die kolossen op hun wonderlijk dunne pootjes, de brute kracht onder de huid, de gestileerde kop met sierlijk gekromde horens, en ja, ook van de erotiek van het gevaar. Het was een iconisch dier, iedereen kon met twee lijnen een herkenbare stierenkop tekenen, de kop van een haas of een beer was al veel moeilijker.

Op het slaapkamerterras las Loïs haar boek in de zon die aan kracht won. Rond het zwembad aan de achterzijde van het huis hingen vrienden uit Nederland en een Braziliaans meisje dat ze gisteren nog niet kenden maar dat met de anderen in de laadbak van de Toyota Hilux, zijn eilandauto, was geklommen toen ze

’s avonds laat het restaurant hadden verlaten en heuvelop waren teruggereden naar huis. Ze heette Hilda, aan het dragen van kleding leek ze een hekel te hebben.

Vrienden waren altijd welkom, maar het slaapvertrek waar hij werkte en het terras hield Hugo voor zichzelf. Loïs was de enige die hij hier verdroeg. Soms keek ze een tijdje op uit haar boek en las dan verder. Ze konden goed stil zijn samen.

Die avond reed hij met het hele gezelschap weer terug naar restaurant El Bergantin, waar ze een paar avonden per week aten. Daaraan voorafgaand zwommen ze in de baai en droogden zich af tussen de vissersloepen. In de vitrine in het restaurant lag een enorm stuk blauwvintonijn, opaalachtig glanzend, een kilo of dertig zwaar. De eigenaar, señor Sanz, zag hen kijken en zei: ‘Ellos pudieran alcanzar los mil kilos, pero la pesca indiscriminada no los deja crecer.’ Hij hief zijn armen hoog boven zijn hoofd. ‘Ya no quedan peces grandes en el mar.’

‘Wat zegt-ie?’ vroeg Marnix, Hugo’s oudste vriend.

‘Volgens mij dat er vroeger vissen van wel duizend kilo rondzwommen, maar dat ze de tijd niet krijgen om nog oud te worden. Weggevist voor ze zo groot kunnen worden.’

‘Laten we deze maar snel soldaat maken dan,’ zei Marnix, ‘voordat ze allemaal op zijn.’

Sanz nam hun bestelling op en verdween naar de keuken. Even later tilde de kok het stuk tonijn uit de vitrine. Met een hakmes kliefde hij de ruggengraat en sneed een paar flinke moten af.

‘Jezus,’ zei Loïs, ‘hij bloedt als een mens.’ Het bloed kroop naar de randen van het hakblok. De kok legde de vis terug op het schaafijs, dat framboosachtig roze kleurde. De Braziliaanse draaide een sigaret van slierten lichtgele tabak en rijstvloei en verdween naar buiten. Tatoeages in haar hals en op haar armen, gecamoufleerd door haar donkere huid.

'Afschuwelijk,' zei Yasmin hoofdschuddend, 'dat er geen oude vissen meer zijn.' Ze was twee dagen geleden gearriveerd, Hugo en Loïs hadden haar opgehaald van de luchthaven. 'En dat hij daar zo laconiek over doet.' Met een wijsvinger trok ze een baan over de beslagen buitenkant van haar wijnglas. 'Dan komt alles dus op de jonge exemplaren neer,' vervolgde ze. 'Voortplanting, cultuuroverdracht, alles waarin de oude dieren de jonge zouden moeten voorgaan. Toegepast op de mensenwereld zouden wij nu, op ons dertigste, zo'n beetje aan de beurt zijn om weggevist te worden.' Ze had een welluidende, diepe stem, alsof ze een zware roker was. Ze was het kind van een Nederlandse moeder en een Chinese vader die als jongen met de mailboot uit Java naar Nederland gekomen was. Haar reusachtige etnische mozaïeken sierden overheidsgebouwen en stations. Ze had een hekel aan de woorden 'etnisch' en 'exotisch' maar was opgehouden journalisten te corrigeren. Ze was helder en ernstig, vond Hugo toen ze elkaar in het eerste jaar op de Rietveld leerden kennen; het was meteen duidelijk dat ze vrienden zouden zijn en geen geliefden. Als ze uit het water kwam hield ze haar hoofd zijwaarts en kneep het water uit haar lange zwarte haren. Ze zei: 'Stel je voor, een wereld met alleen maar jongeren, nergens een rimpel of een grijze haar te bekennen. Geen ervaring en geen verleden, alleen maar het eeuwige heden van de jeugd, als in een kuikenfabriek of zo. Weeskinderen van de tijd. Niemand die je vertelt hoe het vroeger was, wat er van je verwacht wordt, hoe je je hoort te gedragen. Geen tradities en geen conventies. Het woord "leraar" heeft geen betekenis meer. Een vormloze, ahistorische wereld.' Ze trok een vies gezicht.

Het speet Hugo dat ze meteen moralistisch werd, het was een interessant onderwerp. Hij opperde dat de techwereld, waarvan ze de laatste jaren de stormachtige ontwikkeling zagen, er misschien zo uitzag als zij beschreef. Afgezien van een enkele oudere hippie of een grijze durfinvesteerder hier of daar alleen maar hoogbegaafde jongeren. De demografie van een jeugdherberg. Alles wat Silicon Valley produceerde ging principieel ten koste van de oude wereld, die waarin zij nog geboren waren. De futuristische kunstenaar en protofascist Filippo Marinetti was door eenzelfde drift bezeten toen hij meer dan een eeuw eerder in zijn manifest van het futurisme schreef dat de wereld was verrijkt met een nieuwe schoonheid, die van de snelheid. Hij vond een voortrazende raceauto met glanzende buizen op de zijkant die op mitrailleurs leken mooier dan de *Nikè van Samothrake*. De snelheid van onze tijd, zei Hugo, was die van halfgeleiders en processoren, en 'disruptive innovation' was de toverspreuk van de dag. Aan elke schepping gaat een vernietiging vooraf.

Ooit kende hij hele stukken van het manifest van het futurisme uit zijn hoofd. De bloeddorst die eruit sprak leek hem noodzakelijk als je iets wilde in de kunst. De meeste kunstenaars wilden de klassieken voorbijstreven, Marinetti wilde ze simpelweg vernietigen. Bibliotheken in brand steken en musea onder water zetten. Maar ergens halverwege zijn gewelddadige roes overviel zelfs de opperfuturist een opvallend moment van genade: eens per jaar een pelgrimage langs antieke schilderijen, dat ging nog wat Marinetti betreft, en een jaarlijkse bloemenkrans voor de *Mona Lisa* ook – een teder moment te midden van alle oorlogsretoriek; zelfs de beeldenstormer wist Mona Lisa's raadselachtige sereniteit niet te weerstaan.

Hugo knikte naar señor Sanz die een schaal gefrituurde visjes op tafel zette, en zei: 'Marinetti voorspelde dat hij en zijn kameraden nog tien jaar hadden voordat ze door jongere en sterkere mannen zouden worden weggevaagd – ze waren rond de dertig toen.'

Loïs glimlachte meewarig. 'Altijd die angst om vervangen te worden door jongere exemplaren. De kracht van jongere mannen, de schoonheid van jongere vrouwen. Treurig.' Ze draaide aan een haarlok, ongemakkelijk door alle ogen die plotseling op haar gericht waren.

Hugo snoof. 'Nog tien jaar voordat wij worden opgevist en uitgeroeid; aan het werk.'

'Eerst eten,' zei Marnix. 'Anders is het jammer van die prachtige visjes.' Hij kneep citroenen uit boven de schaal met pescaditos fritos en viel aan. Hem kende Hugo het langst, Marnix Hoyer, die hun leraren van het Rijnlands Lyceum tot wanhoop dreef met zijn onweerstaanbare laconisme. De lerares Frans had haar rapportbeoordeling in de vierde besloten met de woorden 'Getalenteerd, geen passie'. Die woorden droeg hij sindsdien als een wapenspreuk met zich mee. Zijn carrièreverloop was grillig. Iets met webpagina's de ene keer, iets met bedrijfsconcepten de andere. Hij had een tijd pizza's gebakken bij Il Forno op de Vijzelgracht. Daar was hij naar eigen zeggen nog het beste in.

Yasmin wendde zich tot Loïs. 'Stel nou dat je mocht kiezen,' zei ze, 'heel lang zo mooi blijven als je nu bent en dan op je tachtigste dood neervallen, geen pijn, geen lijden, of de hele levenscyclus doormaken, het geleidelijke verval gedurende het brede midden van het leven, gevolgd door ouderdom, ziekte en dood?'

Niemand zei iets, ieder ging de mogelijkheden langs. 'Moeilijk,' zei Loïs ten slotte. 'Het is nou niet iets waar ik me op verheug, dat op een dag m'n billen eraf vallen. Of borstkanker. Maar het lijkt me ook raar om nog vijftig jaar negenentwintig te zijn. Dan liever met yoga en gezond eten de ouderdom tegemoet.'

Marnix viel haar bij. Ze volgden de natuur, zeiden ze allebei, ze wilden het allemaal meemaken, tot het einde toe. Hugo schudde zijn hoofd in ongeloof. Señor Sanz rook terloops aan de kurk toen hij een nieuwe fles voor ze neerzette.

'Jeugd is kracht,' zei Hugo. 'Ik heb kracht nodig voor mijn werk. Tijd en kracht. Meer vraag ik niet. Als ik onder gelijkblijvende omstandigheden nog vijftig jaar kan doorwerken, graag. De wreedheid van ziekte, lijden en zelfs de dood lijkt me een fout in het ontwerp van onze soort. Als iemand die kan herstellen, graag.'

'Duidelijk,' zei Marnix. 'Salut.'

'Jij wordt honderd, lief,' zei Loïs. Ze legde een hand op de zijne.

Het had allemaal stelliger geklonken dan hij het bedoelde, dacht Hugo. Soms verdroeg hij de eindigheid van alles slecht. Honderd jaar was nog te weinig voor wat hij allemaal wilde. De dingen die hij op glorieuze dagen in zichzelf voorvoelde. Zoals Hokusai, die, negentig jaar oud, op zijn sterfbed zei: 'Nog tien, nee nog vijf jaar, en ik zou een echt groot schilder zijn geworden.' Het ontroerde hem altijd als hij daaraan dacht. De vreugde, de honger! Het deed hem goed te weten dat Hokusai zijn beroemde gezichten op de Fuji en *De grote golf van Kanagawa* pas na zijn zeventigste had gemaakt. Zijn brieven had hij ondertekend met 'oude man, gek van tekenen'. Hij schreef: 'Pas op mijn drieënzeventigste begon ik eindelijk iets te zien van het wezen van vogels, dieren, insecten, vissen, en de levenskrachtige aard van grassen en bomen. Vandaar dat ik pas op mijn tachtigste enige vooruitgang zal hebben geboekt, als ik negentig ben zal ik verder doorgedrongen zijn in de diepere betekenis van dingen, op mijn honderdste zal ik echt groots zijn, en op mijn honderdtiende zal elke punt en elke lijn het leven zelf bezitten.'

Er ging een confettibom af in Hugo's hoofd toen hij dat las, die laatste zin. Geen genoegen nemen met de nabootsing, naar het hoogste reiken, het leven zelf scheppen.

Ergens in de komende dagen zou hij beginnen aan een schilderij dat hij van Loïs wilde maken, als een wezen dat zich met licht voedde als een plant. Er was tijd, er was geld, als hij goed aan het werk was had hij het eeuwige leven. Pas in de winter gingen ze terug naar Amsterdam, wanneer op het eiland de koude tramontana opstak die hem neerslachtig maakte. Over een paar weken zou de gestage stroom gasten uit Nederland opdrogen, oktober en november brachten Loïs en hij alleen door in het witte huis op de heuvel, waar hij op een stuk drijfhout boven de deur de Papiamentse woorden *Kas di Lus* geschilderd had. Hij had het huis twee jaar geleden in een opwelling gekocht. Hij kon ongezien in vier windrichtingen uit de ramen pissen, wat hem de definitie leek van een goed huis.

Tevreden overzag hij de restauranttafel. De volmaakt gebakken tonijnsteaks die lawaaiig werden neergezet, de beslagen glazen Verdejo, frisgroen en zurig. Vrienden, zijn grote liefde, de schommelende bootjes in de baai. De Braziliaanse kwam binnen en klakte met haar tong bij het zien van het eten. Ze droeg een wit hemdje zonder mouwen, door de wijde armsgaten waren haar kleine borsten te zien. Haar ogen in de zijne, de zweem van een lach. Hij bezat het allemaal, alles.

Met open ogen zwom hij over de bodem van het bad. Hij hield van het superieure blauw van zwembaden. Op de kussens langs de rand van het bad had Loïs haar hoofd op Hilda's schoot gelegd. Die vlooide haar. Ze hadden bij thuiskomst alle drie een halve pil genomen, de anderen waren op enig moment naar hun slaapkamer verdwenen. Hugo kwam boven en liet zich weer zinken. Hij ademde een snoer luchtbellen uit, glinsterend in het licht van de lampen onder water. Gelukzalige koude rillingen trokken over zijn huid. Buiten adem kwam hij even later boven en zwom naar de kant. Een half maantje, de diepzwarte bergwand die zich over het huis leek te buigen. De vingers van de Braziliaanse kropen onder de rand van Loïs' broekje. Ze spreidde haar benen een beetje om haar toegang te geven. Met haar vrije hand omvatte Hilda even later zijn scrotum onder de handdoek en trok hem naar zich toe. Haar warme mondholte, de krachtige tongspier onder zijn pik. Hij streelde de kleine borsten met de donkere tepels en voelde een warmte bezit van hem nemen, het vullen van een glas. De geluiden verdwenen naar de achtergrond, cicaden, de pomp van het zwembad – alleen nog het ruisen van zijn bloed in zijn oren en het zuchten van Loïs verder weg.

Later leidde Loïs de Braziliaanse aan haar hand door het huis naar hun bed. Hilda lag achterover en steunde met haar ellebogen op de matras, Loïs knielde op de koele tegels en likte haar vrijwel haarloze geslacht. Hilda kromde haar magere, gespierde lichaam en stuwde haar bekken opwaarts. Traag begin van de handelingen; eerst diende hij Loïs' genot, daarna dat van Hilda, solide en betrouwbaar, als goed gereedschap. Loïs zat achter hem terwijl hij de Braziliaanse penetreerde, haar zachte borsten tegen zijn rug geduwd. Ze vouwde haar hand onder zijn kin, boog zijn hoofd naar het hare en kuste hem lang en diep. Een golf van liefde overspoelde hem, alsof hem iets werd geopenbaard, de diepe waarheid die in schoonheid en genot verborgen lag; de pillen waren van uitzonderlijke kwaliteit. Hij trok zich uit Hilda terug en ging op bed liggen. Ze nam schrijlings plaats op hem en zette haar handen op zijn borst. Zo bereed ze hem, haar bovenlichaam vrijwel bewegingloos, haar bekken in een golvend heen en weer gaan. Zijn handen gleden langs haar harde jongenslijf en ronde billen. Loïs kwam tegenover haar zitten, boven hem, haar kut boven zijn gezicht. Ze wist dat dat hem radeloos maakte van genot. Ze liet zich zakken, zijn tong gleed in haar. In de duisternis van haar schoot verliet hij zijn fysieke begrenzing en werd deel van een gezamenlijk ademend wezen met zes armen, zes benen, een veelheid aan holtes. Het beeld kleurde melkwit. Van verre hoorde hij de extase. Celadus de Thraciër laat de meisjes zuchten.

8

Met het schilderij dat hij in de zomer van 2006 op Ibiza van Loïs wil maken begint hij uiteindelijk pas die winter in Amsterdam. Het heet *Eva* en wordt na bemiddeling van galerie Maoz voor 175.000 euro verkocht aan de weduwe van een Duitse magnaat, die zijn echtgenote volgens *Forbes* een geschat vermogen van drie miljard euro naliet. Je hoeft maar een beetje te googelen om erachter te komen dat dit kapitaal rust op een dubieus fundament. In 1936 had haar echtgenoot door de arisering van het Duitse bedrijfsleven voor een schijntje een Duisburgs warenhuis in handen gekregen, de Joodse eigenaars wisten tijdig naar de VS te ontkomen. Hij voegde meerdere Joodse warenhuizen aan zijn bezit toe door de eigenaren te dreigen dat ze anders naar concentratiekamp Mauthausen zouden worden gestuurd. *Behind every fortune there is a crime* inderdaad, in Duitsland nog een beetje meer dan elders. Na de oorlog was deze man de eerste die in zijn land een supermarkt naar Amerikaans voorbeeld opende en werd hij een van de rijkste ondernemers van het moderne Duitsland, omhangen met eerbewijzen en doctoraten. Zijn weduwe had zich nu in het hoofd gehaald een nieuw museum voor moderne kunst te openen in Wenen, waar *Eva* deel zou uitmaken van de vaste collectie. De som die Hugo voor het schilderij ontving, ongeveer de helft van het totaalbedrag, stonk naar afpersing en verbrande haren. Onze afstand tot de misdaad, dacht hij, is kleiner dan we meestal denken; onschuld bestaat bij de gratie van onwetendheid.

Loïs had haar rechterbeen opgetrokken, het linker lag languit. Als een odalisk was ze tegen een petrolkleurige achtergrond over de breedte van het doek verschenen. 'Jezus, Hugo,' had ze gezegd toen ze voor hem poseerde op een stapel dekens op de zoldervloer, 'ik heb echt enorme inkijk zo.'

'Muze is een zwaar beroep,' zei hij.

'Ik heb het koud.'

Hij beloofde dat hij een elektrisch kacheltje zou kopen. Tot die tijd moest ze maar aan Elizabeth Siddal denken.

'Ik versta je niet, je hebt een penseel in je mond.'

'Ik koop een kacheltje voor je,' zei hij, 'en denk tot die tijd maar aan Elizabeth Siddal. Die had het pas echt zwaar.'

'Ken ik niet.'

'Jawel, dat model van de prerafaëlieten, met dat prachtige koperrode haar. Ze schilderden haar allemaal. Millais liet haar in een bad verwarmd door olielampen poseren als Ophelia. Ze kreeg een zware longontsteking en mocht van haar vader nooit meer voor hem poseren.'

'En ik krijg een blaasontsteking zo.'

Een paar dagen later had ze zwijgend voor het doek gestaan. Als een bleke fee lag ze daar, ingesloten door het blauwgroen dat zich achter haar verdiepte tot een plantaardige duisternis. Dun wit vocht stroomde uit haar lichaamsopeningen. 'Wat is dat,' zei ze zacht, terwijl ze met een wijsvinger de stroom volgde die aan haar geslacht leek te ontspringen. 'Melk?'

'Ectoplasma,' zei Hugo. 'Iets uit de esoterie. Er is een vrouw heel beroemd mee geworden, het medium Eva C., begin twintigste eeuw. Ik zat een beetje over haar te lezen, heel fantastisch allemaal. Ze hield seances waarbij ze dat spul produceerde, een soort door de geest voortgebrachte, gematerialiseerde substantie. Terwijl zij in een spiritistische extase raakte gutste dat ectoplasma uit haar lichaamsholtes tevoorschijn.'

'Jakkes. Wat was het?'

'Voorafgaand aan de show werd ze inwendig gefouilleerd of ze dat spul niet in haar kut had verstopt. Ze werd dus zo'n beetje gevingerd in het openbaar, een hitsig sfeertje kortom, waarna ze dat ectoplasma begon te produceren. Het nam allerlei vormen aan, ook gezichten van beroemde tijdgenoten. Een of andere Duitse professor maakte er foto's van en schreef er verhandelingen over. Hij ging er helemaal in mee, in die esoterische porno. Laten we het maar beschouwen als een soort vroege performance art, een Marina Abramović avant la lettre.'

Loïs deed een stap terug. 'Ik vind het prachtig. En een prima beschaafd kutje, lief.'

Hij grinnikte. 'Ik heb er erg mijn best op gedaan.'

9

Op een ochtend halverwege november meldde Hugo zich bij de servicebalie van het NIOD. Hij liet een toegangspasje maken en werd door een bibliothecaris ingewijd in het zoeksysteem. Hij spiedde rond en was opgelucht dat hij Tommy Wieringa nergens zag. Toen dezelfde medewerker enige tijd later met dossiermappen in zijn handen opdook en 'Adema? .' door de stille studiezaal riep, liep Hugo rood aan. En bedankt lul. Hij was ongetwijfeld niet de eerste nazaat die hier het doopceel van een foute voorouder kwam lichten, en toch die steekvlam van schaamte, alsof iedereen het nu zag: daar zit-ie, dat nazi-jong. Zijn ironische distantie hield hier geen stand, hier heersten de feiten. Machtig waren ze, in hun onaanzienlijke manifestatie van kopieën, snippers, brieven en doorslagen, en machteloos waren de vergoelijkende verhalen die over het verleden van Willem Bruno Adema werden verteld in de familie, Hugo incluis, die als sceptisch gold maar al met al loyaal. Uiteindelijk beschermde hij de stam, net als de anderen. Maar nu was hij hier, Epimetheus de terugkijker; groter dan de bezorgdheid over wat hij zou vinden was zijn nieuwsgierigheid.

Hugo maakte het lint rondom de eerste map los. Het was een ongeordende hoeveelheid papier. Na een paar mappen te hebben doorgebladerd zag hij dat het materiaal ruwweg uiteenviel in bewijsstukken van Willem Adema's oorlogsverleden en nieuws- en achtergrondartikelen vanaf het moment dat hij zich liet gelden als speler in de offshore. Dat was vanaf 1963, toen hij met zijn gezin uit Zuid-Amerika naar Nederland was teruggekeerd. Zijn fronttijd en de jaren na de oorlog, die hij in Venezuela rond het Meer van Maracaibo had doorgebracht, leken inderdaad grotendeels ongedocumenteerd gebleven, zoals Wieringa al had gezegd.

Hugo probeerde zich een voorstelling te maken van de chaos en de consternatie in die laatste oorlogsdagen. Wat bewaard gebleven was van de administratie van het misdaadregime, was ontsnapt aan de vlammen waarin de nazi's het hadden willen vernietigen – het resterende materiaal was na een jarenlang proces van classificatie en schifting over de juiste dozen en mappen verdeeld.

Dingen die hij interessant vond schreef hij over in een schrift; krantenknipsels mochten worden gekopieerd, veel ander materiaal niet. In een *Panorama*-artikel uit 1978 had 'iemand uit de kennissenkring' van zijn grootvader uit de school geklapt. Willem Adema had volgens deze informant na de oorlog op de oevers van het Venezolaanse oliemeer in 'kampongs' gewoond en was er 'op eigen kracht gekomen'. 'In de jaren vijftig,' vervolgde de anonymus, 'deed hij een uitvinding, de voorgespannen betonpaal, die veel sterker bleek te zijn dan de ijzeren betonpaal die tot dan toe gebruikt werd in zee. Daarmee heeft hij zijn slag geslagen. In een klein wereldje natuurlijk, want in wezen heeft hij maar twintig klanten, de grote oliemaatschappijen. Verder is hij eigenlijk een saaie man. Gewoon een saaie man, die in Nederland nooit is erkend.'

Een eveneens anonieme werknemer zei dat zijn baas van etiquette hield. 'Meneer Adema vindt dat je een pak aan moet als je aan tafel gaat.'

Mensen spraken in hoofdzaak over zijn leven voor de oorlog en zijn leven na de oorlog, de vijf jaar daartussen lieten ze veelal onbesproken. Een hiaat, witte ruimte. In de inleiding van het jubileumboek dat in 2013 was verschenen ter gelegenheid van het vijftigjarig bestaan van Adema Marine Operations, was te lezen dat de ervaring die Willem Adema in de jaren dertig had opgedaan in Perzië en Italië hem goed van pas was gekomen toen hij in 1947 zijn eigen bedrijf was begonnen in Maracaibo – hier was zelfs bijna een heel decennium weggepoetst.

Uit de artikelen en publicaties die Hugo in de mappen aantrof maakte hij op dat ook journalisten en onderzoekers gevoelig waren voor het samenspel van intelligentie, durf en autoritaire zelfverzekerdheid in Willem Bruno Adema. Steeds weer had hij hun belangstelling gewekt, zoals nu ook van de schrijver Wieringa, die hem leek te beschouwen als een faustiaans karakter met een paar zielen in zijn borst. Zo werd om de zoveel tijd de jeugdzonde van zijn grootvader afgestoft.

Een jeugdzonde, zo werd er in zijn familie over gesproken, een misstap, een onbezonnenheid. Ook Hugo had die zienswijze in zijn jonge jaren verdedigd wanneer hij met zijn dubieuze afstamming werd geconfronteerd. Toen hij op de academie kwam dacht hij zich door de geschriften van Marinetti zelfs te kunnen verplaatsen in de agressie en de honger waarmee zijn grootvader de wereld naar zijn zin had willen inrichten – zijn grootvader had zijn ideologische programma gevonden in *Mein Kampf*, waar Hugo zijn temperament had herkend in Marinetti's manifest; beiden wilden ze af van de wereld zoals die was. *En laat ze dus maar komen, de vrolijke brandstichters met hun verkoolde vingers...*

Zijn grootvader was weliswaar fout geweest maar dat was vooral om tegen de communisten te vechten, werd in de familie gezegd. Bovendien had hij zijn vergissing tijdig ingezien en zich in '43 aangesloten bij het verzet. 'Hij heeft zijn fout goedgemaakt,' liet Hugo's vader nooit na te benadrukken, 'en dat vonden de rechters blijkbaar ook, want anders hadden ze hem niet vrijgesproken.' Het werd dan ook als een groot onrecht beschouwd dat zijn misstap hem nog steeds werd nagedragen.

'Hij zou van twee dingen minder moeten hebben,' verzuchtte Hugo's vader soms, 'trots en succes.'

Hugo werd een vaste gast tussen de studenten genocidestudies en de oude mannen die tussen de middag hun muffe boterhammen en mandarijntjes aten. Uit de boekenkasten trok hij naslagwerken over het Derde Rijk en studies over Divisie Wiking, het vreemdelingenlegioen van de Waffen-ss waar zijn grootvader bij had gediend. Wiking zou gedurende de veldtocht naar het oosten de meest gedecoreerde niet-Duitse divisie worden, door de Russen gevreesd om haar gevechtskracht.

In een zeldzaam interview met zijn grootvader, in de socialistische krant *Het Vrije Volk* nog wel, had Willem Adema zijn beweegredenen uiteengezet: 'Ik ben voorstander van de Duitse ideologie geweest. Bij al het slechte wat ze deden, presteerden ze ook een hoop goeds, zeer dynamisch, en dat vind ik nu nog, ook al houd ik persoonlijk niet van Duitsers. Mijn voornaamste reden was overigens, dat ik bang was voor de Russen. Maar het directe contact met de Duitsers heeft me tot inkeer gebracht en in 1943 heb ik me aan de ss-dienst weten te onttrekken. Kort daarna heb ik me aangesloten bij een Nederlandse verzetsgroep, de Groep Ringdijk. Na de bevrijding heb ik elf maanden in voorarrest gezeten, daarna ben ik vrijgesproken.'

Dat was inderdaad wat de Adema-doctrine behelsde, Willem Adema die een verkeerde keuze had gemaakt uit angst voor het Rode Gevaar, gevolgd door zijn ommekeer ten goede die tot zijn vrijspraak had geleid. Iedere Adema had die lezing geïnternaliseerd en verspreid, een klassieke vertelling van zonde en inkeer.

Willem Adema was een van de honderdvijftigduizend Nederlanders die voor oorlogsmisdrijven waren gearresteerd. Negentigduizend van hen werden weer vrijgelaten wegens capaciteitsgebrek. Uiteindelijk werden er veertienduizend veroordeeld.

Dat hij zou zijn vrijgesproken, het cruciale onderdeel van de Adema-doctrine, werd door zijn dossier tegengesproken: hij was wel degelijk veroordeeld. Hij had elf maanden gezeten en was na aftrek van voorarrest in november 1946 vrijgekomen.

'Niks vrijspraak, ouwe boef,' mompelde Hugo boven de archiefstukken.

Met zijn hoofd in vroeger tijden liep hij naar huis. De kou daarbinnen ademde in zijn nek. Het grachtenhuis was veel te groot voor hem alleen. Het was zelfs al veel te groot toen Loïs er nog was.

Al haar spullen stonden er nog. 'Je weet dat ik niet om materie geef,' had ze gezegd, zodat alles bleef zoals het was. Dood huis. Neuralgische pijn bij de met kleurige foulards overtrokken ligbanken in de zithoek, de opgezette lepelaar boven de schouw. De wandkleden en de foto's die er nog hingen, heel die bohemian chic-achtige verzameling die ze gedurende twaalf jaar het huis had binnengesleept en toen als een vervellingshuid had achtergelaten.

10

Twaalfenhalf jaar geleden was het begonnen, op 19 juni 2004 om precies te zijn. Die dag had Hugo de Prix de Rome in ontvangst genomen, daarna dronken ze champagne en werd hij uiteindelijk met zijn rumoerige troep vrienden de zaal uitgeveegd. De staatssecretaris was aardig, vond hij, wat ze over zijn werk had gezegd was niet eens zo gratuit. Zijn vrienden hadden zich tijdens de borrel vrolijk gemaakt over haar omdat ze een occulte rozenkruiser was en recent had gepleit voor musea vol hands-onactiviteiten. Ze zetten het feest voort in Amsterdam en streken neer in de bar van hotel Americain. Het moment dat ze verscheen was een illuminatie. Marnix, zijn arm om Hugo's schouder geslagen, die zei: 'Holy fuck, wie is dat?!'

Ze praatte met Yasmin. Hij nam haar in zich op terwijl een warmte zich door zijn buik verspreidde. Nu kon het niet anders meer zijn. Later hoorde hij van Yasmin dat ze naar hem op zoek was geweest. 'Ze kwam je halen.' Het moment was daar, zij had het bepaald.

Ze waren elkaar op de academie weleens gepasseerd in de gangen, hij herinnerde zich in het bijzonder haar grote gele sneakers. (Later zou ze hem bezweren dat ze nooit gele sneakers had gehad.) Haar gezicht was een prachtig raadsel, de lange, smalle neus, de sterke tanden met de lichte overbeet. Hoogfrequente trillingen tussen hen, door hun lichamen opgewekt. Er waren anderen, tijdspasseringen tot het zover was. Dat was het verhaal dat ze er later over vertelden.

Ze had zich losgemaakt van Yasmin en was naar hem toe gekomen om hem te feliciteren. Hij had te veel gepraat, te vlot, als een reclamejongen of zo. Hij onderbrak zichzelf en zei terwijl hij zijn glas ophield: 'Wat kan ik je bezorgen? Een Tom Collins?'

Hij liep naar de bar, ontevreden over zichzelf. Kon het nog worden hersteld? O, die domme kleine woordjes. Ze konden je te gronde richten.

Zijn gezelschap had veel leven en rumoer naar de bar gebracht, het duurde even voordat hij aan de beurt was. Hij zag Marnix op haar aflopen, grijnzend als een aap. Ze was even lang als hij. Ze droeg een ivoorkleurige satijnen blouse waar haar borsten vrij in lagen. Ze keek Hugo's kant op en glimlachte. Arme Marnix. Het is een choreografie, denkt hij, elke stap is zo bedoeld en voert noodzakelijkerwijs naar het bestemde doel. Het zal vergeten worden maar het heeft bestaan, zoals elke afzonderlijke zonsopgang heeft bestaan.

Ze werden wakker in haar appartement in de Van Boetzelaerstraat. Zijn huis was dichter bij de laatste nachtclub die ze verlieten, maar ze wilde de kat van een vriendin die ze te logeren had niet zo lang alleen laten. Foto's met punaises aan de wand geprikt, haar eigen werk en dat van anderen. Zichzelf van achteren gefotografeerd, in een gescheurde panty waardoorheen haar billen tevoorschijn kwamen; ze keek over haar schouder, een vrouw die zich aankleedt voor een feest. Op een andere foto zat ze halfnaakt in kleermakerszit en keek schuin omlaag naar de krop sla tussen haar benen. Het jonge meisje dat ze was, op de voorsteven van een zeilboot die leek te drijven in zuiver licht. Hij zag ook de iconische foto van Peter Beard aan de oever van het Turkanameer, zijn benen staken in de bek van een enorme dode krokodil; onaangedaan lag de fotograaf op zijn buik en schreef onderwijl in zijn dagboek. 'Mijn held,' zei Loïs vanaf het bed. Een steek van jaloezie die hem verbaasde. Hij wilde alles van haar zijn.

'Ik ben heel preuts,' fluisterde ze even later, 'alleen niet in bed.'

Ze lunchten in Café Amsterdam. Ze kon goed lachen en veel eten. Frites en steak (pas een paar jaar later zou ze vegetariër worden), salade, New York-cheesecake toe. 'Dat krijg je als je me sufneukt,' zei ze eenvoudig. Ze was het jaar na hem afgestudeerd, richting fotografie. Maar van fotograferen kwam niet veel, het modellenwerk bracht haar naar Londen, Parijs, New York, een leven dat klonk als een cosmetica-advertentie. Ze wilde er weinig over kwijt. 'Het is niet zo interessant. De mensen zijn aardig, het geld is goed, maar... god, dat is ook weer zo'n cliché.' Ze had altijd haar Yashica T5 bij zich. 'Je moet zoveel wachten, vreselijk. John Malkovich borduurt tussen de shots door, wist je dat?' Ze had een commercial met hem opgenomen voor een Prada-campagne. 'Dat rare gelispel van 'm, je denkt dat-ie dat acteert maar hij praat echt zo.'

De rekening werd bezorgd op een schoteltje. Ze reikte ernaar maar hij was haar voor. 'Ik heb gisteren toevallig veertigduizend piek gebeurd.'

'O, ik wou alleen maar zo een,' zei ze, en pakte met een grijns een snoepje van het schoteltje.

Zo begon hun leven samen, in schoonheid, gezondheid en succes. Hij voelde zich tot alles in staat. Zijn zintuigen waren scherper dan ooit, het was alsof hij de taal van de aarde opnieuw leerde verstaan, zoals vroeger, als kind in een bezielde wereld waarin alles ademde en fluisterde en waartegen hij onophoudelijk terugpraatte, niet alleen tegen de hond maar ook tegen bomen, grassen en torretjes, en zelfs tegen een vogelpoot die hij eens vond op de oprit, vers en buigzaam nog, alsof de vogel zojuist was weggevlogen met achterlating van zijn rechterpoot. Het zwarte, uitgedroogde pootje lag nog altijd in de vitrine waarin hij voorwerpen bewaarde die hem op de een of andere manier dierbaar waren, zoals een volmaakt ovale vulkanische steen en de asbak vol as en sigarettenpeuken van David Hockney die hij, nadat Hockney was geïnterviewd in het Stedelijk Museum Amsterdam, van het tafeltje op het podium had gepakt en meegenomen.

Aan het eind van de middag liepen ze van haar huis naar het zijne. Hij droeg de draagtas met de kat erin. 'Ja hoor,' zei ze toen hij de treden van het grachtenhuis besteeg, 'meneer woont op stand.'

Hij verdeelde zijn leven tussen de bel-etage waar hij at en leefde en de zolder waar hij werkte, de twee tussenverdiepingen waren eigenlijk overbodig. Hij had het huis gekocht in de verwachting dat het zich mettertijd zou vullen met leven, een vrouw, kinderen; het souterrain zou zich op een dag goed lenen voor een paar assistenten.

'Is het helemaal van jou?' vroeg Loïs toen ze naar boven liepen. Op de eerste verdieping opende ze een deur, daarachter was het leeg op een primusstelletje, een paar campingmatjes, verfrommelde bierblikjes en lege huzarensalade-emmertjes na. Er hing een touw dwars door de kamer waaraan ze levensmiddelen hadden opgehangen zodat de muizen er niet bij konden. De visconservenblikken zaten vol peuken. 'Wat is hier gebeurd?!'

'Niks aanraken,' zei hij, 'ik moet het nog fotograferen.'

'Wat is het?'

'Polen. Ze sliepen hier tijdens de verbouwing. Een bivak voor cowboys vind ik het, met die primusbrander als kampvuur in het midden.'

Ze nam het stilleven zwijgend in zich op. De Polen aten varkensvlees uit blik en belegden hun brood met Golden Regen-margarine en huzarensalade van de Euroshopper. Hugo vond het een mooi gestold tafereel, geheimzinnig als een kamer waar jarenlang een radio speelde die niemand had gehoord.

Ze keek uit het raam. 'Het is echt een heel mooi huis,' zei ze. 'Wat jammer dat het zo... Alsof er niemand woont.'

'Ik werk hard,' zei hij een beetje beschaamd.

'Hoe kun je zo... Ik bedoel, ben je zo rijk?'

Haar directheid overviel hem. Hij haalde zijn schouders op. 'Het leek me een goede investering.' De waarheid was dat hij zich grotendeels uit het familiebedrijf had laten uitkopen nu zijn broer de algemene leiding over Adema Marine Operations op zich zou nemen. Daarmee werd zijn broer grootaandeelhouder en sprong hij over hun vader heen, die het binnen het bedrijf nooit verder had gebracht dan directeur H&R. De hoop en verwachting was dat het bedrijf onder leiding van Willem junior opnieuw innovatief en dominant zou zijn. Hij, de kroonprins, was al vanaf zijn vroege jeugd voorbereid om in de voetsporen van hun grootvader te treden. Hugo speelde in de pijnlijke opvolgingsperikelen tussen zijn broer en hun vader geen rol; Beth had het goed gezien, hij zou iets anders doen, hij moest alleen zijn. Hij vond het niet erg om aan de lijzijde op te groeien, al had het hem in zijn jonge jaren soms pijn gedaan dat de liefde en aandacht in de familie ongelijk werden verdeeld. De schepen die zijn tweelingbroer Willem tekende waren onthaald als vonken van genie. De supercatamaran die hij had getekend, die op wonderbaarlijke wijze de Boreas voorafschaduwde, kwam ingelijst en wel in het kantoor van hun grootvader te hangen. Hugo's fysische tekeningen van wolkenluchten, golven en verre einders wekten nooit hetzelfde enthousiasme op, en dat, stelde hij op een bepaald moment in zijn jeugd vast, gold eigenlijk voor zijn hele bestaan. Hij kon er prima mee door, het was alleen dat hij een betere kopie boven zich had. Ze hadden er een te veel gekregen.

11

Loïs is gekomen om te blijven. Tot zijn genoegen richt ze een kamer in als doka en een andere als yogastudio. Zo zal het huis zich gaandeweg vullen met haar aanwezigheid.

'Stel je voor,' zei hij op een ochtend tegen haar, met de spiegeling van het grachtenwater op het slaapkamerplafond, 'je gaat naar je werk, schoon overhemd aan, haartjes gekamd, dag schat tot vanavond. Metro in, metro uit, de lift brengt je naar je kantoor op de honderdste verdieping van de wolkenkrabber, je werkdag begint. Twee uur later spring je met tweehonderdvijftig kilometer per uur je dood tegemoet. Altijd als ik die foto's zie probeer ik hun laatste gedachten te denken. De vuurdood achter je of de valdood voor je. Ze weten niet eens wat er gebeurd is, moslims, vliegtuigen, niks. Hun hele begrip was teruggebracht tot de onmiddellijkheid van vuur, gegil, chaos.'

'Ik was in LA toen het gebeurde,' zei Loïs. 'Alsof de oorlog was uitgebroken. Iedereen zette zich schrap, alsof er nog veel meer zou komen.' Ze streelde de kat van haar vriendin, die 's nachts bij hen in bed was gekropen. Haar ogen volgden de eeuwenoude eikenhouten balken boven haar hoofd. 'Waarom denk je daar nu aan?'

Het was bijna drie jaar geleden, de aanslagen die Karlheinz Stockhausen 'het grootste kunstwerk aller tijden' had genoemd. Daar, had de componist daags na de aanslagen tegen een groepje journalisten gezegd, is in één akte iets volbracht waar wij in de muziek alleen maar van kunnen dromen. Stel je voor, zei hij, tien jaar oefenen als krankzinnigen, totaal fanatiek voor één concert, en dan sterven. Niets zijn wij componisten daarbij vergeleken!

Maar het trauma was nog zo vers en verdroeg nog lang geen artistieke interpretatie: een storm van verontwaardiging ontlaadde zich boven Stockhausens arme hoofd. Het verdriet was heilig en de componist een ketter. Einde carrière. Nooit de bloeddorst van gekwetste mensen onderschatten.

'Ze staan op een richel,' zei Hugo. 'De wind daarboven loeit met stormkracht. Het laatste wat ze rest is de vrijheid om voor hun manier van doodgaan te kiezen. Deze dood of die dood. Meester over je eigen einde.'

'Te romantisch gedacht ben ik bang,' zei Loïs. 'Acute stress vernauwt het bewustzijn.' Hij keek opzij. Zijn begeerte deed bijna pijn.

'Weet jij eigenlijk wel,' zei ze even later tussen zijn benen, 'dat dit dingetje hier een raphe heet?'

Hij voelde een nagel langs de naad strijken die over het perineum naar het puntje van zijn geslacht liep. 'Niet één jongen weet dat,' zei ze een beetje afwezig, en hij twijfelde er niet aan dat hij inderdaad niet de eerste was aan wie ze dat vroeg. 'Terwijl het toch zo'n belangrijk deel van je anatomie is,' vervolgde ze, waarbij ze vooroverboog en haar gezicht dichterbij bracht. 'Daar ben je dichtgeritst toen de natuur een jongetje van je maakte.'

'Raphe,' zei hij. 'Oké.' Hij leunde achterover en plantte zijn ellebogen in de matras. Haar mond was zacht en warm, het was de eerste keer dat gepijpt worden hem deed duizelen. Hij sloot zijn ogen en onderdrukte de aandrang om luid te jammeren omdat alles nu volmaakt was en hij nooit meer zo gelukkig zou zijn.

12

Bezielde dagen. Hij werkte onafgebroken. De ramen van zijn zolderatelier stonden wijd open; de iepen langs de gracht kwamen vol in het blad en verschoten van bijna lichtgevend naar donkergroen. Zwak klonken in de diepte stemmen, scooters, claxons, radio's. Soms het schreeuwen van een psychotische blower. De rondvaartboten voeren met open dak, de versterkte stemmen die zijn stad aanprezen in alle talen van de wereld galmden over de grachten.

Hoog daarboven, onaangeraakt door de wereld, las hij over de twee kolossale boeddhabeelden in Afghanistan die in hetzelfde jaar als de Twin Towers waren opgeblazen. Het grootste beeld dat was uitgehakt in de rotswand was drieënvijftig meter hoog en stelde Dipankara Boeddha voor, de Lichtbrenger. Het andere beeld was Shakyamuni Boeddha, de koningszoon die verlichting bereikte onder de bodhiboom.

Vijftienhonderd jaar lang waakten deze vriendelijke reuzen over de Bamiyanvallei, tot de eenogige talibanleider Mullah Omar hun vernietiging beval. Maar met hun artillerie brachten de taliban de beelden slechts oppervlakkige schade toe. Daarop werden er twintig vrachtwagenladingen springstof rond de beelden aangebracht. Dan het plechtige moment, Al Jazeera doet verslag: je ziet de vuurbal, buiten beeld hoor je de muzelmannen 'Allahu Akbar!' en 'Ma Shaa Allah!' roepen. Als het stof is neergedaald blijkt de verwoesting volledig.

Aan zijn werktafel op zolder gezeten staarde Hugo naar de berg okergeel puin. Vervloekte moslims, had hij gedacht – het ontbrak hem al met al toch aan de vernielzucht om voor een futurist te kunnen doorgaan. Hij maakte prints van de Boeddha's en het puin en prikte de A4'tjes aan de muur.

Toen surfte hij naar het grijswitte stof van de Twin Towers en stelde vast dat de Boeddha's hem sterker aan het hart gingen dan de torens. Zelfs het menselijk leed van 9/11 bleef op afstand. Misschien omdat mensen van nature wezens van één dag waren, waar de Boeddha's voor de eeuwigheid waren bedoeld, eerbiedwaardig en vreedzaam, voedsel voor meditaties over zijn en tijd.

Hij werkte aan een schilderij met links onderin een foetale tweeling in een vruchtzak die elkaar stil leek te wurgen. In de baarmoeder van sommige haaiensoorten was waargenomen dat ongeboren jongen elkaar opvraten. Ze hadden dan al vlijmscherpe tanden, in het aardedonker vond een prenatale slachting plaats. Het agressiefste exemplaar, dat de meeste zusjes en broertjes doodde, kreeg de hoofdprijs: voor hem was een plaatsje in deze wereld ingeruimd.

Beth had hem en zijn broer vergeleken met Esau en Jakob, die in de moederschoot al op elkaar botsten. Esau kwam als eerste ter wereld, Jakob volgde met het hieltje van zijn broer tussen zijn vingers, alsof hij hem probeerde terug te trekken om zelf als eerste geboren te worden. Maar Willem was de eerste en Hugo de tweede, en Willem was net als Esau de wildste van hen tweeën en Hugo de bedachtzame die liever bij de tenten bleef.

De eerste dagen van hun leven waren ze naamloos. Toen besloten hun ouders dat Willem een Willem was en Hugo een Hugo – ze werden allebei naar een grootvader vernoemd.

Arme Willem, had Hugo vaak gedacht, wie noemt zijn kind nou naar een oorlogsmisdadiger?

Terwijl zijn hand schilderde mijmerde Hugo over de torens en de Boeddha's, en ook over Said Qutb, over wie na 9/11 veel was geschreven. Toen Qutb, een ambtenaar uit Caïro, in 1948 met een beurs naar Amerika was gestuurd om Engels te studeren, leerde hij daar de moderniteit diep te haten. New York beschreef hij als een helse chaos waar zelfs de duiven ongelukkig waren. In zijn brieven naar huis raakte hij niet uitgepraat over de losbandigheid van Amerikaanse vrouwen. Zelfs in provinciestadjes waar je zou sterven van verveling zag hij niets anders dan verdorvenheid en zielloos materialisme. Dat was het beeld van het Westen dat hij zijn Arabische lezers later in zijn boeken voorschotelde: verderfelijkheid, een vijand die moreel gecorrumpeerd was tot in het merg. Zijn radicale leringen werden de basis van de politieke islam, en jaren na zijn dood werd de jonge moslim Osama bin Laden een gretige lezer van zijn reeks *In de schaduw van de Koran*, maar vooral van *Mijlpalen*, Qutbs vurige oproep aan moslims om de wereld te veroveren en te bevrijden van *jahiliyyah*, de zondige onwetendheid van de islamitische wet. Niet voor niets koos Bin Laden later de Twin Towers als doelwit van zijn geweldsopera, die duivelshorens, symbool van de westerse verdorvenheid. Hij wachtte op het juiste moment. Hij was een groot strateeg, geduldig en sluw, en het juiste moment kwam met vlammen, rook en as, want de god der wrake spreekt nu eenmaal de taal van het vuur.

De torens op Manhattan, de Boeddha's in de Bamiyanvallei – hier de glanzende, kapitalistische zuilen van de mammon, daar de afgodsbeelden in hun nis. Twee tweelingen, viriele herkenningstekens van de ongelovigen. Dubbelzinnigheid is altijd een zonde in het enkelvoudige denken van de orthodoxie, en zuivering haar enige antwoord. Tweelingen, die verdachte speling van de natuur. Ze bedrijven ontucht in de moederschoot. Ze brengen ongeluk. In de donkere mangrovebossen van de Calabar-kust liggen zwartgeblakerde kleipotten verscholen met daarin de stoffelijke overschotten van tweelingkinderen. Een antropoloog die onderzoek deed bij de Navajo's ontdekte dat van de tweelingen die gezond het ziekenhuis verlieten, er vaak binnen een jaar een van beiden stierf door opzettelijke verwaarlozing. Hugo's tante Celia, de potige oudere zuster van zijn moeder, vond het eng om Willem en hem in hun identieke pakjes te zien. 'Die kunnen toch zo in een griezelfilm, die twee?' had ze tegen Beth gezegd, die het niet verdroeg dat iemand iets lelijks over 'haar jongens' zei en daarop met volle bewapening tegen haar uitgevaren was.

Op het doek verscheen een caleidoscopische vermenigvuldiging van symmetrische beelden. Als in een sterrennevel dreven de voorstellingen door elkaar: de foetussen, de brandende torens die naar elkaar overhelden, de Boeddha's liggend in hun nissen als graven en de asgrauwe baby's in hun kleipotten naast de landweg. Over de breedte van de *stars and stripes* stonden de woorden DAS GRÖSSTE KUNSTWERK, DAS ES JE GEGEBEN HAT geschreven; in de verte sleepte Hugo (tien punten als je hem herkende) zich als een dunne schaduw van zijn broer over de landweg tussen de cipressen.

In een bespreking van de Luftmensch-tentoonstelling in het Stedelijk schreef de criticus van *de Volkskrant* later dat het schilderij hem had doen denken aan een 'gerevitaliseerde hel van Jeroen Bosch, met de Twin Towers als spiegelbeeldige Toren van Babel'. Het kwam hem voor als de epifanie van een mysticus, een woeste godenschemering waarin de mensen al in de baarmoeder meedogenloos met elkaar wedijverden en de goden elkaar naar het leven stonden boven hun hoofd.

'Hier,' zei Hugo tegen Loïs, en hij schoof de bespreking onder haar neus. Hij grijnsde. Hij was echt overal toe in staat.

13

> 'Het Germaanse ras is scheppend, en het Joodse ras is parasitair, omdat het gestempeld is door het klein-Aziatische ras. Waar het Jodendom overheerst zal het arische ras te gronde gaan. Daarom moet in elk arisch land de Joodse kwestie opgelost worden.'

Het krantenknipsel beschreef een toespraak die zijn grootvader in december 1940 in het Haagse Theater Odeon gegeven had; Hugo kreunde inwendig toen hij het las. Zijn haarwortels prikten. Twee jaar voordat er in een villa aan de Wannsee tot de uitroeiing van het Joodse volk besloten werd, preludeerde de jonge Willem Adema daar al op. Hij was vijfentwintig jaar oud en bezig aan een stormachtige opmars in de rangen van de Nederlandsche ss. Eind 1940 was hij al bevorderd tot opperschaarleider en standaardleider geworden van de provincies Zuid-Holland en Zeeland.

Op een los notitieblaadje vond Hugo de handgeschreven notitie waarover Wieringa hem al had verteld: 'Waarom de dagboeken niet aan de bewijslast toegevoegd?' had iemand geschreven, voorzien van een paraaf. Degene die dat had genoteerd twijfelde er blijkbaar niet aan dat die dagboeken er waren, maar Hugo had er thuis nooit over horen spreken.

Weer later vond hij een hele toespraak die bewaard was gebleven, getypt en voorzien van correcties, die zijn grootvader voor het Utrechtse studentencorps gehouden had. Daarbij had hij lichtbeelden vertoond van Wolfgang Willrich, een kunstenaar die door heel Duitsland Germaanse archetypen getekend had, veel mensen uit het volk, krachtige vrouwen en robuuste mannen. Ze keken allemaal doodserieus, op het chagrijnige af; Duits zijn was een ernstige zaak.

In vlekkeloos Duits gaf de jonge opperschaarleider in die toespraak weer wat hij tijdens zijn ss-opleiding in het Beierse Oberau had opgestoken van de vakken rassenleer, erfelijkheidsleer en Germaanse geschiedenis. Al in de oudheid, betoogde hij, trok het arische noordras plunderend over de aarde en overheerste het de volken die het overwon. Van die cultuurscheppers waren zij vandaag de trotse nazaten. De noordse mens was vanwege zijn scherpe oordeelsvermogen en gevoel voor eer en trouw gemaakt om te heersen, aangejaagd door een verwoestend oorlogsvuur in zijn innerlijk. Een compromisloos ras dat culturen en staten schiep, en een natuurlijke voorkeur bezat voor een grondgebonden boerenstand.

Ondanks deze deugden vreesde Willem Adema de *Kulturtod* van het Westen. De belangrijkste vraag, schreef hij, was of de arische mens in Noord-Europa behouden zou blijven. Zou hij leven, stierf hij uit of leefde hij in bastaardvorm verder? In de kantlijn van zijn toespraak had zijn grootvader genoteerd: 'Overal cultuurondergang door het uitsterven van het noordse bloed!' In deze tijd, hield hij zijn gehoor voor, moesten velen onder hen wel het gevoel hebben de ondergang van het Avondland mee te maken, nu het Westen zijn beste tijd had gehad en een einde van stank en vuilnis wachtte. Maar dan, schreef hij – Hugo zag hem staan in zijn scherp gesneden uniform, zijn hand dramatisch geheven –, geschiedde het grootste wonder aller tijden: Hitler spreekt! Hitler vecht voor de ziel van zijn volk. Hij trekt de sterken aan, boeren, arbeiders, studenten, ja, alle klassen. Duizenden en duizenden staan op voor zijn idee en offeren alles op om hem te volgen. Duitsland ontwaakt!

Tijd voor grote, compromisloze besluiten, voor een Groot-Germaanse levensgemeenschap geschoeid op bloed en bodem. Dit tijdsgewricht zal de beslissing brengen of het noordras standhoudt of overspoeld wordt door de geestelijk impotente bastaardhorden – met daarbij de handgeschreven toevoeging 'Unter jüdischer Führung!'

Het was het manifest van een moordenaar – steeds feller was Willem Adema geworden naarmate de toespraak vorderde. Alles wat ons in de weg staat moet worden geëlimineerd. Pas als het internationale Jodendom is vernietigd kan de maatschappij weer van de grond af aan worden opgebouwd, zonder het vergif van een inferieur vreemdrassig volk. Want de Germaan strijdt nog slechts voor Germaanse interesses, Germaans leefgebied en Germaanse vrijheid.

De opdracht voor ons, jonge intellectuelen, besloot hij, tekent zich helder af: de komende duizend jaar zullen ons, de sterken, toebehoren!

Hugo keek met een ruk op. Zijn oren gloeiden, zijn hart hamerde in zijn borst. Deze autoritaire stem, zo vertrouwd, zo nabij – hij steeg op van het papier en klonk luid door de stille leeszaal. Zijn grootvader had er geen twijfel over laten bestaan dat hij ten volle bereid was de daad bij het woord te voegen. Hugo keek tussen de takken van de Japanse kers naar de grijze hemel boven Amsterdam. Had er applaus geklonken op de sociëteit, bravo-geroep? Waren er studenten naar hem toe gekomen om te informeren waar ze zich konden inschrijven? Dat was toevalligerwijs vlakbij, want het Jansveld lag op een steenworp afstand van de Maliebaan, waar het hoofdkwartier van de Nederlandsche SS gevestigd was.

Willem Adema moest een aantrekkelijk voorbeeld zijn geweest, de jonge opperschaarleider, een retorisch begaafde ingenieur in uniform, dat was wat het Rijk vermocht.

Op de Herengracht gonsde na sluitingstijd het vitale, bijtende idioom na in Hugo's oren. *Kulturtod. Nordisch Blut. Lebensgemeinschaft.* Het joeg het bloed op en zette aan tot actie; taal werd een opdracht, het marcheren begon.

'Krankjorum,' zei Marnix toen hij hem er 's avonds over vertelde. 'Niet wat je noemt een faux pas van die ouwe.'

'Nee,' zei Hugo, 'niet bepaald nee. Een antisemiet is hij altijd gebleven. Ik heb hem ooit tekeer horen gaan over een bankier van een Joodse zakenbank, vreselijk. Of hij ook een nazi is gebleven kan ik niet zeggen, hoe dan ook zette hij na de oorlog de verovering van de aarde op een andere manier voort.' Hij haalde zijn schouders op. 'Ik ben het lang uit de weg gegaan, het moest er een keer van komen.'

'Je maakte er wel altijd grappen over.'

'Zelfbescherming,' zei Hugo. 'En om Willem te sarren. Die kan het nog altijd niet hebben. Die vindt het allemaal oud nieuws. Hij denkt in kracht maal arm en de rest zal hem worst wezen.'

Ze hadden eerst bier gedronken in de Engelbewaarder en waren toen neergestreken in Oriental City. Ze dronken op de zwangerschap van Marnix' vriendin – die was nog pril maar ze maakten haast om Amsterdam te verlaten omdat een gezinswoning in de stad onbetaalbaar geworden was; in suburbia was er misschien nog wel iets te vinden voor ze.

Nu spraken ze over Hugo's bezoeken aan het NIOD, de waarheid die hij daar tussen de paperassen bijeensprokkelde. Hij hield zijn oude vriend een kopie van Willem Adema's paspoort uit 1935 voor. *Kleur der ogen: blauw. Kleur der haren: blond.* Marnix nam het van hem aan en bestudeerde de pasfoto, waarop de verroeste afdruk van een nietje te zien was. 'Jezus,' zei hij, 'wat lijken jullie toch op elkaar.'

'Dat vonden ze bij *NRC* nou ook,' zei Hugo.

Marnix knikte, hij wist waarnaar hij verwees. In een bespreking van een tentoonstelling in museum De Pont waren de portretten van grootvader en kleinzoon zowat naast elkaar afgedrukt, de bekende foto van zijn grootvader in uniform en Hugo tegen een hemelsblauwe achterwand van een of andere première. Afgezien van Adema's scheiding en de kraagspiegels met de bliksemschichten was de gelijkenis pijnlijk duidelijk. Waarom, had de recensent zich in haar bespreking afgevraagd, droegen zijn werken eigenlijk zo vaak Duitse titels, en waarom had hij nooit publiekelijk afstand genomen van zijn grootvader, 'de beruchte SS'er Willem Adema'? En wat te denken van zijn belangstelling voor de futuristen, die voorlopers van de Italiaanse fascisten, waarvan hij had blijk gegeven, en niet te vergeten de geobjectificeerde positie van de vrouw in zijn werk? Schunnige correlaties samengeklonterd tot schunnige insinuaties. Een paar lezers, onder wie die goede oude Rudi Fuchs, hadden in de brievenrubriek bezwaar gemaakt tegen deze verdachtmakingen die ze de krant onwaardig vonden, maar Hugo wist dat de geringste verdenking van fascistoïde sympathieën een schroeilucht was die je niet meer uit je kleren kreeg. Missie geslaagd, mevrouw de recensent. Hugo verachtte haar sindsdien omdat ze zijn kunst, zijn jakobsladder, verdacht had gemaakt. Anderzijds was een zekere omstredenheid nog altijd een bewezen verdienmodel in de kunst, de tentoonstelling *Adema en de anderen* had in een paar maanden tijd een recordaantal bezoekers getrokken, meer dan normaal in een heel jaar De Pont bezochten, maar Hugo zou de aanstootgevende domheid van de critica niet vergeten, die in haar recensie het terrein van de zuivere kritiek had verlaten en zijn werk tot zijn afkomst had gereduceerd. Ze was helaas de enige niet.

De serveerster zette kommetjes op tafel. Hugo staarde gedachteloos naar haar dunne benen toen ze verdween. 'In de familie zeggen we dat hij alleen maar bij de ss is gegaan om tegen de Russen te vechten,' zei hij even later. 'Allemaal gelul. Arische heerschappij, dood aan de Joden, Blut und Boden, hij was bloedfanatiek. En ook al beheersten de Duitsers op dat moment zowat het hele continent, toch bleef hij hameren op de bastaardering van het ras en de bedreiging door een geheimzinnige vijand, de Jood, voorgesteld als een virus dat onder de huid kruipt en het gezonde, noordse lichaam ondermijnt.'

Marnix begon driftig op zijn Samsung te tikken. 'Hier,' zei hij, 'wat deze jongen zegt. Het lijkt er nogal op.' Het beeldscherm waarop een website met Griekse zuilen en een timpaan was te zien hing even voor Hugo's gezicht en verdween toen weer. 'Deze jongen,' zei Marnix, 'heeft vorige week een politieke partij opgericht en een toespraak gegeven waar Goebbels een puntje aan had kunnen zuigen.'

Het was Hugo niet ontgaan, nieuwssites en kranten rolden over elkaar heen om het fenomeen Thierry Baudet te duiden – extreemrechts, aantrekkelijk, klassiek onderlegd en ironisch tot en met. Met zijn blik op het scherm parafraseerde Marnix wat de jonge partijleider eerder die week allemaal had uitgekraamd over het volk dat werd aangevallen door een vijfde colonne, een vijand in eigen uniform. Het Westen dat aan een auto-immuunziekte leed, het afweersysteem dat zich tegen zichzelf had gekeerd. Het land dat werd ondermijnd door agressieve, kwaadwillende elementen die het maatschappelijk lichaam werden binnengeloodst, et cetera, heel die metaforenjanboel had hij over zijn gehoor uitgestort.

'Vroeger kwamen ze in een uniform van Hugo Boss,' vervolgde Marnix, 'nu in een pak van Suit Supply. De initialen matchen alvast.' Hij lachte smalend. 'De boodschap mag weer klinken, Hugo. Wat zit je daar in je archief terwijl je het gewoon op straat kunt horen? In Italië is het nooit weg geweest, daar kon je altijd gewoon nog boxershorts kopen met de harses van Mussolini erop, maar hier was het een tijdje echt uit de mode. Maar nu niet meer, ze komen gewoon in het parlement, let maar op. Geen bomberjacks meer, niet langer onder de tatoeages, maar frisgekapt en welbespraakt. Heel legitiem allemaal. Anderen zullen met ze samenwerken en ideeën van ze overnemen om hun de wind uit de zeilen te nemen.'

'Samenwerken is nou juist moeilijk voor ze,' zei Hugo. Hij haalde zijn aantekenschrift uit zijn tas en bladerde het door. 'Hier, in de kantlijn van zijn toespraak voor de Utrechtse studenten: "Welk belang heeft ons grote idee als niet de volkomen politieke macht in onze handen is?"' Ook als ondernemer had zijn grootvader gezworen bij wat hij eenhoofdig leiderschap noemde. Hij haatte de vakbonden, hij wilde geen aandeelhouders. Alles in eigen hand houden.

Marnix hanneste met zijn eetstokjes in een schaaltje en vroeg: 'Denk je dat je er iets mee wilt, met je onderzoek?'

Hugo kauwde op een dumpling met een vulling van varkensvlees. Na Loïs' vertrek had hij als eerste daad het vegetarische dieet vaarwel gezegd. Grimmig vrat hij salami, braadworst en zelfs grillworst. Sterf hoer.

'Ongetwijfeld,' zei hij. 'Maar ik ben nog maar net aan zijn dossier begonnen.' Terwijl hij dat zei, realiseerde hij zich dat hij in een onzichtbare wedloop met de schrijver Wieringa verwikkeld was geraakt – beiden hadden hun zoeklicht op het verleden van Willem Adema gericht om het te gebruiken voor hun kunst, al was de een nog niet aan zijn boek begonnen en had de ander nog geen idee wat hij er precies mee wilde.

'Niks concreets nog,' vervolgde Hugo. 'En feit is dat ik nog niet helemaal de oude ben, zodat ik alle afleiding kan gebruiken.'

Marnix knikte en zweeg. De liefde was zijn terrein niet zo, wist Hugo. Zijn vriend had weliswaar alweer bijna twee jaar een relatie met een vrouw die hem had aangesproken in de Bever-winkel waar hij werkte, maar dat was vooral op haar initiatief en aandringen, zoals haar zwangerschap dat ongetwijfeld ook was.

'Ik mis haar nog elke dag,' zei Hugo. 'Ze zit diep in me, ben ik bang.' Hij keek naar de straat beneden hen, vol licht en mensen die cadeautjes kochten voor de feestdagen. 'En ik weet niet goed hoe ik haar eruit krijg.'

14

In december wordt hij ziek. Hij is blijkbaar dicht genoeg bij een medemens in de buurt geweest om griep op te lopen. Hij is koortsig en slap, met soms lucide momenten tussendoor. De slaapkamer kijkt uit op de kale iepen en de zeventiende-eeuwse gevels aan de overkant van de gracht. In de hotelkamers daar gaan de gordijnen open en weer dicht. Soms verschijnt er iemand aan het raam, kijkt een tijdje naar buiten en verdwijnt weer. Hugo laat Albert Heijn noodlesoep, versgeperst sinaasappelsap, brood en fruit bezorgen. ('Vruchten', noemt zijn moeder dat. Aangeleerde rijkeluistaal. Distinctiedrift.) Voorstellingen van zichzelf op hoge leeftijd, hoe hij alleen ligt te versterven, gevolgd door zelfmedelijden. Uit zijn borst ontsnapt zo'n scheurende hoest dat hij bang is dat hij een longontsteking heeft.

Hij herinnert zich dat de afwasmachine heeft gedraaid, maar dat kan ook gisteren zijn geweest.

Op een ochtend waarop hij zich wat beter voelt zet hij een schildersezel bij het slaapkamerraam, haalt een klein doek, een spiegel, verf en penselen van zolder en begint aan een zelfportretje. Hij dwingt zichzelf door te werken wanneer hij zweet en rilt zodat hij uitgeteerd en dorstend als Johannes de Doper op het doek verschijnt. In plaats van een kemelharen mantel draagt hij een donkerblauwe ochtendjas met een brede kraag die hij van Loïs gekregen heeft.

Hij hoest, er brandt een felrode zon in zijn borst. In het illusieloze decemberlicht denkt hij terug aan de namiddag waarop Loïs en hij door een Marokkaans woestijnstadje reden, de koude zon al laag aan de hemel, de huizen en moskeeën in een sombere kopergloed; uur van zelfmoordenaars. Er woei zwarte rook over de weg. Nog zeventig kilometer tot Agadir.

Een paar dagen werkt hij aan het zelfportretje en wanneer het klaar is, is 2016 voorbij en ligt zijn annus horribilis achter hem.

15

Met 'Tot ziens, Justine Keller' uit de speakers reed hij op een ochtend naar Nieuw-Balinge om zijn oude gouvernante Beth Wiel op te zoeken. De wieken van de windturbines in de polders van Flevoland scheerden langs de onderkant van zware wolken. De voren op de akkers waren volgelopen. Eind januari, regensluiers veegden over het land. Hij zette de muziek harder om Spinvis' fluisterstem beter te kunnen horen. Nog een dik uur rijden, dan zou hij Beth voor het eerst sinds zijn kindertijd weer zien. Hij kon zich er moeilijk een voorstelling van maken. Zonder bestendige gedachten reed hij door de polder, zijn mijmeringen volgden de muziek. *Het wordt een lange reis, een lange reis…* Onwillekeurig had hij daarbij altijd aan Loïs en hem gedacht, zijn hand op haar bovenbeen en zijn ogen op de weg.

Voorbij de laatste flats
Over het kanaal
Niemand op de weg
Zet hem in z'n vijf
Maak niet zo'n kabaal

Ze hadden veel autoreizen gemaakt samen. Sommige herinnerde hij zich beter dan andere. Nu zou hij een pink geven om weer naast haar te kunnen zitten. 'Eén pink maar?' hoorde hij haar spottend zeggen. Hij snoof en glimlachte. Bij Harderwijk verliet hij de provinciale weg en voegde in op de A28, de hoofdader naar het noorden. Drie maanden na het begin van hun liefde hadden ze richtingloos door Europa gereden in de lichtgrijze Range Rover van zijn moeder, omdat hij zijn eigen auto – een schitterende ossenbloedrode Jaguar – in de prak had gereden toen hij op een avond vanaf het Bloemendaalse strand terugreed naar huis. Ze hadden de auto in Wassenaar opgehaald. Onderweg van het station naar zijn moeders huis noemde Loïs de namen van de huizen op en had ze gevraagd waarom alle honden die ze zagen labradors waren, en waarom die allemaal een boerenzakdoek om hun nek droegen. Hugo had zijn schouders opgehaald. 'Het leven van de rijken.'

Door een kier in de metalen poortdeuren keek ze even later naar de villa van zijn moeder in het groen. 'Allemachtig.' Ze schudde haar hoofd. Voor ze naar binnen gingen wees ze geamuseerd op de naam van het huis op de tussendorpel, The Lark.

De lunch werd geserveerd op het zuidterras. Het Filipijnse dienstmeisje bracht geroosterd brood, een schaal groene asperges en romaine-sla. Ze schonk langzaam, om maar geen druppel te morsen, een draaddun straaltje Grüner Veltliner in de glazen. Hugo zag dat het zijn moeder ergerde dat ze de fles met twee handen vasthield. In de verte zeurde een bosmaaier. 'Gaan jullie ver weg?' vroeg ze.

'Een grand tour,' zei Hugo. 'Welke auto kunnen we lenen?'

'De Mini is echt voor de boodschappen,' antwoordde ze, 'al kan het dak helemaal open. Ik zou de Range Rover nemen, heerlijk als je lange einden gaat rijden. Ik ben er van de winter nog mee naar Carezza geweest.'

Het vermoeden bestond dat ze zich in het skioord door jongemannen gezelschap liet houden in de wintermaanden. Het fijne wisten Hugo en zijn broer daar niet van, ze zagen alleen weleens een kiekje langskomen van haar op de piste of op het terras van een skihut met een zongebruinde Italiaanse hengst naast zich; om de een of andere reden droegen die knapen altijd het liefst rode skipakken.

'Heb je kampeerspullen?' vroeg Loïs, en toen ze zijn gezichtsuitdrukking zag: 'Voor de zekerheid?'

Zijn moeder dacht dat er nog kampeerspullen in de garage lagen. Ze zette een lach op. 'Jongens, wat heerlijk dat jullie er zijn. En wat leuk om kennis te maken, Louise, ik was al zo benieuwd. Zo scheutig is hij niet met het voorstellen van nieuwe vriendinnetjes.'

'Loïs,' zei Hugo.

'Ik vind het ook leuk om u te ontmoeten,' zei Loïs.

'Zeg alsjeblieft "je", ik voel me al zo oud.' Ze zette het glas aan haar lippen. 'En noem me maar gewoon Petra en geen "schoonmama" of zo, dat is makkelijker als jullie weer uit elkaar gaan.'

'Dat is misschien een beetje vroeg nog,' zei Loïs. 'Maar Petra. Oké.'

Zijn moeder vervolgde: 'Zeg, je was niet bij de uitreiking van de Prix de Rome toch?'

'Die dag is het begonnen,' zei Hugo. Hij grijnsde. 'Ze kwam op de geur van succes af.'

'Ooh!' zei Loïs.

'Zo kort nog maar,' zei zijn moeder. 'En dan al op vakantie samen. Dapper hoor.'

'Volgens mij was jij na twee maanden met papa al zwanger.'

'Ietsje meer,' zei ze. 'Maar inderdaad. De grootste fout van mijn leven.' Getergd draaide ze haar hoofd in de richting waar het geluid van de bosmaaier vandaan kwam. 'Ik word gek van dat ding.'

'U hebt er anders wel deze leuke jongen aan overgehouden,' zei Loïs.

'Twéé heb ik ervan. Heb je Willem al ontmoet? Pas op hoor, voor je het weet kom je met de verkeerde thuis.' Zijn moeder lachte met haar hoofd in de nek.

Na de lunch leidde ze Loïs rond door de stallen, verhalen over dressuur en de wedstrijden waar haar paarden aan meededen. Ze namen nog een duik in het zwembad, het was al na drieën toen ze vertrokken. Eenmaal België door vonden ze een hotel in Lille en dineerden op een terras aan het theaterplein. Families dwaalden doelloos over de kasseien. 'Godsamme,' zei Hugo even later toen hij zijn vlees aansneed. Een walgelijke stank steeg uit het worstvlees op.

Loïs wendde haar gezicht af. 'Orgaanvlees,' zei ze. 'Dat hoort zo. Acquired taste.'

'Ik was het vergeten. Help me herinneren de volgende keer.'

Hij ziet voor zich hoe ze op een dag, ergens in een restaurant boven een menukaart, fijntjes zal zeggen: 'Pas je op met de andouillette, lief?' De kinderen die hij voor zich ziet zijn even blond en rijzig als zij. Slimme, ernstige meisjes, ze lezen en tekenen. Ze groeien op tussen de bomen en het groen. De stad is in zijn leven een tussenspel, het volgende deel zal stiller zijn. *Als je eer en roem vergaard hebt, trek je dan terug, dat is het tao van de hemel.* Indachtig Hokusai zal hij de levenskrachtige aard van vogels, vissen en insecten bestuderen, en naar Loïs kijken die verderop met bestofte voeten onkruid wiedt in de moestuin. Hij timmert kippenhokken en boomhutten en verzaagt dode bomen tot brandhout. Zijn atelier kijkt uit op de bosrand waar zich in de schemering reeën tevoorschijn wagen, net als op Oostraven. Er is een type commercial waarin gelukkige mensen zo worden voorgesteld, welvaartsklasse A, beetje bohemien, categorie cultural creatives, maar hij zal het geluk niet afwijzen omdat het uniform is.

De volgende dag reden ze Picardië binnen met Jacques Brel uit de speakers. De zon begon te branden, Loïs wiebelde met haar tenen op het dashboard. In het café de avond tevoren hadden ze op houten banken gezeten, een grof geschuurde tafel tussen zich in.

Een bierglas als de schacht van een laars, ze dronk als een dorstig paard.

Zijn blik gleed over de velden langs de snelweg. Er verschenen meer hagen en hoogzitten. Glooiingen die je zou willen aaien als een kattenrug. De wegen werden smaller, klaprozen en wilde cichorei bloeiden in de bermen. Vroeg in de middag reden ze Le Crotoy binnen, een kleine badplaats aan de baai van de Somme. Het werd eb, door de kreken haastte het water in het estuarium zich terug naar zee. Bij een hotel op de boulevard boven de baai verliet Loïs de auto om te vragen of er een kamer vrij was. Een vrij wezen, dacht Hugo, niet te hebben. Bruine benen onder legergroene shorts met grote zakken op de zijkant. In de rechter zat haar camera, rond haar nek droeg ze een HEMA-stopwatch aan een zwart koord. Door de sterke zeewind waaide de deur naar de entree bijna uit haar hand. 'Het geluk is met ons,' zei ze even later, 'we hebben een kamer, *vue mer*. Kom.'

Ze gooiden hun tassen op bed en daalden even later de stenen trappen af naar de drooggevallen baai. In het zicht van het oudroze hotel op de boulevard waadden ze op blote voeten door het glanzende slik. 'Ieuw,' zei Loïs achter hem, en hij reikte haar zijn hand. Zijdezachte modder krulde tussen hun tenen, soms schraapten ze met een voet langs de scherpe rand van een schelp. Sterke geur van ontbindende micro-organismen. Ze zwommen in de hoofdgeul en lieten zich een eind meevoeren met het water dat met grote kracht terugstroomde naar zee.

De wind luwde, ze dronken een glas pastis op het hotelterras. Tijdens een wandeling in de vooravond stonden ze stil bij een standbeeld van Jeanne d'Arc op de boulevard. Volgens het opschrift op de sokkel had ze in afwachting van haar proces in Le Crotoy gevangengezeten. Loïs maakte er een foto van en zei: 'Ze zou schizofreen zijn geweest omdat ze stemmen van engelen hoorde, maar waarom zouden er niet echt engelen tegen haar gesproken hebben? Misschien hielden wonderen wel op te bestaan toen we ophielden erin te geloven.'

De eetzaal van het hotel zat vol families en oudere echtparen. Een fles witte bordeaux bij het voorgerecht, een tweede bij het plateau vol vis en schelpdieren op ijs. Geroezemoes, ouders die hun kinderen vermaanden. Getingel van bestek dat op de vloer viel (een beetje ober hoort of het een mes, een vork of een lepel is, en komt aansnellen met een schoon exemplaar). Met haar lange vingers peuterde Loïs krabvlees uit de schaal. 'Dat huis van je moeder...' zei ze peinzend. 'Jullie zijn echt heel rijk hè?'

Hij knikte. 'Quote 500, top tien, top twintig. Ik zeg het maar zoals het is. En dan heb je het landgoed van m'n grootouders nog niet gezien.'

'Wat een verschil hè...'

Hij wist wat ze bedoelde. Ze was opgegroeid in een wederopbouwwijk in Wageningen. Toen ze acht jaar oud was waren haar ouders uit elkaar gegaan. Haar vader betaalde de alimentatie vaker niet dan wel, haar moeder knoopte de eindjes aan elkaar met een bijstandsuitkering en kledingreparatie voor buurtbewoners.

'Het is begonnen met mijn grootvader,' zei hij. 'Na de oorlog heeft hij naam gemaakt in de offshore. Installaties voor olie- en gaswinning. Een onconventionele denker, deed dingen die niemand voor mogelijk hield. Mijn broer is al net zo.'

'En je vader?'

'Een lieve man maar niet wat mijn grootvader voor ogen stond. Hij ging ook naar Delft, kwam al jong in het bedrijf en is er altijd gebleven. Vast een prima ingenieur maar ongeschikt voor de leiding van een concern. Hij heeft zijn beste jaren doorgebracht in het krachtenveld tussen zijn vader en mijn moeder. Beiden wist hij niet te overtuigen. Aan zijn vader is hij altijd trouw gebleven, mijn moeder heeft hij op een dag verlaten.' Hugo wipte een kokkel uit zijn schelp en stak hem in zijn mond. 'Weet je wat hij na de scheiding zei? "Van een paard kun je niet winnen."' Hij schoot in de lach. 'Wat een sublieme zin. Een heel huwelijk in een paar woorden, haha! Van een paard kun je niet winnen...'

Ze dronken en praatten tot ze de laatsten waren in het restaurant, en gingen toen met zware benen de krakende houten trappen op.

's Nachts werd hij wakker van de kou. Ze lagen naakt over elkaar heen, in slaap gevallen onder het vrijen, de lichten nog aan. Hij raapte het laken en de dunne deken van de vloer, legde ze over haar heen en strompelde naar het raam om de gordijnen te sluiten. De nacht was helder, hij zag de vage glans van het drooggevallen slik in de baai. De gordijnen bolden in de wind.

Ze lieten zich leiden door de toverkracht van vreemde namen en verkeerde afslagen. In het zuiden van de Auvergne brachten ze een nacht door op een camping. Zij zette de tent op, hij blies het luchtbed op. 'Hoe had je dit gedacht?' vroeg hij toen de tent eenmaal stond. In het midden stond een grote tentstok, zodat er met geen mogelijkheid een tweepersoonsluchtbed in paste. Zijn chagrijn hield geen stand tegen haar slappe lach. Ze sliepen onder de open hemel, de volgende morgen moest ze hem beloven dat ze de rest van hun vakantieleven in hotelbedden zouden slapen.

Zij reed, de zon brandde op hun bovenbenen. Saint-Babel en Issoire op de borden. Hij viel in slaap. Hij droomde. In de droom zag hij hoe Loïs gedachteloos, zonder achter zich of in de zijspiegel te kijken, de linkerbaan op stuurde, waar een auto hen met hoge snelheid achteropkwam. Een schicht van woede wekte hem – hij opende zijn ogen, keek achterom en zag de auto uit zijn droom achter hen opdoemen. Nog net kon hij een draai aan het stuur geven om het noodlot te ontwijken. Loïs' sensationele gil, hoog en snijdend. Luid toeterend schoot de Audi hen voorbij, krijtwitte gezichten achter de ramen, een kraakhelder, bevroren moment lang. Hij vloekte. 'Kijk dan uit!'

'Ik zag het niet!' riep ze. 'Het ging zo snel!'

Het werd hun eerste ruzie. Ze zei: 'We moeten stoppen, ik tril te erg.'

Bij een aire zetten ze de auto stil en stampten de doodsschrik uit hun lijf. 'Wat gebeurde er?!' vroeg ze. 'Je sliep en opeens trok je aan het stuur.'

Hugo zei dat hij het niet wist, dat het misschien een gedroomde blik op de onmiddellijke toekomst was geweest – in zijn slaap had hij haar manoeuvre gezien, de auto achter hen, alles.

'Je zág wat er ging gebeuren?'

'Alsof ik de werkelijkheid een paar seconden voor was, ja.'

'Maar liefje,' zei ze ademloos, 'dat is een soort wonder.'

'Ja,' zei hij, 'dat is misschien wel zo, ja.'

Dit zou dan hun wonder zijn, zijn illuminatie. Langzaam trok de schrik uit hun lijf. Loïs troonde hem mee naar een glooiend korenveld achter het wc-hok. Ze liepen een eindje het veld in en daar, tussen het gele koren, knoopte ze haar shorts open, stapte eruit, trapte haar slip uit en knielde op de stoffige aarde. Ze paarden als de dieren des velds. Zo keerden ze naar het leven terug.

16

Voorbij Hoogeveen verliet Hugo de snelweg en vervolgde zijn route over smalle weggetjes onder een haag van eikenbomen. Nog tien minuten tot hij er was. Boerenland aan de rand van het koninkrijk. Hoe de mensen hier leefden wist hij niet.

Figueres – opeens herinnerde hij zich de naam van het stadje die hem daarstraks niet te binnen wilde schieten. Daar waren Loïs en hij op hun grand tour gestopt bij het Dalí-museum. Ze bleven er niet lang. Alles ergerde hem. Het kermisachtige ervan, de artificiële vreemdheid. Een surrealist die een surrealist nabootste. 'Een geparfumeerde bedrieger,' zei hij toen ze weer in de Range Rover klommen.

'Wel talent.'

'Wel talent.' Hij herinnerde zich dat Buñuel hem een genie noemde maar zijn karakter als ondraaglijk bestempeld had.

In Barcelona namen ze de nachtboot naar Ibiza. Loïs had goede herinneringen aan het eiland, hij was er nog nooit geweest. Het landschap, tanig als een jongenslijf, vond hij aantrekkelijk. De steeneiken en pijnbomen die zich in de rotsen klauwden, het verbijsterende licht. Door schraal geboomte was vanaf de kustweg in het noordoosten soms de zee te zien, vergezichten in het voorbijgaan. Ergens in het bergachtige gebied tussen Cala Sant Vicent en Es Figueral stopte hij midden op de weg, reed een eindje achteruit en ging bij een bord *Se alquila* een steenslagweggetje op naar boven. 'Alleen even kijken,' zei hij. Aan het einde van het pad, halverwege de helling, stond een finca, stralend in zijn witheid. Het huis keek uit over de zee in de diepte. Beneden, in het dal tussen twee uitlopers, verdichtte het groen zich. Her en der op de helling stonden de brokkelige oude afscheidingsmuren die je overal op het eiland zag. Het was een oud huis. De luiken waren dicht, het zwembad met zeil overtrokken. Een L-vormige gaanderij met een arcadeboog omsloot het zwembad half, het waterpeil stond laag. Aan de andere zijde van het huis schoof Hugo het deksel van de waterput opzij en zag kakkerlakken wegschieten tussen de kieren van de stenen. Toen hij aan de gietijzeren pomp zwengelde kwam er na een paar slagen gronderig water uit, dat vlug helderder werd. 'De pomp doet het!' riep hij naar Loïs, die achter het huis verdwenen was.

Beneden zette hij de auto stil en tikte het telefoonnummer op het Te huur-bord in, maar hij had geen bereik. Op het balkon van hun hotelkamer probeerde hij het opnieuw. Ze konden het huren, zei hij even later, maar minimaal een maand.

Ze keek op van haar boek.

'Het huis,' zei hij. 'We kunnen het voor een maand huren. Wat heb jij te doen de komende tijd?'

Ze lachte en zei: 'Niks wat ik niet kan afzeggen.'

Toen ze twee dagen later terugkeerden waren de luiken open en was het zwembad gevuld. De makelaar kwam naar buiten. Hij rook sterk naar aftershave, om zijn pols droeg hij het grootste horloge dat Hugo ooit had gezien. De zitkamer was koel en donker, er was een open haard. Het terras van de grote slaapkamer had uitzicht op zee. Ze sleepten hun bagage naar binnen. 's Middags reden ze de weg naar beneden naar Cala Sant Vicent om boodschappen te doen in een kleine *supermercado*. Ze sloegen tassen vol levensmiddelen in voor hun schuilplaats op de heuvel. Het gaf hem een onbekend soort voldoening om later die middag samen de keukenkastjes in te ruimen, hier het zout en daar de olie, en daar het brood, de pasta, bliktomaten, tonijn in blik. Rommelen door de besteklade, wel een kurkentrekker, geen kaasschaaf. 'Natuurlijk niet, sukkel, we zijn in Spanje', gevolgd door haar schaterlach. Ons eerste huis, dacht hij vergenoegd. Hij haalde een fles Cruzcampo-bier uit de vriezer en ging op de veranda zitten. Vooruitzicht van een rijk gedekte tafel, en de avond die nog lang was. De wind streek door de pijnbomen, een hagedis met een nerveus kloppende keel rukte op tot bij zijn blote voeten. Zijn tong flitste uit zijn bek. Het bier was nog lauw. Loïs zette een fruitschaal op de verandatafel. Een gewijd gebaar, de wereld die opnieuw begon. Wilde perziken, abrikozen, de appels die ze hadden gekocht. 'Wat kijk je,' zei ze. Ze plaatste haar handen in haar zij, haar ogen gericht op een rotspunt ver in zee. 'Ik kan niet geloven dat we dit echt doen,' zei ze. 'Mijn moeder weet het nog niet eens.'

Hugo keek op zijn telefoon. Geen bereik. Ze konden zonder de wereld. Er was drinkwater, brandhout, een zee vol vis. Tegen de zuidelijke buitenmuur stond een grote rozemarijnstruik, hij had vijgen en olijfbomen gezien op weg naar boven. De kwijnende fruitbomen achter het huis konden misschien opnieuw tot bloei worden gebracht.

Ze werden gewekt door de zon, de rest van de dag hing er getemperd licht in de slaapkamer. Hugo maakte er een schraagtafel om aan te werken en ordende de potloden, het papier, de verf en de penselen. Voor hen lag een luie, genotzuchtige eeuwigheid. Hij maakte een vuurplaats van gestapelde stenen en roosterde groenten, makrelen en tonijnmoten. Soms inktvisjes en sardines. Het zag eruit als een oudtestamentische offerplaats. Hij zat op zijn knieën, boog zich voorover en blies het vuur daarbinnen aan. Het hout was grijs en droog, algauw stegen de vlammen op uit het hart van knetterende takjes en spaanders.

Hij had, zei hij op een avond tegen Loïs, altijd van vuur gehouden. Vroeger, als hij walmende vuurtjes stookte in het bos bij Oostraven, waarbij pissebedden en spinnen kriskras over het hout wegvluchtten, had hij zich minder alleen gevoeld wanneer de vlammen uit het hout opkropen, alsof hij gezelschap van een vriend gekregen had. Je stemming veranderde als je er met een stokje in zat te prikken en in de vlammen tuurde – je kalmeerde als vanzelf.

Zonder vuur was de mensheid hulpeloos als op de eerste dag, dat had hij als jongen al geweten. De mens was geworden wie hij was door het vuur, het vuur en hij waren onafscheidelijk. De hominide die over de vlakte zwerft: zijn dag is voor de jacht, voor roddel en economie, de avond is voor zang en dans rond het vuur, voor familiekwesties. Het vuur verlengt de dag, binnen de kring van licht wordt de mens een denker en een verhalenverteller. De onmetelijke duisternis rondom hem brengt goden en mythen tevoorschijn, daar worden verbeelding en filosofie geboren.

Overal waar de mens voet aan wal zette, brandde hij als eerste het terrein schoon. Toen de Maori's arriveerden in Nieuw-Zeeland begonnen ze meteen de bossen plat te branden om ruimte te maken voor jacht en landbouw. Zuilen van rook stegen naar de hemel op, zevenduizend kilometer verderop vonden geofysici honderden jaren later hoge roetconcentraties uit die tijd in het zuidpoolijs terug.

De mens, toegerust met vuur, verjoeg zijn vijanden eerst met brandende stokken en verzengde ze later in een crematieoven of in een nucleaire steekvlam van honderd miljoen graden. Met de hitte van het inwendige van de zon. *Nu ben ik de Dood geworden, de Vernietiger van Werelden.*

Zo zat Hugo 's avonds op zijn krukje en hield het vuur in leven.

Dood en vrijheid, en de glorie van een verlicht tankstation in de avond. O, dat onverslaanbare samenspel van asfalt, rubber en brandstof. De uitbarsting van neonlicht in het donker; je vult je tank tot aan de rand, voor je liggen weer een paar honderd zorgeloze kilometers. 'Vrijheid,' zegt Marnix, 'is een Mercedes met een volle tank.' Je rekent af en negeert de afgrondelijke vermoeidheid van de pompbediende en de vrachtwagenchauffeurs, de stokers van de 24 uurseconomie.

Tussen de middag bedreven ze de liefde onder het lekke muskietennet, nadien lag hij achter haar en voelde hoe haar gladde bruine huid de warmte van de zon uitademde. In haar haren de geur van rook. Overdag joeg hij op muggen die hen 's nachts uit hun slaap hielden. Op de muren verscheen een puntenwolk van hun eigen opgedroogde bloed. Koel lagen de karmozijnrode tegels onder hun voeten. Ze zwommen in een kleine baai en legden zich op de warme stenen te drogen als wasgoed. Loïs' nagelbedden waren wit, uitgebleekt. Na twee weken verschenen er wolken aan de hemel, de volgende dag stond er een koude wind. Zware wolken maakten aanvaringen boven hun hoofd, schoven in elkaar en dreven twee keer zo zwaar naar het noorden. 's Avonds zaten ze met een vest aan bij het vuur en zagen dat de zee beneden woelig was. 'Ik heb zin om te roken,' zei ze. De volgende morgen was de hemel schoongewassen en de zee tot rust gekomen. Op een yogamat deed Loïs haar oefeningen in de ochtendzon, Hugo zat te schetsen in een zwart gekafte dummy. Toen hij opkeek stond ze op haar hoofd. Bewegingloos, kaarsrecht; geprononceerd lagen haar ruggengraat en schouderbladen onder haar huid. De zon won vlug aan kracht, hij voelde de warmte tot in de koele slaapkamer doordringen. Hij kwam overeind en bleef op de grens van licht en schaduw staan, zijn borst vol geluk.

Aan het eind van de maand in de finca reed hij naar de hoofdstad en keerde pas tegen het einde van de dag terug. Ze kwam naar buiten en omhelsde hem. 'Wat was je lang weg!'

'Het duurde even,' zei hij. 'Maar het is gelukt.'

'Wat?'

'Dit,' zei hij. Hij wees met een weids gebaar langs het huis, de ruimte eromheen. 'Ik heb het gekocht.'

Verrukkelijke stilte. Toen haar uitroep: 'Dat heb je níet gedaan!?'

Hij hield de map van het makelaarskantoor op en wist dat hij alles zou doen voor die fantastische, enigszins hese lach van haar.

17

Een weggetje met een paar zomerhuizen erlangs, een eind buiten het dorp. Het een-na-laatste is dat van Beth, nummer 13. Een eenvoudig bouwsel met een daklicht in de punt, dat aan de voorzijde uitkijkt over een uitgestrekt heideveld. Hij stapt over het lage hekje. De droefenis van een tuin in het midden van een slappe winter. Een kruiwagen vol water, hopen blad, kale sprieten, nog rechtop. Onder een appelboompje een groen uitgeslagen stenen boeddha. De voordeur staat op een kier. 'Hallo?' roept hij naar binnen.

'Kom verder!' klinkt een stem, gevolgd door een hoestbui.

Hij staat in een smalle keuken. Daarachter, in een nevel van verstikkende tabaksrook, een kleine, schemerige woonkamer. De stem komt uit een oortjesstoel waarin een ineengedoken menselijke gestalte zit. Een wit gezichtje. Ze is het, ze is het niet. 'Lieve Beth,' zegt hij, alsof hij een brief begint. Hij buigt zich voorover om haar een kus te geven. De deken gaat opzij, ze slaat haar armen om hem heen. Scherpe geur van zweet en urine. 'Daar ben je, jongen,' zegt ze geroerd. 'Wat heerlijk, wat heerlijk.'

Dit krakkemikkige mensje, zijn Beth? Haar rode haar is grijswit nu, haar wangen zijn ingevallen. 'Schrik maar niet,' zegt ze, 'ik ben gewoon niet zo lekker.' Ze probeert een lach. Haar boventanden ontbreken. Zijn verwarring – wat is hier gebeurd? Op tafel zit een rode kat naar hem te kijken, in de vensterbank liggen nog twee andere. Zijn ogen wennen aan het schemerlicht. Het is koud in de kamer. De katten in het raam niezen gelijktijdig.

‘Ik tuimel van de ene lappenmand in de andere,’ zegt ze. ‘Een hernia afgelopen herfst kon er ook nog wel bij. Knipte ik mijn paadje, kwam ik opeens niet meer overeind. Gelukkig had ik een stok – een paar keer diep doorademen, toen stond ik weer rechtop.’ Ze lacht een beetje. ‘Ja, dan ben je hier toch wel ver van de wereld hoor.’

Hij trekt een stoel bij.

Ze zegt: ‘Als je toch eens wist hoe ik naar deze dag heb uitgekeken! Ik wist natuurlijk dat je allang niet meer m’n knolletje was, maar kijk toch eens…’

‘In de supermarkt had je me vast niet herkend,’ brengt hij uit.

‘Ik zou je altijd hebben herkend,’ zegt ze stellig. Ze reikt naar de geëmailleerde kan naast haar stoel. ‘En nu moet je water opzetten voor koffie. Ik kom niet zo goed overeind.’ Ze schenkt zichzelf het laatste restje in. ‘Dit is koude slobber, jij moet lekkere verse koffie.’

Op het aanrecht stonden etensbakken voor de katten met aangekoekt blikvoer. De groene fluimen op de tegelwand boven het aanrecht leken opgedroogd snot; de katten hadden de niesziekte. Zes had ze er, zei ze in antwoord op zijn vraag. Vanuit de kamer gaf ze aanwijzingen: in de keukenkastjes filters en koffie, suiker in de voorraadkast achter hem. Hij zag planken vol kattenvoer, kilopakken Douwe Egberts, zakken gedroogde kidneybonen en kapucijners. Decor van eenzame teloorgang.

‘Je bent al bij de dokter geweest?’ vroeg hij boven het zingen van het water in de ketel uit.

‘Welnee joh,’ klonk het vanuit de kamer. ‘Die kan me toch niks vertellen wat ik niet al weet. En ik wil geen gif meer in m’n lijf hè.’ Ze begon te hoesten, gevolgd door een geluid alsof ze kokhalsde.

Even later scheurde ze oude sigarettenpeuken open die ze in

een blikken doosje bewaarde, pulkte de tabak eruit en frummelde die in een hulzenstopper. Ze lachte dapper. 'Wie niet rijk is moet slim zijn toch?'

Hoelang was dit al zo? Hoe was ze in deze vrije val geraakt? Zo alleen en zonder iemand die haar in de gaten hield? Vervuild en aangetast zat ze daar; was hij later gekomen dan had hij haar misschien dood aangetroffen in haar stoel. 'Je moet naar een dokter,' zei hij. 'Dit komt niet door een hernia of weet ik wat. Ik breng je.'

'Geen denken aan,' zei ze. 'Het moet eerst weer even voorjaar worden, dan knap ik vanzelf weer op. Maak je geen zorgen, Hugo, onkruid vergaat niet.'

'Je kan niet eens overeind komen. Laat mij je alsjeblieft naar een dokter brengen, Beth, ik ben er nu.'

'Het gaat al maanden prima zo. Nee hoor, aan mijn lijf geen polonaise.'

Hij lachte zacht. Nog altijd een harde kop. Ze rookte met de koperen asbak op schoot, de asbak waarin hij talloze sigaretten had zien opbranden tot ze op het tafelblad vielen. 'De tafel,' zei hij, 'je hebt hem nog.' Het was, ook al hing over alles nu de grauwsluier van verwaarlozing, een dierbaar weerzien met de objecten van toen – niet alleen de tafel en de asbak maar ook de manden wol, de boeken en de poppen waarvoor ze kleertjes maakte.

'Die mag natuurlijk niet weg,' zei ze. 'Er zijn nog wel een paar brandplekken bij gekomen ben ik bang.'

'Dertig jaar,' zei Hugo. 'Een heel leven.'

Ze schudde haar hoofd. 'Alsof het gisteren was. De streken van je broer, o, o. Jij was anders. Het ergerde je moeder dat je zo langzaam was. Weet je wat je een keer tegen me zei? "Ik heb voor alles gevoelens, zelfs voor een rare tekening." Ik ben het nooit vergeten. Ach, wat begreep je moeder daar nou van.'

'Mijn eerste tekendoos heb ik van jou gekregen, en toen verf en penselen, weet je nog, bij Goedman in Den Haag? Jij hebt me op het spoor gezet.'

'Je tekende al. Ik heb je alleen beter materiaal bezorgd. Je ouders deden daar niks op uit allemaal.' Ze drukte haar sigaret uit en zette de asbak naast de stoel. 'Je moeder,' zei ze, 'is een secreet. De dochter van een fourniturenhandelaar uit Epe die opeens meedraait in de hoogste kringen. Ze dacht echt dat het haar eigen verdienste was. Dat ze er recht op had. Maar ze heeft het met haar smoeltje verdiend, om zo te zeggen. Dat is allemaal tot daaraan toe. Wat ik onvergeeflijk vind is dat alle aandacht naar Willem ging. Jij moest het maar uitzoeken.'

Beth kreeg een zware hoestbui. Ze zat voorovergebogen in die grote stoel, haar handen voor haar mond geslagen. Hij klopte op haar rug, die gloeide en schokte. Ze zweette. Tussen de aanvallen door hapte ze naar adem, haar ogen betraand. Toen ze was bijgekomen vervolgde ze: 'Ze minachtte je vader. Ze zei, gewoon waar hij bij was, dat zij de knopen doorhakte in het bedrijf toen ze nog zijn secretaresse was. Geen wonder dat hij steeds vaker van huis wegbleef. Het draaide thuis prima zonder hem, moet hij hebben gedacht.'

Hugo knikte en vroeg wat nu eigenlijk de reden was geweest van haar vertrek destijds, hij wist alleen dat het niet boterde tussen Beth en zijn moeder.

'Je weet dat je ouders omgingen met de weduwe Rost van Tonningen?' vroeg Beth. 'Ze was een vriendin van de familie, je grootvader heeft nog voor haar man gewerkt in de oorlog. Haar bedrijf Verina leverde ventilatiesystemen aan je opa, en hij financierde op zijn beurt haar blaadjes. Ranzige tijdschriftjes waarin ze de naam van haar man probeerde te zuiveren en de Holocaust ontkende. Je vader behoorde ook tot de donateurs. Toen ik erachter kwam dat de Zwarte Weduwe bij jullie op de thee kwam heb ik flink stampij gemaakt, dat begrijp je. Ik wenste geen moment met dat mens onder één dak te verkeren. Maar ik moest er niks van denken, zei je moeder, ze was eigenlijk meer een soort malle tante. Maar toen ik die vreselijke vrouw op een dag weer in de salon zag zitten ben ik vol op het orgel gegaan.' Ze nam de hulzenstopper en het blikken trommeltje op schoot en begon fanatiek een nieuwe sigaret te fabriceren. 'Dan moet je maar gaan, zei je moeder toen, en dat was dat.'

Het verleden dat tussen de stenen kroop en steeds de boel ontwrichtte, dacht Hugo. Hadden ze Willem Adema de Oudere in '45 maar tegen een executiepaal op de Waalsdorpervlakte gezet. Even voor zonsopgang in de duinen, een commando en een salvo van twaalf schoten – het had een hoop gesodemieter gescheeld.

'Als je maar weet,' zei ze, 'dat jou achterlaten een van de ergste dingen is die ik ooit heb moeten doen.'

'Dag van tranen,' zei Hugo kort.

De bezoeken van de weduwe keerden nu pas terug in zijn herinnering, ontmoetingen in de salon, kinderen ongewenst. Uit het episodisch geheugen gebannen. Ook zijn vader had dus de weduwe gesponsord. Max Bruno afficheerde zich als rechts-libertair, en hing net als Willem Adema de Oudere een agressief soort anarchokapitalisme aan dat uitsluitend vertrouwde op de krachten van de *Ausnahmemensch* en de werking van de markt. Bij het woord 'solidariteit' gingen ze grommen en van het woord 'overheid' kwam hun nekhaar overeind. Soms bogen libertariërs van het Ayn Rand-achtige soort af naar extreemrechts maar het leek hem dat zijn vader daarvoor het temperament ontbeerde. Misschien dat hij het financieren van nazilectuur had beschouwd als een familieverplichting. Noblesse oblige.

Het was hoe dan ook een pikant weetje, de weduwe Rost als huisvriendin. Die heks van NRC zou er wel raad mee weten: 'Kunstenaar Adema op schoot bij naziweduwe', of beter nog: 'Nazizwijn Adema ontmaskerd'.

Ondanks haar gruwelijke veroudering zag Hugo de vrouw die Beth was geweest er steeds duidelijker in terug, even rechtlijnig en strijdbaar als altijd. Ze haalden het verleden dichterbij en legden hun geheugens naast elkaar. Nadat ze uit Wassenaar was vertrokken trad Beth in dienst bij het gezin van een Ahold-topman, maar was er niet lang gebleven. Ze verdroeg de echtgenote niet, een tekortgedaan poppetje dat haar kinderen vooral als accessoires beschouwde. Toen was ze weer in Drenthe beland, eerst in Valthermond, toen in Sleen en nu hier. Ze lachte. 'De achterbuurt van het land, hier komen van oudsher de boeven en de uitvallers terecht.' Tien jaar geleden was ze er komen wonen, in dit vakantiehuisje aan de rand van het Mantingerzand. Ze huurde het van een boer die elk jaar de huur verhoogde maar niets aan onderhoud deed. 'Ik douch al vier jaar koud.' In zomer en najaar waren de naburige vakantiehuisjes soms bewoond, de rest van het jaar was ze de enige levende ziel in de omtrek. De donkere maanden zat ze uit, een oefening in verdragen. 'Da's wel eenzaam hoor,' zei ze. 'Nergens in Nederland is het stiller en donkerder dan hier.' Na de jaren dat ze voor de Nanny Association had gewerkt was ze in de bijstand terechtgekomen. Geen vetpot maar als je Elizabeth Maria Wiel heette en op de dertiende geboren was mocht je niet te veel verwachten. Het had haar niet verbaasd dat dit vakantiehuisje huisnummer dertien had.

Ze sloeg de deken terug en probeerde overeind te komen met haar handen op de stoelleuning. 'Dat moet ik toch alleen kunnen verdorie.' Toen ze eenmaal stond zei ze: 'Geef die stok eens als je wilt.' Hijgend schuifelde ze de kamer door, nu zag hij pas echt hoe weinig er van haar over was. Ze rustte even uit met twee handen op de greep van de wandelstok. 'Poe,' zei ze, en probeerde een lach. 'Trek je er niks van aan hoor, een goed schip kraakt nu eenmaal.'

Bij de wc aangekomen, een wereldreis van drie stappen, stond ze opnieuw stil. Met een jankend geluid kromp ze ineen. Hugo stond naast haar. 'Laat me maar even,' hijgde ze. Na wat een eeuwigheid leek opende ze de wc-deur en verdween erachter. Op het zeil lag een glanzende plas vocht.

Met een theedoek had hij haar urine opgeruimd, braakneigingen onderdrukkend. Meer dan een keukentje, een woonkamer en een slaapkamer was het huisje niet. De klamme kou binnen kroop in je botten. Had ze verwarming? Voor het houten ledikant lagen jaargangen breibladen opgestapeld. Twee rijen dik stonden de boeken in gestapelde sinaasappelkratten tegen de muren. Hij zag de vertrouwde ruggen van de Russische Bibliotheek van Van Oorschot, verder John Irving, Leon Uris, Primo Levi – een gesloten front tegen de onwetendheid. De verkleurde boekenruggen met de vreemde namen en titels erop hadden een blijvende afdruk gemaakt in zijn herinnering, maar waren nu door kattennagels, rondvliegend snot, kleverig stof en teer en nicotine aangetast. Hij wist dat ze in de kantlijn van die boeken schreef, hartstochtelijke instemming, uitroeptekens, felle afkeuring. Hij pakte het eerste deel van Kousbroeks *Anathema's*. Er vielen krantenknipsels en gedroogde bloemen uit. Hij sloeg het open en las: 'Er zijn niet veel Franse schrijvers die echt aan het lachen maken.' Dat leek Hugo voor schrijvers in het algemeen te gelden. Achter de wc-deur klonken gedempte geluiden van pijn. Hij nam zich voor om niet te vertrekken voordat ze een dokter had gezien. Waar was het bergaf gegaan? Hij was te laat gekomen. Als kind was ze al onaangepast geweest en later had ze zich met geweld van de kerk en haar familie losgemaakt, zoals ze zich ook uit een slecht huwelijk had bevrijd en bij hen thuis met slaande trom vertrokken was – haar behoefte aan autonomie en haar nietsontziende eerlijkheid waren misschien op den duur ten koste gegaan van haarzelf. Maar als hij naar zichzelf keek het afgelopen jaar wist hij dat het helemaal niet zo moeilijk was plots af te glijden. Als je voorzichtig leefde leek je meester over de afgrond, je bleef er op veilige afstand van, tot hij zich opeens onder je opende om je eraan te herinneren dat hij meester was over jou.

18

Ze had haar verzet tegen de dokter opvallend vlug opgegeven, alsof ze door het acute decorumverlies ook wel had ingezien dat het zo niet langer ging. Een vrouw met een coltrui en een wollen rok boven haar bruine leren laarzen haalde hen op uit de wachtkamer van de kleine huisartsenpraktijk in Zweeloo. Ze was op een bepaalde manier aantrekkelijk, zag hij, maar zulke waarnemingen werden al een tijd niet meer gevolgd door lustgevoelens. Misschien dat een oude man zo naar vrouwen keek, kalm en objectief.

Terwijl de huisarts het beeldscherm bestudeerde zei ze: 'U bent hier nog niet eerder geweest?'

'Ik blijf zo ver mogelijk bij dokters vandaan,' zei Beth.

De vrouw schoof haar leesbril in haar haren en zei: 'Dat begrijp ik. Maar nu hebt u pijn, zie ik. Wat scheelt eraan?'

Toen ze achter haar bureau vandaan kwam om haar te onderzoeken stond Hugo op, maar Beth zei: 'Blijf alsjeblieft.'

In de aangrenzende behandelruimte hoorde hij haar kermen. 'Ai, dat doet toch zo gemeen zeer.'

'Ik ga even bellen,' zei de vrouw toen ze weer achter haar tafel zat.

Ze konden meteen terecht bij het Bethesda-ziekenhuis in Hoogeveen, kwam de arts even later in de wachtkamer vertellen.

'Dank u, dokter,' had Beth gezegd. 'Dat is erg aardig van u.' Haar lippen hadden nauwelijks kleur.

Hugo reed de parkeerplaats af en zei: ‘Heel fijn dat we meteen terechtkunnen. Dan krijgen we tenminste duidelijkheid.’

Beth reageerde niet op zijn erbarmelijke poging om de moed erin te houden.

‘In al die jaren ben je dus nooit bij de huisarts geweest?’ vroeg hij.

‘Tandarts ook niet,’ zei ze.

‘Ach nee.’

‘Zelf gedaan,’ zei ze met een sluw lachje. ‘Met een tang. Maar niet allemaal tegelijk hoor.’

Ze was een door het leven geharde kluizenaar geworden, iemand die je in een Siberisch woud verwacht en niet in een huisje achter in Drenthe ergens. Ze kreeg een hoestbui. ‘Raam,’ bracht ze uit. ‘Open.’ Zo hevig was het hoesten en kokhalzen dat het gevoel van ademnood ook op Hugo oversloeg. De aanval hield aan tot ze bijna bij het ziekenhuis waren. Hij parkeerde dicht bij de ingang en haalde een rolstoel voor Beth. Bij de receptie lieten ze een patiëntenpas maken en ze werden naar de eerste verdieping doorgestuurd. Vanaf daar volgden de dingen elkaar in een ijzeren ritme op, pa-dam, pa-dam, pa-dam. Beth werd meegenomen voor een foto, een assistent hielp haar zich uit te kleden, hij hoorde haar kermen achter de deur van de kleedruimte en vlugger dan verwacht was ze klaar en stonden ze weer buiten op de parkeerplaats, in wat volgens meteorologen een van de warmste winters ooit was. Pisweer, met andere woorden. Het liep tegen drieën, hij had honger. Tot haar schande had ze weinig in huis, zei Beth, waarop hij de dichtstbijzijnde supermarkt invoerde in het navigatiesysteem. Een bedrijventerrein langs de snelweg, banieren van Albert Heijn en de Praxis klapperden in de wind. De reusachtige babywinkel naast de supermarkt was gesloten, de etalages stonden vol dozen en stellages;

het geboortecijfer van Hoogeveen rechtvaardigde het voortbestaan ervan niet langer.

Beth wachtte in de auto. Ook al had ze gezegd niks nodig te hebben, hij laadde in het voorbijgaan toch fruit, chocolade en vruchtensap in zijn mandje, en een paar pakjes Camel zonder filter bij de servicebalie onderweg naar de uitgang. Voor zichzelf kocht hij een broodje filet americain en een broodje ham-kaas.

Hij zette koffie en at de broodjes aan tafel op. Beth had geen honger. Of de verwarming aan mocht, vroeg hij. Ze zei dat ze alleen hout stookte omdat de gastank leeg was; gas was vreselijk duur. Naast de kachel lagen ongelijk gezaagde stammetjes eiken, ongedroogd nog. Ze had ze afgelopen herfst verzameld, toen de bomen langs de weg door de provincie werden gesnoeid. De buurman van het vakantiehuisje verderop had de werklui gevraagd of het hout geraapt mocht worden. Toen hij Beth ook op pad zag gaan met haar kruiwagen had hij gezegd: 'Maar jij hebt het niet gevraagd.'

'Ook al was het genoeg voor wel vijf winters,' zei Beth verongelijkt, 'hij wilde het allemaal. Toen ik aan het zagen en stapelen was kwam zijn vrouw aan het hek staan en zei: "Houtdief." Kun je het je voorstellen? Trut van Troje. Die hoef ik dus nooit meer te zien.'

Even later lag Hugo onder de tafel om de computeraansluitingen te controleren omdat haar internetverbinding de laatste tijd haperde. Met zijn neus in de stofnesten liep hij de kabels na. In die positie op het tapijt hoorde hij opeens een heldere stem bij de voordeur. 'Hallo?'

'Joe!' riep Beth, en Hugo zag twee bruinleren dameslaarzen verschijnen. De kuiten vulden de schachten prachtig.

'Daar bent u weer,' hoorde hij Beth zeggen.

Het was even stil. Toen hoorde hij de ander die zei: 'Ik wilde u de uitslag van het onderzoek graag zelf komen vertellen.'

Hugo kroop onder de tafel vandaan en veegde de spinnenwebben uit zijn gezicht en haren. De huisarts nam hem vluchtig in zich op. Hij schoof haar een stoel toe. Haar laarzen kraakten toen ze plaatsnam.

'Nou,' zei Beth, 'niet te best zeker?'

'Ik ben bang van niet, mevrouw Wiel.'

'Zeg het maar dan, dan hebben we dat gehad.'

De vrouw knikte. 'De longarts heeft de foto's bekeken. Het is niet goed. Het is longkanker. Het spijt me heel erg.'

Zonder een moment te haperen zei Beth: 'Nou, dan is het dus *Schluss*.'

'Het bevindt zich in stadium vier, dat betekent dat er geen genezing meer mogelijk is.' Een korte stilte. 'Dit valt u natuurlijk rauw op uw dak...'

'Nou,' zei Beth, 'helemaal onverwacht is het natuurlijk niet, na al die jaren dit...' Ze hield het pakje Camel op. De tabakskleurige dromedaris tegen een achtergrond van piramides en dadelpalmen op het pakje – als kind al verlangde Hugo ernaar in die oase te zijn, de droge woestijnlucht, de koelte voor zonsopgang.

'We kunnen u palliatieve zorg bieden,' zei de vrouw. 'Dat ga ik allemaal nog uitleggen op een rustiger moment. Morgen komt er eerst iemand van de Thuiszorg voor een bed en de nodige aanpassingen. Als u hier wilt blijven tenminste.'

'Absoluut,' zei Beth. 'Ik ben op de dertiende geboren en op nummer dertien zal ik doodgaan, dat wist ik gelijk toen ik hier kwam.'

De vrouw knikte. 'U krijgt nu een paar dingen van mij tegen de pijn. Daar kunt u meteen mee beginnen. Dat u dit doorstaan hebt op paracetamol...'

'En ibuprofen,' zei Beth.

'Dat is ongelofelijk. U moet het zichzelf comfortabeler maken. Dit soort pijn is het ergste wat er is. U bent een harde.'

De huisarts haalde pijnstillers uit haar handtas en een formulier waarop stond welke pillen Beth wanneer moest nemen – de apotheek zou de komende dagen meer bezorgen. Hugo keek naar buiten. Pindanetten en kokosnoten vol vet; de vogels en de katten waren haar enige gezelschap geweest in deze winter met het aanzien van een lang, druilerig najaar. Vivaldi had elk van de vier seizoenen een eigen dynamiek en klankkleur gegeven, maar nu, bijna driehonderd jaar later, zag het ernaar uit dat alleen de zomer en een langgerekt herfstig tussenseizoen zouden overblijven. In uitzonderlijke jaren zou het misschien nog een paar dagen vriezen en sneeuwen, om ons te herinneren aan wat we verloren waren.

'Kunt u misschien zeggen hoelang ik nog heb?' vroeg Beth. 'Dat is nog wel fijn om te weten.'

'Heel precies is dat natuurlijk niet te zeggen... U moet rekening houden met een paar weken tot een paar maanden. Zo ver is het al... Ik zou willen dat ik beter nieuws voor u had.'

'Poe,' zei Beth. Ze schudde haar hoofd. 'Da's niet veel.' Ze glimlachten allebei gelaten. Het was een wonderlijk serene ontmoeting tussen een levende en een bijna-dode; het kwam Hugo voor dat hij van grote afstand naar de scène keek, als vanuit een schemerzone.

'Dan laat ik u nu maar met z'n tweeën,' zei de huisarts. 'Er is genoeg te bespreken lijkt me.' Ze boog zich voorover en nam Beths handen stevig tussen de hare. 'Veel sterkte, mevrouw Wiel.' Ze keek kort in zijn richting. 'En u ook natuurlijk.'

Hugo en Beth luisterden naar haar voetstappen op het paadje, het knarsen van het hekje en het dichtslaan van het portier. Het duurde even voordat de motor startte.

'Nou,' zei Beth afwezig, 'dat was het dan.' Ze zweeg even en zei toen: 'Een paar weken nog... Da's niet veel.' Ze snufte.

Hugo kwam tegenover haar zitten en hield haar koude witte handen vast. Een ontzet zwijgen, tot ze haar handen losmaakte uit de zijne om een sigaret op te steken en zei: 'Zo had het niet moeten zijn, Hugo. Ik had stamppot met worst voor je moeten maken en we hadden over de hei moeten lopen om herinneringen op te halen. Niet dit, lieve jongen…'

Zijn ogen prikten van de rook. Twee mensen in een koude kamer. Zoals je met je tong langs het gevoelloze tandvlees strijkt na een verdoving tastte hij nu zijn innerlijk af. Je weet dat het er is, achter die regionale anesthesie, maar je kunt er niet bij. De handelingen gaan door, opstaan, theezetten, woorden uitwisselen. Je benen weten nog hoe ze naar de keuken moeten lopen en je handen hoe ze de ketel moeten opzetten. Weken, maanden hooguit. Op het weerzien volgt onmiddellijk het afscheid.

De schemering had ingezet, een monochroom grijs zakte over de dingen. Toen hij aan tafel zat met een mok thee zag hij de vogels met luide alarmroepen naar alle kanten wegstuiven.

'De smeerlap,' zei Beth.

'Wie?'

'Sperwer. Volgende keer moet je 'm wegjagen. De bezem staat bij de deur. Laat 'm gras vreten, die ellendeling.'

Beth Wiel, beschermvrouwe van alles wat klein en weerloos was. Met de bezem eropaf.

Moeizaam verrees ze uit haar stoel en kwam bij hem aan tafel zitten, achter haar beeldscherm. Even later klonken er langzame violen door de computeraudio. Ze luisterde met haar kin steunend in haar tot kelk gevouwen handen. Na de violen een cello, intens, eenzaam drama, gevolgd door de rest van het orkest. De tranen liepen haar over de wangen. 'Dit vind ik toch zo mooi,' zei ze. 'Dat moet je maar opzetten als het zover is. *Kol Nidrei* van Bruch. Och, wat is dit mooi.'

19

Met een zekere opluchting liet hij de atmosfeer van dood en sigarettenrook voor even achter zich. Hij reed onder een zuilengalerij van eiken door, aardedonker waren de wegen hier. Soms de gele ruiten van een boerderij in de verte, een rijtje huizen langs de weg, uitstortingen van licht. Het was een ander land dit, het was moeilijk te geloven dat hier dezelfde rechtsregels golden als waar hij die ochtend vandaan gekomen was. Hij reed onder een viaduct door, daarachter werd de bebouwing dichter en regen de huizen zich aaneen tot een dorp. De chinees bevond zich in een winkelstraat. Westerbork, vanaf hier waren de Nederlandse Joden naar het oosten weggevoerd. Het doorvoerkamp had hij nooit bezocht, ook niet met school. Wel de chinees, niet het kamp, schamperde hij in zichzelf. Hij bestelde tjaptjoi voor Beth en biefreepjes in zwartebonensaus voor zichzelf en nam plaats bij het raam. Boven de winkels aan de overkant woonden mensen. Ze hadden houten ganzen en geurkaarsen in het raam staan. *Daarom moet in elk arisch land de Joodse kwestie opgelost worden.* Boeren die hier langs het spoor woonden sloten de gordijnen wanneer de veewagens passeerden, had hij vaak horen zeggen, een van die kleine overleveringen uit de oorlog die als onderdeel dienden voor het grote leerstuk over de menselijke aard. Net als die boeren had hij zijn blik lang afgewend gehouden. *Ignorance is bliss.* Hij kende weinig Joden. Ja, Darya Maoz, zijn galeriehouder, en nog een paar anderen, zoals zijn voormalige assistent Daniël Landman; ze waren zo zeldzaam dat je het altijd scheen te weten als ze het waren. De vraag hoeveel Joden er nog waren in Nederland werd onmiddellijk gevolgd door de schaduwvraag hoeveel het er geweest zouden zijn als niet een Oostenrijkse douanierszoon zijn haat jegens *de bacil die de ontbinding veroorzaakt der menselijke samenleving* had weten te convergeren tot een allesverterend vuur. De vraag of Willem Adema de Oudere eigenhandig had bijgedragen aan de vernietiging werd niet beantwoord in zijn dossier, maar hij had de *Endlösung* fanatiek geprefigureerd in zijn toespraken – met zijn hartelijke instemming waren miljoenen vermalen in de lijdensinstallatie. Hoe langer geleden het was, dacht Hugo, hoe meer de vernietiging het karakter kreeg van een gruwelijke mythe, iets waarvan de precieze contouren met het verstrijken der jaren verloren waren gegaan maar waarvan de duistere essentie generatie op generatie werd doorgegeven. Maar hoelang geleden ook, in een villa in het bos woonde nog altijd een man die deze dingen met eigen ogen had gezien. Weer verlangde Hugo ernaar die antieke schedel te lichten om de herinneringen er een voor een uit te lepelen. Een paar geografische namen die tevoorschijn zouden komen kende hij alvast uit het archief: Malgobek, Taganrog, Maikop. Zijn grootvader had daar gevochten en het er zomer, herfst, winter, voorjaar en weer zomer zien worden.

'Is klaar hoor!' onderbrak de Chinees achter de toonbank zijn gedachten. Op de bar stond een volle plastic tas, de hengsels gespitst als hazenoren, met het bonnetje eraan vastgeniet. Twee mannen aan de bar keken. Hij mompelde een groet en verliet de zaak met hun ogen in zijn rug.

Ze aten aan tafel onder de lamp. Of hij straks Wieringa wilde bellen om het hem te vertellen, vroeg Beth. Sinds hij kinderen had zag ze hem minder. Hij had het druk, zei ze. 'Wat moet-ie ook met zo'n ouwe sok op het Mantingerzand?'

Een droef-gelukkige glimlach gleed over haar gezicht toen Hugo vroeg hoe Wieringa ooit bij haar terechtgekomen was.

'Ik had een verhouding met zijn pa,' zei ze. 'God, wat heb ik van die man gehouden. Maar het moet van twee kanten komen, hè, anders gaat dat niet. Met Tom heb ik altijd contact gehouden. Hij werd een beetje aan zijn lot overgelaten, daar alleen bij zijn vader, het ging van kwaad tot erger met hem. "Daar komt niks van terecht, van die jongen," zei zijn vader. "Ik doe 'm bij de paters." Toen is Tom op eigen houtje naar mij toe gekomen.'

Tom. Hugo mompelde iets over de wijsheid van kinderen, soms. Beth at een beetje rijst met tjaptjoi en smakte tevreden. 'Lang geleden dat ik zoiets lekkers at,' zei ze. Daarna schonk ze zichzelf koude koffie in en stak een Camel op. Hugo stelde verbaasd vast dat hun samenzijn zelfs *gezellig* te noemen was. Een van hen zou er binnenkort niet meer zijn, maar de onbepaalde tijd die hun nog samen restte, en ook het feit dat de dood wezenlijk onvoorstelbaar was zolang iemand nog at, dronk en praatte, maakte dat het leek of ze nog een kleine eeuwigheid hadden. De rode kater zocht telkens zijn gezelschap en zat op zijn schoot te snorren.

'Dikkie is een grote lieverd,' zei Beth.

Ze wees naar een stapeltje kleren op een van de manden in de kleine slaapkamer en zei: 'Pak dat eens als je wilt.' Het was een stapel kinderkleren. Onderop vond hij een spijkerjasje, met op de voorkant een geborduurde maan en sterren en op de rug een landschap met een vriendelijk zonnetje erboven. Verbluft hield Hugo het jasje op. Het was een van zijn lievelingskledingstukken geweest. Hij vond ook nog zijn tuinbroek en een door de motten aangevreten trui die ze voor hem gebreid had.

Verbluft bracht hij uit: 'Je hebt het al die tijd bewaard...'

Ze knikte, een wijs en oeroud glimlachje rond haar ingevallen mond. Het paste hem al niet meer toen ze vertrok, zei ze, daarom had ze het maar meegenomen. Hij keek naar haar, grijs, ten dode opgeschreven – ze had gewaakt over het verleden en gewacht tot hij zou komen op een dag. Ontroerd liet hij de kledingstukken door zijn handen gaan.

Ze schreef het telefoonnummer van haar pleegzoon voor hem op en hij liep naar buiten met de telefoon aan zijn oor. 'Wieringa,' zei een sonore stem aan de andere kant. Hugo realiseerde zich te laat dat hij zijn nummer onherkenbaar had moeten maken. 'Goedenavond,' zei hij, 'met Hugo Adema spreekt u.'

'O?' klonk het aan de andere kant. Hij hoorde zijn verwarring. 'Een ogenblik alstublieft.' Te horen was hoe de schrijver met zijn hand om het spreekgedeelte zijn kinderen tot stilte maande.

'Ik bel met slecht nieuws helaas,' zei Hugo.

20

Als een glanzende rivier van aardolie strekte de snelweg zich voor hem uit, maar ergens halverwege Hoogeveen en Meppel dacht hij aan de lange, donkere nacht die voor haar lag en keerde bij de eerstvolgende afslag om. Weer de kronkelwegen onder de bomen, de grijze, vlagerige avondhemel tussen de takken.

'Dat is fijn,' zei Beth eenvoudig toen hij zijn benen weer onder tafel schoof. Ze was niet van positie veranderd sinds hij vertrok, ze zat daar maar en luisterde naar klassieke muziek en bekeek YouTube-filmpjes over bergbeklimmers. Ze maakte een lijstje van dingen die hij voor haar moest meenemen uit de stad, zoals een paar zwarte Crocs maat 39, tomatensap, een blender en abrikozenpitten. 'Daar zit amygdaline in,' zei ze. 'Daar houden kankercellen niet van.' Grand Old Google weet wat. Ze kreeg weer zo'n afschuwelijke hoestbui waar geen eind aan leek te komen. Had ze 's morgens echt nog gedacht dat dit met paracetamol en ibuprofen bestreden kon worden?

Hugo zou in haar bed slapen, zelf bracht ze haar nachten al heel lang door in de fauteuil. Hij ontdeed het houten ledikant van boeken en katten en klopte de gequilte sprei buiten uit. Een wolk van kattenharen stoof op in het licht van de buitenlamp.

'Twee zonen,' zei hij toen Beth vroeg hoe het met Willem was. 'En er komt vast gauw een derde bij want zijn vrouw heeft niks te doen. Hij is nu de baas van het bedrijf. Hij laat het grootste schip ter wereld bouwen. Dat is heel belangrijk voor hem. Zijn grootvader overtoepen.'

‘Ik las het,’ zei Beth. ‘Een pijpenlegger.’

‘Annex kraanschip. Dit jaar wordt het opgeleverd. De familie is in de gloria.’

‘Je vader,’ hoorde hij Beth in de andere kamer zeggen, ‘heeft nog nooit een eigen gedachte gehad. Alles wat zijn vader zegt, punt. Ik heb hem ooit de economische politiek van Hitler horen verdedigen, je weet niet wat je hoort. En je opa wilde natuurlijk alleen maar tegen de communisten vechten toen-ie bij de ss ging, al die quatsch.’

Het verleden, dacht Hugo, is voor haar wonderlijk dichtbij, alsof alles zich gisteren heeft afgespeeld. Alles is bewaard gebleven; namen, gezichten en geschiedenissen draaien langzaam rond.

Hij hoorde het wieltje van de aansteker schrapen en toen haar stem die zei: ‘Je opa is natuurlijk altijd een rasechte nazi gebleven, je vader is alleen maar een meeloper, maar wel een overtuigde. De geschiedenis heeft laten zien dat die niet minder gevaarlijk zijn wanneer ze eenmaal massa hebben. Je vader is echt bezeten van de gedachte dat zijn vader nooit het respect heeft gekregen dat hij verdiende. Het begon ermee dat je opa Nederland heeft moeten verlaten, waardoor je vader en je tante in Venezuela geboren zijn en niet hier. En toen ze eenmaal uit die ballingschap waren teruggekeerd en je opa hier succes kreeg, werd hij nog steeds met de nek aangekeken.’

Hugo had het bed opgemaakt en kwam bij haar aan tafel zitten. ‘Dat is inderdaad de basis van zijn rancune,’ zei hij. ‘Mijn broer heeft er ook last van. Alleen, mijn vader heeft geen zus.’

Ze nam een trek van haar sigaret. De rook verdween diep in haar lijf en tolde in haar verkankerde longen rond. ‘Die heeft hij wel,’ zei ze.

Hugo tuitte geamuseerd zijn lippen. ‘O? Vertel.’

Ze keek hem een tijdje aan. ‘God jongen,’ zei ze toen, ‘je weet het echt niet, hè?’

21

Hij werd de volgende morgen door Wieringa afgelost. 'O lieverd toch,' zei de schrijver. Beth huilde zacht in zijn lange armen. 'Ja jongen,' zei ze, 'het moest er een keer van komen, hè? Maar zo hadden we het niet gedacht, toch?'

'Nee,' zei Wieringa, 'nee.' Hij liet haar los en kwam overeind. 'Dank dat je belde,' zei hij tegen Hugo.

'Mijn zonen,' zei Beth even later toen ze hen naast elkaar zag staan. Wieringa grijnsde ongemakkelijk. Hugo en hij kwamen overeen dat ze om beurten de wacht zouden houden nu ze niet langer alleen kon zijn. De afgelopen nacht had ze rokend en hoestend doorgebracht en opnieuw op het zeil geplast omdat ze de wc niet tijdig haalde. Hugo had met een tollend hoofd en een van de rook raspende keel wakker gelegen en alleen tegen het krieken van de ochtend wat geslapen.

Op de snelweg belde hij zijn broer. Die nam op met de woorden: 'Kleine broer, vertel me alles.'

Hugo grinnikte en zei: 'Je weet niet wat je vraagt.' Hij vertelde hem dat hij Beth had teruggezien, gaf een samenvatting van de dingen en zei toen: 'En gisteravond begon ze opeens over een zuster van papa.'

Het was even stil aan de andere kant. 'Sorry?' zei Willem.

'Dat papa een zuster heeft. Onze grootouders, zegt Beth, zijn niet met één maar met twee kinderen teruggekeerd uit Venezuela, papa én een meisje.'

'*Christ*,' zei zijn broer. 'Wat is dit nou weer.'

'Ze heet Geertruida, zegt ze. Naar de moeder van pake. Beth zegt dat ze een verstandelijke beperking heeft. Toen ze terugkwamen naar Nederland is ze in een inrichting verdwenen.'

Er klonk een krachtig 'kut' aan de andere kant van de lijn.

'Dit is wat Beth me vertelt. Als het waar is hebben we er een tante bij, jongen. Als ze nog leeft. Ik kon haar op het web niet vinden in elk geval.'

Ze zwegen. Hugo vroeg zich af waar zijn broer zich bevond. Hij vloog de hele wereld over om orders binnen te halen.

'Ik ben in Delft,' zei Willem toen, alsof hij zijn gedachten raadde. 'We moeten elkaar even zien.'

Hugo veranderde de bestemming in Kapellen, in de Vlaamse Kempen, waar zijn vader was neergestreken met zijn tweede echtgenote. Het was tweeënhalf uur rijden. De vorige dag gleed voorbij. De vonk van paniek in haar ogen toen ze naar de huisarts keek, een rat in de val. Toen hij bij Utrecht onder een viaduct door reed waarop iemand met zwarte verf de woorden VLEES IS LEED had gekalkt, lachte hij hardop. Vlees is leed, beter kon de menselijke conditie niet worden samengevat.

Ten zuiden van Utrecht stopte hij bij een tankstation. *De Telegraaf* in het krantenrek had de helft van de voorpagina ingeruimd voor een foto van Donald Trump bij zijn inauguratie. Hij had een onverzoenlijke speech afgestoken – America First en dood aan de elite en zo – en zijn overwinning opgedragen aan het volk. Hij ging het ervan nemen, zoveel was duidelijk. Hoe zou het ook anders, zijn vurige opkomst kon alleen maar worden voortgezet met meer vuur. De disruptieve vernielzucht van de techwereld had nu dan ook de democratische rechtsstaat bereikt.

Met vuur moet je heel voorzichtig zijn, had Beth Hugo vroeger op het hart gedrukt wanneer hij haar hielp in de keuken, want vuur was een goede knecht maar een slechte meester. Hij was die wijze les nooit vergeten. In gedachten tekende Hugo Trumps typische oranje haardracht als een laaiende vlam rond zijn hoofd, het kampvuur waaromheen zijn aanhangers hun woeste rondedans deden en zijn naam loofden.

In het benzinestation was een heuse barista aan het werk. Dat je tegenwoordig langs de snelweg een espresso van arabicabonen en vers bereide broodjes kon krijgen was een sterke indicator dat de wereld alleen maar beter werd, dacht Hugo wrang; de mars van de geschiedenis ging immer voorwaarts. Hij voegde zich weer in de verkeersstroom naar het zuiden. Nu en dan sloeg er een vleug oude tabaksrook van zijn kleren. Terwijl hij had wakker gelegen die nacht metastaseerden in Beths lichaam onvermoeibaar de kankercellen. De rode kater had de hele tijd op het voeteneind van zijn bed gelegen. Beth had afschuwelijke hoestaanvallen gehad. Wanneer hij opstond en vroeg of hij iets kon doen zei ze dat het wel ging, ze was het gewend, hij moest maar lekker gaan slapen – zoals vroeger op de rand van zijn bed, niets te vrezen mijn kind. Hij had altijd geweten hoe belangrijk ze voor hem was geweest, maar door de buiteling van gevoelsherinneringen de afgelopen vierentwintig uur had hij zich pas gerealiseerd in welke mate. Ze had hem omhelsd als een verloren zoon, haar ontferming had zich een leven lang uitgestrekt.

Bij Hazeldonk stak hij de grens over en verruilde kort daarna de hoofdweg voor kleine weggetjes tussen hagen en weilanden; oud landschap, alsof het daar vijftig jaar geleden was. Een jachtslot, omringd door een stervormig patroon van dreven tussen het geboomte. Hij zag de crèmekleurige Audi R8 Spyder op de oprit staan; Willem was meteen uit Delft weggereden. Hugo parkeerde zijn Land Cruiser er vlak achter.

Hij vond zijn vader en zijn broer in de serre aan de achterzijde van het huis, in het grijze licht dat door de panelen viel. De Franse tuin strekte zich tot aan de bosrand uit. Zijn vader droeg een groen tweedjasje met een grote gele ruit, een wollen vestje eronder en een das met een ingeweven patroon van opvliegende woerden. Naarmate hij ouder werd koos hij steeds vaker voor de Engelse countrylook. Alleen de Steyr Mannlicher ontbrak. In de hal hing een foto van hem en prins Bernhard tijdens de jaarlijkse jachtpartij op het domein. Eenmaal was Hugo aanwezig geweest bij het bourgondische diner dat na afloop werd aangericht; rozig en aangeschoten zaten de jagers – hedgefunddirecteuren, vastgoedbazen, havenbaronnen, erfgenamen en een prins – rond de grote ovale tafel voor de haard, de lachsalvo's rolden als onweer door de gangen.

Zijn vader zat op een chaise longue, zijn benen over elkaar. Een arm lag over de leuning, met zijn andere woelde hij door zijn haar. De haarverf had ditmaal met een zweem van hennarood uitgepakt. Een kapper in Den Haag had ooit tegen hem gezegd dat hij moeilijk haar had, het haar van een blanke op zijn kruin en kroeshaar rondom. Willem en hij spraken over de oplevering van de Boreas, ze konden niet ophouden over de technische specificaties van het schip. 'Maar goed jongens,' onderbrak hun vader op zeker moment het gesprek, 'jullie zijn hier niet voor niets stante pede naartoe gekomen. Wat is er aan de hand?'

Hugo vertelde dat hij Beth had bezocht, een bezoek dat hem nu al, ook al lag het nog maar net achter hem, als een koortsdroom voorkwam. 'Jullie hebben haar destijds op staande voet ontslagen. Ze had interessante dingen te vertellen. Ze zei dat opa en oma met twee kinderen zijn teruggekomen uit Venezuela. Dat zei ze, dat je een zuster hebt.' Hij keek nauwlettend naar zijn vader maar die verblikte of verbloosde niet. 'En dat ze Geertruida heet.'

'God jongens,' zei hun vader na een korte stilte. 'Wat moet ik daarop zeggen.' Hij schudde zijn hoofd. 'Ten eerste vind ik dat je haar niet had moeten opzoeken, Hugo. We hebben haar destijds niet voor niets laten gaan. Ze is een intrigante, bemoeide zich steeds met dingen die haar niet aangingen. Ze zette jullie tegen je moeder op. Wat had je daar te zoeken?'

'Dat is mijn zaak,' zei Hugo kort. 'En ten tweede?'

'En ten tweede... Wat ze je heeft verteld is waar. Er is een ander kind. Ik kan het niet ontkennen. Het is er de tijd voor, blijkbaar...' Hij knipperde met zijn ogen als tegen fel licht. 'En nu willen jullie natuurlijk horen hoe en wat.'

Willem schraapte zijn keel, op zijn gezicht was bozig ongeduld te lezen.

'Mijn zuster Geertje is drie jaar na mij geboren. Te vroeg geboren, in de kampong daar. Ze was niet goed, meteen al niet. Hoofd in de nek, stuipen, krijsen de hele tijd. Ze hebben haar laten onderzoeken in Caracas. Iets met haar hersenen. Pas in de jaren zeventig was de wetenschap zover dat ze wisten wat het was, translocatie, een paar stukjes chromosoom die van plaats verwisseld zijn. Ze had vaak epileptische aanvallen.'

'Godsamme,' mompelde Willem.

'Het was te zwaar. Toen ze naar Nederland terugkeerden moesten ze haar laten opnemen.' Zijn ogen gingen heen en weer tussen zijn zoons. 'Dat is zo'n beetje het verhaal.'

'Waarom horen wij dit nu pas?' zei Willem. 'En leeft ze of is ze dood?'

'Het was de keuze van papa en mama om het zo te doen. Dat moeten we respecteren.'

'Maar leeft ze, of wat?'

Hun vader wreef over zijn voorhoofd. 'De levensverwachting van zulke mensen is normaal niet erg hoog, maar 't is wel een Adema hè. Sterk hout. Ze woont in een instelling in Den Haag. Daar wordt goed voor haar gezorgd.'

Hugo's blik gleed over de hinderlijk symmetrische buxushagen naar de bosrand, de wolkensoep erboven. Willem Adema de Oudere had een *krioyo* en een idioot voortgebracht; het was om in hysterisch lachen uit te barsten. *Unwertes Leben* – het bestaan had zich op carnavaleske wijze aan zijn grootvaders eugenetische opvattingen onttrokken.

'Goed,' zei Willem, 'een mongool in de familie. Dat kan er ook nog wel bij. Blijft de vraag waarom wij daar nu pas van horen. Voer voor de pers, dit.'

Zijn broer de stoottroeper, eropaf.

'Dat is echt hun keuze geweest,' zei hun vader. 'Het was een andere tijd, mensen dachten anders toen. Ze is trouwens geen mongool, Willem, ze heeft microcefalie, dat is wat anders.'

'Whatever,' zei Willem.

'Demografische ballast,' zei Hugo. 'Werd *damals* opgeruimd met een euthanasieprogramma.'

Zijn broer zuchtte. 'Bespaar ons je gelul over die oorlog alsjeblieft.'

'Aktion T4,' zei Hugo, 'heel Duitsland wist ervan. Nog voordat ze aan de Joden begonnen gingen de gehandicapten en de geesteszieken eraan. Ze waren banger voor raszuivere Duitsers met een defect dan voor gezonde Joden.'

'Hugo, please,' zei zijn vader.

'Er is het verhaal van een man die Hitler in een brief vroeg of zijn blindgeboren dochter ook gedood kon worden. Hitlers lijfarts heeft haar persoonlijk uit haar lijden verlost. De *Gnadentod*. Stel je pakes schaamte voor, met zijn angst voor de bastaardering van het arische ras, en dan zo'n dochter. Nu had hij zelf inferieur zaad. Hij heeft daar toespraken over gehouden voor de Nederlandsche ss.'

'Zullen we dat erbuiten laten alsjeblieft!' riep zijn vader nu. 'Ik weet niet waar je dat allemaal vandaan haalt maar het heeft er niets mee te maken. Het is al pijnlijk genoeg!'

'En uitgerekend hij verwekt een verstandelijk gehandicapt kind.' Hugo lachte. 'Dat verzin je niet.'

Willem kwam overeind uit zijn stoel. 'Hou godverdomme je bek, Hugo.'

Ging hij slaan? Hugo leunde achterover, sloeg zijn benen over elkaar en zei: 'Je vroeg waarom we dit nu pas horen en dit leek me het meest voor de hand liggende scenario. Denk je niet?' Hij gebaarde naar Willem. 'Ga zitten alsjeblieft.' Zijn broer gold als een sterke persoonlijkheid maar was verbazend gemakkelijk uit zijn evenwicht te brengen. Willem had een flink deel van de talenten van zijn grootvader geërfd maar niet diens merkwaardige rust. Hugo's genoegen om hem uit zijn evenwicht te brengen en zijn zelfbeheersing te zien verliezen was nog altijd hetzelfde.

Mizzi had een lunch bereid met verse streekproducten. 'In het brood zit bierbostel,' zei ze. 'Dat is eigenlijk een afvalproduct van een lokale brouwerij dat ze weer in de voedselketen terugbrengen. Zo leuk is dat.'

'Heerlijk schat,' zei hun vader, en hij viel aan. Mizzi kwam naast haar echtgenoot zitten en maakte de salade aan in een groene glazen kom. Ze was een lange, magere vrouw van halverwege de vijftig. Statig, met een benig gezicht. Soms vroeg Hugo zich af hoe ze zich zou gedragen in bed. Ze was goed voor zijn vader, vond hij, oneindig veel beter dan zijn moeder geweest was. Van een paard kun je niet winnen.

Mizzi was mededingingsadvocaat op de Zuidas geweest, toen ze elkaar ontmoetten in elk geval; al voor hun huwelijk kromp haar werkweek zienderogen, omdat, zoals Hugo haar had horen zeggen, 'jullie vader al wat ouder is en we nog zo veel mogelijk van elkaar willen genieten'. Intussen had ze zich laten schrappen van het tableau; het zag ernaar uit dat ze inderdaad zo veel mogelijk van elkaar *genoten*.

'O prima,' zei Hugo in antwoord op haar vraag hoe het met hem ging. 'Ik werk hard. Veel te doen.' O armzalige praatjesmaker, ze moesten eens weten. Hij wendde zijn blik af bij hun voortdurende bevestigingen over en weer, de kleine attenties. Verman je, Hugo, misgun je je vader zijn geluk? Natuurlijk niet, maar wie nu alleen is, zal het nog lang blijven. Een regel die soms opdook om hem zich nog miserabeler te laten voelen. Klotepoëzie.

Met Mizzi erbij lieten ze de aanleiding van hun samenzijn rusten; opnieuw kwam het gesprek op de Boreas. Willem, nog altijd vertoornd, liet dronefoto's zien op zijn iPhone. Van bovenaf was goed te zien dat het schip naar het voorbeeld van een catamaran was gebouwd, twee supertankers verbonden door een werkeiland. Het was ontegenzeggelijk een voortzetting van het werk van hun grootvader, met de kennis en de technische mogelijkheden van nu. Geen wonder dat ingenieurs zo graag voor Adema Marine Operations werkten, nergens anders in de offshore was zoveel technologische denkkracht verzameld.

Het monster had de werf in Zuid-Korea verlaten en werd nu afgemonteerd in de Rotterdamse haven. Er was vanwege de diepgang speciaal voor gebaggerd. De orderportefeuille was al goedgevuld; meteen na de afbouw zou het worden ingezet voor de demontage van een boortoren in Noorwegen en de aanleg van een pijplijn voor Russisch gas. Max Bruno en Willem hoopten dat de stamvader het volhield tot de doop.

Pas tegen de avond was Hugo terug in Amsterdam. Het leek alsof hij wekenlang was weg geweest. Hij keek in alle kamers en zonk op zolder in meditatiehouding op de mat. De grijzen in de ruimte verdiepten zich; onvastheid, alsof alles in losse pixels uiteenviel. Grijs bezat die kracht, je kon erin desintegreren en oplossen. Daniel Libeskind had die bijzondere eigenschap van het grijs erkend – in het Joodse Museum in Berlijn had hij betonnen muren geplaatst die langzaam naar elkaar toe groeiden. Je kon die sinistere ruimte binnenwandelen en de geheimzinnige werking ervan ondergaan. De verschrikking levend houden met een zintuiglijke schok, daarin school het genie van Libeskind. De hoge, rechte muren verengden zich naarmate je je verder naar de punt van de driehoek toe bewoog waar het grijs dieper werd, bijna zwart, tot je niet verder kon en alle kleur verdwenen was. Vermoedens van onzegbare gruwelen. Het werk riep een gevoel van zelfverlies op, alsof je in potloodgrijze strepen werd uitgeveegd.

22

Hij reed nu voor de derde keer die week naar Drenthe. Vlees is leed, dacht hij wanneer hij ergens langs de weg een broodje bal of een saucijzenbroodje at. Loïs zou zeggen: 'Waarom zou je van je ingewanden een massagraf maken?' Hij stelde zich de miljarden productiedieren voor die in de menselijke ingewanden werden omgezet in bouwstoffen en een afvalreststroom. Wie ooit de paleontologie van deze tijd bedreef stuitte in het fossiele bodemarchief eerst en vooral op de resten van miljarden varkens, koeien, geiten en schapen, en niet minder dan een triljard kippen. Godskolere, wat hielden die lui van kip, zouden ze in de toekomst zeggen, kip was het enige waaraan ze hadden kunnen denken.

Hugo sloeg de kruimels bladerdeeg van zijn kleren en vervolgde zijn weg naar het noorden. Niet alleen productiedieren, ook de hoeveelheid mensenvlees op aarde was aan een koortsachtige accumulatie onderhevig. Meer dan zeven miljard mensen, hoeveel kilo vlees was dat? Al dat genotzuchtige, zwoegende, gezonde of zieke vlees, het kwam onder de gruwelijkste omstandigheden ter wereld en groeide tegen de verdrukking in, ja, hoe gruwelijker de omstandigheden, hoe meer ervan geproduceerd werd leek wel – tot in de diepste hel verenigden menselijke geslachtsdelen zich met elkaar; zo klampte de soort zich aan het leven vast, zelfs in de veewagens naar de vernietigingskampen werd gecopuleerd; de enige wil van het vlees was meer vlees. De hele menselijke geschiedenis lang was de ongeremde vermenigvuldiging van het vlees getemperd door hongersnoden, ijstijden, oorlogen, epidemieën, tot de wereldbevolking tussen 1650 en 1850 opeens was gegroeid van vijfhonderd miljoen naar 1,3 miljard mensen. (Niet googelen onder het rijden, Hugo.) Een reuzensprong, maar nog niets vergeleken bij de bevolkingsexplosie die zich sindsdien had voorgedaan. De piek van acht miljard wereldbewoners werd al over een paar jaar verwacht. Hoe warmer het op aarde werd door toedoen van de mens, hoe sterker de bevolkingstoename: bacteriële cellenwoekering op de bodem van een petrischaaltje. (Tot het temperatuuroptimum overschreden werd, en de kolonie een onverbiddelijke dood stierf.) De mensheid was over de wereld uitgezwermd en had zich als een hardnekkige schimmel op de aardkorst vastgezet. Al die mensen hadden *levens*, ze *manifesteerden* zich. Afwisselend leden ze aan het bestaan en aan het besef dat ze op een dag niet meer zouden bestaan. Zelf droeg hij een kleine tachtig kilo vlees bij aan de planeet. Lijdend vlees, het afgelopen jaar, maar het had goede tijden gekend, het had absoluut goede tijden gekend.

Hij vond Beth en de schrijver rond de tafel toen hij 's middags arriveerde. In het kacheltje brandde een vuur, Wieringa had droog hout meegebracht. Hugo had wietolie bij zich, dik en zwart als dropwater, omdat Beth de pijnstilling van de dokter niet vertrouwde. Crocs en abrikozenpitten had hij eerder die week al afgeleverd, alsmede een kilo natriumbicarbonaat, beter bekend als baksoda, dat ze dronk om 'de zuurgraad in mijn lichaam te verhogen'. Ze dronken koffie en praatten over de dingen die geregeld moesten worden. Het was voor het eerst dat ze een tijdlang met z'n drieën waren. In Hoogeveen was een hospice gevonden waar ze terechtkon zodra ze wilde. Weer verdween de tuin in schaduwen. Op verzoek van Beth zouden ze die avond met z'n drieën eten. Ook al had ze hevige pijnaanvallen en hoestbuien, ze leek over het algemeen in een opperbest humeur omdat 'haar grote zonen' er waren. Had hij haar maar eerder opgezocht, dacht Hugo, dan had het langer kunnen duren, in plaats van die paar laatste luizige uren die hun nu restten.

In Wieringa's Mercedes-Benz GLK 220 reden ze die avond naar de chinees in Westerbork. De achterbank was bezet met twee kinderzitjes met Anna en Elsa uit *Frozen* erop. Er hing een zweem van braaksel of rotting in de auto, vermengd met de zoete geur van een ontbindend klokhuis of zo.

Wieringa knikte toen Hugo vertelde dat hun ontmoeting in november aanleiding was geweest om zijn grootvaders dossier op te vragen in het NIOD. 'Is het niet aanstekelijk, geschiedenis?' vroeg Wieringa. Zelf had hij zijn onderzoek voortgezet in het Nationaal Archief in Den Haag, maar op een laag pitje, het vaderschap vroeg veel van hem. Hij vroeg of Hugo de brieven van freule Frieda Seegers van Rhijn al was tegengekomen, waarin ze verliefd was als een bakvis en speculeerde over een huwelijk met zijn opa. Hugo schudde zijn hoofd. 'Je komt ze vanzelf tegen,' zei hij. 'Je grootvader hield het af. Ze wilde hem zo graag, het is haast aandoenlijk.' Hij stuurde over de smalle donkere weg onder de bomen en lachte. 'Als hij op haar wensen was ingegaan hadden wij hier nu niet gezeten. Ik misschien nog wel maar jij in elk geval niet.'

Hugo keek in de koepel van licht die de koplampen uitsneden in de duisternis en wist opeens zeker dat Wieringa die middag in Americain al had geweten dat hij een familielid had met een verduisterde geest die haar dagen sleet in een inrichting ergens. En ook dat de Zwarte Weduwe een huisvriendin was geweest. Er was geen reden om aan te nemen dat Beth deze dingen voor hem had achtergehouden, hij was haar pleegzoon tenslotte en het was zijn onderwerp; de mol wroette. En wie zei hem dat die roman van hem alleen over zijn grootvader ging? Waarom niet ook over de tweede en de derde generatie, en zelfs over Beth en hemzelf? Ook al was het zijn terrein niet, sommige aspecten ervan leken hem beslist goed materiaal. De schrijver had al een aardig beeld van het huis en het leven aan de Groot Haesebroekseweg vroeger, zoals hij ook door Beth moest zijn ingewijd in zaken die de familie liever voor zichzelf hield. Ja, de mol wroette ontegenzeggelijk.

Wieringa remde opeens krachtig voor een haas die recht voor ze in het licht van de koplampen opdook. 'Klotebeest!' riep hij uit. De haas rende voor zijn leven in een rechte lijn voor de auto uit. Zijn vacht had de kleur van droog gras. Je zag elk detail, helder als een ingeving. Hugo kon zijn razende hartslag zowat voelen. Het schonkige dier rende maar en rende maar, het leek eeuwig te duren, de onsterfelijke haas in het scherpe licht dat hem gevangenhield, tot hij opeens een haak sloeg en rechts in de berm verdween, de velden in.

'Ze zeggen dat het eigenlijk beter is om niet te remmen,' zei Wieringa, en hij duwde het gaspedaal weer in.

Hugo knikte. De haas was ontkomen, hij had geluk gehad.

Ze dronken een glas bier terwijl ze op hun bestelling wachtten bij Chinees restaurant Lotus. 'Ik heb een natuurbegraafplaats voor haar gevonden,' zei Wieringa, 'niet ver hiervandaan, in Eext. Ze voelt daar wel voor geloof ik.' Hij dronk en veegde met de rug van zijn hand langs zijn mond. 'Het zal wel niet lang meer duren. Ze gaat hard achteruit nu. Ze heeft vannacht weer niet geslapen, en ik trouwens ook niet. O man, dat onophoudelijke hoesten. Het mat haar volledig af.' Hij schudde zijn hoofd. 'Het is goed dat je bent gegaan. Ze zag de laatste jaren bijna niemand meer. Anders was ze eenzaam als een kat gestorven. Ik wil haar eigenlijk zo snel mogelijk naar dat hospice hebben. Ze wil niet maar het zal wel moeten. Ze haalt de wc al niet meer zonder hulp.'

Hugo keek. Het was alsof Wieringa haar van hem probeerde af te nemen. 'Als ze nou per se thuis wil blijven,' zei hij.

Wieringa keek naar hem over de rand van zijn glas terwijl hij dronk.

'Ik vind het prettig om bij haar te zijn,' zei Hugo. 'Het is fijn om haar te helpen. Ik heb een beetje...' – hij zocht een woord – 'gedistantieerd geleefd geloof ik, de laatste tijd.'

'Misschien is dat niet doorslaggevend om haar thuis te houden,' zei Wieringa.

Hugo negeerde zijn minzaamheid. Hij zei: 'Ik ben blij dat ik haar weer terug heb. Ik wil dat het liefst zo lang mogelijk laten duren. Maar je hebt natuurlijk gelijk.'

'Jij nog een?' vroeg Wieringa, en hij stak twee vingers op naar de Chinees achter de toonbank.

Was hij een sentimentele drinker? Zou hij hem zo meteen omhelzen als een dronken Rus? Schrijvers waren vaak zware drinkers, dat was algemeen bekend. Ze hadden zelfs speciale schrijverscafés waar ze kwaadspraken over elkaar en soms halfslachtige gevechten aangingen, had hij gehoord.

De schrijver schoof met zijn glas over tafel en zei: 'Je leeft dus alleen?'

Hugo knikte. 'Sinds een tijdje.'

'Aha.'

De stilte was een vraag. Hugo had de behoefte om hem in vertrouwen te nemen, ook al kreeg hij het ongeruste gevoel niet afgeschud dat hijzelf ook deel uitmaakte van Wieringa's professionele belangstelling. Hij trok met zijn schouders. 'Koningsdag vorig jaar, ze kwam niet terug na het uitgaan.' Hij was even stil en zei toen: 'Er ging geen conflict aan vooraf, geen drama. Ze werd verliefd en kwam niet terug. Dat is eigenlijk alles.' Was het waar wat hij zei? – natuurlijk niet, hij wist dat het een onaanvaardbare simplificatie was. Eens, na het vrijen, had ze haar hand op zijn borst gelegd en zacht gevraagd 'Waar ben je, Hugo?' Hij, in halfslaap al, mompelde 'Hier.' Het was een gesprek geworden waarin hij machteloos rondspartelde. De woorden 'geborgenheid' en 'intimiteit', gevoelsmatige toestanden waar ze naar zei te verlangen, raakten nergens vaste grond in hem, talige objecten die richtingloos door een donkere ruimte schoten. Het was, zei Loïs op zeker moment wanhopig, geen intellectueel probleem: 'Jij zegt toch altijd dat je bij mij een thuis hebt gevonden? Laat ik het dan zo zeggen, jij vond een thuis bij mij, ik vond onderdak bij jou. Je kóópt zelfs huizen alsof het niks is, maar het gaat niet om bakstenen, Hugo.' Ze had een beetje gehuild, hij had haar getroost en was weer in slaap gevallen. Soms dacht hij te begrijpen wat ze die nacht bedoeld kon hebben.

'Kauwen zijn trouw en koolmezen niet,' zei Wieringa, die gelukkig genoegen nam met zijn antwoord. 'Soms valt er niet meer over te zeggen.'

'Op een keer,' zei Hugo nadenkend, 'we reden door Muiden, er stonden leuke huizen te koop. We fantaseerden maar zo'n beetje en reden toen langs een schooltje met geschilderde bloemen op de ramen. Hier gaan ze dan naar school, zei ik. Nog voor we de straat uit waren vroeg ze of ik de auto wilde stilzetten, opende het portier en kotste in de berm. Wagenziek, zei ze. Pas later heb ik het begrepen.'

Hij begreep zijn behoefte niet om dit nu te vertellen, de schrijver nodigde er op de een of andere manier toe uit; hij was een spons voor verhalen, straks vertelde hij hem nog dat hij zo'n beetje impotent was achtergebleven en de eerste maanden nauwelijks had gemasturbeerd.

'Je hebt haar weleens ontmoet,' zei Hugo. 'Je hebt een boek voor haar gesigneerd.'

'Dat weet ik,' zei Wieringa. 'In Café Dauphine. Lang geleden alweer. Nog eentje dan?'

Juist toen ging de zoemer en werd hun bestelling door het keukenluik geschoven, maar ze lieten het bier toch komen. Hugo had weinig gedronken de laatste maanden, de alcohol zong in zijn aderen. Hij zei: '"Voor Loïs, iemands muze," had je erin geschreven.'

Wieringa ontblootte zijn tanden in een grijns. Bavianentanden, dacht Hugo.

'Dat zal wel,' zei de schrijver. 'Die reserveer ik voor uitzonderlijke vrouwen.'

Hugo verzonk in gedachten. Wat bedoelde hij met 'uitzonderlijk'? Suggereerde hij dat hij in staat was om voorbij de banaliteit van louter schoonheid te kijken? Hij had ongetwijfeld eerst naar haar tieten geloerd voordat hij die opdracht in het boek schreef. Verleidde hij zo vrouwen, dacht hij, met zijn boeken, moest hij het daarvan hebben? Het was moeilijk voorstelbaar maar er waren vast vrouwen te vinden die daar gevoelig voor waren. Hoe dan ook, die klootzak had het zonder te weten bij het rechte eind gehad: ze was zijn muze geweest, en nu was hij zijn *mojo* kwijt.

'Ik herinner me een prachtige foto van jullie,' zei Wieringa. 'Bij een zwembad. Jullie waren spectaculair samen. Zij was toch een beetje de salonnière van de hoofdstedelijke chic.'

Hugo knikte. Hij voelde zich opeens oud en moe. Ze dronken hun glazen leeg en verlieten het restaurant.

Aangeschoten keerden ze in Nieuw-Balinge terug. Hugo pakte de tas uit en zette de bakken op tafel. De babi pangang was mooi knapperig en vet, zei Wieringa, precies zoals het hoorde.

'Vlees is leed,' mompelde Hugo.

Wieringa grinnikte. 'Die ken ik. Boven de snelweg ergens bij Utrecht.'

‘God jongens, wat vind ik dit gezellig,’ zei Beth. ‘Hadden we dit maar veel eerder gedaan.’

Hugo hield een reep varkensvlees op. ‘Over tien jaar komt dit uit een laboratorium. Kweekvlees, is de verwachting, gaat heel groot worden. Ik had een assistent die zelf een snipper vlees heeft gemaakt, op een kweekschaaltje in een bioreactor.’ Er droop een beetje vettig glimmende rode saus van het geroosterde vlees af. ‘Stel je voor, dan heeft er geen dier meer voor hoeven lijden. Vlees zonder leed, genot zonder schaamte. Heerlijke oncalvinistische toekomst.’

Beth snoof. ‘Praat me d’r niet van. Ik ben er nooit helemaal van genezen, van die kletskoek.’ De mannen keken naar haar. ‘Lees Paulus’ brief aan de Romeinen maar,’ zei ze, ‘hij is geobsedeerd door vlees. Alleen een zuivere geest kan je redden van de aanvechtingen van het vlees, zegt hij, ons eigen lichaam is onze grootste vijand.’ Ze kneep haar ogen tot spleetjes. ‘Och hemel, wat heb ik die man gehaat, met zijn *bedenken des vleses is vijandschap tegen God*.’ Ze schoof haar bord aan de kant en stak een Camel op. ‘Nou,’ zei ze toen strijdvaardig, ‘daar was niks van waar hoor. Toen ik eenmaal wist hoe het moest vond ik de weg van het vlees veel te leuk. De Here heeft ons niet voor niets een lichaam gegeven.’

‘Plato’s schuld,’ zei Wieringa. ‘Die is begonnen met dat dualisme van lichaam en geest. Bij de christenen werd dat de lijdensweg op aarde en de hemelse verlossing in Christus. Het vlees moet lijden en sterven voordat het de hemelse genade kan ontvangen, zoals de graankorrel eerst moet sterven voordat hij vrucht draagt.’

Hij klonk een beetje als een autodidact als hij zo praatte, vond Hugo, iemand die veel te bewijzen heeft.

‘Paulus is een lul,’ zei Beth.

Hugo lachte.

‘Al die arme kinderen,’ zei ze, ‘opgevoed met vijandschap tegen hun lichaam, zo vol schaamte en walging over zoiets doodgewoons als lust en vrijerij. Dat kan alleen een sadist bedenken. Brr.'

Haar gezicht drukte een weerzin uit die zich volgens Hugo naar alle vertegenwoordigers van geopenbaarde godsdiensten ter wereld uitstrekte. In dat stervende lichaam van haar stak nog altijd een woedend meisje dat zich tot in detail haar gepijnigde jeugd herinnerde, de liefdeloze strafexercities van de christelijke orthodoxie.

'Veel te schematisch gedacht natuurlijk,' zei Wieringa, 'lichaam en geest. Maar goed, wat wisten Plato en Paulus nou van hormonen?'

23

Ook al was er een in hoogte verstelbaar bed bezorgd door de Thuiszorg, Beth leek niet van plan om in dit leven nog in een bed te gaan liggen. De mannen die het bed eerder die week brachten, hadden het op Hugo's verzoek tot voor het slaapkamerraam gemanoeuvreerd. De breitijdschriften, boeken en manden wol ernaast waren hoog opgestapeld.

Wieringa was na het eten vertrokken. Beth praatte en rookte maar en stond erop de abrikozenpitten zelf te malen in een stenen vijzel. Het grove bleke poeder mengde ze door een beetje yoghurt. Met een van afschuw vertrokken gezicht at ze het op. 'Ajakkes,' zei ze, 'wat is dát smerig.'

Zwart stond de nacht in het raam. Hugo legde nieuw hout op het vuur en kneep even later de luchttoevoer af; de vlammen kalmeerden meteen. Februari, moederziel alleen ergens op de hei, in een warm huisje nevelig van sigarettenrook.

Ze was niet verbaasd geweest toen Hugo vertelde dat zijn vader het bestaan van Geertruida Adema, roepnaam Geertje, had toegegeven. 'Ik vergeet nooit wat,' zei ze, en tikte met een wijsvinger tegen haar slaap. Ze lachte bij zijn weergave van het gesprek met zijn vader en zijn broer en zei: 'Dus Willem is nog steeds zo'n driftkop.'

Ze luisterden naar Beethovens *Tripelconcert*. De rode kater had weer kwartier gemaakt op Hugo's schoot. 'Jij moet Dikkie maar meenemen als het zover is,' zei Beth.

Hugo schudde zijn hoofd. 'Te uithuizig.'

'Misschien kom je wat vaker thuis als Dikkie op je wacht.' De kater was een paar jaar geleden komen aanlopen, zei ze, en had zich even bescheiden als vasthoudend een plekje in haar huishouden verworven. ''t Is een heerlijk beest, hè Dikkie?'

Later huilde ze stil bij Beethovens *Zevende Symfonie* in A-majeur opus 92, en hij ook. Hij kende de symfonie uit films, je kon er elk noodlotsdrama op projecteren dat je wilde. Ook dat van een vrouw met een lijf vol kanker die het leven spoedig moet verlaten.

Hij warmde een beetje babi pangang op. De kleine ijskast stond vol plastic bakken chinees, de schrijver had ook zonder hem de weg naar het restaurant in Westerbork gevonden. Het was halfdrie, Beth bekeek op YouTube een documentaire over Hélène Grimaud, een wereldberoemde pianiste. Hugo lepelde zijn bord rijst met vlees leeg en keek over haar schouder mee. Grimaud hield in een reservaat bij haar huis in upstate New York een roedel wolven. Schijnbaar onbezorgd begaf ze zich tussen de dieren en aaide ze.

'Wat een beeldschoon mens,' zei Beth. 'Is zij niet iets voor jou?'

Hugo grinnikte. 'Ze heeft zelf wel iets van een wolf,' zei hij. 'Die ogen.' Toen ze even later Grimauds Wiki-bio bekeken zagen ze dat ze een paar jaar ouder was dan hij. Ze had gepubliceerd over haar wolven. Hugo wees op het scherm en zei: 'Ze heeft al verkering.' Haar vriend was fotograaf, lazen ze. De geluksvogel, dacht Hugo, de combinatie van begaafdheid en schoonheid was onweerstaanbaar.

'Ga maar een beetje proberen te slapen, jongen,' zei Beth later. Hij moest maar in het nieuwe bed gaan liggen, als hij het niet erg vond dat Wieringa er vannacht in geslapen had. Nadat ze nog een keer naar de wc was geweest hielp Hugo haar naar de fauteuil voor de nacht.

'Oei-oei-oei,' zei ze toen ze zich langzaam en door hem ondersteund in de stoel liet zakken. Ze zocht een comfortabele houding, sloeg de deken om zich heen en zei: 'Wees maar dankbaar voor elke pijnloze dag, Hugo.'

Hij bracht haar een glas water, de kan koude koffie, sigaretten en de asbak, haar reisgezellen in de nacht. Ze nam een paar druppels wietolie in de hoop wat te kunnen slapen. Hij keek naar haar, het ingevallen gezicht met de vervaalde haren boven de deken. Hoeveel nachten had ze nog, zijn lieve Beth? Hij poetste zijn tanden in het kleine badkamertje en verlangde hevig als een jongen naar de pianiste met het fantastische gezicht.

24

Het voorjaar haalde ze niet, noch stierf ze op nummer dertien, zoals ze zo stellig had verwacht: bijna vier weken nadat Hugo haar in die ellendige toestand had aangetroffen overleed Elizabeth Maria Wiel op 67-jarige leeftijd in hospice Theresa in Hoogeveen, waar ze de laatste anderhalve week van haar leven door vrijwilligers was verpleegd. Brave Drenten, niet van hun stuk te brengen. Een van hen, een gepensioneerde onderwijzer uit Pesse, voerde nachtenlange gesprekken met haar, maar nauwelijks over de naderende dood. 'Best wel bijzonder,' zei hij tegen Hugo op de dag van de uitvaart, 'ze praatte alsof ze nog honderd jaar te leven had.' Ze had veel over 'haar zonen' verteld, zei hij. 'Bent u de schrijver?'

'Nee,' zei Hugo, 'hij is de schrijver.'

Beth lag in een rieten mand bekleed met ongebleekt katoen. Die was op een verhoging voor het grote ronde raam geplaatst op de eerste etage van het uitvaartcentrum. Het raam keek uit op een lange dreef tussen de bomen, een doorgang naar het licht. Beth was van haar rok tot en met haar zelfgebreide vest en sokken in het zwart. De reglementen van de natuurbegraafplaats schreven voor dat alles wat de dode droeg biologisch afbreekbaar moest zijn, maar de Crocs aan haar voeten zouden mee het graf in gaan.

Wieringa had haar op de dag dat ze haar naar het hospice brachten in zijn auto geholpen. Vanaf de passagiersstoel zat ze naar haar huisje te kijken terwijl de tranen over haar wangen stroomden.

Hugo kwam het huis uit met een grote supermarkttas vol nachtgoed, toiletspullen en alles wat ze verder nodig had en zag haar vuurrood behuilde gezicht, net als toen ze lang geleden uit haar bestaan in Wassenaar werd weggereden, maar dit afscheid van haar katten, haar boeken, haar poppenverzameling en de tafel vol brandplekken was voor altijd. Wat restte was een naspel in een kamer, met mensen om zich heen die ze niet kende. 'Doe je de deur op de haak voor de poezen, Hugo?' riep ze twee keer achtereen. Een buurvrouw van de boerderij verderop zou de komende tijd voor de dieren zorgen.

Er komt een moment dat je de dingen voor het laatst ziet, de narcissen in de berm, de bruine bladeren in de eiken die de winterstormen hebben doorstaan, een buizerd hoog in de lucht die de kraaien in zijn kielzog probeert af te schudden. Na jou zijn er weer anderen om ernaar te kijken, de genietingen van de wereld zijn door de eeuwen heen verrassend constant gebleken.

Gedempt klonken de stemmen van zo'n vijftien mensen in de ceremonieruimte. De uitvaartleider spiekte soms op haar horloge. Wieringa had zijn echtgenote en kinderen meegebracht, twee blonde meisjes met linten in het haar. Ze hingen ongegeneerd over de rand van Beths rieten mand. Ze waren vrijmoedig en verlegen, zijn vrouw was elegant en had een scherpzinnige uitdrukking op haar gezicht. Een beetje ongemakkelijk was ze kennis met hem komen maken; het nam hem voor haar in dat ze geen perfect afgestemde sociale machine was, zoals de *turnkey*-mensen waar de kunstwereld van vergeven was. Wieringa stond te praten met de verre buurvrouw die de katten verzorgde. Ook de twee verzorgsters die Hugo in het hospice had leren kennen waren er en zelfs de huisarts die Beth het slechte nieuws was komen vertellen. Hugo liep naar haar toe en bedankte haar voor haar hulp op die dag.

Het was alsof ze hem niet herkende. 'Het leek me een bijzondere dame,' zei ze na een korte stilte. 'Ik ben altijd gealarmeerd als ik iemand zie die anders nooit naar de praktijk komt. Dan weet je dat er echt iets aan de hand is.' Ze praatte alsof ze met haar gedachten ergens anders was. Hij was nieuwsgierig naar het huis waar ze na haar dienst naar terugkeerde, of er iemand was daar, maar hij kon zich er geen enkele voorstelling van maken, de verbeelding stierf een onmiddellijke dood op haar onaanraakbaarheid. Ze zou al meteen na de korte ceremonie vertrekken – met een zweem van onbegrepen droefheid keek hij haar na.

Beths broers en zusters waren niet gekomen. Een was er al overleden, van de overige vijf hadden zich er twee laten verontschuldigen. Beths moeder, in de negentig en woonachtig in een rusthuis op Urk, was op de hoogte gesteld van de dood van haar dochter, was hun verzekerd, maar had niet gereageerd. Soit, zou Beth hebben gezegd, laat 'r het heen-en-weer krijgen.

Ze zochten hun stoelen op, in een halve kring rond de mand geposteerd. Beth lag daar als een marmeren heilige. Wieringa heette iedereen welkom. Hij was de enige spreker, hij had de oudste rechten. Zijn verhaal begon met de vele katten die sinds jaar en dag door Beth waren opgevangen, waartoe hij ook zichzelf en in zekere zin ook Hugo rekende, als subspecies van de Orde der Zwerfkatten. In haar huis, zei hij, was hij tot een beter mens gemaakt, hij was er beter onderlegd en weerbaarder uit tevoorschijn gekomen.

Hugo staarde naar de bomen, het koude zonlicht op de dingen. Ze was gul met zichzelf geweest, hoorde hij Wieringa zeggen, als de mythische pelikaan die in haar eigen borst pikt om haar jongen te voeden, maar had ook het harde, schrale leven van een trappist geleid, als geen ander in staat om het ergste te verdragen – ze was onbarmhartig voor zichzelf geweest en had het ontbreken van liefde in het grootste deel van haar leven omgesmeed tot een vorm van strikte observantie. Hij was dankbaar voor alles wat ze hem geschonken had, het vertrouwen, de literatuur, het begin van het antwoord op de aloude vragen wat te weten, wat te doen, wat te verwachten. 'En als ik je belde om te vragen wat ik aan moest met dopluizen en rupsen in de moestuin, dan zei je: "Groene zeep, Tom. Groene zeep met een scheutje bleek."' Hij schoot vol. Met de rug van zijn hand veegde hij langs zijn ogen.

Als hij zo schatplichtig was aan haar, dacht Hugo, waarom had hij haar dan laten wegrotten in een of ander gat ergens, met een lul van een huisbaas die elk jaar de huur verhoogde maar de boiler niet repareerde zodat ze al vier jaar zonder warm water zat? Waarom had hij niet ergens een huisje voor haar gekocht in de bewoonde wereld? Hij, die gelukkige parasiet, die haar beschreef als de rots waarop hij zijn bestaan gevestigd had, had haar eerst uitgevreten en toen verwaarloosd. Hugo verachtte hem plots hevig, met zijn vrome gelul en zelf opgewekte tranen.

De kist stond op een baarwagen op grote rubberen wielen, geschikt voor de drassige paden op het terrein. De uitvaartleider schreed tussen de bomen als op de maat van een treurmars die alleen zij hoorde. Hier en daar lag een bemoste steen of een plak geïnscribeerd hout met een naam en een datum erop, heel onopvallend allemaal, niets van de opgewonden luister van een gewone begraafplaats. Samen met Wieringa had hij een plek voor haar uitgezocht vlak bij een grafheuvel waarin de resten van een moeder en een kind waren gevonden. Duizenden jaren hadden die twee ongestoord samen in de Drentse aarde gelegen, tot de kinderen van de toekomst ze hadden blootgelegd met hun troffels en hun vegertjes.

In een strook bos aan de buitenste rand van de natuurbegraafplaats, tussen berken en struikgewas met doorkijkjes naar de velden daarachter, vonden ze het langwerpige gat in de aarde dat het hare was. Langs de wanden waren doorkliefde boomwortels te zien. Op aanwijzing van de uitvaartleider tilden ze de mand naast het graf. Wieringa, de buurvrouw, de man van het hospice en Hugo haalden er twee dikke touwen onderdoor en lieten de mand neer in de aarde. Daarna gooiden ze het gat dicht, sommigen met een schep, de rest met hun handen. Haar lichaam zou in water en eiwitverbindingen uiteenvallen, de aarde zou nog lang een verhoogde hoeveelheid koolstof, mineralen en vetten bevatten die de plantengroei en het bodemleven op die plaats beïnvloedden. Massagraven worden soms ontdekt omdat de vegetatie er afwijkt, soms groeit er helemaal niets.

Toen de berg aarde in het gat verdwenen was stond het kleine gezelschap er nog een tijdje zwijgend omheen. Straks ging ieder zijns weegs. Zo was haar leven geëindigd, steeds verder bij de anderen vandaan, de laatste mensen die nog in haar leven waren hadden geen onderlinge verwantschappen. Alleen Wieringa en hij zaten nog een tijdje met elkaar opgescheept. Na het leegruimen van haar huis zouden ook zij uit elkaars leven verdwijnen, ook al had Beth in het hospice de hoop uitgesproken dat ze elkaar na haar dood zouden blijven zien, misschien zelfs vrienden zouden worden; het was een beetje ongemakkelijk geweest.

Hugo bleef als een van de laatsten achter bij het graf. Je kwam, je raakte dingen aan en zonk daarna weer in het duister weg. Soms gaf iemand het leven het aanzien van een wonder. Het was alsof er met diegene meer stierf dan een mens, het was de dood van de generositeit zelf. Zo iemand verdiende het eeuwige leven – de wereld zou een ander aanzien hebben onder het bestuur van een paar van zulke wijze, onsterfelijke zielen, maar was veroordeeld tot het regime van telkens nieuwe mensenkinderen in een rad van telkens nieuwe domheid, vergissingen en misdaden.

Hij dacht aan cryonisten, zonderlingen die hun dode lichaam lieten invriezen voor de tijd waarin de wetenschap zover was dat ze weer tot leven konden worden gewekt. Sommigen verlangden naar de wijsheid van eeuwen, anderen zochten de eeuwige herhaling van genot. Er waren verstokte rokers die hun lichaam in vloeibaar stikstof lieten opslaan in de hoop in de verre toekomst nog meer te kunnen roken – iedereen had zijn eigen geldige redenen om zich aan het leven vast te klampen. Beth had ondraaglijk geleden en toch wilde ze niet dood. Bij elke beweging hadden er melodieën van pijn in haar keel rondgezongen, en ook al zat de kanker overal, verbeten stampte ze abrikozenpitten in de vijzel in de magische overtuiging dat die de kankercellen in haar lijf zouden doden. Ze had zich kunnen laten sederen om in haar laatste dagen de overgang naar de dood vloeiender te maken, maar koppig draaide ze de stamper rond in de vijzel en gaf niet op.

Zo had het einde eruitgezien: Hugo werd 's morgens heel vroeg gebeld door iemand van het hospice. Hij was in de auto gesprongen en naar Hoogeveen gejakkerd, een rit met nauwelijks gedachten, alleen de felle hoop dat ze nog zou leven als hij aankwam, maar hij arriveerde net te laat om haar nog bij kennis aan te treffen. De arts van dienst had haar al morfine gegeven, ze ademde nog maar nauwelijks merkbaar. Het kon ieder moment gebeurd zijn, zei de arts, maar ook nog uren duren. Hugo zat naast het bed en hield haar koude hand vast, de hand die ze vroeger zo vaak rond zijn achterhoofd gevouwen had. Soms leek haar ademhaling opgehouden, om dan opeens weer hortend op gang te komen. Langer en langer werden de tussenpozen. Zo eindigde het, hand in hand aan haar laatste bed; de korte tijd die ze samen hadden doorgebracht leek nauwelijks te rechtvaardigen dat hij bij dit beslissende moment aanwezig was.

Om tien uur kwam Wieringa gejaagd binnen en was het gedaan met de vreemde rust in de kamer. Hij gaf een kus op haar witte voorhoofd en nam plaats aan de andere kant van het bed. Hij nam de andere hand in de zijne en streelde die. Op dat moment hoorden ze een zucht, en dat was het dan, het doven van een vuur. Ze had gewacht tot ze er allebei waren.

Hugo stond na een tijd op en liep naar de tuindeuren, die uitzagen op een kleine tuin. Hij huilde geluidloos. Te kort, veel te kort.

Later kwam de man binnen met wie ze nachtelijke gesprekken had gevoerd. 'Ach toch,' zei hij zacht aan het voeteneinde van haar bed, 'is ze toch nog uit de tijd gekomen, het lieve mens.'

Hij hield van die Nedersaksische uitdrukking voor doodgaan, zei Wieringa toen de man de kamer weer verlaten had, uit de tijd komen.

Vanaf dat moment ging het vlug – voor ze het wisten was ze in een kist gelegd, door de tuindeuren weggereden, achter in een zwarte bus gelegd en verdwenen. De Nederlandse stervensindustrie is griezelig efficiënt. Pa-dam, pa-dam, pa-dam.

25

Toen hij thuiskwam van Beths begrafenis wierp hij eerst een vlugge blik in alle kamers om zich ervan te vergewissen dat zich daar geen indringer ophield. Dat werd zo langzamerhand een tic. De kamers hadden evenzoveel mogelijkheden betekend toen hij het huis kocht, nu was er iets vijandigs aan ze, een stil verwijt dat ze leeg gebleven waren. Loïs' doka was nog geheel intact. Ze had er alleen in de eerste jaren gebruik van gemaakt, voordat ze helemaal op digitaal was overgegaan. Hij moest echt van haar spullen af, hun beklemmende aanwezigheid; vandaag was er een goede dag voor. Het schemerde, de lichten in het hotel aan de overkant van de gracht gingen aan. Hij haalde foto's van de muren in de woonkamer, nam de foulards van de stoelen en banken en bracht alles naar de doka. Ook de opgezette lepelaar tilde hij naar boven, voorzichtig om zijn bijzondere snavel niet te beschadigen. De mythische trek van zulke dieren, van het ene deel van de wereld naar het andere; de helft van het broedsel overleefde de trek niet. (Jagers, elektriciteitsmasten, uitputting.) Ze had veel boeken, die hij tussen de zijne vandaan viste. Fotoboeken, romans, filosofie van een bepaald slag. Gracián, Marcus Aurelius, Montaigne, mannen die je vertellen hoe je moet leven. Je leest als een veroveraar, had Hugo eens tegen haar gezegd, geen genade.

De woonkamer werd vlug leger, net zo lang tot er zowat alleen boekenkasten en een meditatiemat overbleven, een zendo, goed voor het denken. Om halftien was het zo'n beetje gedaan. De lage

Marokkaanse banken had hij laten staan, de zitzakken, wandkleden, vazen en de hele rest van de aankleding had hij naar boven gesleept. Ook waren haar favoriete mok en de verzameling kook- en leefstijlboeken uit de keuken verwijderd. Daarna opende hij WhatsApp en stuurde Loïs een bericht dat hij haar spullen had uitgezocht en dat ze ze kon komen halen wanneer ze wilde. Hun laatste berichten, zag hij, dateerden van bijna zeven maanden geleden. Ze had een nieuwe profielfoto. Op de rug gezien, ergens aan de rand van een plateau boven zee; ze zat in lotushouding met haar gezicht naar de horizon. Gemaakt door Hij-Die-Niet-Genoemd-Mag-Worden ongetwijfeld. Laat hem sterven, dacht Hugo, maar al zonder de hartstochtelijke haat van voorheen. Daarna mediteerde hij in de vrijwel lege woonkamer. Herinneringen als waaiende linten. De bleke wintergezichten onder de bomen vandaag. Een reep bast die hij lostrok van de stam van een berk bij het graf. Je kon er een brief op schrijven. *Waar bestu bleven.* Wieringa's dochters speelden met stokken op het zandpad. *Beth Wiel, 1950-2017.*

Objectgerichte meditatie, de tel op de uitademing. Eén tot en met tien, telkens weer en als je bent afgeleid opnieuw beginnen. Niets aan te beleven. Zenbeoefening was geheel spektakelloos. Gedachten laten passeren, geen geloof hechten aan stemmingen. Zijn meditaties verbeterden het leven niet spectaculair maar wel duurzaam. Hij was ermee begonnen omdat hij controle had willen krijgen over het creatieve proces: een klassieke beginnersfout. Zazen was even ambitieloos als veeleisend. (Hij hield van zijn paradoxen.) De weerzin tegen het zitten leek soms door de huid heen te breken. Maar hé, je ziet het bewegingloos aan, wat er ook gebeurt. Niets willen veranderen.

Het kwam door Loïs dat hij eraan begonnen was. Hij zag haar vaak mediteren na een yogasessie. De innerlijk gerichte kalmte van haar zittende gestalte kalmeerde ook hem, maar was het *toepasbaar*? vroeg hij zich af. Viel er, met andere woorden, iets mee te winnen? Hij maakte een afspraak met een zenmeester omdat hij ooit een boekje gelezen had van Shunryu Suzuki, dat hem beviel door de soms vrolijke luciditeit ervan. Al meteen tijdens de eerste les was hij gevallen voor de kale gestrengheid van de traditie, de afwezigheid van elk spoortje esoterie. Zijn zenmeester was een paar jaar ouder dan hij. Hij, Rudolf, was ooit gepromoveerd op natuurbeleving bij Nietzsche en had daarna een fietsenwinkel die algauw failliet ging. Uit de puinhopen van die mislukking was zijn zenpraktijk voortgekomen. Achter hem hing een banier met daarop een grote, grof geschilderde cirkel, de *enso*, symbool van leegte en oneindigheid, op een uitademing geschilderd – onwillekeurig had hij daarbij vaak aan de *Blutgruppentätowierung* onder zijn grootvaders arm gedacht.

Hugo kreeg privéonderricht omdat hij vlug vooruit wilde komen, maar algauw werd het hem duidelijk dat er in de zentraditie niet zoiets als vooruitgang bestond, er was alleen maar de toewijding aan het zitten zelf; soms ging het goed, soms niet, het deed er niet echt toe.

'Hoe gaat het met je?' vroeg Rudolf elke keer weer wanneer hij zich tegenover hem geposteerd had op zijn mat in de zendo, een vraag waarmee je stenen kon splijten. De kwellende stiltes in het gesprek voorafgaand aan de meditatie bezwaarden Rudolf niet in het minst, hij luisterde naar alles even aandachtig. Op enig moment vroeg hij 'zullen we mediteren?' en sloeg dan driemaal op de rand van de koperen schaal naast zich, waarbij de laatste slag in langgerekte, zangerige golven wegebde. In het begin was zijn leraar soms na een tijdje overeind gekomen (Hugo hoorde zijn zwarte *samugi* ruisen) om de houding van Hugo's onderrug en schouders met krachtige, gerichte handbewegingen te corrigeren.

De geringste aanpassing van zijn lichaamshouding scheen een aardverschuiving, als hij slikte was het of hij een wc doortrok. Het leerde hem hoeveel rumoer er gewoonlijk om hem heen hing, hoeveel ruimte hij eigenlijk innam.

'Dat is goed,' had Loïs teruggeschreven, zag hij toen hij klaar was, 'wanneer?', gevolgd door een korte conversatie zonder affectieve emoji's of een aardig woord. Geef me een teken, mijn lief. Vrijdagmiddag drie uur was ze er. Hij fantaseerde hoe ze haar vergissing zou inzien, dat hij haar straffend zou neuken tot ze hem smeekte om te mogen terugkeren. Onuitroeibaar. Nog drie dagen te gaan. Hij zou vriendelijk en beheerst zijn, hij had zijn leven op orde. Tot die tijd verschanste hij zich in het NIOD. Hij vond het pakketje liefdesbrieven van freule Frieda Seegers van Rhijn aan zijn grootvader, waar Wieringa hem al over verteld had. De contrabrieven waren voor zover bekend niet bewaard gebleven.

26

Loïs was mager en bruin, alsof ze zojuist van een zeilboot kwam. Verlegen met zichzelf stonden ze in de open keuken. Ze wilde geen thee, ze stond op een laden-lossenplek geparkeerd, ze had maar even. Een grote afwijzing wordt gevolgd door talloos veel kleinere, hij had het kunnen weten, en toch was hij een beetje ontredderd omdat ze duidelijk een andere voorstelling van de ontmoeting had. Maar hij zou zijn verlangen verborgen houden, hij zou autonoom en opgeruimd zijn, dat was zijn hele kapitaal, de bluf van een pokeraar met een handvol slechte kaarten. Ze keek rond en zei: 'Je hebt flink huisgehouden.'

'Kom,' zei hij, 'ik laat het je zien.'

'Is het zoveel dan? Ik hoop toch van niet.'

Je hebt twaalf jaar lang spullen naar dit huis gesleept, wilde hij haar voor de voeten werpen, van een monnikscel toverde je het om tot een boudoir, je *woonde* hier. Jij was mijn huis, bij jou hoorde ik zoals ik nooit ergens bij heb gehoord – dat uitroepen, zijn eigenwaarde prijsgeven. Zich aan haar voeten werpen, zichzelf weggooien.

'Jezus christus,' bracht ze uit toen hij de deur naar de doka opende. 'Dat meen je niet.'

'We kunnen een begin maken,' zei hij berustend.

'Hoezo is dit allemaal van mij?'

De oude ergernis, die toon, hij was het vergeten. 'Ik dacht... Jij hebt dat aangeschaft allemaal.'

Ze rechtte haar rug. 'Met jouw creditcard ja. Ik dacht foto's, boeken, niet dit.'

Niet alleen had ze zich losgemaakt van de toekomst die ze samen zouden bewonen, dacht hij, maar nu ook van het gemeenschappelijk doorleefd verleden – alsof ze er niets mee te maken had.

'Er zijn foto's,' zei hij. 'En boeken.' Hij klonk als een sukkel. Hij deed het licht in de kamer aan. Zwijgend stond ze in de deuropening. Hun leven, geroofde bezittingen in een pakhuis.

'Dat kan ik toch nergens kwijt, Hugo. We wonen superklein.'

Ze was dus nog altijd bij hem. Ze had een paleis verruild voor een bloempot en was gelukkig. Hugo zag hem voor zich, Hij-Die-Niet-Genoemd-Mag-Worden, de onverschillige glorie van een bepaald soort man, iemand die overal vriendschap sloot met honden en kinderen, vrouwen stonden onaangekondigd voor zijn deur.

Ze zette een stap de kamer in en opende een doos. Ze keek erin en deed hem weer dicht. Uit een volgende doos haalde ze een map met foto's tevoorschijn. Hun verenigde schaduwen op de helling van een okerkleurig zandduin in M'Hamid. Ze hield weer een andere foto op. 'Doe je deze weg?' Die van hun tweeën op het dak van de finca op Ibiza, vlak voor de sprong, juist die. Er waren veel van zulke momenten geweest maar deze was uitverkoren om een tijdperk te vertegenwoordigen. Ze keek hem aan, in elke hand een foto. 'Ik doe mee aan een groepstentoonstelling in Huis Marseille,' zei ze toen plompverloren.

'Ah,' zei hij.

'Je bent verbaasd.'

'Hoezo? Ik vind het leuk voor je.'

'Ik wist dat je verbaasd zou zijn.'

Hij schudde zijn hoofd maar het kon niet worden uitgewist. 'Ik ben blij voor je. Wat voor expositie is het?'

‘Nanda vond mijn werk te gek, drie zalen krijg ik.’

Hugo wist niet wie Nanda was.

‘Nanda van den Berg, sorry, de directeur van Huis Marseille. Ze had mijn werk gezien bij Arti.’

Eindelijk had ze iets voor zichzelf verworven, aan haar nerveuze gretigheid zag Hugo dat ze niet meer zou loslaten.

‘Geweldig,’ zei hij. ‘Ben je al klaar?’

‘Het is in september pas. Het lijkt nog ver weg maar ik moet nog zoveel doen.’

Ze schreef en tekende op haar foto’s, zei ze. ‘Een beetje zoals Jim Goldberg. En Peter Beard ook. Maar dat is meer documentair, ik...’ Ze trok met haar schouders. Ze had het altijd moeilijk gevonden om over haar werk te praten. Meestal maakte ze dan een wegwerpgebaar en zei ze ‘fuck it’, maar zo niet nu. Ze vervolgde: ‘Ik bedoel het meer poëtisch, in de hoop dat beeld en tekst samen iets nieuws worden, als een kindje van twee mensen. Het kan een nieuwe denkrichting opleveren. Ken je het werk van Coco Capitán? Zij is echt heel goed.’ Ze keek naar de fotomappen in de doos. ‘Misschien dat ik hier nog wat mee kan. Vind je het goed als ik vast wat uitzoek?’

‘Het is van jou.’

Als een kindje van twee mensen... Probeerde ze hem iets te vertellen? Ze was bijna veertig, het kon nog. Tegen een kind kon niets op, zo’n kleine brulaap zou het definitieve einde betekenen van zijn dromen. Vroeger, toen er nog veel tijd was, lachte ze om het idee om samen kinderen te krijgen, en later, in Muiden, gaf ze over in de berm toen hij erover begon. Op een avond in restaurant Ciel Bleu zei ze: ‘Ik denk dat ik niet zou weten hoe dat moet, moeder zijn. Ik vind ze schattig hoor, en zo, maar niet zoals jij, dat je het leuk vindt om met ze te stoeien en zo. Klinkt dat hard? Ja hè, ik geloof het wel, voor een vrouw.’ Amsterdam was in zijn geheel te overzien, de stadsgrenzen waren verbazend dichtbij. Alles was goed, het ontbrak hun aan niets.

Loïs zette haar handen in haar zij, keek naar de dozen en het huisraad en zei: 'Ik weet niet waar ik moet beginnen.' Haar haar was blonder, uitgebleekt, ze had de winter duidelijk niet in dit deel van de wereld doorgebracht. Tarifa, zei ze toen hij ernaar vroeg. Gijs was surfer, ze waren ook nog in Essaouira geweest, net als zij tweeën destijds. Hij knikte. De hoge lichte kamer boven een lawaaiige straat, wakker worden van de overvloedige zon die door de ramen valt. Op een ochtend was er een verdronken visser aangespoeld op de rotsen in de haven, jongens hadden hem languit op de straat gelegd, een donkere, uitwaaierende schaduw van zeewater op de stenen onder hem. In de haven lagen de meest vreemde schepen. Bizarre bouwsels in primaire kleuren, onder de scheepstimmerlieden van Essaouira waren artistieke geesten werkzaam. Nu was ze er dan geweest met Hij-Die-Nu-Toch-Genoemd-Was. Gijs wilde altijd ergens naartoe of iets te doen hebben, zei ze, zij wilde ook weleens gewoon ergens zitten en lezen. Misschien was dat toch het leeftijdsverschil. Ze lachte een beetje. Negen jaar scheelden ze. Ze waren bijna twee maanden in Spanje en Marokko gebleven, de wind was goed, de golven hoog. Ze had het zelf ook geleerd, nou ja, een beetje dan toch. Hij voelde misselijkheid opkomen.

Hij zat op een kruk aan het kookeiland toen ze met een verhuisdoos in haar handen beneden kwam. Hij had een fles witte bordeaux opengetrokken, al was het in de staat waarin hij verkeerde beter om niet te drinken. Ze zette de doos met foto's bij de deur en keek of haar auto er nog stond. God, wat een schitterende kont had ze toch. Hij kon zich hun seksleven soms al niet meer goed voor de geest halen. Het vervaagde vlug, op een paar volmaakte details na. Hij had zin om het ter sprake te brengen, weet je nog als ik je kut likte en je langzaam met een paar vingers penetreerde tot je kwam? Verboden terrein, de seks van ex-geliefden.

'Zo,' zei hij toen hij haar ongevraagd een glas had ingeschonken. 'Nog iets interessants gevonden?'

'Ik werd er droevig van,' zei ze.

'Hmm, hmm. Dat is het ook.' Weer die aanvechting om zich te laten gaan, haar te overweldigen en te schreeuwen dat ze hem nooit meer mocht verlaten, haar opsluiten desnoods; ook in hem school blijkbaar een Wolfgang Přiklopil. Hij had zich nooit genot kunnen voorstellen bij verkrachting, toch was de gewelddadige toe-eigening van vrouwen een constante in de geschiedenis van de menselijke soort. De grootste massaverkrachting in de geschiedenis had plaatsgevonden tijdens de Russische opmars naar Berlijn, honderdduizenden, misschien miljoenen Duitse vrouwen waren verkracht, onophoudelijk, in het openbaar, onder de ogen van familie en buren, waar en wie dan ook. *Frau komm*. De wraak op Duitsland was ook een wraak op vrouwen. Ze gaven elkaar vaseline door, lagen met inwendige bloedingen in veldhospitalen en vroegen elkaar *wie oft?* Horloges en vrouwen, dat scheen het voornaamste te zijn waar de door zijn grootvader gevreesde bastaardhorden om gaven.

Loïs' 'ja' klonk als een zucht. Ze ging zitten op een kruk en nam een slok. Niet zwanger, noteerde hij. Hoe ondenkbaar ook, het liet een kiertje open.

'En jij?' vroeg ze. 'Maak je mooie dingen?'

Hij rechtte zijn rug. 'Weinig. Nagedacht vooral. Stof genoeg.'

'Ja,' zei ze weer. 'Ik kan me voorstellen dat je boos en verdrietig was.'

Dat hij zijn tanden had willen uitrukken van ellende ja, en dat zijn kloten verschrompeld waren en zijn pik er de brui aan gaf, verder alles prima.

Haar leven was niet wezenlijk veranderd, leek hem, al riep ze in het vuur van het liefdesspel nu een andere naam en had Gijs suiker in zijn koffie en geen melk. Ze gaf haar yogalessen, fotografeerde en bracht veel tijd door in de mediterrane klimaatzone: het laatmoderne bestaan van een artistieke 39-jarige vrouw uit Noordwest-Europa. Matig politiek geïnteresseerd, veelal onsolidair met lagere sociale klassen maar niet met zwerfhonden in het buitenland. Leuk voor op een feestje maar als samenleving had je er weinig aan. Hij nam aan dat voor hem hetzelfde gold. Ook hij maakte aanspraak op een zo groot mogelijke individuele vrijheid; gedachten over hoe samen te leven had hij niet. Ook zijn individualisme was niet van egocentrisme te onderscheiden, de nachtmerrie van een reactionaire denker als die goeie ouwe Said Qutb.

Hugo schonk zichzelf nog eens in, al wat minder gespannen nu. Haar glas schonk hij niet bij, ze zou denken dat hij haar dronken probeerde te voeren en zich opgelaten voelen. Er leek zoveel te bespreken, zoveel in te halen, maar hij wist niet waar te beginnen. De surfdude was in elk geval een blijvertje, dat was een tegenvaller.

Of hij nog op Ibiza was geweest vorige zomer, vroeg ze, en hij schudde zijn hoofd.

'Een van de fijnste plekken die ik ken,' zei ze. 'Het uitzicht, het licht, ik mis het.'

'Laten we gaan,' zei hij met een humoristisch bedoelde grimas.

'Stel je voor,' zei ze met een bitterzoet lachje. 'We hebben het daar altijd fijn gehad, Hugo. De zee, die warmte... als een tweede huid. We zijn daar erg gelukkig geweest, dat zal ik nooit vergeten.'

Hij begreep dat haar herinnering al melancholiek was gekleurd, terwijl de zijne nog bitter was als oorsmeer. 'Ik ga het verkopen,' zei hij. 'Ik ben er nooit meer.'

'Dat zou heel erg zijn,' zei ze. 'Je moet het houden, ook voor je kinderen later. Het is de fijnste plek ter wereld, echt. Je zult er zo'n spijt van krijgen.'

'Welke kinderen,' zei hij, en wilde zijn tong wel afbijten.

'Op een dag,' zei ze. 'Je wilde altijd kinderen.'

'Gepasseerd station.'

'O Hugo.' Haar stem was zacht, vol deernis. 'Natuurlijk krijg je die, wacht maar af. Het staat in de sterren geschreven.'

'Zullen we die erbuiten laten,' zei hij vermoeid. 'Wat wil je met de rest van je spullen doen?'

'Ik wil het graag een keer komen uitzoeken allemaal, maar niet nu als je het goedvindt.'

Hugo knikte. Vrolijk zijn, zei hij tegen zichzelf. Opgeruimd. Hij vertelde over de afgelopen maanden, de hernieuwde kennismaking met Beth, haar dood en de begrafenis eerder die week. En ook over de zuster van zijn vader die haar dagen in een inrichting sleet, die hij door Beth op het spoor was gekomen. 'Ik wil haar gauw bezoeken,' zei hij, 'voordat ook zij ertussenuit piept.'

'Dus zo staat het ervoor hier,' vervolgde hij na een korte stilte, 'oude mensen bezoeken, huizen leegruimen. Morgen dat van Beth. Zoveel boeken, de hele Russische Bibliotheek, Privé-domein, alles. Ze leidde een klein leven, een paar vierkante meter, maar de wereld aan boeken.'

'Ik weet hoe belangrijk zij voor je geweest is,' zei Loïs. 'Eigenlijk gek dat we haar nooit hebben opgezocht. Maar ik had het al gehoord eerlijk gezegd, over haar dood, van Tommy Wieringa. Ik kwam hem tegen bij de studio.'

Hugo verstrakte. Alarmbel, sirene. 'Dat is raar,' bracht hij uit.

'Hij was heel aardig, hij vertelde dat jullie veel contact hebben.'

Hij kermde inwendig. O man, wat werd hij genaaid. 'Waar kwam je hem tegen?'

'Tegenover de studio is een Coffeecompany, daar zat hij. We hebben een tijdje gepraat.'

'Jezus, Loïs,' zei hij. 'Hij is een parasiet, hij zit achter me aan.

Hij schrijft een boek over mijn opa. Hij heeft mijn vader ook al benaderd, toen mij en nu probeert hij het via jou. Hij is niet te vertrouwen. Wat wilde hij weten? Wat heb je hem verteld?'

Loïs zweeg geschrokken.

'Wat wilde hij weten?' herhaalde hij.

'Ik vind het vervelend als je zo doet,' zei ze kort. 'Er was niks raars aan. Hij vertelde over jullie ontmoeting en hoe het was gegaan met Beth en zo, hoe jullie haar hebben bijgestaan, gewoon wat er gebeurde allemaal.'

'Vroeg hij dingen over de familie?'

'Waarom,' zei Loïs langzaam, 'denk je dat het altijd, altijd over jou gaat? Hij was, en dat zal je verbazen, eerlijk gezegd vooral geïnteresseerd in mij en mijn werk.'

Hij negeerde het verwijt. 'Wat denk je,' vroeg hij, 'hoe groot is de kans dat hij eerst toevallig mij tegen het lijf loopt en dan jou? Hij heeft je gegoogeld en is toen gaan posten tot hij je zag.'

'Paranoia, Hugo.'

'Dat hoop ik.'

Stap voor stap verschafte die vuile schooier zich toegang tot zijn leven, zijn wereld. Misschien dat hij hem als ze morgen Beths huis gingen leegruimen eerst op zijn bek zou slaan.

27

Hij droomde dat hij zich in een overzeese metropool bevond. Hij kende er niemand en niemand kende hem. Er was een graatmagere Dominicaanse celliste die met haar cello ronddanste over een podium, hij wilde hartstochtelijk graag bij haar horen. Hij was een stateloze, hij had niets te bieden dan zijn lichaam en zijn geveinsde levenslust, hij moest koste wat kost verborgen houden dat ze met een verlorene te maken had. Het was al met al een vrij aardige hervertelling van zijn feitelijke situatie, dacht hij bij het ontwaken.

In de auto naar Nieuw-Balinge realiseerde hij zich dat het weerzien met Loïs de ontmoeting in het Americain van lang geleden had gespiegeld – weer de zenuwen, weer de verkeerde dingen die je zei. Wat je had moeten doen en zeggen. Jezelf begeerlijk maken, haar aan het twijfelen brengen. Alles mislukt. Wat dacht je dan stakker, ze heeft de stank van je eenzaamheid geroken. Eenzaamheid van het laagste soort, zonder de euforie zoals op Oostraven vroeger. Toen was hij vervuld geweest van iets, hij was alleen, hij stond op niemands schouders. Hij vond zichzelf onophoudelijk tekenend en schilderend uit. Uit de Grote Winkler Prins in zijn grootvaders bibliotheek sprokkelde hij zo'n beetje de hele kunstgeschiedenis bij elkaar, en alles wat hij verder interessant vond, verrukt over de ideeën die hij erin tegenkwam, het oneindige aantal mogelijkheden. In zijn atelier in het koetshuis gutste in de winter het koude zonlicht binnen, in de zomer werd het licht getemperd door het groen van de oude beuken. Hij werd bezield door een diep, hartstochtelijk willen. Hij dacht niet aan kunst of roeping, hij maakte dingen. De wereld zoals hij haar zag, de lichtvlekken op de bosgrond, de restvormen tussen de takken.

De grote schuifdeuren aan de voorzijde van het koetshuis stonden meestal open. Daar had hij het een paar keer voorjaar zien worden. Het begon snuffelend, de neus bespeurt de verandering als eerste. Het vleugje warme voorjaarslucht tussen de koude luchtlagen door, de klap voor je kop. Naakt door de bossen rennen, mos en krakend blad onder je voeten. Begin van iets groots – begrip van de natuur in zichzelf, zijn wilde ziel. Altijd was hem voorgehouden dat hij onderdeel was van de mensenwereld, haar cultuur behoorde hij toe, met haar regels en vermaningen, zijn jeugd was één lange voorbereiding om een nuttig onderdeel te worden van zijn soort. Het kind en de aarde worden op dezelfde manier geciviliseerd: door de wildernis met geweld te onderwerpen en het vrijgekomen terrein geschikt te maken voor cultivatie. Maar op gonzende voorjaarsdagen wordt het heidense kind in hem wakker. Hij schept water uit een duinpoel en heeft takken in zijn haar. Hij kakt op de bosgrond en sluipt stil als een indiaan op de zijkant van de voeten door de ondergroei. Zonnestralen vallen in glinsterende snoeren tussen de takken. Diep in het bos deint een blauwig waas van zacht, vliezig licht tussen de bomen. Je krabt de korst van beschaving van je af en vermengt je met de natuur waarin alles ademt, hijgt en lispelt. Je hoeft het niet te kunnen verstaan om te weten wat het betekent. Hier ben je thuis – je bent niet in de natuur, de natuur is in jou en jij bent net zozeer sapstroom, bloei, begeerte, verval en ontbinding als de bomen, struiken en de dieren om je heen. Leg je oor tegen de bast van een beuk en je hoort zijn bloedsomloop ruisen. De grens tussen jou en de vegetatieve wereld, tussen jou en dieren is nu zacht en doorlatend, op de schaduwrijke legers van de reeën val je in slaap.

Oké, dacht hij nu, hij was misschien een beetje een romanticus, maar toen hij Nietzsche begon te lezen, had hij met een schok begrepen wat zijn Zarathustra bedoelde met *blijf de aarde trouw*.

Zijn hartslag steeg wanneer hij aan Wieringa dacht. O man, wat werd hij verneukt. Beths ziekte en dood waren die smeerlap uitstekend van pas gekomen, zo kon hij nog beter in hun levens rondwroeten. Hij was meedogenloos, zijn werk ging voor alles. Wat een armoedige, parasitaire kunstvorm was de literatuur toch, stelen uit andermans leven en doen alsof je het onherstelbaar verbeterd teruggaf. Maar goed, hij vond wel meer kunstdisciplines tamelijk armoedig als hij eerlijk was. 'Waarom schilder je?' had een journaliste van AT5 hem eens gevraagd bij de expositie van eindexamenwerken. 'Omdat ik erin geloof,' had hij gezegd, een eenvoudig en effectief antwoord waarmee ze genoegen nam, zoals journalisten zowat met alle antwoorden genoegen namen. Het liet onbenoemd dat hij neerkeek op videokunst en fotografie vooral, het willekeurige ervan. Niet de toevalsprincipes van veel jarenzestigkunst maar het zogenaamde georganiseerde toeval; hij walgde van het aplomb. Er waren goede fotografen, heel goede zelfs, maar het bleef over het algemeen een verdacht cleane kunstvorm, je hoefde er eigenlijk niet zoveel meer voor te kunnen dan de handleiding van je toestel een keer doorlezen en je doppen goed openhouden. Sinds de digitale fotografie waren de instapeisen voor die discipline zelfs nog verlaagd. Wat was een fotograaf anders dan een luie schilder? Maar goed, had een docent in het eerste jaar gezegd, liever fotograferen dan schilderen want dat gaf sneller resultaat. Het was niet grappig bedoeld. Op de schilderkunst werd in die jaren echt neergekeken. Ze werd zelfs doodverklaard, niet voor het eerst en niet voor het laatst. Hij daarentegen ervoer een stompzinnig soort trots dat hij een traag ambacht uitoefende, zo oud als de mensheid zelf.

Na de Rietveld was hij aangenomen op de Rijksakademie in Amsterdam, in een voormalige cavaleriekazerne aan de Sarphatistraat. Hij kreeg er een hoge, lichte ruimte en zette er een koffiemachine en een tostiapparaat neer. In een hoek lagen een campingmatje en een slaapzak. Als hij geen zin had om te werken zat hij te lezen in de bibliotheek. Er was daar bijna nooit iemand. Ook Yasmin had een Rijksakademie-residentie voor twee jaar gekregen, via haar maakte hij kennis met een paar anderen. Hij begon groter te werken, manshoge doeken, hij had zin om te overweldigen. Op een open dag vroeg een bezoeker hoe het schilderij heette waaraan hij bezig was. 'Dat weet ik nog niet,' antwoordde hij, 'maar ik ga er een heel stel van maken, allemaal onaf. De *Unvollendeten*. Dat daar is de eerste.' Hij knikte naar een doek achter haar tegen de muur. Er was een tweede vrouw zijn atelier binnengekomen. 'Vind je het goed als ik er een foto van maak?' vroeg de eerste vrouw. Terwijl ze fotografeerde vroeg ze: 'Je bedoelt dus dat je ze bewust onaf laat?'

Hij antwoordde dat het leuk was om te zien of zoiets kon. Omdat er dan misschien nog een soort leven in zat. Zoals Michelangelo's onvoltooid gebleven *Rondanini Pietà*, het was alsof de ziel van de maker er nog in zat.

'De kunst van het weglaten dus eigenlijk?' vroeg ze.

'Dat is niet hetzelfde.'

Of het nu een gimmick was, zoals ze opperde, of niet, dat werd de titel van de vier schilderijen, de *Unvollendeten*, zo kwamen ze bekend te staan. Ze liet een visitekaartje achter bij het koffiezetapparaat waarop stond dat ze curator was van het Stedelijk. De tweede vrouw stelde zich voor als Darya Maoz van galerie Staal en zou niet veel later, toen ze zelfstandig verderging, zijn Nederlandse galeriehouder worden.

De *Unvollendeten* stonden in de belangstelling van twee musea en een paar verzamelaars. Al boden die laatsten gemiddeld betere prijzen, musea waren beter voor je marktwaarde op lange termijn. Het contact verliep aanvankelijk via museumcuratoren; toen hij onverschilligheid veinsde kwam de directeur van het Boijmans Van Beuningen zelf uit Rotterdam om met hem te lunchen bij Brasserie Keyzer. Chris Dercon was een praterige Vlaming, nogal fanatiek leek hem, die dwangmatig flirtte met het meisje van de bediening, misschien om te bewijzen dat hij ondanks zijn leeftijd nog zijn mannetje stond. Hij zocht, zei hij, jonge kunstenaars die weerwoord konden geven aan het oprukkende populisme. 'Nederland,' zei hij, 'is het enige Europese land waar het woord "intellectueel" een scheldwoord is. Net als in de Sovjet-Unie destijds.' In Rotterdam had de wethouder voor Cultuur onlangs bij een expositie de onsterfelijke woorden 'dat kan mijn dochter ook' uitgesproken, en tijdens een vergadering van de gemeenteraad had een raadslid de mogelijkheid geopperd om het museum uitsluitend door private partijen te laten financieren; ze wilden er duidelijk vanaf. Dercon, bij die vergadering aanwezig, brieste van woede toen hij vroeg hoe de stad de kunstsector voor zich zag zonder subsidie. 'Verzin zelf maar wat,' had het raadslid geriposteerd, 'jullie zijn toch zo slim?'

Zo stond het ervoor, zei Dercon bitter, de populistische haat jegens de hoge cultuur was tot volle wasdom gekomen. Het was de wraak van het lagere middenkader, de mannen met kleurige puntschoenen aan. Nu zij het eindelijk voor het zeggen hadden zouden ze eens flink afrekenen met de hotemetoten. In feite, zei hij gemelijk, verschilden hun artistieke opvattingen in niets van die van de fascisten en de communisten – kunst moest door het volk begrepen kunnen worden, wat zoals altijd neerkwam op pastorale landschapjes, blonde vrouwen met brede heupen en herculische boeren en arbeiders, al die walgelijke musculaire erotiek.

Het zou hem een zoet plezier doen, zei Dercon ten slotte, als hij de *Unvollendeten* aan de museumcollectie mocht toevoegen, vanwege hun grote actuele zeggingskracht. Even later keek Hugo hem na toen hij naar de tramhalte tegenover het Concertgebouw liep, kaarsrecht, zijn donkergrijze Yamamoto-mantel wapperend rond zijn lijf; een man die de wereld commandeerde.

Met Rudi Fuchs dineerde hij op een avond bij een visrestaurant op de Herengracht, schuin tegenover het huis dat hij daar een paar jaar later zou kopen. Hij was er als eerste, zuchtend en puffend kwam even later de museumdirecteur binnen. Ze hadden elkaar tweemaal eerder ontmoet, bij de eindexamententoonstelling en op de Rijks. De ober nam geroutineerd zijn borsalino aan en zei: 'Meneer Fuchs, wat fijn u weer te zien. Uw gezelschap is er al.'

'Ah,' zei Fuchs tegen Hugo, 'een man van de klok, heel goed. Dat zei Reve al hè, dat het zo artistiekerig is om te laat te komen.'

Er werd een fles meursault op tafel gezet, ze kenden Fuchs' voorkeuren. Een koeler zou niet nodig blijken. 'Zeg, die schilderijen van jou hè,' zei hij even later, 'die horen natuurlijk in het Stedelijk, dat begrijp je wel.' Omdat het hem ernst was kostte het hem zichtbaar moeite om er een relativerende grimas bij te produceren.

'Oké,' zei Hugo, 'wat heb je ervoor over dan.'

Fuchs zonk achterover in zijn stoel en sloeg zijn ogen ten hemel. 'Mijn god, boter bij de vis zeg.' Hij nam nog een slok, waarmee zijn glas al bijna leeg was, en smakte met natte lippen. Hij deed Hugo opeens aan die andere paus denken, Giovanni de' Medici – niet alleen hadden ze dezelfde onderkinnen en ronde wangetjes, ze waren beiden ook even grote artistieke veelvraten. Toen De' Medici de Heilige Stoel bezette had hij gezegd: 'Welaan, God heeft ons het pausschap geschonken, laten we ervan genieten.' Hij was een mecenas voor de kunsten, voorzag Rafaël en Michelangelo van opdrachten en breidde de Vaticaanse bibliotheek flink uit.

Bij het voorgerecht zei Fuchs: 'Weet je, Hugo... je hebt alles in je om een hele grote te worden. Pak het nou in één keer goed aan en verpest het niet, begrijp je?'

Hugo liet de lichte dreiging zwijgend passeren en harkte met zijn vork door de romige saus in zijn soufflé, waarin scheermesjes en krabvlees dreven.

'Denk je jouw werk eens in naast Emin, Hirst, mijn grote vrienden Judd en Baselitz...'

'Judd is al tien jaar dood of zo,' mompelde Hugo, 'en Baselitz is –'

'Maar het werk is forever young! Het is goed voor jou en je werk om in een van de meest gerenommeerde instituten ter wereld te hangen. Na de verbouwing kan het wedijveren met Tate, het Guggenheim.'

Hugo beschouwde het Stedelijk eerlijk gezegd als een verouderd instituut, dat binnenkort bovendien helemaal op de schop zou gaan zodat het werk voor jaren in depot zou verdwijnen. Het gesprek kwam op de schilder Neo Rauch. Hij kwam uit Leipzig, die geheimzinnige stad met haar lange schilderstraditie volgens Fuchs. Rauch was een paar jaar geleden doorgebroken, Hugo herinnerde zich grote canvassen vol figuren die oude ambachten beoefenden of iets dergelijks, in een soort naargeestige aanbidding van het verleden. Een jaar of wat later zou hij Rauch tweemaal ontmoeten, en inderdaad de overeenkomsten opmerken waar Fuchs hem op gewezen had, qua figuratie en een zekere horror vacui.

Fuchs vond het hoofdgerecht van varkensfilet met vetrandjes mooi rosé gebakken maar de vijgensaus aan de waterige kant. 'Afijn,' zei hij terwijl hij het met grote happen soldaat maakte, 'als we wat willen, wie regelt dan de zakelijke kant, jijzelf of wie doet dat voor je?'

Hugo zei dat hij in gesprek was met Darya Maoz, waarop Fuchs goedkeurend zei: 'Capabele dame, Darya.'

Vrij kort na het hoofdgerecht volgde het toetje, een deegkorstje met zuurkool in room onder een laagje spek, met daarbovenop geflambeerde Munster kaas. 'Het water loopt me in de mond,' zei Fuchs tegen de ober. Hij viel aan maar stopte abrupt na de eerste hap. In zijn ogen was stille verbijstering te lezen, hier was niet minder dan een catastrofe gaande. 'Godverdomme,' zei hij zacht. Hugo nam voorzichtig een hap. De zuurkool was koud, de kaas nauwelijks gesmolten. 'Flambé,' zei Fuchs met trillende wangen, 'veronderstelt dat er een vlam aan te pas is gekomen. Dat het een beetje gesmolten is. Tussen lauw en warm in. Liever te warm dan te koud zelfs, maar dit...'

Een beetje ontgoocheld gingen ze niet veel later uit elkaar. De fles Duitse pinot noir die volgens de ober zo mooi harmonieerde met de laatste twee gerechten bleef halfleeg achter.

28

Hij arriveerde als eerste bij Beths huisje. De tuin was verzadigd van regenwater, pieren wriemelden tussen het gras. De deur stond op de lange haak, Jan en alleman had er de afgelopen tijd kunnen bivakkeren en zich in leven kunnen houden met bliksoep en gedroogde bonen uit de voorraadkast. Binnen leek het nog kouder dan buiten. Ook al was er al weken geen sigaret meer gerookt, er hing nog altijd een doordringende rooklucht. Alles was er nog, alleen Beth miste. Haar stoel was leeg alsof ze naar de wc was, de deken lag er half overheen gedrapeerd. Dood en stom waren de dingen zonder haar. Hugo wilde meteen beginnen met opruimen en droeg een paar stapels verhuisdozen uit de auto het huisje binnen. Hij begon boeken en *National Geographics* in te pakken waarvan hij dacht dat de schrijver er net als hij geen belangstelling voor zou hebben. Alles wat hij oppakte was bedekt met kleverig stof. Beths verwaarlozing was niet van de ene dag op de andere gekomen maar was met haar meegegroeid, een schaduw die steeds langer werd. Wieringa en hij zouden die dag elk voorwerp keurend door hun handen laten gaan en het bewaren of wegdoen. Het regende gedroogde bloemen uit de boeken.

Het grootste deel van haar leven was voor Hugo ongezien voorbijgegaan; hij vroeg zich af waar die indringende intimiteit de laatste weken van haar leven eigenlijk uit bestaan had. Beth en hij waren al meteen na het weerzien teruggekeerd naar hoe het was, het moment in de tijd waar ze hun leven samen noodgedwongen hadden afgebroken, en zo lang het duurde hadden ze de comfortabele veronderstelling laten voortduren dat ze ondanks de tussenliggende jaren min of meer dezelfde gebleven waren. Of die innigheid mettertijd standgehouden had zou hij nooit weten. De rode kater op tafel kneep soms loom met zijn ogen, als om hem gerust te stellen. Op haar bed lag nog een kat, en een andere had zich opgerold in een mand wol. Twee van de zes waren al opgehaald, voor de andere was nog geen tehuis gevonden. Hugo opende een zwart lakdoosje met geschilderde korenblauwe bloemen erop. Huiverend zag hij de tanden en kiezen liggen die ze zelf getrokken had. Rond de wortels zaten uitgedroogde stukjes zwart kaakweefsel. 'Hallo,' zei hij zacht. Hij stak het tandendoosje in zijn zak voor zijn vitrine thuis. Toen hij *De angst voor vrijheid* van Erich Fromm tussen de andere boeken vandaan haalde om het te bekijken, zag hij daarachter een in een groenzijden lap gewikkeld pakket liggen, samengebonden met een rood lint. Hij haalde het tevoorschijn. Achter het lint stak een papier waarop *Voor Tom en Hugo* geschreven stond. 'O Beth,' zei hij, 'wat hebben we hier...' Hij keek op als om te controleren dat hij alleen was en ontknoopte vervolgens haastig het met zilverdraad doorregen kerstlint. Toen hij het textiel openvouwde zag hij een stapeltje aantekenboeken in verschillende formaten en kleuren. Het leken oude kasboeken. Het papier was vlekkerig van ouderdom en de pagina's waren, zag hij toen hij ze haastig doorbladerde, dicht beschreven. Hij herkende het handschrift. Het kostte hem enige moeite erin door te dringen, zoals je ogen moeten wennen in een donker bos, de letters en woorden stonden dicht opeen. Een dagboek, dagboeken, zonder twijfel. Namen van onbekende mensen en plaatsen. Zijn hart klopte in zijn keel. Op het schutblad van het cahier dat hij in handen hield, las hij *W.B. Adema 15 april – 28 augustus 1941*. Wel godallemachtig... Hij bladerde de andere schriften door, sommige hardgekaft, andere niet, allemaal in het handschrift dat hij kende van aantekeningen en krabbels op memoblaadjes en paperassen op het bureau van zijn grootvader vroeger. Meer namen, steden, mededelingen die zonder context niet begrepen konden worden. Gejaagd ging zijn adem in en uit. Tussen twee dagboeken vond hij een A4'tje. Hij vouwde het open, een brief aan hen beiden: *Lieve Tom en Hugo, lieve jongens...* Hij vouwde het vlug weer dicht en wikkelde de cahiers weer in de lap stof.

In een plastic tas van de chinees verborg hij het pakket onder de bestuurdersstoel van zijn auto. Gedachten joegen elkaar na. De notitie in het dossier – *Waarom de dagboeken niet aan de bewijslast toegevoegd?* – berustte dus op waarneming en niet op een gerucht. Ze bestonden, de dagboeken van zijn grootvader, ze hadden een lange weg afgelegd van het strafdossier naar de verstopplaats achter Beths boeken, om uiteindelijk in handen van een kleinzoon te belanden, waar ze thuishoorden. Hugo's woede over Wieringa's gesnuffel en gewroet had hem als bij toverslag verlaten, met zijn vondst had hij een beslissende informatievoorsprong gekregen. Vragen tolden door zijn hoofd. Hoe had Beth ze in handen gekregen? Had zij ze ontvreemd? Stonden er dingen in waarmee ze de familie had willen chanteren? En hoe waren ze ooit van Oostraven op de Groot Haesebroekseweg terechtgekomen? Waarom had Beth ze voor hen tweeën bestemd? Een vergissing! Ze kwamen Wieringa niet toe! Hij was een buitenstaander. Hij had geen rechten. Wat er ook in Beths brief aan hen beiden stond, Wieringa zou het nooit te lezen krijgen. Arme jongen, hij zou nooit weten hoe dicht hij bij zijn heilige graal was geweest, zo cruciaal geacht voor het boek dat hij aan het schrijven was. Hij had verloren.

Hugo hoorde een auto het pad op komen en liep naar buiten.

Een witte Transporter, de schrijver stak zijn hand op achter de voorruit. Hij opende het portier en riep: 'Sorry, ik moest de bus nog ophalen in Zaandam.'

'Geeft niks,' riep Hugo vrolijk. 'Ik ben vast begonnen.'

Aan het eind van de dag vonden ze zichzelf terug bij de chinees in Westerbork met een glas bier voor hun neus. Het werk was voor driekwart gedaan, het was meer dan ze dachten, de volgende dag zouden ze verdergaan. Veel hadden ze naar de stort gebracht, een deel naar de kringloop in Hoogeveen. Daar zetten ze alle huisraad achter een grote loods, want binnen stond het vol, zei de dikke man met een kapiteinspet die hen assisteerde. De ene na de andere huisopruiming, sakkerde hij, het leek of iedereen tegelijk doodging tegenwoordig. Hij grimaste bij het zien van de tientallen boekendozen achter in de Transporter. 'Dacht je dat iemand dat nog ging lezen hier?' Hij wees naar de papiercontainer tegen de achterzijde van de loods. 'Zet daar maar bij.'

'Het boek heeft geen enkele betekenis meer,' zei Wieringa bitter toen ze terugreden naar Nieuw-Balinge. 'Jullie schilders hebben tenminste nog sjeiks en hedgefundjongens die een bestemming zoeken voor hun geld, wij hebben alleen maar een uitstervend publiek.' Ze zagen de dozen buiten in de regen staan. De boeken hadden iets betekend voor iemand. Ze beschreven de oude wereld niet alleen, ze waren de oude wereld zelf. Iemand had dozen vol met delen van de Winkler Prins bij de container gedumpt. Het karton was al uit elkaar aan het vallen door de regen. De wereld had nog altijd kennis nodig, maar van een ander soort, digitaal en kwantificeerbaar. Sommige inzichten, liedjes en objecten gingen voorgoed verloren, andere wachtten geduldig af tot ze weer werden opgevist, zoals eens het mechanisme van Antikythera. Eens in de zoveel tijd tikte Hugo die woorden in als zoekterm op Google, alsof hij niet kon geloven wat hij vorige keer gelezen had. Dat sponsduikers in 1901 een vreemd bronzen object ter grootte van een schoenendoos hadden opgedoken in een wrak op de zeebodem bij het Griekse eiland Antikythera. Eeuwenlang had het liggen corroderen tussen amforen met wijn van Rhodos, marmeren sculpturen uit Paros en munten, geslagen op de Turkse westkust – heel de luister van het Helleens-mediterrane handelsnetwerk in een scheepsruim. Met dat vreemde bronzen object als absoluut, lang over het hoofd gezien topstuk.

Nadat het was opgedoken had het ruim honderd jaar lang stof liggen vergaren in het oudheidkundig museum van Athene, tot iemand op het idee kwam om er een CT-scan van te maken. Het inwendige van het compacte bronzen object onthulde een mechanisme van dertig tandwielen en assen, met aan de voorzijde een kroonwiel dat mogelijk met een hendel werd bediend, waarmee het mechaniek van in elkaar grijpende tandraderen in beweging werd gezet. Het bleek tot verbijstering van de onderzoekers een verfijnd astronomisch uurwerkmechanisme te zijn, in de oudheid door een geniale instrumentmaker vervaardigd. Er konden onder meer zonsverduisteringen, synodische maanden en de cyclus van de pan-Helleense Spelen op worden afgelezen. Elk detail dat je erover las sloeg je met stomheid, het leek onbestaanbaar dat iemand al zo vroeg in de geschiedenis zoiets technisch geavanceerds had kunnen maken. Pas vele eeuwen later bereikten Europese klokkenmakers met de astronomische uurwerken voor kathedralen weer hetzelfde technologische niveau als dat van die antiek-Griekse proto-computer.

Met het zinken van het schip voor de kust van Antikythera ging ook een ontwikkelingsgraad ten onder. In het donker van de geschiedenis verborgen zich de vergeten liedjes en mechanismes. Zelfs de edele kunst van het vuurmaken kon vergeten worden, zoals een stam in het Paraguayaanse regenwoud recent was overkomen – de ene generatie wist nog hoe het moest, de volgende was de vaardigheid verloren. De mensheid vergeet meer dan dat ze zich herinnert.

Ze zaten voor het eerst in het restaurantgedeelte. Hugo's blik gleed langs de Drenten aan de tafeltjes naast hen; grote handen en geboende gezichten. Wieringa had het over zijn tijd bij Beth in Diever – armoe troef, het grootste deel van haar bijstandsuitkering ging op aan de verzorging en medicatie van de tientallen katten in huis. Waren ze net allemaal gesteriliseerd, stond er weer een man aan de deur met een doos vol piepende katjes. Als zij ze niet nam verzoop hij ze, en zo begon het weer van voren af aan. Soms had Wieringa koffie en biefstuk gestolen in de dorpssupermarkt en ook weleens boerenkool uit de volkstuinen, maar de herinnering, zei hij, was warm en dierbaar; als de elektriciteit weer eens was afgesloten zaten ze rond de koperen olielamp en praatten honderduit. Overal lagen opengeslagen boeken, er was daar in huis ook een continu gesprek gaande tussen mens en papier.

Toen het hoofdgerecht werd gebracht zei Hugo terloops: 'Dus je kwam m'n ex tegen...'

Wieringa knikte en zei: 'Idioot toevallig ja.' Hij viel aan op de babi pangang. Dat scheen hij het lekkerste te vinden wat er was.

'Herkende je haar?'

Wieringa keek op. Hij legde zijn handen naast zijn bord. 'Ik had net een interview gegeven aan *Het Parool*,' zei hij nadenkend. 'Ze was wat ouder geworden maar niet veel. Een spectaculair gezicht als het hare, dat vergeet je niet. Je probeert te begrijpen wat dat is, waar je naar kijkt... haar lange neus, de wenkbrauwen die doorlopen, alles net uit proportie, maar samen... Mijn god.'

Hugo snoof en knikte, zijn kaken op slot gedraaid.

'Ik liep naar haar tafeltje maar nog voor ik iets had kunnen zeggen zei ze: "Meneer Wieringa, I presume?" Zo open als een kind.'

'Je hebt een goed geheugen,' zei Hugo.

Hij knikte. 'Dat ook, maar je schijnt te vergeten dat jullie echt een soort societykoppel waren.'

'Dat zal wel ja,' zei Hugo. De jaren waren in een roes voorbijgegaan, hij had hun publicitaire kapitaal niet zo bijgehouden. Loïs haalde soms een stoet mensen in huis, er waren feesten met alles erop en eraan, maar hij herinnerde zich vooral de fantastische halfdoorschijnende blouse van een of andere jonge Nederlandse ontwerper die ze weleens droeg. Xtc schonk hun een diepe verbondenheid en een soort verlichte, kosmische allure. Ze trok een lichtspoor tussen de mensen. Zijn Tinkelbel. Die hem kwam halen voordat ze naar boven ging met een donkere knaap in shorts, een bandlid van Prince, die die avond had opgetreden in de Melkweg. Of was het Paradiso. De man naaide haar langzaam van achteren. Zijn schoenen had hij aangehouden. Ze raakte met haar voorhoofd de matras. *O jezus. O jezus.* Hij hield ervan naar haar te kijken zo, haar schommelende borsten, de extatische grimas als ze zich weer oprichtte. Het oogwit.

Die feesten, hij wist dat erover gesproken werd, dat ze een soort mythische status genoten, maar hij had zich er vaak een beetje verloren gevoeld. Iets verhinderde hem erin op te gaan. Soms sloop hij naar zolder om het schilderij te monsteren waaraan hij bezig was; hij was graag alleen met zijn werk.

'Ze zei dat ze je was tegengekomen,' zei Hugo. 'Toen ze gisteren haar spullen kwam ophalen.'

'En,' vroeg Wieringa, 'hoe was dat?'

'Ik heb haar niet op andere gedachten kunnen brengen, dus in die zin...'

'Nee, dat zal wel niet nee,' zei hij. 'Vrouwen leven volgens een ijzeren plan, zei F.B. Hotz. Herinner je je Hotz?'

Hugo schudde zijn hoofd.

'Niemand,' zei Wieringa mismoedig.

Het was de tweede keer die dag dat Hugo hem zo zag, hij leek echt te lijden onder de marginalisering van de literatuur. Wieringa schoof een grote hap vlees en rijst in zijn mond. Er kleefde een beetje rode saus aan zijn kin. Ze aten en zwegen. Wanneer Hugo aan zijn vondst van die morgen dacht moest hij een glimlach onderdrukken. Acht cahiers en een brief...

Hij verbrak de stilte en vroeg: 'Dat boek over mijn grootvader, wordt het een roman?'

'Een roman ja. Maar ik ben nog maar net begonnen.'

'Alleen over mijn grootvader of nog meer?'

Wieringa fronste zijn wenkbrauwen. 'Praten over een boek in wording... ik doe het liever niet, het wordt meteen belachelijk. Alsof je een droom vertelt. Zolang het nog zo onvast is heeft het alleen betekenis voor mijzelf.'

'Ik begrijp het,' zei Hugo. 'Gaat het alleen over zijn oorlogsjaren of ook over de tijd daarna, over de offshore?'

'Vertelde ik je dat niet in het Americain?' zei hij, een denkrimpel tussen zijn wenkbrauwen.

'Een beetje. Niet specifiek.'

En weer begon Wieringa over de dubbelzinnigheid van Willem Adema de Oudere, zijn talent voor maskerade, nu aangevuld met zijn kwalijke rol als directeur van de Nederlandsche Oostbouw later in de oorlog, in welke functie hij arbeiders gedwongen naar het oosten had gestuurd, en de veroordeling daarvoor die hij was ontlopen, tot Hugo hem onderbrak met de woorden: 'En mijn broer, mijn vader, komen die erin voor?'

Verbazing op zijn gezicht. 'Waarom denk je dat?'

'Een roman over drie generaties, daar zijn schrijvers toch zo dol op?'

Wieringa lachte. 'Dank voor het idee.' Hij wenkte de Chinees voor een nieuwe ronde bier. De zoveelste. Bij gebrek aan een laatste *o, there's one more thing*-vraag besloot Hugo het onderwerp te laten rusten.

'Ze droeg een legging,' zei de schrijver even later toen hij zijn bord aan de kant schoof. 'Om eerlijk te zijn was dat wat mijn aandacht trok toen ze de straat overstak. Dat lycra gaat waarschijnlijk waanzinnig stinken in de schaamstreek, helemaal na een potje yoga, maar het staat geweldig. Lycra...' Hij schudde zijn hoofd. 'Ze laten enorm veel kutscheten tijdens yoga, wist je dat? Daarom hebben studio's altijd tampons op de plee liggen, tegen kutscheten. Geluiddempers.' Hij lachte opeens luid. 'De *Bhagavad Gita* noemt de mens een wond met negen openingen, nou, dat is bij yogamoeders goed te horen!'

Ze lachten nu allebei. Dat ging de goede kant op, dacht Hugo, twee mannen aan het bier die lachten om kutscheten, ja, dat ging absoluut de goede kant op.

29

Wieringa sliep, omdat hij de langste was van de twee, in het bed van de Thuiszorg, Hugo lag in Beths ledikant. In het holst van de nacht zette Hugo de rode kater voor de zoveelste keer van het bed af en keek op zijn telefoon. Negentien over drie. Wieringa snurkte met tussenpozen. 'Sodemieter op,' zei Hugo zacht toen de kater bedaard snorrend weer het bed beklom, 'je moet hem hebben.'

's Morgens werd hij wakker van gerammel in het keukentje. 'Bwah,' zei Wieringa even later. 'Wat een nacht.' Zijn gele voeten kletsten op het zeil als zwemflippers.

'Je maakte flink kabaal anders,' zei Hugo.

'Paradoxale insomnie. Je denkt dat je wakker ligt terwijl je slaapt. Beroerd is het.'

Ze dronken koffie in het grauwe ochtendlicht, te midden van het onttakelde interieur. De tafel had Wieringa al in de Transporter geladen, alsmede dozen vol boeken die hij graag wilde hebben. De schrijver keek uit over de verzopen tuin en mompelde: 'God, wat heeft ze daar veel werk in zitten. Al haar liefde ging daarnaartoe, en naar de katten.' Hij knikte naar de apathische zwart-witte kat met verkorste loopogen die de mand wol niet verlaten leek te hebben sinds Hugo de vorige dag was binnengekomen. 'Die neem ik mee. Waarom neem jij er niet ook een? Je schijnt het nogal te kunnen vinden met Dikkie.'

'Hij met mij,' zei Hugo.

'Geen kattenman? Ik wil er geen drie hebben thuis, anders had ik Dikkie ook meegenomen.'

Halverwege de ochtend stond Hugo buiten de kliko aan te stampen toen er plotseling twee mannen op het pad stonden. 'Beuving,' zei de voorste. 'De huisbaas.' De andere man had zijn handen diep in de broekzakken gestoken en hield zijn hoofd vreemd gebogen, als Marinus van der Lubbe tijdens zijn berechting. 'Hoop werk zeker?' zei Beuving.

Een veeboer, wist Hugo; hij had een crewcut en de rode kop van iemand die op een dag zonder aankondiging dood neervalt. Wieringa verscheen in de deuropening.

'Goeiedag,' zei Beuving. 'Beuving, de huisbaas. En u bent?'

'Wieringa.'

'Familie?'

Wieringa kneep zijn ogen tot spleetjes. 'Ik? Pleegzoon, soort van.'

'Ah,' zei Beuving, en hij kwam meteen ter zake: 'Ze had twee maanden opzegtermijn.'

'O?' zei Wieringa.

'Ik kwam dat even in orde maken.'

'O?' zei Wieringa weer. 'Hoe bedoelt u dat, als ik vragen mag?'

'Ik kwam even afrekenen.'

Het bleef even stil. 'Ze is dood,' zei Wieringa toen.

'Dat is geen reden,' zei Beuving. Het was alsof hij stenen vermaalde in zijn mond.

'Een betere reden is er niet,' zei de schrijver.

'Dan kent u de wet niet.'

Hugo en Wieringa keken even naar elkaar, en toen weer naar de huisbaas.

'Saisine,' zei Beuving. 'Artikel 182, boek vier van het Burgerlijk Wetboek.'

'Dat moet u nog een keer zeggen.'

'Saisine, zo heet dat. Dat de rechten en de plichten overgaan op de erfgenamen.'

'Saisine,' zei Wieringa, en hij knikte langzaam. 'Tjonge.'

'Tweemaal zeshonderdvijftig euro. Ze was altijd goed van betalen. Nooit geen klachten gehad.'

'Dan moesten we het hier maar bij laten dacht ik zo,' zei Wieringa.

'Dertienhonderd euro rond.'

'Oei, we hebben geen euro gevonden bij het opruimen. Helemaal niks, toch Hugo?'

Hugo knikte.

'Dus,' zei Wieringa. 'Wat er niet is kan niet worden geteld. Mijn favoriete citaat. Uit Prediker, een stuk ouder dan het Burgerlijk Wetboek.'

Het hoofd van Beuvings knecht kwam rechter op de schouders te staan. Hugo wist niet of ze het gingen redden tegen twee Drentse boeren, maar het was het proberen waard.

'Dertienhonderd euro,' zei Beuving weer. 'Pin ze maar in Hoogeveen.'

'Als ik het goed begrijp,' zei Wieringa, 'maakt dat ons de nieuwe huurders. In elk geval tot eind van de maand, toch?'

Beuving zweeg.

'Als dat zo is,' zei Wieringa, 'mag ik je dan verzoeken, beste Beuving, om op te donderen? Van mijn erf af.'

Hij had duidelijk zin in een relletje. De boer keek op zijn horloge, zei iets onverstaanbaars tegen zijn knecht en toen tegen hen: 'Eén uur zijn we d'r weer. Krijg ik ze niet dan wordt het even heel anders.' Zijn gezicht drukte eeuwenoude weerzin tegen westerlingen uit. Hij zou hen met liefde verpletteren met zijn John Deere of wat voor zwaar materieel hij ook tot zijn beschikking had.

Ze gingen naar binnen. Wieringa liet zich lachend in de fauteuil vallen en zei: 'Dat heb ik altijd al een keer willen zeggen, van mijn erf af. Haha!' Hij keek rond en zei: 'Weet je, Hugo, ik denk dat we hier wel zo'n beetje klaar zijn. Denk je niet? Laat hem de rest maar opruimen, die klerelijer.' Hugo knikte, de dingen die ze wilden hebben lagen al in de auto's, al het overige was voor de stort bestemd.

Even later tilde Wieringa de zieke kat uit de mand met wol en stopte hem in een reiskooi. Bij de auto's gleed zijn blik over de tuin en de struiken waarin Beths geliefde vogels huisden en de populieren die het terrein daarachter begrensden. Hij leek de jaren die hij met haar had gehad te wegen, hoe ze zijn uurwerk had opgedraaid. Menselijke goedheid, ze bestond, hij had er overvloedig van genomen. 'Nou,' zei hij toen, 'hou je sterk, Hugo. We zien elkaar.'

Hugo knikte. Ze schudden elkaar de hand. Tot ziens, ja, tot ziens, maar Hugo ging ervan uit dat ze elkaar nooit meer zouden zien. Wieringa klom in de bus, de motor sloeg aan met een luid gegrom. Hij reed achteruit het pad af. Aan het eind ervan draaide hij de weg op en toeterde nog eenmaal voor hij uit het zicht verdween.

Hugo stapte in de Land Cruiser en haalde diep adem. In de verte, op de uitgestrekte heide van het Mantingerzand, was door de voorruit het silhouet van een bosje jeneverbesstruiken te zien, grillige vormen die je in de mist voor een heksenconferentie zou kunnen houden. Beth had van het heideveld gehouden, had ze gezegd, in haar eerste jaren hier had ze het in alle richtingen doorkruist. Later, toen ze met een stok liep en pijn had, had ze haar wandeltochten moeten staken. Hugo stapte de auto weer uit en ging terug het huis binnen. 'Kom Dikkie,' zei hij, en tilde de kater van het ledikant. Hij droeg hem naar de auto en zette hem naast zich neer op de bijrijdersstoel. Nog eenmaal keek hij naar het huisje. Een rode kater, een doosje tanden, een paar boekendozen, een stapeltje kinderkleren en de dagboeken van zijn grootvader, dat was wat ze hem had nagelaten. 'Dag lieve Beth,' prevelde hij, 'het ga je goed.' De kat kneep met zijn ogen.

'Je negende en laatste leven, Dikkie,' zei hij terwijl hij achteruit het pad afreed en zich met een gevoel van opluchting op de openbare weg begaf.

30

Die avond spreidde Hugo de dagboeken van zijn grootvader uit op de schraagtafel in zijn atelier op zolder. Beths brief liet hij nog ongelezen. Acht dagboeken, gedateerd van 1937 tot 1944. Ze sloten op elkaar aan in de tijd, dus voor zover er delen ontbraken moesten dat eerdere of latere zijn. Wat had zijn grootvader ertoe gebracht om in de zomer van 1937, twintig jaar oud, de gebeurtenissen in zijn leven op te tekenen in een hardgekaft schrift? Opwinding over de tijd waarin hij leefde? Voorvoelde hij de grote veranderingen die aanstaande waren? Willem Adema was al vroeg lid geworden van een fascistisch splinterpartijtje, herinnerde Hugo zich uit het NIOD-dossier, maar had al na één partijbijeenkomst zijn lidmaatschap opgezegd vanwege het lage allooi van de leden. Van de NSB was hij toen nog geen lid geworden omdat de partij hem niet fel en consequent genoeg was.

Door de tijd heen veranderde zijn handschrift weinig, al begon hij gaandeweg steeds kleiner te schrijven, misschien door papierschaarste, zodat het wit van de kantlijnen langzamerhand verdween en de woorden met zenuwslopende regelmaat tegen de randen van het papier botsten. Hugo bladerde op goed geluk door het eerste deel en las hier en daar een passage, een zin. *Het fascisme stelt geen vragen, maar is zijn eigen antwoord.* Gedurende de avond ging de regen die tegen de grote atelierramen sloeg over in natte sneeuw – hij stond op en zag grote vlokken dwarrelen in het licht van de straatlantaarns beneden. In vijf hotelkamers aan de overkant brandde licht, warm-gele rechthoeken uitgespaard in de donkere bakstenen gevels. De sneeuw joeg over het zwarte grachtenwater en bleef liggen op fietszadels en vensterbanken. Hij liep terug naar de tafel en vouwde de brief open. *Lieve Tom en Hugo, lieve jongens…* Hij zag haar gebogen zitten boven de tafel met de brandplekken, haar vergeelde hand die over het papier gleed. 'Ondanks dat rotnieuws behoren de momenten die we met z'n drietjes hier rond de tafel zaten tot de dierbaarste van mijn leven. Het is niet altijd gemakkelijk geweest, hier op nummer dertien, zo ver van alles vandaan, maar met jullie bij me in de buurt mocht het van mij wel weer voor altijd duren! Dit stomme einde had ik jullie graag willen besparen, maar het gaat soms zoals het gaat en we hebben het niet altijd voor het zeggen, nietwaar? Ik hoop zo dat jullie soms een biertje zullen drinken samen en dan nog eens terugdenken aan dat ouwe mens op het Mantingerzand, en de fijne jaren die we toch ook hebben gehad vroeger. '

'Ach lieve Beth,' zei Hugo zacht voor zich uit, 'je moest eens weten.'

'Ik heb lang nagedacht over wat ik met de dagboeken van je grootvader aan moest, Hugo. Het leek me dat ze jullie beiden toekwamen. Jou, Hugo, omdat je zijn kleinzoon bent natuurlijk en jou, Tom, omdat je je boek schrijft over hem.

Ik heb de dagboeken allemaal gelezen, lang geleden alweer, en niet voor mijn plezier. Ik zal niet zeggen wat het met me heeft gedaan wat ik las, jullie zullen dat zelf wel ondervinden allemaal. Ik heb ze vanwege de inhoud openbaar willen maken en zelfs contact gehad met een uitgever die erg geïnteresseerd was, maar die vertrouwde ik toch uiteindelijk niet.'

Zijn ogen schoten over het papier. Ze had, schreef ze, de dagboeken gevonden toen ze na twee dienstbetrekkingen voor de Nanny Association was neergestreken in Valthermond en daar haar boedel, die zich sinds haar vertrek bij de Adema's in de opslag had bevonden, weer had uitgepakt. De dagboeken had ze toen in een van de boekendozen gevonden, in een plastic tas en met elastieken eromheen. 'Dus iemand bij jou thuis, Hugo, moet ze bij mijn spullen hebben gestoken en één ding is zeker: ik was het niet.' Het was, schreef ze verder, een brisant bezit waarmee ze erg in haar maag gezeten had; ze had zich al die jaren vergeefs het hoofd gebroken over de vraag wie het tussen haar boeken kon hebben gestopt. En waarom. 'Welk belang zou je moeder daarbij kunnen hebben gehad, Hugo, of je vader? Zeg het maar. Het is nu aan jullie wat je er verder mee wilt, ik vertrouw erop dat jullie dit in goed overleg zullen doen. Ik heb er alleen maar goed op gepast al die tijd.

Ik laat jullie met een zwaar gemoed achter, ik had zo gehoopt dat we nog meer tijd gehad zouden hebben samen. Misschien gebeurt er nog een wonder, het kan, wie weet wat natriumbicarbonaat en abrikozenpitten nog voor Elizabeth Wiel in petto hebben, maar wanneer jullie dit vinden heeft het helaas niet zo mogen zijn. Hier laat ik het bij. Het ga jullie goed, lieve jongens, doe ze de boks op, jullie Beth.'

Gedesoriënteerd keek hij op, licht verbaasd dat hij alleen was, zo helder had haar stem geklonken. *Doe ze de boks op*... Het kwam uit een boek dat ze graag las, *Beekman en Beekman* van Toon Kortooms, hij herinnerde zich dat het vroeger opengeslagen op tafel had gelegen; bij het leegruimen van haar huis was hij het niet tegengekomen.

Wieringa zou haar brief niet te lezen krijgen. Dat speet Hugo voor hem, maar hij zag geen andere mogelijkheid. Op een dag misschien, als hij bedacht had wat hij met de dagboeken aan moest. Als Beth ze niet gestolen had, dacht hij, dan was het inderdaad volkomen raadselachtig hoe ze tussen haar bezittingen waren terechtgekomen. De meest voor de hand liggende verdachten, zijn vader of zijn moeder, hadden daarvoor geen van beiden een motief dat hem aannemelijk leek. Zijn blik gleed over de rij dagboeken, die hij op volgorde had gelegd. Daarin bevond zich ergens het vreselijke dat Beth aan de openbaarheid prijs had willen geven – en dat was ongetwijfeld precies de bedoeling geweest van degene die ze in haar boedel had verstopt: openbaarmaking. Er ging iets dreigends uit van de cahiers zoals ze daar lagen, ze hadden zijn grootvaders geheimen trouw bewaard, het papier had zijn voorbeeldige geduld getoond. Morgen zou hij eraan beginnen, nu was hij te moe van de doorwaakte nacht en vooral de langdurige sociale interactie met de schrijver, hij was zoiets niet meer gewend.

31

Het eerste schrift begon op dinsdag 17 augustus 1937 met de mededeling dat de Noordzee, waarin zijn grootvader die dag bij Scheveningen gezwommen had, zoveel kouder was dan de Kaspische Zee. In Perzië heeft de jonge ingenieur meegewerkt aan de bouw van een oorlogshaven. Nu heeft hij een nieuwe betrekking aanvaard, bij Bagger- en Bouwmaatschappij Albetam in Den Haag. Die zal hem uitzenden naar de hak van de Italiaanse laars, om een droogdok te bouwen in de marinehaven van Tarente. In de weken tussen deze betrekkingen zwiert hij door Den Haag en maakt hij een reis naar Duitsland. De naam Frieda Seegers van Rhijn valt op de eerste pagina's al direct een paar keer. 'Met haar,' noteert hij 's avonds op zijn pensionkamer, 'zou ik mettertijd een paar blonde kinderen kunnen hebben, al staat het idee van een huwelijk me tegen. Misschien als ik tachtig ben en van mijn ondeugden bevrijd.' Hij neemt haar soms mee naar een melkbar aan de Hofsingel, tot hij ontdekt dat de eigenaar Joods is: 'Zo'n kromneuzige goochelaar, ik had het kunnen weten,' schrijft hij.

Hij en freule Seegers van Rhijn zijn aan elkaar voorgesteld door Florrie Heubel, later Rost van Tonningen, een biologe uit het Gooi die actief is in de NSB. De freule is een gedreven nationaalsocialiste, schrijft hij, *Mein Kampf* is haar bijbel. Ook met de geschriften van Rosenberg en Günther is ze bekend. Uit haar brieven die Hugo in het NIOD had gelezen, herinnerde hij zich dat ze zijn grootvader zo overeen vond komen met Günthers beschrijving van het noordras. 'Ook jij bent immers lang van gestalte, lieverd, slank, met lange benen, smal gelaat en licht van huid, haar en ogen! Je had me eens moeten zien lachen toen ik dit las. Günther meent dat de lichamelijke gestalte van het noordras bijzondere geschiktheid met zich meebrengt tot de wedloop op matige afstanden, tot de worp en tot de sprong. O Wim, is het niet treffend, hoe hij jou hier beschreven heeft als volmaakt noordrassige man?'

Maar al haar inspanningen ten spijt komt ze als huwelijkskandidate nooit verder dan de status van *mogelijkheid*, een optie voor achter de hand.

Hugo wist dat zijn grootvader tijdens zijn studie civiele techniek in Delft tweemaal Nederlands kampioen in de skiff was geworden, en in een krantenknipsel uit zijn dossier had hij gelezen dat 'onze jonge landgenoot Willem Adema' uit Delft bij de Europese kampioenschappen roeien van 1935 in Berlijn brons veroverd had. Daar was de tot dan toe nagenoeg apolitieke jongeman onder de indruk geraakt van het nationaalsocialistisch vertoon en de krachtige discipline die hij onder de Duitsers zag, zoals hij in de nadagen van de oorlog zou schrijven in zijn verweerschrift.

In september 1937 reist hij opnieuw naar Duitsland, naar Neurenberg ditmaal, waar hij de Rijkspartijdagen wil bijwonen. In zijn dagboek schrijft hij dat de mensen op de perrons rechter op staan dan in eigen land en hun ogen op de toekomst lijken te hebben gericht. Het is of ze wachten op een bevel, klaar om uit te stormen. Iedere Duitser, schrijft hij met gevoel voor pathos, ziet Hitler op zijn horizon. Alles wat de jonge ingenieur in Duitsland ontmoet lijkt hem geladen met een geest die in Nederland ten enenmale ontbreekt. De bossen die voorbijschieten in het treinraam, de dorpen, de vakwerkboerderijen en de gele velden op de heuvels, en ook de bijenkorven op de hellingen en de rivieren die ze oversteken en waar ze soms evenwijdig aan rijden, ademen de geest van de nieuwe tijd, de Hitlertijd. Een tijd zo vitaal en vechtlustig dat hij zal afrekenen met alles wat slap en verwijfd is, met de hele rotzooi van parlementaire democratie, oerwoudmuziek en ontaarde kunst tegelijk. Ook de bomen salueren en de rivieren buigen voor de nieuwe heerschappij. Een volk verlost zich van het Jodendom; niet lang meer en het zal ook in Nederland zover zijn, dat weet hij zeker. Had hij maar een Duits paspoort, dan had hij zich allang in het veldgrauw gehesen.

In deze opgetogen stemming reist hij naar het zuiden. De zon brandt op de velden, boerenknechten steken het hooi op de wagens. Al meteen toen hij de grens bij Emmerik passeerde is hij in deze stemming geraakt, alsof hij van de regen naar de zon is gereisd, van een slap en burgerlijk land naar een strak georganiseerde, gemilitariseerde staat waar elke stopnaald in de gieterij en elk brood in de oven wordt bezield met de nationaalsocialistische gedachte. Een land waar het woord *Volk* met trots klinkt. Zeg je thuis volk dan bedoel je klootjesvolk. Geen eer en geen moed – het enige wat het heeft bereikt door het laatste dronkenmansoproer in Amsterdam is dat de straten in de volkswijken zijn geasfalteerd, zodat het janhagel in de toekomst niet meer met stenen kan gooien.

In Neurenberg, las Hugo bij zijn tweede koffie die morgen, heeft de jonge Adema als door een wonder nog een gedeeld zolderkamertje weten te bemachtigen in een hotel aan de Königstraße. Zijn kamergenoot is een handelsreiziger uit Hessen die gedroogde worst en schnaps uit zijn koffer opdiept en met hem deelt. Hij hoort, schrijft hij, het opgewonden rumoer van de straten en pleinen opstijgen naar het zolderraampje. Honderdduizenden zijn op de gebeurtenis afgekomen, zegt de receptionist, misschien wel een miljoen! Rond het *Reichsparteitagsgelände* zijn uitgestrekte tentenkampen verrezen om al die mensen te herbergen, overal slapen ze, zelfs in treinwagons langs het spoor.

Willem Adema vergaapt zich aan de omvang van de bouwprojecten die zijn ondernomen rond het immense paradeterrein, en diep is zijn ontzag voor de bouwheer van dit alles, Albert Speer. Het Rijk drukt zich uit in steen – steen is de aanspraak op de eeuwigheid. Geïntimideerd dwaalt hij over het terrein, niets wat hij ooit tot stand zal brengen zal ook maar in de buurt komen van wat hier wordt verricht. Het kleineert hem en windt hem op, zijn hoofd tolt ervan. Hij gaat op de oever van een van de oude visvijvers zitten, met uitzicht op de Kongresshalle, maar staat algauw weer op. Onrust drijft hem voort. Hij wil bijdragen, niet achterblijven, vooral meedoen; zijn lichaam is gereedschap, bouwmateriaal, wapen – geroepen en machteloos voelt hij zich.

Die avond eet hij *Tafelspitz* in een schemerig restaurant en begeeft zich dan tussen de menigte. Hij hoort onverstaanbare dialecten. Met een groepje mannen uit Essen raakt hij aan de praat, een van hen spreekt een aardig mondje Nederlands omdat hij als handelsagent veel in de grensstreek komt. Toestand van de wereld: er komt oorlog, Hitler wil het niet maar het is onvermijdelijk. Duitsland, heel Europa moet zich wapenen tegen het oprukkende bolsjewisme en zich bevrijden van de vervloekte judeo-maçonnerie. Hitler staat alleen tegen een overmacht in de wereld. Eenzaam is hij, maar hij zal niet wijken. Nederland, zeggen de mannen, zou er goed aan doen Hitler te steunen in zijn strijd, maar Willem meent dat zijn land alleen met geweld van zijn verachtelijke neutraliteit kan worden afgebracht. Nu goed, *zum Wohl!*

Als één lichaam zwenken de volgende dag de Wehrmachtsoldaten over het Zeppelinveld, een school vissen. Commando's striemen over het terrein, laarzen dreunen op het plaveisel als geweersalvo's.

Wat een spektakel is de *Stechschritt*, wie zo marcheert, de benen stram en recht en zonder buiging bij de knieën, is al halverwege de transformatie tot machine; als duizend tandraderen die tegelijk dezelfde kant op draaien en weer in duizend andere tandraderen grijpen, zo gaat dat leger voorwaarts. Een volk zo af te richten, denkt hij, samengeklonken tot één geheel dat gehoorzaamt aan één enkele stem – onverslaanbaar.

Hitler spreekt vanaf zijn verheven positie boven het Zeppelinveld, woest gebarend in de verte, door de versterkers galmt luid zijn stem. Over de Volksduitsers spreekt hij, die onder mensonterende omstandigheden in vreemde landen moeten leven, maar hij heeft hun roep om vrijheid verstaan. *Wir wollen heim ins Reich!* Elk woord is een uitroepteken, schrijft Willem Adema, het publiek rilt en zucht onder het onweer van zijn afgemeten zinnen. Dan treden bijna tienduizend arbeiders in rotten aan. Met ontblote torso staan de legioenen opgesteld in de zon. Het geschuurde staal van hun spaden blinkt in het licht. Al die duizenden mannen presenteren hun spade als geweer en planten hem – *plaats rust!* – voor zich neer, waarbij de vrije hand krachtig op de rug van de andere wordt geslagen.

'Heil Arbeitsmänner!' roept de Führer.

'Heil mein Führer!' brult het legioen als uit één keel terug.

Heeft de wereld ooit iets van deze omvang, deze bezieling gezien? Je dit voor te stellen op het Malieveld – wat een straf is het om in een klein, betekenisloos land geboren te zijn.

Later wordt de Führer rondgereden in zijn open auto. Kreten en gejubel dalen op hem neer. Ieder van de aanwezige vrouwen zou zich zonder aarzeling aan hem geven, noteert Willem, er bestaat een krachtige erotische werking tussen de Führer en de vrouwen van zijn land.

32

Hugo las met Dikkie op schoot. De laatste restjes rooklucht waren uit zijn vacht getrokken. Hij begon gesteld te raken op het laagfrequente snorren op zijn schoot. Het dier was opdringerig en bescheiden tegelijk. Dikkies belangen kwamen overeen met de zijne: zoogdierlijke warmte, niet alleen zijn. Wanneer hij bij Hugo's voeten opdook produceerde hij een diep keelgeluid om te laten weten dat hij er was, klaar om te worden aangehaald. Algauw begon Hugo dat te beantwoorden met iets wat daarop leek. Zo ontwikkelde zich hun communicatie, in een taal die hij voor kattenoren ongetwijfeld beroerd sprak. Maar Dikkie was lankmoedig en zou hem zijn gestuntel vergeven. Van proberen kun je leren, sahib.

Hugo was verbaasd hoeveel tijd de jonge Willem Adema besteedde aan het bijhouden van zijn levensadministratie. Was het om de eenzaamheid van zijn buitenlandse verblijf te verlichten? Zijn stijl was helder en soms beeldend; het leek of hij echt van schrijven hield. Hugo kon de keuze voor het noteren van soms buitenissige details niet rijmen met de persona van rechtlijnige ingenieur die hij zou ontwikkelen. Op Oostraven, 's avonds aan de eettafel vroeger, had Hugo vaak steels naar die witte kop gekeken. Soms deelde hij zijn echtgenote iets mee in korte zinnen, de taal van zijn peloton, tot zijn kleinzoon richtte hij zich zelden.

Zijn grootvader mocht, dacht Hugo, niet doodgaan terwijl hij zijn dagboeken nog aan het lezen was, zomin als zijn nieuwe tante dat mocht voordat hij haar had bezocht. Het was of er boven hun beider hoofd een aambeeld aan een rafelig touw hing dat elk moment kon breken. Hij maakte een afspraak met het verpleeghuis waar zijn tante woonde en zou als hij bij haar was geweest zijn grootouders bezoeken, alsof hij zo nog iets voor de gestaag malende kaken van de tijd kon wegslepen, het mechanisme van Antikythera voor schipbreuk kon behoeden.

In oktober 1937 vertrekt Willem Adema naar het zuiden van Italië, naar de oude havenstad Tarente aan de Ionische Zee. Frieda Seegers van Rhijn heeft hem Günthers beknopte rassenkunde meegegeven in zijn koffer. In Tarente wordt hij ondergebracht bij een familie met vijf kinderen. Boven de kachel hangt een kruis en boven de keukendeur een portret van Mussolini – hier gaan kerk en fascisme blijkbaar beter samen dan in Duitsland, denkt hij, in een land waar de paus de Duce 'de man van de voorzienigheid' heeft genoemd. Al na een paar weken spreekt hij een aardig mondje Italiaans. Hij verlaat het huis voor dag en dauw en trekt voor aanvang van zijn werkdag een paar baantjes in de baai. Dit zal hij gedurende zijn hele verblijf blijven doen, ook in de winter, tot verbazing van de arbeiders op de werf. Hij leert pasta draaien rond een vork en houdt van de dieppaarse Apuliaanse wijn. De Italianen zelf stellen hem teleur. In niets doen ze hem denken aan hun roemruchte voorvaderen. 'In feite,' noteert hij, 'is de Italiaan voor het fascisme ongeschikt, met zijn aangeboren kinderachtigheid en gebrek aan discipline.' In zijn vrije avonduren leest hij *Der Untergang des Abendlandes* en ontdekt tot zijn verrassing dat Oswald Spengler zelfs de Romeinen al verachtte. Ongeacht hun technologische en intellectuele verdiensten beschouwt Spengler hen als barbaren die de Griekse bloeiperiode besluiten. Willem schrijft de betreffende passage over in zijn dagboek: 'Zielloos, onfilosofisch, zonder kunst, op het brute af racistisch en meedogenloos tastbare resultaten najagend staan ze in tussen de Griekse cultuur en het niets.'

'Stel je voor,' laat Willem daarop volgen, 'dat niet de Romeinse maar de arische cultuur aan de Middellandse Zee tot bloei was gekomen, zulke *Kampfgeist* onder dit lazuur!'

Hij werkt zes dagen per week. Soms ontvangt hij post van zijn ouders uit Friesland of van Frieda Seegers van Rhijn. 'Heil, lieve Willem!' begint ze de meeste van haar brieven. Opgewonden bericht ze hem in het voorjaar van 1938 over nieuwe Duitse maatregelen tegen de Joden. 'De Duitse regering wenst niet langer zaken te doen met Joodse bedrijven. Afgerekend wordt er eindelijk met de sjachercultuur!'

Op 29 mei schrijft hij: 'Post van Wimie. Het gedroomde weerzien nog ver weg. Lang geleden alweer schijnen onze wandeltochten door de duinen naar Katwijk en zelfs Noordwijk.'

Hugo was deze Wimie, afkorting van Wilhelmina of Willemien, nog niet eerder tegengekomen; een paar pagina's later zou ze opnieuw opduiken, nu in een aangename herinnering aan een avond die ze samen hadden doorgebracht in Hotel Des Indes. 'Hoeveel beter,' voegde hij eraan toe, 'zou het me vergaan indien wij hier samen zouden zijn; zo droomt een mens tegen wil en dank van een toekomst die er niet is.'

Hugo grinnikte, Frieda Seegers van Rhijn maakte geen schijn van kans tegen deze rivale, voor wie zijn grootvader aanmerkelijk zachtere bewoordingen reserveerde.

Per pagina raakte Hugo beter thuis in het handschrift van zijn grootvader. Na een paar dagen besloot hij om de dagboeken woord voor woord over te typen zodat de getuigenis van Willem Adema niet opnieuw zo gemakkelijk verloren kon gaan. 's Morgens tegen zevenen, na het mediteren, begon hij met dit monnikenwerk, dat extra lang duurde omdat hij maar met twee vingers typte. Hij besloot om er ook een audiobestand van te maken. Aan het eind van elke dag opende hij de dictafoon en sprak in wat hij had overgetypt. Wie weet kon hij dat nog eens gebruiken.

In mei 1938 neemt zijn grootvader een paar dagen vrijaf om Hitlers bezoek aan Rome bij te wonen. De Führer arriveert 's avonds op station Ostiense, dat speciaal voor zijn komst is gebouwd. Duizenden schijnwerpers doorboren het duister met krachtige lichtbundels wanneer de drie treinen uit Duitsland arriveren. Ook al bewaart hij altijd zijn noordelijke koelte, schrijft Adema, het juichen en het scanderen van *Du-ce! Du-ce!* werkt toch aanstekelijk. *Het volk, verenigd onder de roedenbundel, vormt een al even georganiseerde kracht als de verbrandingsmotor.* In een open koets waarin hij naast de koning zit wordt de Führer over de Viale Adolfo Hitler naar het centrum van de stad gereden. De route wordt verlicht door gaslantaarns en schijnwerpers. Toortsen in de bogen van het Colosseum geven het amfitheater een sprookjesachtig aanzien. Gedruis van menigten, wapperend met swastika's en de tricolore. 'De wereld kijkt toe,' schrijft Willem de volgende morgen in zijn pensionkamer. 'Onze energie zal een uitweg vinden in de vernietiging van de vermoeide, decadente democratieën. Het zal nu wel vlug oorlog worden.'

De stad heeft sinds de Era Fascista een gedaanteverwisseling ondergaan. De sloppenwijken rond belangrijke monumenten zijn gesloopt en er zijn avenues aangelegd. Mussolini noemt zich een erfgenaam van Augustus en wil zich na zijn dood laten bijzetten in diens mausoleum. Toen de werkzaamheden om de tombe te herstellen begonnen had hij gezegd: 'En dan geef ik nu het woord aan het pikhouweel!' Ook al heeft Willem weinig op met de Italianen, dit oogst zijn bewondering. Opnieuw maakt hij in zijn dagboek de vergelijking met Nederland, waar de fascistische beweging niet meer heeft klaargespeeld dan het bouwen van één enkele muur, in Lunteren, waar de Hagespraken plaatsvinden.

De Führer en de Duce delen een voorkeur voor rechte brede wegen, die ruimte bieden aan militaire parades en de held van de tijd, de coureur in zijn pijlsnelle raceauto. Mussolini is er zelf een – waar Hitler mettertijd steeds meer een zwijgende god zal worden voor zijn volk, is Mussolini een macho die racet, zwemt en zich met ontblote torso laat afbeelden op skihellingen. Adema gruwt van die parvenu met zijn gezette lijf, maar bewondert hem ook. Met de Mars op Rome is het fascisme echt begonnen. Willem heeft filmbeelden gezien van de Duce op het balkon van het Palazzo Venezia. Hij is klein, heeft kleine handen, maar blaast zich op en maakt zich breed. Zijn kaak is krachtig, hij steekt zijn kin vooruit en plaatst zijn handen op zijn koppelriem. Soms werpt hij zich naar voren tegen de rand van het balkon om zijn woorden kracht bij te zetten. Zijn geestdrift werkt door in de menigte onder hem, die gehypnotiseerd *Du-ce! Du-ce!* scandeert. Zijn gebaren zijn resoluut en agressief, zijn vragen uitsluitend retorisch. 'Het fascisme stelt geen vragen, maar is zijn eigen antwoord,' schrijft Willem, een zin die hij heeft onderstreept.

Voor zijn vertrek bezoekt hij het Foro Mussolini. De reusachtige marmeren beelden in het Stadio dei Marmi werpen lange schaduwen over de sintelbanen. De mannelijke naakten zijn onsmakelijk gespierd naar zijn idee, log als werkpaarden. Ze doen hem denken aan Günthers beschrijving van het Faalse ras, dat hij 'breed, zwaar, blokkig, massief, ja, plomp' heeft genoemd. De slanke, meer wendbare figuren van Breker, met hun koel-superieure noordse aspect, hebben verreweg zijn voorkeur. Op de vloeren van het Foro zijn leuzen in mozaïek aangebracht. *Molti nemici, molto onore*. Veel vijanden, veel eer, die zal hij onthouden.

Via Napels reist hij terug naar Tarente, maar niet dan nadat hij een bezoek heeft gebracht aan de Agro Pontino. Ergens tussen Rome en Napels verlaat hij de trein op een stationnetje in de vlakte. Ten zuiden van de hoofdstad is een handvol stadjes, nederzettingen nog, verrezen na de drooglegging van de Pontijnse moerassen. Het is een triomf der techniek – waar pausen en koningen in voorgaande eeuwen niet in zijn geslaagd heeft het fascisme in een paar jaar klaargespeeld: zijn ingenieurs hebben het verleden verslagen en de toekomst ontsloten door een reusachtig infectieus moeras om te toveren tot vruchtbare landbouwgrond, door landloze boeren in bezit genomen. Pompen bemalen het land, afwateringskanalen voeren het overtollige water af.

Voor in een postbusje wordt Adema naar het centrum van Littoria gereden. Het stadje zelf lijkt nog op zijn maquette, zo recht, proper en leeg is alles nog – vanuit het hart ervan kijken de aanvoerwegen uit op de vlakte eromheen. De zon brandt op het Piazza del Popolo, de enkele sterveling die hij er ziet blijft in de schaduw van de gaanderijen. Een vreemde leegte ademt dit oord, schrijft hij, waar alleen een auto of een motorfiets soms de stilte verbreekt. Alles wat hij ziet is in een paar jaar verrezen, iets van deze orde heeft alleen onder eenhoofdig leiderschap kunnen geschieden, het *Führerprinzip*, trouw aan het oorspronkelijke plan zonder inmenging van anderen die de grootsheid ervan zouden hebben verstoord met halfhartige compromissen.

Bleek als gebeente steekt de rechthoekige Raadhuistoren af tegen het bijtende blauw van de hemel. Een koppeltje duiven vliegt op uit de toren, het klappen van de vleugels klinkt luid in de roerloze lucht. Daarboven hangt de vlag slap rond de vlaggenmast. Hij rekent zijn middagmaal af en loopt op het heetst van de dag terug naar het station, transpirerend onder zijn hoed. Stoomgemalen dreunen, op het land werpen landbouwmachines hoge stofzuilen op. Halverwege wordt hij meegenomen door de plaatselijke arts. Die vertelt hem dat er maar aan twee dingen nood is in de Agro Pontino: schaduw en cafés. De arts zet hem af bij het station en zwaait met zijn arm door het open raampje van zijn Topolino. Arrivederci dottore. Hij blijft achter in de suizelende stilte. Op een bankje in de schaduw wacht hij op de trein naar Napels. Hij slaat de vliegen van zich af.

DEEL TWEE

33

Antroposofisch verpleeghuis Ostara bevond zich in een buitenwijk van Den Haag, niet ver van de duinen. In de wachtruimte stond Hugo een tijdje voor een aquarel waarop een aartsengel was afgebeeld, een vanillevlakleurige entiteit met slappe vleugels op zijn rug. De receptionist verontschuldigde zich, het kon nog even duren, Geertjes begeleider was ergens op het terrein waar hij haar niet kon bereiken. Geertruida Adema, geboren te Maracaibo in 1953, drie- of vierenzestig jaar oud nu. Kon ze praten, lopen? Was er een vorm van contact mogelijk? Rook ze naar pis? Hij was een beetje nerveus. Ze was oud voor iemand met microcefalie had hij begrepen, de gemiddelde levensverwachting van zulke patiënten was niet erg hoog. De aartsengel werkte hem op zijn zenuwen, dat triomferende lichtwezen boven een erwtensoep van duisternis.

De begeleider van zijn tante heette Bondine Pasveer. Ze was klein en had korte grijze haren die ze zelf geknipt leek te hebben. Terwijl ze het complex doorkruisten informeerde ze naar zijn betrekking tot Geertje en zei toen: 'Wat een cadeautje voor haar, bezoek van een neef.' Ze had zich er duidelijk op ingesteld de zonkant van het leven te zien, deze Bondine. Een helderblauwe ochtend in april, in de ommuurde tuin waren mensen aan het werk. Sommigen krabden op hun knieën in de aarde. Een grijze reuzin in overall schoof met een kruiwagen vol mest door de tuin. Ze hadden ook een bakkerij en een houtwerkplaats, vertelde Bondine. 'We zien onze bewoners niet als mensen met een beperking maar als individuen met een unieke persoonlijkheid. Ze kunnen nog zoveel wel. Geertje ook, als je je best doet om goed te kijken.' Ze gingen een laag gebouw aan de overzijde van de tuin binnen. De gang hing vol met wazige aquarellen van het type soep en engelen zoals in de wachtkamer. 'Door de bewoners zelf gemaakt,' zei Bondine met haar semipermanente glimlach. Bewoners, dacht Hugo. Geen cliënten, laat staan patiënten.

Ze stopte bij een kamer halverwege de lange gang. 'Alles heel rustig alsjeblieft,' zei ze zacht, 'ze is vlug van streek. Wacht maar even hier, dan kondig ik je aan.' Ze klopte aan, opende de deur en ging naar binnen. 'Hallo Geertje,' klonk het achter de deur. 'Daar ben ik weer.' Er volgde een geluid tussen kreunen en grommen in. Het was alsof daarbinnen een wild beest werd gehouden. 'Ik heb iemand voor je meegebracht. Een neef van je, neef Hugo, is dat niet leuk? Hij komt vandaag met je kennismaken. Dat is bijzonder toch?'

Het bleef stil nu, er werd blijkbaar informatie verwerkt. Na een tijdje hoorde hij Bondines stem weer: 'Zullen we hem dan maar binnenroepen? Ja? *Neef Hugo!? Kom je?*'

Hij ging de kamer binnen. Ze zat aan tafel bij het raam, Bondine stond achter haar, haar handen lagen op haar schouders. Hij kwam dichterbij. 'Kijk Geertje,' zei Bondine, 'dat is nou neef Hugo. Hallo neef Hugo.'

'Hallo tante Geertje,' zei Hugo, alsof niet Bondine maar zijn tante gesproken had. Een klein, oud mensje, vastgesnoerd in haar stoel. Ze keek hem niet direct aan maar leek de ruimte om hem heen te verkennen, daar waar hij niet was. 'Zal ik hier gaan zitten?' vroeg Hugo.

De spanbanden rond haar stoel lieten haar armen vrij. Voor haar op tafel lagen tekenpapier en waskrijt. 'We moeten haar vastmaken,' zei Bondine zacht, 'omdat ze zichzelf anders pijn doet.'

Hij knikte. Het kostte hem moeite naar haar te kijken. Haar gezicht leek verfrommeld als een prop papier. Grote gele tanden staken tussen haar gebarsten lippen door, dun grijs haar bedekte haar hoofd. De proporties klopten niet, ze verwarden hem. Pas nu begreep hij wat microcefalie betekende: het leek of de achterkant van haar hoofd door een mortierscherf was weggeslagen. Het was een hoofd dat slechts uit een voorkant bestond, een aangezicht, de rest was niet voltooid. Een *Unvollendete*.

'Hallo tante Geertje,' zei hij opnieuw tegen het wezen. 'Heel bijzonder u eindelijk eens te ontmoeten.'

Bondine schraapte haar keel. 'Misschien dat je beter kan tutoyeren?'

'Ja. Ja, natuurlijk,' zei hij haastig.

Hij onderscheidde de snelle ademhaling van de ingesnoerde vrouw. Ze keek naar Bondine op. Die zei: 'Toe maar schat, wat wil je zeggen?' Haar droge lippen gingen vaneen. 'Bah-bah?' vroeg ze toen met een stem die kraakte van onbruik.

'Wat bedoel je, meisje?' zei Bondine. 'Wat is dat?' De stilte die volgde leek van levend materiaal, een heldere vloeistof die kromp en uitzette, alsof ze ademde.

'Bah-bah,' zei het mensje weer, stellig nu.

Bondine keek even naar hem en toen weer naar Geertje. 'Wat is dat, Geertje, bah-bah? Wat bedoel je?'

'Bah-bah!' bracht Geertje uit.

Bondine bracht haar gezicht dichterbij. 'Nog één keertje... Wat bedoel je dan toch, lieverd?'

'Bah-bah!' riep Geertje gefrustreerd. 'Bah-bah!'

'Papa?' zei Bondine toen, 'bedoel je papa?'

'Bah-bah!' Het mensje begon snuivend te lachen, haar gezicht tot een afschuwelijke grimas vertrokken. Ze kwam naar voren in haar stoel alsof ze naar hem toe wilde. 'Bah-bah!' riep ze. 'Bah-bah!'

Ze strekte haar armen naar hem uit, haar wapperende handen als bange vogels, krijtjes vlogen over tafel.

'Jeetje,' zei Bondine. Ze zweeg een tijdje, haar ogen op Geertje gericht, en zei toen: 'Ik denk, ja… dat ze denkt…'

Ze zweeg weer en bestudeerde haar met liefdevolle blik. Geertje leek met schokkerige bewegingen uit haar stoel te willen breken. Haar begeleidster zonk op haar knieën en probeerde haar te kalmeren. Hoog snerpte nu Geertjes stem door de kamer. *'Bah-bah! Bah-bah!'*

'Kan het zijn,' vroeg Bondine terwijl ze haar handen ving en ze stevig vasthield en streelde, 'dat je op haar vader lijkt misschien? Anders begrijp ik het niet, dit. Zo heb ik haar nog nooit gezien.'

Tranen glansden op Geertjes wangen. Was het vreugde? Verdriet? Beide?

'Dat kan,' zei Hugo, als bevroren op zijn stoel. 'Ik lijk inderdaad nogal op hem.'

'Hij heeft haar tot aan zijn dood bezocht,' zei Bondine rustig. 'Ze is erg, erg van slag geweest toen hij opeens niet meer kwam.' Ze maakte sussende geluidjes. Geertje bevrijdde haar handen uit de hare en strekte haar armen weer naar hem uit.

Hij heeft haar tot aan zijn dood bezocht…

'Als dat zo is,' vervolgde Bondine, 'dat ze jou aanziet voor haar vader, dan is dit een weerzien voor haar. Stel je dat toch eens voor.'

Had ze gelijk, viel hij door Geertjes gebrek aan tijdsoriëntatie samen met zijn grootvader? Steeds wilder werd ze. Met alle kracht wilde ze naar hem toe. Bondine leek de situatie te wegen en zei: 'Misschien is het goed als je haar even omhelst? Misschien dat dat haar een beetje kalmeert. Wil je dat doen?'

Een rilling trok over zijn rug. Het – haar te moeten aanraken… Evolutionaire walging, aangeboren afkeer van het zieke en mismaakte. Met, dacht hij door alles heen, eugenetica en Aktion T4 als gruwelijke uitkomst. Maar hoe kon hij weigeren? Hoe kon hij dit misvormde schepsel een omhelzing met haar vader ontzeggen? Harteloos beest jij.

Hij boog voorover.

'Zo kan ze er niet zo goed bij,' zei Bondine. Hij zou overeind moeten komen uit zijn stoel. Wanhopig grepen haar armen naar hem in de lucht. Hij stond op en boog zich over tafel. 'Bah-bah!' stootte ze met grote kracht uit. Speekselvlokken spatten uit haar mond, haar gezicht was rood van het huilen en het wilde bewegen. Hij boog nog wat verder voorover, zijn handen steunend op het tafelblad. Ze pakte zijn armen, toen zijn schouders en zijn nek en nam hem in haar greep. Zijn wang werd nat van haar tranen en speeksel. Ze stonk naar oude dekens. Hij kokhalsde en wilde zich losrukken, maar iets verbood hem dat te doen. Een ongedacht en diep begrip dat hij hier niet voor zichzelf was maar als vertegenwoordiger van een geslacht dat haar uit het zicht had gemanoeuvreerd en weggestopt, een handeling waar het woord *ausradieren* bij hoorde, met een betekenisveld dat zich uitstrekte van uitgummen tot van de aardbodem wegvagen. 'Bah-bah!' toeterde Geertje. Bondine zat op één knie naast haar, haar handen voor haar kin gevouwen en met een gelukzalige blik in haar ogen. Eén arm legde hij nu om Geertjes schouder. Hij greep haar stevig vast, ook om een einde te maken aan het uitsmeren van secreties op zijn kleren en gezicht. Het was alsof hij een middelgroot dier in bedwang hield, een ree of een wallaby. Onvermoeibaar bleef ze hem naar zich toe trekken, een storm van gesnotter en gekakel bij zijn oor. Dit was een weerzien met haar vader voor haar, hij twijfelde er niet langer aan, haar als door een wonder verjongde vader die ze dood had gewaand en nu had teruggevonden. Onverwacht opflakkerend geluksgevoel, alsof hij deelde in het hare. Oxytocine, zou hij later in de auto tegen zichzelf zeggen, het was tenslotte alweer een tijd geleden dat hij in innige aanraking met een ander mensenlichaam was geweest. Geduldig bleef hij in de ongemakkelijke omhelzing hangen tot ze er genoeg van zou krijgen. Hoelang duurde het? Een paar minuten? Een kwartier? Hij verloor het besef van tijd en gaf zich over aan de onverwachte rol die het leven hem plots gegeven had: die van vader van dit zwakzinnige, gehavende wezen.

34

Bondine en hij dronken thee in haar kantoortje aan het eind van de gang. 'Dit is zo helend voor haar,' zei ze een paar keer. Was het niet prachtig, mijmerde ze, dat het in Geertjes wereld mogelijk was om uit de dood op te staan, in een aanmerkelijk verjongde versie zelfs? Ze wist weinig van de bezoeken die Geertjes vader haar destijds had gebracht, dat was voor haar tijd geweest, ze had alleen weleens gehoord dat hij elke week met zijn auto met chauffeur was komen voorrijden, wat nogal een spektakel moest zijn geweest. Na zijn dood, zei ze, was het een tijd heel slecht met haar gegaan, ze had zelfs dwangvoeding gehad. Ze zou het voor hem opzoeken in haar dossier als hij het allemaal precies wilde weten.

'Ik weet niet waarom haar vader opeens niet meer kwam,' zei Hugo toen, 'maar het was niet omdat hij dood was. Hij leeft namelijk. Hij is in november honderd geworden. Het zou kunnen dat de bezoeken na zijn herseninfarcten zijn opgehouden, dat weet ik niet.'

Bondine keek met samengeknepen ogen naar hem. Uit haar mok met kruidenthee steeg damp op. De tijd had haar huid en haren van kleur beroofd, het was alsof ze een schutkleur had aangenomen.

Ze zei: 'We kunnen niet alles begrijpen hè?'

Hugo snoof en schudde zijn hoofd. 'Nee, niet alles nee.'

De afstand tussen verpleeghuis Ostara en Oostraven bedroeg hemelsbreed slechts een paar kilometer maar kostte hem met de auto algauw een halfuur omdat hij om het uitgestrekte duingebied heen moest rijden. Sinds zijn grootvaders eeuwfeest was hij niet meer op het landgoed geweest. Hij hobbelde over het bospad met de bovengrondse boomwortels alsof hij over een ribbenkast reed. Het pad volgde wijde bochten tussen rododendrons en donker beregende boomstammen. Het bos kwam in zijn voorjaarstooi. Er waren niet veel vogels, herinnerde hij zich, soms een schorre schreeuw tussen de boomkronen of het smadelijk lachen van een groene specht. De kolonie kauwen in de bomen langs de oprijlaan niet te vergeten. Een bos als de fantastische prenten van John Bauer uit de Scandinavische sprookjes die Beth hun lang geleden voorgelezen had, klam en donker, met hoge, kale stammen. Bauer was een geweldige tekenaar.

Aan het eind van het slingerpad doemde de villa op. Van hieruit had Willem Adema zijn veroveringen voortgezet, nadat hij eerst naar het oosten was afgemarcheerd om de olievelden van de Kaukasus te veroveren voor zijn Führer, brandstof voor zijn oorlog. Met een swastika om zijn linkerarm en de Sig-runen op zijn kraagspiegels, zotte opeenstapeling van zonnesymboliek. Zonder die olie was zijn oorlog verloren, had Hitler gezegd – zijn divisies vochten zich ervoor dood. Het was een verbrandingsoorlog geweest van de zuiverste soort, Churchill had gezegd dat brandstof elke beweging ervan bepaalde, en Stalin voegde daaraan toe dat de oorlog door motoren en octaan was beslist.

Na de oorlog was elke cent van het Adema-kapitaal verdiend met zonne-energie die in de diepe tijd als olie en gas in de bodem was opgeslagen. Kolen was voor anderen. De zee, dat was het terrein van de Adema's. Water en vuur.

Telkens als er een nieuw schip werd gedoopt had Hugo zijn

grootvader, zijn vader of zijn broer horen verwijzen naar de gloriedagen van de Republiek, de kleine zeevarende natie met mondiale betekenis. O, wat betrokken ze die pioniersgeest graag op zichzelf. De agressie en veroveringsdrang, de winnaarsethiek. Ze faciliteerden het delven van brandstoffen uit het geologische verleden die in een groots vreugdevuur werden opgestookt in het heden, en koloniseerden zo de toekomst door de atmosfeer te verzadigen met roetdeeltjes; overal ter wereld was het Adema-concern betrokken bij grote olie- en gaswinningsprojecten. Het was voor het bedrijf van levensbelang om het vuur te blijven voeden. In de eeuw waarin zijn grootvader, zijn vader en hij geboren waren, was de gemiddelde temperatuur op aarde met zo'n graad gestegen, in deze eeuw verdubbelde ze nog eens als ze al niet verdriedubbelde, noodlottige acceleratie. De verbrandingsmachine draaide op volle toeren. Ze bediende zeven miljard aardbewoners, iedereen nam naar vermogen van wat zij produceerde. Vuur was het element dat in het hart van elk voorwerp werkzaam was, er was nauwelijks een product of dienst te verzinnen waaraan geen verbrandingsproces ten grondslag lag. Een spijker en een brood, een bitcoin en een microchip – het ging niet zonder de kolencentrale. In elke lamp keek je in de zon. Het vuur mocht niet doven. In de tempel van Vesta in Rome brandde een eeuwig vuur, bewaakt en gevoed door maagden – doofde het, dan kwam er rampspoed over het land.

Eén ding was zeker, de motor zou nog harder gaan draaien. Fossiele brandstof was goedkoop en effectief, en ook al smoorde de mensheid zichzelf in kooldioxide en hitte, haar verbeelding schoot tekort om zich een andere werkelijkheid voor te stellen. Van meet af aan teerde het kapitalisme op een hoogintensief energieverbruik. Toen de Portugezen in 1419 voet aan wal zetten op Madeira was het eiland met bos overdekt, nog geen honderd jaar later was het vrijwel geheel ontbost; alles opgestookt ten behoeve van de suikerrietplantages, die vroege fabrieksmatige winplaatsen. En dan moest de stoommachine nog worden uitgevonden, de vuurmachine waarmee het ongebreidelde kapitalisme de wereld zou veroveren.

Eeuwige groei, die immanente belofte van het kapitalisme, was niets anders dan verovering en verovering was niets anders dan verbranding. Vuur, hitte, as, dat was de zuivere essentie van het kapitalistische model, en begeerte was zijn zuurstof. 'Monniken, alles brandt!' roept Shakyamuni Boeddha uit in zijn vuurpreek. 'Alles brandt door het vuur van begeerte, door het vuur van haat, door het vuur van begoocheling.' Het brandt door geboorte, zegt hij, door ouderdom en dood, door zorgen, weeklagen, pijn en wanhoop. Bevrijd je door in alles de begeerte te zien, dat is het begin van het eind van je lijden. Op de uitdoving van je begeerte en je lijden volgt weldadige koelte. Het antwoord op de heerschappij van het vuur is afwezigheid van vuur. Uitdoving. Nirwana.

Huizen waarin je opgroeide leken vaak kleiner naarmate je zelf ouder werd, maar de villa van zijn grootouders scheen alleen maar te zijn gegroeid nu hij ervoor stond. Massief en grijs torende de tombe van zijn late jeugd boven hem uit. Hij besteeg de bordestrap en dacht aan zijn broer, een al even trouwe dienaar van Heer Vuur. Willem haatte de mietjes van de milieubeweging, hij haatte de groene politiek, maatschappelijke krachten die het vuur trachtten te temperen. Ze waren schadelijk, ze moesten gestopt worden, en dat gold voor emancipatiebewegingen in het algemeen. Sommige mensen waren nu eenmaal gemaakt om te heersen over anderen; vrijheid was uitsluitend bestemd voor degenen die haar wisten te veroveren en vooruitgang bestond alleen in technologische zin. Het grootste schip ter wereld, dat was vooruitgang. Vooruitgang door techniek in handen van een heerserskaste die mensen slechts beschouwde als noodzakelijke grondstof.

Zijn grootmoeder zat in haar leunstoel voor het erkerraam en strekte haar magere klauwtjes naar hem uit, net als haar dochter die ochtend had gedaan. Hoelang had ze Geertje al niet gezien? Dacht ze nog weleens aan haar? Haar mond trilde. 'Kom bij je gran,' zei ze. Sterke geur van talkpoeder. Toen ze hem losliet drukte ze op de rode alarmknop aan het koord rond haar hals. 'De jongen wil iets drinken,' zei ze toen daarop de verpleegkundige binnenkwam. Het was de oudere blondine die hij zich herinnerde van het eeuwfeest. Ze begroette hem vriendelijk en zei tegen zijn grootmoeder: 'U zou de alarmknop niet meer gebruiken voor wissewasjes, weet u nog?' Ze wendde zich tot Hugo: 'Thee?'

Ze kwam vrijwel meteen terug met een mok donkere, bijna zwarte thee. Vera, Veerle, hij was haar naam alweer vergeten.

Zijn grootvader kwam zijn kamer alleen nog uit voor de maaltijden en de middagwandeling in de rolstoel, vertelde zijn grootmoeder. Soms rookte hij een sigaar. Maar, ze schudde met een knokige wijsvinger, alleen als de *kría*, de verpleegkundige, erbij was, want er was een keer bijna brand geweest. Hugo grinnikte, het zou een fraai staaltje ironie zijn geweest als de oude man door zelfverbranding om het leven was gekomen. Zijn grootmoeder zweeg plotseling halverwege het verhaal over de schandalige onvoorzichtigheid met de sigaar, alsof ze vergeten was waar ze het ook alweer over had.

Als drijfhout was ze lang geleden in dit land, in dit huis aangespoeld. Als een Europa was ze naar dit continent ontvoerd en had haar leven hier in afzondering geleefd. Haar familiestamboom rekende een Zwitserse predikant die in de achttiende eeuw op Curaçao was beland tot stamvader; de familie Blum behoorde tot de bovenklasse van het eiland en leverde bestuursambtenaren, artsen en zelfs een gewaardeerde componist af. Odilia Blum was nog maar net twintig jaar oud toen ze werd voorgesteld aan de Nederlandse ingenieur, die een paar keer per jaar vanuit Venezuela naar het eiland kwam om zijn financiële zaken te behartigen. Op een avond was hij door de directeur van Maduro & Curiel's Bank meegetroond naar een salon in een herenhuis op Scharloo. Het licht had in de glazen tranen van de kroonluchter geschitterd, iedereen was mooi. De meisjes met hun lakschoentjes en hun fraaiste japonnen aan, de jongens in hun stemmige pak. Er stond een piano en er werd, nadat er gecreoliseerde walsen van lokale componisten waren gespeeld, gedanst op wilde tumba's – de Hollander moest zijn ogen hebben uitgekeken. Was hij soms in Afrika beland? Wat was dat voor een brutaal allegaartje van Afrikaanse, Latijns-Amerikaanse, Europese en zelfs Joodse invloeden op dit eiland? Beschouwde hij Curaçao wellicht als een Babylon van de rassen, zoals Hitler Wenen eens had genoemd? Hij had zich uit *Mein Kampf* diens wilde afkeer van Wenen kunnen herinneren, dat *mengelmoesje Tsjechen, Polen, Hongaren, Roethenen, Serven en Kroaten en natuurlijk de bacil die de ontbinding veroorzaakt der menselijke samenleving, de Jood, hier en daar en overal – het hele schouwspel stuitte me tegen de borst…* Hartstochtelijk was Hitlers haat jegens *die verwarde zwerm van vreemde volken*, en juist zo'n zwerm trof de Nederlandse ingenieur hier in de eilandkolonie aan.

Er waren geruchten, vernam Odilia Blum mettertijd, gefluister over Willem Adema's tijd in de oorlog, maar in het verleden was ze niet erg geïnteresseerd. Ze vond hem knap en hoffelijk, een *bon nèchi*. Zelfs de littekens op zijn voorhoofd en in zijn hals droegen bij aan zijn schoonheid.

Zij, het meisje van het eiland, moet op haar beurt indruk op hem gemaakt hebben, want hij keerde algauw terug naar het eiland en bleef haar anderhalf jaar lang het hof maken. Ze verloofden zich en trouwden op een snikhete dag in augustus 1949 in de Fortkerk, waar van oudsher de huwelijken van de *protestant blanku* werden gesloten. Na de huwelijksvoltrekking werden ze naar landhuis Blansjaar van haar grootmoeder gereden, een plantage in Bandabou, waar ze hun wittebroodsweken zouden doorbrengen.

Hij stond voor het slaapkamerraam en keek uit over de *mondi* onder aan de heuvel, de verwilderde plantage vol rubberliaan en brazielhout waaruit soms een kudde lawaaiige geiten met koude gele ogen opdook. Ze vreesde hem en had hem lief. Beschroomd informeerde ze naar zijn gedachten. Hij glimlachte en schudde zijn hoofd. Hij zat daar aan een klein houten tafeltje aan het venster en maakte schetsen en berekeningen in zijn opschrijfboekje. Ze verzamelde een paar dagen moed, dagen als een lange, koude huivering, waarin de tijd zo langzaam ging dat hij tot stilstand leek te komen en zelfs achterwaarts leek te verstrijken, zodat ze in haar dagdromen in de tijd van haar moeder en haar grootmoeder belandde, die in dit landhuis ook hun *luna di miel* hadden doorgebracht, en vroeg toen of het misschien herinneringen aan de oorlog waren die hem kwelden. Het korte schudden van zijn hoofd, dat zo karakteristiek voor hem zou blijken. Verboden terrein. 'Nee meisje, ik denk na.' Ze had gehoopt dat het pantser van ongenaakbaarheid van hem af zou vallen als ze eenmaal samen waren, bij de ogen van haar familie en de roddeltongen van de eilanders vandaan, maar begreep nu dat dit het leven was dat ze zou hebben met haar *prens ifris*, haar bevroren prins zoals ze hem in de stilte van haar gedachten noemde.

Over deze dingen had ze haar kleinzoon tijdens zijn ballingsjaren op Oostraven verteld, in haar met Papiaments doorspekte Nederlands dat ze voor haar conversaties met hem reserveerde. Wanneer ze de kans kreeg praatte ze onophoudelijk tegen hem aan, haar blik naar binnen gericht, waar het verleden springlevend was. Clandestiene monologen, weg van de oren van haar gebieder. Hugo had met haar te doen omdat ze was afgesneden van haar taal, haar familie en haar eiland, maar meer nog verachtte hij haar omdat ze zich beklaagde over haar lot in plaats van tegen haar echtgenoot in opstand te komen. Zulke verachting, dacht hij nu hij tegenover haar zat, was het voorrecht van een jongen met een schrikbarend gebrek aan levenservaring. Hoe dan ook had hij nooit veel liefde voor haar opgevat aangezien ze geen ontfermende grootmoeder voor hem was geweest, en zich altijd had gedragen als een wat verongelijkt, oud geworden meisje dat met tegenzin de patriciërshuizen van Willemstad had verlaten en haar japonnen had moeten inruilen voor de dagelijkse dracht van een huismoeder, passend bij de negorij in Maracaibo waar Willem Adema haar mee naartoe had gesleept.

En ook zij werd stokoud en weigerde te sterven. Haar lichaam had haar net zo lang door de tijd gedragen tot het nutteloos en tot op de draad versleten was.

'Ik droom raar,' zei ze nu tegen haar kleinzoon. 'Ik begrijp mijn dromen niet meer.' Ze kwam naar voren in haar stoel. Haar ogen waren blauw van staar, maansteenkleurig. Het linkeroog traande. Ze depte haar ooghoeken met een zwartzijden doekje. 'Het zijn mijn dromen niet meer.'

Van wie ze dan waren, vroeg Hugo.

Ze keek samenzweerderig naar de deur waarachter de verpleegkundige was verdwenen. 'De krìa pikt,' zei ze.

'Ze is verpleegkundige, gran, geen huishoudster.'

'Ze pikt.'

Haar huid was donkerder dan hij zich herinnerde – was het het krioyo-bloed in haar dat zich op het eind van haar leven liet gelden? Bij haar zoon was dat al vanaf zijn geboorte zichtbaar geweest. Op jeugdfoto's stak hij naast zijn ouders af als een halfbloed of zoiets, zonder dat iemand eraan hoefde te twijfelen dat hij een echte Adema was. In het jubileumboek *Recht door zee – vijftig jaar Adema Marine Operations* was niet één foto van vader en zoon samen te vinden. Er was weliswaar een portret van Max Bruno opgenomen, zijn rechterhand losjes steunend op het ovale, notenhouten tafelblad in de directeurskamer, maar nergens waren de grondlegger en zijn zoon naast elkaar afgebeeld. Het kwam door de *Caribbean touch* in zijn uiterlijk, dacht Hugo, wat anders.

Hij legde zijn hand op die van zijn grootmoeder. 'Het zal wel meevallen met dat stelen. Je bent wat vergeetachtiger misschien. Wat ben je kwijt? Ik kan je helpen met zoeken.'

Ze schudde haar hoofd. 'Je hoort het als ze loopt. Vraag haar waar mijn sieraden zijn. De broche van mijn mama.'

De leerachtige huid op haar hand deed hem denken aan oosterse monniken die zichzelf hadden gemummificeerd, over wie hij eens gelezen had, gestorven in een radicale vorm van ascese. Sommigen van die monniken waren al honderden jaren dood maar vielen nog altijd te bezoeken in hun klooster, verdroogd in hun vitrine. Elk detail dat je erover las sloeg je met stomheid.

'Gran,' zei Hugo, 'ik wil u beiden schilderen, pake en u. Een groot portret, van allebei een.'

Ze had haar ogen gesloten. Haar onderste oogleden waren zo slap geworden dat er een beetje oogwit zichtbaar bleef.

'Gran?'

Ze opende haar ogen en lachte haar gebit bloot. 'Je bent te laat gekomen, *mi yu*, je had eerder moeten komen, toen ik nog jong was en mooi. Wie wil er nou naar een oude *yuana* kijken?'

'Ik,' zei hij. 'En ik wil het graag schilderen in het koetshuis, net als vroeger. Als dat mag. Dan richt ik daar voor een tijdje mijn atelier in deze zomer.'

'In die stal? Het stinkt daar! Wat moet je daar?'

'En dan kan ik u ook weer wat gezelschap houden.'

Ze wapperde met haar hand. 'Ga je gang, je moet het zelf weten!'

De verpleegkundige kwam binnen en informeerde of alles goed ging. Ze monsterde de oude vrouw. 'Ik geloof het wel, hè?'

Zijn grootmoeder wierp hem een blik van verstandhouding toe.

Onverstoorbaar zei de vrouw: 'U zit me weer zwart te maken, denk ik?' Ze glimlachte. 'Dat geeft niks hoor, ik kan tegen een stootje gelukkig.' Ze lachte nu voluit. De lach van een vrouw van middelbare leeftijd in een reclame voor elektrische fietsen. Ze had een tanig, sportief lichaam, de schouders van een zwemster. Toen ze de kamer verliet, boog zijn grootmoeder zich naar hem toe en fluisterde gejaagd: 'Hoor dan! Ze rinkelt!'

35

Willem Adema hoort het nieuws van de Duitse overval op Nederland in Tarente en schrijft op 13 mei 1940 in zijn dagboek: 'Geboorte van een Groot-Germaanse statenbond. Nu zal alles wel vlug anders worden. Laten we hopen dat vader en moeder het goed maken!' Het is de eerste keer dat hij zijn ouders ter sprake brengt, familiebanden komen in zijn relaas verder niet aan de orde. Zijn belangstelling gaat uit naar de gebeurtenissen van zijn tijd, de politiek, de reizen die hij maakt. Hij wil nu zo vlug mogelijk vanuit Tarente naar huis terug om zijn diensten aan de nieuwe machthebber aan te bieden, maar de oorlogschaos verhindert dat. Met alleen een koffer met zijn schaarse bezittingen reist de jonge ingenieur na een kort verblijf in Venetië door naar het neutrale Hongarije, waar hij, omdat Nederland bezet gebied is, bij het Duitse consulaat een visum moet aanvragen. Hij neemt zijn intrek in een hotel en wacht af. Wanneer na een paar weken zijn papieren in orde zijn gemaakt reist hij naar Nederland terug. Het is juli. *Terugkeer naar een ander land dan ik verliet. Tijd van grote verwachtingen.*

De indruk die hij later heeft willen wekken in zijn verweerschrift, dat hij alleen in Duitse dienst getreden is om het bolsjewisme te bestrijden – *omdat de Rus zijn paard nu eenmaal het liefst uit de Rijn laat drinken* –, houdt in zijn dagboeken geen stand: hij kan niet wachten om de bezetter te dienen. Maar in de zomermaanden van 1940 is veel nog onduidelijk. Een ongemakkelijke stilstand ligt als een deken over het land, al komt langzaam het openbare leven weer op gang en worden industrie en nijverheid weer opgestart. Willem betrekt een appartement aan de Haagse Stadhouderslaan en hernieuwt het contact met Wimie en Frieda. Na een avond met Wimie in zijn appartement noteert hij kortaf: 'Diepste zielsverwantschap. Nadien: brokstuk van een mens, geheel vaneen gesneden.' Hij had het flink te pakken, geen twijfel mogelijk.

Hij heeft een ontmoeting met zijn voormalige directeur bij Bagger- en Bouwbedrijf Albetam, Hendrik de Caluwé, die door de bezetter is aangesteld als regeringscommissaris voor Wederopbouw. Ze zijn beiden opgeleid als civiel ingenieur in Delft. Het is een hartelijk weerzien. Ze bespreken Adema's carrièrekansen onder de Duitsers. De veel oudere De Caluwé is geen nationaalsocialist, hij heeft de functie van regeringscommissaris alleen maar aanvaard om het land naar vermogen te dienen in een zware tijd. *Hij meende mij nog met een vermanend woord te moeten toespreken over mijn 'politieke keuzes'. Hij is te oud om het historisch belang van deze omwenteling ten volle te kunnen begrijpen. Toch heeft hij heel wat betekend in zijn jonge jaren, met de bouw van sluizencomplexen in IJmuiden en Friesland o.a.*

Willems kans komt als in september 1940 de Nederlandsche SS wordt opgericht. De Drent Henk Feldmeijer wordt daarvan de voorman, Willem meldt zich onmiddellijk aan. Het genealogisch onderzoek brengt geen verrassingen aan het licht, de Centrale Dienst voor Sibbekunde heeft zijn zoeklicht helemaal tot in het jaar 1750 laten schijnen en geen vreemde smetten in zijn stamboom aangetroffen. Willem Adema is nu deel van de biologische elite die Heinrich Himmler met de SS voor ogen staat.

Adema's talent is onmiskenbaar, blijkt uit zijn NIOD-dossier, algauw houdt hij door het hele land redevoeringen om ss-rekruten te werven. Met zijn koele intelligentie en natuurlijke hardheid lijkt hij gemaakt voor een carrière bij de Schutzstaffel.

In december van het eerste oorlogsjaar wordt Willem naar Oberau in de Beierse Alpen gezonden, waar hij politieke en militaire scholing krijgt. In de lokalen van het barakkencomplex kijkt hij uit over bergruggen en valleien waarboven de eerste sneeuw dat jaar valt. Het vak rassenleer, schrijft hij, zou evengoed *Jodenleer* kunnen heten omdat het werkelijk nergens anders over gaat. Hij veracht de Joden weliswaar maar deelt de Duitse obsessie met hen niet. 's Avonds schrijft hij heimelijk in zijn dagboek, omdat hem niet duidelijk is of dat binnen de ss is toegestaan.

Voor kerst is hij weer thuis. Hij werkt nu op het stafkwartier aan de Maliebaan in Utrecht, afdeling propaganda, houdt toespraken door het hele land en wordt al vlug bevorderd tot opperschaarleider van de Standaard Zuid-Holland en Zeeland. In februari '41 volgt hij een vooropleiding voor de Waffen-ss in de Elzas. Een oud krankzinnigengesticht in Sennheim is omgetoverd tot kazerne; in het dommelige oude stadje worden de manschappen als ze uit *spazieren* gaan met reserves bejegend door de Frans-Duitse bevolking. In de cafés wordt meer gedronken dan een ss-man betaamt, schrijft Willem, maar niettemin zingt hij op een avond uit volle borst 'Sarie Marijs' mee met de Nederlanders uit zijn eenheid. Over het algemeen bewaart hij afstand tot de anderen, veelal provincialen die lager opgeleid en minder bereisd zijn dan hij. Meest broodgermanen, schrijft hij, politieke opportunisten uit de heffe des volks.

Hij gaat vriendschappelijk om met Frederik van Foreest, een bankierszoon uit Blaricum. Van Foreest is lang en vroeg kalend, zijn familie heeft met hem gebroken om zijn overtuigingen. Willem noemt Van Foreest 'een prachtvent die geweldig kan vertellen, hij speldt je de meest fantastische verhalen op de mouw als je niet oppast'.

Na Sennheim wordt Willem doorgestuurd naar de SS Junkerschule in Bad Tölz om zijn opleiding te voltooien. Gedurende zijn verlofweek in Nederland brengt hij de nachten afwisselend door met Wimie en Frieda Seegers van Rhijn; de laatste is vervuld van nieuwe hoop op een huwelijk met hem.

De freule ligt overhoop met Mussert, die ze een *Spießbürger* noemt, en meldt zich, nadat ze uit de Nationaal-Socialistische Vrouwenorganisatie is gezet, aan bij de Duitse Reichsarbeitsdienst. Ook zij wil bijdragen, schrijft ze in een van de brieven die Hugo in het NIOD gevonden had, ze wil nuttig zijn, de oorlogsmachine voeden met haar geestdrift en energie. Ze wordt ingekwartierd in een boerderij nabij Bielefeld. Het bont van de agorakonijnen die er worden gefokt dient als voering voor pilotenuniformen, 'die beesten werken voor de Luftwaffe!' jubelt ze. Ze zwoegt in de velden als een boerenmeid en schrijft in lyrische bewoordingen over de ochtendnevel boven de velden en de blauwe heuvels van het Teutoburgerwoud ver weg. Die brief besluit ze met de vraag of zijn schurft helemaal over is. De hare niet.

Ze ziet een leven met hem voor zich op het Westfaalse platteland, een vergezicht waarvoor hij terugschrikt. *Heb haar opnieuw geschreven dat ik weliswaar een paar mensjes van dezelfde soort op de wereld wil zetten, maar mezelf ongeschikt acht voor het huwelijk.*

Het verbaasde Hugo dat zijn grootvader er zo over dacht. Het was in tegenspraak met de opdracht die de Reichsführer elke SS'er gesteld had, om een vrouw te vinden en veel kinderen te krijgen, de heilige plicht van elke SS-man jegens zijn voorvaderen en zijn volk.

Weken later antwoordt ze hem: 'Mijn gedachtegang kun je met

een beetje gevoel wel volgen. Ik ben hierover erg ongelukkig geweest. Goed en wel in Berlijn kwam er zo'n onverschillige houding in me boven dat niets me meer wat schelen kon. Toen heb ik een bokkensprong uitgehaald zonder de minste animo, die mij alleen maar beroerder gemaakt heeft.'

Hugo had al zo lang geen seks gehad dat hij zelfs erotische fantasieën kreeg bij de gedachte aan een in de liefde teleurgestelde vrouw die zich in Berlijn weggaf aan een vreemdeling – een doorgewinterde nationaalsocialiste en een minnares van zijn grootvader bovendien. Op foto's zag hij dat ze niet onknap was, met een brutaal, beetje hard gezicht.

De freule blijft zijn grootvader bestoken met brieven, verbeten wacht ze op haar kans. Op 17 juni 1941 hoort ze Goebbels op de radio zeggen dat de Duitse divisies van de Oostzee tot aan de Karpaten klaarstaan om Rusland binnen te vallen. Ze wenst hem toe dat hij mee zal kunnen doen voordat het pleit alweer beslecht is, want dat is de algemene overtuiging, dat de oorlog in het oosten kort en hevig zal zijn, Hitler heeft immers zelf gezegd dat ze alleen maar de deur hoeven in te trappen om het hele verrotte bouwwerk te laten instorten.

Willem Adema arriveert juist die dag aan het front met de 'luxe veewagen', haar brief wordt hem nabezorgd. Op de stations onderweg heeft hij de zinderende chaos gezien, honderdduizenden Duitsers zijn tegelijk onderweg gegaan, de opwekking van een sprinkhanenplaag. Hij heeft de rang van Untersturmführer gekregen, het lot van de niet-Duitse ariër, noteert hij grimmig, minder betaald en lager in rang dan zijn Duitse gelijke gaat hij de oorlog in. Maar Wiking, de divisie van SS'ers uit Germaanse broedervolken en Volksduitsers, zal zich in het oorlogsvuur harden tot het hardste staal, is zijn profetische overtuiging.

Hij reist door Polen om zich bij zijn regiment Westland te voegen, onderdeel van Divisie Wiking. In de dorpen onderweg dragen Joden een gele ster op de borst of op de rug. De natuur staat in volle bloei maar de Poolse dorpen en landerijen maken op hem een troosteloze indruk. Speciale aandacht heeft hij voor de houten bruggen die hij ziet, de meeste met rotte pijlers en gaten in het plankier. Hij is vreemd begaan met het lot van de bruggen.

Zodra de trein onderweg ergens stopt verdringen zich onmiddellijk vuile, magere kinderen rond de wagons. Ze bedelen om brood en ook al worden ze weggeslagen bij de ramen en deuren, ze keren telkens terug. Willem merkt op dat ze vaak verrassend blonde haren en blauwe ogen hebben. De trein schommelt door berkenbossen en uitgestrekte vlaktes. Landschappen zonder richting, vertigo in het platte vlak. De grond lijkt hem vruchtbaar genoeg maar er zal veel werk moeten worden verricht om die in productie te nemen. *De Pool is daarvoor ongeschikt, een verwaarloosd volk, tot niets in staat. Hij leeft in schamele stalwoningen, zelfs een kerk van steen schijnt hij in alle eeuwen die hij hier al rondscharrelt niet te kunnen oprichten. Hoe anders zal het er hier uitzien als we hier eens een troep flinke pioniers neerpoten.*

Hugo keek op van de pagina. Zonder het te weten preludeerde zijn grootvader hier op zijn latere functie als directeur van de Nederlandsche Oostbouw, die tot doel had het ontvolkte oosten te koloniseren en tot bloei te brengen, wat de betekenis was van *Lebensraum* en *Drang nach Osten.*

'Gammele oude kerkjes,' schrijft Willem verderop. 'In [onleesbaar] ben ik er een binnengegaan. Iconen zwart van het kaarsenroet. De pope bleef maar ratelen in zijn dieventaaltje. Eén lucifer, vriend, dacht ik, is genoeg voor dat boeltje van je.'

36

Hugo was bij het derde dagboek aanbeland. Bijna zomer, zowel in Polen 1941 als in Amsterdam 2017. Hij las hoe zijn grootvader bij de grensrivier de Boeg arriveert en zich meldt bij zijn regiment. Warme dagen, 's nachts koelt het maar weinig af. Massale verplaatsing van troepen en materieel, het woelige stof krijgt de kans niet te gaan liggen. Aan de overkant begint het rijk van de rode tsaar, dat zich in al zijn spookachtige oneindigheid uitstrekt tot aan de Zee van Ochotsk. De verte lokt en fluistert in de voorjaarswind. Het veroveraarsbloed zingt in zijn aderen, schrijft Willem in zijn dagboek, hiervoor is hij bestemd geweest. Ruim drie miljoen manschappen zijn samengetrokken tussen twee zeeën voor een korte, hevige vernietigingsoorlog. Ze zijn opgedeeld in de Legergroepen Noord, Midden en Zuid. SS-Divisie Wiking, een gemotoriseerde infanterie-eenheid, behoort tot Legergroep Zuid. Machtig gedruis, de zware motoren van rupsvoertuigen, vrachtwagens en verkenningsvoertuigen dreunen, hele bataljons marcheren af. En paarden, zoveel paarden, het scherpe gehinnik dringt door al het andere heen. Tot laat in de avond zit Willem met een paar kameraden tegen de warme buitenmuur van een schuur. Een boer heeft ze melk, brood en een zij spek verkocht met ganzenvet om in te braden. Het gerucht gaat dat ze naar Kiev zullen afmarcheren. Ze drinken schnaps en praten over de aanstaande overwinning. Willems kameraden dromen van een landhuis op de vruchtbare steppe, waar ze zullen wonen met een vrouw en een sleep kinderen; zover ze kunnen kijken is het land hun eigendom. Ze leren hun kinderen paardrijden op de binnenplaats en brengen de vruchtbare aarde tot bloei. De ss vormt hier een adelsklasse die heerst over de boerenstand; een bevelend ras tegenover een gehoorzamend ras, de natuurlijke orde der dingen. Willem heeft geen belangstelling om herenboer te worden op de steppe, hij zal de verovering van de aarde voortzetten op ander terrein, al weet hij nog niet waar en hoe. Boven hen kromt zich de milde avondhemel, uit het oosten klimt de duisternis op. Nog altijd groeit het leger aan. Motoren grommen in de nacht, lichtstroken vegen over de aarde. Dit leger, het grootste dat de wereld ooit ten strijde heeft zien trekken – onoverwinnelijk, onoverwinnelijk. De aarde beeft.

Nadat 's nachts over de radio het codewoord 'Dortmund' heeft geklonken en *Unternehmen Barbarossa* van start is gegaan, steekt Divisie Wiking de Boeg over om het Russische deel van Polen binnen te trekken. Grensposten worden vernietigd, de tegenstand is niet noemenswaard. In een onafzienbare stofwolk trekken de gemotoriseerde Duitse troepen over de onverharde wegen. Het is warm, in de dorpen worden ze onder bogen van dennentakken en pro-Duitse vaandelopschriften als bevrijders onthaald. De opmars gaat naar Lemberg, de oude hoofdstad van het voormalige Habsburgse kroonland Galicië. 'Een volkomen Europese stad!' schrijft Willem verrast. 'Maar alles vervallen. De opera en het Grand Hotel hadden in Wenen of Parijs niet misstaan.'

Stalins geheime dienst NKVD heeft voor de terugtrekking huisgehouden onder de bevolking van de stad, meest intellectuelen, politici, artsen en leraren, vaak Joods. Met een zakdoek voor de neus passeren zijn kameraden en hij honderden lijken die lukraak op het plaveisel verspreid liggen. Afgesneden, opengereten geslachtsdelen, uitgerukte tongen, gezichten die met zware voorwerpen zijn ingeslagen. *Geen illusies over het eigen lot als we de vijand in handen vallen.* Ook in de gevangenissen van de stad vinden ze stapels verminkte lijken. Walgend slaan de manschappen aasvliegen van zich af.

Buiten Lemberg vinden schermutselingen plaats. De eerste doden, onder wie een Nederlander uit Willems regiment. Ze liggen achter een heuvel, twee dorpen worden ingenomen. *Ons eerste treffen. We tintelden van vechtlust. Ik hield me beter dan gedacht.* Ofschoon het hun verboden is om water en melk aan te nemen van dorpelingen doen ze het toch, na eerst de boerenvrouwen ervan te hebben laten drinken. Bij een put wassen ze met opgestroopte hemdsmouwen het stof en het zweet van zich af en trekken verder richting Tarnopol.

Hugo bekijkt de route tussen Lviv en Ternopil, de huidige namen van Lemberg en Tarnopol in Oekraïne: 135 kilometer, waar je met de auto volgens Google Maps 2 uur en 27 minuten over doet. De videowagen van Google legde de route nog maar kortgeleden af, in juni 2015, in hetzelfde seizoen als zijn grootvader 74 jaar eerder. Hij ziet een gehavende asfaltweg, de bomen in de berm staan in bloei. Daarachter, als je uitzoomt, onmetelijke, glooiende akkers. Wiking heeft het comfort van verharde wegen niet. Stofkolommen zover je kunt kijken, maar dit is het gunstige seizoen, de opmars verloopt in hoog tempo. Ze zijn nog altijd in het Poolse gebied dat in 1939 door de Sovjets is geannexeerd, de Russische grens ligt nog honderd kilometer ten oosten van Tarnopol.

Onder de manschappen verspreidt zich dan het nieuws dat hun commandant Hilmar Wäckerle door een sluipschutter is doodgeschoten. Wäckerle heeft het Westland-regiment opgericht en gedrild tot de geharde gevechtseenheid die het nu is. Hij is een oude vuurvreter, de eerste commandant van concentratiekamp Dachau.

Bij het stadje Zolochiv worden nu tientallen Joden bijeengedreven. Het vuurpeloton richt op de gezichten, omdat ook Wäckerle in zijn gezicht is geraakt. Telkens treden nieuwe slachtoffers aan op de rand van het massagraf en vallen boven op de vorige. Het lijkt een protocol uit een handboek, een door oefening gestandaardiseerde opeenvolging van handelingen. Niemand protesteert, en als er al iemand is die zich afvraagt of het wel juist is wat ze doen, dan zwijgt hij onder de druk van algemene instemming; de meesten zijn volledig doordrongen van de minderwaardigheid van Joden en Slavische volken en de historische juistheid van hun einde. Het vuurpeloton wordt beloond met cognac en sigaretten.

Hun oorlog is een week oud.

Wäckerle wordt met kort ceremonieel begraven op een nabijgelegen landgoed, zijn Stahlhelm op een witgeverfde plank met daarop de woorden *SS-staf. Hilmar Wäckerle. Gefallen am 2 VII 1941.* Met een hart vol wraakzucht trekken ze verder oostwaarts. Overal op de steppe vinden willekeurige executies plaats, de divisie trekt een spoor van dood en verderf door Galicië.

Middag. Rustpauze naast een dode Iwan. Zijn gezicht in het stof, achter in zijn helm een keurig rond gat. Het bederft Willems eetlust niet, hij is na een paar dagen al volledig met de dood vertrouwd geraakt. In de stromende regen nemen ze later die dag Tarnopol in. Het water gutst van de daken en door de goten. De helft van de bevolking van Tarnopol is Joods. Sommigen zijn met de Russen weggevlucht, de meesten zijn achtergebleven. *Ze kregen er flink van langs, maar nog niet zo grondig. Anders werd het toen de knapen van het Sonderkommando arriveerden. Ze hadden zich uitgeleefd in Luck en kwamen het hier nog eens overdoen. De Joden werden aan de baard meegesleept achter de huizen en doodgeschoten. De rabbijn werd aan een toren opgehangen. Het ware soldatenleven is me liever maar er moet korte metten worden gemaakt met de Joods-bolsjewistische elementen in het etappegebied. Het zij zo.*

Hugo stopte met lezen. Het was zover, het gruwelijke dat door Beth was aangekondigd was gebeurd: hij was nu zwart-op-wit aan het uiterste kwaad verbonden door zijn afstamming. Hij zette Dikkie op de grond en liep naar het zolderraam. De iepen stonden vol in het blad, lichtgroen nog; hij was licht misselijk. De stemmen uit het verleden, ze riepen je. Dingen die een mensenziel niet kon bevatten, je blijft in het voorportaal. Voor alles is een tijd en dit is een tijd van vernietigen, van huilen en van rouwen. *Hier woonde Betty Lazar, daar stond de school en daar de synagoge.*

Hij las het fragment nog eens. Zijn grootvader accepteerde het gezichtspunt dat het doden van de Joodse bevolking een noodzakelijke handeling was, het opschonen van het terrein. *Het zij zo.* Hun doodsengel, dacht Hugo, hun *Meister aus Deutschland* is een man met mijn gezicht.

Waarom had zijn grootvader zijn dagboeken niet verbrand toen duidelijk was dat de oorlog verloren zou gaan worden? Of de pagina's die van zijn bijdrage aan de massamoord getuigden eruit gescheurd? IJdelheid? De overtuiging dat zijn blik op de geschiedenis van belang was?

Hugo denkt aan zijn vader. Ook hij heeft de dagboeken gelezen, dat kan niet anders, ze komen immers uit zijn huis vandaan. Hij moet ze gelezen hebben. Hij heeft geweten van zijn vaders betrokkenheid bij oorlogsmisdaden en het giftige zwijgen willens en wetens voortgezet. De infectie had zich over de generaties uitgebreid.

Marnix' telefoon gaf een vreemd signaal. Later die avond appte zijn oude vriend terug. Hij was veertien dagen op Mallorca met zijn zwangere vriendin. Hij zou hem bellen zodra hij terug was.

37

De wegen zijn opgedroogd wanneer Wiking Tarnopol achter zich laat. Tussen golvende akkers en zonnebloemvelden stroomt de colonne naar het oosten. Een brede rivier van vrachtwagens, kanonnen, verkenningsvoertuigen, paarden, manschappen. Gevechten, zwarte rookpluimen aan de horizon. Het station van de grensplaats Husiatyn is bezaaid met doden, achtergelaten door Stalins geheime dienst. In een kapotgeschoten postkantoor liggen ze met tientallen dooreen, mannen, vrouwen, kinderen. Voor de deur zit een man met een half weggeschoten hoofd. Iemand heeft een sigaret tussen zijn lippen gestoken.

Eindelijk steken ze de grens over. *Rusland! De bastaardhorden zijn stiften gegaan.* Hun komst wordt aangekondigd door een hoge stofwolk. Dorpen waar ze op verzet stuiten worden schoongeveegd en platgebrand. Joden, partizanen en krijgsgevangenen worden gedood. Er is geen bevel toe gegeven, vanaf de eerste dag is duidelijk dat het oorlogsrecht niet zal gelden. Ook het lukraak doden van weerlozen is vast onderdeel van hun handelingen, zwakzinnigen en mismaakten krijgen een nekschot. Als om zich te verantwoorden schrijft Willem dat het aan weerszijden zo toegaat. 'In een bos vinden we een *Spähtrupp* die de vijand in handen is gevallen. Mannen aan bomen vastgebonden, de ogen uitgestoken, uit hun mond steekt het afgesneden geslachtsdeel.'

De eerste serieuze tegenstand krijgen ze van de gevreesde Stalingarde. Onbeschrijflijk kanongebulder rolt over de aarde. Voor het eerst is hij bang, schrijft hij. Orders gaan verloren in het trommelvuur. Aardkluiten vliegen hem om de oren bij granaatinslagen, het lijkt of zijn ingewanden aan de wandel gaan. Rupsvoertuigen vermalen de lijken op hun weg. De Russen komen in drommen, heel primitief naar zijn idee. Ze stormen uit hun schuilplaatsen en worden in onvoorstelbare hoeveelheden neergemaaid. 'Oogsten', noemt hij het. Naast hem wordt de Nederlander Waterbolk in zijn hals getroffen. Willem roept om de *Sanitäter* maar hij bloedt onder zijn handen dood. *Ik had hem onder mijn hoede in de Standaard. Een eenvoudige knaap, sterk als een os, het ideaal toegewijd. Ik heb zijn ouders in Veere geschreven dat hij onder zwaar vuur onbevreesd zijn plicht deed en de heldendood is gestorven.* De Rus verweert zich boven verwachting maar de overmacht is te groot. Na twee dagen trekt de vijand zich terug en verdwijnt spoorloos in de vlakte.

Uit de radio's in Duitsland stromen onophoudelijk de Russische verliezen, schrijft Frieda Seeghers van Rhijn hem. Luid klinken de namen van de veroverde steden die het bloed van de thuisblijvers verder opjagen – Grodno, Dunaburg, Kowno, Wilna, Lemberg…

Maar zij, de krijgers van de steppe, worden nog maar zelden op brood en zout onthaald, het traditionele Russische welkomstgebaar. Ze ruilen garen en lijfgoed voor eieren, vlees en melk. *Dit is nu het leven onder Stalin, van alles niets. Tweehonderd jaar terug in de tijd, dat is de Russische boer. Het collectivisme heeft hem niets gebracht, alleen maar dieper in de ellende en de horigheid gedrukt. Gedwee laat hij zich voortdrijven onder de zweep van het bolsjewisme, maar geef hem een geweer in handen en een Germaan tegenover zich en hij weert zich als een duivel.*

Op goede dagen boekt de colonne tot honderdvijftig kilometer terreinwinst. Ten zuiden van Kiev, eind augustus, wordt bijna het hele Russische zuidwestelijke front ingesloten. *De eindoverwinning ligt voor het grijpen, nog voor de winter zullen we thuis zijn!* Duitsland zal hen onthalen met wapperende vaandels en trompetgeschal, met het ene vat bier na het andere en een blozende meid op elke knie.

Zeshonderdduizend Russen verdwijnen in geïmproviseerde krijgsgevangenkampen in de steppe. Eindeloze drommen voortsjokkende mannen. Hoe die moeten worden bevoorraad is hem een raadsel. *Laat ze elkaar maar opvreten. Daar hebben ze onder kameraad Stalin ervaring mee.*

Wiking wendt zich naar het zuidoosten. In Dnjepropetrovsk wordt een bruggenhoofd gevestigd op de oostoever van de Dnjepr. De bruggen over de rivier zijn opgeblazen. De twaalfhonderd meter lange noodbrug wordt elke dag door Russische artillerie bestookt, 's nachts lappen genisten haar zo goed mogelijk weer op. Ze zijn onbeschut, een storm van vuur en ijzer ontlaadt zich boven hun hoofd. Driehonderd soldaten per dag verslindt de brug. Vaak raakt ze zo beschadigd dat de aanvoer voor de oostoever in gevaar komt. Daar heeft Wiking zich ingegraven in loopgraven en kelders. Permanente beschietingen, de verliezen zijn immens. Drukkende zomerhitte, als voor het onweer; uit het niemandsland waait de geur van ontbinding ze in de neus. Zeer gevreesd zijn de Mongoolse scherpschutters. 'Loopgravenoorlog, het ene kopschot na het andere,' luidt een van Willems summiere aantekeningen begin september. 'Verhulst met *Panzerschreck* afgevoerd. Gek werd je van het geschreeuw. Voor de krijg ongeschikt.'

Zodra de artillerie zwijgt begint het vuurgevecht. 'De Tataar in de ogen gekeken,' schrijft hij. Bij elke aanvalsgolf klinkt luid het *Hurrah!* wanneer de Russen zich blind naar voren werpen in de lijkenblubber. Willem is nooit een overmatige drinker geweest, hij wordt het in de loopgraven van Dnjepropetrovsk. *Schnaps helpt wanneer je je pioniersschep in Iwans gezicht moet stoten in het man-tegen-mangevecht.*

Op 5 september meldt hij een voltreffer op een bunkeringang. *Klompen vlees overal. Niet meer te zien wie wie is.* Pas tegen het einde van die maand worden de Russen bij Dnjepropetrovsk verjaagd.

Zes weken was de gemiddelde tijd die een soldaat aan het front doorbracht voordat hij gewond raakte of gedood werd, maar na drie maanden frontervaring had Hugo's grootvader nog nauwelijks een schrammetje opgelopen. Hij heeft, schrijft hij, een engeltje op zijn schouder. In oktober ontvangt hij veldpost van Frieda Seegers van Rhijn. Ze schrijft: 'Willem, jongen lief, je weet niet half hoezeer ik mij voor jou verheug! Ik heb altijd gewenst dat je dit mee zou kunnen maken. Allen die deelnemen aan dit grote gebeuren zijn met recht pioniers en banen een weg voor de noordelijke stammen. Het Oosten vraagt ontzettend veel offers, maar jij zult erdoorheen komen, dat voel ik, omdat jou nog een grotere taak te wachten staat. Een trots gevoel heb ik steeds over jou. Je zult aan fierheid winnen en zó klaar zijn voor een nieuwe strijd in de opbouw.'

Niet één brug wordt gespaard op de dolle vlucht van de Russen. Onvermoeibaar zijn de inspanningen van de genie om noodbruggen te bouwen. Onderwijl vissen de mannen in de rivier met steelgranaten of werken hun correspondentie bij; soms vermaken ze zich met het doodschieten of ophangen van Joden en partizanen. Met boxcameraatjes van Zeiss, Agfa of Leica leggen de manschappen de executies vast alsof ze op een reisje naar de Harz zijn. De rolletjes worden naar het vaderland gestuurd en daar ontwikkeld.

Thuisblijvers kijken op hun gemak naar geknakte hoofden aan een touw en de gevangenen die met hun handen op hun rug gebonden in kuilen tuimelen. Aan de gezichten van de omstanders is de sfeer van goede luim af te lezen. 'De grens tussen soldaten en civilisten is verdwenen,' schrijft Willem tijdens een oponthoud nabij Pavlograd. 'Wie je vandaag laat lopen schiet je morgen in de rug. Kinderen met een granaat onder het hemd. Vrouwen niet uitgezonderd, over partizanes horen we dat zij hun baby nog zullen kelen als die de schuilplaats dreigt te verraden. Deze furies worden het eerst aangepakt. Uiterste hardheid.'

De divisie jakkert voort over lege stofwegen en door inderhaast verlaten dorpen en kolchozen. Vol graan en zonnebloemen staan de velden, de wegen zijn bezaaid met geblakerde voertuigen en achtergelaten tractoren. De verwoesting van fabrieken, machines en bruggen vervult de jonge ingenieur met dieper leedwezen dan de alomtegenwoordige dood. Hij weet hoeveel moeite het kost om een moer, krukas of tandrad te produceren, het verfijnde proces van grondstoffenwinning, productie en transport; alles tevergeefs.

Hugo stond op. Bij het raam keek hij uit over de donkergroene boomkronen. Het is ons Adema's eigen, denkt hij, om meer deernis te voelen met vernielde voorwerpen dan met dode mensen. Zoals zijn grootvader zich sterker bekommerd had om verwoeste bruggen en fabrieken, was hijzelf sterker begaan geweest met de verpulverde Boeddha's van de Bamiyanvallei dan met de slachtoffers van 9/11 – een griezelig familietrekje al met al.

Over de steppe gaat het richting Rostov. Wiking is het gezicht van de nieuwe oorlog, een snelle, gemotoriseerde infanterie-eenheid met grote slagkracht, maar in haar staart hompelt de oude oorlog te voet en op de hoef. In het kielzog van het superieure aanvalsleger zwoegen de paarden voor de panjewagens met voedsel, munitie, brandstof en reserveonderdelen, net als in de tijd van Alexander de Grote of Napoleon. De paarden zweten, het leer van het tuig kraakt; de wagens kreunen in de harde, uitgestulpte sporen van de vrachtwagens en rupsvoertuigen. 'Hi-ja!' schreeuwt de voerman, en laat zijn zweep knallen boven de paardenruggen. 'Hi-ja!' Zelfs deze moderne oorlog is eerst en vooral een oorlog van paarden.

In oktober begint de regen. De verschrikkelijke, onafgebroken regen, de *raspoetista*, die de wegen van de ene op de andere dag verandert in pasteuze drab. De opmars loopt in de modder vast. Wat een droevig aanzien biedt opeens dat zegevierende leger, hoe weinig is er plots nog over van de geroemde *Sauberkeit* van de Duitse soldaat. Laarzen en textiel worden niet meer droog, de huid raakt met zweren overdekt, iedereen zit onder de luizen. Een groot deel van de tijd gaat heen met het bevrijden van vastgelopen voertuigen.

Het is het einde van de opmars in 1941. Er wordt nog altijd hevig strijd geleverd om Rostov, de zuidelijke havenstad aan de Don, maar verder oostelijk zullen ze dat jaar niet komen. De industriesteden Taganrog en Marioepol aan de Zwarte Zee worden nog ingenomen. Ook hier gaan huizen met de Joodse bewoners erin in vlammen op. 'Wij waren in Taganrog achtergebleven,' schrijft Willem, 'maar toen wij dagen later Marioepol binnenreden was de *Erschießung* nog altijd gaande. Aan de rand van de parkvijver werden ze in rotten afgeknald. Zij die nog leefden klauwden naar adem onder de doden. Ondraaglijke stank. Het uitverkoren volk. Waar is nu hun God van Israël?'

Hugo hield het niet langer uit in één ruimte met die stem, het afgrijselijke dat zijn grootvader hem te vertellen had. Hij ging naar buiten, een warme voorjaarsdag in. Zijn verjaardag op 12 juni was haast ongemerkt voorbijgegaan. Zijn broer en hij hadden elkaar gefeliciteerd, verder berichten van zijn ouders, bloemen van zijn agent en de jaarlijkse fles Bollinger van Joop van Caldenborgh. Hij schrok een beetje van de hoeveelheid mensen op straat. De toeristen leken zich door de warme dagen als vliegen te hebben vermenigvuldigd. Daarboven, hoog in zijn zolderverblijf, had hij in een andere tijd geleefd, hierbuiten was zijn eigen tijd gewoon doorgegaan, getuige de menigte op zijn stoep. Meest Spanjaarden of Italianen leek hem, afgaand op de pastelkleurige shorts met harige benen en instappers met lovertjes eronder, die zich kwamen vergapen aan weer een dode Europese hoofdstad waar onder de historische façade de destructieve platformeconomie van Uber, Booking en Airbnb zoemde.

Verward liep Hugo rond om zich met zijn lichaam en zijn tijd te herenigen. De terrassen op het Spui puilden uit. Onder de iepen was het koel. Niet veel later vond hij zichzelf terug in de Damstraat. Daar verdichtte de mensenmassa zich nog. Hij hield niet van de zoete walm die uit de coffeeshops dreef, net zomin als van de wezenloze blowers en de dreigende stompzinnigheid van bezopen Britten die hier hun *stag parties* vierden. De Damstraat was een goede plaats om te ontwaken in je eigen tijd. Hij zag mensen op terrassen verzaligd zuigen aan sorbets met lichtroze en groene schuimpjes erop. *Volwassen* mensen. Ze hadden stemrecht, ze mochten autorijden. Ze aten kindereten en kochten kinderdingen (hij zag *badeendjes*, een hele winkel vol). Gelukkige kinderen met een kinds geluk. De crisis van de westerse wereld, zo kwam het hem opnieuw voor, was een crisis van de onvolwassenheid, we weigerden nog langer op te groeien. Forever young – de diepste wens van de hippies was alsnog uitgekomen. En de 71-jarige hyperinfant Donald Trump, alweer vijf maanden in functie, was van deze ontwikkeling de natuurlijke uitkomst. De rancuneuze woede van zijn *volgers* – wat kiezers vandaag de dag toch vooral schenen te zijn – leek Hugo vooral een kinderlijke woede, die een rebellie van onvolgroeide menselijke wezens had aangevuurd.

De plagen van de Damstraat, met haar symfonie van suiker en vet, zetten zich onverkort voort in de Oude Doelenstraat. De fascisten en de nationaalsocialisten hadden het jonge lichaam vereerd, in deze tijd was daar nog de verering van de juveniele geest bij gekomen. De infantiele mens was nu compleet, baby-Frankenstein voltooid, dat bastaardkind geboren uit de *deutsch-amerikanische Freundschaft*. Ja, de wereld werd steeds jonger.

Hij was op de Jodenbreestraat terechtgekomen. Hij salueerde naar het Rembrandthuis en stak even later de Amstel over op weg naar huis. De grachten lagen vol bootjes waarop hij jonge mensen in diverse stadia van ontkleding zag. Meisjeslichamen die glinsterden in de zon. Echt glinsterden, zoals polyurethaan glinstert. Ze waren adembenemend. Vlees is leed, zeker, maar niet altijd.

38

Eens per week ging hij op bezoek bij zijn nieuwverworven tante, in wier verstoorde werkelijkheidsbeleving hij nog altijd haar vader scheen te zijn. Ze tekenden en schilderden samen, soms las hij haar voor, uit steeds dezelfde boekjes, ze had niet veel nodig in het leven. 'Nonna!' riep ze verrukt wanneer hij het *Dora*-boekje pakte. 'Dora heeft een leuke dag,' begon hij. 'Nonna!' riep ze weer. *Kikker* van Max Velthuijs werd heel anders begroet. 'Kikke,' zei ze zacht en dankbaar wanneer hij daaruit voorlas. Het was duidelijk dat Kikker een ander deel van haar gevoelsspectrum aansprak. Dat kon hij begrijpen want Dora was een eendimensionaal trutje met een soort hysterisch Amerikaans optimisme, waar Kikker een vriendelijke artistieke natuur bezat.

Bij Vlieger aan de Amstel had hij voor Geertje verf en penselen gekocht, en een grote doos Caran d'Ache-tekenpotloden, die na elk bezoek werd weggeborgen omdat ze zichzelf anders verwondde. Waskrijt was veiliger voor haar, ook al at ze dat soms op. Haar lach van groene of paarse tanden was afschuwelijk om te zien. Aan de tafel voor het raam had Hugo de binnentuin van de inrichting in bloei zien komen. Nu stonden de tuindeuren open. Op haar vaste plek tussen de hortensia's stond een vrouw met verstrengelde handen ritmisch te wiegen. Anderen waren in de tuin aan het werk. 'Carlo!' klonk soms een stem. Hugo tekende een bij met gouden banen op haar rug. Aandachtig volgde Geertje de bewegingen van zijn hand. 'Dah!' zei ze, en timmerde met haar vuist op tafel. 'Komt eraan,' zei hij, 'niet zo ongeduldig jij.' Hij gaf de bij een lachend gezichtje. Geertje was pas tevreden als hetgeen hij tekende, wat dan ook, zo'n gezichtje had. Ze greep een potlood en begon te kliederen. Hij hoorde de punt van het potlood breken. Soms had hij de indruk dat ze probeerde zijn tekeningen na te bootsen, ook al bleven het woeste uitbarstingen van strepen en kleuren. Ze smeet haar temperament echt op papier. Toen ze klaar was schoof ze het papier bruusk van zich af. 'Heel goed, Geertje,' zei hij. 'Prima outsider art.'

De tafel vulde zich met vellen papier. Een bromvlieg vloog door de tuindeuren naar binnen en vond na een paar rondjes door de kamer weer zijn weg naar buiten. Hij tekende stieren, een Van Gogh-achtige sterrenhemel, goudgeschubde vissen en gezonken schepen voor haar. 'Wist jij, Geertje,' zei hij boven een nieuw vel papier, 'dat er schilders zijn die niet van tekenen houden? Ze houden niet van de lijn die op het papier verschijnt, die zich verbindt met andere lijnen tot er een voorstelling ontstaat, of wat dan ook. Ze hebben talent, sommigen zijn zelfs heel beroemd, maar ze houden niet van tekenen, van de lijn op papier, de geur van potloden.' Hij rook aan de vers geslepen punt van het potlood in zijn hand. 'Zeg nou zelf,' zei hij, 'wat ruikt er nou lekkerder dan dit?' Geertje zat te krassen alsof haar leven ervan afhing. Hij had zich erover verbaasd hoe vlug hij aan haar uiterlijk gewend was geraakt. Al na een paar bezoeken was het niet meer of hij naar een specimen van een vreemde, angstaanjagende ondersoort keek, en leerde hij haar te zien voor wie ze was. Wat een vreemd ding was familie – wat een ongemakkelijke, diepe onderstroom van gemeenschappelijke kenmerken en eigenschappen die soms opdoken en weer verdwenen; ook in haar zag hij sporen van verwantschap, die op een verwrongen, karikaturale manier aan de oppervlakte kwamen.

Hij had zijn broer verteld waar hun nieuwbakken tante verbleef, maar Willem leek niet van plan haar te ontmoeten. Het was beter zo. Nog een evenbeeld van haar vader zou haar erg van slag maken. Ook hun vader kwam nooit op bezoek. Hugo was, wist hij van Bondine, het eerste familielid dat haar in jaren had bezocht.

Weer schoof Geertje een vel papier aan de kant. Hij gaf haar een nieuw en zei: 'Weet je wat Michelangelo tegen een leerling zei? "Tekenen, Antonio, tekenen, en niet je tijd verdoen."'

'Bah-bah,' zei Geertje afwezig.

'Dat ook,' zei hij.

Een klop op de deur, Bondine die Geertje kwam halen voor het middagmaal. Tevreden overzag ze de tafel. 'Wat kun jij toch mooi tekenen,' zei ze tegen hem. Ze bekeek de vellen een voor een. 'Echt heel mooi. Goh.'

'Tekenen is leuk,' zei hij.

'Dat vindt Geertje ook hè?' zei Bondine tegen haar. 'Maar nu moeten we even gaan eten.'

'Dah,' zei Geertje.

'Carlo!' riep de stem buiten. Hugo bleef in de kamer achter tot ze zouden terugkomen. Boven tafel gebogen zat hij te tekenen en registreerde vaag de klepperende eksters die kwamen foerageren nu de bewoners naar binnen waren, en blikkerige kerkklokjes verder weg. Boven het bloemenperk voor Geertjes tuindeuren klonk een veelstemmig, monotoon gezoem. Vlug ging zijn hand over het papier. Uitgestrekte landschappen, menselijke gestalten in berkenbosjes, bungelend tussen de gevlekte stammen. *Aan de horizon verscheen een panjewagen. Een man klom eruit. Hij begon een kuil te graven. Toen klonk een schot en viel hij voorover in de kuil.* Donkere strepen in beeld, de grijzen, als vuil of druppels op de lens. Het paard dat niet opkijkt als de man schuin in het gat valt. En de sneeuw. Sneeuw heeft iets anders nodig om sneeuw te worden, een grijze hemel, het dak van een huis, een executiepeloton. Hij bestreek het papier met een nat penseel en bracht het grijs van de hemel aan. Pas later, als het opgedroogd was, zou duidelijk worden hoe de sneeuw had uitgepakt. Op de volgende tekening waren twee staande figuren en een man die voor ze knielde te zien. *De Jood kwam als een geslagen hond op de Kompaniechef af. Hij wees ons waar we zijn vrouw en kinderen konden vinden, als we hem maar zouden sparen. Te vies om met een tang aan te pakken. Bringt ihn nach hinten, zei de Kompaniechef.* Schemering, sneeuw, modder. Vuilgrijze paden tussen de lage huizen. *De temperatuur gaf die nacht -43 aan. Naakt en steenhard bevroren stonden de mensenbeelden in de sneeuwvlakte. Sommigen knielden, sommigen hadden hun mond open, een schreeuw in de keel gestokt. Op hun tong stond ijs.*

Tegen de tijd dat Bondine en Geertje terugkwamen had hij een stapel Goya-achtige schetsen klaar waarvan hij wist dat ze de basis waren voor nieuw werk. Een serie. Hij zag haar duidelijk voor zich. Het onderwerp had al die tijd verborgen gelegen in zijn grootvaders dagboeken, nu had het hem gevonden.

39

Voor de winter heeft Wiking zich teruggetrokken achter het riviertje de Mius. Rostov is opgegeven door haperende bevoorrading. Het is de eerste keer dat de divisie zich terugtrekt, Willem schrijft dat er manschappen huilen wanneer het commando gegeven wordt.

Begin december daalt de temperatuur plotseling twintig graden. Ze graven zich in, met explosieven worden schuttersputten, loopgraven en bunkers in de bevroren grond gemaakt. De bevolking wordt van haar wintervoorraden beroofd, het vee weggevoerd. Op 5 december wordt Willem Adema in zijn bil geschoten wanneer hij boven de latrine hangt. Tot dan toe zijn de latrines aan weerszijden ongemoeid gelaten zodat deze daad wordt beschouwd als een barbaarse schending van de frontmores. Hij wordt afgevoerd naar een lazaret in Stalino, het voormalige Yuzivka. Hij is blij voor even verlost te zijn van de grimmige kou van de steppe van het Donetsplateau en schrijft ironisch: 'Cadeautje van de Sint'. Het eten is goed, zijn verwonding is licht vergeleken bij die van veel anderen op zaal, onplezierig is alleen dat hij almaar op zijn buik moet liggen. Hij ziet mannen met een weggeschoten kaak, zonder neus, anderen zijn blind en krankzinnig geworden. Hier ontbreekt een hand, daar een been, sommigen hebben zulke kraters in hun lijf dat je je afvraagt hoe het in hemelsnaam mogelijk is dat ze nog leven; als deze oorlog voorbij is, schrijft hij, zal er niet één hele man meer bestaan. Met een kussen onder zijn buik werkt hij zijn aantekeningen uit en stuurt brieven naar zijn ouders, Wimie en Frieda Seegers van Rhijn.

Na een paar dagen in het lazaret volgt het weerzien met Frederik van Foreest, wiens schouder bij een aanval is verbrijzeld. Ze zijn in verschillende compagnieën ondergebracht en hebben elkaar sinds Sennheim maar één keer in het voorbijgaan gezien. Van Foreest is nog magerder geworden dan hij al was en heeft een doodse blik in zijn ogen. Hij heeft hier geen toegang tot Pervitin, verklaart hij zijn beroerde gesteldheid, de Stuka-tabletten die grif worden verstrekt aan het front om de manschappen fel en wakker te houden.

In zijn peloton heeft Willem mannen door het gebruik van Pervitin zien veranderen in meedogenloze moordmachines, maar ook in sidderende wrakken met wie geen land meer te bezeilen is, het kan alle kanten op met dat spul. De verwonding van zijn oude kameraad is er zelfs mede door veroorzaakt: overmoedig had hij zich uit zijn dekking opgericht om een steelgranaat te werpen. De granaat had gelukkig zijn hand al verlaten toen hij geraakt werd, anders had hij nu ergens in de steppegrond gelegen onder een plankje met zijn helm erop. Langzaam keert er weer wat leven in Van Foreest terug, ze praten over hun bestaan vroeger en de ervaringen aan het front. 'Ik kon nog geen kip doodmaken,' zegt Van Foreest naast zijn bed, 'en nu... Ik herken mezelf niet meer. Ik leidde een geestelijk leven, jongen, een geestelijk leven, ik zeg het je. Nu ben ik een frontrat, ik dans op de doden.' Willem probeerde hem moed in te spreken met vergezichten, hoe dit land een Hof van Eden zal zijn, *besiedelt* met Germaanse kolonisten. Hij roept de fantasieën op die zijn kameraden elkaar daags voor de inval voorhielden, hoe Van Foreest een landhuis in de steppe zal bewonen en zijn zoon zal leren paardrijden op de binnenplaats terwijl er heerlijke etensgeuren uit het huis drijven waar zijn vrouw het huishouden bestiert. Droevig kijkt zijn vriend Willem aan. 'Ik heb ze in de ogen gekeken, Wim,' zegt hij, 'en ik zag iets anders, iets wat wij niet bezitten. Zij vechten ergens voor, wij alleen maar ergens tegen.' Hij schudt zijn lange hoofd. 'Niemand van ons keert hier levend van terug, ik zeg het je.' Willem maant hem deze gedachten voor zich te houden, op twijfel en lafheid staat het vuurpeloton, maar hij is niet te houden. 'Ik geloof er niet langer in! Dit is een zelfmoordmissie, Wim, we veroveren leegte, de leegte zal ons allemaal opvreten. De Russen waren het vergeten maar ze hebben het zich herinnerd, wat léven is, door ons. Ze vechten zich dood als het moet, ze laten zich zonder protest vermorzelen tussen ons en vadertje Stalin, omdat ze echt geloven in het vaderland.'

Hun gesprekken zijn voor de anderen op zaal gelukkig onverstaanbaar, noteert Willem, die zelf nog volop in de overwinning gelooft. De militaire overmacht is immers enorm, al heeft zijn vriend gelijk dat Moskou al vlug na de inval ingenomen had zullen worden, waarna de rest van het land ze als vanzelf in handen zou vallen. Maar Moskou hield stand, de Rus beschikt over raadselachtige, onuitputtelijke menselijke reserves waardoor hele legers van de ene op de andere dag vervangen kunnen worden. En nu gaan er kostbare maanden verloren aan het front terwijl achter de horizon de vijand zich hergroepeert en aangroeit tot onbekende sterkte, het is om gek van te worden.

Zijn wond geneest goed, na twee weken loopt hij alweer. Van Foreest en hij schaken en maken korte uitstapjes, het hek van het hospitaal door, een rondje door het park en dan vlug terug, de kou snijdt gemeen. Zijn grootvader, leest Hugo, spuugde op de in de stad gelegerde Italiaanse troepen. Operettesoldaten. Hugo herinnerde zich hoe teleurgesteld zijn grootvader in Tarente was geweest over de Italianen. Hier was het nog erger: hun moreel is laag en ze hebben, heeft Willem horen vertellen, zelfs erotische magazines bij zich. Van Foreest, zijn arm in een mitella, heeft gehoord dat ze hun vuurwapens met de bevolking ruilen voor schnaps. Een waardeloos zootje ongeregeld, besluiten ze, waarmee ze de oorlog niet zullen winnen.

Het afscheid nadert, Willem is bijna weer *kriegsverwendungsfähig*. Oudjaar vieren ze nog samen, met een borrel en een sigaret. Een paar dagen later keert hij terug naar het front, in de hoge, witte entreehal van het hospitaal nemen ze afscheid. Hij drukt Van Foreest op het hart zijn twijfels voor zich te houden, het *Kriegsgericht* straft nietsontziend bij tekenen van defaitisme. Van Foreest lacht en zegt: 'Ik wacht op Iwans volgende treffer en daarna ben ik geschikt voor een kantoorbaantje in Holland.'

Willem helpt het hem hopen. 'Tot weerziens, Wim!' klinkt even later Van Foreests stem in zijn rug, maar hij weet zeker dat ze elkaar voor het laatst hebben gezien.

De Reichswetterdienst heeft een zachte winter voorspeld, ze zijn gekleed op een zachte winter, maar het is al meteen vanaf het begin een van de zwaarste winters van de eeuw. De bevoorradingstroepen lopen vast in de zes meter hoge sneeuw, soms zitten ze dagenlang zonder eten, schnaps, rokerij of post. De temperatuur daalt tot onder de veertig graden. Willem heeft vorstbuilen op zijn benen, voor het potkacheltje in de commandobunker ziet hij de etter over zijn schenen lopen. Bij anderen bevriezen vingers, oren, voeten en zelfs oogleden. De bunkers liggen vol mannen met necrotische bevriezingswonden; het stinkt daarbinnen naar rottend vlees. Het doet geen pijn als er een bevroren teen in de laars achterblijft, weet hij nu. Zelfs de zieken worden naar buiten gejaagd om hun uitgeputte kameraden af te lossen, met hun wonden omzwachteld met lappen strompelen ze de nachtelijke kou in, bij sommigen steken de botten door het vlees.

Het geluk is met hem wanneer hij op een dag een dode Rus vindt, die hij zijn viltlaarzen afneemt. Dit kan, schrijft hij, het verschil betekenen tussen leven of dood. Later komt een verkennerstroep terug met de onderbenen van een bevroren Tataar die ze in het bos hebben gevonden. Toen ze zijn laarzen niet hadden uitgekregen, hadden ze zijn onderbenen afgezaagd om ze bij de kachel in de bunker te laten ontdooien. Hij schrijft: 'Kostbaarder dan goud zijn in deze vervloekte kou een paar goede laarzen of een bontgevoerde Russenjas. De vijand kent de koude, hij heeft zich ertegen gewapend. Mij gaat het wat beter dan de meesten. We leven op brood en zuurkool. Voor de officieren schiet er soms wat extra's over. We hebben zweergaten op onze benen en vorstbuilen overal. Mulder haalde bij het ochtendbrood een tand uit zijn mond. Een hoofdstuk apart zijn de luizen. In de kou houden ze zich koest, maar o wee als je in de buurt van een kachel komt, dan roeren ze zich met honderden tegelijk over je body. Afgrijselijke jeuk. Uren achtereen knakken we schildjes onder onze nagels. Onder het pantserknakken vervloeken we onophoudelijk Stalin. Elke luis is Stalin.'

Er zijn luizen met een rode streep en luizen met een zwarte streep op hun rug, geïnteresseerd volgt de Untersturmführer de pogingen van een Drent en een Vlaming om een nieuwe soort te kweken in een luciferdoosje.

In februari is de wanhoop zelfs bij Willem op haar hoogtepunt. Iedereen is mager en ziek, velen lijden aan Wolhynische koorts. Ze zullen nooit meer iets anders zien dan deze klamkoude bunkers, schrijft hij, het landschap van sneeuw en ijs. Stijf bevroren zijn de hemel en de sterren. Bij zijn ronde 's nachts tuurt Willem in de glazige blauwwitte kou naar de silhouetten van versplinterde bomen in het niemandsland. Een wacht trekt zijn aandacht – in de zwevende duisternis is nu werkelijk beweging te zien. Een donker object met onvaste contouren nadert de stelling. Bidden dat bevroren wapenolie de machinepistolen niet laat haperen. Het is, zien ze als het de loopgraaf nadert, een gezadeld Russisch paardje. Het sjokt door de diepe sneeuw op ze af. Er gaat een spookachtige dreiging van uit. In Willems delirische staat van honger en uitputting betekent dit paard een onheilstijding, een hand die *mene mene tekel ufarsin* op de wand schrijft. Een wilde angst voor de absurde weerloosheid van het paardje bevangt hem. Honderden zieltogende paarden en kadavers heeft hij langs de stofwegen zien liggen, monsterlijk opgezwollen en een weeë, zoete stank verspreidend, met uitstulpend rectum en maden die in golven de lichaamsopeningen verlieten, zonder dat hij daar andere gevoelens dan walging bij had, maar dit is anders, dit paard is de dood. Stap voor stap komt het dier op hen af, tot aan zijn buik in de sneeuw, klaar om hem zijn gevreesde boodschap over te brengen. Verderop glijdt met een suizend geluid een vracht sneeuw van een boomtak. Ze richten hun wapens. Nog een paar passen. Nog twee, nog een. Op Willems commando openen ze het vuur. Het wordt onmiddellijk beantwoord van de overzijde. Het dier valt opzij, siddert en sterft. Het wordt de loopgraaf in gesleept en met dolken geslacht. Dagenlang vreten ze zich zat aan het vlees maar Willem neemt om redenen die hij niet kan begrijpen zonder vreugde deel aan het feestmaal van sappige paardenbiefstukken.

40

Hugo laadde de Land Cruiser vol met schilderspullen, een matras en slaapgerei, waaronder een donzen Nomad-slaapzak, een Nespresso-apparaat en een elektrische koelbox. Hij haalde de meditatiemat en het kussen van zolder. Dikkie Dik ging mee in een reismand die hij voor hem had gekocht en als laatste tilde hij twee dozen met boeken uit Beths bibliotheek in de auto. Hij activeerde het alarm, draaide de voordeur in het slot, negeerde de tierende pakketbezorger in zijn bestelbus en reed de stad uit.

Eind juni, terug naar Oostraven.

De sleutel van het koetshuis hing aan het sleutelrek in de keuken, op dezelfde plek waar hij hem tweeëntwintig jaar geleden voor het laatst had teruggehangen. De kokkin was niet dezelfde, deze heette Joke, kwam uit Katwijk en vroeg of hij tussen de middag wilde mee-eten.

Het koetshuis was in de tussenliggende jaren volgelopen met rotzooi, zodat hij de rest van de ochtend bezig was het leeg te ruimen. Bij Goedman in Den Haag bestelde hij tien linnen doeken van verschillend formaat. Ook al was de wereld in de tussentijd onherkenbaar veranderd, Goedman verkocht onverstoorbaar kunstenaarsbenodigdheden zoals het winkelbedrijf dat ook dertig jaar geleden al had gedaan toen hij met Beth was binnengelopen om er verf en papier te kopen. Bijna nooit hield de wereld haar adem voor je in, Goedman was een gelukkige uitzondering. Hij wilde hier op het landgoed dicht bij zijn onderwerp zijn, maar het was ook een terugkeer naar zijn begindagen als schilder, vol overmoed en onvermogen.

Hij droeg alles uit de auto het koetshuis in. Dikkie Dik snuffelde een tijdje rond en nestelde zich toen op de matras in de hoek. ‘Goed zo, Dikkie,’ mompelde hij. ‘Wherever I lay my cat is my home.’

Aan een geïmproviseerde schraagtafel zou hij het lezen, overtypen en inspreken van de dagboeken voortzetten; hij stalde zijn laptop, een kleine printer en de geluidsapparatuur uit. Hij had een verzameld audiobestand van een uur of vijf nu, waarin de jonge Willem Adema onafgebroken aan het woord was. Hem kende hij intussen zoveel beter dan hij zijn grootvader ooit gekend had. Het lukte hem nog steeds niet om de soldaat in verband te brengen met de onkreukbare man uit zijn jeugd of de goeddeels afatische honderdjarige van vandaag. Hoe meer je weet, hoe raadselachtiger het wordt, was een van Marnix’ geliefde uitspraken – Hugo miste zijn oude vriend opeens met grote kracht. Hij zou nu wel bijna vader zijn.

Om iets voor halfeen liep hij naar het grote huis. Hij was er als eerste, in de eetkamer was de tafel al gedekt. Hij keek onder de deksels van de schalen, Goudhaartje in het huis van de beren. Stoofvlees, aardappelen, sperziebonen, Joke was duidelijk een vrouw van de gestampte pot.

Hij ging zitten en overzag de kamer. Ook hier was een haard, al kon hij zich niet herinneren dat er ooit een vuur in had gebrand. Boven de schouw hing een zeegezicht van de Slag bij Solebay. De wandbespanning van Turks-rode damastzijde boven de lambrisering had een patroon van ranken en pioenvormige bloemen; hij ging altijd een beetje scheel kijken van al die symmetrie. Elke kamer in huis was uitgevoerd in een andere kleur en met een ander dessin. De salon was de gouden kamer, de bibliotheek de blauwe enzovoort. Het was nogal deprimerend, al zouden de meeste mensen ongetwijfeld de klassieke luister bewonderen die zijn grootouders erin hadden teruggebracht toen ze het vervallen huis in 1963 kochten.

Het was Willems schuld geweest dat Hugo ooit op Oostraven was beland. Zijn cholerische tweelingbroer had vrijwel meteen na Beths ontslag zijn dolle driftbuien weer de vrije loop gelaten. Ze waren in de tussentijd groter en sterker geworden, en Willem nog meedogenlozer. Hij stak hem een pen in zijn rug (de pen brak) en sloeg met zijn vlakke handen op zijn oren (het linkertrommelvlies scheurde). Eens schopte hij hem onverwachts zo hard van achteren in zijn ballen dat Hugo dacht dat hij doodging. Het was nogal gestoord allemaal. Hij ging die psychopaat zo veel mogelijk uit de weg. Dat hij soms klappen terugkreeg leek Willem niet te deren, als hij zelf maar pijn en lijden kon toebrengen.

Ze wisten dat er plannen waren om hen een tijdje uit elkaar te plaatsen. Bluf, dacht Hugo, om hen weer in het gareel te krijgen, maar hij had het mis. Het werd hem verteld op een zondagmiddag na de lunch, toen zijn moeder en hij waren achtergebleven op het terras. Ginds tussen de bomen brak de zon door het jonge lover. Hij hoorde de heldere trillers en uitroepen van pimpelmezen en koolmezen in de bosrand. 'We gaan het toch een tijdje proberen, lieveling,' hoorde hij zijn moeder zeggen. Hij keek op. Ze waren niet vaak met z'n tweeën, het was duidelijk een geregisseerd moment. 'We gaan jullie een tijdje uit elkaar halen,' zei ze, 'het gaat niet langer zo.'

Had de nieuwe au pair geklaagd? Die trut uit Tromsø? Ze was blond, natuurlijk was ze blond, en ze had een breed, vriendelijk gezicht en ronde borsten waarover hij fantaseerde. Ze was geen partij voor hen, het was een beetje zielig hoe ze haar alle hoeken van de kamer lieten zien. Maar daar ging dit niet over.

'Waar het op neerkomt,' vervolgde zijn moeder, 'is dat we een afkoelingsperiode willen instellen, je vader en ik. Jij gaat een tijdje naar opa en oma op Oostraven en je broer blijft hier om zijn zonden te overdenken.'

Hij kon zijn oren niet geloven. Gingen ze hém nu wegsturen omdat zijn broer een gestoorde randdebiel was? 'Onrechtvaardig,' zei hij met een van woede verstikte stem. 'Hij begint. En dan moet *ik* weg!?'

'Zo is het niet, lieve Huug, het is niet zo dat jij weg moet, maar Willem heeft nu eenmaal meer begeleiding nodig dan jij. Signe kan het niet langer aan met jullie tweeën hier, dat gaat gewoon niet, en het wordt steeds erger lijkt wel.'

Dus toch, die Noorse trut had ze erbij gelapt. Houtduiven pikten mechanisch in het gras, dieper in het bos sloeg een tjiftjaf zijn bekkens tegen elkaar. Het beeld vervloeide, Hugo knipperde zijn tranen weg. Zijn moeder kwam naar voren in haar stoel. 'Het is toch zo schat, het wordt toch steeds erger?'

Nee, dat kon hij niet ontkennen maar feit was dat zijn broer godverdomme een fucking psychopaat was en dat hij nu voor de gevolgen opdraaide.

'Ik begrijp dat je boos bent lieverd, maar overdrijf het alsjeblieft niet. Je bent zowat om de hoek en in het weekend kom je gewoon hier. Het is niet alsof we je naar een kostschool sturen of zo.' Ze zouden op dezelfde school blijven, in dezelfde klas, maar niet langer in hetzelfde huis wonen. Zo was het gegaan. Dat hij opstond, haar een kutwijf noemde, naar zijn kamer ging en op bed tranen huilde waar hij zichzelf om verachtte deed er verder niet toe, hogere machten hadden over zijn lot beslist en er was niets meer wat hij ertegen kon doen.

Intussen was de jongen van veertien een man van eenenveertig geworden, die het vermoeden had dat zijn onvaste bestaan die dag begonnen was, een beetje ontheemd en een beetje losgezongen. De kwestie was destijds naar ieders opvatting comfortabel opgelost: hij bood zijn grootouders gezelschap, Willems driftbuien luwden, op school haalden ze nog altijd goede cijfers. Er was sprake van dat het een tijdelijke maatregel was, maar uiteindelijk waren ze gewoon vergeten hem weer terug te halen.

Hugo had er nooit aan getwijfeld dat zijn moeder verantwoordelijk was geweest voor zijn verwijdering, zijn vader had er hooguit mee ingestemd. Inspraak zal hij niet hebben gehad, denkt hij, die kloot met vingers. Hugo's onmachtige woede jegens zijn moeder koelde gedurende de jaren af tot iets kils, en doofde uiteindelijk vrijwel geheel. Het restproduct heette minachting.

'Je zit op de plek van je grootvader,' zei de blonde verpleegkundige die de eetkamer binnenkwam met zijn grootmoeder in een rolstoel.

'Vroeger zat hij aan het hoofd,' zei hij. 'Waar zal ik gaan zitten?'

'Haar maakt het minder uit. Orde en regelmaat is meer zijn ding.'

'Zelfs in zijn huidige staat?'

'Juist.'

Zijn grootmoeder was blij hem te zien, al leek ze een beetje in de war over wat hij kwam doen. 'Ik kom u beiden schilderen, gran,' zei hij. 'Weet u nog? In het koetshuis, net als vroeger.'

Ze giechelde een beetje, ze was het duidelijk vergeten.

Hij nam plaats aan het hoofd van de eettafel, de plaats waar zijn grootvader jarenlang de tafel had overzien. Even later kwam de verpleegkundige terug met Willem Adema de Oudere, ook in een rolstoel. Een schok – zo inspannend had Hugo zich de afgelopen tijd met hem beziggehouden dat hij hem intussen een mythisch personage uit een gruwelijk sprookje toescheen. Blauwbaard. Achter zijn rolstoel strekte zich de steppe uit, bezaaid met lijken. Hij was in pak en droeg zelfs een das, de vorm werd tot het einde toe nageleefd. *Meneer Adema vindt dat je een pak aan moet als je aan tafel gaat…*

De oude man keek naar zijn kleinzoon. Diep lagen zijn roodomrande ogen onder zijn wenkbrauwbogen verzonken.

'Hugo komt schilderen, Wim!' zei zijn grootmoeder luid. Hij wendde zijn blik even naar haar en staarde toen weer naar zijn kleinzoon.

Gevoel dat je bij heel oude bomen kon hebben, dacht Hugo, waar heel de bonte karavaan van de geschiedenis aan voorbij was getrokken. Zijn grootvader had de oorlogsmachine zijn lichaam gegeven en was er levend uit tevoorschijn gekomen. Miljoenen anderen waren achtergebleven. Ook nu Hugo zo'n beetje wist wat hij gezien en gedaan had, was zijn verlangen om in zijn hoofd te kunnen kijken niet verdwenen, stelde hij vast. Was zijn nieuwsgierigheid niet ook vermengd met een deel jaloezie om de dingen die zijn grootvader had gezien? Het oude Europa, de oorlog die de vader van alle dingen is, de pus en de drek, de vonken van glorie? Had hij het gevoel *te laat* geboren te zijn? Ontbrak in zijn leven de gravitas van een oorlog die de overlevenden adelt?

En nadat er een rivier van bloed en dood door zijn grootvader heen was gestroomd had hij zijn plaats in de burgermaatschappij weer ingenomen en over deze dingen nauwelijks meer met een woord gesproken. Waren de verschrikkingen zijn dromen binnengeslopen? Schreeuwde hij in het holst van de nacht? Misschien had hij eenvoudigweg een even intieme als professionele band met de dood gekregen, zoals een slager die had, en had hij methodisch als een slager zijn taak uitgevoerd. De oude man legde zijn handen op tafel. Grote handen nog altijd, kromgetrokken en met aderen en vlekken overdekt. Werktuigen. Hugo keek op. Weer rustten die oude bleke ogen op hem.

'Dag pake,' zei Hugo. 'Daar ben ik weer.'

41

Er brak een vreemde tijd voor hem aan. Hij leefde in het koetshuis als een verstekeling in de buik van een schip. Zelfs in zijn slaap leek hij een bewustzijn te houden van de ontheemding; uitgeput werd hij 's morgens wakker. Dikkie lag opgekruld in de holte tussen zijn hals en zijn borst. De kat geeuwde en knipperde naar hem, zijn voornaamste en multi-interpretabele uitdrukkingsvaardigheid. Het was ongelofelijk hoeveel je in korte tijd van zo'n beest kon gaan houden, dacht hij. Nu al zou hij ontroostbaar zijn als het dier doodging. Dat je op een dag wakker wordt met een hart vol begrip voor mensen die rondneuzen tussen een paar miljoen schattige kattenfilmpjes op het web – ja, het leven zat vol verrassingen.

Tegen de muur stonden de doeken hem wit en stom aan te gapen. De chauffeur die ze kwam bezorgen in zijn kleine vrachtwagen had met licht hoofdknikken naar het huis gekeken en gezegd: 'U woont hier aardig, meneer.' Het hoofdknikken hield aan toen ze de doeken naar binnen tilden, zodat Hugo dacht dat hij misschien beginnende parkinson had. 'Ik rij hier vaak genoeg in de buurt,' zei de man, 'maar dit hier kende ik niet.'

Het lezen, overtypen en inspreken van de dagboeken was allengs een deprimerende bezigheid geworden. Een voor een stroomden de woorden door Hugo heen, een beetje zoals hij zich het werk van een vertaler voorstelde. Het was of hij zelf was vastgelopen in de stellingen achter de Mius. In maart 1942 is daar de lange, barre winter eindelijk ten einde. De steenharde grond ontdooit, opnieuw verandert de aarde in een uitgestrekte moddervloed, erger nog zelfs dan in de herfst. Onder de smeltende sneeuw komen de doden tevoorschijn, de rinse, methaanachtige moddergeur en de zoetzwavelige walm van de dood kleeft in je neus. Ja, ze komen een tuin van Eden stichten, op de humus van miljoenen doden.

Het relaas van dood en vernietiging kroop onder Hugo's huid. Hij kon aan weinig anders meer denken. Ook op Oostraven verwees alles naar moord, foltering, slavenarbeid, verkrachting – van de ThyssenKrupp-traplift van zijn grootouders tot de mahoniekleurige Mini Clubman van de verpleegkundige op de oprit, afkomstig uit de BMW-fabrieken, alles verwijzing, reminiscentie, echo. Het ging vanzelf. Miele had niet alleen de oven waarin het middagmaal werd bereid geproduceerd maar ook oorlogstuig voor het front geleverd. De collectie geweren van Steyr in zijn grootvaders wapenkast: grootleverancier van met dwangarbeid gefabriceerd wapentuig voor de nazi's. Er viel niet aan te ontkomen, bij een dampende schaal aardappelen op de eettafel zag Hugo de uitgeplunderde bevolking in het etappegebied voor zich, tot de hongerdood veroordeeld omdat de Duitse troepen hun voorraden hadden 'georganiseerd'. Dit huis zelf, waar SS-officieren ingekwartierd hadden gezeten en Hugo elke dag het middagmaal gebruikte met een oorlogsmisdadiger alsof het de gewoonste zaak van de wereld was – Heil Hitler, opa. Heil Hitler, jongen. Tussen restanten Atlantikwall hadden zijn broer en hij hun oorlogen uitgevochten en in een fazantenren in het bos, waar die dieren werden opgekweekt voor de jaarlijkse jachtpartij op het landgoed, had hij eens een vreemd gevormde voerbak gevonden, half in de grond verzonken. Hij trok eraan en haalde een verroeste Stahlhelm tevoorschijn, die hem toen nog maar net paste; hij moest van een opvallend klein soldaatje geweest zijn.

Hij grondde een groot doek met zuiver oranje. Een emotionele kleur, er werd minder gebruik van gemaakt dan ze verdiende. Het was alsof er opeens een zon in de kamer stond. De deuren aan de achterzijde van het koetshuis stonden open, de avond daalde over het bos. Langs de oprit werd de zwerm kauwen onzichtbaar in de boomkruinen opgenomen. Hoeveel kauwengeneraties waren er geweest en weer voorbijgegaan sinds zijn jongensjaren hier? Ze konden zeer oud worden maar een kauwenleven was vol gevaren. Hij begroette ze als ze 's avonds kwamen aanvliegen om kwartier te maken voor de nacht. Nu vloog de zwerm weer op, cirkelde boven het terrein en landde opnieuw met veel kabaal in de dichte boomkruinen. Met een plakkerig geluid streek de kwast over het linnen. De gronderige geur van het bos vermengde zich met die van olieverf. Het kon wat zijn, dat oranje, dat wellicht op een paar plaatsen tussen de latere voorstelling door kon kieren, als brand of een zonsondergang.

Zijn telefoon zoemde, Marnix. Heugelijk nieuws: hij was de dag ervoor vader geworden van een dochter. Nora Jane.

De kinderloze vriend voelt blijdschap en jaloezie dooreen. 'Dochters zijn een geschenk van de hemel,' zei Hugo. 'Wanneer kan ik haar zien?'

'Wanneer je maar wilt. Ze is adembenemend, Hugo!' Het was even stil. 'Wat ben je aan het doen?' vroeg hij toen.

'Ik werk, je staat op speaker.'

'Je schildert weer?'

'Proberen, ja.'

'Dus het gaat goed met je?'

Marnix was verbaasd te horen dat hij op Oostraven verbleef. 'Waar je het zo deprimerend vond altijd.'

Hugo beaamde dat en zei: 'Maar ik wil graag dicht bij mijn onderwerp zijn, nu het nog kan. Soort voodoo. Ik heb je veel te vertellen.' Hij beloofde Nora Jane gauw te komen bewonderen.

De zon was nu haast onder, er hing een rode gloed boven de bomen. Zowat iedereen die hij kende had nu kinderen. Hij was de achterblijver, de man bij wie sommige gespreksonderwerpen vermeden zouden worden. Bij etentjes zou er gezelschap voor hem worden gezocht, een vrouw met een gestrand eerste huwelijk die toe was aan iets nieuws.

Hij hoorde een auto de oprijlaan op komen, kiezels knarsten onder de banden. De nachtverpleegster. Het waren er drie, als hij goed had geteld, die in wisseldienst toezicht hielden op zijn grootouders. Even later reed de Mini van de oudere blondine de oprijlaan af. Het witte licht van de koplampen veegde langs de boomstammen. Het werd fris. Hij klapte zijn laptop open, zette de microfoon voor zich, opende het document 'Dagboeken Willem Bruno Adema' en drukte op de opnameknop.

42

Het voorjaar van 1942 komt met vlagen warme lucht tussen de koude luchtlagen door, en ook met een nieuw wapen. *Beweeglijke raketartillerie. Snelvuurwapen dat duizenden raketten in korte tijd afvuurt. Elke raket komt met een hoog jankend geluid op ons af. Horen en zien vergaan je bij dit Stalinorgel. Verschillende raketten exploderen tegelijkertijd, de schokgolf raakt je oren en maakt je oogleden zwaar. Je inwendige organen trillen. Voordat onze artillerie kan antwoorden zijn hun vrachtwagens met lanceerplatform alweer verdwenen. Verrassingsaanvallen ook 's nachts. Elke raket trekt een vuurstaart mee, het janken scheurt je zenuwen aan flarden. Pieters beet zichzelf in de hand en de pols. Afgevoerd. Het ziet slecht voor hem uit.*

Een paar dagen later wordt er onder de manschappen met ontzetting kennisgenomen van Pieters' executie wegens zelfverminking. 'Hard zijn is noodzaak,' schrijft Willem. 'Elke vorm van verzaking wreed de kop indrukken, anders gaat iedereen *stiften* onder het schrikwekkend concert der Stalinorgels.'

Ondanks het nieuwe wapen worden de Russen teruggedrongen. Het beleg van Rostov begint, de poort tot de Kaukasus. Willem wordt in zijn benen getroffen door granaatsplinters maar na een paar dagen al uit het veldlazaret ontslagen omdat niemand gemist kan worden aan het onderbezette front. Niet alle scherven zijn verwijderd, strompelend neemt hij zijn plaats in het peloton weer in. Rostov valt in juli en de Duitse troepen steken de Don over. De Legergroep Zuid wordt nu gesplitst in een deel dat richting

Stalingrad afmarcheert en de hoofdmacht die zuidwaarts afbuigt om in de Kaukasus en de Kaspische regio de rijke olievelden te veroveren waar het het oppercommando om begonnen is.

Hitler heeft zijn begerige oog laten vallen op de olievelden van Maikop, Grozny en Bakoe, die de Russische oorlogsmachine van brandstof voorzien. Duitsland bezit nauwelijks oliereserves van zichzelf en is grotendeels afhankelijk van olie uit de Roemeense Ploiești-regio. En ook van de synthetische olie die met de kostbare Fischer-Tropschmethode uit steenkool gewonnen wordt. Vallen ook de olievelden van de zuidelijke Kaukasus in Duitse handen, dan komen zelfs de rijke Britse olievelden in Iran binnen bereik.

In dolle vaart steekt Wiking de Koebanvlakte over. Luchtaanvallen en hinderlagen in het bloeiende vedergras. Nergens schaduw. Bij elk zuchtje wind buitelen stepperollers over de grijze aarde. Schermen sikkelkruid worden hoog de lucht in geblazen. *Geen Russen voor ons en geen aanvoer achter ons. We vreten stof. Het dringt door je gezichtslappen heen, je schedel loopt vol. Organiseren in spaarzame Tataarse dorpen. Gesluierde vrouwen, mannen met tulbanden. Witlemen huizen lukraak in de vlakte. Hoe kan een mens zo leven? Kamelen trekken hier de ploeg. Wie van ons hierdoorheen komt kan thuis opgeven over de smaak van kamelenvlees. De ploeg zal het Turkenvolk nu zelf moeten trekken.*

Schroeiend heet is de lucht die ze inademen. Niets voor het oog om zich aan te hechten. Alleen in een depressie zijn hier en daar wat boompjes of struikgewas te vinden. Stofcyclonen geselen de manschappen met doorns en zand, aan de horizon doemen soms de langgehoopte contouren van het Kaukasusgebergte op – luchtspiegelingen. Volg het spoor van dode machines, dode paarden, dode mannen. De onheilspellende woorden van Van Foreest spoken door Willems hoofd als een liedje. *We veroveren leegte…*

De leegte zal ons allemaal opvreten… In zijn dagboek schrijft hij: 'Almaar voorwaarts. Steeds verder het grote niets ingelokt. Veroveraars van het nutteloze. Alleen de schaduw van de Rus.' Ze doorkruisen uitgedroogde rivierbeddingen; in de dorpen vinden ze soms een put om te drinken, zich te wassen en hun tanden te poetsen, verbaasd gadegeslagen door de dorpelingen om hun Teutoonse hygiëne. Soms een paar uur rust. Hij ligt op een stuk geschut. Schemering. Het doek van de nacht wordt neergelaten. Schokkerige oranje gloed van een brandend dorp aan de rand van zijn zicht, waar vanuit een huis op hen geschoten is. Steekvlammen klimmen naar de hemel en zakken vlug weer in, de strodaken branden kort en hevig. Een paar uur droomloze slaap, zijn hoofd tegen een geschutskoepel. Hij schrikt wakker – twee uur na middernacht. Gedempt klinken de stemmen van de slapelozen in het donker. Geen vuur. De vijand stuurt vliegmachines op ze af die Willem en zijn kameraden naaimachines noemen, want zo klinken ze. Ze vrezen ze, die Russische toestelletjes die uitsluitend door vrouwen worden bestuurd omdat die lichter zijn; met de hand werpen die heksen bommen af boven hun kampementen. Het is allemaal heel primitief maar niet minder dodelijk.

De nacht op de steppe is vol geluiden. Het schrapen van insecten vlakbij, verder weg het keffen en roepen van vossen en jakhalzen. Soms zwijgt de vlakte plots, alsof ze haar adem inhoudt. Zijn oren zijn niet meer gewend aan de stilte, aan afwezigheid van geweervuur, explosies, het daveren van zware motoren en het piepen en knarsen van rupsbanden. Veertien maanden is hij nu aan het front en het lijkt of er nooit iets anders bestaan heeft en nooit meer iets anders zal bestaan dan dit – het geradbraakte lichaam, de banale kwellingen van het vlees, gehangenen die wiegen in de wind. Mensen die in brabbeltaaltjes om hun leven smeken. Hij is een veteraan geworden, hoeveel kameraden van zijn regiment heeft hij al niet overleefd? Tweemaal was hij met verlof geweest, beide keren verlangde hij na een paar dagen alweer naar het front terug. Daar was zijn leven nu. Het was een verlangen dat hij niet begreep – aan het front waren de verlokkingen van goed eten en een zacht bed onweerstaanbaar krachtig, maar eenmaal thuis walgde hij van het civilistenbestaan. Niemand kende de gruwelen van het front, de dood die je alleen bij toeval overslaat. Hij had de hersenen van een Groninger boerenzoon van zijn uniform geschraapt die zichzelf in zijn mond schoot toen hij begreep dat hij niet te redden was. Niemand overleefde een longschot. Je zag de organen open en bloot zwoegen in zijn borstkas. Dat was toen ze zich terugtrokken uit Rostov. *Een simpele, dappere jongen. Zijn naam was Jan Harm Schotanus*. In een bos langs de rivier bij Loehansk liep een knaap op een mijn. Onderbenen eraf, alles kapot. Ze riepen om de *Sani* maar hij had op wonderlijk rustige toon gevraagd: 'Jongens, schiet me even dood alsjeblieft.' In de steppenacht hoort hij die woorden nog altijd, het *alsjeblieft* dat klinkt alsof hij je verzocht had de deur achter je dicht te trekken. Zo laag hangen de sterren boven de vlakte dat hij zijn hand maar hoeft uit te strekken om ze aan te raken, maar zijn arm is zo moe. Pijnscheuten trekken door zijn been. De scherven wandelen.

Begin augustus arriveert Wiking in Kropotkin, een godverlaten buitenpost waar de spoorlijn Rostov-Bakoe de Koeban kruist. De spoorbrug is verwoest, Wiking steekt de rivier over via een noodbrug en begint aan de etappe naar Maikop. Golvend landschap, droog maar groen vergeleken bij de kurkdroge steppe die achter ze ligt. Nadering van de oliestad; de eerste gevechten, ze komen binnen bereik van de Russische artillerie. Aan de horizon een breed front van inktzwarte, kolkende rook van de olie-installaties die in brand zijn gestoken. Onafgebroken dreunen de Stalinorgels. Als de Wehrmacht niet verder komt, wordt Wiking als zo vaak naar voren gejaagd om de doorbraak te forceren. Nadering van de hel, giftige zwarte rookkolommen van exploderende olieputten verduisteren de hemel. Onder hevig vuur kruipen ze meter voor meter naderbij. 'Je hoort of hij vlakbij of op veilige afstand inslaat,' heeft hij eerder in zijn dagboek geschreven. 'Daar ontwikkel je een zintuig voor. Ver weg is halleluja, dichtbij is kop tegen de grond en hopen dat je het eind van je schietgebedje haalt.'

43

Sommige voorstellingen op het doek nam hij zich voor, andere werden door omstandigheden gedicteerd, zoals een verdikking van de verf of de structuur van de onderlaag die een reactie uitlokte. *Happy accidents* zou Bob Ross zeggen. Een relifreak als Marc Mulders zou het misschien *een passieve bereidheid om het wonder te ontvangen* noemen of zoiets. Er was een reden waarom beeldend kunstenaars niet vaak werden geïnterviewd: de meeste kwamen zo beroerd uit hun woorden als ze over hun werk spraken. Alles tussen charmant gestamel of stomvervelend academisme in. Hij had schilders over hun werk horen praten alsof ze uit de *Concise History of Dust* voorlazen. Vooral de conceptuelen waren er meesters in. Zo werden ze de *intellectuelen* van de kunst.

Hij schilderde het oranje over maar liet op de bovenste helft een paar stroken ongemoeid. Hij werkte met de foto voor ogen die zijn broer op het eeuwfeest van zijn grootvader had gemaakt, waarbij hij geknield voor de oude man zat die aan zijn sigaar zoog. Op een fotoprint had hij hem een zwart uniform gegeven maar dat moest veldgrauw zijn. Ook zou hij niet in een rolstoel zitten (te veel een veteraan op een D-day-herdenking) maar op een eenvoudige houten stoel met rieten zitvlak zoals die van Van Gogh. De stoel stond in de steppe, met de oeroude man in uniform erop.

Tijdens het middagmaal bestudeerde hij zijn grootvaders gezicht om de essentie ervan te vatten, voor zover zoiets bestond. Het gezicht moest niet alleen maar oud zijn maar ook de kracht doorlaten van de man die hij geweest was. Nadat Hugo een paar dingen geprobeerd had verdween de knielende kleinzoon uit beeld. Zijn aanwezigheid doorbrak de eenvoud van de voorstelling. Rondom de oude man op zijn stoel waren nu op regelmatige afstand van elkaar verhoogde stroken omgewoelde aarde te zien. Het konden zowel graven als moestuinbedden voorstellen. De leegte rondom Willem Adema vulde zich gaandeweg met een bruinoranje lucht vol stof, tuimelkruid rolde over de aarde. In de achtergrond, bij een heuvel, stonden twee *balbals*, oeroude stenen mensbeelden die de Scythische grafheuvels in de steppe bewaakten.

Na een week stond alles er zo'n beetje op. Hij wist eerlijk gezegd nooit precies wanneer iets af was. Nog altijd had hij het gevoel dat hij een schilderij eerder verliet dan dat hij het voltooide. De doelgerichtheid van het begin stond in geen verhouding tot het geaarzel van het einde, over het algemeen. Hij noemde het *Feldgrau*.

Na een paar dagen begon het gezicht van de oude man hem tegen te staan. Te portretachtig, te veel illustratie. Ook de volgende poging strandde. Niets meer dan een waarheidsgetrouwe afbeelding van zichzelf. Hij veegde het weg met een oude lap en liet het rusten.

Marnix en zijn vriendin hadden een huis gevonden in Hoofddorp. Een nieuwe wijk, veel artistiek beton; bewoners hadden het ontwerp van hun huis mogen personaliseren met individuele details. Tot veel meer dan een horizontaal Le Corbusier-achtig raam of een met bamboe betimmerde voordeur hier of daar had het niet geleid. Marnix en Rosalie hadden het hunne niet zelf laten bouwen maar gekocht van een pioniersfamilie die hier in de polder in korte tijd te veel kinderen gekregen had om ze allemaal te kunnen huisvesten. De kiezels op het tuinpaadje waren wit als Amerikaanse tanden.

Marnix kwam hem tegemoet en leek zijn gedachten te raden. 'Welkom in Pleasantville,' zei hij met een lach. Hij was flink aangekomen.

'Een vrouw, een huis, een kind,' zei Hugo terwijl hij hem omhelsde. 'Goed gedaan jongen, gefeliciteerd.'

'Dit is natuurlijk vreselijk,' zei Marnix, en hij keek de straat door, 'maar een zwangere vrouw met nesteldrang, o boy.'

Rosalie begroette hem als een oude vriend, wat hem voor haar innam omdat ze elkaar nog maar twee keer eerder hadden ontmoet. Ook zij was voller nu, met puilende borsten en een blozend, rond gezicht. Ze was een energieke, warme persoonlijkheid. Ze runde een evenementenbureau met dertig personeelsleden. Voorheen bouwde ze zelf vlotten en begeleidde ze teambuilding-evenementen in de Ardennen, maar met elke uitbreiding was ze vaster aan kantoor gebonden geraakt. Wel droeg ze, zag hij, nog altijd lage Meindl-wandelschoenen. Marnix was goed terechtgekomen, hij leefde in de schaduw van een sterke vrouw en was gelukkig. Hij werkte nog altijd een paar dagen per week bij een filiaal van Bever in Amsterdam en was de rest van de tijd thuis om voor het kind te zorgen, en voor het tweede straks dat ongetwijfeld vlug zou volgen, terwijl zij vijf à zes dagen per week 's morgens vroeg de deur uit ging om zich te laten gelden in de zakelijke outdoor-evenementenbusiness. Het kon niet beter voor hem.

Hugo kreeg zowaar beschuit met muisjes. Ze zaten aan tafel in de achterkamer met uitzicht op een achtertuin. Vreemde, beetje vormelijke toestand. Hij was nog nooit eerder bij Marnix *op bezoek* geweest op deze manier, in een huis waar de regels en voorkeuren van zijn vriendin van groter gewicht leken dan die van hem. In al zijn voorgaande onderkomens, van antikraakvilla's tot verlaten scholen en lekkende zolderkamers, had hij zijn benen op tafel gelegd en vrijelijk zijn gedachten met hem gedeeld – die tijd lag nu achter hen. Geamuseerd keek hij toe hoe niet alleen hijzelf maar ook Marnix te gast leek in dit huis; hij schonk koffie bij als een onwennige ober. De babyfoon op tafel lichtte op. Het kind was wakker, het maakte geluidjes. Op de monitor met lage resolutie zag het eruit als een buitenaards wezentje met grote zwarte ogen. Rosalie verdween naar boven.

'Stel je voor,' zei Marnix nadenkend, 'een doordeweekse dag – een vrouw komt bij me in de winkel en zegt dan, nadat ze een mooie Patagonia-jas heeft uitgezocht: "Mag ik je uitnodigen om een keer met me te gaan eten?" Nou graag, en dan blijkt ze twee jaar ouder dan ik, haar biologische klok staat op alarm, en nu woon ik hier en ben ik de vader van Nora Jane. Leg me dat eens uit, goede vriend.'

Op de monitor verscheen een paar handen in beeld. 'Dag zoetje,' hoorden ze Rosalies stem. 'Dag m'n lieve schat.' De baby werd opgetild en verdween uit beeld. Alsof je getuige was van kinderroof.

Hugo zei: 'Ik heb het altijd een goede eigenschap gevonden dat je in het leven staat als een tevreden gast, iemand die zich door de kok laat verrassen. Je hebt je nooit verzet tegen wat je overkwam.'

Marnix knikte nadenkend. 'Nee,' zei hij, 'dat geloof ik ook niet, nee.'

Het meisje was ingebakerd in een doek van gebleekt katoen met kikkertjes erop. De wat samengeknepen ogen van haar moeder. Een Inuit-baby. Ze had slaapkorsten rond haar ooghoeken.

'Wil jij haar even?' vroeg Rosalie, en ze gaf haar aan hem. Dit zou zijn rol zijn, dacht Hugo, hij zou de kinderen van anderen vasthouden en misschien nog eens peetoom worden, meer kon hij niet langer van het leven verlangen.

Het meisje keek zo ingespannen naar zijn gezicht boven zich dat ze er scheel van begon te zien. Hij wiegde het bundeltje warm leven in zijn armen en begreep dat hij zich op dit punt in zijn leven overal aan zou kunnen hechten. Hij dacht aan het Allerheiligst Hart van

Jezus, het brandende en bloedende hart dat vaak in de borst van de Messias werd afgebeeld – zo open lag hij momenteel ook. 'Dag Nora Jane,' zei hij zacht. 'Ben je daar.' Hij dacht aan het leven dat haar wachtte. Ze zou oud worden als het meezat, de verwachting voor vrouwen die nu geboren werden lag ruim boven de negentig. Gedurende haar leven zou de gemiddelde temperatuur op aarde onafgebroken stijgen. De mensheid betrad een tijdperk van extreem lijden. De planeet zou een haar vijandige plaats zijn, een nieuwe dageraad van massale migratie en extinctie was aangebroken. Misdaad, militaire conflicten en de strijd van allen tegen allen waren de verwachte karakteristieken van de hittetijd van Nora Jane. Strijd om water, strijd om koelte. Steeds grotere aantallen mensen die zich in steeds kleinere gebieden verzamelden waar nog leven mogelijk was, savannedieren rond een verdrogende poel. Vergeefs speurden ze de hemel af naar verkoelende stratocumuluswolken. Iedere generatie ervoer haar eigen tijd in meer of mindere mate als een eindtijd, maar deze tijd was nu al voor tientallen soorten per dag de eindtijd der eindtijden. Het ga je goed, Nora Jane, op dit brandende narrenschip.

Later voedde Rosalie haar op de bank in de voorkamer. Marnix en hij praatten op gedempte toon om de rust niet te verstoren. Hij begon te vertellen over het soldatenleven van zijn grootvader op de Pontische Steppe maar hield er algauw weer mee op. Het voelde ongepast, zoveel dood in de nabijheid van zo'n klein nieuw leven – Marnix grinnikte en beloofde vlug op Oostraven langs te komen. De kamer leek verzadigd van hormonen, oxytocine, endorfine, wist hij veel; het was een mysterie waar je deel van wilde uitmaken, het banale wonder van voortplanting, uniform en onherhaalbaar. Een ragfijne kristallen koepel beschermde dit huis, die zacht licht doorliet en de scherpe contouren van de dingen wegnam. Er waren psychedelica die dit deden. Ook nadat hij het huis verlaten had bleef die atmosfeer nog een tijdlang bij hem.

44

Telkens als hij opstijgt zinkt hij weer terug door de ankerkettingen aan zijn benen. Dromen die halverwege vergeten zijn waar ze ook alweer over gingen. Stemmen die over hem praten. Nog dieper duikt hij onder. Daarboven is pijn, is verwarring. Het kwetsende licht. Woorden van de andere kant bereiken hem als gefluisterd door een buizenstelsel. Ze zoeken hem. Het vrouwengezicht dat boven de wateren zweeft. Niet weggaan. Iemand zegt 'komm zurück bitte'.

Duits. Slavisch Duits. Een rond gezicht, het donkere haar onder een verpleegsterskapje. En een oude man. Aan het front zijn geen oude mannen, alleen levende en dode mannen. 'Willem Adema? Wach auf bitte.'

Dit is een bed, en dat is Herr Doktor. 'Er schafft es schon,' zegt hij.

Hij kan niet meer terug naar zijn donkere, stille schuilplaats, de toegang is nu afgesloten. Steeds langer blijft hij aan de oppervlakte. Langzaam went hij aan de geluiden en de stemmen, het piepen van de rubberbanden van medicijn- en etenswagens die worden rondgereden, het gerammel van borden en bestek.

Hij breekt door het vlies en steekt zijn hoofd de wereld in.

Hij is, wordt hem verteld, zwaargewond geraakt toen een granaat naast hem insloeg. Opgekruld als een embryo heeft hij onder een berg aarde gelegen, pas veel later is hij teruggevonden. Hij moet de beschikking hebben gehad over een luchtgat, zonder welk hij het niet had overleefd. In comateuze toestand is hij per vliegtuig naar Rostov afgevoerd en vanaf daar per trein en vrachtwagen naar dit Oekraïense landgoed gebracht dat als ss-hospitaal is ingericht. Zijn lichaam heeft een lange dodenreis gemaakt. Zelfs uit zijn hoofd zijn granaatscherven verwijderd. Herr Doktor prijst zijn ijzeren gestel: hij heeft de dood verslagen. Willem knikt. Hij weet niet of hij ooit nog tot meer dan knikken in staat zal zijn. Hoe zal hij, dit restant van de man die hij was, ooit zijn plaats in zijn peloton weer kunnen innemen? In zijn hoofd dreunt het. Hij sluit zijn ogen.

De verpleegster is een Volksduitse uit Oekraïne. Ze is aan Stalins deportaties ontkomen doordat haar ouders haar lieten onderduiken bij een boerenfamilie. Ze kan goed doorgaan voor een boerenmeid, zegt ze – haar ingehouden lach is het mooiste wat hij ooit heeft gehoord. Verbaasd hoort hij zijn eigen stem, knarsend, slepend, wanneer hij vraagt hoe ze heet. Sofia. Haar Duitse achternaam heeft ze jaren niet gebruikt. Ze is een verre nazaat van Duitse kolonisten die op uitnodiging van Catharina de Grote naar Oekraïne zijn gekomen om de vruchtbare zwarte aarde tot bloei te brengen. De steppe was het land van rondtrekkende Kalmukken, Kirgiezen en Tataren, van Basjkieren en Kozakken en lang voor hen van Scythen en Sarmaten, en toen werd het het land van de blonde kolonisten die de steppe omploegden en in cultuur brachten. Haastig staat ze op van de stoel naast zijn bed, andere patiënten wachten.

Hij is dood en begraven geweest – wat maakt hem dat nu? Onsterfelijk?

De zaal is hoog en wit. Ooit, in het tsaristische tijdperk, werden hier dieren geprepareerd. Daarna, onder de heerschappij van de Sovjets, werd dit gebouw een laboratorium voor dierproeven en genetische experimenten. Sofia vertelt dat hij in een voormalig dierenreservaat is beland, het landgoed Novaja Arkadia, waar de kleinzoon van een Duitse kolonist uit de achttiende eeuw een wildpark was begonnen op de steppe. De kleinzoon, een baron, zoomde een stuk van zijn onmetelijke grondbezit af waar de oorspronkelijke steppevegetatie nog voor de ploegschaar en de schaapskudden gespaard was gebleven. Het kostte weken om het te paard te ronden. In deze laatste ongerepte steppe introduceerde de baron diersoorten uit de hele wereld, die in staat waren zich aan het onbarmhartige klimaat aan te passen. Een ware Arke Noachs. Uit de Oost-Afrikaanse savanne kwamen de zebra, de antilope, de gazelle en de oryx, uit de woestijn van Mongolië het zeldzame przewalskipaard en van dichterbij de Turkmeense ezel. Van Corsica werd de schuwe moeflon gehaald en het laatste tarpanpaard ter wereld stierf in Novaja Arkadia. Over de steppe draafden volgens Sofia nu emoes en wildebeesten, wonderbaarlijk waren de silhouetten van Tibetaanse buffels, afgetekend tegen de horizon. Hybridisering bracht de met zebrastrepen getekende ezel voort die moeder Maria naar Betlehem bracht in het jaarlijkse kerstspel. Al deze dingen over het verleden van het landgoed rijgen zich droomachtig aaneen. De dans van de kraanvogels, de wolken flamingo's die bij zonsondergang van de zoutmeren terugkeren.

In de ochtenduren, als het nog koel is, worden de patiënten die verplaatst kunnen worden onder het brede afdak van de veranda neergezet. Het hoge terras kijkt uit over de weelderige bloementuinen en de naar adem happende gele vlakte daarachter. Zodra ze in staat zijn de reis te maken gaan de meest gehavende mannen naar huis terug. Wie nog kan lopen en twee handen heeft om zijn machinepistool – zijn *Braut* – te bedienen, is binnenkort weer *kriegsverwendungsfähig* en gaat terug naar het front. Niemand kan worden gemist. Meer dan een jaar heeft Willem aan het front gediend, nu heeft de uitputting hem overmeesterd en verlamd. Hij is gedecoreerd met het IJzeren Kruis 1ste en 2de klasse, het Storminsigne in het zilver en driemaal met het Gewondeninsigne in het zilver, zijn manschappen roemen zijn verachting voor gevaar. Hij kijkt voor zich uit en zwijgt.

Sofia vertelt hem dat de Amerikaanse bizons in het park zijn aangekocht van Buffalo Bill Cody zelf, de roemruchte bizonjager die met zijn show door Europa reisde. De baron bezocht zijn Wild West Show in Berlijn en zocht William Cody na de voorstelling op. Zes bizons kocht hij van de prairiejager, twee stieren en vier koeien. De dieren werden met een van de vrachtschepen van de baron naar zijn eigen haven aan de Zwarte Zeekust verscheept. Een koe die in haar bekisting met de kop naar zee op het dek was geplaatst, was dol geworden door de golven en de wekenlange deining en moest worden afgemaakt. De overige vijf vormden het begin van de kudde Amerikaanse bizons op de steppe.

Hij weet Sofia's ogen op zich gericht, hij wordt gewiegd door haar warme toewijding, maar haar belangstelling beantwoorden kan hij niet. In het hoge blauw boven de vlakte cirkelen twee steppearenden.

De lente op de steppe moet adembenemend zijn. Sofia beschrijft paarse irissen, rode tulpen, de wilde orchideeën in de golvende zee van groengouden grassen. Je kunt erin zoekraken. Tsjechov en Gogol hebben het voorjaar op de steppe in lyrische bewoordingen beschreven, de steppe van voor de grote ontginning; Sofia verontschuldigt zich dat ze ze alleen in het Russisch kan citeren.

Hij maakt korte wandelingen over het terrein met haar, een stok in zijn hand. Op een dag nodigt een oude voerman hen uit voor een ritje over de vlakte met paard-en-wagen. De zon brandt, de man op de bok wijst en spreekt over de wonderen die zich hier hebben afgespeeld. Hij heeft de baron nog gekend. Een half miljoen schapen bezat hij, vertaalt Sofia. De schapenboeren waren het rijkst van allemaal en de baron was de rijkste schapenboer van allemaal. Hij bezat zeshonderd runderen en fokte paarden voor de Russische cavalerie. De tsaar had hem in de adelstand verheven voor zijn goede werken – hij had zelfs op het landgoed gelogeerd met zijn gevolg. De baron onderhield een vrachtdienst op Liverpool en later ook op Manchester. *Manchester!* De voerman spoog in het gele stof en schudde zijn hoofd. De baron exporteerde wol, gevogelte en meel met zijn vrachtschepen de Helena Nikita en de Zita Taisia, die hij naar zijn dochters had vernoemd. De havenstad die hij stichtte bezat een bioscooptheater, een hotel met balzaal en restaurant, een spoorwegstation en een politiebureau. Gestaag bouwde deze Midas zijn imperium uit. Er kwam een conservenfabriek en een wijnmakerij; zijn Château Arkadia werd geschonken in het Adlon in Berlijn. Er was geen grens aan zijn verbeelding en aan de mogelijkheden om zijn plannen te verwezenlijken. Uit heel Europa kwamen zoölogen en dierentuindirecteuren naar zijn Nieuw-Arcadië. Ze aten antilopebout en dronken steppewijn. Bij het ontbijt werd struisvogelei geserveerd. Toen de baron de vijftig al was gepasseerd leerde hij vliegen in een vederlichte Etrich Taube en bestudeerde zijn menagerie vanuit de lucht. Aan het landhuis had hij een toren toegevoegd met een observatorium in de nok. Na vier of vijf uur nachtrust – hij kon met weinig slaap toe, kenmerk van genieën – beklom hij de trappen, rookte een havanna en bestudeerde de hemellichamen aan het firmament.

Willem Adema luistert zwijgend naar de verhalen van Sofia en de voerman. Ze spreken over de baron als een heilige. Een tragische heilige.

In het voorjaar van noodlotsjaar 1919 hadden de bolsjewieken het landgoed bezet en meer dieren geslacht dan ze op konden. Het was een dionysische moordpartij, bloed vloeide even rijkelijk als wijn, de dieren werden gestraft als vazallen van de aristocratie. Het *sterft gij oude vormen en gedachten* gold ook voor de pauwen en de ganzen, de zeboes en de koedoes. De baron werd gevangengenomen op verdenking van spionage maar kwam vrij op voorspraak van de directeur van de Moskouse dierentuin. Verzwakt vluchtte hij via Constantinopel naar Berlijn, waar hij een jaar later als een gebroken man zou overlijden. Op zijn graf houden twee stenen steppearenden de wacht.

De dienst veldpost bezorgt Willem een brief uit Nederland, van secretaris-generaal van Bijzondere Economische Aangelegenheden M.M. Rost van Tonningen. Hij brengt zijn medeleven over en spreekt de hoop uit dat hij voorspoedig zal herstellen van zijn verwondingen. Daaropvolgend de mededeling dat hij, Willem Adema, op voorspraak van Rost van Tonningen door de *höhere ss- und Polizeiführer* Hanns Albin Rauter is ontslagen van frontdienst en zich, zodra zijn gezondheid dat toelaat, moet vervoegen op het hoofdkantoor van de Nederlandsche Oostcompagnie, Amaliastraat 1 te Den Haag, waar hem zal worden meegedeeld wat de toekomst voor hem in petto heeft. De missive wordt besloten met *Heil Hitler!* en een kameradengroet.

45

'Hè Wim, doe toch niet zo kinderachtig,' zei Hugo's grootmoeder wanneer haar echtgenoot de fles tafelwijn aan zijn mond zette of zijn lippen afveegde met zijn das, duidelijke tekenen van apraxie na twee herseninfarcten. Dat hij een kromme wijsvinger hief als om haar het zwijgen op te leggen bewees dat de reflexen nog krachtig waren. Al bijna zeventig jaar duurt dit huwelijk, denkt Hugo, er moeten momenten van comfort zijn geweest, van wederzijdse beschikbaarheid, als liefde dan een te groot woord is. Vergeten, weggespoeld als regen.

Een van de verpleegkundigen meende dat meneer Adema waarschijnlijk ook aan vasculaire dementie leed; het betekende dat de herinneringen daarbinnen met brokken tegelijk verloren gingen, chronologie en samenhang verdwenen, een voor een werden de draden van het web doorgeknipt. Herinnert zijn grootvader zich Sofia? Hij heeft in opmerkelijk zachtaardige bewoordingen over haar geschreven, zij het niet gepassioneerd. Als over een moeder of een zuster. Hij was duidelijk niet geïnteresseerd geweest in een *avontuurtje* op de steppe.

Ook hun afscheid had hij beschreven, op de dag dat hij werd gerepatrieerd. Ze had gehuild toen hij achter in de vrachtwagen werd geholpen. 'Het ga je goed, lieve Sofia, met je dappere hart,' had hij geschreven. Aan de uitschieters van zijn pen te zien had hij dat in een schuddende trein gedaan.

Ook al was de oude man nu goeddeels vergrendeld in zijn sprakeloosheid, de stem in zijn dagboeken hield niet op Hugo te verbazen. De episode van zijn herstel in Novaja Arkadia was gevoelvol beschreven, Sofia en het verhaal over de baron hadden hem duidelijk geraakt. Hugo dacht aan Wieringa – die zou gesmuld hebben van al dat geweldige materiaal. De geschiedenis van het landgoed beantwoordde in zekere zin aan het ideaal waar Willem Adema voor vocht: een blonde herenboer die in het oosten zijn *Lebensraum* had ingenomen en zijn rijk bestierde volgens het *Führerprinzip*. Maar als Willem een paar maanden later, in november '42, in zijn nieuwe functie van onderdirecteur van de Nederlandsche Oostcompagnie de verwoeste dam in Zaporizja inspecteert, niet ver ten westen van waar hij door Sofia was verpleegd, bezoekt hij het landgoed niet. Hij, de vooruitkijker, kijkt niet om, nooit; terug in het Rijkscommissariaat Oekraïne rept hij met geen woord over zijn reddende engel op Novaja Arkadia.

Hugo schilderde en dacht na over hem, hoe het kon dat hij zo oud was geworden, als een wezen met een extreem laag metabolisme, zoals de noordkromp uit het Noord-Atlantisch gebied, die meer dan vijfhonderd jaar kon worden. Hij denkt te weten waarom zijn grootvader de leeftijd der allersterksten heeft bereikt: hij heeft zich nooit met een ander verbonden, nooit andermans leed ingeademd en empathie uitgeademd, zoals dat heet in een Tibetaanse meditatiepraktijk. Je *slijt* van gevoelens, je *verkruimelt* van liefde of gebrek daaraan, van angst voor verlies en van verlies zelf. Mensen kunnen sterven aan een gebroken hart.

De anempathicus leeft het langst, in zijn ijzige, *nordische* biotoop.

Hugo begreep dat de misdaden van zijn grootvader op de steppe niet losstonden van zijn latere daden op zee: in de oorlog had Willem Adema slechts de consequenties aanvaard van de programmatische gedachten die hij in zijn lezingen in het eerste oorlogsjaar had uiteengezet; even rechtlijnig bracht hij later zijn ideeën over nautische techniek ten uitvoer – wat hij ook deed, altijd volgde hij een patroon van rechtlijnig redeneren en het ijzerenheinig voltrekken van de uitkomsten. Nergens in het proces stond hij onzuiverheden toe, waartoe hij ook compromissen rekende, juist compromissen. Complexe problemen analyseerde hij net zo lang tot ze eenvoudig waren geworden, en gaf daarna het woord aan de MP40 of de slijptol.

Ook in zijn latere leven was hij nog altijd een soldaat die de verovering van de aarde najoeg.

Alleen zijn relatie tot zijn dochter, die bleef raadselachtig. Bondine had het in Geertjes dossier nagezocht: hij was haar inderdaad tot op hoge leeftijd blijven bezoeken. Waarom bracht een hoogbejaarde man elke week een bezoek aan zijn verstandelijk gehandicapte dochter, ook al was het simpele feit dat ze bestond in tegenstrijd met zijn eugenetische opvattingen? Nooit zijn echtgenote, alleen hij. Het antwoord bevond zich vermoedelijk ergens op de as tussen plicht en liefde. Hoe die bezoeken eruit hadden gezien was onachterhaalbaar, maar naar Geertjes behoefte aan aanraking te oordelen konden het onmogelijk formele ontmoetingen geweest zijn. Je kon, constateerde Hugo, verbazend gemakkelijk van haar leren houden. Ze was niet zuinig met zichzelf en beloonde je met het tienvoudige van de liefde die je haar schonk. Zo kon het ook haar vader vergaan zijn – misschien had hij tegen alles in wel degelijk liefde opgevat voor zijn afzichtelijke kind. Hoe zou je bestand kunnen zijn tegen Geertjes overrompelende natuur?

Hij modderde verder met het schilderij van de oude man op de steppe, zijn gezicht vooral. De ouderdom was maar een fase van een mensenleven, er waren zoveel fases aan voorafgegaan, maar het laatste gezicht is over het algemeen dat wat we ons herinneren.

Het lijkt of er niets aan is voorafgegaan. Hoe kwetsbaar is opeens de stokoude kampbewaker in de rechtszaal. Dat kon zo'n hortend stuk antiek toch helemaal niet meer aan, zo'n rechtszaak en alles? Hij daar, dat zielige oude mannetje, een dienaar van het kwaad? Iemand die *Häftlinge* in het *Stacheldraht* had gejaagd en kinderen had doodgeknuppeld? Nee toch zeker. Foto's van toen hielpen, pasfoto's bijvoorbeeld uit hun *Kennkarte*. Je kon er misschien iets van hun toenmalige kracht en bruutheid aan aflezen, maar de manifestatie van het weerloze oude mannetje bleef toch het sterkst.

Hugo was aan het werk met de poortdeuren open toen hij buiten de blonde verpleegkundige zag langskomen op haar dagelijkse ronde met zijn grootmoeder. Zijn grootmoeder zwaaide, Joséphine de Beauharnais in haar koetsje. Later passeerde de verpleegkundige nogmaals, nu met zijn grootvader in de rolstoel. Hij droeg een slappe safarihoed met brede randen. Hugo liep naar buiten, de zon sproeide vonken over hen uit. Hij wist nu dat ze Vera heette, hij vroeg of ze de oude man het koetshuis wilde binnenrijden – om hem te schilderen, verklaarde hij.

'Als hij het goedvindt,' zei ze, en parkeerde hem in het midden van de ruimte. 'Niet te lang alsjeblieft, hij rust altijd na de wandeling.' Ze tikte met haar wijsvinger op haar horloge, een Cartier met een blauwe saffier op de kroon. Het was een kostbaar, klassiek horloge; er was, stelde Hugo zich voor, een man die haar adoreerde, hij had het haar op hun huwelijksdag of haar verjaardag cadeau gedaan. Hij keek haar na toen ze wegliep. Er was iets verwarrends ironisch aan hoe ze deed, hoe ze naar hem keek als hij praatte.

De oude man spiedde rond. Hugo mengde kleuren en nam hem in zich op. Was er nog iets van de vroegere kracht in hem te herkennen, de man die naar hem gestaard had aan de rand van het zwembad op een zomerdag lang geleden? Wat een falsificatie was de ouderdom! Zoals baby's rond en aaibaar ter wereld kwamen om ze een grotere overlevingskans te geven, hulden bejaarden zich in de onschuldige vermomming van de ouderdom die ze beschermde tegen de wraak van hun nabestaanden.

Soms dommelde de oude man even in; telkens wanneer zijn hoofd vooroverviel schrok hij weer wakker. Hugo zette de Bose-speakers van de computeraudio bij hem neer en zei: 'Hier pake, tegen de verveling.' Op zijn laptop opende hij het document 'Dagboeken Willem Bruno Adema' en selecteerde een fragment dat 'Rijkspartijdagen september 1937 – fragment 8' heette. Luid klonk opeens zijn eigen stem door de ruimte. *De stad is brandschoon ondanks de massa's. In de Biergarten wordt gedronken en gezongen. Nergens een onvertogen woord, zelfs al zijn de straten overvol. Ook met een slok op schijnt de Duitser een toonbeeld van orde en discipline te zijn.*

Zijn grootvader richtte zich een beetje op in zijn rolstoel, geïnteresseerd naar het scheen. Die dag, had hij geschreven, waren er toespraken van Rosenberg en Goebbels te horen geweest op het *Reichsparteitagsgelände*. Ze waren tekeergegaan tegen de Joden, die verwoesters van culturen. Hugo verhoogde het volume nog wat en hield de reactie van de oude man nauwlettend in de gaten. Hij luisterde echt, zijn volledige aandacht gericht op wat hij hoorde. Op het Zeppelinveld ziet hij hoe de *Standarten* worden gewijd door aanraking met de *Blutfahne*, de vlag met het bloed van Hitlers medeputschisten van 1923 erop. 'Circus van pseudoreligie,' luidt zijn commentaar, 'maar het volk wil betoverd worden met goedkope magie.' Over het militair vertoon is hij beter te spreken: laag scheren jachttoestellen en bommenwerpers over het ontzette publiek, kanonnen bulderen, in ieder steekt verlangen naar oorlog op, een geestdrift die zo lang is opgevoerd dat ze niet anders dan met bloed kan worden ingelost.

Hugo maakte een filmopname van de oude man die naar de dagboekaantekeningen van zijn jonge zelf luisterde; misschien dat hij zich met zijn herinneringen herenigde. Hij zat rechtop en luisterde met een enigszins schuin hoofd naar de gebeurtenissen die zich zo'n tachtig jaar geleden hadden voltrokken.

Toen Hugo hem na een halfuur naar het grote huis wilde terugbrengen legde de oude man met onverwachte kracht zijn handen op de wielen om ze te laten stoppen met draaien, Hugo meende zelfs dat hij iets zei wat klonk als *verdammt noch mal*; hij wilde duidelijk niet van zijn herinneringen worden gescheiden.

Het gezicht was nu beter dan voorheen maar nog altijd materie, geen geest. 'Godverdomme,' mompelde hij een paar keer achtereen en veegde het gezicht met een krachtige streek van de poetsdoek weg. Hij trok zijn schoenen aan en verliet het koetshuis. Dwars door het bos ging het, naar de westelijke muur. Hij klom eroverheen en vervolgde zijn weg in het duingebied daarachter. Problemen werden soms lopend opgelost; er waren geen garanties. Over wildpaden liep hij naar zee. Windstil en warm was het. Hier hadden Willem en hij in hinderlaag gelegen met machinepistolen van gele pvc-pijpjes, stukken hout en ducttape. En hij herinnerde zich een zondagse familiewandeling die lang geleden langs de pantsermuur had gevoerd. Zijn vader en zijn grootvader voorop, zijn vader in een rode broek en een zalmroze polo, zijn grootvader in een licht zomerkostuum met klepzakken; Hugo liep achter hen en daarachter kwamen zijn moeder en zijn grootmoeder. Zijn grootvader had een hand op de muur gelegd en erop geklopt. Hij roemde de kwaliteit van het beton. Van elk nieuw onderdeel van de verdedigingslinie werd een monster naar een laboratorium in Keulen gestuurd ter controle – ze werden zonder uitzondering als *erstklassig* beoordeeld. In Nederland, vertelde zijn grootvader terwijl ze verder liepen, waren maar een man of vijftig bewaking nodig om tienduizend man van de *Arbeitseinsatz* gaande te houden, de Nederlandse arbeider was plichtsgetrouw en consciëntieus. Dat was in Vlaanderen en Frankrijk wel anders, daar liepen ze de kantjes ervan af. Daar was tien keer zoveel bewaking nodig en moesten voorbeelden worden gesteld. Hij was spraakzaam voor zijn doen, de muur had schijnbaar prettige herinneringen bij hem opgeroepen. Het waren de dingen die een grootvader wist, had de jongen aangenomen, de ervaring van een oude man. Intussen wist Hugo dat hij die kennis persoonlijk had opgedaan na zijn fronttijd, nadat hij eerst in dienst was getreden bij de Nederlandsche Oostcompagnie en zich daarna, als *man of all trades*, had toegelegd op het bouwen van bunkers voor de bezetter. Niet de pantsermuur in de duinen maar tankgrachten in Den Haag en langs de kust.

Van zijn grootvaders fronttijd had Hugo nu een globaal overzicht, in de dagboeken was hij aanbeland bij de tijd erna. Na zijn repatriëring vanuit Novaja Arkadia, als hij weer een beetje is opgelapt, meldt zijn grootvader zich op het hoofdkantoor van de Nederlandsche Oostcompagnie in Den Haag, zoals hem is opgedragen. Daar heeft hij een ontmoeting met de directie van de NOC en president Rost van Tonningen. Diens echtgenote Florrie Heubel kent hij nog van voor de oorlog; via haar heeft hij jaren geleden kennisgemaakt met Frieda Seegers van Rhijn. Ook aanwezig zijn directeur Daniël Krantz, thesaurier-generaal Frederic Rambonnet en een secretaresse. De directiekamer is ruim en licht en toch benauwen hem de ordners, archiefkasten, de zware damasten gordijnen en het staatsieportret van de Führer tegen de achtermuur. De uitgestrekte ruimte van het oosten heeft bezit van hem genomen. De onrust en gejaagdheid van een veteraan. Het gesprek begint informeel over de dingen die Rost van Tonningen en hij gemeen hebben, Delft, Roeivereeniging LAGA, waar hij, Rost, nog president van is geweest. De Varsity gewonnen in 1914. 'Toen was u nog niet eens geboren!' De mannen lachen, Krantz het hardst, de lach van een knecht. *Mijn eigen bronzen medaille bij de Europese kampioenschappen heb ik maar niet ter sprake gebracht.*

Rost van Tonningen wil Nederlandse koloniën stichten in de veroverde oostgebieden en heeft daartoe de Nederlandsche Oost-compagnie opgericht. De Reichsführer steunt hem volledig in deze wens. In de NOC participeren de Staat der Nederlanden, de Nederlandsche Bank en de havensteden Amsterdam en Rotterdam, er zijn kortom voldoende middelen voorhanden om aan de slag te gaan. Onze voorouders, vervolgt hij, hebben in het Hanzeverbond een beslissende rol gespeeld in de handel op het oosten, en zoiets is nu opnieuw voor ons weggelegd. Met de nieuwe oostkoloniën kunnen we het verlies van Nederlands-Indië goedmaken. Ook in naam verwijst de NOC naar haar grote voorganger de VOC. Willem luistert en wacht op wat komen gaat. Rost komt hem ondanks zijn palmares wat miezerig voor, zowat kaal al en met Maleisische trekken. Geen wonder dat hij is afgekeurd voor de Nederlandsche SS. Aan het front zou hij nog geen dag overleven.

'Dit,' zegt hij, 'is mijn aanbod: dat u, met uw bewezen buitenlandse ingenieurs- en officierservaring, een plaats krijgt in de directie van onze nieuwe compagnie. Ik zie in u de juiste persoon om bouw- en ontginningsprojecten te leiden in de Rijkscommissariaten Ostland en Oekraïne.'

Zijn salaris wordt vastgesteld op veertienduizend gulden per jaar, al over drie weken zal hij op dienstreis moeten naar het Rijkscommissariaat Oekraïne om de herstelwerkzaamheden rond een verwoeste dam in Zaporizja voor te bereiden. Ook zal er begonnen moeten worden met baggerwerkzaamheden op de Dnjepr.

Al staat hij niet langer in een militaire bevelsstructuur, Willem weet dat het aanbod afslaan neerkomt op dienstweigering. De enige manier om eraan te ontkomen is zich weer aan te sluiten bij zijn compagnie, iets waartoe hij zich nog volstrekt niet in staat voelt. Hij loopt nog altijd met een wandelstok en is *kampfmüde* tot in zijn merg. Hij aanvaardt het voorstel, waarmee het onderhoud vrijwel meteen ten einde is.

46

Hugo zat tegen de warme buitenmuur van het koetshuis en dronk flesjes Jupiler uit de elektrische koelbox. Weer gloeide het licht zo fel in de boomtoppen. Lichte roes van onoverwinnelijkheid: toen hij warm en bezweet uit de duinen was teruggekomen die middag had het weggeveegde gezicht op het doek hem aangenaam verrast. De karakteristieken ervan waren nog duidelijk zichtbaar, doorschijnend, terwijl het er eigenlijk al niet meer was, alsof het was leeggewaaid. Het duurde even voordat hij zich herinnerde waar hij dat eerder had gezien: bij Harry Potter, als de Dementors alle gelukkige gevoelens en herinneringen uit een Dreuzel wegzuigen en alleen de slechte overlaten, waarbij het gezicht van het slachtoffer onvast en vlagerig wordt, zo zag het eruit. Hij had een Potterfilm in het vliegtuig gezien, met Loïs onderweg naar Los Angeles; het meeste was hij vergeten maar de Dementors stonden hem helder voor de geest. Hij aarzelde nog over het dramatische effect van het weggeveegde gezicht maar beschouwde zijn opwinding over de toevalsvondst als een goed teken. Willem Adema de Oudere als Dreuzel, haha.

Het bos ademde een onwerkelijke koelte uit. Op een dag als deze stelde hij zich voor dat hij excentriek en eenzaam op Oostraven zou achterblijven als zijn grootouders er niet meer waren; net als de kunstenaar herman de vries zou hij elke dag naakt door het bos lopen en de dieren bij hun naam noemen.

Dikkie kwam tussen de poortdeuren vandaan en begon zich

een eindje verderop te wassen. Hugo keek graag naar de ondoelmatigheid van zijn bewegingen, de willekeur ervan. De kat deed hem aan Marnix denken, die ook een schijnbaar richtingloos leven leidde maar wie het aan niets ontbrak. Hij wachtte de kauwen af, die nu gauw hun rustplaats voor de nacht zouden opzoeken. In holtes in de beukenstammen langs de oprijlaan zaten een paar nesten waaruit de hele dag een dwingend *ka-ka!* van de kuikens opsteeg. Het had een aangename metalige klank. Daar waren de vogels al – als door een toverspreuk werden ze onzichtbaar in de boomkronen opgenomen, en net als elke avond stegen ze daar met een hoop gekrakeel weer uit op voor een tweede en soms nog een derde landing, als de herhaalde *touch and go's* van een beginnende piloot. Tussen de bomen werd het al donker maar op het grasveld bij het grote huis was het nog net licht genoeg om te kunnen voetballen, zoals kinderen doen tot ze geen hand voor ogen meer kunnen zien. Uit het bos kwam de auto van de nachtverpleegster aanrijden. Hugo stak zijn hand op toen ze hem passeerde, maar ze zag hem niet. Op een enkele laatste uitroep na waren de kauwen in de bomen stil nu. Even later sprongen de buitenlampen van het grote huis opnieuw aan, gevolgd door voetstappen op het grind. Een autoportier ging open en weer dicht, het duurde even voordat de motor van de Mini werd gestart. Langzaam reed Vera hem even later voorbij op weg naar de poort. Weer stak hij zijn hand op, ook zij leek hem niet te zien. Pas een paar meter verderop remde ze, met een uitstorting van rood licht op de kiezels. Ze reed een eindje achteruit en zei door het open raam: 'Ik zag je niet.'

'Niemand,' zei Hugo. 'Ik zit hier al de hele avond te zwaaien.'

Ze lachte. De motor zoemde, het was ongelofelijk hoe stil verbrandingsmotoren waren geworden, als je bedacht dat zich daarbinnen een onophoudelijke serie explosies voordeed.

'Weet je wat ik zou willen?' zei hij toen. Hij liet een korte stilte vallen. 'Dat je iets met me zou drinken,' liet hij erop volgen. 'Ik heb de hele dag nog geen woord met iemand gewisseld.'

'Vanmiddag nog,' zei ze. 'Met mij.'

'Dat is alweer zo lang geleden,' zei hij. Hij wees om zich heen. 'Je hoeft je auto niet eens weg te zetten. Er is heel weinig verkeer hier.'

Ze keek door de voorruit naar de donkerte onder de bomen waarin de oprijlaan verdween. Toen knikte ze en stapte uit.

'Ik heb helaas alleen bier,' zei hij.

'Ik drink geen bier,' zei ze. 'Sorry.'

'Er ligt volgens mij nog een fles wit in de ijskast.' Hij knikte naar het grote huis. 'Hier, ga zitten. Wil je wit? Of iets anders?'

Te veel haastige woorden achter elkaar.

'Wit is goed.'

Onvaste loop, hij had al een tijd zitten drinken. Schijnwerpers sprongen aan toen hij binnen het bereik van de sensoren op het voorplein kwam. Opeens was de lucht vol gevleugelde insecten. Met de fles Verdicchio en een glas keerde hij even later naar het koetshuis terug. Ze had een been over het andere geslagen alsof ze een tijdschrift las in een wachtkamer. Spijkerbroek, elegante sandalen met een leren bandje rond de enkel. Doorzichtige nagellak op haar teennagels. Ze was gevaarlijk evenwichtig. Hij keek op het etiket. Niet lang meer en hij had een leesbril nodig. 'Ik weet niet of het wat is,' zei hij toen hij haar inschonk.

'Het is een heerlijke avond,' zei ze.

'Vanmiddag ben ik door de duinen naar zee gelopen. Ken je het gebied hierachter?'

'Heb je gezwommen?' vroeg ze.

Hij knikte.

'Lang of kort?'

'Best een tijdje.'

'Was het koud?'

'Nog wel ja. Maar als je eenmaal door bent is het goed te doen.'

'Ging je ver?'

Verbazende vragen, als van een kind. Het water was prikkelend koud geweest, hij was door de golven heen gedoken die op hem afkwamen als een grote man. Daarachter was het rustiger. Hij wist hoe muien werkten, wat je moest doen als je naar open water werd meegetrokken.

Ze kwam uit Blokker, een tuindersdochter opgegroeid in een vlak landschap van lange, rechte stroken. Je hoorde het als je het wist. De pregnant rollende r, de verwaarlozing van sommige andere klanken. Ze woonde in Oegstgeest, man, twee kinderen. Hij vloog voor Transavia. Het begin van de barst, dacht hij onwillekeurig. Hij was gespannen, hij had het spel al zo lang niet meer gespeeld. Speelde hij het nu? Hij wist het niet, alleen dat haar aanwezigheid hem op een haast vergeten manier prikkelde. Hij herinnerde zich de droom van een tijd geleden, over zichzelf als een verlorene, die een Dominicaanse met een cello probeerde te verleiden in een onbekende metropool, de droom die hem vertelde dat levenslust het voornaamste kapitaal is van de minnaar. Dat je ze aan het lachen kunt maken, want lichtheid is geluk.

'Kom,' zei hij, 'ik wil je wat laten zien.' Ze liep achter hem aan het koetshuis in. Hij ging voor het doek staan; het oudemannengezicht waar de wind doorheen waaide begon hem steeds beter te bevallen. Hij voelde aan de verf. De oranje ondergrond was teruggebracht tot een paar dunne, gloeiende strepen aan de horizon. 'Hier had ik hem voor nodig vanmiddag,' zei hij.

Vera nam het in zich op. 'Zo,' zei ze. 'Dat uniform.'

'Je wist dat hij fout was?'

Ze knikte. 'Joke vertelde het. Als ik het van tevoren geweten had was ik hier niet komen werken. Mijn opa zat in het verzet, hij zou zich omdraaien in zijn graf. Maar ik zie hem nu eigenlijk vooral als hulpbehoevend oud mannetje.'

'Dat begrijp ik. Maar hij is in zijn leven ook een paar andere mannen geweest.'

Vera bracht haar gezicht dichter bij het doek. 'Het is hem, maar ook niet... Ik vind het erg mooi.'

'Het geluk was met me vandaag.'

Het leek of ze hem niet hoorde. 'Ik vroeg me al af wat je hier kwam doen,' zei ze nadenkend. 'Hoelang blijf je?'

'Geen idee, eerlijk gezegd.'

'Kan je dat dan zomaar, zo lang wegblijven van huis?'

Hij wees naar de kat op de matras. 'Waar Dikkie is ben ik thuis.'

Ze keek naar het dier. 'O ja,' zei ze. 'Waar woon je normaal dan?'

'Amsterdam.'

'Dus hier slaap je ook?' Ze nam de matras in de hoek, de muggenspray en het opengeslagen *Massa en macht* uit Beths bibliotheek ernaast in zich op. *Ze dansen het vuur zelf, ze worden tot vuur. Hun bewegingen zijn die van vlammen.* Hij had er een potloodstreep bij gezet, bij de beschrijving van een Navajo-vuurdans, zoals hij vroeger Beth had zien doen. Vera's blik ging over het verfrommelde laken. Het bed van een zwerver. Stroperig golfde de begeerte door zijn lijf. Zich daar naast haar neer te leggen, de verschillen en het ongemak te voelen oplossen als smeltende suiker.

'Ik hou van Amsterdam,' zei ze. Ze klonk als iemand voor wie de stad een onbereikbare droom was gebleven.

'Veel mensen doen dat,' zei Hugo. 'Het is erg vol.'

Vera zette een stap bij het doek vandaan en zei: 'Grappig, er is de hele tijd weer iets nieuws te zien. Die dingen daar' – ze wees op de stenen wachters voor de Scythische grafheuvel – 'had ik eerst helemaal niet gezien.'

'Negen seconden brengt een museumbezoeker gemiddeld voor

een schilderij door. Je hebt het gemiddelde al ruimschoots verslagen.'

Ze lachte ongelovig. 'Negen? Echt?'

Hij schonk haar glas bij en nam zelf de laatste Jupiler. Ze gingen weer naar buiten. Het grote huis was donker. De buitenwereld wist niet dat het zich in het bos verborg en twee vergeten levens herbergde; het zandpad ernaartoe werd alleen gebruikt door ruiters en terreinwagens. Als het slecht weer was en de kuilen in het pad vol water stonden liep het personeel het hele stuk vanaf de weg.

Een paar jaar werkte ze nu hier, vertelde Vera, Hugo's vader had haar aangenomen. Het werk was niet erg uitdagend maar ze hield van het huis, van de ruimte en de geheimzinnigheid ervan. Zijn grootouders waren nogal lastpakken eerlijk gezegd – hij wilde vaak niet gevoerd worden zodat het eten overal terechtkwam behalve in zijn mond, en zij zag overal complotten tegen haar en haar bezittingen. Nou ja, het was betrekkelijk onschuldig allemaal, alleen wel vermoeiend soms.

Ze bezat verrassingen, een gevoeligheid die ze spaarzaam toonde. Ze droeg een gouden trouwring en een ring die was ingelegd met smaragden; rond haar pols hing een armband met bedeltjes eraan.

Er wordt in het spel op enig moment een beslissing gevraagd, een woord of een daad, soms heb je maar één kans. Herkent hij het moment als het daar is? Niet nu maar later, als ze nog meer gepraat hebben en ze zich op haar gemak voelt bij hem en moet lachen om zijn dwaasheden? Zesenveertig is ze, vijf jaar ouder dan hij, haar kinderen gaan naar de middelbare school, haar man is vergeten hoeveel geluk hij met haar heeft. Op de dag dat ze hem verlaat zal hij het zich herinneren en over de vloer kronkelen van ellende en haar bij haar knieën vastgrijpen en smeken niet weg te gaan, maar hij heeft buiten het ijzeren plan gerekend.

47

Hij werd wakker met de rinse boslucht die door de openstaande achterdeuren van het koetshuis kwam. Dikkie lag bij zijn borst. Hugo hoopte op een dag vanuit zijn leger een ree of een vosje te zien. 'Sorry Dikkie,' zei hij toen hij rechtop ging zitten. Hij keek rond – alles was er, het eerste voltooide schilderij, zijn boeken, de kat die nu krakend brokjes vermaalde bij zijn voerbak. Vera was de vorige avond opeens een beetje haastig vertrokken. Na twee glazen had ze zich nog 'een halfje' laten inschenken en toen nog een. Hoe leefde ze, wat zou ze eigenlijk willen zeggen? Je moest voorzichtig zijn, alsof je een bewegende molshoop bestudeerde, misschien kreeg je het te zien. 'Nou,' had ze bij de auto gezegd, 'tot maandag dan maar denk ik.' De opgeruimde toon nu die weer bij de verpleegkundige hoorde en niet bij de voorzichtige confidenties onder de welwillende avondhemel zo-even.

'Maandag pas.'

'Het weekeinde is voor m'n eigen patiënten.' Haar brede lach met witte tanden.

'Het was leuk,' zei hij, en streek heel even licht met de rug van zijn wijsvinger over haar wang, een vrijpostigheid die hem zelf verbaasde. Stapvoets verdween ze even later tussen de bomen.

Tevreden over de choreografie van kleine bewegingen lag hij nog een tijd te lezen. *Hij voedt het zoals hij een dier voedt; hij kan het laten verhongeren; hij kan het verstikken. Daarmee is de belangrijkste eigenschap van het vuur reeds aangeduid: het wordt behandeld alsof het leeft.* Dichtbij klonk de enkele roep van een bosuil. Terwijl hij wachtte op het antwoord viel hij in slaap.

Hij zette een nieuw doek klaar in het midden van de ruimte, met de achterkant tegen de oude sjees, zodat hij naar buiten kon kijken onder het werk. De zon brandde al krachtig. Op het grasveld zat een kauwenjong luid bedelend met zijn vleugels te klapperen. Het huis was stil; staand aan het aanrechtblad in de schemerige keuken at hij zijn ontbijt. Het was een ideaal huis voor een semiartistiek gezin met drie zonen en honden die Vlad en Moritz heetten, in de hal lagen bemodderde laarzen. De jongens temden jonge kauwen en lapten een beschadigd buizerdjong op tot het weer kon vliegen. Je hoorde hun kreten bij het zwembad, de hardhandige spelletjes, het opspattende water. De voetafdrukken op de tegels, vluchtig als onze voetstappen op aarde.

Zijn vader had hier na terugkeer uit Venezuela gewoond, alleen met zijn ouders, net als Hugo in zijn jeugd, ze hadden zelfs dezelfde slaapkamer op de eerste etage gehad. Hij wist weinig van zijn vaders jeugd op Oostraven, maar nam aan dat die gelijkenis vertoonde met de zijne. Hugo ruimde de keuken op alsof hij er niet geweest was en ging de brede trap op naar boven. Dezelfde treden die kraakten, dezelfde geur van stilstaand leven. In het schemerduister strekte de gang zich voor hem uit. Hij keek naar de deur van zijn oude slaapkamer, een onaangenaam gevoel op zijn borst. Achter die deur ligt een doodsbange jongen in het donker. Hij heeft geslapen, hij is wakker geworden van het zachte tandengeknars van het slot. Slepende voetstappen naderen hem, als van iemand die niet wil struikelen in het donker. Als een stenen beeld ligt de jongen in zijn bed. Ogen dicht, niet te horen is of hij ademt. Alleen zijn hart, paukenslagen in zijn borstkas.

Hugo schrok op, zijn hand op de deurklink. Het was zijn eigen dreunende hart dat hij hoorde. Bruusk opende hij de deur. De kamer was leeg. De vergeelde vitrages voor de ramen zeefden het licht. De jongen, wie was hij? Welk geheugen had de herinnering van zo-even geproduceerd, het zijne? Dat van het huis?

Hij sloot de deur en liep naar zijn grootmoeders vertrekken.

Ze zat in het heldere ochtendlicht bij het raam in de erker en keek naar buiten. Hij ging in de leunstoel tegenover haar zitten. 'Ik zag je lopen,' zei ze, en richtte haar blik weer naar buiten. Op het grasveld maakte het kauwtje nog altijd een hoop kabaal. Haar oog traande, ze depte het met een zijden doekje. 'Het is fijn dat er weer iemand is.'

'Daar kwam ik voor,' zei hij. 'Het werk gaat goed, ik zou graag de zomer blijven. Als u het goedvindt.'

Ze keek hem lang aan. Wat ging er om achter die maansteenogen? Ze droeg een lichte blouse en een mauve jasje. Dun lag de geoliede huid over haar sleutelbeenderen, de bovenste ribben. 'Waarom ben je in die stal?' vroeg ze toen. 'Waarom kom je niet in huis, *bo ta'a baka anto*?'

'Ik werkte daar vroeger ook,' zei hij. 'Ik voel me er thuis.'

Maar ze bleef erbij dat het geen pas gaf dat hij zich in die stal ophield als een koe. 'Wat vind je *kompromentida* ervan?'

'E no ta mi kompromentida mas,' zei Hugo. 'We zijn al een jaar uit elkaar.'

'*Poberitu*,' zei ze hoofdschuddend. 'Vind een nieuwe. Hoe oud ben je? Een *bon nèchi* als jij hoort niet zonder meisje. Of ben je een *mariku*, nou?'

Hij schudde geamuseerd zijn hoofd. Nee, geen flikker, de rouwperiode duurde alleen wat lang misschien, hij had veel van haar gehouden.

'Dat is verkeerd,' zei zijn grootmoeder gedecideerd. 'Je moet nooit te veel van iemand houden.' Ze schudde haar wijsvinger heen en weer, haar ringen tikten tegen elkaar. 'Je moet precies genoeg van iemand houden, niet te veel. Anders vreten ze je op, als een leeuw de *kabritu*.' Haar hand klauwde in de lucht. Weer liep er een glinsterend traanspoor uit haar ooghoek.

Had ze gelijk? Had hij te veel van Loïs gehouden? Had de liefde een mate van afstand en zelfzucht nodig om draaglijk te zijn, om te kunnen overleven zelfs?

Hij volgde de blik van zijn grootmoeder naar buiten, waar het kauwenjong nog altijd wild met zijn vleugels sloeg. Zijn bedelroep was helemaal hierboven te horen. Kauwen zijn trouw en koolmezen niet, had Wieringa bij de chinees in Westerbork gezegd. De *Corvus monedula* deed aan levenslange paarbinding, als de een stierf vertoonde de ander langdurig tekenen van rouw. Hugo zag ze elkaar weleens vlooien op een tak, waarbij ze met hun snavel door elkaars kraagveren woelden. Het leek hem niet dat kauwen een teveel aan liefde kenden.

Tegen de middag reed hij naar Amsterdam om de post op te halen. Met de ramen open slalomde hij door de binnenstad, waar de energie hing van een zwembad in de zomer. Jonge vrouwen wierpen vrijpostige blikken door de ramen. Hij grijnsde. Een paar warme dagen en iedereen in de stad werd volslagen maf. 'In steden is het slecht wonen,' zei Nietzsches Zarathustra al, 'daar zijn te veel wellustige mensen.' Gedurende een hitteaanval was de stad wel de slechtste plek om te verblijven. Het was de warmste junimaand van de afgelopen honderd jaar geweest, vandaag was het een tropische julidag.

Uit de weldadige koelte van het bos gekomen voelde hij zich een beetje als de preutse Said Qutb die in 1949 in het liederlijke New York arriveerde vanuit Egypte. Huiverend van afschuw had de Egyptenaar zich verlustigd aan de *ronde borsten, welvende dijen en slanke benen* van de Amerikaanse vrouw, aan haar *expressieve ogen en dorstige lippen*. Overal hitsige lichamen, gespierde seksualiteit, aangewakkerd door jazzmuziek in clubs waarbij mensen schreeuwden en kermden als tijdens de daad zelf. Vitale, lege wereld. Hij had zijn ogen uitgekeken, die arme Qutb. *Met de verleiding van het lichaam alleen, zonder enige bedekking, ontdaan van bescheidenheid, ontmoeten meisjes jongens…*

Hugo zag hem voor zich op een brug over de gracht, de geschokte Said met zijn tandenborstelsnor en zijn mooie amandelvormige ogen; Amsterdam, zomer 2017, ontklede lichamen in bootjes varen onder hem door. Ze drinken en draaien met hun heupen op de muziek. De jongens met hun afgetrainde lichamen, de nagebootste paringen. De meisjes *willen* bekeken worden, ze *willen* dat hij zijn ogen over hun borsten laat glijden, hun glanzende dijen en billen. De tatoeages en glimmende steentjes in hun navel. Hoe kan het toch dat de Erbarmer, de Genadevolle, deze louche troep niet omkiept als een bord? Waarom is de Heer der Werelden toch zo geduldig met de ongelovigen?!

Geen zorgen, Said jongen, zegt Hugo bij zichzelf terwijl hij over de grachten stuurt, de stad wordt verzengd met vuur, nu al en in de toekomst nog veel meer. Parijs nadert de veertig graden in de zomer, 2015 en 2016 zijn de warmste jaren ooit gemeten en dit jaar komt daar ongetwijfeld nog bij. Nog een paar graden erbij en in New York is het 's zomers net zo heet als in Djibouti. Overdag verschuil je je in een gekoelde, deels geblindeerde ruimte, als groente in een ijskast. Wie zich buiten waagt voelt onmiddellijk de aanslag op zijn gestel, en wil alleen maar zo vlug mogelijk weer naar binnen om de dodelijke hitte te ontvluchten. Je kunt er alleen 's nachts op uit en dan nog loopt het zweet tappelings van je af. Het koelt nauwelijks meer af. De hitte van de dag is opgeslagen in het asfalt, het beton en in onszelf, de stad is een batterij die haar thermische energie 's nachts afgeeft. Blijven drinken jongen, want je nieren verschrompelen in deze hitte en je kerntemperatuur raakt ontregeld. Je hersenen raken beschadigd. Hittestress, hittesterfte, het zijn geen woorden die in jouw heilige boek voorkomen, beste Said, maar je kent uit de Koran ongetwijfeld de beschrijvingen van de hel *die wordt gevoed door een brandstof die uit mensen en stenen bestaat* – wat je zegt, net als in de stad inderdaad. Hoor het woord van de Heer met de 99 namen: *Proef de bestraffing van het branden!*

Binnen graaide hij de post bij elkaar en maakte een rondgang langs de verdiepingen. Met een gevoel van opluchting liet hij niet veel later de stad weer achter zich. Op de A4 gleed hij tussen de gele landerijen door. Het gras smeulde op de velden. Warme wind suisde langs zijn oren, hij zette de muziek harder. De routeplanner stuurde hem over de A44 naar Den Haag, waar hij Geertje zou bezoeken. Ter hoogte van Oegstgeest zwaaide hij naar Vera – was ze daar ergens, op een stretcher in de tuin, haar welvende dijen en slanke benen in de zon? Hij kreeg een erectie. Hij had al zo lang geen vrouw aangeraakt. Onwerkelijk krachtig bleef de verwachting van de liefde, een gelukzalige golf die door je innerlijk slaat.

48

De post had niet alleen rekeningen en uitnodigingen voor de gebruikelijke recepties en vernissages gebracht maar ook een uitnodiging voor de opening van de groepstentoonstelling *I Own Me/ Reclaiming the Female Body,* waar Loïs aan meedeed, op donderdag 14 september in Huis Marseille in Amsterdam. De voorkant toonde een indringende foto – naakt en mager zit Loïs in kleermakerszit terwijl er uit haar onderlichaam een soort schuimend vocht stroomt, tamelijk afstotelijk als hij eerlijk was; vrouwen en lichaamssappen waren altijd een gewaagde combinatie. Het vocht was met verf op de foto aangebracht, nogal overtuigend vond hij. Het suggereerde bloed en pus, een borrelend schuim dat gutsend haar lichaam verliet. *The Wound* heette de foto, zag hij op de achterzijde. Het deed hem denken aan het schilderij dat hij lang geleden van haar maakte, waarbij er ectoplasma uit haar lichaamsopeningen stroomde. Was dit een commentaar, allusie? Hij vond een wasknijper en hing de uitnodiging met een vaag gevoel van onrust aan de metalen tl-armatuur boven de tafel in het koetshuis.

Hij had nog één dagboek te gaan. Daarna stond hij voor een zwart gat. Hij zat onder de lamp te lezen, de warmte van de dag stond als een slapend paard in het donker. In het bos waren geluiden. Geritsel van kleine dieren, het korte *hoe!* van de bosuil. In de kruinen van de beuken langs de oprijlaan klonk soms een enkel, geïsoleerd kauwengeluid, alsof er eentje droomde op zijn tak.

Tijdens zijn eerste dienstreis voor de Nederlandsche Oostcompagnie naar de Dnjepr maakt Willem Adema vooral functionele notities. Waar hij kortgeleden nog als een zak aardappelen rondhotste achter in vrachtwagens, reist hij nu per vliegtuig en met de auto. Het land is gehavend. Op de Dnjepr zakt de moed hem in de schoenen bij de inspectie van de rivierwerken – een paar sleepbootjes en wat roestige baggerbakken, meer heeft het materiaal waarmee gewerkt moet worden niet om het lijf. Alles zal van de grond af opnieuw moeten worden opgebouwd, maar de Nederlandse en lokale contractarbeiders zijn murw en wantrouwig. Ze worden niet of te laat uitbetaald en beloofde voorraden en reserveonderdelen worden nooit geleverd. Ze zijn onvoldoende bewapend tegen de aanvallen van partizanen, bouw en productie liggen stil, de bevolking hongert en het zwaarste deel van de winter is in aantocht. Na Moskou en Leningrad is ook Stalingrad nog altijd niet ingenomen. Steeds schriller klinken de bazuinen van de propaganda, maar ze verstommen niet langer het ondermijnend gefluister onder de mensen. Bevelhebbers worden vervangen en de verpletterende overwinningen van de Duitse troepen in het eerste oorlogsjaar zijn veranderd in 'historische afweergevechten'. Willem weet dat zijn divisie al heel lang onder sterkte is, maar niettemin het Kaukasische gebergte in is gestuurd met de loodzware missie om Grozny en Bakoe in te nemen. Wie zijn er nog in leven van zijn peloton? En Van Foreest, waar is hij nu? In Sennheim was hij een van de belabberdste rekruten geweest, de fysieke tests had hij ternauwernood doorstaan. Hij zou alle geluk van de wereld moeten hebben om erdoorheen te komen.

In Zaporizja neemt Willem de schade op aan de verwoeste stuwdam. Tweehonderd kilometer ten zuidoosten ligt Novaja Arkadia, hij kan er in een paar uur zijn. Zo kortgeleden nog maar dat hij daar was, maar hij rept er in zijn dagboek met geen woord over, zomin als over Sofia.

Na zijn reis naar Oekraïne wordt in februari '43 het Zesde Leger van generaal Paulus bij Stalingrad in de pan gehakt en begint de grote vlucht terug naar het westen: een ordeloze massa Duitse vrachtwagens, keukenwagens en stukken geschut die zich terugtrekt. Panjewagens bezwijken onder het gewicht van torenhoog opgestapelde piano's, kasten, bedden, secretaires, schilderijen, trapnaaimachines en waswringers. Alles, alles. Treinen rijden westwaarts met zware industriële machines, naakt zonder de context van hun fabriek. Heeft Sofia haar oude schutkleur weer aangenomen toen het Rode Leger aan zijn opmars naar Berlijn begon? Heeft ze een plek in een vrachtwagen of een trein weten te bemachtigen, één van de miljoenen ontheemden die als een vloedgolf over het land spoelen? Alles wat benen, poten, wielen of rupsbanden bezit beweegt zich voort over de wegen, 's nachts kleurt de hemel oranje door de brandende huizen, vuurbakens in de oceanische steppenacht. Haar land is nu tweemaal verwoest, eerst toen de Russen zich terugtrokken, en nu de Duitsers dat doen opnieuw. Verweesd dwalen de achterblijvers door de rokende puinhopen van hun dorpen, de huizen waarvan alleen de tegelkachels en de schoorstenen nog overeind staan. Popes klagen dat er boven de tien geen maagd meer te vinden is. De oorlog wreekt zich altijd op degenen die niet kunnen vluchten.

Willem Adema is na zijn dienstreis benoemd tot directeur van een nieuw opgerichte dochtermaatschappij van de NOC, de Nederlandsche Oostbouw, kortweg NOB genaamd. Maar hij heeft, schrijft hij, al meteen een hopeloze opdracht, hij kan nauwelijks 'geschikt menselijk materiaal' vinden voor de kolonisatie van het Balticum. En dat terwijl hij het machtige Wirtschafts- und Verwaltungshauptamt van de SS in Berlijn veertigduizend arbeiders heeft beloofd om naar het oosten te zenden. Maar de bij de NOB aangesloten arbeidsbureaus hebben geen geschikte vaklieden meer beschikbaar in hun kaartenbakken. Na een grote dagbladcampagne melden zich in de wintermaanden van 1943 slechts een paar honderd haveloze boerenzonen, gelukszoekers en veroordeelde misdadigers aan. Willem kan zijn beloftes aan Berlijn tot zijn frustratie onmogelijk waarmaken.

In het NIOD-archief had Hugo brieven van NOB-medewerkers gevonden die hun beklag deden over hun nieuwe directeur. Een deugdelijke financiële administratie ontbreekt, had een bureauchef geschreven, er is geen passende uitrusting voor de oostpioniers voorhanden, niemand houdt toezicht op de banktegoeden van de buitenlandse NOB-kantoren en de achtergebleven families ontvangen geen of slechts gedeeltelijke thuisbetalingen. 'Overal,' vervolgde hij, 'in bureaus, in en onder kasten liggen stapels brieven van diverse instanties, personen en aannemers van bouwwerken die niet of verkeerd behandeld zijn.' Adema gedraagt zich volgens hem tiranniek en scheldt zijn personeel uit. Drie transporten moeten er wekelijks naar het oosten vertrekken, 4500 man per week; in een gymzaal in Den Haag worden de mannen die ze hebben kunnen krijgen haastig klaargemaakt voor vertrek. Eenmaal ter plaatse gaat alles fout. Fruittelers worden ingezet om knuppeldammen aan te leggen in de Letse moerassen, turfstekers eindigen als visser op een Litouws meer. Een ploeg boekhouders wordt naar Wit-Rusland gezonden om bomen te rooien. De kolonisten voelen zich bedrogen en zijn gedemotiveerd. Ze lopen groot gevaar omdat ze zijn uitgerust met afgedankte SS-uniformen en door partizanen voor soldaten worden aangezien. Er zijn veel meldingen van drankgelagen, onzedelijk gedrag en desertie; sommigen keren op eigen houtje naar huis terug. Er wordt in het oosten niets tot stand gebracht.

Willem Adema is duidelijk met een frontmentaliteit in de maatschappij teruggekeerd. Uit zijn dagboeken spreekt minachting voor civilisten met hun etappegeest, die niet weten wat het betekent om te lijden en jezelf ten offer te brengen. Hij commandeert zijn personeel en de oostkolonisten beschouwt hij als kanonnenvoer, onderworpen aan zijn bevel.

Tandenknarsend beschrijft hij hoe de NOC en haar dochtermaatschappijen voor velen een vehikel zijn voor zelfverrijking. Van hoog tot laag doet men zich tegoed aan onterechte voorschotten, voorraden worden gestolen en privileges misbruikt. Uit loodsen verdwijnen kisten drank, partijen Ukraina Virginia-sigaretten en balen Oekraïense tabak. Bestuursleden verschaffen zich op eigen houtje toegang tot magazijnen met Joodse goederen. Soms verdwijnt er als bij toverslag een hele goederenwagon uit de administratie, opgelost in het niets. Hij is onmachtig hiertegen op te treden, ook al omdat de NOB zelf goederen voor haar oostarbeiders betrekt via de zwarte markt.

Willem ligt met zowat iedereen overhoop. Dat hij op eigen houtje zakendoet met Duitse organisaties en over de incompetente NOC-leiding klaagt bij Oswald Pohl, de machtige SS'er aan het hoofd van het Wirtschafts- und Verwaltungshauptamt, komt hem op een scherpe reprimande te staan van Nederlands hoogste SS-baas Hanns Rauter.

Hij kan nog vertrouwen op zijn uniform, maar hoelang beschermt de aura van zijn fronttijd hem nog? Ook al staat hij lager in de hiërarchie, door zijn oorlogservaring is hij in zekere zin superieur aan zijn meerderen, mannen met ambtelijke carrières die niet weten hoe stapelkrankzinnig je wordt van een Stalinorgel of wat het betekent om iemands darmen terug te duwen in zijn buik. Hij heeft zijn bloed gegeven voor het ideaal, en bloed is de hoogste offergave in het Duizendjarig Rijk – niet voor niets is de Bloedvlag de allerheiligste relikwie.

49

Hugo keek op van het doek toen hij een auto het pad op hoorde komen. De crèmekleurige Audi Spyder reed door zijn beeld, langzaam tolden de wielen rond de rode remklauwen. Het dak was open, zijn broer was alleen. Het doek van de oude man had Hugo al met de voorkant tegen de muur gezet; nu schoof hij de dagboeken onder de matras en liep naar buiten. Willem Adema de Jongere stond naast de auto en rekte zich uit. Op zijn rug zat een grote transpiratievlek. Toen Hugo zijn naam riep draaide hij zich om en kwam met een grijns op hem af. Zijn evenbeeld was gekleed in een sportieve lichte broek en een op zijn lijf gesneden overhemd, de mouwen op z'n Italiaans opgerold. Willem oogde krachtig, gezond. 'Ik hoorde al dat je hier zat,' zei hij. Hij schoof zijn zonnebril in zijn haren en stapte nieuwsgierig het koetshuis binnen. 'Je slaapt hier? Wat doe je hier?!'

'Ik zocht een koele plaats,' zei Hugo. 'Om het werk weer op gang te brengen.'

Willem stond voor het doek waarop een paar heuvels te zien waren, doorsneden met transportwegen en boortorens, alles schetsmatig nog. 'Mam vraagt naar je,' zei hij. 'Ze heeft je in geen eeuwigheid gezien zegt ze. Je moet een keer langsgaan, je bent vlakbij.'

'Hoe is het met 'r?'

'Ze wordt oud. Versleten heup. Ze kan niet meer paardrijden, dat vindt ze nog het ergst. Het breekt haar op dat ze alleen is.' Hij haalde de uitnodiging voor Loïs' expositie van de lamp en bestudeerde die. 'Lekkere foto,' was zijn commentaar, en hij hing hem terug. 'Dus jullie hebben nog contact?'

Hugo schudde zijn hoofd. 'Afgezien van haar spullen die ze maar niet ophaalt.'

Nog eenmaal inspecteerde zijn broer de ruimte en zei toen: 'Ik ga ze gedag zeggen. Loop even mee.'

Het grote huis was koel als een kelder, barbaars luid klonken hun stemmen door de hal. 'Dus je bent teruggekeerd op het nest,' zei Willem. 'Hoelang heb je hier destijds gezeten?'

'Drie jaar.'

'Serieus? Ik dacht een jaar of zo.' Met twee treden tegelijk ging hij de trap op. De wereld was zijn wedstrijd, dacht Hugo. Als tien mensen tegelijk hun glas neerzetten hoorde je het zijne erbovenuit. In alles zou hij heersen, van het oplopen van een trap tot het domineren van de wereldzeeën met het grootste schip dat ooit gebouwd was. Mannen als hij waren in de loop van de geschiedenis beteugeld door mensenrechten, fiscale wetten en sociale voorzieningen – hindernissen die ze zo lang mogelijk hadden proberen tegen te houden en toen dat niet meer lukte verongelijkt omzeilden met dochtermaatschappijen en holdings in belastingparadijzen en het verplaatsen van de productie naar landen waar niemand ze op de vingers keek. Kapitaal liet zich niet beteugelen. Op het kantoor van zijn broer hing onder het portret van hun grootvader een geïnscribeerd schildje met diens logo erop.

One day, technology will break every monopoly. People with capital and entrepreneurial spirit cannot be stopped.

W.B. Adema, Founder Adema Marine Operations

Zijn voorspelling zou veel later bewaarheid worden in Silicon Valley, waar de nerds met hun hoogwaardige technologische innovaties inderdaad op elk terrein monopolies doorbraken – van pers en politiek tot aan het financiële systeem en de ruimtevaart werden de kaarten opnieuw geschud. *Disruptive technology* had niet alleen lollige apps en haast feilloze routeplanners voortgebracht maar ook de onstuimige groei van nepnieuws en complottheorieën die samenlevingen hadden verzadigd met angst, wantrouwen en woede. Ja, de oude monopolies waren nu doorbroken maar de Facebooks, Googles en Amazons hadden er hun krachtige, onbreekbare informatiemonopolies tegenovergesteld. Zijn grootvader had die ontwikkeling ongetwijfeld toegejuicht, hij had immers vooral een afkeer van staatsmonopolies gehad, op die van het nationaalsocialisme na dan.

Ze dronken thee bij hun grootmoeder in de erker. Willem liet haar foto's zien van Wieger en Roemer, zes en negen nu. Blonde kereltjes, Hugo had ze lang niet gezien. Zijn echtgenote Lidewij importeerde tegenwoordig wijn, vertelde zijn broer. De schuur stond vol dozen, de hele buurt dronk mee. Haar bedrijfje heette Lidewijn. Hugo ging zowat over zijn nek. Zijn grootmoeder, opgeveerd bij haar achterkleinkinderen, verloor onmiddellijk haar belangstelling bij het relaas over Willems vrouw. Hugo keek naar zijn broer. Hij deed zijn best, hij deed echt zijn best. Hij zou ook de beste echtgenoot, de beste vader en de beste kleinzoon zijn. Nooit kon hij aan zichzelf ontsnappen. 'Ja ja,' zei hun grootmoeder met haar vage, majesteitelijke glimlach bij de wijngebieden die hij opsomde. Domaine de Roncevaux, het zou haar wat.

De vertrekken van hun grootvader bevonden zich aan de noordkant van het huis. Ze kwamen een verpleegkundige tegen op de gang; José heette deze, Hugo wist inmiddels dat zij degene was die de weekschema's maakte. 'Hij is net wakker,' zei ze.

Hun grootvader zat in net zo'n elektrisch verstelbare leunstoel als zijn echtgenote, en richtte zich enigszins op toen zijn kleinzoons binnenkwamen. Op het bijzettafeltje naast hem lag *De Telegraaf*. Ook al kon hij geen woord meer lezen, zoals het was moest het blijven. Hij bladerde er soms nog doorheen, had Vera gezegd. Die krant was hem altijd goedgezind geweest. Zijn prestaties waren er altijd keurig in uitgelicht zonder een woord over zijn oorlogsverleden. Liever noteerde het Stan Huygens Journaal zijn 'keurige grijze haardos' en gaf het hoog op van zijn 'koopmanschap en grote technische kennis, die zelfs zijn vijanden bereid zijn toe te geven'. Als je die krant las wist je niet beter of je keek naar een geslaagd, onkreukbaar zakenman.

Zijn broer stak naast hem van wal over de stabilisatoren van de Boreas, het systeem functioneerde blijkbaar boven verwachting. Het schip werd afgebouwd op zijn ligplaats in de Prinses Amaliahaven op de Tweede Maasvlakte. Hij liet foto's op zijn iPhone zien, de oude man leek uitstekend te begrijpen waar het over ging. Bij een luchtfoto van het schip tikte hij met een lange gele wijsvinger tegen het scherm. 'Wasser fließe,' zei hij duidelijk verstaanbaar. Hij keek zijn kleinzoons om beurten aan om te zien of ze hem begrepen. 'Wasser fließe!' zei hij luider nu, en Willem knikte. 'Dat denk ik ook, pake, zeker. In januari wordt ze gedoopt in Rotterdam. Het is allemaal dankzij u. Blijf gezond, ik wil u er graag bij hebben die dag!'

Op de overloop zei Hugo dat hij iets moest pakken in zijn oude kamer. Hij ging naar binnen en wachtte tot zijn broer in het trapgat verdwenen was, voordat hij de deur achter zich sloot. Vaalgeel licht; op het bureau bij het raam stond nog het met parelmoer ingelegde pennenbakje met een paar pennen en potloden. Het bed in het verlengde daarvan, overtrokken met een geblokte wollen deken met een kuil erin, misschien nog van hemzelf toen hij daar gelegen had op het eeuwfeest. Hij naderde het bed alsof hij een lijkbaar naderde. Zwaarte. Hij stond aan de rand van het bed. De jongen ligt met zijn ogen dicht. Je hoeft niet alles te zien. Het zweten, zijn hartslag in zijn keel, het gaat op Hugo over. Hij gelooft niet in spoken maar wel in boze dingen die zich in de kieren van het hout nestelen. In de muren en de vloer. Waar het zich heeft vastgezet en wacht met het geduld van een dier. Het bespeurt je aanwezigheid, je warmte en beweging. Je ademt het in, het vergiftigt je bloed. Het is deze kamer waar iets mis mee is. Bezoedelde ruimte. Het was vroeger een afschuwelijke kamer en dat is het nog steeds.

50

Nadat zijn broer en hij hadden geluncht met de kliekjes uit de ijskast gingen ze met een fles bier bij het zwembad zitten. Het water was jadegroen, melkachtig, de bodem was nauwelijks te onderscheiden. Willem zwom, Hugo zat op de rand en tuurde naar het flikkerende zonlicht op het water. Hij kon zijn broer niet vertellen over de afgronden in de dagboeken van zijn grootvader – hoe verder het verleden van Willem Adema de Oudere op de achtergrond raakte, hoe beter het voor zijn broer en het concern was. Hugo zou, als hij op de een of andere manier iets uit de dagboeken openbaarde, zonder twijfel resoluut uit de sibbe verstoten worden.

Willems borstspieren waren getraind, zag hij toen hij zich op de rand hees. Hij schoor zo te zien ook zijn borsthaar, een modegril waaraan hij maar niet kon wennen. 'Je ziet er goed uit,' zei Hugo. 'Ben je verliefd?'

Willem knoopte een handdoek rond zijn middel en keek langs zijn lichaam naar beneden. 'Buikvet is een killer,' mompelde hij, en spuugde op de tegels. 'Het water smáákt zelfs naar algen.' Of Hugo niet de onderhoudsdienst kon bellen, nu hij hier toch was.

'Morgen,' zei Hugo.

'Wat je net zei,' hoorde hij even later boven zich. 'Ik heb wel degelijk een probleem.'

Hugo keek op, zijn ogen tot spleetjes geknepen. De zon brandde op zijn huid, nog net aangenaam.

'We hebben een nieuwe public relations officer,' zei zijn broer.

'Over de honderd sollicitaties, kiezen ze de lekkerste verdomme.'

'Kies je die niet zelf dan?'

'Ik zat in Doha. Ik had ze alle vijf gesproken, Howell en Saskia konden het verder wel af zonder mij dacht ik.' Hij schudde zijn hoofd. 'Ik maak weinig fouten, Hugo, bijna geen. Ik reduceer de kans tot een absoluut minimum. Je moet de fout zien voordat je 'm maakt, zei Cruijff. Ik slaap vier, vijf uur per nacht, 's nachts overzie ik het hele terrein. Wat ik vergat, echt vergat, is het oog naar binnen te richten. Ik had moeten weten wat zo iemand kan aanrichten.'

'Zo iemand...'

'Een geweldige vrouw, bedoel ik, wat een geweldige vrouw kan aanrichten.' Zijn broer zweeg. Hij overzag de ruïne die hij van zijn leven aan het maken was, de vreemde zelfverzekerdheid waarmee hij dat deed. Alsof er geen verlies bestond. Willem pakte zijn flesje van de grond en zette het aan zijn mond, zijn ogen op de boszoom in de verte gericht. Zijn confessie verraste Hugo. Het brandde in het innerlijk van zijn broer, het schreeuwde om naar buiten te komen.

'Ze was al aan het werk toen ik weer op kantoor kwam,' vervolgde zijn broer. 'Clementine. Shit. Niet doen Willem, zeg ik elke dag tegen mezelf. Geen domme dingen doen. Ontsla dat wijf voor het te laat is. Maar nee hoor, elke dag een beetje dichterbij, steeds een beetje dichterbij. Je weet het allebei, je bent zo geladen als wat, vonken springen over en weer. Soms is het een paar dagen rustig. Oké, denk je dan, ze heeft zich blijkbaar bedacht, prima, maar dan begint het weer van voren af aan.'

'Weet je wat het is,' zei hij na een korte hapering, 'het moment waar het om gaat? Niet dat ze naakt voor me staat in een hotelkamer, haar lichaam, niet de rest. Nee, het is het moment dat ze tegen me zegt: "Ik wil je niet in de problemen brengen, lieveling. Maandag neem ik ontslag."'

Verbluft nam Hugo zijn broer op. Hij meende het. Niet het feit dat Clementine Shit zichzelf, haar lichaam aan hem geofferd had maar dat ze haar baan voor hem wilde opgeven, dat had hem het meest getroffen. Dat was de hoogste liefdesgave voor een materialist als hij.

'Oké,' zei Hugo, 'maar dat is natuurlijk niet gebeurd. Nu even terug naar dat lichaam, die hotelkamer...'

'O man!' riep Willem uit. Hij ging met zijn armen wijd aan de rand van het bad staan en stortte rechtstandig, als een omvallend kruisbeeld in het water. Hij kwam weer boven, legde zijn armen op de rand van het bad en zei: 'Ze doen dingen tegenwoordig, die meiden... Zoveel vrijer dan wij vroeger. Geen schaamte, volstrekt geen schaamte.'

'Hoe oud is ze?'

'We schelen twaalf jaar.'

'Oké,' zei Hugo, 'dus het is serieus.'

'Hoezo?'

'Anders had je wel gezegd dat ze negenentwintig was.'

Willem sloot zijn ogen. 'Verdomme.' Nog eenmaal ging hij onder, toen hees hij zich op de kant en zei: 'Ik geloof niet dat er sindsdien een dag is geweest dat we het niet hebben gedaan.'

'En alles is anders dan je ooit hebt meegemaakt?'

'Ja,' zei hij blij verrast. Toen pas drong Hugo's ironie tot hem door en zei hij: 'Krijg wat. Is er nog bier?'

Hij sliep nog maar een paar nachten per week thuis. Tegen Lidewij zei hij dat hij moest nadenken, misschien de voortekenen van een burn-out, hij moest echt rustiger aan gaan doen; de gebruikelijke afleidingsmanoeuvres kortom. Ze was radeloos. Ze wilde het zo graag geloven. Als ze huilde verkilde hij. 'Puinhoop,' mompelde hij. 'Ronduit.'

Hugo haalde nieuwe flesjes. Op een ligstoel in de schaduw luisterde hij even later naar het verhaal van zijn broer en Clementine Shit. Melk en honing was ze, natuurlijk was ze dat. Had hij geen vrienden aan wie hij deze dingen vertelde? Een of twee uit zijn studententijd, maar hij wilde de kring van ingewijden zo klein mogelijk houden, iedereen was een potentieel lek.

'Ik dacht dat je allang een minnares zou hebben,' zei Hugo. 'Iemand van jouw statuur.'

'Je vergist je wel vaker in mij,' zei Willem kort. 'Weet je waar we het de hele tijd over hebben? Een vakantie samen. Tijd hebben, hele dagen, hele nachten. Hand in hand lopen. Een vakantie samen, *Christ*... Dat ik naar haar gebruinde kuiten kijk in een straatje op een of ander Grieks kuteiland en dat er dan straks een koele kamer is met uitzicht op zee.'

Hugo grinnikte. Hij had het echt zwaar te pakken. Verlangen en verbeelding, en de weg van tranen die voor hem lag. Hij zou haar bruine benen zien op Hydra en de slangen op het hoofd van zijn echtgenote horen sissen en het bloed uit haar ogen zien druipen, en haar met een godsvermogen afkopen want scheiden is duur, zoals hun vader had gegromd nadat hij hun moeder de villa had gelaten en haar van een maandelijkse uitkering voorzag waarmee ze haar *grand living* tot aan haar dood kon voortzetten – zonder dat hij er ook maar de geringste twijfel over liet bestaan dat het hem elke cent waard was geweest. Ze zwegen. Hugo sloot zijn ogen. Het heetst van de middag. Onmerkbaar glipten zijn gedachten het droomdomein binnen, een erotisch geladen voorstelling van zijn broer en zijn minnares, niet onaangenaam. Soms werd hij gestoord door krantengeritsel – Willem die door *De Telegraaf* bladerde die hij van boven had meegenomen, en herenigde zich dan moeiteloos weer met zijn dagdroom.

Nu hoorde hij zijn broer grinniken en opende zijn ogen. Willem zat in de zon, het zweet drupte van hem af. Hij zei: 'Hij laat zijn baard staan tot er een nieuw kabinet is.'

'Wie?' vroeg Hugo.

'Thierry.'

'Wie?!'

'Thierry Baudet.'

'Wat is daarmee?'

'Ik lees hier dat hij zijn baard laat staan tot er een nieuw kabinet is.'

Hugo geeuwde. 'Waarom wil hij een nieuw kabinet als hij zo'n hekel heeft aan de gevestigde politiek?'

'Het partijkartel ja, zo noemt Thierry het.'

Hugo kwam overeind en zei: 'Even. Waarom zeg je de hele tijd "Thierry"?'

Willem veegde het zweet van zijn gezicht. 'We hebben hem uitgenodigd voor een spreekbeurt bij papa thuis, voor ons genootschap. Een visionair, ongelofelijk enthousiast. Hij gaat heel groot worden, let maar op. De volgende verkiezingen worden cruciaal. We hebben gewacht op iemand zoals hij. Hij heeft echt uitstekende ideeën voor dit land. Een renaissance noemt-ie het zelf, en hij gaat het waarmaken, *mark my words*.'

Hugo haalde diep adem en vroeg: 'Wat precies?'

'Dit land heeft weer kleur op de wangen nodig, Hugo. We steunen hem in zijn missie om onze nationale identiteit terug te veroveren. We hoeven ons niet voor onszelf te schamen, voor de koloniale tijd niet en voor onze tradities niet – er is zoveel om trots op te zijn. We zijn verzwakt, Hugo, verzwakt en overbevolkt. Wat is er gebeurd met dat land van dappere kerels die oceanen overstaken om nieuwe gebieden te ontdekken en nieuwe producten te halen en terugkwamen met verhalen en dingen die we hier nog nooit hadden gezien? Die mentaliteit, weg. Onze hele geschiedenis wordt herschreven. In plaats van trots te zijn maken we overal excuses voor.'

Hugo wist dat zijn grootvader medeoprichter was van het Libertair Genootschap. Zijn vader en Willem waren later ook lid geworden. Een hobbyclub van de vrijemarkteconomie noemden ze het. Met ondernemers van allerlei slag, een paar havenbaronnen en afgedwaalde aristocraten filosofeerden ze een paar keer per jaar over hoe ze de wereld naar hun zin konden inrichten. Hun eerste gebod: vrijstelling van alle soorten belasting en volledige bescherming van hun eigendomsrecht. De 'geldinnende staat' (al een stokpaardje van Willem Adema de Oudere) moest een halt worden toegeroepen. Zijn broer was al zo lang Hugo zich herinnerde voorstander van vrijhandelszones waar de overheid afwezig was en de markt zichzelf reguleerde – al op school had Willem er een werkstuk over gemaakt. Het was een filosofie van rechten zonder plichten, en de rechten kwamen alleen de sterksten toe. Een armoediger Utopia kon je je niet voorstellen.

'Het einde van onze cultuur, Hugo,' hoorde hij zijn broer zeggen, 'dat moet jou toch interesseren?!'

Hugo kneep zijn ogen dicht, het witte licht ketste van het water en de tegels. 'Weet je, Willem,' zei hij vlak, 'in 1940 had die oude man daarboven het in zijn toespraken ook al over de cultuurdood van het Westen. Ik word er een beetje moe van eerlijk gezegd.' Hij realiseerde zich dat hij klonk als een verveelde estheet en legde wat meer energie in zijn stem. 'Ook het geïdealiseerde vaderland herhaalt zich, met een blanke volksgemeenschap die zogenaamd wordt ondermijnd door krachten van binnenuit, destijds de Joden en nu waarschijnlijk nog... En altijd weer zo'n pathetische leiderschapscultus – de ideeënarmoede van zwart rechts is echt choquerend, vind je niet? Zelfs het cultuurbolsjewisme is terug, nu als cultuurmarxisme. Die Baudet van jou heeft niet één idee van zichzelf. Beetje Spengler, beetje Rosenberg, meer is het niet.'

Nukkig schudde Willem zijn hoofd. 'Te makkelijk. Ik ben dat

soort verwijten zo zat. Thierry heeft onze steun omdat hij de moed heeft om zich uit te spreken. De visie om de boel weer vlot te trekken. Premies voor buitenlanders om terug te keren naar hun eigen land, deregulering, herstel van nationale waarden, allemaal dingen waar we achter staan.'

'Aha, daarom voert de Boreas natuurlijk de driekleur in de top,' zei Hugo smalend. 'Of toch maar geregistreerd in Panama?'

Willem snoof. 'Malta.'

'Hoe ziet jullie steun aan die knaap er eigenlijk uit, als ik vragen mag?'

Willem trok met zijn schouders. Spieren bolden onder zijn huid. 'Donaties, adviezen. Gevraagd en ongevraagd, want van de ondernemerswereld heeft hij weinig kaas gegeten. Maar hij is slim, hij leert snel.'

'In welke orde van grootte moet ik denken, qua donaties?'

Willem schudde zijn hoofd, op zijn hoede nu. 'Laat ik zeggen dat zijn oorlogskas goedgevuld is.'

Zinloos om zijn broer de grootindustriëlen en krantenmagnaten in herinnering te roepen die zich destijds rond de jonge Hitler schaarden, dacht Hugo, en zonder slag of stoot democratie en rechtsstaat inleverden zolang hun belangen maar veiliggesteld waren; eerst figuren als Thyssen, Stinnes en Hugenberg, later grootbankiers en industriëlen als Quandt, Krupp, Flick, Finck, Porsche-Piëch en Oetker – families die nog altijd prominent aanwezig waren in de top van het Duitse bedrijfsleven. Ditmaal schaarden zulke ondernemers, ieder met zijn eigen restauratieve dromen, zich rond de jonge Baudet. De verkiezingswinst van Donald Trump moest ze in een overwinnaarsroes hebben gebracht, en met de egomaniak Baudet hadden ze nu een directe toegang tot de landelijke politiek gevonden. De magnetometer van het kapitaal zwaait altijd uit naar rechts – daar zijn bezittingen en privileges het veiligst. Als de omstandigheden erom vragen is zelfs extreem-rechts een billijk alternatief. Al een kleine eeuw, dacht Hugo, steunden de Adema's figuren met een agenda van identitair ressentiment, Jodenhaat en herstel van verloren grootheid. Drie generaties al, een heuse familietraditie – zijn grootvader in het uniform van de vijand, zijn vader als donateur van de Zwarte Weduwe en nu zijn broer die Baudet financierde. Nieuwe generatie, dezelfde fascistoïde tendensen. Ze hadden ook nooit het onderwerp van overspel moeten verlaten.

Hugo stond op. 'Ik ga nog even wat doen,' zei hij, en liep over het gazon naar het koetshuis terug.

51

Staand voor het doek vloekte hij in zichzelf over het ongeluk geboren te zijn in een nest van extreemrechtse eikels, met een oorlogsmisdadiger als stamvader, wiens erfzonde ook het verrotte nageslacht trof. Hij had zich er altijd tegen gewapend door er grappen over te maken, maar aan die ironische houding was nu een einde gekomen. Hij zou alleen nog bittere contradicties produceren. Op het doek slingert een web van onverharde paden door het heuvellandschap vol slanke, hoge boortorens van hout en rond de zijdeachtig glanzende zwarte oliemeren. Overal is – klein, mierachtig – menselijke activiteit te zien. Een span ossen sleept metalen buizen de heuvel op, een primitief rupsvoertuig transporteert boomstammen door de modder. Op de voorgrond spuit een machtige vlam uit de aarde, een geiser van roodoranje vlammen. Gitzwarte, kolkende rook. De ontploffing van een olieput heeft een diepe krater in de bodem geslagen, een kelk voor het vuur.

Op veilige afstand van de vlam, vooraan in beeld, plaatste hij een ensemble van drie figuren, een oude man in een rolstoel en twee anderen er dicht omheen – ze poseren voor de vuurzuil als voor een bezienswaardigheid. Drie generaties, grootvader, vader, zoon. De grijsaard in pak met stropdas, de zoon, een oude man al, in een koloniaal jasje met klepzakken gestoken en de kleinzoon in sportief hemd met opgerolde mouwen. Zijn ogen zijn verborgen achter een zonnebril, hij lacht, zijn tanden hagelwit. In zijn hand houdt hij een smartphone, te zien is dat hij zojuist een foto heeft gemaakt van het vuur en het landschap met boortorens achter zich. Hugo schilderde ze dun, met veel terpentine voor een transparant effect. Het was of ze poseerden voor een historisch diorama.

Hij werkte tot twee uur 's nachts. Op zijn laptop stonden schermen open van het olieveld van Moreni, waar in 1929 een olieput van de Romanian American Society ontplofte. Het Roemeense oliedistrict werd al eeuwenlang geëxploiteerd met handgegraven olieputten, pas in de negentiende eeuw kwam de productie in een versnelling. Op de hellingen en in de dalen verscheen een woud van boortorens, Boekarest werd als eerste stad ter wereld verlicht met kerosinelampen en droeg de trotse bijnaam 'Parijs van het Oosten'. Er werd gedrild met scherpe boorkoppen die zich diep in het gesteente vraten. Op 28 mei 1929 bereikte een boorkop op 1450 meter diepte een zoutkoepel waaronder zich gedurende miljoenen jaren een reusachtig oliereservoir met een gasbel erboven had gevormd. De put explodeerde en de boortoren werd als de kurk van een champagnefles de lucht in geblazen. Uit de krater klom een honderd meter hoge vlam naar de hemel op. Tot in Boekarest, zeventig kilometer verderop, was de vuurgloed 's nachts te zien. Niemand slaagde erin de Toorts van Moreni te doven, het leger niet met zijn geschut en vuurbestrijders niet met hun tunnels en afsluiters. Er werd over de vuurzuil geschreven in de internationale kranten en ze werd afgebeeld op kerstkaarten. Na twee jaar brandde ze nog altijd. Gezegd werd dat vogels uit de wijde omtrek niet langer migreerden en dat de bomen jaarrond groen bleven. De wanden van de krater carboniseerden, de bodem was een ziedende, kokende modderpoel vol puin en schroot. De Amerikaan die er uiteindelijk in slaagde de oliebrand met beton en explosieven te blussen ontving vijftigduizend dollar en levenslange roem.

Hugo lag nog lang wakker die nacht, zijn ogen gericht op de bleke schim van het doek midden in de ruimte, met Dikkie opgerold tegen zijn borst. De Toorts van Moreni deed natuurlijk denken aan de godsverschijning in de woestijn, de God van Israël in zijn gedaante van vuurzuil. *De Heere ging vóór hen uit, overdag in een wolkkolom om hun de weg te wijzen, en 's nachts in een vuurkolom om hun licht te geven, zodat zij dag en nacht verder konden trekken.* Een vuurzuil als baken, die ook Blaise Pascal drieduizend jaar later zou zien, op een avond in zijn kamer in Parijs. Hij heeft die avond, in het *Genadejaar 1654* zoals hij schrijft, een openbaring die hij heel precies noteert, met tijdstip en al, om het nooit te vergeten: 'Vanaf ongeveer halfelf 's avonds tot halfeen 's nachts. VUUR. God van Abraham, God van Isaak, God van Jakob, niet die van filosofen en geleerden. Zekerheid, zekerheid; ontroering, vreugde, vrede. God van Jezus Christus. Deum meum et Deum vestrum. Uw God zal mijn God zijn.'

Het papier met zijn openbaring wordt na Pascals ontijdige dood door zijn bediende gevonden, tot een vierkantje gevouwen en ingenaaid in een pand van zijn jas. Het is het beslissende moment in zijn leven, hij wil het altijd bij zich dragen, dicht op zijn lichaam. 'Vreugde, vreugde, tranen van vreugde,' schrijft hij. Hij is een ingewijde nu, die JHWH in zijn vuurmanifestatie heeft mogen aanschouwen.

Prometheus, denkt Hugo, heeft het vuur niet eenmaal maar tweemaal aan de mensheid geschonken. De eerste keer geeft hij er hout en bladeren bij als brandstof, waar *Homo sapiens* honderdduizenden jaren lang brand mee zal stichten. Het is nog maar zo kort geleden dat de mens tunnels is gaan graven en in diepe aardlagen is gaan boren om daar brandstoffen uit het geologische verleden te delven. Aardolie, gas en steenkool, daaruit bestaat Prometheus' tweede geschenk aan de mensheid, hoogcalorische energiebronnen voor de wereldbrand.

Door de vuurmachine, zoals de door Watt verbeterde stoommachine aanvankelijk wordt genoemd, wordt verbranding het centrale gegeven van alles wat de mens onderneemt en produceert, op een schaal die niemand ooit voor mogelijk heeft gehouden. In werkplaatsen en fabrieken wordt de mens gereduceerd tot een radertje in een gemechaniseerd, door vuur en stoom aangedreven arbeidsproces – *verdinglicht*, zoals het 'menselijk materiaal' van zijn grootvader. Over een zich almaar verdichtend web van wegen verspreiden stoomlocomotieven en stoomschepen mensen, goederen, ideeën en ziektes over de aarde; in de schilderkunst is de schok over de nieuwe tijd zo groot dat het decennia duurt voordat er eindelijk fabrieksschoorstenen op het doek worden afgebeeld – al die tijd klampten kunstenaars zich geschrokken vast aan voorstellingen van het pre-industriële landschap.

De volgende sprong in de kinetische revolutie, de verbrandingsmotor, brengt ook de hemel binnen bereik. In 1903 stijgt op het strand van Kitty Hawk het eerste motorvliegtuig op. Steeds verder verdwijnt de God van het vuur achter de ontketende menselijke vuurtechnologie, achter het gedaver en de rook van machines en motoren, en in Moreni heeft de Vuurgod definitief zijn plaats aan het menselijke vuurwezen afgestaan.

Ook al is het vuur nu overal, paradoxaal genoeg verdwijnt het daarmee steeds verder uit de openbare ruimte, zoals ook de fabrieksschoorstenen alweer grotendeels uit het landschap verdwenen zijn. Het vuur raakt opgesloten in veilige ruimtes waar het niet langer gehoord en gezien wordt, alleen de hoge pluimen uit energiecentrales en het sporadische blauwe vonkje uit de wandcontactdoos herinneren nog aan het vuur dat aan alle dingen ten grondslag ligt.

De verbanning van het vuur is ongetwijfeld eerst en vooral een veiligheidsmaatregel, denkt Hugo, maar wellicht vermengd met een deel schaamte omdat vlammen en verbranding ons aan onze primitieve oorsprong herinneren. We zijn er nog altijd even afhankelijk van als de vroege mens die gloeiende kooltjes of een smeulende tak met zich meedroeg en koesterde als zijn kostbaarste bezit.

52

Een glimlach gleed over zijn gezicht toen maandag tegen het middaguur weer een auto de oprijlaan op reed, die van Vera ditmaal. Hij schilderde het bos op de heuvels van Moreni zoals Hokusai bomen op diens *Rode Fuji*. Er kwam kleur en ritme in. Hij was weer schilder, hij voelde de oude kracht terugkeren. Concentratie maal energie. Met energie moest je geluk hebben (regelmatig leven hielp), stille concentratie moest je volgens meester Cijiao koesteren als een baby.

Niet lang nadat ze gearriveerd was kwam Vera langs het koetshuis op haar wandeling met zijn grootvader. Gebruind was ze. Hij liep naar buiten om haar te begroeten en zei dat hij de oude man weer nodig had om voor hem te poseren. Vera plaatste de rolstoel voor het doek en monsterde de oude man. 'Alles goed zo?' vroeg ze voorovergebogen. En tegen Hugo: 'Breng je hem op tijd terug voor het middageten?'

'Je hebt in de zon gezeten,' zei hij.

Ze knikte. 'Aan zee, hier vlakbij.' Ze wees.

'De zee is daar,' zei Hugo.

'O ja,' zei ze.

'Als ik dat geweten had.'

'Wat dan?'

'Dan was ik even naar je toe gekomen.'

Ze glimlachte en schudde haar hoofd.

De oude man keek nieuwsgierig toe hoe hij even later de kleine luidsprekers bij hem neerzette. 'Uw dagboeken weer, pake,' zei Hugo. 'Ik heb ze overgetypt en ingesproken. Een heel werk maar erg, hoe zal ik het zeggen...' De woorden die precies beschrijven wat hij heeft ervaren tijdens het ontcijferen ervan willen hem niet invallen. Hij kiest een geluidsfragment waarin Untersturmführer Adema schrijft over de verwoeste infrastructuur van het gebied waar hij doorheen trekt, de arme bruggen die een paar keer terugkeren in zijn relaas en hem meer dan wat ook aan het hart lijken te gaan. De Russen, schrijft hij, gebruiken nu onzichtbare bruggen die je vanuit de lucht niet kunt zien, het plankier en de pijlers bevinden zich net onder het wateroppervlak. Zo steken ze 's nachts de rivieren over. Je moet ze bewonderen om sommige dingen, hun moed ook, het vermogen om veel te verdragen.

Luid weerklonk zijn stem door de ruimte. Weer luisterde de oude man heel geconcentreerd, zijn hoofd een beetje schuin als een hond die een ver gerucht opvangt. Of hij wist dat het zijn eigen woorden waren, was voor Hugo niet vast te stellen. Hij selecteerde een nieuw fragment, uit de eerste dagen van Operatie Barbarossa, de pogrom in Tarnopol. 'Ze hadden zich uitgeleefd in Luck en kwamen het hier nog eens overdoen. De Joden werden aan de baard meegesleept achter de huizen en doodgeschoten. De rabbijn werd aan een toren opgehangen. Het ware soldatenleven is me liever maar er moet korte metten worden gemaakt met de Joods-bolsjewistische elementen in het etappegebied. Het zij zo.'

Hij speelde het fragment nog eens af terwijl hij de oude man filmde met zijn iPhone. Dun slijm siepelde vanuit zijn mondhoeken tussen de groeven en baardstoppels; hij was in het weekeinde niet geschoren. Hij zat als bevroren, eindeloos gefascineerd naar het scheen. Zijn witte ogen kijken uit over de ruïnes, de misère die hij heeft gebracht. Tijd om te doden, tijd om af te breken, tijd om te ontbranden. *Licht wird alles, was ich fasse, Kohle alles, was ich lasse: Flamme bin ich sicherlich.* Droog rolt de steppe onder hem door, leegte voor en leegte achter zich, als ze niet in stof begraven worden zullen ze in modder verdrinken.

'En dit,' zei Hugo, 'luister.' Ze horen hoe officieren een drinkgelag hebben aangericht in een voormalige politiepost. Er worden Joodse meisjes gebracht, ze dansen naakt op tafel. Ze worden besmeurd met voedsel, verkracht en met schnaps overgoten. Het helse bacchanaal duurt tot diep in de nacht, en wanneer de mannen nauwelijks meer op hun benen kunnen staan worden de meisjes naar buiten gejaagd en doodgeschoten op de binnenplaats. Dit, schrijft hij, is gebeurd in Loehansk.

Een rukje van zijn hoofd, een spasme bijna. Zijn ogen glijden over Hugo's gezicht. Heen en weer geslingerd door de tijd – hij is het, hij is het niet, paradox van een mensenleven.

De officieren zijn overgeplaatst, besluit hij zijn mededelingen van die dag, niet vanwege het doden van de meisjes maar vanwege de *Rassenschande*, een doodzonde voor een ss'er. 'Is dit nu het Herrenvolk, deze beesten? Door de furor teutonicus bevangen wreekt hij zich op de weerloze. Meer dan de kracht vreest hij het zwakke.'

Zijn grootvader ademde zwaar, aan onrust ten prooi. Weer overviel Hugo het beeld van de jongen in het bed, en de schim in de kamer. *Hij kijkt door hem heen ziet zijn gedachten ruikt zijn angst.* Het kon geen herinnering zijn omdat hij het zich niet herinnerde. Het was die van een ander, zoals zijn grootmoeder dromen van een ander leek te dromen. Morfische resonantie. Hugo keek ernaar van een afstand maar registreerde niettemin verhoogde alertheid van zijn lichaam, met versnelde hartslag en transpiratie. Kijk. Kijk goed. Wat is het? De jongen in de kamer en hij die in het donker staat, met zijn zware adem, die hem ziet liggen alsof het dag is; voor hem bestaat er geen duisternis.

Hugo sloeg zijn ogen op. Zijn grootvader hing voorover in zijn rolstoel. Slijm glinsterde in zijn mondhoeken.

Dit is de gedachte die Hugo toelaat: als de man in de kamer zijn grootvader is, dan is hij de jongen in het bed. Anders slaat zijn hart nu niet zo zwaar. Door zijn angst losgesneden van zichzelf ligt hij daar en wacht tot het voorbij is. De man in de kamer raakt hem niet aan, nooit, hij staat daar maar en kijkt naar hem, en Hugo zelf ligt met zijn ogen dicht op bed en verlangt naar de slaap waarin hij niet bang meer zal zijn.

Hoe vaak heeft dit zich afgespeeld? Het moet in het begin van zijn verblijf op Oostraven zijn geweest, later zou hij er een ander soort herinnering aan hebben gehad. Helderder. Hij nam zijn grootvader op. Dus dit weet hij nu, dat de oude man in het donker naar hem gekeken heeft zoals hij ook op die dag aan de rand van het zwembad naar hem gekeken had. Op het moment waarop intuïtie en ratio samenvallen is het alsof je het altijd al geweten hebt. De weerzin, je lichaam dat wordt opgenomen in de hunkering van zijn blik. Het kijken dat geen aanraking is maar een bezoedeling.

Ja, dit weet hij nu.

De oude man wees op de speakers. 'Spielen,' zei hij.

'Jawohl,' zei zijn kleinzoon.

Hij speelde een lang fragment voor hem af; de Koebanvlakte, het rusteloze stof. Toen hield Hugo het voor gezien, er was een grens aan wat hij kon verdragen. 'Goed beschreven,' zei hij. 'Afschuwelijk allemaal, maar goed beschreven.'

Zijn grootvader keek afwachtend. Hugo probeerde zijn gedachten te ordenen. Eerst dit: zijn grootvader, het schilderij. Over het andere moest hij nadenken, de insertie in zijn levensverhaal. Hoe het te rijmen viel met wat hij over zijn grootvader dacht te weten. Hoe dit hem herdefinieerde. En hoe hij dit, wat hij niet als eigen ervoer, zich eigen zou moeten maken.

'Er is,' zei hij, 'in uw dagboeken een man aan het woord die zijn menselijkheid steeds verder inperkt. Een idealist met een machinepistool. U bent er getuige van geweest hoe de levenden verdronken onder de doden. Brandende huizen met de bewoners er nog in. U zoekt daar rechtvaardiging voor. Een motief. Het uitschakelen van Joods-bolsjewistische elementen, angst voor partizanen. Een psychopaat heeft geen geweten dat om verantwoording vraagt. Er is geen innerlijk conflict. U bent koud maar wijst op de historische noodzaak van uw daden. Het doelloos vermoorden van Joodse meisjes gaat ook u te ver.'

Hugo zette zijn grootvader rechtop in de rolstoel. 'En dan is er Geertje nog natuurlijk,' zei hij. 'Lieve Geertje. Dat vond u blijkbaar ook, want u hebt haar al die jaren trouw bezocht. Het lijkt erop dat u haar trouw was, ondanks het feit dat ze is zoals ze is. Ik denk dat u van haar hebt gehouden, dat denk ik echt. Zelfs bij u gaat de liefde boven de ideologie, misschien wel tot uw eigen verbazing.'

Zijn grootvaders lippen bewogen mee met zijn woorden, alsof hij mimede. Geertje deed dat net zo als hij haar een verhaaltje vertelde.

'Als ik zie hoe ze op mij reageert,' vervolgde Hugo, 'dan zal dat bij u niet anders zijn geweest, want wij zijn een en dezelfde voor haar. Ik probeer me een voorstelling te maken van jullie – las u haar voor, timmerde ze u ook op uw hoofd als ze blij was? Wat een argeloos beeld, vader en dochter...' Hij zweeg even, en zei toen nadenkend: 'Misschien wel het enige argeloze beeld dat ik in uw leven ben tegengekomen. Maar wat ik me afvraag: waar zijn op dat moment uw doden? Al die onherhaalbare mensenlevens? Waar zijn ze gebleven?' Hij wees naar zijn grootvaders borst. 'Zijn ze ergens daarbinnen? Hebben ze een nabestaan gehad in uw dromen en gedachten?'

Zijn grootvader rechtte zijn hoofd. Taaie witte speekseldraden kleefden tussen zijn lippen toen ze vaneen gingen. Er kwam iets aan, het werd met alle macht voorbereid in zijn borst. En uit de afgrond van zijn keel steeg nu een woord op, één enkel woord, met kracht uitgespogen. '*Scheiße!*' klonk het luid.

Verbluft keek Hugo hem aan. Toen schoot hij in de lach. 'Maar dat is schitterend,' zei hij. 'Scheiße! Natuurlijk. Alles Scheiße, haha!'

Een geschrokken lach gleed over het gezicht van zijn grootvader. Even was de oude man met de jongeman uit de dagboeken samengevallen, toen hij met uiterste krachtinspanning zijn commentaar eruit had geperst, het juiste woord, het enige juiste woord, en toen was het voorbij. Hij was moe. Afwezig staarde hij naar de vloer.

Bij de broodmaaltijd 's avonds sneed Vera zijn grootvaders brood. Hij was recalcitrant en greep naar het mes in haar hand. 'Even geduld, meneer,' zei ze.

'Hij wil het zelf doen,' zei Hugo's grootmoeder bits.

'Dat weet ik,' zei Vera, 'maar dat gaat hem niet zo goed af helaas.'

Hij greep nu naar haar pols, sidderend van woede. Ze trok haar arm los.

Hugo's blik kruiste de hare. Ze had een expressief voorhoofd, er zat veel uitdrukking in het gebied tussen haar wenkbrauwen.

Toen de maaltijd was afgelopen wilde zijn grootmoeder meteen naar boven worden gebracht.

Hugo bleef met zijn grootvader achter. De oude man tikte met een brokkelige wijsvingernagel op tafel en keek een beetje rond, vredig nu naar het scheen. Toen hij even later werd weggebracht zei Hugo: 'Vera?'

Ze draaide zich om.

'Drink je vanavond nog een glas met me?'

Nooit zul je weten wat er in haar omging in de paar seconden voordat ze zei: 'Dat is goed.'

53

'[...] Ik heb hem herhaaldelijk gewaarschuwd dat het wegzenden van arbeiderstransporten een vak is dat alleen kan geschieden na zorgvuldige voorbereiding (voorschriften). Immers sociaal bezien zijn mensen nog steeds geen stukgoed of vee. Adema antwoordde dan dat ik het niet kon en dat hij een zakenman was die voor alles aan "de zak" dacht (er wordt door de Oostbouw zeer dik aan verdiend).
Adema begreep door zijn koppigheid niet dat voor arbeidsbemiddeling een apparaat nodig is en bureauwerkzaamheden verricht moeten worden. De chaos werd door zijn stommiteiten met de dag groter en dan brak hij tegen mij en het overige personeel in scheldwoorden los. Zeldzaam grof en onbeschoft trad hij tegen zijn personeel op, door ruzie te maken en hun hoogst onverdiende verwijten naar het hoofd te slingeren.
Vrijwel alle personeelsleden hebben ontslag aangevraagd ondanks hun goede salarissen. Met deze man, die naar niets luisteren wil en maar als een bezetene koppig doorgaat de ene stommiteit na de andere uit te halen, kan ik niet langer samenwerken. Daarom heb ik besloten de dienst van de Nederlandsche Oostbouw te verlaten.'

A. Wilkes aan NOC-directeur D. Krantz,
5 juni 1943

'Geachte kameraad Rauter,
Inzake het geval Adema moet ik bekennen dat zijn verraderlijke gedragingen mij hebben geschokt. Van meet af aan heeft Adema mijn bevelen weerstaan, steeds sterker naarmate de tijd verstreek.
Ik weigerde verder contact met Adema vanwege zijn verraderlijke gedragingen, en heb mijn kameraden op het hoofdkantoor opgedragen mijn eisen aan hem over te brengen. Hield hij zich daar niet aan, dan zou ik hem ontslaan.
Ik heb het werkterrein in het Oosten voor de SS veilig willen stellen en Adema in ieder opzicht mijn volste vertrouwen gegeven, juist omdat hij SS'er was. Ik informeerde hem over de sabotage van de SS op het hoofdkwartier van Mussert. Het gevolg was dat hij dacht Mussert te kunnen inzetten om mij aan te vallen. Het is triest! Maar het is ook kinderachtig. Hij kan wel doorgaan met intrigeren, maar zou daarbij niet de bescherming mogen genieten van zijn SS-uniform. Adema was een SS-man. Zijn motto was "mijn eer heet trouw!" Zijn schande is zijn ontrouw.
Heil Hitler!'

NOC-president M. Rost van Tonningen
aan H. Rauter, 5 juni 1943

'Kameraad Adema!
Het is werkelijk om te kotsen dat er hier geen week voorbijgaat zonder dat twee prominente kameraden elkaar in de haren vliegen. De Reichsführer is hierover ook zeer ontstemd. Het feit dat u nu ook ruziemaakt met Rost en afstand van hem neemt om zelfstandig uw praktijk te

voeren, is absoluut ongepast van uw kant. Daar gaat uw dikke Friezenschedel weer met u op de loop.
In ieder geval kan ik het als verantwoordelijk ss-leider in Holland niet toestaan dat u zonder mijn toestemming zelfstandig contact onderhoudt met de leiding van het hoofdkwartier van het Wirtschafts- und Verwaltungshauptamt.
Ik moet u zeggen dat de hele zaak een schandaal is, dat niet zonder gevolgen zal blijven.
Heil Hitler!'

Höherer ss- und Polizeiführer H. Rauter
aan W. Adema, 23 juli 1943

Omdat zich geen vrijwilligers meer meldden voor de oostkolonisatie, liet Willem Adema vanaf maart 1943 werklieden uit de kaartenbakken van de Gewestelijke Arbeidsbureaus gedwongen wegsturen naar het oosten. Wie zich niet meldde werd opgepakt. Ook krijgsgevangenen en veroordeelde misdadigers werden gedeporteerd. Met niets dan een afgeschreven ss-uniform aan hun lijf en ontoereikende bepakking werden ze ginds aan hun lot overgelaten.

Arbeiders die arriveerden in het Rijkscommissariaat Polen of Oekraïne moesten als eerste hun eigen onderkomen bouwen. Er was gebrek aan bouwmateriaal en gereedschap, en dat was nog maar het begin van hun ellende. Duizenden zouden het vaderland nooit terugzien. De vijand maakte geen verschil tussen ss'ers en dienstverplichte arbeiders in hetzelfde uniform. Velen vonden de dood, wie het overleefde sleet zijn dagen als dwangarbeider in een krijgsgevangenkamp. Sommigen keerden na vele jaren terug naar huis, anderen verdwenen spoorloos in het onafzienbare Sovjetrijk.

De dienstverplichting was door Willem Adema ingesteld om zijn beloftes aan het Wirtschafts- und Verwaltungshauptamt te kunnen nakomen. Dit eigenhandige besluit zette kwaad bloed bij de NOC-directie en SS-Führer Hanns Rauter – Adema werd stilaan beschouwd als een ongeleid projectiel.

In zijn dagboek spuwt Willem Adema zijn gal wanneer Rost van Tonningen en Krantz een tweede directeur naast hem aanstellen die aan de bestuurlijke chaos een einde moet maken. In een brief aan Krantz sneert hij: 'Stuurt u mij geen directeuren meer, ik heb turfstekers nodig.' In een volgende brief over deze kwestie zet hij zijn zienswijze uiteen: 'Mijn wereldbeschouwing en langjarige aannemerspraktijk van werken in het buitenland hebben mij doordrongen van de overtuiging dat leiderschap slechts eenhoofdig kan zijn.'

Maar hij overschat de immuniteit die het uniform hem biedt, aan het begin van de zomer van '43 wordt hij ontslagen. Van een man met machtige vrienden is hij een man met machtige vijanden geworden.

'Frustratie, moet je denken,' zei Vera 's avonds over zijn grootvaders woede tijdens het avondmaal. 'Hij heeft geen andere manier.'

Het sierde haar, zei Hugo, zulk geduld.

'Ik doe alsof,' zei ze. 'Dat helpt ook.'

Ze zaten in de schemering, de buitenlamp nog niet aan. Zacht rebbelden de kauwen in de boomkronen. 'Het is een wrede man,' zei Hugo, 'mensen zijn grondstof voor hem.' Hij vertelde over de dagboeken, hoe hij sindsdien in zijn grootvaders verleden verstrikt was geraakt. Over de gebeurtenissen eerder die middag, het licht dat in de donkere jongenskamer helder op zijn grootvader geschenen had, zweeg hij. 'Ik bestudeer hem van heel dichtbij,' zei hij. 'Ik leg zijn leven onder een vergrootglas maar ik heb geloof ik maar één daad van medemenselijkheid gevonden: zijn bezoeken aan zijn geestelijk gehandicapte dochter. Voor het overige: macht en geld, gestuurd door een fenomenaal, anempathisch brein. Hij laat zich niet afleiden door liefde of vriendschap. In de oorlog oordeelde hij over onschuldige mensenlevens. Arbeiders noemt hij "menselijk materiaal".'

Waarom hij zijn dagboeken dan las, vroeg Vera toen, als het zo'n afschuwelijke man was. Een vreemde, naïeve vraag waarop hij niet meteen antwoord had. Hij zei: 'Ik had een gouvernante die verhalen voorlas over een uil die huilde om liedjes die niemand meer kon zingen omdat de woorden vergeten waren.'

Vera sloeg een been over het andere.

Zijn familie, vervolgde Hugo, wilde het liefst vergeten. Het leek of dat de voorwaarde was om vooruit te kunnen. Alsof de toekomst alleen met geheugenverlies betreden kon worden. Zo hadden sommige schrijvers ook de ijzeren krachtsinspanning beschreven waarmee Duitsland na de oorlog was herrezen: alleen door te vergeten wat er was gebeurd kon het Wirtschaftswunder vorm krijgen; door de doden en de verwoesting aan het oog te onttrekken kon een nieuwe wereld ontstaan die niet meer aan de vorige herinnerde. Het was paradoxaal, zei hij nadenkend, hoe meer doden, hoe gemakkelijker het vergeten leek. Honderden miljoenen doden door oorlog en vervolging in de vorige eeuw, waar waren ze gebleven in de herinnering? Eén dode is een tragedie, had Stalin gezegd, een miljoen doden is statistiek. 'Wat een fantastische zin,' zei hij. 'Eerder iets wat Shakespeare Richard III had kunnen laten zeggen.'

Vera wipte met haar voet. 'Ik vind hem door jouw schilderij een beetje eng geworden.'

Hij lachte. 'Beter kan niet, als een schilderij iemands werkelijkheid verandert. Jij bent de enige die het tot nu toe gezien heeft.'

‘Een schilderij helemaal voor mij alleen,’ zei ze, ‘dat vind ik wel leuk geloof ik.’

Sta op en kus haar, dacht hij, maar zijn lichaam weigerde de opdracht uit te voeren. Late zomeravond, geen haast. Hij hield van haar kalme aanwezigheid, de kronkelloop van het gesprek. Hij dacht aan Loïs, haar jeugdigheid die ze in stand hield met yoga, gezonde voeding en een veel jongere vriend niet te vergeten. Misschien ook door het moederschap af te wijzen. Toen ze al in de dertig was werd er in supermarkten en slijterijen soms nog naar haar ID gevraagd. Ze was een meisje van veertig nu, ze zou een meisjesachtige vrouw van drie-, vierenveertig worden, daarna werd het precair. Vera’s vrouwelijkheid bestond in een andere wereld. Ze interesseerde hem. De evenwichtsoefening. Er stond zoveel op het spel. Waar legde ze haar sleutels neer als ze thuiskwam, wat zag ze als ze naar buiten keek? De andere levens daar, de vertrouwelijkheid waarmee ze daarover praatten, haar man en zij; onschadelijke roddel, even onontbeerlijk voor paarbinding als een kus. Het was intimiderend. Alles hing met alles samen, een complex weefsel van bevriende echtparen, kinderen, belangen. Soms deed iemand iets onverwachts – het web trilde. Er werd niet veel over geschreven, dacht hij, over de ondoordringbare intimiteit van het huwelijk.

‘Ik heb je grootvader opgezocht op het internet,’ zei Vera. ‘Ik vond wel dat hij fout was geweest en zo, maar ook dat hij bij het verzet ging.’

‘Een heel interessant onderwerp,’ zei Hugo vrolijk, ‘waar ik sinds kort toevallig alles van afweet.’ Hij stond op en kwam terug met een fles Graves Blanc waar hij ’s middags een doos van had gekocht in Wassenaar. ‘Dit is de korte versie,’ zei hij terwijl hij hun bijschonk. ‘Het is een leugen. Hij heeft niet bij het verzet gezeten, hij is niet ten goede gekeerd en is niet vrijgesproken na de oorlog. Hij is alleen maar veel slimmer geweest dan de mensen die hem hebben berecht. Eminente juristen toch. Hij is ontsnapt. De dans ontsprongen.'

'Een slimme boef dus,' zei Vera. Ze krabde aan haar scheenbeen.

'Ik heb muggenspray.'

'Meestal moeten ze mij niet hebben.'

Hij merkte op: hier wordt iemand niet genoemd, hij die het geliefde doelwit is van muggen in het echtelijke bed.

Ze smeerde de spray met de binnenkant van haar polsen uit over haar huid. Hoe leren vrouwen hun gebaren, vroeg hij zich af, ze zijn zo specifiek, zo onmetelijk elegant soms. Alleen al daarvoor zou je kunnen vallen.

'Jou heb ik natuurlijk ook gegoogeld,' zei ze. 'Ik hoop dat je dat niet erg vindt.'

'En, vond je nog wat interessants?'

'Ik wist niet dat je zo beroemd was.'

'Een vorig leven,' zei hij.

'Ik heb je schilderijen zitten bekijken. Zelfs op zo'n stom scherm vind ik ze mooi.'

Hij was hier gekomen om het werk weer op gang te brengen, zei hij in antwoord op haar vragen. 'Ik heb het gemist. Als ik niet schilder ben ik maar een gewone sterveling.'

'En als je dat wel doet?'

'Een uitverkorene. Op z'n minst.' Hij lachte en zei: 'Laten we een keer naar zee lopen. Door de duinen hierachter. Ik wil het je graag laten zien, het is prachtig.'

'Maar dan gaan we ook zwemmen. Ik lig een paar keer per week in het zwembad maar de zee is zoveel fijner.' Ze had, vertelde ze, op eredivisieniveau waterpolo gespeeld vroeger. Het verklaarde haar rechte schouders, haar houding.

Het was maar iets eenvoudigs, een wandeling naar zee, maar

nu verbond een dunne draad hen met een moment in de nabije toekomst, een brandpunt voor de verbeelding.

Uit haar handtas klonk een gedempt berichtsignaal. Ze zocht haar leesbril en keek op haar telefoon. De glans op haar gezicht, letters en kleuren weerspiegelden in haar brillenglazen. Ze was erg sexy zo. Hij wist dat hij een nieuwe levensfase had betreden – na de meisjes zou het volgende deel voor de vrouwen zijn.

'Ik moet gaan,' zei ze. 'De kinderen vragen waar ik blijf.'

Hij liep mee naar haar auto. Ze had hem tegen de bosrand geparkeerd, een beetje uit het zicht van het grote huis. Er viel ondefinieerbaar licht tussen de takken door, diepblauw en vloeiend. De deuren klikten van het slot, de koplampen sprongen aan. 'Tot morgen,' zei ze.

'Ja, tot morgen,' zei hij, en boog zich naar haar over en kuste haar. Het was zo onverwacht dat het leek of hij zelf gekust werd. Haar lippen gingen vaneen. Gelukzalige verduistering. Hoe je erin verdwijnt, erin uitvloeit. Het juiste moment, hij had het gedachteloos herkend. Lichamen die elkaar geroepen hebben, net zo lang tot er iemand luisterde. 'Verboden,' fluisterde ze tussen twee kussen in. Ze duwde haar lichaam steviger tegen het zijne. Zijn handen gleden over haar rug, haar billen, hij wilde alles tegelijk. 'Ik moet echt gaan,' zei ze opeens gejaagd en maakte zich uit hun omhelzing los.

'Ga dan,' zei hij, en trok haar weer naar zich toe.

Ze kuste hard, hongerig. Ze duwde haar bekken tegen hem aan.

Ze ging, ze ging niet, tot ze uiteindelijk instapte en de motor startte. Verwijtend keek ze door het open raam naar hem op. 'Je kunt nog heerlijk zoenen ook.' Toen reed ze weg. Hij volgde het lichtschijnsel tussen de bomen tot hij het niet meer zag.

54

Nadat zijn grootvader in de zomer van 1943 bij de Nederlandsche Oostcompagnie is ontslagen, wordt hij door Rauter gesommeerd zich te melden bij een *Himmelfahrtskommando*. Adema schrijft terug dat hij onmiddellijk aan dat bevel zou voldoen, ware het niet dat hij zich heeft aangemeld voor een *Führerlehrgang* in Bad Tölz, die hij zal beginnen zodra zijn been genezen is. Hij is opnieuw geopereerd aan zijn oude verwondingen, granaatscherven zijn verwijderd. Zo koopt hij tijd. Het wordt december. Van zijn oorlogsenthousiasme bekomen weet hij nu zeker dat het Derde Rijk ten onder zal gaan, de tegenkrachten zijn eenvoudigweg te groot. Tijd, materieel en mankracht zijn in het voordeel van de geallieerden, de rekensom is niet moeilijk te maken. *De Duitsers zullen zich doodvechten tot de laatste man. Zich in hun steden en wouden verschansen en durchhalten tot het bittere einde. Als een Duitser niet kan zegevieren dan zal hij een tragische held zijn. Zijn romantische doodsdrift. Kampf bis zum letzten.*

De Britten en Amerikanen rukken op in Italië, Duitsland wordt onophoudelijk gebombardeerd en de Russen zijn de Dnjepr alweer overgestoken. Honderdmaal heeft hij zijn leven gewaagd aan de Dnjepr, alles voor niets, noteert hij met bitterheid.

Van meet af aan staat voor hem vast dat de bombardementen op de Duitse steden moeten worden beschouwd als de wraak van de Joden die zich onafgebroken boven het land ontlaadt. De steden zijn een passief doelwit, bommen zullen het Herrenvolk onder meters puin begraven en heel Duitsland omtoveren tot een onafzienbaar ruïnelandschap.

Maar hij zal niet mee ten onder gaan, hij zal zichzelf redden. Zijn ss-lidmaatschap kan hij niet ongedaan maken, wel kan hij er iets tegenoverstellen. Hugo had uit zijn NIOD-dossier opgemaakt dat zijn grootvader begin '43 contact had weten te leggen met de Haagse verzetsgroep Ringdijk, geleid door oud-politiemajoor Wim Versteeg. Adema wordt uitgebreid gescreend en getrouw bevonden. Hij geldt nu als ten goede gekeerd en wordt een informant met toegang tot vitale inlichtingen en hooggeplaatste ss'ers. Hij is niet de enige die plotseling tot inkeer komt: meteen na de Duitse nederlaag bij Stalingrad vindt nog een aantal collaborateurs onderdak bij de Groep Ringdijk, onder wie de ex-Zwart Fronter en *Nederlandsch Dagblad*-hoofdredacteur Marinus Cageling en *Storm*-hoofdredacteur Han van Etten. Adema zal in zijn verweerschrift beweren dat hij al maanden voor de nederlaag bij Stalingrad voor de illegaliteit had gekozen, zodra hij van het front was teruggekeerd.

Nog tijdens zijn revalidatie richt hij aannemingsfirma Frisia op. Zijn enige klant is Organisation Todt, verantwoordelijk voor de bouw van de Atlantikwall. Adema bouwt nu bunkers in en om Den Haag, en is als onderaannemer betrokken bij de aanleg van een kilometerslange tankgracht dwars door de stad. Duizenden huizen worden gesloopt, ook het huis aan de Stadhouderslaan waar hij amoureuze avonturen heeft beleefd met Wimie en Frieda Seegers van Rhijn. Bouwtekeningen en locaties speelt hij door aan commandant Versteeg, die ze overdraagt aan de Geheime Dienst Nederland.

Na de oorlog zal commandant Versteeg voor de rechters getuigen dat Adema's inlichtingen van onschatbare waarde zijn geweest voor het verzet. Adema heeft, bezweert hij, artikelen geschreven voor de illegale pers, de ondergrondse van uniformen en wapens voorzien en verblijfplaatsen van hoge SS'ers doorgespeeld.

Alleen: Wim Versteeg is de enige bron die getuigt van Adema's verzetsdaden.

Kapitein Joop de Geus van het inlichtingenbureau van de Geheime Dienst Nederland stelt daarentegen dat de inlichtingen afkomstig van de Groep Ringdijk van 'minimaal belang' zijn geweest. De groep speelde geen rol van betekenis in het verzet.

Misschien heeft Willem Adema inderdaad locaties van afweerstellingen doorgespeeld om zijn betrokkenheid bij de ondergrondse de schijn van werkelijkheid te geven, stellingen die hij nota bene zelf bouwde nadat zijn dienstbetrekking bij de NOC beëindigd was. Alleen, er is van zijn beweerde inspanningen volgens kapitein De Geus geen spoor terug te vinden in de archieven van de inlichtingendiensten. Dat brengt ook oorlogsonderzoeker A.J. van der Leeuw in 1971 tot de slotsom: 'De Groep Ringdijk heeft nooit iets concreets betekend voor het verzet. Wij hebben sterk de indruk dat Versteeg destijds meineed heeft gepleegd.'

Willem Adema bezit niet alleen talent voor het bouwen van havenwerken en werkschepen, maar ook voor het scheppen van krachtige illusies. Hij zaait net zo lang verwarring tot niemand meer weet wie hij precies voor zich heeft. Die twijfel, dat is zijn kans, de kier waardoor hij misschien kan ontsnappen.

Voor zijn rechters betoogt hij dat hij op aandringen van commandant Versteeg langer is aangebleven bij de NOC om de groep van inlichtingen te kunnen blijven voorzien. In het proces-verbaal van de Politieke Opsporingsdienst zegt hij: 'Het doel van de Oostbouw was geen winstbejag, maar verbetering van de toestand van de arbeiders en hun families. De gedwongen inzet van arbeiders was voor mij, na ruggespraak met de illegaliteit, aanleiding om op 1 juli 1943 mijn ontslag als directeur van de Oostbouw aan te vragen. Wat betreft mijn verantwoordelijkheid in de Oostbouw, heb ik als directeur datgene verricht wat van mij in die hoedanigheid verwacht kon worden. Ik wil er echter bij opmerken dat ik in april 1943 al in opdracht van een illegale groep handelde en beschouw de hulpverlening, die ik in die hoedanigheid als directeur verleende, zuiver in opdracht van de illegaliteit. Ik had de opdracht mij zo pro-Duits mogelijk op te stellen. Ik kan in deze omstandigheden niet beoordelen in hoeverre ik mij aan hulpverlening aan de vijand schuldig heb gemaakt.'

Zijn aannemingsbedrijf Frisia heeft hij na zijn ontslag opgericht met hetzelfde motief: 'Mijn werkzaamheden bij Frisia moet men zien vanuit hetzelfde illegale oogpunt.'

Het vele geld dat hij met het bouwen van bunkers voor de bezetter verdiende kwam volgens zowel Adema als Versteeg geheel ten goede aan de illegaliteit.

Onnavolgbaar, dacht Hugo: naar eigen zeggen had zijn grootvader in opdracht van het verzet zowel arbeiders gedwongen naar het oosten gestuurd als afweerstellingen gebouwd voor Organisation Todt, maar zijn rechters achtten die verklaring al met al aannemelijk. Adema haalde het gebouw van de werkelijkheid steen voor steen uit elkaar en zette het voor hun ogen weer in elkaar, maar alles gekanteld, zodat je niet goed wist waar je naar keek.

Zijn laatste dagboekaantekeningen dateren van vrijdag 24 maart 1944. Hij heeft levensmiddelen ingekocht en de hand weten te leggen op een fles brandy. Als SS'er is hij nog altijd in het bezit van een *Berechtigungsschein* waarmee hij extra levensmiddelen kan krijgen bij een distributiekantoor. Hij heeft Rauters dienstbevel genegeerd en is niet naar Bad Tölz afgereisd voor een Führerlehrgang; zijn arrestatie hangt in de lucht. Hij besluit via België en Frankrijk naar Zwitserland te gaan om Rauters toorn te ontvluchten – in Zwitserland wordt hij volgens verwachting meteen gearresteerd. In een cel in Lausanne is hij voorlopig veilig. Zijn dagboeken heeft hij in bewaring gegeven bij zijn ouders in Friesland, een onverklaarbare onvoorzichtigheid waarover Hugo niet ophield zich te verbazen.

Maandenlang had de stem van zijn grootvader hem gezelschap gehouden. Hij had hem zijn afgronden laten zien, zijn gedoemde ziel en zijn met doden bezaaide weg. Al zijn *Scheiße*. Zijn lichaam bewaarde de schande van zijn leven. Het was een *Denkmal*, net als de pantsermuur in de duinen, de massagraven en de kampen. Ze zouden het moeten opzetten en tentoonstellen na zijn dood.

Opnieuw dacht Hugo aan de lichamen van oosterse monniken die na hun dood werden tentoongesteld in hun tempels. Ze waren niet opgezet maar hadden zichzelf gemummificeerd na een extreem lang en zwaar proces van meditatie, tot de dood erop volgde. *Sokushinbutsu* heetten ze, levende boeddha's; de meeste werden gevonden in Japan, in de bergen van de Yamagata-prefectuur. Hugo had voor het eerst van deze praktijk gehoord toen een boeddhabeeld uit het Drents Museum onder een CT-scanner was gelegd: het inwendige van het beeld bleek een gemummificeerd menselijk lichaam in de lotushouding te bevatten.

Alles wat Hugo las over deze extreme vorm van ascese in de zentraditie leek even onwaarschijnlijk, je verbeelding sloeg ervan op hol. Eerst droogde een monnik zijn lichaam uit als een krent. Het moest zo droog worden dat het vlam vatte als je er een lucifer bij hield; vet en vocht konden het lichaam doen rotten na de dood.

De eerste duizend dagen at de monnik slechts zaden, bessen en noten, de tweede duizend dagen alleen nog maar boombast, dennennaalden en boomwortels. Zijn maaltje spoelde hij weg met het giftige sap van de Japanse lakboom, dat braken en zweten opwekte. Dit bespoedigde de uitdroging van de ingewanden. Zijn hart sloeg steeds zwakker, een schamel restje bloed kroop door zijn aderen. Al die tijd zat de monnik in de lotushouding en mediteerde hij. Het bracht hem op de grens van leven en dood – hij stootte het lichaam af en bewaarde het tegelijkertijd; weer zo'n fraaie zenparadox, vond Hugo.

In de laatste fase van zijn zelfmummificatie werd de sokushinbutsu in een ondergrondse ruimte ingemetseld. Alleen een bamboestengel verbond hem nog met de wereld daarbuiten. Regendruppels glijden langs de bladeren, tussen de hellingen drijven mistflarden. In het aardedonker mediteert een man. Zolang hij leeft rinkelt hij dagelijks met een bel. De zon breekt door, op een boomtak boven het graf voor een levende speurt een klapekster de omgeving af. Rinkelt de bel niet langer, dan wordt het luchtgat dichtgemetseld en gaan de laatste duizend dagen in.

Kwam het lichaam nadien in goed geconserveerde staat uit het graf, dan werd de monnik als een gereïncarneerde boeddha vereerd in de tempel, en behandeld als een levende. Meestal echter was het lichaam alsnog gaan rotten en kon hij zijn toetreding tot de hemel van de tevreden goden vergeten.

Vol immortellen was de wereld. Van de bloemblaadjes die tussen Beths boeken vandaan dwarrelden, zijn grootvaders dagboeken, de levende boeddha's van Yamagata tot de ruïnebouw van Albert Speer, allemaal voor de diepten van de tijd bestemd. Met niets was dat wezen van één dag zo geoccupeerd als het achterlaten van sporen voor de diepe, diepe eeuwigheid. 'Nur Granit kommt im Frage,' had Hitler gezegd tijdens zijn rondreis door Italië. Alles wat zijn hofarchitect bouwde moest *Ruinenwert* hebben, de eerbiedwaardige, ruïneuze eeuwigheid van het Colosseum en het Parthenon. Maar al zo'n zeventig jaar later brak het Neurenbergse stadsbestuur zich er het hoofd over of het de tribunes op het Zeppelinveld verder moest laten instorten of opknappen. Hugo begreep het verlangen naar eeuwigheid en zelfs de hang naar monumentalisme, maar had zelf steeds grotere voorkeur voor het vlietende leven. Liever vloeiende dan onomstotelijke dingen. *Ukiyo-e.*

55

Antroposofisch verpleeghuis Ostara beschikte sinds kort over een elektrische rolstoelbakfiets. De fiets had een oprijplaat om de rolstoel in de bak te duwen en verankerde haken waarmee je de stoel vastzette. Ze had zeven versnellingen, een 250 watt-motor en een zware accu. Het bereik was maximaal twintig kilometer, Geertje en hij konden er flinke einden mee door de duinen fietsen. Hij zette haar zijn zonnebril op en ritste haar jas dicht. Ze kreeg iets geconcentreerds over zich als hij haar voorbereidde op een tochtje, een vrouw die zich monstert in de spiegel in de hal voordat ze de buitenwereld tegemoet treedt. 'Enter Jackie Kennedy,' zei Hugo toen hij de knoop van haar hoofddoek onder haar kin had gelegd.

Het eerste stuk ging door de Haagse buitenwijk, zodra ze in de duinen waren ging het tempo omhoog. Geertje kraaide van opwinding wanneer ze hard door de bochten gingen. Vloog er een insect haar mond binnen, dan rochelde en spuugde ze als een oude kerel. Er was een hoog duin waar hij graag naartoe fietste – als hij flink aanzette redde hij het helemaal tot aan de top. Op het stenen plateau daarboven zette hij haar naast een houten bankje met haar gezicht naar het westen, waar ze uitkeek over de duinen. De zee was te ver weg om vanaf daar te kunnen zien. Ze stond erop dat hij haar zo neerzette, ze had sterke voorkeuren en was beslist in haar wensen. In haar onmacht was ze soms even driftig als haar vader. Hugo was er bedreven in geraakt om haar stemmingen en expressies te verstaan. De schakeringen van haar gemoed waren, als je haar beter leerde kennen, subtieler dan je op grond van haar grove motoriek zou verwachten. Ze was kortom een *individu*, op haar eigen beperkte wijze.

Soms deelde hij zijn gedachten met haar en vertelde over de dingen die gebeurden. Als hij praatte keek ze even vorsend naar hem als wanneer hij voorlas uit *Dora* of *Kikker*. Hij stelde zich voor dat klank en ritme van zijn woorden voorstellingen in haar opriepen, ongedifferentieerd als vloeistofdia's. Werd ze moe, dan zakte haar hoofd op haar borst en keerde ze met een zacht 'bah-bah' in tot zichzelf. Ja, het was echt een kind van haar vader.

Hij haalde fruit en brood tevoorschijn en schonk lauwe thee in haar tuimelbeker. Ze hield van het uitzicht daar, had hij gemerkt, ze leek diep in gedachten wanneer ze haar ogen over het vale duinlandschap van zand en helmgras liet gaan.

Piepend van angst sloeg ze opeens naar een insect.

'Rustig maar Geertje,' zei hij, 'het is Maya de Bij maar.'

Haar uitdrukking veranderde op slag. 'Na,' zei ze blij. Ze keken soms tekenfilmpjes van Maya op zijn telefoon. Tekenen, voorlezen, filmpjes kijken, fietsen – de contouren van het leven van Geertje en bah-bah tekenden zich af. Ze had het ontwikkelingsniveau van een peuter, vol vluchtige stemmingen en primaire aandriften, zodat hij soms vergat dat ze eigenlijk al een oud vrouwtje was, met een paar lange grijze haren op haar bovenlip.

's Morgens en 's avonds zat hij op de meditatiemat voor de deur aan de achterzijde van het koetshuis. De koelte van het bos stroomde over hem uit. Een enkele keer vond hij de opperste concentratie die oneindig begrip voor de verschijnselen met zich meebracht; kostbare momenten van luciditeit. Heden en verleden in een enkel ogenblik, gelijktijdigheid van alles. Alles even ver en even dichtbij. Het lichaam voelde licht en gemakkelijk, de geest was helder en scherp. Soms dacht hij dat hij *nyūjō* benaderde, de staat van diepe concentratie en eenheid van de ziel met al het omringende. Het was een goede keuze geweest om naar Oostraven te komen, waar het leven en het verleden van zijn grootvader zo nabij waren – hij kon erin rondlopen als in een landschap. Hij had de juiste omstandigheden gevonden om te denken en te werken, vermengd met een zoet-schunnig verlangen naar de verpleegkundige van zijn grootouders.

Hij was begonnen aan een schilderij waarin de sokushinbutsu en de grijzen van Libeskind een vanzelfsprekend verband aangingen. Pronaos van een betonnen tempel, brutalistisch, loodgrijs als een bunker. Daarachter, helder verlicht, zit in een glazen vitrine een man op een rood kussen in lotuszit, het hoofd een beetje voorovergezakt. Een grijs uniformjasje, de kraagspiegels diepzwarte Malevitsj-vierkanten. Een *Totenkopfring* hangt aan zijn linkerringvinger. Zijn oogholtes zijn donker en leeg, zijn verstijfde lippen vertrokken in een starre doodsgrijns. De gezichtshuid is kastanjekleurig glanzend, alsof ze gelakt is, zijn aangezichtsbeenderen steken scherp uit. Zijn dunne witte haren zijn in een scheiding gekamd. Niet meer dan aanmaakhoutjes zijn zijn vingers, bijeengehouden door leerachtige, gedroogde huid. Rondom de SS-mummie verdiepen de grijzen zich tot een nevelig zwart, daarachter is de duisternis compleet.

Feldgrau II heette het voorlopig bij gebrek aan iets beters.

Hij keek er nog een paar dagen naar en belde toen Darya Maoz, zijn trouwe Nederlandse galeriehouder die hij al zo lang niet had gezien.

56

Ze kwam meteen de volgende dag, voor de files uit want ze moest om elf uur weer in Amsterdam zijn. Om halfnegen reed ze de oprijlaan op, nadat hij de poort op afstand voor haar geopend had.

'Allemachtig, Hugo,' zei ze toen ze uitstapte. 'Dus hier heb je je verstopt.' Verbluft keek ze naar de villa. 'Het huis uit je verhalen.' Ze wees. 'Dus daar woont de nazi?'

'Honderd jaar oud intussen.'

'Ongelofelijk.' En op samenzweerderige toon: 'De *Nakam*, zo dichtbij!'

Hij grinnikte en zei: 'Eerst koffie.'

Veroudering lijkt vanaf een bepaald moment opeens te komen, haast van de ene op de andere dag. Darya's koperrode krullen verbleekten alweer. Haar vormen begonnen haar te verlaten. Hugo en zij gingen ver terug. In het verleden hadden ze samen het succes proberen te omsingelen en de kunstbeurzen van Bazel, Londen en New York bezocht. Ze was een onafhankelijke denker maar had een te beperkte smaak om uitzonderlijk succesvol te zijn. Ze hield van zijn werk en dat van een paar anderen, niet veel meer, een smalle basis. Ze had als een leeuw voor hem gevochten en veel in hem geïnvesteerd. Later was Zwirner erbij gekomen voor zijn buitenlandse vertegenwoordiging, maar Darya was zijn Nederlandse galeriehouder gebleven.

'Wat een geweldige ruimte,' zei ze in het koetshuis. De doeken stonden met de zichtzijde tegen de muur.

'Hier ben ik ooit begonnen,' zei hij. 'Ik heb altijd van het licht gehouden, de gewijde atmosfeer van het bos. Ik was het vergeten. Als mijn grootouders dood zijn koop ik mijn broer uit en blijf ik hier de rest van mijn leven zitten.'

Met een vergenoegd knorren kwam Dikkie binnen na zijn ochtendtoilet.

'Ach, wat een mooie rooie,' zei Darya.

'Dikkie Dik, een erfenis.'

'O? Wie is er dood?'

'Mijn gouvernante van vroeger,' zei Hugo. 'Lang verhaal, maar het heeft er al met al voor gezorgd dat ik weer aan het werk ben. Daarom belde ik je. Ik wil je een paar dingen laten zien.'

'O Hugo, daar hoopte ik al zo op. Ik was zo blij dat je belde, je leek wel van de aardbodem verdwenen.'

'Het is nog maar het begin van een serie,' zei hij, 'maar dan heb je vast een idee.'

Ze draaiden het eerste doek om. Hij maakte een espresso terwijl zij voor de oude man in veldgrauw stond, alleen op de steppe. Ze deed een paar stappen terug en kwam weer dichterbij.

'Ik heb er drie,' zei hij. Ze draaiden het tweede doek om: het gezelschap dat poseert bij de Toorts van Moreni. Hij was nerveus. Een genie ben je in eenzaamheid, de blik van de ander bevrijdt je van die illusie. Ze liep heen en weer tussen de werken. Hij was beducht voor haar oordeel. Ze hadden eens een crisis gehad over een serie waarin Loïs figureerde, waarvan *Eva* het eerste werk was geweest. 'Ik weet het niet, Hugo,' had ze gezegd, 'maar zo'n muze... Hoe bijzonder ik ze ook vind, ik vind het onderwerp gewoon niet zo interessant. Het spijt me dat ik het moet zeggen.' Hij had zich een paar maanden in beledigd stilzwijgen gehuld, maar toen de krenking eenmaal gesleten was waardeerde hij het dat ze geen blad voor de mond nam. Het hield hun verhouding gezond en verlengde die tot in de verre toekomst.

'En dit is drie,' zei hij. Het schilderij van de gemummificeerde Untersturmführer was kleiner dan de andere twee.

'Zo,' zei ze bij de eerste aanblik. Haar vader kwam uit een zionistenfamilie van het eerste uur, die zich in de jaren twintig in Palestina gevestigd had, haar moeder was als kind tijdens de Aliyah Bet naar het mandaatgebied gereisd. Darya had haar geboorteland tijdens de Eerste Intifada verlaten omdat ze niet voor zich zag hoe aan de collectieve geweldspsychose een eind kon komen. Geweld was Israëls geboortevlek, waar het nooit meer van afkwam; na haar dienstplicht was ze antropologie gaan studeren in Leiden.

Ze liep terug naar de eerste twee doeken, nam ze nog eens in zich op en zei: 'Je hebt een nachtmerrie gemaakt.'

'En deze nog,' zei hij, alsof hij de confrontatie met haar oordeel wilde uitstellen. Hij sloeg een kartonnen map open en spreidde een serie tekeningen uit over de schraagtafel. 'Hier begon het mee.'

Ze liep ze een voor een langs. Zeventien waren het er, alles tussen Goya en Masereel. Ze nam de tijd, boog voorover om ze beter te bekijken.

'Wat moet ik zeggen,' zei ze toen. 'Ik vind ze prachtig. En zo bruikbaar. Perfect voor wie een Adema aan de muur wil maar een doek niet kan betalen. En wat betreft deze...' Ze draaide zich naar de schilderijen. 'Ik vind het moeilijk om er iets over te zeggen. Het is gruwelijk. Vergis ik me of is dit een wereld zonder Joden? Dat is niet alleen mijn *Jewish gaze* toch?'

'Ja,' zei ze even later, in gedachten verzonken, 'je weet het vaak al bij de eerste blik: dit is iets. Of vaak, zo vaak gebeurt dat niet. Maar als het gebeurt, boem, meteen raak. I love it. Hier doe ik het voor, Hugo, de flits die je met je ogen ziet en dan de donder diep in je lijf even later. Hier is iets gebeurd en je zult nooit weten wat precies. Maak je nog een koffietje voor me, dear?'

Ze liep tussen de werken heen en weer terwijl Hugo toekeek hoe er een dun mokkakleurig straaltje in haar beker liep. 'Er komen er nog een paar bij,' zei hij.

'Goed zo,' zei ze. 'Maar je bent er lang uit geweest. De omloopsnelheid is zo hoog nu. Ik verwacht dat er nog steeds veel belangstelling voor je zal zijn, maar het is wel heel lang stil geweest.'

'Aha,' zei hij, maar het was hem maar al te bekend. Sensatie van lichtheid. De machine voedde zich met nieuwe reputaties, nieuwe gezichten, het publiek wilde telkens opnieuw verbluft worden. Ook de beeldende kunst was een opwindingseconomie geworden. Het ernstige geduld om een kunstenaar gedurende zijn productieve leven te volgen bestond nauwelijks meer, het ging nu om *rankings* en veilingrecords. Hij hoopte dat hij, als zijn tijd alweer voorbij zou zijn, genoeg van het schilderen zelf hield om het te blijven doen, op de wijze van Hokusai, die elke punt en elke lijn wilde bezielen met het leven zelf.

'Maar daar verzinnen we wel iets op,' vervolgde Darya. 'Als je er inderdaad een stuk of tien zou kunnen maken dan wil ik het brengen als een grootse comeback, zonder dat woord te gebruiken natuurlijk. Je hebt je jarenlang opgesloten om hiermee weer tevoorschijn te komen, briljant *as ever* maar nu met de glans van loutering, snap je?'

'Nou ja, jarenlang,' mompelde hij. 'Een paar maanden.'

Ze hield van het spel, ze was er goed in. Ze werd vertrouwd om haar smaak en inzicht. Ze nam de beker van hem aan. 'Ik was soms bang dat je het opgegeven had,' zei ze. 'Dat je het vuur niet meer had. Het gebeurt de hele tijd weet je, zoveel mensen, mid-career vaak, waar je opeens nooit meer iets van hoort. Van jouw leeftijd en opeens de kracht niet meer, ik weet niet. Ze gaan lesgeven of op Bali wonen, dat soort dingen.' Ze schudde haar hoofd. 'Sommigen lopen vast in vormkwesties of verliezen het geloof in het medium, anderen gaan juist heel veel maken, niet normaal veel. Zulk slecht werk dat je niet kunt geloven dat het een en dezelfde kunstenaar is.’

57

Zijn grootmoeder verzette zich een beetje koket toen hij haar 's middags vroeg om voor hem te poseren, maar liet zich vlug overhalen. Hij had haar gevraagd het goudkleurige Dior-jasje te dragen dat ze ook aanhad op het eeuwfeest. Ze werd in vol ornaat binnengereden in de rolstoel, met sieraden rond haar hals, vingers en polsen. Goudkleurige flatjes, zwartsatijnen broek; haar gevoel voor decorum was onaangetast. Ze was altijd het mooie, wat oppervlakkige meisje uit residentie De Stroom in Pietermaai gebleven, dat danste in de salons en zich het hof liet maken bij club De Gezelligheid op Punda, waar ze buiten het zicht van haar chaperonne was gekust door amants wier namen en gezichten verloren waren gegaan. Ze hief een knokige wijsvinger. 'En een beetje een mooi portret! Niet zoiets raars.'

'Ik kan niets beloven, gran.'

'Anders ga ik weg hoor!'

Uit de halfschaduw doemde ze op uit het doek, de oude vrouw op haar troon. Achter haar schilderde hij draperieën in ruimvallende plooien. 'Ik gebruik pigment van *dushi Korsou*,' zei Hugo. 'Tera corá.' Hij had jaren geleden potjes laterietkleurige aarde verzameld op de vlakte van San Pedro, die hem nu van pas kwamen voor de roodoranje, gestoffeerde achtergrond.

Ze reageerde niet, vastbesloten als ze was om te blijven zitten met een bevroren, beate glimlach rond haar mond.

Het gesprek met Darya 's morgens had hem goedgedaan. Het

bevestigde dat hij op de juiste weg was; hij was vol zelfvertrouwen. Iets zou zijn leven weer in beweging zetten op een dag, ergens zou een hendel worden overgehaald. Darya ging doen wat ze kon om iets moois te organiseren. Ze kon, had ze eens gezegd, geen artiesten maken maar wel een publiek verzorgen.

Boven de sluiting van het jasje lagen zijn grootmoeders sleutelbeenderen geprononceerd aan de oppervlakte. De dunne huid glansde van de arganolie waarmee ze zich dagelijks insmeerde. Het goud van het jasje deed hij met zwaar impasto, op de wijze van *Het Joodse bruidje*, bespikkeld met kloddertjes verf die de stof nog meer schittering en diepte gaven. Vorstelijk zat ze tegenover hem, Odilia Blum, haar lippen in dezelfde stijve plooi als Joséphine de Beauharnais op het staatsieportret dat François Gérard van haar had gemaakt. Beide vrouwen waren na een jeugd in de West-Indische tropen in Europa beland, en ook al bewogen ze zich in de hoogste kringen, er bleef altijd iets misplaatsts aan ze kleven, zelfs wanneer ze het, zoals Joséphine, tot keizerin brachten.

Op de schoot van zijn grootmoeder verschenen de contouren van een grote, oude leguaan. Haar hand rustte op zijn stekelige rug.

'Ontspant u zich een beetje gran,' zei Hugo, 'zo houdt u dit niet vol.'

'Ik hou alles vol,' riposteerde ze. 'Al zeventig jaar.'

Hugo lachte. Zij bleef doodernstig en ging een beetje verzitten.

Hij vroeg wanneer ze voor het laatst op het eiland was geweest.

Het schokje van haar hoofd. 'Zo lang geleden,' zei ze. Ze schudde haar hoofd. 'Het was fout om daar weg te gaan.'

'Waarom bent u nooit teruggekeerd? Om te wonen bedoel ik?'

'Je bent getrouwd!' zei ze verontwaardigd. 'Bezit. Ik móest mee. Nog in de haven begint me dat schip opeens te trillen... Ik schrok zo dat ik mezelf op het dek liet vallen. Lach maar, maar ik had zoiets nog nooit meegemaakt hè! Mijn familie, iedereen stond daarbeneden te zwaaien. *Kom terug!* leken ze te roepen, *ga niet naar die pòrkería daar.*' Als ze had kunnen zwemmen, zei ze stellig, dan was ze van boord gesprongen, zo het Schottegat in. De afstand tussen het schip en de kade verwijdde zich, een pijnlijk scheuren, ze dacht niet dat er een groter verdriet bestond. De reis ging met een olietanker, zoals die destijds onafgebroken tussen Willemstad en Maracaibo heen en weer voeren. Hij gleed de Sint Annabaai door, langs de kleurige handelshuizen van Punda en Otrobanda – ze zag de ramen van haar vaders kantoor in het Gouvernementspaleis –, tussen de machtige forten door die de baai aan weerszijden bewaakten, en voer het grote water op. De olietanks van Shell, blinkend wit als zoutbergen, waren nog lang te zien. Als laatste verdween de donkere kartelrand van de Christoffelberg in zee. Zwart en diep was het water onder het schip, en zwart en diep was haar verdriet. Ze was naar het passagiersverblijf gegaan, de eenvoudige hut die haar kersverse echtgenoot voor hen geboekt had, en huilend op bed gaan liggen. Golven rolden onder het schip door, elke golf bracht haar verder weg van huis. Zelfs de straatlopers van Willemstad miste ze plots met grote kracht. En wie was die man die door de patrijspoort naar buiten tuurde? Ging ze met hem de rest van haar leven doorbrengen, met die koude *strañero*? De vergissing is om te lachen en te huilen tegelijk. Ze zal vlug wennen, zegt hij, het huis is in gereedheid gebracht en iedereen zal zijn best doen om haar zich thuis te laten voelen, maar dat verergert haar *tristesa* alleen maar want ze wil zich nergens anders thuis voelen dan op haar eiland aan de overzijde van het water.

Haar met een blauw waas overtrokken ogen staarden het verleden in, waar zich alles tot in de eeuwigheid herhaalde, en ze begon te vertellen hoe ze later die middag wakker werd in de scheepshut

– weer hoort ze de zuigers stampen, ze ruikt menie en zeewater. Ze fatsoeneert zich en stommelt de trap op naar boven, zich stevig vastklemmend aan de leuning. Aan dek vindt ze haar nieuwbakken echtgenoot in gesprek met de tweede officier. De late zon blikkert op de golven in een eenzaam en troosteloos vertoon. Haar knappe rijzige echtgenoot, daar staat hij, en weer valt ze voor hem. Ze is zwak, hij maakt haar zo.

De mannen praten over de oorlog. De officier vertelt hoe deze zee bezaaid was met onderzeeërs, dreigende schaduwen onder het wateroppervlak. Ze wachtten de tankerkonvooien op die de Venezolaanse olie naar de raffinaderijen op Aruba en Curaçao brachten. De geallieerden waren ervan afhankelijk, zegt de officier, de meeste olie kwam hiervandaan, daarom lagen die haaien hier te wachten om ze naar de kelder te jagen. Van de piloot van een verkennersvliegtuig had hij gehoord dat de moffen met ontbloot bovenlijf aan dek zaten – zo laag was hij overgevlogen dat hij ze daarbeneden sigaretjes kon zien roken en een hengeltje zag uitgooien, serieus waar.

Verhalen deden de ronde over de Venezolaanse barkjes, die al sinds mensenheugenis groente en fruit naar de eilanden brachten, en met regelmaat werden geënterd door de bemanning van de U-boten. De blonde piraten stampten rond over het dek en de lading werd overboord gegooid. Niet alleen groente en fruit brachten die barkjes naar de eilanden, maar ook Zuid-Amerikaanse hoeren die in de Nederlandse eilandkoloniën emplooi vonden. De vrouwen werden door de Duitsers van boord gehaald en de barkjes keerden onverrichter zake terug naar hun thuishaven Coro in Venezuela. Aan dek van de onderzeeërs werden de vrouwen verkracht en als oude schillen in zee geworpen.

Zulke dingen, zegt de tweede officier terwijl hij uitkijkt over zee, hebben zich hier afgespeeld. Hij schudt zijn hoofd. 'Je krijgt het niet verzonnen. Beesten, je zou ze allemaal doodschieten.' En met een zijwaartse blik op haar: 'Sorry mevrouw voor m'n taal.'

Haar echtgenoot knikt en zegt: 'Zullen we?' Hij neemt haar bij de arm en samen vervolgen ze hun weg naar de mess, waar hun een vermout en een eenvoudige maaltijd wachten.

58

Terwijl het grote doek vorderde begon hij aan iets kleiners met tempera tussendoor. Het vereiste doelgerichtheid, de verf droogde vlug. De weeïge lucht van eieren vond hij onaangenaam maar de Fra Angelico-achtige, transparante sereniteit van de kleuren was alleen met deze techniek te verkrijgen. Een Madonna-met-kind werd het. De moeder was zo oud als een schildpad en hield een grijs kind in haar krachteloze armen. Het kind met het voorkomen van een bejaarde pop had vooruitstekende tanden en een pruimengezichtje. Het paste in de traditie van afzichtelijke baby's die veel renaissanceschilders maakten, monsterlijke Jezusjes, moddervet of belachelijk gespierd en met ouwelijke smoeltjes – pas bij Rembrandt werd het Christuskind enigszins een normale baby.

Zijn grootmoeder poseerde voor de tweede keer die week. Het kleine doek lag plat op de vloer omdat de verf zo uitliep. Hij hield het uit zicht om zijn grootmoeder de confrontatie met het beeld van haar en haar dochter te besparen. Zou ze Geertje herkennen? Hoelang had ze haar al niet gezien? Misschien al sinds Geertjes kindertijd niet meer, toen ze naar Nederland waren teruggekeerd en zij in een instelling verdwenen was. Hugo's vader was in 1950 geboren, Geertje in 1953. In dat jaar had zijn grootvader ook zijn Nederlanderschap teruggekregen, maar hij bleef in Maracaibo, waar Shell hem een smalle zandstrook aan de westoever van het meer ter beschikking had gesteld om zijn werf te bouwen. Die strook had hij geëgaliseerd en voorzien van een golfbreker, een aanlegsteiger en een droogdok.

De Bataafsche Petroleum Maatschappij – het latere Shell – was sinds 1913 op het Meer van Maracaibo actief; haar geologen voorspelden onmetelijke oliereserves in de bodem. Op de fossiele deposito's van Maracaibo vestigde de Koninklijke Olie in die jaren haar werelddominantie. Het brakwatermeer transformeerde van een gevarieerd ecosysteem met rijke visgronden, waar al sinds mensenheugenis Wayúu-indianen in paalhuizen boven het water woonden, tot een intens vervuilde werkplaats waar dagelijks miljoenen vaten olie werden opgepompt om de brandstofhonger van de wereld te stillen. Vanaf de diepe tijd had het zwarte goud in de aarde liggen rusten, om er nu met een korte, mechanische inspanning aan onttrokken te worden. Maracaibo werd een *boomtown*, een magneet die gelukszoekers uit de hele wereld aantrok. Maar liefst drieënzeventig oliemaatschappijen namen aan de orgie deel, en Constructora Adema bouwde havenwerken en productieplatforms voor ze.

Het bedrijf was op het meer aanwezig met platte kraanbakken voorzien van krachtige stoomhamers, die de palen in de bodem dreven waarop de olieplatforms rustten. Meer dan twintigduizend kilometer pijpleiding werd in de loop der tijd kriskras over de bodem van het meer gelegd, waardoorheen ruwe olie naar de opslagtanks van de buitenlandse maatschappijen stroomde.

Van de ene op de andere dag was Venezuela het grootste olie-exporterende land ter wereld geworden. Het meer was overdekt met boorplatforms, de pompen dreunden dag en nacht, jaar na jaar, maar de fabelachtige rijkdommen regenden elders neer, ver van Venezuela in de financiële zenuwcentra van de wereld, in gelambriseerde kantoren met notenhouten bureaus en geavanceerde klimaatsystemen.

Er was een omvangrijke Nederlandse gemeenschap neergestreken in Maracaibo. 'Er werd zó geroddeld over ons,' zei Hugo's grootmoeder terwijl hij opnieuw eidooiers mengde met water en pigment. 'Ik wist nooit wanneer er gebridget werd. Op Koninginnedag werden wij niet gevraagd. Ze zeiden dat zijn vrienden uit de oorlog bij je opa werkten. Duitsers. *No ta bèrdad!* Je opa bouwde hun huizen maar mocht niet op hun feestjes komen. Er kwamen Hollandse artiesten, Max Tailleur en die andere komediant, Paul nog iets, met die stem, maar ons werd niks verteld. Ik had een mooie tuin met bloemen, want alles groeit daar zo snel hè.'

Wim maakte lange dagen op de werf, zei ze, vaak hoorde ze pas lang na zonsondergang zijn chocoladekleurige Oldsmobile de zandweg op rijden. De avondhemel werd verlicht door het spookachtig oranje schijnsel van duizenden boortorens die gas affakkelden, alsof er daarginds een stad werd geplunderd en platgebrand.

Het was een huis op palen omdat de bodem al begon te verzakken, een soort planterswoning ver bij de Europese enclave vandaan. Ze haatte het moerasklimaat, dat je ziek en lusteloos maakte; de klamme warmte werd 's avonds maar deels verdreven door de passaatwind die door de horren blies. Geruststellend dik waren de muren van haar vaders huis in Pietermaai geweest, die de koelte in de schemerige kamers vasthielden, zoals ook het vocht dat in eendrachtige samenwerking met zilvervisjes en termieten de boeken van haar voorvaderen wegvrat. Hier was geen koelte. Er waren ook geen boeken.

De koortsachtige energie van Maracaibo vond zijn grootmoeder vulgair maar je kon er alle soorten haarlak krijgen die je maar wilde. Alleen op bedrijfsfeestjes van Shell werden ze weleens uitgenodigd. Shell was een van de grootste klanten van haar echtgenoot, hij bouwde pieren, aanlegsteigers en dienstwoningen voor ze. Overal in huis lagen papieren met schetsen en berekeningen. Wim deed uitvindingen waar nog nooit iemand aan had gedacht

– wist Hugo wel dat zijn grootvader een uitvinding had gedaan die een revolutie had betekend? Dat de brug over het Meer van Maracaibo, de langste brug van Zuid-Amerika, met die techniek was gebouwd? Een betonnen paal die veel meer kon dragen en beter tegen zout water bestand was dan alles wat tot dan toe gebruikt was? Hugo knikte, daar was hij weer, de paal van voorgespannen beton die het fundament was van het familiekapitaal, waarop al het groots rustte dat in de decennia daarna werd verricht. Hij mocht in het familiewapen, die paal waarvan de octrooirechten nog altijd bij de Adema-holding op Curaçao berustten.

Voor die uitvinding, zei zijn grootmoeder met een trots lachje, maakte hij de eerste berekeningen tijdens hun wittebroodsweken op landhuis Blansjaar.

Het waren de hoogtijdagen van Maracaibo, de stad was bespikkeld met bordelen, soda fountains, danszalen, gokhallen en bioscopen. *Campesinos* klepperden op hun ezeltjes tussen de vloot Buicks, Oldsmobiles en Cadillacs door. Maar de rijkdom van de stad was die van een gokker, iemand die zijn fortuin in één nacht verkwist. De pijpleidingen lekten, het meer raakte met ruwe olie vergiftigd, zijn oevers waren zwart en de oliebedrijven verlegden hun bakens toen een keten van staatsgrepen de ene *caudillo* na de andere aan de macht bracht, soms georkestreerd door de oliemaatschappijen zelf. Maar toen een van die zwaar gedecoreerde clowns de euvele moed had om de winstbelasting van de maatschappijen te verhogen, werd die diepe belediging onmiddellijk beantwoord met massaontslagen en het dumpen van Venezolaanse olie. En zo werd Maracaibo een spookhuis na de goldrush. Zijn mythologie was die van El Dorado, zijn rijkdom en droeve ondergang werden in talloze liederen bezongen.

Had pake, vroeg Hugo, misschien ooit iets verteld over zijn vlucht naar Zwitserland? Wist ze iets van de tijd die hij daar in veilige gevangenschap had doorgebracht? Zijn grootmoeder schudde beslist haar hoofd. Dat was voor haar tijd, en bovendien, dat was geweest, klaar.

'Jullie spraken nooit over het verleden?' vroeg Hugo.

'Dat doet de linkse schandaalpers wel, die schrijft liever leugens dan dat ze het over zijn verdiensten hebben. Want je opa heeft veel betekend voor het verzet hè, vergeet dat niet. Maar daar hebben ze het niet over.'

Ook zij vertelde het giftige verdichtsel verder. Wie de leugen niet geloofde was een leugenaar.

Ze zweeg nu, moe van alle verhalen.

De leguaan op haar schoot werd spectaculair heldergroen, met een turquoise kop en een oranje lel die als een vlag tussen zijn onderkaak en borst wapperde. Zijn koude geitenoog boorde zich over de schouder van de toeschouwer de prehistorie in, waar hij vandaan kwam.

Zijn grootvader, wist Hugo, had tijdens zijn gevangenschap in Zwitserland brieven geschreven aan het ministerie van Oorlog in Londen en zijn diensten aangeboden als informant en militair. En hij schreef een lijvig verweerschrift waarin hij zijn rol in dienst van de vijand bagatelliseerde en zijn verzetsdaden benadrukte. Het een moest tegen het ander worden weggestreept, zei hij met zoveel woorden, hij was altijd, als je er op zijn manier naar keek, een goede vaderlander geweest. Dat was wat er bekend was over de zestien maanden die hij daar achter tralies had doorgebracht, meer had Hugo er niet over gevonden.

59

Twee maanden na de capitulatie wordt Willem Adema door de Zwitsers op transport gesteld naar Nederland en gedetineerd in Kamp Vught. Al vlug na aankomst krijgt hij toestemming om zijn proces af te wachten ten huize van majoor Wim Versteeg van de verzetsgroep Ringdijk. Versteeg staat hem hoogstpersoonlijk op te wachten bij de poort van het kamp. Ze schijnen goed bevriend.

Dat zijn internering wordt omgezet in een vorm van huisarrest is uitzonderlijk voor een hooggeplaatste SS'er als hij. Het is het begin van een met raadsels omgeven traject, dat erin resulteert dat hij weliswaar schuldig bevonden wordt volgens artikel 101 van het Wetboek van Strafrecht – het opzettelijk in dienst treden bij de Waffen-SS, 'zulks terwijl hij wist dat Nederland met Duitsland in oorlog was' – maar ervan afkomt met een lichte straf, die nog met acht maanden wordt verlaagd door een uitspraak van de Bijzondere Raad van Cassatie, zodat hij na aftrek van voorarrest met onmiddellijke ingang vrijkomt in november 1946.

En dat terwijl de Politieke Recherche van de afdeling Den Haag, zoals te lezen was in het proces-verbaal, in oktober 1946 over de samenspanning van Adema, Versteeg en de Groep Ringdijk heeft opgemerkt: 'Wat betreft de ontlastende verklaringen ten aanzien van verdachtes steunverlening aan de illegaliteit, moet worden opgemerkt dat tegen getuige Versteeg en diens medewerkers een betrouwbaarheidsonderzoek door de Politieke Recherche Afdeling te 's-Gravenhage e.o. is ingesteld. Wegens gebrek aan bewijsmateriaal en de omstandigheid dat de erbij betrokken personen elkaar volkomen "dekken" kon uit dit onderzoek geen tenlastelegging worden opgebouwd. Echter is wel duidelijk gebleken, dat aan ontlastende verklaringen van die zijde geen enkele waarde valt toe te kennen.'

De dagtekening wees erop dat die verklaring was ingebracht in de procedure, maar de boodschap ervan was niet tot zijn rechters doorgedrongen. De pleidooien ten gunste van Willem Adema des te meer. Niet alleen Versteeg pleit voor hem, ook een oude bekende maakt zijn opwachting, Hendrik de Caluwé, zijn vroegere baas bij Bagger- en Bouwmaatschappij Albetam. Ze hebben elkaar in de eerste oorlogsmaanden nog gesproken, toen Willem Adema met zijn ziel onder de arm door Den Haag liep. De Caluwé, toen Regeringscommissaris voor Wederopbouw, is nu minister van Openbare Werken en Wederopbouw in het kabinet-Schermerhorn-Drees geworden. Een gereputeerd staatsman met een lange staat van dienst, die zich schijnbaar belangeloos inzet voor zijn vroegere employé van Albetam. Op verzoek van Versteeg schrijft de minister een uiterst gunstig getoonzette karakterschets over hem. 'Het is mij bekend,' was te lezen in zijn pleidooi uit het strafdossier dat zich in het Nationaal Archief in Den Haag bevond, 'dat de heer Adema een bekwaam ingenieur is, die echter een onevenwichtig karakter heeft. Hij is moeilijk in de omgang met anderen. Het heeft mij dan ook niet verbaasd dat hij aanvankelijk bij de NSB terechtkwam en daar de waardering en bevrediging heeft gezocht, die hij wellicht in een andere omgeving niet kon vinden. Evenzeer acht ik het begrijpelijk, dat hij in de NSB-kringen al heel spoedig teleurgesteld werd en dat hij met hetzelfde enthousiasme zich daarop in geheel andere richting heeft bewogen. Dat hij daarbij voor de illegale beweging belangrijk werk heeft kunnen doen, verwondert mij geenszins. Ik acht hem een integer mens, die zichzelf echter door een wat onbekookt radicalisme veel moeilijkheden heeft bezorgd.'

Waar commandant Versteeg het deel over Adema's ommezwaai en werk voor de illegaliteit voor zijn rekening nam, gooide De Caluwé het op zijn temperament, en zo verdwenen langzaam zijn ss-propaganda en dienstneming bij de Waffen-ss uit het zicht. De rechters waren geïmponeerd door de geaffecteerd sprekende verdachte, overduidelijk goed in zijn vak, die bovendien over een netwerk beschikte waarin zelfs een minister voorkwam. Deze dubbelzinnige figuur, met zijn uitstekende connecties – geheel anders dan de boerenzoons en verarmde arbeiders die ze vaak in hun beklaagdenbank troffen –, appelleerde aan hun standsbesef, waardoor ze Willem Adema het voordeel van de twijfel gunden en hem uiterst mild bestraften.

Een elite, realiseerde Hugo zich eens te meer toen hij 's avonds door zijn aantekenschrift bladerde, functioneerde op basis van sociale codes, op afkomst en verwantschap; een voor de buitenwereld ondoordringbaar complex waar de draden van de macht stevig ingeweven zijn – een onuitroeibaar onrecht waartegen geen wetten helpen.

Wanneer de Politieke Opsporingsdienst een inval doet bij Adema's ouders in Elahuizen vinden ze niet alleen zijn dagboeken maar ook de overige schamele bezittingen die hij bij hen in bewaring heeft gegeven. Veel is het niet, hij leefde voor de Duitse inval al uit een koffer en de oorlogsjaren hebben daar geen verandering in gebracht. 'Ik ben onvermogend en heb geen bezittingen,' verklaart hij in het proces-verbaal. Volgens het proces-verbaal van inbeslagneming gaat het om 'een negatief, een ongeldige pas, een namenlijst van zijn ss-leergang, brieven, het lidmaatschapsbewijs van een ingenieursvereniging, acht beschreven schriften zijnde dagboeken, een Berechtigungsschein en andere geschriften toebehorende aan W.B. Adema'.

De chaos en de willekeur van die dagen na de oorlog, de opslagruimtes van de rechtbanken met de duizenden en duizenden dossiers, met op een ervan het dossiernummer en de naam van Willem Bruno Adema, geboren 8 november 1916 te Elahuizen. Hugo zag de handen die op zeker moment de verzameling papieren bewijsstukken doorwoelden op zoek naar de dagboeken. Zo waren ze uit zijn strafdossier verdwenen, door die handen die toebehoorden aan oud-politiemajoor Wim Versteeg, commandant van de malafide Groep Ringdijk of iemand uit zijn kring, die over een groot netwerk beschikte en zijn lot om onachterhaalbare redenen aan dat van Hugo's grootvader verbonden had.

60

Vera en hij ontmoetten elkaar bij de poort. Ze hadden een paar uur voordat haar nachtdienst begon. De middag zou zonnig zijn, pas in de avond was er wat regen voorspeld. 'Hoe groot is dit wel niet?' vroeg ze toen ze het bos doorkruisten.

'Een van de grootste domeinen in privébezit hier,' zei Hugo. Een geur van rotting achtervolgde hen een tijdje, ergens lag iets doods. Hij klom als eerste tegen de westelijke muur op en stak haar zijn hand toe, maar ze was al bijna boven.

Voor hen strekte zich het duinlandschap uit. 'Minder dan een uur,' zei hij, 'dan zijn we aan zee.'

Ze klom alweer naar beneden en zei: 'Ik wil niet te laat terug zijn, José is echt een enorm pietje-precies.'

'Ik zal zeggen dat het mijn schuld is.'

'Als je het maar laat. Ze denkt al zoveel. Ze heeft me wijn zien drinken met je.'

'Zo roekeloos van je.'

Ze lachte. 'Liederlijk ja.'

Een onverwacht woord uit haar mond; hij vergiste zich de hele tijd. Ze was vrolijk. Kon je besluiten een paar uur geen moeder en echtgenote te zijn?

Ze kwam uit de psychiatrie, vertelde ze. Het interesseerde haar waar het normale overging in de afwijking. Bij sommigen zag je het meteen, bij anderen was je eigenlijk altijd verbaasd als het aan de oppervlakte kwam. De schijnbaar normalen, die waren het gevaarlijkst – soms vergat je op je hoede te zijn. Ze was een keer aangevallen met een schroevendraaier, maar dat, zei ze, was eigenlijk flauw om te vertellen omdat het een incident was, een uitzondering.

Ze had ontslag genomen toen haar vader lymfeklierkanker kreeg. 'Een ramp. Het bedrijf moest doordraaien. West-Friezen weet je... Het bedrijf gaat voor alles.'

Haar moeder had voor haar vijftigste al parkinson en kon niet voor hem zorgen. 'Alles kwam tegelijk. En wat doe je dan als tuindersdochter...' Ze liep een tijdje stil voor hem uit. 'Hun levenswerk, alles zat erin,' zei ze toen. 'Het gaat om zulke belangen.' Ze wist zeker dat het door de bestrijdingsmiddelen kwam die met hectoliters werden verneveld boven het land, zowel haar moeders ziekte als de kanker van haar vader. 'Maar bewijs het maar eens. Gelukkig wordt er steeds meer onderzoek naar gedaan. Maar daar wilde mijn vader niet aan, hij had zijn leven lang met die middelen gewerkt, hij was er loyáál aan geworden, ook al werd het zijn dood. Kun je het je voorstellen?'

Haar moeder leefde nog 'een soort van', zei ze, ze zat met parkinsondementie in een verpleeghuis, haar vader was al vijf jaar dood. Het bedrijf was verkocht, ze had daarna nog een tijd in een verpleeghuis gewerkt voordat ze op Oostraven kwam.

Ze haalde een flesje water uit een linnen schoudertas en zette het aan haar mond, haar ogen gesloten tegen de zon. 'Nou ja,' zei ze toen, 'dat is zo'n beetje mijn verhaal.'

Ze beklommen een volgend duin. Hugo dacht aan zijn broer die de kuiten van zijn minnares wilde bewonderen terwijl ze voor hem uit liep in een of ander straatje op een Grieks eiland; Vera had mooie kuiten, misschien iets te gespierd zelfs naar zijn smaak.

Ze stond stil boven op het duin. 'Waarom zeg je niks?'

'Ik ben een beetje jaloers,' zei hij. Hij hoorde de branding achter de duinen als een diep, eentonig neuriën. 'De echte dingen bedoel ik, de liefde, het werk, de dood – ik heb toch lange tijd een soort sprookjesleven geleid geloof ik, met nauwelijks zwaartekracht.'

'Ruilen?' vroeg ze.

'Gelijk oversteken,' zei hij. Hij legde zijn arm rond haar middel en trok haar naar zich toe. Ze was warm, haar huid plakkerig. Haar adem gleed over zijn gezicht. De jongen zou gegruwd hebben van de man die daar nu een vrouw kuste. Maar Vera maakte zich los en nam hem aan zijn hand mee het duin af. 'Kom,' zei ze lachend, 'jij mag dan een sprookjesleven hebben maar ik moet om zeven uur beginnen.'

Niet veel later liep ze in een donkerblauwe bikini naar zee, sterk en recht, een vrouw zoals Wolfgang Willrich ze tekende. Het strand was leeg. Ze gingen een eind het water in, daar waar het dieper werd doken ze door de brekers heen. Ze was een betere zwemmer dan hij. Ze investeerde in fysieke kracht, wapende zich ermee. Ook hoe ze kuste was in zekere zin offensief, heel anders dan hij zich Loïs' kussen herinnerde.

Hij trok haar, toen hij weer zand onder zijn voeten voelde, naar zich toe. Ze sloeg haar benen om zijn heupen. Kussen vermengd met zeewater, in een chaotische werveling van wind en golven. Hij hield zich niet meer in, zijn vrije hand was rond haar billen, tussen haar benen, ze was een en al toestemming. Een grote golf spoelde hen omver. Ze zwommen een paar slagen en lieten zich terugdrijven naar de kust. Tot aan zijn middel in het water haalde hij haar opnieuw naar zich toe. Alleen een paar wandelaars in de verte, niet te zien was of ze naar hen toe kwamen of zich van hen af bewogen. Haar ene arm lag rond zijn nek, haar andere hand tastte naar zijn geslacht. Gelukzalige rillingen. Hij bevoelde haar, ze was glad als zeep. Hier, nu. Hij wist zijn zwemshort omlaag te krijgen maar ze zei 'niet hier' bij zijn oor. 'Juist hier,' zei hij, maar ze ontsnapte lachend aan zijn greep en zei: 'Gun me dat laatste restje decorum.'

Ze zat voorovergebogen op een badlaken en kneep haar haren uit. 'Vreselijk,' zei ze. 'Een soort stro wordt het.' Je zag dat ze kinderen had gekregen, de verdwenen elasticiteit rond haar buik. Er was een dunne sluier voor de zon geschoven.

'Waarom heb je eigenlijk geen vriendin?' vroeg ze. 'Of heb ik je verkeerd begrepen?'

'Aha,' zei hij met een grijns, 'de hamvraag.'

'Of vind je dat een vervelend onderwerp?'

Hij duwde zijn ellebogen in het zand en zei: 'Ze kwam niet meer thuis op een dag. We zijn twaalf jaar samen geweest.'

'Ah.' Ze knikte en vroeg ernstig: 'Zou je terug willen naar hoe het was?'

'Dat weet ik niet. Ik heb er een diep verdriet om gehad, maar het is ook alsof het me gewassen heeft. Ik ben niet meer wie ik was.' Hij werd opgenomen in haar ernstige grijsblauwe ogen. 'Koningsdag vorig jaar,' vervolgde hij. 'Ze kreeg iets met een surfdude, veel jonger dan ik. Zo verlengt ze haar jeugd nog wat, denk ik, het kan nog net. Het was een totale ramp. De ander ís de toekomst, de toekomst zelf, je hele verbeelding van de tijd die komen gaat. En dan opeens sta je voor een gat.'

'Je had het niet zien aankomen?'

'Ik heb de tekenen gemist, denk ik. En toen was het te laat. Alsof je geliefde verdwenen is op zee, daar ergens.' Zijn blik gleed langs de horizon. Hij lachte een beetje. 'Pas nu begrijp ik waarom ik gerouwd heb als een zeemansvrouw.'

'Ach jee,' zei ze. 'Wat zijn mensen toch ruw met elkaar.'

En jij? wilde hij vragen, je man, mij, hoever laat je het komen, maar het kon de betovering verbreken; ze had maar even, gestolen tijd, bevrijd van het corvee der dingen, hij wilde het moment niet bederven. Ze legde een hand op zijn borst en streelde hem. 'Je bent zo mooi,' zei ze zacht, alsof ze iets opbiechtte. Ze streek langzaam over zijn buik, zijn navel, de lichte verhevenheid van zijn geslacht onder de stof van zijn zwemshort.

De eerste regen viel pas tegen tienen. Hij had al een tijd zitten drinken, als een man die een muur heeft gemetseld. Vroeg in de avond waren ze afzonderlijk van elkaar op Oostraven gearriveerd, zij eerder dan hij. Hij had nog door het bos gedwaald en gemediteerd in de beschutting van de brede stam van een beuk.

Onophoudelijke voorstellingen. Een kruisbroeder die in zijn contemplatie wordt geplaagd door de koorts van het vlees. Bulderend gaat zijn adem in en uit. *Monniken, alles brandt...* Gaandeweg komt hij tot bedaren. Het wordt weer helder. De stilte van het bos en die vanbinnen gaan in elkaar over. De dieren komen dichterbij, je bent iets plantaardigs geworden, bewegingloos en ongevaarlijk. Aan de rand van zijn blikveld hipt een vink.

Toen de tijd bijna om was schrok hij op van de schrille roep van een buizerd, die kantelend tussen de boomkronen verdween.

Tegen de warme buitenmuur van het koetshuis geleund wachtte hij daarna de kauwen af. Ze kwamen in de schemering. Met veel kabaal volgden ze hun dagelijks patroon van landen en weer opstijgen tot het vrijwel donker was. Hij sprayde DEET op zijn enkels en armen en opende nog een fles Jupiler. Zeventien was hij toen hij Oostraven verliet, en het leek of het leven zich sindsdien in een rechte lijn voorwaarts bewogen had, een perspectivische vertekening die door onafgebroken dynamiek werd veroorzaakt. Zoveel succes en bewondering waren hem toegevallen dat hij meende dat ze hem vanzelfsprekend toekwamen, in plaats van ze te beschouwen als een zeldzaam geschenk. Het was niet bij hem opgekomen dat het kon ophouden op een dag, dat het wonder zich zou weigeren te herhalen. *Maar je bent er lang uit geweest. De omloopsnelheid is zo hoog nu…*

Als het een sprookjesleven was geweest, dacht hij, dan was hij daar intussen als een gewone sterveling uit ontwaakt. En de begeerte die hem nu weer aan het aardse bestaan verbond, stelde hij vast, was het leven zelf, met heel de verpletterende en eleverende kracht ervan.

De regen ruiste boven het donkere gazon. Het was kort voor middernacht. Bij de fontein op het voorplein sprongen de beveiligingslampen aan. Hij liet het licht in de hal uit en liep zacht de trap op, op de zijkant van zijn voeten zoals hij vroeger reeën besloop, een indianentechniek die hij uit de *KIJK* had geleerd. Op de overloop had hij de vreemde gedachte dat hij de jongen achter de deur niet wakker wilde maken. Hij zou verstijfd in bed liggen en verlangen naar de slaap waarin hij niet bang meer was. Ondanks zijn sluiptechniek kraakte de vloer nog altijd erbarmelijk.

Aan het einde van de overloop bevond zich de kamer voor de verpleegkundigen. Hij klopte zacht op de deur en duwde de klink omlaag. De contouren van een bed onder het raam, een lichaam dat zich oprichtte. 'Hugo?'

'Ja,' zei hij zacht.

Een rinkelend lachje in het donker. 'Kom.'

61

Er was geen gebrek aan haar. Steeds opnieuw wrongen ze zich over elkaar uit. Om de paar uur maakte ze haar ronde langs de slaapkamers van zijn grootouders. Ze lagen bewegingloos als farao's, zei ze. Soms ademden ze zo licht dat je echt goed moest luisteren, vooral zijn grootmoeder. Ze kroop weer naast hem in het smalle bed. Hij duwde zich tegen haar dij.

'Niet waar,' zei ze.

'Jouw schuld,' zei hij.

Haar lippen ontspanden naarmate de uren in het donker verstreken, haar kussen werden zachter. Onderdrukt klonk haar jammeren bij zijn oor. Hij likte het zout van die middag van haar huid als een kalf. Haar bleke huid in het beetje sterrenlicht dat tussen de wolken door viel. Zijn hand gleed over haar sleutelbeenderen, haar borsten, haar buik, nam haar lichaam in zich op. Het korte schaamhaar, de vochtige warmte tussen haar liezen. Haar ademhaling was diep en regelmatig, hij trok het laken over hen heen.

Om halfzes maakte ze hem wakker. 'Het is al licht,' zei ze zacht. 'Je moet gaan.'

Merels rumoerden in het bos. Kleine, bedauwde spinnenwebben glinsterden tussen het gras van het gazon. Helder licht, voorbode van een warme dag. In de holtes van de bomen klonk al het schrille *ka-ka!* van de laatste kauwenbroedsels. Hij probeerde nog wat te slapen op zijn veldbed maar hoorde Vera tegen zevenen wegrijden. Ze zou boterhammen smeren en haar kinderen uitzwaaien naar school. Misschien gloeide de hitte nog na vanbinnen.

Terwijl hij lag te soezen keerde de nacht naar hem terug. Weer sloop hij over de overloop, voorzichtig om de jongen achter de deur niet bang te maken. Ook al was hij het zelf, het was als een herinnering aan een boek dat diepe indruk had gemaakt, niet aan iets wat hem was overkomen. En opnieuw zag hij de bleke nevel van haar rug en billen voor zich, zijn handen op haar lendenen. Zowat bewegingloos had hij achter haar gezeten en gekeken hoe ze hem met een golvend kantelen van haar bekken in zich opnam – nee, er was geen gebrek aan haar geweest.

In zijn dagdroom zag hij nu ook met grote helderheid de onbekende opdoemen uit de dagboeken van zijn grootvader, de vrouw die zijn grootvader 'Wimie' noemde.

Wimie, met wie hij door de duinen naar Noordwijk wandelde. Wimie, met wie hij correspondeerde tijdens zijn verblijf in Italië en later aan het front. Wimie, die een huwelijk met Frieda Seegers van Rhijn in de weg leek te zitten en over wie hij geschreven had: 'Hoeveel beter zou het me vergaan indien wij hier samen zouden zijn; zo droomt een mens tegen wil en dank van een toekomst die er niet is.' Het was of er een schok door zijn half slapende lichaam ging toen achter die naam niet een vrouw tevoorschijn kwam, maar de man die hij herkende als Wim Versteeg, commandant van de Groep Ringdijk.

Hugo kwam overeind van de matras – hij zag hem helder afgetekend voor zich, de man die zijn grootvader beschutting had verleend in zijn verzetsgroep en later in de rechtszaal gloedvol getuigde van zijn ommezwaai; optelsom en eureka-moment ineen. Waarachtig bewustzijn, zegt meester Cijiao, is altijd kristalhelder. Al in het NIOD was Hugo's oog blijven hangen aan het buitenissige detail van de commandant die zijn grootvader opwachtte bij de poort van Kamp Vught, waarna Versteeg zijn vriend onderdak verleende tot de Politieke Opsporingsdienst zijn aanklacht rond had. Dezelfde Versteeg die zijn grootvaders dagboeken uit zijn strafdossier moest hebben ontvreemd, of dat had laten doen, en ze later aan hem had terugbezorgd.

Hugo dacht aan dat ene moment lang geleden, toen hij vanuit de slaap had gezien hoe Loïs hen op de Franse snelweg bijna de dood in joeg – zijn ruk aan het stuur had een catastrofale botsing met de achteropkomende auto voorkomen. De realisatie dat zijn grootvaders minnares Wimie en commandant Wim Versteeg dezelfde waren, was van eenzelfde scherpte. Het water was helder, hij kon het tot op de bodem peilen.

Hugo stond op en zocht in zijn typoscript alle episodes met 'Wimie' op. *Diepste zielsverwantschap. Nadien: brokstuk van een mens, geheel vaneen gesneden.* Overal waar zijn grootvader over Wimie had geschreven, zag Hugo nu, had hij het genus vermeden.

Zonder het te weten had hij al die tijd gekeken naar de liefde van twee mannen. Het verborgen leven van Willem Adema de Oudere. In de oorlog had zijn grootvader niet voldaan aan de heilige plicht die Himmler aan iedere ss-man had gesteld om zich voort te planten; hij had Frieda Seegers van Rhijn noch Sofia gegeven wat ze verlangden. Pas lang na het einde van zijn betrekkingen met Versteeg, in zijn ballingsjaren in Venezuela, had hij een gezin gesticht. Hij had het volbracht, de bevroren prins van zijn grootmoeder, haar liefdeloze *strañero*. Versteeg en hij hadden elkaar door de oorlog geholpen, ze waren minnaars geweest, en toen was het voorbij. Zo liet zijn grootvader het ene verleden na het andere achter zich en zag niet om.

In de vooravond schrok hij op uit zijn gedachten toen de telefoon ging. Darya, ze had goed nieuws zei ze, misschien, misschien. Ze had contact gehad met de senior-curator van het Boijmans Van Beuningen, David van Eeghen. Hij had haar verteld dat er voor februari een grote show van Erik van Lieshout gepland stond, maar dat die maar niet leverde. Ze waren erachter gekomen dat hij nog maar één schilderij half af had. Hij was er vreselijk aan toe, uitgeput en depressief na een manische periode. Hoe dan ook, de hele boel was gecanceld, waardoor ze nu met een leeg slot zaten. Februari tot en met juni volgend jaar. Ze hadden een paar opties maar Van Eeghen was zeer geïnteresseerd geweest toen hij hoorde waar Hugo mee bezig was.

Hugo hoorde haar opwinding. Hij zag haar voor zich, benend door het kantoortje van de galerie, krullen draaiend rond haar wijsvinger.

Nou, wat dacht hij ervan?

Hoe groot schatte ze de kans dat het doorging? vroeg hij.

Het lag eraan hoeveel schilderijen hij in februari dacht klaar te hebben. Als dat er inderdaad tien of meer waren vergrootte dat de kans aanzienlijk.

Met de ideeën die hij had, zei hij, en het tempo waarin hij nu werkte, moest de verf tegen die tijd wel droog zijn.

'Dat zei ik ook al tegen David,' zei ze. 'Nu laat je niet meer los. You're on fire, darling.' Was het goed als ze Van Eeghen zijn nummer gaf? Het was in hun voordeel dat Hugo al werk had om te laten zien en een verleden had met het museum, ze wist dat Sjarel, de directeur, daaraan hechtte.

Rotterdam, februari 2018. Een maand nadat de Boreas zou zijn gedoopt. Hugo lachte zacht, hij wilde niets liever dan een onwelkom commentaar zijn bij die triomf van de verbrandingseconomie. De woede van zijn broer over deze bittere contradictie was een schouwspel om zich op te verheugen. Hij zag hem de doeken al te lijf gaan met een stanleymes zoals het warhoofd dat *Who's afraid of Red, Yellow and Blue* aan flarden had gesneden.

Vlugger dan verwacht was er een mogelijkheid ontstaan die hem weer in het centrum van de belangstelling zou plaatsen. Je zei 'ja' en alles begon. Het leek een eeuwigheid geleden dat hij een tentoonstelling had gehad. De zuivere concentratie zou worden verbroken. Een paar maanden had hij nog nodig om de serie te voltooien. Ergens in de herfst, de jonge kauwen zouden al bijna zelfstandig zijn.

Hij zette de vijf voltooide doeken tegen de muur. Het grote portret van zijn grootmoeder naast dat van zijn grootvader, op zijn stoel in de steppe. Het schikken en herschikken was begonnen, het zoeken naar een evenwicht. Ieder nam zijn plaats in, de grootouders, de zoon, de kleinzoon die in grootvaders voetsporen was getreden en zelfs de verdonkeremaande dochter in haar manifestatie van oude pop. Er ontbraken er maar twee: zijn moeder en hijzelf. Sinds zijn broer had gezegd dat ze hem wilde zien was ze soms in zijn gedachten. Het leek of ze haar plaats in de familieopstelling opeiste. Feit was dat hij nul komma nul zin had om haar te schilderen, in welke manifestatie dan ook; hij hield haar nu juist zo veel mogelijk op afstand. Het was ongetwijfeld nogal infantiel om afgrijzen te voelen bij de gedachte dat hij uit haar gekomen was, liever was hij gekweekt in een glazen capsule, maar uit het lichaam van die vrouw was hij nu eenmaal geboren en daarmee behoorde hij de aarde toe.

62

De metalen poort schoof langzaam open. Daarachter het absurd grote huis. The Lark. Loïs had erom moeten lachen, om die idiote vederlichte naam voor zo'n plomp brok steen. Hun familiehuizen hadden de eigenschap om in mausolea te veranderen, goed onderhouden mausolea, elk grassprietje op zijn plaats. Een jonge Aziatische vrouw heette hem vriendelijk welkom in het Engels en ging hem voor naar het terras. De vrouw des huizes zag hen aankomen en kwam overeind. Met één hand hield ze zich vast aan de leuning van haar gietijzeren stoel, de andere stak ze naar hem uit. 'Lieverd,' zei ze.

Ze stond zo scheef als wat. Met een hand streek ze over zijn wang. 'Je ziet er moe uit.'

De Aziatische bracht een dienblaadje met een kannetje koffie, zoetjes, suiker en melk. Ze schonk twee kopjes in. 'A spoon,' zei zijn moeder. Ze roerde met haar hand in de lucht.

'Ik heb wel een potlood om mee te roeren,' zei Hugo.

'Nee hoor, ze kan best even lopen.'

Ze kwam terug met een theelepeltje op een schotel en zette die met een glimlach op tafel.

Nadat ze een tijdje tegenover elkaar hadden gezeten zei zijn moeder: 'Je zit weer bij opa en oma, hoor ik?'

Hij knikte. 'In het koetshuis.'

'Wat doe je daar nou toch?'

'Werken. Het is fijn in het bos.'

'Waarom kom je niet hier werken? Hier heb je het hele huis voor jezelf.'

'Dat kan zijn,' zei hij zo kalm als hij kon, 'alleen is dit sinds 17 juni 1990 mijn huis niet meer.' Hij had er onmiddellijk spijt van dat hij dat had gezegd, het was kinderachtig.

Als ze niet gebotoxt was, was er nu een denkrimpel op haar voorhoofd verschenen. 'O,' zei ze toen. 'Dat.'

Er was een tjiftjaf geweest toen, die dag lang geleden, zijn zang was de soundtrack onder zijn verwijdering geweest. Nu lag over het bos de zware stilte van de zomer. Hij dacht aan een trilogie, te beginnen met het lyrisch-onschuldige *Als de tjiftjaf zingt*, gevolgd door het bijtende *Als de tjiftjaf uitvliegt* en besloten met het noodlottige *Als de tjiftjaf zwijgt*.

Zijn moeders gezicht was veranderd, al was niet te zeggen hoe precies. Het nieuwe gezicht wilde niet dat je je het oude herinnerde. De huid was glad en dun. Het werk van een glasblazer. Veel aandacht voor de handelingen van het kopje naar je mond brengen, een slok nemen, de koffie doorslikken. Ze waren het praten verleerd. Hun keel stootte klanken uit. Haar leven had korte, hevige belangstellingen gekend. Pottenbakken, tuinieren, muziek; alsof je water in een vergiet gooit. Alleen de paarden waren gebleven. Ze hadden de mannen vervangen.

Zie haar op de rug van haar kampioenspaard Bucephalus, het grootste paard ter wereld. Een nerveus dier. Doodsangst wordt door niets zo sprekend uitgedrukt als door een uitpuilend paardenoog, zijwaarts in het hoofd geplaatst zodat het het gevaar van alle kanten kan zien aankomen. In een van zijn geharnaste overwegingen zegt Spengler dat het prooidier met zulke ogen is gemaakt voor de vlucht, waar het roofdier met zijn naast elkaar gelegen ogen zijn prooi kan fixeren voordat het aanvalt. 'Een planteneter is in overeenstemming met zijn lot een dier dat buitgemaakt wordt en poogt door strijdlooze vlucht zich aan dit noodlot te onttrekken. Een roofdier maakt buit. Het ene leven is in zijn diepste wezen defensief, het andere is offensief, hard, verwoestend.'

Geen wonder dat de nazi's daar een stijve van kregen. Wreedheid was goed, hardheid was goed, uit de som van dat soort quatsch was de Duitse heersersmoraal voortgekomen.

Bucephalus en zijn moeder: het prooidier met het roofdier op zijn rug. Van een paard kun je niet winnen; zijn vader had zijn verlies genomen en zich schielijk uit de voeten gemaakt. Haar kon Hugo haten, hem niet. Zijn vader bezat te weinig volume om te haten. Tussen de hater en het object van zijn haat moet een krachtige wisselwerking bestaan, de stralen moeten botsen en weerkaatsen. Haat verlicht het universum.

'Wat jammer van Loïs,' hoorde hij zijn moeder zeggen. Hij keek haar een beetje gedesoriënteerd aan. 'Willem vertelde het. Jammer, het was een leuke meid.'

'Een tijd geleden al,' zei hij. Hij dolf de woorden uit de diepte op.

'Nou ja, toch jammer.'

'Ze wil jong zijn,' zei hij. 'Het leven moet steeds opnieuw beginnen. Ze voelde zich oud worden bij mij.'

'Ach zo,' mompelde ze. 'Nou, ik kan 'r geen ongelijk geven.'

'Ik vermoedde al dat jullie daar hetzelfde over zouden denken.'

'Niet dat ik vind dat ze jou moest verlaten,' zei ze verontschuldigend, 'maar de vorm – soms past het gewoon niet meer. Dan is het beter om te stoppen.'

'Ik denk niet dat het geluk gevonden wordt in het almaar proberen te vermeerderen van geluk.'

'Dat zeg ik ook niet.'

'Nee, dat zei je niet.' Hij keek naar haar handen, de ringen met de bolsjewiek geslepen diamanten eraan. Prominente knokkels, het web van aderen. Ze volgde zijn blik en zei: 'Die heb ik van m'n moeder, die ouwe handjes.' Ze wapperde ermee als om zijn blik af te weren. 'Is er een nieuwe liefde in je leven?'

Hij schudde zijn hoofd. 'Liefde is zeldzaam. Ik las ergens dat je maar één keer in je leven in staat bent om volledig lief te hebben.'

'Ach, ze schrijven zoveel.'

Dat was waar, ze schreven zoveel, maar nadat zij van zijn vader gescheiden was had ze nooit meer een liefde van betekenis gekend en was ze in eenzaamheid oud geworden, met niemand anders dan het dienstmeisje en een tuinman om zich toe te verhouden. Haar egocentrisme had liefde in de weg gestaan. Je moest bereid zijn jezelf weg te geven. Ze had het niet gekund. Ze bezat paarden en personeel, ze werd liever gehoorzaamd dan liefgehad.

'Maak jij je nu maar geen zorgen,' zei ze. 'Jij kunt op je vijftigste nog een gezin beginnen.'

Hij schonk haar een glimlachje als dank voor haar bemoediging. Zeker, hij wilde graag bij iemand horen en deel uitmaken van een affectief sociaal verband, zoals dat heette, maar de eerlijkheid gebood te zeggen dat dat nooit gemakkelijk voor hem was geweest. Het was hem pas eenmaal overkomen, en toen liep de oxytocine zijn oren uit. Of de gebeurtenissen met Vera misschien een hoopvolle indicator waren voor een volgende keer kon hij niet zeggen. Hij geloofde nog altijd in de liefde maar je had veel geluk nodig, alsof je een sleutel vond op straat en daar de deur bij moest zoeken.

'Aan de andere kant, ik had misschien gewoon bij je vader moeten blijven,' zei zijn moeder onverwacht. 'Dat denk ik soms. Terwijl...' Ze draaide aan een ring en liet zich tegen de stoelleuning zakken. 'Er leek nog zoveel te ontdekken, maar wat heeft dat me nou allemaal opgeleverd, vraag ik me soms af.'

Hugo zei: 'Ik heb altijd begrepen dat hij is vertrokken.'

Ze lachte kort. 'Hij trok z'n conclusies, dat is iets anders.'

Er werd gedekt voor het middagmaal. Hugo zei dat hij zo moest gaan en niet kon blijven.

'Joyce heeft soep gemaakt! Blijf toch even. Er zijn heerlijke broodjes. Je moet toch eten.'

De warme broodjes lagen onder een linnen servet in een mandje. Ze dronken er een glas Grauburgunder bij. Zijn moeder vertelde over de operatie die ze moest ondergaan in Gent. Daar zaten de beste heupdokters. Al meteen na de operatie moest je weer beginnen met lopen zodat je zo vlug mogelijk herstelde. Misschien dat ze zelfs weer zou kunnen paardrijden op een dag, al leek dat nu nog ondenkbaar. Het meisje keek van een afstandje toe, klaar om bij het minste of geringste teken toe te snellen en orders in ontvangst te nemen.

Wie was er in Gent om haar te helpen, vroeg hij zich af. Om zijn moeder te ondersteunen en haar moed in te spreken? Duurzame paarbinding was nog altijd een verstandige investering, in de zin van een opoffering in het heden ten behoeve van een doel dat pas op de lange termijn werd behaald. Kwam de ouderdom, dan had je iemand die verdachte plekjes op je huid opmerkte waar je ze zelf niet kon zien.

Toen hij na de lunch opstond kwam ze overeind en hield zich aan de stoelleuning vast. 'Lieverd,' zei ze met een stem die hij niet van haar kende. 'Ik zou het zo graag nog een keer met je over ons willen hebben, over vroeger, wat je me allemaal verwijt. Ik wil dat zo graag uit de weg hebben tussen ons.'

Hij deinsde een beetje terug. 'Een gesprék bedoel je?' bracht hij uit.

Ze knikte geconcentreerd. 'Het kan zo helend zijn. Het is zo verdrietig als sommige dingen nooit uit de weg geruimd worden.'

Hij voelde misselijkheid opkomen. 'Dat is niet nodig,' zei hij. 'Echt niet.' Verzacht, verzwakt door de ouderdom. Nog even schoon schip maken voor het te laat was – maar de oude vrouw die om verzoening vroeg was niet dezelfde als de jonge vrouw die de oorlog was begonnen: ondraaglijke corruptie. Ze moest de afschuw in zijn ogen gezien hebben, een vlaag van droefheid gleed over haar gezicht.

'Lieverd,' zei ze weer, smekend haast, 'wees toch niet zo hard.'

Hij kokhalsde en slikte tomatensoep terug. 'Ik moet echt gaan nu,' zei hij, en deed een paar stappen achterwaarts.

'Denk er alsjeblieft over na,' zei ze. 'Nu het nog kan. Het hoeft niet altijd zo te blijven.'

O, verlos me van deze obscene intimiteit, van deze reuzin van duizend kilo op mijn borst. 'Nee, nee, dank je,' zei hij moeizaam. 'Ik vind het goed zo. Echt.'

63

De frisheid van zijn walging verbaasde hem. Het was of de krenking vandaag was toegebracht. Te vroeg uit het nest geduwd, dacht hij toen hij in de vooravond op zijn vaste plek tegen de buitenmuur zat te drinken en de laatste kauwtjes daarboven in hun nestholtes tekeer hoorde gaan. Het was niet genoeg dat ze zo goed als afwezig was in zijn bestaan, het beste zou zijn als ze dood was. Zand op haar gezicht. Was het meeste van zijn levensverhaal mettertijd tot stof geworden en verwaaid, dit deel verloor blijkbaar zijn consistentie niet. Toen hij nieuw bier haalde wierp hij een blik op de schilderijen. Een tableau van karakters, egocentrisch en agressief. Samen waren ze eigenlijk nogal weerzinwekkend om te zien. Het leek opeens onwaarschijnlijk dat een publiek er plezier aan zou kunnen beleven om naar deze ellendelingen te kijken.

Hij was drie opeenvolgende nachten bij Vera geweest en voelde zich licht in zijn hoofd van moeheid. Het waren de laatste dagen voor haar vakantie, ze ging drie weken naar Kroatië met haar gezin. Ze zouden niet bellen of appen. 'Ik wil niet de hele tijd met mijn gedachten ergens anders zijn,' zei ze.

In het grote huis warmde hij eten uit de ijskast op. Het huis was stil, alleen het suizen van de magnetron klonk. Zowat elke dag aardappelen, groente, vlees. Vandaag de goede oude rundervink. Hij zou vast nooit meer aan die met spek omhulde gehaktstaaf gedacht hebben als hij hem hier niet zo vaak voorgeschoteld had gekregen. Hij stond aan het aanrecht te eten toen Vera binnenkwam. Begin van haar dienst. Wederzijdse aarzeling, even, konden ze verdergaan waar ze gebleven waren? Ze rook fris, alsof ze gefietst had.

'Ben jij ook zo moe?' vroeg ze.

'Kapot.'

'Dit kan toch niet doorgaan zo?'

Hij grinnikte. 'Je hebt gelijk. Dit kan niet doorgaan zo.'

Zwijgend lagen ze in het laatste restje licht. Zijn hand rustte op haar geslacht. Zo in slaap vallen, niets dan ademhaling en lichaamswarmte. In die sluimerachtige toestand voelde hij hoe ze met tussenpozen lichtjes op zijn hand duwde. Hij bleef bewegingloos. Ze duwde steviger, in een langzaam, gaandeweg regelmatiger ritme. Hij gaf mee en spande zijn middelvinger om haar genot te dienen. Haar dijen schoven vaneen. De warmte van een steen in de as. Het opwindende moment waarop haar neusademhaling overging in ademhaling door haar mond. Haar greep verstevigde zich, ze oefende krachtiger druk uit. Ze legde een been over de zijne zodat ze helemaal openlag. Zijn middelvinger gleed bij haar naar binnen, de toegang was soepel en open. Het zuchten werd een zacht, zingend kreunen dat langzaam intensiveerde, tot het samenklemmen van haar dijen en het ingehouden kermen waarmee een bokser slagen incasseert. Het hield lang aan. De laatste contracties toen hij zich boven op haar draaide en in haar kwam. Ze klemde zich aan hem vast, snoof en verkrampte opnieuw. Hij verroerde zich nauwelijks, alles *leise, ganz leise*, ingesponnen in een sensueel hyperbewustzijn. De nacht behield een merkwaardig soort licht, alsof de astronomische schemering maar niet voorbijging.

Om vijf uur stond ze op om haar laatste ronde te maken. Hij strompelde naar het koetshuis en sliep diep en droomloos tot laat in de ochtend.

64

Na zijn vrijlating handelt Willem Adema zijn zaken in Nederland af en monstert in Rotterdam aan op de Kroonstad, een vrachtschip dat de oorlog heeft overleefd. Hij, de stateloze, reist op een vreemdelingenpaspoort en heeft één kartonnen koffer bij zich. Zijn oorlog zit erop. 's Avonds dineert hij in de mess in hetzelfde beige pak met brede revers waarin hij ook voor zijn rechters van het Bijzondere Gerechtshof in Den Haag is verschenen. Hij zit alleen, de kapitein en het handjevol andere passagiers mijden hem, messbedienden serveren hem zonder een woord. Talloos veel schepen zijn in de zeeoorlog getorpedeerd, op mijnen gelopen of aangevallen vanuit de lucht, iedereen aan boord kent wel bemanningsleden die in de vlammen en de golven zijn omgekomen. Op begraafplaatsen worden ze soms herdacht met een cenotaaf met de coördinaten van hun zeegraf erop. Hij weet niet hoe ze weten dat hij aan de andere kant gevochten heeft, maar staat onverschillig tegenover dit raadsel. Hij laat zich de smeulende haat welgevallen, molti nemici, molto onore tenslotte.

Wat hem diep krenkt is dat hem zijn Nederlanderschap is ontnomen. Hij heeft alles in het werk gesteld om die pijnlijke degradatie te voorkomen, maar de Bijzondere Raad van Cassatie heeft dat deel van zijn veroordeling in stand gelaten.

In de luwte van de Azoren schuilen ze een paar dagen voor een zware storm, na ruim twee weken vaart de Kroonstad de Sint

Annabaai in Willemstad binnen. Levendige, bonte stad onder de laaiende zon. In Otrobanda neemt hij zijn intrek in een zeemanspension, waar achter andere deuren op de gang prostituees van het vasteland met gegroefde gezichten en taai poppenhaar de liefde bedrijven. Bij Maduro & Curiel's Bank opent hij een rekening en bij een belastingadvieskantoor in de Penstraat worden de administratieve handelingen verricht die het begin zijn van de Ademaholding, het fiscale vehikel waarmee hij zich in de belastingluwe Caribische zone zal vestigen. Na een paar dagen al reist hij door naar Maracaibo. Daar richt hij Constructora Adema op en ontplooit hij zijn eerste waterbouwkundige activiteiten op het meer.

Twee jaar later beginnen in het vaderland de processen tegen zijn voormalige collega's van de Nederlandsche Oostcompagnie. Meinoud Rost van Tonningen maakt dat niet meer mee, hij heeft op 6 juni 1946 in de Scheveningse strafgevangenis zelfmoord gepleegd – al zal zijn echtgenote haar leven lang volhouden dat hij door bewakers is vermoord. Voor hun economische collaboratie krijgen de NOC-bestuurders forse straffen opgelegd, variërend van drie tot acht jaar, wat in Adema's geval nog verzwaard zou zijn vanwege de dienstverplichting voor oostarbeiders die hij heeft ingesteld, die zoveel menselijk leed heeft veroorzaakt, maar hij ontspringt andermaal de dans vanwege zijn verblijf overzee. En tegen de tijd dat hij naar Nederland terugkeert is er niemand meer die zich herinnert dat hij zich nog moet verantwoorden voor zijn tijd bij de NOC – het geluk laat hem echt zelden in de steek.

Een paar keer duikt in Willem Adema's NIOD-dossier de bewering op dat hij vanuit Maracaibo een rattenlijn heeft opgezet, er zouden mannen op de werf zijn gezien met het bloedgroepteken onder de arm, maar er zijn foto's noch ander bewijsmateriaal van, en ook door Hugo's grootmoeder wordt het in alle toonaarden ontkend, voor wat dat waard is.

Tijdens het eerste telefoongesprek met David van Eeghen, hoofdcurator van het Boijmans Van Beuningen, had Hugo een idee gekregen voor een installatie. Hij zag een gang tussen hoge, grijze wanden voor zich. Misschien konden ze langzaam taps toelopen, zodat je het, als je erdoorheen liep, nauwelijks merkte. De grijze wanden had hij natuurlijk van Libeskind, maar als twee mensen hetzelfde doen, doen ze niet hetzelfde, had Terentius gezegd. Zijn hand gleed al schetsend over het papier. Door de installatie het ontwerp van een labyrint te geven zou het idee van oneindigheid kunnen ontstaan. De toeschouwer zou zijn weg tussen die muren afleggen met op zijn hoofd een *noise canceling* koptelefoon om het gevoel van geïsoleerde eenzaamheid te versterken. Om de paar meter zou in zijn oren een fragment uit de dagboeken klinken. De installatie kon om praktische redenen niet van massief beton worden vervaardigd, misschien gaf betonstuc dezelfde *feel*. De ervaring moest in je eentje worden ondergaan, om de paar minuten werd een volgende bezoeker toegelaten door een zwart doek voor de ingang.

Zo zag hij het voor zich terwijl hij praktische zaken besprak met David van Eeghen. De curator sprak nasaal, geaffecteerd. Hij wilde graag op atelierbezoek komen.

Darya vertelde hem later die dag dat ook Sjarel Ex enthousiast was; voor hem telde inderdaad mee dat het museum helemaal aan het begin van zijn carrière de *Unvollendeten* had aangekocht, en ook dat Hugo onder zijn curatorschap aan een groepstentoonstelling had deelgenomen – hij was kortom al onderdeel van de collectie en de museumgeschiedenis. Weer schetste hij slakkenhuisachtige structuren, verbeelding van de windingen van zijn grootvaders hersenen waarin de herinneringen opgeslagen lagen die door de koptelefoon in je oren klonken. Het kon iets zijn, zo'n installatie naast de schilderijen. Er zou alleen wat licht van boven vallen, door gaasdoek dat het filterde.

Zes jaar was hij uit beeld geweest. Na zijn laatste solo in het Gemeentemuseum Den Haag was het geleidelijk stiller geworden. Hij had te weinig nieuw werk om te laten zien. Uitnodigingen voor nieuwe tentoonstellingen sloeg hij af, het leek of hij genoeg had aan het leven met Loïs. Hij reisde oud werk na op buitenlandse tentoonstellingen, ze hadden zich het champagneleven laten aanleunen. Hotelkamers en vernissages, en het kinderachtige plezier waarmee ze zich uit de voeten maakten zodra de officiële praatjes en het verplichte rondje door de zaal achter de rug waren. Op de Frieze-kunstbeurs in Londen, tijdens de nazit van een diner in het Waldorf Hilton Hotel met David Zwirner en Tilda Swinton, beroerde hij Loïs onder tafel met zijn grote teen; hij hing kortom een beetje de artiest uit, geborgen en verheven door de liefde. Jaren die voorbijgingen zonder stof op te werpen of sporen na te laten, zoals het superieure paard in de zenparabel.

Aan het begin van hun liefde had Loïs veel vastgelegd met haar Yashica T5 en later met de meer geavanceerde Sony DSC-T10, het toestel dat de brug naar het digitale tijdperk vormde. Richtingloos had haar beeldarchief zich uitgebreid. Duizenden, tienduizenden foto's had ze gemaakt zonder dat het erop leek dat ze er ooit iets mee ging doen. Nu pas, met haar deelname aan een groepstentoonstelling in Huis Marseille, was er iets uit haar handen gekomen. De dag van de opening kwam dichterbij, hij twijfelde nog altijd of hij zou gaan. Hij zag ertegen op om Hij-Die-Niet-Genoemd-Mag-Worden aan haar zijde te zien, hem misschien de hand te schudden zelfs. Hij kon ook gewoon in het bos blijven en doorwerken; zijn plaats was nu bij de reeën en de kauwen.

Hij was begonnen aan een groot paard. Het oog waarmee het dier je aankeek stond wijd open, star van angst. Op zijn rug zat een amazone met het breekbare poppengezicht van een geisha.

Aan Beths tafel vroeger had hij zich echt uitgeleefd op paarden, ze waren geweldig om te tekenen, met rollende spiergroepen onder de huid. De achtergrond vulde hij met een leger van identieke terracotta figuren, strak in het gelid, die zijn gezicht droegen, of dat van zijn broer, dat mocht je zelf uitmaken. Grijs waren ze, en nog maar deels opgedolven uit de rode aarde. Een wolk kauwtjes buitelde door de voorstelling, los in beeld gemonteerd, als knipsels. Alles in een roes, zeldzaamheid. Een trefzeker, intuïtief handelen nam het over. Drastische streken in felle, bewogen kleuren; de uitputting van de doorwaakte nachten had het denken vernietigd.

Nog één nacht lag er in het verschiet voordat Vera voor drie weken naar Trogir zou vertrekken. Hij zou haar missen. Gisternacht had ze quasiserieus gevraagd: 'Wie ben jij eigenlijk?'

'Eenzame hond,' mompelde hij al half in slaap.

Ze kroop dichter tegen hem aan en streelde zijn gezicht. Loïs had hem eens zoiets gevraagd, en in het voorportaal van de slaap verscheen ook Beth voor zijn geestesoog; twee vrouwen die hem een plaats in de wereld hadden gegeven, gelukkige jaren. Ze waren voorbijgegaan, er konden nieuwe aanbreken, voor nu was alles goed.

Hij werkte tot in de late schemering en speurde de bosrand af naar reeën toen hij het koetshuis verliet. De hemel was inktblauw, alsof er onweer kwam. Hij stak het gazon over en nam een duik in het zwembad. Hij zwom net zo lang over de bodem tot zijn hoofd en longen zowat explodeerden. Nog altijd was hij een flink eind verwijderd van zijn onderwaterrecord als jongen. Een tijdlang lag hij op zijn rug met zijn oren onder water te luisteren hoe het dreunen van zijn hart afnam. Grijze wolken dreven door de hemel. Op het dak van Kas di Lus op Ibiza had hij gemerkt dat de vaart waarmee wolken door hogere luchtlagen joegen een aanwijzing was voor de toegenomen windsnelheid op aarde de volgende dag.

Nadat hij zich had afgedroogd ging hij het souterrain binnen. Hij maakte een vuur in de haard, in wat een soort loungeruimte was. Het aanmaakhout van sinaasappelkistjes knetterde, de vlammen kropen langs de stammetjes op. Met een handdoek om zijn middel en een fleecedeken rond zijn schouders ging hij naar boven om zichzelf een glas Tobermory in te schenken uit het drankmeubel van zijn grootvader.

Weer beneden ging hij in kleermakerszit voor het vuur zitten. Gedachten over het verwerven van Oostraven op een dag. De tijd was gunstig om de Herengracht te verkopen. Eens zou het landgoed aan hem en zijn broer toevallen, hij dacht er steeds vaker aan om er te blijven wonen. Naar de stad zou hij hoe dan ook niet terugkeren, de mensenklontering met de geur van cannabis en bakolie. Individuen die zich lieten gelden, het opgefokte sfeertje. Het was een oude droom om eens, met een vrouw en met kinderen, de stad te verruilen voor het land; het was niet gebeurd. De toekomst was een lege plaats, hij zou haar vullen met schilderen en bosbouw. Hij keek op van een geluid achter zich. Vera die de trap af kwam. Ze was verbaasd geweest dat de deur naar het souterrain openstond.

'Ik zat net te denken,' zei hij.

Ze liep de laatste treden af en kwam naast hem voor het vuur staan. 'Wat zat je te denken?'

'Dat ik dit huis koop en dat jij dan hier bij me komt wonen.'

'Ach Hugo,' zei ze met een bitterzoet lachje, 'dat kan toch helemaal niet.'

'Het was maar een gedachte,' zei hij.

Hij streelde haar onderbeen. Ze keken in het vuur en zwegen.

'Waarom kan het eigenlijk niet?' vroeg ze toen opeens met gespeelde verontwaardiging.

'Dat weet ik niet,' zei hij, 'jij zei het. Ik dacht dat je bedoelde: je kinderen, je huwelijk.'

'Ja.' Ze was even stil. 'En wij.'

Hij keek naar haar op. 'Wij?'

'Ik moet weer naar boven,' zei ze.

'Slapen ze al?'

'Bijna.' Weer die stilte. Hij stond op, de fleecedeken viel op de grond. Ze gleden in een omhelzing. Ze zei: 'We moeten het iets rustiger aan doen, het doet een beetje pijn bij me.'

65

Het piketkamertje van de verpleegkundigen had een nis met een wastafel, een douchecel en een plee. Het bed onder het raam was eigenlijk te klein voor hen tweeën. Op het nachtkastje stond het laadstation met de ontvanger die een alarmsignaal uitzond als een van beide oudjes aan een paniekkoord boven het bed of de wc trok. Hiertoe was alles teruggebracht, deze vrouw en dit smalle bed, in de lichte zomernacht. Ze lag op haar buik. Hij knielde achter haar, trok haar omhoog en penetreerde haar voorzichtig. Roezige lichtheid vulde zijn hoofd. 'Zachtjes,' fluisterde ze, een hand op zijn heup. Hij dronk haar lichaam in, haar holle rug, de wolk haar in het kussen; het gelukzalige gevoel dat je onvast wordt, buiten je huid treedt en in elkaar overgaat. Met zijn duim werkte hij later haar achterste open. Primitieve, wrede drang haar daar te bezitten, een afdruk te maken, zodat ze de komende dagen aan hem zou denken als ze ver bij hem vandaan was. Hij duwde zijn geslacht tegen de donkere plek tussen haar billen, steeds iets harder. Ze ademde hortend. Haar hand op de zijne remde hem af wanneer het te vlug ging. Hij hoorde het zachte hijgen, scherpe pijn en genot dooreen. Hij bewoog nauwelijks. Een geluidje van instemming, gevolgd door het vinden van een ritme, het geleidelijk ontspannen van haar spieren. Ze spoorde hem aan. 'Neuk me dan,' hoorde hij, en nog eens. Het geluid bereikte hem alsof hij onder water was; haar genot wond hem krankzinnig op. Tot het niet meer ging. Het was of hij haar onder stroom zette. Bliksemschicht, illuminatie.

66

De wind was opgestoken, er lagen een paar grijze zomerdagen in het verschiet. Dikkie kreeg staar, zag hij, over zijn ogen lag hetzelfde melkblauwe waas als bij zijn grootmoeder. 'Blijf jij maar bij me, vriend,' zei Hugo terwijl hij hem stevig aaide. Hij dacht aan het raadselachtige zinnetje van Vera in het souterrain: 'En wij,' had ze gezegd. Niet alleen haar kinderen en haar echtgenoot stonden tussen hen in, maar ook dat 'en wij'. Wat had ze bedoeld? Wat hemzelf betreft: hij was natuurlijk een snob, een walgelijke snob – hij zou zich opgelaten voelen met haar in de wereld buiten Oostraven, met een wat oudere, cultureel niet bijzonder ontwikkelde vrouw. Verpleegkundige, zou ze zeggen als mensen vroegen wat ze deed, daarna zou het gesprek al vlug stilvallen. Mensen in kunstkringen hadden over het algemeen weinig belangstelling voor de zorgsector. Niemand eigenlijk, je kon er niet rijk en beroemd mee worden, dus waar zou je in hemelsnaam over moeten praten? Hij was natuurlijk geen haar beter, al net zo'n parvenu als zijn moeder. Of Vera's 'en wij' net zoiets betekende wist hij niet, maar het zijne vervulde hem met zelfverachting. Binnen de muren van Oostraven konden Vera en hij vermoedelijk gelukkig zijn, daarbuiten zou hij haar onmiddellijk verloochenen. Ken uzelve, en wat hij zag vervulde hem met schaamte.

David van Eeghen kwam het pad op rijden in een oude Jaguar, Racing Green, net zo een als Hugo zelf had gehad in de eerste jaren van de nieuwe eeuw. Hij bleek een wat ouder heerschap met grijze krullen en een hoornen brilmontuur. Eerder een welgedane bezoeker van de TEFAF dan een curator, wat Hugo een goed teken leek. Geen fratsen.

'Ik was al een bewonderaar,' zei Van Eeghen even later na het zien van de schilderijen, 'maar nu nog meer.'

'En dit!' zei hij bij het werk van het paard met een amazone waaraan Hugo nog bezig was. 'Je vindt het wel goed als ik foto's maak, toch?'

'Ga je gang. Koffie?'

'Water alsjeblieft.' Hij keek rond. 'Als je hebt.'

Hugo liep naar de kraan boven de geëmailleerde stalen gootsteenbak waar eens de staljongens laarzen en paardentuig schrobden en hij tegenwoordig zijn tanden poetste. 'Van alle gemakken voorzien,' zei hij over zijn schouder, maar de ander was alweer verdiept in het schilderij, dat hij vanuit een paar hoeken fotografeerde met een klein digitaal toestel.

'Ik kan niet wachten om dit op zaal te zien,' zei Van Eeghen later, nadat hij alle werken had gefotografeerd, ook de tekeningen en de schetsen voor de installatie. In de Bodonzaal konden ze flink uitpakken. Over de installatie zei hij: 'We kunnen dat natuurlijk bouwen, maar de technische dienst werkt alleen maar met heel precieze bouwtekeningen. Kun je die aanleveren?'

Later zei Hugo: 'Heer Vuur, zo wil ik het noemen.'

Van Eeghen fronste zijn wenkbrauwen. 'De tentoonstelling?'

Hugo knikte.

'Ja,' zei de ander peinzend. 'Daar kunnen ze vast wat mee bij de marketingafdeling.'

Het leek of de titel hem toch een beetje teleurstelde, maar Hugo schreef hem niettemin voor hem op.

Nogmaals liep Van Eeghen langs de wand met schilderijen. Het pseudoportret van de oude man in uniform en het schilderij van de nazimummie in de tempel hadden zijn bijzondere belangstelling. Van Eeghen wist wie zijn grootvader was, zei hij, hij kende zijn reputatie.

Hugo vertelde over de totstandkoming ervan – van zijn pijnlijke afkomst tot en met de vondst van de dagboeken; als je er dan niet aan kon ontsnappen, besloot hij, dan moest je er maar mee afrekenen.

Bij het afscheid buiten zei Van Eeghen dat hij komende week op de Biënnale was, maar daarna graag vlug een afspraak in het museum maakte. Hij keek rond en zei met zijn ogen op de villa gericht: 'Wat een uitzonderlijk fraaie plek zeg, dit.'

Als betoverd stond het daar, het paleis van de slaap.

'Daar woont hij,' zei Hugo, 'de man op de schilderijen.'

Van Eeghens ogen schoten heen en weer tussen Hugo en de villa. 'Woonde, bedoel je?'

Hugo schudde zijn hoofd.

'Bedoel je dat hij nog leeft?'

'Ik dacht dat je dat wist.'

'De Willem Adema, serieus?'

Hugo knikte en zei: 'Zichzelf een honderdjarig rijk.'

'Tjonge,' mompelde Van Eeghen. 'Ik dacht dat hij allang dood was.' Hij keek naar het huis alsof het plotseling een reliekschrijn van het kwaad geworden was.

Hugo lachte een beetje toen hij instapte, de auto keerde en Oostraven in verwarring verliet. Dat gaf hem iets om over na te denken daar in Venetië.

67

Constructora Adema bouwt tussen 1947 en 1963 428 constructies op en rond het Meer van Maracaibo. Daarbij produceert het 4118 voorgespannen betonpalen van 36 inch met een gezamenlijke lengte van 96.435 meter. Adema levert vooral boor- en productieplatforms, later komen daar de funderingen van de brug over de Rio Limón en de acht kilometer lange Puente General Rafael Urdaneta-brug bij, die het meer in zijn volle breedte overspant. (Gegevens ontleend aan *Recht door zee – vijftig jaar Adema Marine Operations*.)

Wanneer Willem Adema in 1962 hoort dat Shell proefboringen naar olie en gas wil verrichten op de Noordzee, stapt hij op het vliegtuig terug naar Nederland. Door het vliegtuigraampje kijkt hij naar de grijze zee onder zich, waar hij zich zal mengen in wat bekend komt te staan als The Great Gamble, de strijd om de fossiele reserves in de Noordzeebodem.

Tot dan toe wordt er bij de olie- en gaswinning in de Noordzee, net als op het Meer van Maracaibo en in de Golf van Mexico, gebruikgemaakt van platte kraanbakken met hijsinstallaties erop. Maar die bakken, realiseert hij zich, zijn een speelbal van wind en golven en moeten bij slecht weer steevast uitwijken naar de kust – op de Noordzee een nog groter euvel dan in de Cariben.

Zijn eerste daad als aannemer in de offshore, nadat hij Maracaibo heeft verlaten en zich in Wassenaar heeft gevestigd, is de aanschaf van een Noorse olietanker die hij op een werf in de Alblasserwaard doormidden laat zagen. Tussen de twee scheepsdelen wordt een werkplatform gemonteerd, waarmee hij het eerste *heavy lifting* kraanschip met een klassieke scheepsvorm ter wereld heeft gebouwd. De Loki wordt in 1964 gedoopt en heeft een recordhijscapaciteit van driehonderd ton, waarmee de grootste boorplatforms op zee kunnen worden geplaatst. De bijzondere constructie levert hem een onmiddellijk concurrentievoordeel op omdat nu jaarrond op de Noordzee kan worden doorgewerkt.

Nog in hetzelfde jaar plaatst Adema negen boorplatforms in de Duitse Bocht, waarbij ironisch genoeg Duitse mijnenvegers de vaargeulen schonen van hun eigen zeemijnen uit de oorlog. Vanaf 1965 wordt in korte tijd een heel aantal rendabele gasvelden aangeboord, waarmee de offshore-industrie op de Noordzee definitief begonnen is. Wordt er in de Duitse Bocht geboord tot veertig meter, algauw wordt er steeds verder uit de kust op steeds grotere diepten geboord. Als deze tijd ons voor de opgave stelt om Eiffeltorens onder zee te moeten bouwen, zegt Adema, dan zullen we Eiffeltorens bouwen onder zee. Zijn vloot wordt uitgerust met de grootste kranen en zwaarste heihamers die er te vinden zijn, waarmee de door gletsjers samengeperste zand- en kleilagen in de noordelijke Noordzee kunnen worden gebroken. In 1976 komt de Freya in de vaart, met een tot dan toe voor onmogelijk gehouden hijscapaciteit van drieduizend ton. Een werknemer verbaast zich over die enorme overcapaciteit, omdat vijfennegentig procent van het hijswerk immers onder de zeshonderd ton bleef. Ja, had de oude Adema gezegd, maar wie doet dan die laatste vijf procent?

Hij rust zijn schepen uit met zware Menck-hamers en de Freya krijgt de zwaarste hamer aan boord van allemaal, die 225 ton weegt en Adema de naam geeft 'een echte hamerfreak' te zijn. Later wordt er op dat schip een hamer met nog grotere slagenergie geplaatst, waarmee hij de steenharde zeebodem ten noorden van de Shetlands te lijf gaat.

Willem en Hugo zijn er op een ochtend getuige van hoe hun grootvader als eerste informeert hoeveel klappen de hamer die nacht heeft gegeven. De *head operations* begint over tegenslagen, om te worden afgekapt met een afgemeten 'daar vroeg ik niet naar'.

Nog voordat zijn kraanschepen hun maximumcapaciteit bereiken, begint hij nieuwe mogelijkheden te verkennen. Weer komt Adema met een nieuw type schip: een half afzinkbaar kraanschip dat beter bestand is tegen lange golfperiodes in combinatie met zware zeegang. Het is eigenlijk niet meer dan een reusachtig stalen platform op zes staanders, waar de golven tussendoor stromen in plaats van tegenaan slaan. Voor de stabiliteit wordt het uitgerust met een dynamisch ballastsysteem; door middel van een vernuftig kleppenstelsel wordt water ingenomen en weer gespuid om het platform in evenwicht te houden. Op het dek komen twee kranen te staan met een capaciteit van drieduizend ton elk. Om kosten te besparen laat hij er meteen twee bouwen, de Huginn en de Muninn, zodat hij er altijd een achter de hand heeft mocht de ander uitvallen.

Binnen vijftien jaar heeft hij de hijscapaciteit op zee vertienvoudigd. Tussen het moment dat de eerste fundamenten worden geslagen en het stromen van de olie door de pijpleiding zit door zijn gedurfde innovaties nog maar een jaar.

Met deze *semi-submersibles* komen zelfs de meest noordelijk gelegen olievelden binnen bereik. Zijn eigen oude kraanschepen concurreert Adema met deze reuzenschepen uit de markt. Tegen zijn zoon, die in 1979 na zijn studie in Delft en buitenlandse stages in het bedrijf komt, zegt hij dat hij liever met zichzelf concurreert dan met anderen. Het internationale vaktijdschrift *The Engineer* schrijft dat de Britse en Noorse pogingen om olie- en gasreserves te exploiteren ernstig zouden zijn belemmerd zonder de 'leviathans of lift' Huginn en Muninn. Het kolossale hefvermogen van beide varende eenheden betekent dat steeds zwaardere modules op steeds grotere staalconstructies kunnen worden geplaatst. Het scheelt de oliemaatschappijen geld en hun velden kunnen sneller in productie worden genomen. 'Voor ons,' zegt een Shell-directeur, 'is het belangrijk om zo snel mogelijk olie te produceren. Daar draait alles om. Zodra die oliekranen opengaan, begint het geld te stromen.'

De Adema-vloot bestaat nu uit diepwaterconstructieschepen, bevoorradingsschepen, onderzoeks- en boorschepen en een groot aantal sleepboten. Willem Adema de Oudere blijft aan als president-directeur tot hij tachtig is, en brengt zijn kleinzoon de beginselen van het vak zelf nog bij. Wanneer hij terugtreedt neemt Adema's enige zoon in naam de dagelijkse leiding over, maar niet dan nadat er een capabele directeur naast hem is neergezet. De oprichter blijft aan als adviseur. Dit triumviraat bestiert de boel tot Willem Adema de Jongere klaar is om de leiding op zich te nemen. Hij heeft zijn studie civiele techniek met uitmuntend resultaat afgerond en doet een jaar ervaring op bij de afdeling research and development van Adema Marine Operations in Delft. Daarna wordt hij voor een halfjaar gestationeerd in Singapore, op het hoofdkantoor van de Adema-vestiging in Zuidoost-Azië. Op zevenentwintigjarige leeftijd treedt hij toe tot het management en drie jaar later neemt hij het roer over van zijn vader, wiens interregnum al met al maar kort heeft geduurd.

Onder leiding van de kleinzoon richt het bedrijf zich nu ook op het verwijderen van afgeschreven boorplatforms, het voor heavylifters minderwaardig geachte pijpenleggen en complexe diepwaterinfrastructuur in het algemeen, zodat het bedrijf minder conjunctuurgevoelig is. Maakte Willem in zijn jeugd al tekeningen van catamaranachtige kraanschepen, in zijn studietijd heeft hij dat idee uitgewerkt tot een kraanschip dat boortorens kan plaatsen en verwijderen, pijpen kan leggen en het allerzwaarste hijswerk kan verrichten. De Boreas is een supercatamaran van twee tankers met een werkplatform ertussen dat voortborduurt op de baanbrekende ontwerpen van zijn grootvader in de jaren zestig en zeventig. Het zal het grootste schip ter wereld worden en alle records in de scheepsbouw en de offshore breken. De bouw heeft bijna drie miljard euro gekost, over een paar maanden zal het schip worden gedoopt, in januari 2018, er staan al voor twee jaar orders uit, de meeste van Shell. De banden tussen Shell en Adema zijn al meer dan zestig jaar uiterst hecht; ieder domineert op zijn eigen terrein de grootste en meest winstgevende industrie ter wereld.

Willem Adema de Jongere eist hiermee zijn troon op in de offshore, niemand denkt groter en waagt meer dan hij. Een cowboy wordt hij genoemd.

Sinds Willems bezoek aan Oostraven, toen hij zijn hart had uitgestort over zijn minnares, weet Hugo dat hij plannen heeft voor een nog groter schip, een verdubbeling van de Boreas zelfs. Visionair en macho, net als zijn grootvader, die hij nu voorbijstreeft.

Het zenuwcentrum van het concern is de afdeling research and development, waar driehonderd hyperintelligente techneuten complexe technische vraagstukken zitten op te lossen. Maar het grootste vraagstuk van allemaal, de pijlsnelle aardopwarming door dertig miljard ton kooldioxide die de ovens van de aarde jaarlijks de atmosfeer injagen, slaat ook hen met stomheid. Hoe zou het ook anders. Zij zijn nu juist de mecaniciens die de verbrandingsmachine onophoudelijk verbeteren om haar met zo min mogelijk weerstand steeds harder te laten draaien. De middeleeuwse alchemisten zijn de ingenieurs van nu, nog altijd geven ze het verbrandingscomplex hun beste krachten en murmelen zijn offerspreuk: 'Eet en zit aan, Vuur, Heer der ganse aarde.' Zo dienen zij, slaven van de machine, hun onverzadigbare meester.

Zijn broer lacht om die hele zogenaamde klimaatverandering. 'Kletspraat van gesubsidieerde wetenschappers' noemt Willem het in een interview dat hij aan het *Financieele Dagblad* heeft gegeven ter gelegenheid van zijn tienjarig leiderschap van Adema Marine Operations en de komst van de Boreas naar Rotterdam. Hij beweert dat de aardopwarming past binnen het normale fluctuatiepatroon van zonneactiviteit en dat de toename van waterdamp in de atmosfeer de voornaamste boosdoener is als het gaat om klimaatverandering. Een bluffer was hij altijd al. Hij zal Heer Vuur tot het einde toe trouw blijven. Hij moet wel, anders is zijn tijd voorbij. Licht wordt alles wat ik aanraak, koolstof alles wat ik nalaat. Amen.

68

Op sommige dagen waren er boven het landgoed meer vliegtuigen dan anders die de landing naar Schiphol inzetten. De wereld buiten de muur werd steeds onwerkelijker voor Hugo. Wanneer hij Oostraven een enkele keer verliet schrok hij van de grandguignol van harde koppen daarbuiten, met hun openlijke vijandigheid wanneer je hun voortgang belemmerde door bijvoorbeeld te aarzelen bij een afslag. Mensen die geen oponthoud verdroegen. Verbeten als mieren zouden ze hun traject vervolgen. Vuur, haat en snelheid had Filippo Marinetti voor zijn tijd gewenst – het waren inmiddels de karakteristieken van deze tijd geworden. Binnen de muren van Oostraven bestond de tijd van schildpadden en bomen, daarbuiten heerste het regime van de onmiddellijkheid. De wereld als snelweg waarover vlug en efficiënt goederen, kapitaal, diensten en ook mensen werden getransporteerd. Vertraging was verlies, stilstand kapitaalvernietiging. Move the product; Marx' commodificatie van de mens was compleet.

'Ik word gewoon te oud,' zei hij tegen Marnix, die hem op een avond bezocht. 'Andere landen hebben een economie, wij zijn er een.'

Ze keken naar de manoeuvres van de kauwenkolonie. *Kauwen zijn trouw en koolmezen niet, soms is er niet zoveel meer over te zeggen.* Wieringa – hoever was hij intussen met zijn onderzoek? Was hij al aan het schrijven van zijn boek begonnen? Ze hadden geen contact meer gehad sinds aan hun vreemde lotsverbondenheid na Beths dood een abrupt einde was gekomen.

Het was pas de tweede avond dat Marnix zijn huis verlaten had sinds de geboorte van zijn dochter, ook hem kwam de buitenwereld momenteel hoogst onwerkelijk voor. Nora Jane kon haar hoofdje al rechtop houden, iets belangrijkers had de wereld niet te bieden nu.

Ze wisselden gebeurtenissen uit, vertrouwd en kalm. Maar bij de geschiedenis met Vera aangekomen veerde Marnix op: 'De verpléégkundige van je grootouders?! Jezus christus…' Hij lachte bewonderend, verpleegsters en stewardessen bleven onweerstaanbare erotische categorieën. 'Altijd nog een ladies' man hè?'

'Het was anders lang geleden,' zei Hugo. 'Sinds Loïs niet meer.'

'Oei, da's niet best inderdaad. Ben je verliefd?'

Hij haalde zijn schouders op. 'Soms. Ze is getrouwd. Kinderen en alles. Ander leven.'

'O, nou ja, dat kan veranderen.'

Hij hield de moed erin, zijn oude vriend. 'Waar haal je dat bier vandaan?' vroeg hij. Hugo wees hem waar hij de koelbox kon vinden. Hij bleef lang weg. Hugo kwam overeind, op de drempel van het koetshuis zag hij dat Marnix de schilderijen bekeek. Langzaam schoof hij van het ene doek naar het andere, het stervende licht uit de bovenramen op zijn gezicht. De stilte werd alleen verbroken door het schrapen van zijn zolen op de betonvloer.

'Holy fuck,' zei hij toen ze weer zaten. 'Ik voel me net Filips de Tweede, helemaal alleen in zijn slaapkamer met zo'n beetje alle grote werken van Bosch aan de muur.'

Hugo lachte zacht. 'Fijne vergelijking.'

'Het is zo. Dit is anders dan alles wat je ooit hebt gemaakt. Heeft je broer dit al gezien? Je vader? Dit gaan ze niet leuk vinden.'

'Nee,' zei Hugo, 'dat denk ik ook niet.' Hij was even stil. 'Ze deugen echt niet,' zei hij toen. 'Ze zijn gevaarlijk. Willem vertelde me dat ze nu Baudet steunen, hij en zijn vrienden. Ze hebben met hem een vertegenwoordiger in de Kamer, een megafoon voor hun belangen. Iemand die klimaatverandering ontkent en democratie en rechtsstaat haat, precies wat ze nodig hebben. De ideale stroman. De machine moet doordraaien, het kortetermijnbelang moet prevaleren. En als hij nog wat Jodenhaat kan toevoegen en wat buitenlanders kan uitzetten, graag.'

Marnix schudde zijn hoofd vol ongeloof. 'Ze zeggen dat de Russen hem financieren. Maar dus ook je broer en de zijnen. Dat is nieuws, Hugo.'

'Hij was hier. Ik heb hem een tijdje aangehoord bij het zwembad. Het fascisme zit ons gewoon in het bloed. In mijn familie evolueren we vlotjes van Himmler naar de Zwarte Weduwe naar Baudet.'

'Hij radicaliseert als een gek. Als je hoort wat hij allemaal uitkraamt. Heb je hier tv? De talkshows gaan uit hun dak. Volg je het een beetje?'

'Soms,' zei Hugo afwezig. 'Sinds ik hier ben minder.'

'Hij wil het bestel opblazen naar het voorbeeld van Trump. Hij komt een heel eind, negen zetels in de peilingen, négen! Ironisch fascisme is het, hakenkruis met een knipoog-smiley.'

Hugo had het nieuws inderdaad weinig bijgehouden sinds hij op het landgoed was, hij zou eerlijk gezegd niet eens weten of er al een nieuw kabinet was of niet.

De laconieke houding had Marnix verlaten, politiek hield hem sterker bezig dan vroeger; hij was een vader nu, de toekomst van de wereld ging hem direct aan. Het blauwe uur; Hugo haalde nieuw bier. Hij liet de buitenlamp nog uit. Hij moest niet vergeten Marnix straks over de geschiedenis met Geertje te vertellen, over de verborgen betrekkingen van zijn grootvader en misschien zelfs over de bange nachten met diens donkere gestalte bij zijn bed.

Ze hadden onafscheidelijke jaren gekend, Marnix en hij. Zijn vriend was naar eigen zeggen in een met bloemen beschilderd vw-busje ter wereld gekomen (slechts een van de ontstaansverhalen die Hugo hem had horen vertellen), maar de waarheid was dat hij uit een middenstandsgezin kwam en na de scheiding van zijn ouders met zijn moeder en jongere broer in een duplexwoning in Oostdorp kwam te wonen. Materiaal voor een musical, Marnix uit de armste en hij uit de rijkste straat van Wassenaar. Marnix had het zwembad en alles schijnbaar als een prettige bijkomstigheid van zijn vriendschap met hem beschouwd, en was ook weleens komen zwemmen of de paarden komen aaien als hij niet thuis was, alsof het gebruik ervan hem natuurlijkerwijs toekwam. Zijn moeder had zich aan die vrijmoedigheid geërgerd, ze begreep niet dat Marnix op die manier de ongelijkheid in hun vriendschap neutraliseerde.

Hugo hield een vinger voor zijn mond en wees in de verte. Aan de overzijde van het gazon, aan de verre boszoom, stapte voorzichtig een reebok op het gras. Met zijn achterlijf nog tussen de bomen boog hij zijn nek, snuffelde aan het gras en richtte zich weer op, spiedend over het open terrein. Voetje voor voetje waagde hij zich tevoorschijn en maakte hij zich nu helemaal uit de schaduwen los. Het leek of er flarden duisternis achter hem aan sliertten. Hij begon te grazen, waarbij hij soms met een ruk opkeek alsof hij hun aanwezigheid had opgemerkt. Het donzige wit op zijn achterhand was nu goed te onderscheiden. In het grote huis ging een licht aan en weer uit. Het bos was stil. Er voegde zich nog eentje bij, een geit, en nog een. Alles zo elegant en behoedzaam, zoals je ook als mens zou moeten zijn.

69

De zomer verstreek. Vera kwam bijna terug. Negen schilderijen waren klaar. Elke dag om twaalf uur zat hij aan de warme maaltijd met zijn grootouders. Darya belde een paar maal daags en zei dat ze hem verder met rust zou laten. Daarna appte ze hem met de allerlaatste dingen en zei dat ze hem nu echt met rust zou laten. Vanuit zijn golfresort in Florida dreigde Donald Trump Noord-Korea van de kaart te vegen met vuur en woede, zoals de wereld nog nooit had gezien. Vuur en woede, woorden van een primitieve god. Laten we hem prijzen met beschilderde gezichten en as op ons hoofd. Hugo reed zijn grootmoeder naar het ziekenhuis voor een oogonderzoek. In korte tijd maakte hij nog twee schilderijen, waaronder een van de meisjes in Loehansk, doodgeschoten na het bacchanaal. Ze waren naamloos gebleven maar maakten zich kenbaar in hun afwezigheid, in de leegte die ze achterlieten; verzonken reliëfs, mensvormige holtes als in Pompeji, lichamen van lucht. *Ein Grab in den Wolken da liegt man nicht eng.* De ijle gestalten van deze Sulamiths, in hun waardigheid hersteld.

Op een ochtend maakte hij koffie en realiseerde zich toen dat Dikkie 's nachts niet tegen hem aan had gelegen. Alsof de grond onder je voeten wegzinkt heet dat, en zo is het echt. Hij riep hem en lokte hem met nat voer waar hij zo dol op was maar het mauwen waarmee Dikkie hem gewoonlijk begroette bleef uit. Dun klonk Hugo's roepende stem tussen de bomen. Gewond dwaalde hij over het terrein, locus terribilis. Een vos, vossen aten katten. Hij had hem 's nachts ook niet naar buiten moeten laten. Duizendmaal sorry lieve Beth; schuld, schuld, door mijn eeuwige schuld. Dikkie kon terugkomen, hield hij zichzelf voor, hij was misschien alleen maar de weg kwijtgeraakt in het bos, hij zag al niet zo best meer.

Een ree botste tegen zijn schouder op toen het dier met een reuzensprong wegvluchtte uit het struikgewas waarin hij verborgen had gelegen. Mystieke aanraking. Je kunt duizend jaar door het bos lopen zonder dat zoiets gebeurt. Laat het een goed voorteken zijn. O alsjeblieft niet jij Dikkie. Ik ruil mijn moeder tegen je, wie dan ook. Hij hoort hem mauwen en knorren maar dat is alleen in zijn verbeelding. Een paar haren op zijn bed, een keurig toegedekt drolletje in de bosgrond, de onaangeroerde kommetjes water en voer, dat is wat er van zijn geliefde rode kater rest.

'Bah-bah is verdrietig,' zei Hugo die middag tegen Geertje. 'De poes is weg. Poezen zijn altijd weg. God weet waar ze allemaal blijven.'

Geertjes mond ging open en dicht terwijl ze naar hem keek, alsof ze hem parodieerde.

'Je ziet vaak A4'tjes op bomen met een foto van een kat en een telefoonnummer. Wist ik veel dat achter elk van die aanplakbiljetten een gebroken hart schuilt. Het is echt zo. De kat is een huisgenoot, een knorrepot, een kacheltje, een vriend. Hij laat je geloven dat hij echt van je houdt. Ik dacht dat het sentimentaliteit was maar nu weet ik waarom je op een dag A4'tjes op de bomen prikt. Poes is weg.'

Geertje keek hem aandachtig aan, alsof ze iets van zijn toestand begreep, met daaronder die mond die almaar open- en dichtging, als van een naar adem happende vis. Zijn toestand: dat een verdwenen kat zijn hart brak en dat hij alleen nog een diep debiele tante over had voor troost.

70

Hij reed een halfuur over de grachten om een parkeerplaats te vinden. Een regenachtige zomerdag, aannemersbusjes blokkeerden de straten om nog meer woonhuizen te verbouwen tot Airbnb-appartementen. Uiteindelijk vond hij een plaatsje tegenover zijn huis aan de overkant van de gracht. Regendruppels maakten kringen in het grachtenwater. Het huis stond er nog, groot en hoog, de ramen donker. Hugo bleef een tijdje in de auto zitten, het was of hij er vanuit een andere dimensie naar keek. Hij had een sleutel, hij kon daar naar binnen. Als hij zijn ogen sloot zag hij er licht en mensen, dof klonk de muziek achter de ramen, tingeltangel in een spookhotel.

Er waren al mensen in de marmeren hal van het fotomuseum verzameld, ze gaven zomerjassen en een enkele paraplu af bij de garderobe. Hij was vroeg en nam plaats op een klapstoel achter in de statige ontvangstzaal. Vooraan bij het spreekgestoelte schuifelden een paar De Ponts naar hun gereserveerde stoelen. De begunstigers van Huis Marseille, oud en steenrijk; hij herkende ze van zijn tentoonstelling in museum De Pont in Tilburg. Hun vermogen kwam uit een investeringsvehikel waarmee de pater familias zijn slag had geslagen. De huidige generatie hield van kunst en beheerde het familiekapitaal prudent. Het duurde een tijdje voordat ze alle handtassen en wandelstokken hadden weggeborgen en hun oude lijven in de stoelen hadden laten zinken. Al hun rijkdom zouden ze inruilen voor jeugd en kracht. Hun Quote 500-notering voor één moeiteloze dag. Je zou rennen, je longen volzuigen met frisse lucht en springen en dansen tot je spieren schreeuwden om genade.

Een van Hugo's favoriete parabels ging over Zhuang Zi die aan de rivieroever zit te vissen wanneer hij door dienaren van de koning wordt bezocht. De vorst verzoekt hem een ministerspost te aanvaarden maar Zhuang Zi wijst naar een schildpad die verderop door de modder scharrelt. Hij zegt dat hij heeft gehoord dat er in de vooroudertempel aan het hof een heilige schildpad wordt bewaard die al heel lang dood is. Nu vraag ik u, zegt hij tegen de dienaren, en wijst weer naar de schildpad, wat zou dat dier daar liever hebben, dat men zijn gebeente vereert in de tempel of dat hij hier met zijn staart door de modder mag slepen?

De schokgolf onder zee toen Loïs binnenkwam. Zilverkleurige jumpsuit, beginnende lijnen in haar gezicht; ze was mager; heel even leek ze op de vrouw die ze zou zijn op een dag, toen viel ze weer samen met de herinnering. Achter haar liep een tanige figuur met dreadlocks en een prettig, al wat door de zon verweerd gezicht. Hij leek maar weinig op het object waaromheen Hugo zijn hatelijke fantasieën gesponnen had.

Loïs had haar haar opgestoken. Het liet haar nek en oren vrij; had ze zich herinnerd dat hij dat altijd zo aantrekkelijk gevonden had? Ze nam plaats op een gereserveerde stoel op de eerste rij. Haar vriend keek even de zaal rond voordat hij zich naast haar zette. Een voor een kwamen de andere fotografen binnen. Wanneer Loïs opstond om ze te omhelzen, begroette ze ook bekenden achter zich. Haar lippen waren rood gestift. Het maakte haar gezicht hard, hij had het meer dan eens tegen haar gezegd. Was dat ook een boodschap, een onafhankelijkheidsverklaring in lippenstift? De zaal was volgestroomd, hij zat een beetje weggedoken in zijn stoel. Waarom deed hij zichzelf dit aan? In het midden van de zaal zag hij de critica van NRC met een kek rood dameshoedje op. Ze kon niet ophouden met zwaaien en aandacht trekken van deze en gene. Hij herademde toen hij Yasmin zag zitten. Hij had haar echt verwaarloosd, hoelang hadden ze elkaar al niet gezien?

De directeur heette iedereen welkom, de familie De Pont – knikje naar links – en de kunstenaars in het bijzonder – knikje naar de vier fotografen voor zich. Ontelbaar van dit soort bijeenkomsten hadden Loïs en hij samen bijgewoond. Nu was ze voor het eerst zelf het onderwerp. Ze was zenuwachtig, hij had het aan haar mond gezien. De directeur lichtte als eerste de titel *I Own Me/ Reclaiming the Female Body* toe. Het was begonnen, zei ze, met de schaamteloze toxische masculiniteit van de huidige Amerikaanse president, een witte, narcistische bullebak die in een audio-opname had lopen pochen dat hij vrouwen eenvoudigweg in hun kruis greep als hij ze begeerde. *Grab 'em by the pussy.* De directeur keek verontschuldigend de zaal in alsof ze nog altijd niet kon geloven dat hij dat echt gezegd had. Een rilling van afschuw ging door de rijen, sommige aanwezigen bliezen en sisten echt van haat. Van wie is nu eigenlijk het vrouwelijk lichaam, vroeg de directeur, dat hadden ze zich als tentoonstellingsmakers afgevraagd. Van de staat die abortus verbiedt, de generaal die meer soldaten eist, de man als gezinshoofd, de kerk die meer kinderen vraagt? Zoveel bezitters had het vrouwelijk lichaam al gehad en nog altijd was het pleit niet beslecht. Het vrouwelijk lichaam was in de jaren vijftig en zestig opgeëist door vrouwen zelf en nu was het tijd om dat opnieuw te doen. Er klonk een klein applaus na deze woorden. Overal stonden vrouwenrechten onder druk, vervolgde de directeur, niet alleen in totalitaire regimes maar ook in de vrije wereld.

Hugo vroeg zich af of de huidige populariteit van de *strongman* een stuiptrekking was van de patriarchale wereldinrichting of juist een teken van de heropleving daarvan. De man aan het hoofd van het gezin en de natie, als de god die het al bestuurt. Tiranniek en agressief neemt hij de wereld en alles daarin in bezit. *Wees vruchtbaar en word talrijk; bevolk de aarde en onderwerp haar; heers over de vissen van de zee, over de vogels van de lucht, en over al het gedierte dat over de grond kruipt.* Dat was de natuurlijke orde der dingen. Het vrouwelijk lichaam was bezit zoals fossiele reserves in de grond en de hemel erboven bezit waren. Grab 'em by the pussy.

Daarom, hoorde hij de directeur zeggen, hebben we deze kunstenaars uitgenodigd om zich hierover uit spreken, vier vrouwen. Loïs Dekker kennen de meesten van u misschien nog niet, maar daar zal vlug verandering in komen. Loïs heeft in stilte aan een oeuvre gewerkt dat de curatoren volledig heeft overrompeld. En de reden van die stilte, tja, dat is zo'n beetje het onderwerp van de werken die ze hier tentoonstelt. Ze heeft nieuw werk gemaakt maar ook veel uit haar archief gekozen en bewerkt op een manier... nou ja, dat zouden we zo meteen wel gaan zien allemaal, maar dat het sensationeel en verontrustend was kon ze alvast verklappen. Gefeliciteerd, Loïs, met je eerste grote tentoonstelling, de eerste van de vele die ongetwijfeld nog zullen volgen. De milde regen van het applaus, Loïs zei iets bij het oor van de surfdude, hun geglimlach over en weer was echt ondraaglijk.

Yasmin had hem zien zitten intussen, ze knikten elkaar toe.

Verontrustend, had de directeur Loïs' werk genoemd, het meest gebruikte adjectief in de kunst. Gevaarlijk was te veel van het goede, verontrustend was een acceptabele en zelfs verkoopbevorderende formule voor de markt. Maar hem verontrustte het begrip nu wel degelijk – foto's uit haar archief konden eigenlijk niet anders dan uit hun tijd stammen. Wat had Loïs te zeggen over de reconquista van het vrouwenlichaam? Ze had zich nooit op enig feministisch activisme laten betrappen. Ze was zo goed als apolitiek, al konden vegetarisme en havermelk tegenwoordig gemakkelijk begrepen worden als steunbetuiging aan de Partij voor de Dieren.

Na de introductie beantwoordde Hugo gehaast een paar begroetingen en verliet de zaal zo vlug mogelijk. Het was een monumentaal grachtenhuis met veel kleine expositieruimtes. Hij arriveerde als een van de eersten op de derde verdieping, waar hij haar werk vond. Een tekst aan de muur gaf biografische informatie en duiding: Loïs Dekker (Wageningen 1977), fotografe en model, Rietveld Academie et cetera. 'De serie *Our Memories are Mine* is een gelaagd commentaar op een periode in haar leven die ze doorbracht als geliefde en muze van een kunstenaar. Haar eigen artistieke aspiraties werden ontmoedigd maar ze bleef tegen de verdrukking in werk maken.'

Een hitte steeg vanuit zijn hals op naar zijn hoofd, schaamte en woede dooreen.

'De titel van de hier geëxposeerde werken verwijst naar de woorden die Dekker in die periode vaak te horen kreeg: "Onze herinneringen zijn van mij." In deze serie draait Dekker die situatie radicaal om en maakt ze die toe-eigening ongedaan: een muze praat terug. Zo ontsnapt ze aan patronen van mannelijke identificatie en verlammende masculiene machtsstructuren. Met de techniek van bricolage bewerkt ze foto's uit die periode in een explosie van kleur, agressie en humor, en eist zo alsnog het eigenaarschap van de herinnering op.'

Een paar bezoekers kwamen kwebbelend het zaaltje binnen. Ze bogen zich over naar het tekstpaneel. De eerste foto had Hugo op haar verzoek gemaakt, herinnerde hij zich – een hotel in New York, voor een manshoog raam dat uitkeek op een landschap van wolkenkrabbers ver weg en dichtbij. Vooravond, de grijze hemel tussen de hoogbouw was dooraderd met een spookachtig soort groen. Naakt stond ze tegen het raam gedrukt. STRIATED SPACE had ze er in witte letters boven geschreven. Op de volgende foto zat ze op de rand van een bed en keek met een intens soort verdriet in de lens. Haar schouders en borsten waren bloot, achter haar lag, onscherp, een slapend lichaam. Door het hoge raam achter hen, wist hij, was overdag de Tafelberg te zien. In het donkere raamoppervlak stonden de woorden THE SLEEP OF REASON PRODUCES MONSTERS geschreven.

De omgeving van de volgende foto herkende hij ook, het was de badkamer van dezelfde hotelkamer als op de vorige foto. Een staande mansfiguur, met groene verf beschilderd als een soort reuzenkomkommer. Alleen zijn stijve lul had ze onbeschilderd gelaten, en zijn voeten. Het geslachtsdeel stak door de verf uit als door een *glory hole*, in een lachwekkende manifestatie van mannelijke begeerte. Op de spiegel boven de wastafel was met lippenstift of bloed THIS WILL DO gekalkt.

Hij was het, zij waren het, met open ogen doorkruiste hij het terrein van de nachtmerrie.

In de volgende zaal hing in megaformaat de foto die op de tentoonstellingsposter was afgedrukt, *The Wound*. Hij keek ernaar en zag haar appartement in de Van Boetzelaerstraat opdoemen, het zelfportret met de krop sla tussen haar benen aan de muur, in dezelfde lichaamshouding als op deze foto. Ook het iconische zelfportret van Peter Beard met zijn onderlichaam in een dode krokodil op de oever van het Turkanameer had er met punaises tegen de muur geprikt gezeten – hij zag er met terugwerkende kracht een waarschuwing in. 'Een zachte persoon, een zacht lichaam,' had Elias Canetti geschreven, 'en daarin een hart als de bek van een snoek.' O, gelukzalige begindagen – hij kermde als een aangereden hond. Dertien jaar later zou ze hem uitleveren aan het publiek. Een mensenoffer brengen voor haar ambitie. Foto na foto doodde ze hem, haar antimuze. Komkommer. Augurk. Haha, arme klootzak.

Op een paneel waren zes kleinere foto's samengebracht waarop een hoofdloze naakte mansfiguur te zien was. Hugo herkende zijn eigen zegelring. Waar of wanneer ze die gemaakt had wist hij niet meer Op elk ervan had ze zijn geslachtsdeel overgeschilderd met bizarre structuren die eruitzagen als weerhaken, vlijmscherpe dolken, speldenkussens. *Aedagus* heette het werk, wat volgens het opschrift 'insectenpenis' betekende.

Het derde zaaltje liet hij aan zich voorbijgaan. Hij waadde als door mist tussen andere bezoekers in de smalle gangen door, de trappen af. Gezichten, stemmen, en toen plots, helder als glasgerinkel, zijn naam. Hij richtte zich op – twee treden onder hem, geschrokken keek ze naar hem. Achter haar stond de surfdude. Een golf van sympathie overspoelde Hugo. De man wiens schedel hij had willen verpletteren, hij wilde hem omhelzen – wat kon hij eraan doen allemaal.

Hij wendde zijn blik af en glipte langs hen naar beneden.

'Hugo?!'

Hij keek om, ze stond nu een paar treden boven hem, lichtgevend in haar zilveren jumpsuit. Hij wilde iets zeggen. Er lekten vlammen uit zijn mond. Ze hielden de mensen boven en onder hen op. Hij draaide zich om en liep de trappen af, de gangen door, de hal, de buitenlucht in. Hij passeerde de dwarsgracht naar de Herengracht en ging het donkere huis binnen.

Met je blote lul in het fotomuseum. Klaar om haar te penetreren maar zij zal je erectie vastleggen voor een ander doel. Het is niet de schending van zijn fysieke integriteit, denkt hij, of hoe je dat ook noemde, het is dat ze hun gezamenlijk doorleefd verleden, de dingen die hij voor heilig hield, had verpatst voor haar entree in de kunst.

Luid klonk opeens de deurbel door het lege huis. Hij keek op. Hij wist niet waarom hij boven aan de trap zat. Op de display op de overloop zag hij Yasmin staan op het bordes. Hij ontsloot de voordeur en ging de trap af; ze troffen elkaar in de hal beneden.

'Ik hoopte dat je hier was,' zei ze. 'Ik belde je maar je nam niet op.'

Haar eens zo zwarte haar was met wit doorschoten geraakt, ook zij was magerder geworden. 'Hoe is het?' vroeg ze. 'Stomme vraag, maar toch?'

Als ze nog even zo naar hem bleef kijken barstte hij in huilen uit.

'Ik had je willen waarschuwen,' zei ze even later. 'Ik wist het niet goed. Had ik het maar gedaan.'

'Ja,' zei hij. 'Of niet. Wil je thee? Iets anders? Ik weet niet of ik wat in huis heb.' Het leven ging door, nu al. 'Ik ben hier al een tijd niet geweest. Ik neem een Ricard. Jij ook een?'

'Ik wist dat dit eraan kwam,' zei Yasmin toen ze een glas dronken aan het kookeiland. 'Ik heb het haar afgeraden.'

'Waarom?'

'Omdat ze je als opstapje gebruikt. Zo is ze toch weer afhankelijk van je.'

'Dat is zo'n onzin. Ze was niet afhankelijk van me, en ik heb me onze herinneringen ook niet toegeëigend, verdomme.'

'Rustig cowboy,' zei ze. Haar stem klonk nog doorrookter dan vroeger. 'Natuurlijk was ze dat. In elk geval ervoer ze dat zo. Jij hebt alles, vergeet dat niet: succes, the life of plenty. Voor jou is dat vanzelfsprekend maar voor haar is het dat nooit geweest. Een geleend leven, zo ziet ze dat nu. Mensen nemen vroeg of laat altijd wraak op afhankelijkheidsrelaties. Het brengt de balans in evenwicht. Hoe pijnlijk ook.'

Hij liet haar woorden tot zich doordringen. Yasmin was wijs

en goed, altijd al geweest, haar werk getuigde al meteen in het eerste jaar van een diepte en een gewicht die anderen zo misten. Het was jammer dat ze nooit geliefden waren geworden, zijn leven zou anders zijn verlopen, beter ongetwijfeld, en nu was het te laat.

'Wel goed,' zei Yasmin toen hij vroeg hoe het met haar ging. Ze was bezig met de voltooiing van een werk voor een metrostation van de Noord/Zuidlijn, in december werd het onthuld. Ze begreep het als hij niet zou komen, zei ze met een grimas.

'Dat ze me verliet is biologie,' zei Hugo nadat hij hun had bijgeschonken en nieuwe ijsklontjes toevoegde. 'Dit is anders. Dit is berekening. Ze heeft het verleden onteerd. Nu is er echt niks meer over.'

In de stilte die volgde was alleen het rinkelen van ijsblokjes in de glazen te horen. Er waren momenten geweest, herinnerde hij zich, dat Loïs en hij tegelijk naar hun iPhone of camera grepen om iets vast te leggen. Mensen, situaties, grijze regensluiers die over het land veegden. 'Van mij,' had hij soms voor de grap gezegd. Misschien dat het iets was voor een schilderij, wat dan ook. Er was een keer een woordenwisseling over geweest, herinnerde hij zich, als onder dichters die ruziën over de diefstal van een metafoor. Kon dat zijn verworden tot *onze herinneringen zijn van mij*?

Hij had zich nooit eerder afgevraagd of Loïs zich van hem afhankelijk voelde. Ze deelde in zijn bezittingen, ze hadden er nooit woorden aan vuilgemaakt. Ze waren een kleine samenzwering tegen de wereld en de rest leek hem banaal. Nu beschreef ze hun liefde als een bezitsverhouding en zichzelf als muze, grondstof voor de grote witte kunstenaar.

Ja, ze had hem verraden, maar had ze ongelijk?

71

Het sprankje hoop bij binnenkomst in het koetshuis 's avonds doofde even snel als het was opgelaaid, van Dikkie geen spoor. Het was fris, niet lang meer en hij moest aan verwarming gaan denken, heteluchtkanonnen of zo, anders droogde de verf nooit.

Hij draaide alle doeken met de zichtzijde naar de muur, hij kon die koppen niet meer zien. Hij walgde opeens van het idee van een tentoonstelling, het aplomb van hoge witte muren met schilderijen ertegen. De kunst zelf werd in zulke ruimtes gesmoord – hoe pover schenen in het Centre Pompidou opeens de dada-expressies die hij daar eens had gezien, hoe *knutsel*-achtig. De *white cube* scheen wezensvreemd aan de oorspronkelijke anarchistische aard van de werken.

Hij haalde een donzen Nomad-slaapzak uit de hoes om 's nachts warm te blijven. De dag keerde in scherven naar hem terug terwijl hij op de slaap wachtte. Onopgemerkte details, gezichtsuitdrukkingen, zinsflarden die oplichtten als vuurpijlen in de nacht. *Een muze praat terug.* Haar geschrokken waterblauwe ogen op de trap, hoe hij een moment lang de aanvechting heeft haar gerust te stellen en te zeggen 'het geeft niet, ik begrijp het, je hoeft je niet te verontschuldigen'. *Maar van wie is nu eigenlijk het vrouwelijk lichaam...* Marinetti, waar ben je om de brand erin te jagen!? Hoe ze hem aankijkt, donker en gekweld, tegen het huilen aan. *This will do.*

O, maar dat weet ik nog, lief, denkt hij, die avond weet ik nog heel goed. Het One&Only Hotel, Kaapstad oktober 2015. Uitzicht op de Tafelberg, overdag licht het kwartsiet rood op. Gedronken hadden ze, wijn uit Stellenbosch, eerst wit en toen rood, en toen ruziegemaakt en het weer bijgelegd. In de badkamer, waar ze zich klaarmaakte om naar bed te gaan, duwde hij zich tegen haar achterste aan. Ze liet hem even begaan, toen schudde ze haar hoofd. Te vroeg, haar halfwaardetijd na een ruzie duurde langer dan de zijne. Ze verliet de badkamer en kwam terug met haar camera. 'Blijf zo,' zei ze terwijl ze de belichting instelde. 'Dan staat-ie daar tenminste niet voor niks.'

In de veronderstelling dat daarmee de speelsheid terug was drong hij zich in het kingsize bed opnieuw aan haar op.

'Sorry schat,' zei ze, maar hij was bevangen door een zeurderig soort geilheid. Hij streelde haar rug en vingerde haar, waarbij ze haar benen aanvankelijk samengeklemd hield, en kwam uiteindelijk in haar. Pas nadat hij was klaargekomen en zijn wang tegen de hare rustte, voelde hij dat er tranen uit haar ogen liepen. O jij grote klootzak. Hij schaamde zich en verontschuldigde zich, hij zocht vergeving en verlichting, hij probeerde wakker te blijven maar viel al snel in slaap.

Het zelfportret moest ze toen gemaakt hebben, op de rand van het bed met het panoramische venster erachter dat uitzag op de Tafelberg (1086 m). Pas tegen het einde van hun verblijf in Zuid-Afrika kwamen ze weer tot elkaar. Hij was poeslief en het was daar dat hij een gouden schakelarmband voor haar had gekocht, eigenlijk te zwaar voor haar smalle pols. Hij had er lang niet aan teruggedacht, aan die avond, de foto is een memento voor de vergeetachtige, die hem opnieuw het schaamrood naar de kaken jaagt om zijn botte onachtzaamheid. Een beslissend moment – daarom had ze hem uitgenodigd, om hem te vertellen dat ze die nacht, toen ze wakker lag zoals hij nu, de toekomst voor zich had gezien zonder hem. Daar had hij zijn antwoord op de vraag die hem sinds haar vertrek bezighield. Ze had het hem niet kunnen zeggen, met haar werk heeft ze het hem alsnog in zijn gezicht gesmeten.

Een paar dagen later schreef Marnix: '*NRC* gezien?' en stuurde een link naar een artikel met de woorden 'hou je vast'. Een interview met Loïs, geschreven door de kunstredacteur die hij op de opening had gezien, die hem lang geleden foute sympathieën in de schoenen had proberen te schuiven – een buitenkansje als dit liet ze zich niet ontgaan. Veel foto's van Loïs Dekker lijken snapshots, las hij, maar haar werk is zorgvuldig geënsceneerd en bewerkt met inkt en verf. Dekkers bijdrage aan de groepstentoonstelling *I Own Me/ Reclaiming the Female Body* is een aanklacht tegen toxische mannelijkheid, waarin ze ook haar eigen destructieve relatie met een kunstenaar verwerkt.

Op de vraag of fotografie zich ervoor leent om zulke grote kwesties aan de orde te stellen, antwoordde Loïs dat we werden bedolven onder een vulgaire vermenigvuldiging van miljarden betekenisloze beelden – pixels, pixels –, terwijl dat ene krachtige beeld ook nog altijd in staat was om de werkelijkheid te veranderen.

De tweede vraag was eigenlijk de eerste, die de kunstredacteur niet meteen had willen stellen om de schijn te vermijden dat ze een ordinaire societyhoer was. 'Je hebt een relatie gehad met schilder Hugo Adema. Je was zijn muze, je bent jarenlang naakt door hem afgebeeld. Nu is op jouw foto's Adema's naakte lichaam te zien in opvallend intieme situaties. Vereffen je daarmee een rekening?' (En bedankt, kuttekop.)

Ze ontkwam er niet aan, zei Loïs, om eigen ervaringen toe te laten bij juist zo'n thema als het vrouwelijk lichaam. 'Maar het gaat niet om mij of om hem. Het is zo belangrijk dat meisjes en vrouwen hun lichaam gebruiken zoals zij willen, en niet zoals kunstenaars, modefotografen en regisseurs het graag zien. Wie de camera bezit, is in feite eigenaar van de situatie, dat kan ik niet ontkennen. Maar het doet er niet toe wie het op de foto is, zijn lichaam is onherkenbaar gemaakt. Hij is anoniem, het gaat niet om zijn identiteit maar om wat het beeld je vertelt.'

En dan was er nog deze voorzet van de interviewer: '"Onze herinneringen zijn van mij," heeft hij al die jaren tegen je gezegd. Zo heeft hij jullie leven en herinneringen stelselmatig geclaimd voor zijn eigen werk.' (Ze liet niet los, ze wilde zijn hoofd echt op een staak.)

Dat was ook haar eigen schuld geweest, zei Loïs. Zij had dat laten gebeuren omdat ze zich niet sterk genoeg had gevoeld om een zelfstandige positie op te eisen. Dat was helaas een al te bekend fenomeen, zie Zelda Fitzgerald en Dora Maar en al die anderen.

Je moet niet vergeten, vervolgde ze, dat hij al veel succes had toen we iets kregen. Er kon er maar één de zon zijn en één de maan. Het was de natuurlijke orde der dingen dat hij zich onze gezamenlijke ervaringen kon toe-eigenen. 'Dat verwijt ik mezelf nog het meest, dat ik niet net zo voor mijn werk ben gaan staan als hij.'

'Slechter dan ik hoopte, beter dan ik vreesde,' schreef Hugo Marnix terug, en moest tegelijk vaststellen dat de sociale schade eigenlijk nogal beperkt was omdat hij toch haast bijna nooit meer iemand zag.

72

Hij was vergeten hoe groot de Bodonzaal ook alweer was. Veel te groot voor twaalf schilderijen naar zijn smaak. Het was minimaal inderdaad, zei Van Eeghen, maar het waren grote doeken, het kon mooi werken als ze goed hingen.

Sjarel Ex voegde zich bij hen, zwierig en goedgehumeurd. 'Vergeet plan A,' had hij gezegd over het wegvallen van Erik van Lieshout, 'plan B is altijd het beste.'

Nu zei Van Eeghen tegen hem: 'Hugo denkt dat het misschien te weinig is, twaalf doeken.'

'Het is minimaal inderdaad, maar het zijn flinke jongens. Als je die slim over de ruimte verdeelt...'

'Dat zei ik ook al,' knikte Van Eeghen. 'Plus de tekeningen en de installatie. Ik maak me geen zorgen.'

Ex lachte. 'Anders maak je er toch nog wat bij. Je hebt nog vijf maanden.'

Vijf donkere maanden ja, zei Hugo bij zichzelf, in een kaal en doods bos. De zomer was al zowat voorbij, de roest schoot al in de bladeren. 's Nachts rilde hij wanneer hij naar buiten ging om te pissen. Vera had pas over een paar weken weer nachtdienst. Toen hij haar over die dag in het fotomuseum had verteld, zei ze verontwaardigd: 'Zoiets doe je niet, ook niet onder het mom van kunst.' Hij waardeerde het dat ze hem een tijdje met rust liet, nu hij zich in zichzelf had teruggetrokken.

Hij kon, bedacht hij, altijd nog naar Ibiza, waar het licht en de ruimte goed waren om te werken. De dood van Dikkie en Loïs' afrekening hadden hem lamgeslagen, misschien kon hij ginds de boel weer vlot trekken. Hij zag de foto voor zich van Loïs en hem op het platte dak van de finca, vlak voor de afsprong in het zwembad. Yasmin had op het juiste moment afgedrukt. Een dierbaar beeld, een beetje porn chic, heel sexy. Hij wist opeens dat hij het wilde schilderen, met het zwembad op de voorgrond. Een serie misschien, los van de andere doeken. Zwembaden waren het terrein van David Hockney en Caroline Walker maar er konden er niet genoeg van zijn naar zijn idee. Dat zou zijn antwoord worden aan Loïs: een laatste buiging, tot het bittere einde trouw aan de herinnering.

Kas di Lus – ja, het plan vervulde hem met hernieuwde geestdrift.

Hij zei tegen Ex: 'Dat is goed, dat zal ik doen, nog een paar nieuwe dingen maken.'

'Ik maakte een grapje,' zei Ex.

'Ik niet. Er is een huis op Ibiza waar ik lang niet ben geweest, en zojuist schoot me te binnen wat ik als eerste wil maken daar.'

Aan het einde van die lange dag in het museum reed hij naar Oostraven terug. Zijn gezicht voelde verhit, de gesprekken met het hoofd presentaties, de mensen van marketing en educatie, de technische dienst en andere curatoren gonsden na in zijn oren. Halverwege de middag was ook Darya aangeschoven.

Zijn besluit om naar Ibiza te vertrekken stond vast, er moest opeens veel worden besproken. Het was vooral de installatie die hem zorgen baarde: de bouw ervan en hoe en wanneer de dagboekfragmenten in je oren zouden klinken waren technische vraagstukken. Niets was zo lullig als haperende techniek.

Alleen Darya was over de kwestie met Loïs begonnen, waar de

anderen er misschien uit plaatsvervangende schaamte over zwegen. Het kon geen kwaad, zei ze, een beetje reuring alvast. Ze was van de school van Oscar Wilde, er is maar één ding erger dan dat ze over je praten en dat is dat ze niet over je praten. 'Ja sorry, zo denk ik nu eenmaal.'

'Interessante invalshoek,' zei hij.

Ze keek geamuseerd opzij. 'Och kom, je maakt je toch niet druk om een paar van die foto's? Hugo!'

Later die week bezocht hij Geertje om afscheid te nemen. Misschien viel het contact tijdens zijn afwezigheid voort te zetten met een beeldverbinding, zei hij tegen Bondine, maar hij wist dat dat niet afdoende was. Geertje wilde je aanraken en omhelzen en op je hoofd timmeren. Hij voelde zich beroerd toen ze hem bij het afscheid stevig vasthield en op zijn rug klopte alsof ze hem troostte.

Hij ruimde het koetshuis op en begon de Land Cruiser in te laden. Nog een keer liep hij het tableau de la troupe langs voordat het 's middags door de transportdienst van het Boijmans werd opgehaald – de oude man in de vlakte, Joséphine en haar leguaan, de ss-mummie in zijn tempel, het diorama van de Toorts van Moreni en de rest, en het kwam hem voor dat hij nog nooit iets beters had gemaakt. Een kalme overtuiging, geen opwinding of euforie.

Tijdens het middagmaal vertelde hij zijn grootmoeder dat hij de volgende dag al zou vertrekken. Het was twee dagen rijden naar Barcelona, daar zou hij de boot nemen. Vera keek even op en ging toen verder met het snijden van zijn grootvaders groente en vlees.

'Dus je gaat weg uit die stal?' zei zijn grootmoeder.

'Voor een tijdje. Begin januari ben ik terug.'

Zijn grootvader keek naar hem, lange witte wenkbrauwharen

hingen voor zijn ogen. Het was natuurlijk curieus, dacht Hugo, om elke dag het middagmaal te gebruiken met een oorlogsmisdadiger, maar het was toch vooral alsof hij zich in het gezelschap bevond van een wrokkige plant. De oude man zou in leven blijven tot na de doop van de Boreas, dat wist hij zeker, hij had gezien hoe hij opveerde toen Willem hem foto's van het schip liet zien. Zelfs in de diepten van zijn seniliteit zou hij zich dat niet laten ontgaan.

'Dus je gaat ervandoor,' zei Vera toen ze 's middags na haar dienst een wandeling maakten door het bos.

'Het spijt me dat je het zo moest horen,' zei hij. 'Ik heb het gisteren besloten. Ik moest het gran vertellen omdat ik morgen al vertrek.'

'Ga je alleen?'

'Ga je mee?'

Ze schonk hem een meewarige blik. 'Waarom Ibiza?' vroeg ze toen.

Hij haalde zijn schouders op. 'Ik heb daar ooit in een vlaag van verstandsverbijstering een huis gekocht. Dat doen sommige mensen, huizen kopen als ze verliefd zijn. Wanneer de liefde voorbij is staat het leeg. Het kijkt uit op zee en er is een vuurplaats om visjes te roosteren. Ik ben er twee jaar niet geweest.'

'Belachelijk, een huis op Ibiza waar je nooit komt.'

'Ja,' zei hij, 'dat slaat inderdaad nergens op.'

Ze liepen een tijdje zwijgend onder de beukenschermen en bereidden zich voor op het afscheid.

'Laat je af en toe weten hoe het met je gaat?' vroeg ze toen.

'Ik zal niet toestaan dat je me vergeet.'

'Hoe zou dat kunnen,' zei ze.

Met zijn wijsvinger streek hij de droeve trek bij haar mond weg.

'Dat deed je die eerste avond ook,' zei ze. 'Vals.'

'Wat?'

'Dat weet je heus wel.'

Hij hield van haar gevoelige natuur, van hoe ze lachte en haar kinderlijke nieuwsgierigheid; hij had haar op nog niet één burgerlijk vooroordeel kunnen betrappen. 'Je man is een geluksvogel,' zei hij. 'Ik hoop dat hij dat weet.'

'Soms,' zei ze.

Ze bedreven de liefde op een mosbank onder de beukenbomen; zijn rug werd geschraapt door stekelige bolsters. Het was het beste wat ze elkaar te geven hadden.

73

De volgende morgen zwaaide ze hem uit. Ze waren beiden aangedaan. Pas ter hoogte van Charleville-Mézières zag Hugo het beeldrijm van zijn situatie en die van zijn grootvader en diens verpleegster Sofia. Ze had Willem Adema bij het landhuis op de Oekraïense steppe uitgewuifd, begin september 1942; hij had geschreven hoe ze zwaaide tot het stof haar aan het zicht onttrok.

Met de cruisecontrol op 140 reed Hugo door de champagnestreek. De v8-motor zoemde, een schip op de rivier. Een groot deel van de dag ging de reis door onafzienbaar, heuvelachtig boerenland, sporadisch onderbroken door dorpen op de hellingen, distributiecentra aan weerszijden van de weg en stedelijke agglomeraties. Hij reed zonder te pauzeren, hij had water en boterhammen bij zich, het schoot goed op. In de namiddag steeg de weg naar het plateau van Langres, waar het boerenland werd onderbroken door oude loofbossen. Hij had bij Dijon willen stoppen voor de nacht, maar besloot door te rijden omdat hij nog geen vermoeidheid voelde. Tegen achten bereikte hij de buitenwijken van Lyon. Het navigatiesysteem leidde hem naar een hotel van de Best Western-keten dat adverteerde met 'une piscine exceptionelle'; de keuken was tot halftien geopend. Hôtel Admiral was ouderwets van architectuur maar het interieur had recent een make-over ondergaan. Op het terras aan het zwembad bestelde hij een steak frites en een glas merlot. De paar woorden die hij met de jonge serveerster wisselde haalden hem uit de etherische stemming die hem onderweg had overvallen. Er lag niemand in het zwembad. Alleen ter hoogte van de wateruitlaat was het oppervlak in beroering, de rest was vlak als een steen.

Hoeveel mensen hadden hem vandaag in Huis Marseille in zijn manifestatie van geile augurk gezien? Het was het ongetwijfeld waard, zijn kleine vernietiging, dat was het verhaal dat Loïs wilde vertellen; zijn taak was het slechts om te zwijgen en schaamtevolle herinneringen op te diepen aan hun samenzijn.

Hij staarde naar het wateroppervlak en dacht aan David van Eeghen, die hem had gevraagd of ze misschien konden corresponderen over de catalogustekst, die de curator voor zijn rekening zou nemen. Hij wilde graag van tekst en ideeën worden voorzien. Hugo had wel zin om iets te schrijven, over zwembaden onder andere, nu hij steeds vaster omlijnde ideeën kreeg voor een zwembadserie. Hij zou inderdaad beginnen met het beeld van de twee jonge mensen op het dak van de finca, maar er dook ook een nog oudere herinnering op: die aan zijn grootvader op die zomerdag lang geleden, toen de oude man in zijn badjas bewegingloos naar hem staarde aan de rand van het zwembad – ook dat beeld wilde hij schilderen.

Hij maakte aantekeningen voor de eerste e-mail die hij Van Eeghen zou sturen, de aftrap van een essayachtig iets. Beginnen bij Tiberius, Villa Jovis op Capri. Hoog op een rotspunt torent de keizerlijke villa uit boven de Golf van Napels. Hier heeft Tiberius zich teruggetrokken uit het gewoel van de hoofdstad en geeft hij zich over aan zijn twee voornaamste liefhebberijen: het folteren van gevangenen en seksuele uitspattingen met kindslaven en zogenaamde sluitspierartiesten. De villa heeft meerdere thermen, elk met een andere temperatuur. Tijdens het baden laat de keizer zich bevredigen door jongetjes die hij 'visjes' noemt. Ook dient het zijn genot 'om wat oudere zuigelingen, echter nog niet van de borst afgewend, aan zijn lid te leggen of aan een tepel', zoals Suetonius had geschreven. Een goed begin van een essay, de keizer in zijn caldarium met een visje tussen zijn benen.

Nog iets van uw dienst, kwam de serveerster vragen. Ze bracht hem daarop een kunststof mapje met de bon erin, waarop hij naam, kamernummer en het bedrag van de fooi invulde. Hij was bediend door Natalie, las hij. 'Merci Natalie,' zei hij, 'pour ce service courtois.' Hij twijfelde over dat laatste woord, hij had vriendelijk bedoeld, courtois was misschien meer hoffelijk.

De dag daarop reed hij urenlang min of meer parallel aan de Rhône naar het zuiden en kruiste de rivier een paar keer. Hij volgde de borden Nîmes, Montpellier en Barcelona en pikte de draad van zijn kleine anatomie van het zwembad weer op. Na Tiberius zou hij kunnen vervolgen met het zwembad als wezensvreemd element in een landschap. Er waren natuurlijke baden – de kalkterrassen van Pamukkale, Hongaarse grotbaden, zeebaden in de Méditerranée, thermische baden op IJsland – maar de meeste zwembaden waren kunstmatig. Dat maakte ze gemiddeld genomen tot een luxe voor de rijken. Misschien zou hij om Van Eeghen een beetje te sarren een terzijde toevoegen over de pornografische categorie rijke dame/poolboy, waarbij de poolboy de vrouw beloert terwijl hij blaadjes uit het water schept. Op enig moment zal de vrouw hem vragen om haar rug in te smeren, wat al vlug resulteert in een pijpbeurt en een copulatie.

Zwembaden legden grote druk op de schaarse waterreserves in droge gebieden en gaven aanleiding tot sociale spanningen, in Zuid-Afrika en Noord-Amerika vaak nog versterkt met een raciaal element. Ook in veel kustregio's was het waterverbruik van hotels en luxeresorts met zwembaden exorbitant hoog, wat soms tot waterschaarste voor de lokale bevolking leidde. (Was het al tot gewapende conflicten gekomen tussen bedoeïenen en badgasten in Egypte of Tunesië of zo? Opzoeken.)

Zijn gedachtestroom werd onderbroken door de huismeester die belde om te vertellen dat het huis gereed was gemaakt. De luiken waren voor de ramen weggehaald, het zwembad was gevuld en de tuin gedaan. Ze spraken een mengelmoes van Spaans en Engels en zelfs een woordje Papiaments hier en daar, het ging prima al met al.

Na Montpellier verscheen soms de zee in de verte. De buitentemperatuur was 27 graden, een paar weken geleden was het hier nog 42 graden geweest. Lucifer, hadden ze die specifieke hittegolf gedoopt, de eerste keer dat hij hoorde dat ook hittegolven een naam kregen, net als stormen en orkanen.

Om zes uur kon hij in Barcelona zijn. Bij nadering van Perpignan doemde het voorgebergte van de Pyreneeën op. De passage door de bergen was wonderlijk kort, om kwart voor zes reed hij de met palmbomen omzoomde pier op waar de Baleària-ferry's vertrokken.

Voor het havenrestaurant rekte hij zich naast de auto uit. Hij rook de zee, en ook roest en olie. Hij at een hamburger met friet en dronk een cola, de heilige drie-eenheid van de Amerikaanse cuisine. Nadien bestelde hij een cortado en herinnerde zich het gedoe van Tommy Wieringa met de serveerster in Americain om zijn koffie precies te krijgen zoals hij het wilde, een jaar geleden zowat. De ontmoeting die zoveel in beweging had gezet. Ze had hem Beth en Geertje gegeven, de dagboeken en Dikkie niet te vergeten. Wieringa, die schooier, had zonder het te weten als katalysator gediend in zijn bestaan.

Het avondblauw daalde boven zee, achter hem plooide zich de zoemende metropool over de heuvels. Hij sloot aan in de rij auto's voor de scheepsmuil, die ze een voor een opslokte. Hij had een hut met een panoramisch raam en verheugde zich op het gesteven laken straks en het diepe dreunen van de scheepsmotoren in zijn slaap, maar eerst dronk hij in de bar op het tussendek nog twee flesjes Mahou te midden van Spaanse hipsters met touwhaar en tatoeages. Morgenvroeg Ibiza. Hij zou om vijf uur worden gewekt met een signaal door de scheepsintercom, het gordijn openen en de zee van Homerus zien liggen in de schemering.

74

Kas di Lus was het decor van rumoer en extase geweest, zoals het ook rustiger tijden had gekend, wanneer de zomergasten vertrokken waren en Loïs en hij alleen achterbleven. Stille, droomachtige dagen, 's middags reden ze naar beneden om te zwemmen in een smalle baai. Het doemde allemaal levendig voor hem op. Hugo vroeg zich af of er ergens op het eiland niet een of ander spiritueel dwaallicht te vinden was dat het huis energetisch kon reinigen onder het murmelen van sjamanistische spreuken en het verbranden van salie in alle ruimtes of zoiets. Hij zette de ramen en deuren open om de mufheid te verdrijven. In de keukenkastjes vond hij sardines in blik, olijfolie, meel en pasta, voorraden die ze ooit bij de Spar in Sant Vicent hadden ingeslagen. Ook dit huis had Loïs ingericht, met lage banken, kelims en filigraan koperen lampenkappen en plafonnières, het meeste aangeschaft tijdens hun rondreis door Marokko. Hij kon het vervangen allemaal, maar hij had eerlijk gezegd geen idee wat ervoor in de plaats moest komen.

De herfst kwam in kraakhelder licht. De wind draaide geleidelijk van zuid naar noord, de regens spoelden het woestijnstof weg en wasten de hemel schoon. Hij zaagde dode takken uit de fruitbomen en stapelde het droge hout onder het afdak tegen de zijkant van het huis. De buitenmuren moesten opnieuw gesausd, en sommige vensterdelen en luiken waren aan vervanging toe. Ook de verf van het naambord van het huis was verkruimeld, hij schuurde het en bracht de letters opnieuw aan.

De regens dwongen hem naar binnen; hij hervatte zijn meditatieregime, las en schreef, maar schilderde nog niet. Het juiste moment was nog niet daar. Hij stuurde David van Eeghen fragmenten van zijn zwembadstudie, waarin ook het wereldnieuws een rol speelde: in Californië hadden in een paar dagen tijd bijna tweehonderd bosbranden gewoed die, aangeblazen door de beruchte Diablo-winden, met zulke hoge snelheden over de heuvels en door de bossen joegen dat veel mensen erdoor overvallen waren. Er waren tientallen doden en vermisten, lokale kranten schreven over een echtpaar dat niet had kunnen vluchten en zich in een zwembad in veiligheid had gebracht.

In de nacht van 9 oktober worden John en Jan Pascoe wakker van vreemde geluiden rond het huis. Door het slaapkamerraam zien ze hoe het door een oranjerode gloed wordt omringd. Ze vluchten naar het huis van de buren, die een zwembad hebben. John en Jan trekken zich terug aan het verste eind van het zwembad en komen alleen boven om adem te halen door natte kledingstukken, die ze voor hun gezicht houden tegen de hitte. Sintels vliegen rond, er klinken explosies, ze zijn omgeven door vlammen. Het duurt zes uur voordat alles wat zo-even nog recht en sterk stond door het vuur is verteerd. Het water is zwart van roet en verbrande brokstukken. Als de ochtend aanbreekt verlaten John en Jan het zwembad en betreden een nieuwe wereld.

Aan het fotomapje met zwembaden op zijn laptop voegde Hugo een persfoto toe van het echtpaar Pascoe aan de rand van het bad waarin ze de brand hadden overleefd; aangedaan staarden ze naar het zwarte vlies van roet dat het water bedekte. En ook een luchtfoto van een helderblauw zwembad in de zwartgeblakerde omgeving van een suburb in Santa Rosa. Alleen de fundamenten getuigden van de menselijke structuren die daar kort tevoren nog hadden gestaan. De foto was waarschijnlijk met een drone gemaakt, als je inzoomde zag je dat het roet en brandafval in de linkerhoek van het bad waren samengedreven door de sterke duivelswind. Het vormde een zwarte korst, terwijl de rest van het zwembad smetteloos blauw was.

Toen de zon na een paar dagen terugkeerde, zette Hugo de terrasdeuren in de slaapkamer open. Je had jeugd en kracht nodig om te werken, had hij lang geleden beweerd in het restaurant van señor Sanz; op het dieet van zonlicht, geroosterde vis en vers fruit voelde hij zijn energie terugkeren.

Op het eerste doek, dat hij bij Arteria Ibiza had gekocht, een winkel voor kunstenaarsbenodigdheden in de hoofdstad, verscheen de opzet van het zwembad van Kas di Lus met de arcadebogen eromheen. Daarboven bij de dakrand een man en een vrouw, naakt en gebruind, ze reiken naar elkaars hand of laten juist los, onder hen wacht het turquoise water. Ergens in de diepte van zijn kindertijd was dat beeld van zulk rimpelend water in een ondiep bassin verankerd, hij moest het vonkende licht in zich opgezogen hebben, het chaotische patroon van licht- en donkerblauwe vlakken op het water en de schaduwwerking op de bodem – in dat schouwspel van schaduw en schittering had hij zich verloren, misschien op een van de familievakanties in het Avila Beach Hotel op Curaçao. Het was een gepriegel om het goed te krijgen, met ook de weerspiegeling van de arcadebogen en schaduwen van de gaanderij daarachter erin verwerkt. Het resultaat was een naïef beeld van liefde en overgave, met het naderende einde er al in besloten door hun handen die elkaar niet raakten.

Zo was het begonnen, naakt boven de wereld, om te eindigen met een bittere aanklacht tegen zijn lichaam en zijn ziel in een fotomuseum; hoe kon zoiets een en hetzelfde verhaal zijn?

Op een avond reed hij de heuvel af naar restaurant El Bergantin, maar het zag eruit alsof het al heel lang dicht was. Binnen waren de stoelen opgestapeld. Was Sanz overleden? Zo oud was hij toch nog niet geweest? Er was niemand in de baai, een paar vissersboten waren aan land getrokken. Hij reed door naar Sant Vicent om iets te eten. De kans om daar hippies tegen te komen was weliswaar aanzienlijk maar nog altijd kleiner dan in de hoofdstad, waar de klontering van party people werkelijk ondraaglijk was. Op de bochtige kustweg speelde hij 'Kill the Hippies' van The Deadbeats af op Spotify, energieke punkrock met een simpel en effectief refreintje: 'Kill, kill, kill hippies. Kill, kill, kill hippies', uitstekend geschikt om een tijdje op repeat te zetten.

Sant Vicent was weinig meer dan een beschutte baai met een rij toeristenflats, een restaurant en wat winkeltjes onder aan de heuvel. Naseizoen, in het restaurant zaten twee echtparen op enige afstand van elkaar, de kinderen speelden op het strand. Nederlanders. Het zijn er geen zeventien miljoen maar vijftig miljoen, zei Marnix altijd, als je alle Nederlanders meetelt die je altijd en overal in het buitenland tegenkwam. De mededelingen die tussen de tafels over en weer gingen werden allengs luider.

Hij bestelde een tonijnsteak met señor Sanz in gedachten. Bij hem had hij de beste tonijnsteak ooit gegeten, het kon alleen maar op een teleurstelling uitdraaien. De ober was een laat-middelbare man met een dun snorretje en een elegante motoriek, Hugo zag hem voor zich als flamencodanser. Het restaurantwezen, dacht hij, knapt enorm op als je wordt bediend door iemand met verstand van zaken; in Italië gaven zelfs bejaarde pompbedienden de indruk van *deskundigheid*.

De tonijnsteak was behoorlijk, hier zou hij de komende maanden af en toe neerstrijken om geen vreemdeling op aarde te worden. Het uitzicht op zee was mooi, leger en leger zou het worden gedurende de winter, hij zou zijn Spaans oefenen en een graag geziene gast worden.

Als het licht niet te schel was, werkte hij buiten. Hij droeg een rafelige strohoed die iemand ooit had laten liggen. Tussen de stenen van de terrasmuur kropen hagedissen. Hij raakte stilaan in de staat van diepe concentratie die hij ook op Oostraven had ervaren, de aandacht gericht als een pijl. Hij zwom elke dag en probeerde te begrijpen wat je ziet als je naar water kijkt. Als het niet te veel in beroering is lijkt het of het oppervlak wordt verdeeld in blauwe camouflagestrepen, variërend in lengte. Reflecties van voorwerpen of gebouwen worden in de golfjes die je voor je uit duwt uitgerekt en vervormd. Wie een zwembad schildert, schildert de hemel, dacht hij in een poëtische bui, wat niet eens zo ver bezijden de waarheid was. Daar had de foto van het turquoise zwembad in de verwoeste suburb hem aan doen denken, een restant hemel te midden van de geblakerde ruïnes. Hij had zin om het te schilderen, net als het echtpaar Pascoe. Duidelijk oudere hippies, had hij geconstateerd op basis van foto's en biografische informatie op het web; hij zou het moment afbeelden waarop ze verweesd de verwoesting in ogenschouw namen aan de rand van het zwembad. Bad karma, baby.

Hij ging met de zwembadserie een beetje de kant op van Luc Tuymans, die zijn materiaal koos uit wat Loïs de vulgaire vermenigvuldiging van miljarden betekenisloze beelden had genoemd. Tuymans haalde tamelijk banale beelden door de zeef van zijn verbeelding en gaf ze als 'authentieke vervalsingen' een tweede, navranter leven. Hugo herinnerde zich een plagiaatzaak van een persfotograaf tegen hem omdat hij haar portret van een Vlaamse politicus zou hebben nageschilderd. De fotografie had van meet af aan de schilderkunst geïmiteerd, daar hadden schilders nooit moeilijk over gedaan, als het een keer andersom gebeurde dan waren de fotografen in alle staten.

Via een videoverbinding keek Geertje soms urenlang toe hoe hij schreef, las, schilderde of iets te eten maakte. Soms slaakte ze een rauwe kreet. Dan stelde hij haar gerust en sprak op overdreven toonhoogte met haar, met een hyperarticulatie van de klinkers. Soms vertelde hij haar zelfverzonnen sprookjes of verhalen, tot Bondine tussenbeide kwam om haar op te halen voor het eten of zo en zei: 'Zeg maar dag tegen bah-bah Hugo, da-hag!' Geertje wapperde met een slap handje, een verdrietige uitdrukking op haar rimpelgezichtje. Het hielp niet om te zeggen dat ze gauw weer zouden bellen, ze had geen besef van tijd, of juist een andersoortige, afgrondelijke tijdsbeleving waarin elk afscheid voor altijd was.

Het eerste doek was klaar. Het water had de juiste schittering, de man en de vrouw op het dak waren mager en glorieus. Adam en Eva noemde hij ze in gedachten, hun naaktheid was nog niet bedorven door de schaamte van de zondeval. Dat die aanstaande is, recht voor hun voeten, weten ze nog niet. Afgetekend tegen de diepblauwe hemel bezitten ze nog het voorrecht van de argeloosheid. Hij monsterde ze van een afstand en realiseerde zich dat hij ondanks alles nog altijd probeerde Loïs te bereiken. (O, de ziekelijke trouw van een stalker.)

In november werd Willem Adema de Oudere 101. De dag kwam en ging. Hugo selecteerde tekstfragmenten uit de dagboeken die hij voor de installatie in het Boijmans wilde gebruiken. De tramontana was opgestoken. Er stonden schuimkoppen op de golven in de diepte. De wind was vlagerig en koud, je kon er gek van worden. Hij zat op zijn krukje voor de haard en hoorde de wind en de regen door de schoorsteen. Hard vruchtbomenhout brandde prachtig en gaf intense hitte af. John en Jan Pascoe hadden gezien hoe de vlammen er maar een paar uur over deden om de wereld die ze kenden compleet in de as te leggen. Hoe je met vuur moet omgaan is een van de eerste lessen die je als mensenkind leert. Niet tegen de kachel leunen en lucifers van je af strijken. Iemand vertelt je dat, herhaalt het uitentreuren, boezemt je ontzag in voor de kracht die zowel de kachel als het Armageddon omvat. Gebiologeerd haal je je wijsvinger door de kaarsvlam tot de onderkant zwart ziet van roet. Golven en vuur brengen je in dezelfde licht hypnotische staat.

Wat een profetische kracht bezat de les die Beth hem lang geleden in de keuken leerde: voorzichtig Hugo, vuur is een goede knecht maar een slechte meester. De verstrengeling met die trouwe metgezel, dacht hij, was op onze lange reis van de prehistorie tot nu steeds inniger geworden, tot niet langer duidelijk was wie wie diende: het vuur ons of wij het vuur. In onze hittetijd had het vuur zich ten langen leste geheel geëmancipeerd – het had ons niet langer nodig om de wereld te laten branden. Eet en zit aan, Vuur, Heer der ganse aarde.

75

In een krat verstuurde hij per luchtvracht drie voltooide doeken en een nog onvoltooid werk naar Nederland. Zelf begon hij op 10 januari aan de terugreis. De feestdagen waren hem zwaar gevallen. Het was een grote teleurstelling dat het restaurant in Sant Vicent van 15 december tot 15 januari gesloten was, hij was er echt beroerd van geweest toen hij voor een dichte deur stond.

Er was geen ander verkeer op de weg toen hij op 24 december over het eiland reed. 's Avonds was hij neergestreken bij een café annex tapasbar in de hoofdstad waar herhalingen van voetbalwedstrijden uit de Primera División en de Premier League werden vertoond. Of misschien waren het geen herhalingen maar live-uitzendingen, hij had het niet kunnen zeggen.

Hij raakte aan de praat met een Vlaming die groot was in zonnepanelen. Zijn naam was Karel Tytgat en hij kon niet ophouden over zonnepanelen, de technologie was in korte tijd echt spectaculair verbeterd. Hij had het afgelopen jaar een grote slag geslagen door het dakoppervlak van honderden lege schuren en loodsen in de Westhoek ermee te bedekken. 'Een boerenjaar,' zei hij vergenoegd. Van hun beroepsuitwisseling scheen hij te hebben onthouden dat Hugo huisschilder was, misschien omdat zijn aandacht even afgeleid was omdat Messi scoorde of zoiets, een waan waarin Hugo hem maar gelaten had. Tytgat had twee kinderen bij een Thaise vrouw die hem had verlaten voor een halve vastgoedcrimineel. Hij leek er niet erg mee te zitten, zijn voornaamste ergernis was dat ze de alimentatie vooral aan eigen pleziertjes besteedde. Hij was op de lokroep van nachtclubs en losbandige hippiemeisjes afgekomen maar Ibiza viel hem bitter tegen tot zover.

'Je had misschien even moeten googelen,' mompelde Hugo. 'Qua seizoen.'

Maar de Vlaming liet zijn stemming er niet door bederven, het weer was hier beter dan in Aartrijke en zijn orderportefeuille was ook voor het komende jaar tot de rand gevuld, dus kom, ze namen er nog een.

Ook oudejaarsavond brachten ze in arren moede met elkaar door. Tytgat had zich 's middags op zijn hotelkamer laten masseren door een chakramasseuse. Hij had gezocht naar iets tantra-achtigs maar dat was niet te vinden geweest. Zelfs een happy end had er niet in gezeten, de masseuse had zijn voorstellen in die richting zwijgend van de hand gewezen. Hoe dan ook was het een 'zenmomentje' geweest, zei de Vlaming.

Er ontploften al vuurwerkfonteinen boven Ibiza-stad toen Hugo om elf uur terugreed naar huis. Het goede nieuws voor het komende jaar was alvast dat hij Karel Tytgat nooit meer zou terugzien.

Massief en desolaat doemde Oostraven in het licht van de koplampen op toen hij na twee dagen rijden op het landgoed arriveerde. Het koetshuis was koud en klam, desondanks verkoos Hugo daar de rest van de winter te blijven. De Nomad-slaapzak zou hem tot min tien kunnen warm houden. Hij was een voorbijganger, zijn huis was een tent in de woestijn.

Overdag was hij meestal in Rotterdam, de voorbereidingen voor de tentoonstelling leken nog het meest op een grote verbouwing. In het kabaal van spijkerpistolen en boormachines waarmee de installatie werd geassembleerd liepen David van Eeghen en hij door de grote zaal. Van Eeghen was opgetogen, ondanks de korte voorbereidingstijd werd het een prachtige tentoonstelling, zei hij.

'Bijna zes maanden,' zei Hugo.

Van Eeghen knikte. 'Onze molens malen langzaam.'

'Weet je, David,' zei Hugo, 'ik denk steeds vaker dat de anarchistische vrijheidsliefde van veel kunst eigenlijk helemaal niet past bij de verstilde museale ernst. Maar goed, ik ben altijd een beetje een futurist gebleven geloof ik.'

'Ik zie het anders,' zei Van Eeghen. 'Wij bewaken jullie schatten. Dat kunnen wij nu eenmaal beter dan jullie.'

'Op het kerkhof van ijdele pogingen, de calvarieberg van gekruisigde dromen.'

De ander keek opzij, zijn met grijs doorschoten wenkbrauwen gefronst.

'Marinetti,' zei Hugo. 'Je hoeft het er niet mee eens te zijn om het temperament ervan te waarderen.'

Hun omgang was gedurende hun e-mailcorrespondentie vertrouwelijker geworden, Hugo was geamuseerd door Van Eeghens ernstige, conservatieve toewijding aan de kunst.

Ze stonden stil voor het kwartet zwembadschilderijen aan het andere eind van de zaal. Het laatste, een unheimisch beeld van een oude man en een jongen aan de rand van een zwembad, zou hij hier de komende dagen ter plekke voltooien.

'Dit,' zei Van Eeghen, 'komt nergens beter tot zijn recht dan hier. Juist de lege context van het wit en de ruimte eromheen vestigt je aandacht op het lyrische blauw, de dubbelzinnigheid ervan. Alleen het blauw en ik, en verder niks. Geen afleiding, geen prikkels. Zoals het Pantheon een tempel voor een lichtstraal is, vestigt deze tempel onze aandacht op elk afzonderlijk detail.'

'Je bent een trouwe tempelbewaarder, David,' zei Hugo.

'Om eerlijk te zijn,' zei Van Eeghen, en hij boog zich een beetje naar hem over, 'verafschuw ik de pogingen van sommige van mijn collega's om kunst op straat te willen brengen. Rumoer, reuring...' Hij huiverde. 'Laat de straat maar hier komen,' zei hij, 'maar wel eerst voeten vegen.'

Van Eeghen nam de serie in zich op en zei peinzend dat het doek met de twee jonge geliefden op het dak werd gespiegeld door het oudere echtpaar John en Jan Pascoe dat verslagen in het zwarte water tuurde; het werd, of je nu wilde of niet, een tweeluik. Het waren emblematische voorstellingen van onze tijd, vond hij, een verontrustende vertelling (daar was dat woord weer) van genot en ondergang.

Hoog en groot stond de installatie in de ruimte. De wanden waren gepleisterd met grijs betonstuc. Hugo liep er ettelijke keren doorheen om te bepalen wanneer welk fragment in de koptelefoon zou klinken, geactiveerd door een sensor in de wand. Vijf fragmenten zouden het worden, van een paar regels uit zijn grootvaders lezing voor de Utrechtse studenten tot het infernale einde van de meisjes in Loehansk.

Ze hadden overwogen om een acteur de fragmenten te laten inspreken maar besloten dat zijn stem, helder en een beetje laconiek, goed genoeg was; in een geluidsstudio had hij ze opnieuw ingesproken. Je moest langzaam lopen, bewoog je te vlug dan ging het signaal verloren. *De Jood kwam als een geslagen hond op de Kompaniechef af. Hij wees ons waar we zijn vrouw en kinderen konden vinden, als we hem maar zouden sparen.* Op het laatste, rechte stuk zweeg de stem en was je alleen te midden van het intensiverende grijs.

Vera zag hij pas een week na terugkomst, bij het middagmaal op zaterdag. Ze was verlegen met zichzelf en hij ook, ze hadden elkaar in de tussentijd maar een paar berichten gestuurd. 'Ik mis je lichaam,' had ze geschreven. 'En de rest?' had hij gevraagd, waarop ze antwoordde: 'Dat ook, maar dat gaat je niks aan', gevolgd door een smiley. Nu speelde er soms een klein glimlachje rond haar lippen terwijl ze zijn grootvader voerde.

Later die middag maakte hij een vuur in de haard in de salon en appte haar daar een foto van.

'Koud daar zeker,' zei Vera toen ze even later binnenkwam. Ze knikte in de richting van het koetshuis.

'IJzig,' zei hij. Hij kwam overeind. Schutterig stonden ze tegenover elkaar. Het zou niet gemakkelijk zijn een nieuw begin te maken.

Over zijn grootouders was weinig bijzonders te melden, zei ze, ze zaten hun onsterfelijkheid rustig uit. Zijn grootvader werd steeds onhandelbaarder, ze had de indruk dat zijn dementie vlug verergerde. Hij droeg nu een luier nadat hij zich een paar keer had ondergepoept. Het was een heel gevecht om hem te verschonen. Hij gilde als een speenvarken als ze zijn luier moest verwisselen.

'Je moet hem commanderen in het Duits,' zei Hugo. 'Dat is de taal die hij verstaat.'

'Ik denk dat hij principieel niet naar vrouwen luistert.'

Zijn vader en zijn broer waren op bezoek geweest om te kijken of hij in staat zou zijn de doop van het schip bij te wonen, maar hadden ook wel ingezien dat het geen doen was om een dementerende man van zijn leeftijd zoiets te laten ondergaan. 'Je broer vloekte,' zei ze misprijzend. 'Een heel ander iemand dan jij.'

76

Een koude dag, veel wind. Hier en daar brak vuilgeel licht door de wolken. Luxe rondvaartboten voeren af en aan om de gasten naar de Boreas te brengen. Achter de raampjes verdrongen zich de genodigden om het schip te zien. Het rees als een stalen eiland in de golven op, te groot en met te veel diepgang om waar dan ook te kunnen aanleggen; de vaargeul in de haven was er speciaal voor uitgediept. Terwijl ze het schip naderden, zag Hugo voor zich hoe zijn broer er de rest van zijn dagen de wereldzeeën mee zou bevaren. Willem de Veroveraar. Eindelijk losgezongen van staat en maatschappij, koning van zijn varende micronatie.

'Van hieruit zie je nog niet eens hoe groot-ie echt is,' zei een man met zijn neus tegen het raam. 'Twee supertankers.' De champagne stond schuin in zijn glas. Al van ver was de witte driehoek op de boeg te zien, de delta die zijn grootvader in zijn ballingsjaren in Maracaibo als logo had gekozen. Het was zijn kleinzoon gelukt om het grootste werkschip op aarde te bouwen, Willem Adema de Jongere zou er successen mee vieren, niemand kwam ook maar in de buurt van wat hij vermocht. Hugo bedacht hoe het hem te moede moest zijn, triomfantelijk en een beetje droevig – vanaf nu was het tussen hem en de goden. De bewonderende uitroepen namen toe naarmate ze dichterbij kwamen. Een oudere vrouw, in wie hij na enig graven voormalig eurocommissaris Neelie Kroes herkende, had het over de duizelingwekkende bouwsom van drie miljard euro, en in ieder leek een chauvinistisch vuur te ontbranden over die goede oude VOC-mentaliteit; straks barstten ze nog uit in 'Al die willen te kaap'ren varen'.

Aan de revolverblauwe wand van het gevaarte was een aanlegsteiger gebouwd voor het afmeren van de rondvaartboten. Imposant als een wereldwonder torende het schip boven hen uit. In een overdekt hijsplatform werden de gasten naar dekniveau getild. Opnieuw champagne, ditmaal uit handen van zeemeerminnen. Mensen schoten opgetogen op Hugo af omdat ze dachten dat hij zijn broer was. Alsof die ooit een wollen, petrolkleurig pak van Dries Van Noten zou dragen, schamperde Hugo in zichzelf. Zelfs de premier kwam met een brede grijns op hem af na een influistering van zijn assistent, en begon, toen Hugo hem op zijn vergissing wees, kakelend te lachen met het hoofd in zijn nek. Zijn assistent, een bleke jonge vrouw, wist haar gêne over haar misser niet te verbergen.

De hele top van de BV Nederland was aanwezig. Hij zag de huidige alsmede de vorige Shell-baas, de CEO's van Ahold, Unilever en andere tronies die hij uit de krant kende, en ook politici van wie hij niet de namen wist, behalve Thierry Baudet dan, die door Jan en alleman werd aangeklampt. De nieuwe kampioen van altright genoot zichtbaar van alle aandacht en baande zich grijnzend van oor tot oor een weg door de menigte. Hij werd op zijn schouders geslagen en gefeliciteerd, misschien nog met zijn verkiezingswinst van vorig jaar of anders met de huidige peilingen, zijn hoofd was van extase opgeblazen als de rode keelzak van een fregatvogel. De jongen was high van alle aandacht en bewondering, maar daar strandden Hugo's observaties omdat hij zelf door bekenden en vrienden van de familie werd opgenomen in de stroom der dingen.

Het dek was voor de gelegenheid grotendeels overkapt, de bezoekers liepen vol bewondering rond; bij objecten als kranen en hefsystemen werd tekst en uitleg gegeven door zwartgerokte studenten van de TU Delft. Kleinkunstenaars beeldden waterwerelden uit, waternimfen dartelden rond met bladen champagne. Een als Neptunus uitgedoste koorddanser balanceerde hoog boven hun hoofden. Willem had flink uitgepakt, dit was zijn dag. Het was al begonnen bij aankomst in de haven, waar je tussen een haag van metershoge, mechanisch aangedreven kunstobjecten door reed die zich in- en uitvouwden als stalen bloemen, en ook langs duizelingwekkende waterballetten en vuurspuwende faunen, voordat je een verwarmde tent met een buizengeraamte binnenreed waar je je auto achterliet bij de valetparking.

Zijn broer stond op het dek te midden van een groep heren met blauwe blazers en dames met hoeden op. Hugo speurde rond of hij Clementine Shit zou weten te ontwaren, maar zag nergens een blonde, jonge vrouw in zijn broers nabijheid. Toen Willem hem zag verontschuldigde hij zich bij het gezelschap, beende op hem af en omhelsde hem. Mensen richtten onmiddellijk hun smartphones op hen en maakten foto's.

'Loop even mee,' zei Willem. Ze liepen naar een brede lift die gehoorzaamde aan een pasje dat hij voor de scanner hield. Voor het oog van de verblufte gasten verdwenen ze achter de liftdeuren.

'Je bent natuurlijk een klootzak dat je niet eerder bent geweest,' zei Willem in de plotselinge stilte die intrad toen de lift daalde. Hij keek op zijn horloge. 'Tien minuten,' zei hij. Ze stapten uit. Een grote, hoge fabrieksruimte. Geur van lasrook en menie. Hier, zei hij, werden de pijpen gelast voordat ze op de zeebodem werden neergelaten. Zes tot acht kilometer per dag konden ze leggen, twee keer zoveel als welke andere pijpenlegger ook. Tussen een paar reuzenhaspels met kilometers staaldraad eraan stond Willem stil en zei: 'Voel.' Ze stonden daar en zwegen. Dieselgeneratoren resoneerden onder hun voeten. 'Bewegingloos,' zei hij. 'Bij storm kun je een knikker op tafel leggen zonder dat hij wegrolt.' Hij liep verder. Het motorvermogen was 136.000 pk, zei hij over zijn schouder, hijscapaciteit vijfduizend ton, ieder van de acht dieselgeneratoren leverde 95 megawatt.

Hij liep rond als een Willy Wonka in zijn stalen wonderwereld, pratend en wijzend. Boven zijn hoofd was een inauguratiefeest gaande terwijl hij in de buik van zijn schip liep te oreren over de laatste grenzen die hij zou slechten, de boorplatforms die hij zou plaatsen in de poolgebieden en de diepste zeeën – de uiterste randen van de wereld waren nu binnen zijn bereik gekomen.

Ja, ook de polen zouden besmeurde werkplaatsen worden als Hugo zo naar zijn broer luisterde, het was eigenlijk een wonder dat het niet allang zover was.

Willem stond opeens stil. 'Want daarvoor zijn wij hier, Hugo, om grenzen te verleggen tot voorbij het voorstelbare, dat is waar onze naam voor staat. Niemand kan dit. Als je de technologie zou begrijpen die aan boord verzameld is… Zo krachtig en precies, ze tilt een topside van zijn staanders als een veertje. 13.500 ton staal zonder een centimeter speling. Op volle zee. We hebben het getest, we hebben de ervaring. Niemand anders kan een boorplatform in één keer op zijn staanders plaatsen. Ga mee naar het Sverdrup-veld in juni, je weet niet wat je ziet, echt, het wonder van hydrauliek. Dit is de vooruitgang, je staat erop. We varen uit en voorzien de wereld van onvoorstelbare rijkdommen in de vorm van olie en gas. Het enige wereldwijde betaalmiddel, liquide van zichzelf.' Hij lachte.

Hugo moest, dacht hij later, verbaasd naar zijn broer gekeken hebben, verwonderd over zijn behoefte om hem deze dingen te vertellen terwijl er een paar honderd gasten op hem wachtten. Hij herinnerde zich de expeditie van Artoer Tsjilingarov, een geoloog die in opdracht van Poetin een gas- en olierijk deel van de Noordpool had geclaimd door een Russische vlag op de zeebodem neer te laten. Op vierduizend meter diepte raakte Tsjilingarov in zijn bathyscaaf in een soort trance en sprak de woorden: 'De landing was zacht, de bodem om ons heen is geelachtig. Er zijn geen zeedieren te zien.' Vanwege het hoge haiku-gehalte van zijn woorden had Hugo het artikel uitgeknipt en opgeprikt.

'Weet jij eigenlijk wat dit betekent?' vervolgde Willem. 'Heb je enig idee? Nee, dat heb je niet. Hoe zou je ook. Het interesseert je geen zak. Je minacht het. Je denkt dat je het zo goed weet allemaal, maar je weet helemaal niks.' Hij sprak afgemeten, zeker van zijn zaak. 'Voor jou is dit alleen maar staal en hoogmoed, maar dacht je dat die lui daarboven daarvoor kwamen? Nee, die komen omdat ze deel willen uitmaken van de toekomst, niet achterblijven, vooral niet achterblijven. Zij begrijpen wat dit betekent voor de toekomst van dit land, onze positie in de wereld. Al die CEO's van de grootste multinationals ter wereld kunnen niet wachten totdat deze baby in de vaart komt. Ze zijn hiervan afhankelijk. Wij garanderen het voortbestaan van het systeem zoals het is, van economische groei en welvaart uit energie. Er is geen andere optie. We kunnen niet zonder, geen dag, geen uur. Dan stort de hele sodemieterse boel in, realiseer je je dat? Iedereen die anders beweert moet maar eens bedenken waar we de grondstoffen voor die zogenaamde groene transitie vandaan gaan halen. Idealisten zoals jij zijn mooi voor de zomerdag maar als het koud wordt zijn wij onmisbaar. Ik dien de realiteit, kleine broer, die zwart en smerig en heroïsch is. Elke keer als wij hier binnenvaren zouden we met saluutschoten onthaald moeten worden omdat we weer grenzen hebben verlegd om onze way of life te garanderen. Maar wat krijgen we, alleen maar gezeik. Klimaat, milieu, rechten van de aarde... En altijd weer dat verdomde oorlogsverleden, de afgelopen dagen ook weer, overal de "kleinzoon van de beruchte SS'er" en “de erfgenaam van de oorlogsmisdadiger”, het houdt nooit op. Iedereen krijgt een tweede kans behalve wij. Pake staat op hetzelfde niveau als Stevin, als Huygens hè, maar o wee als je een fout gemaakt hebt... Ze zullen het je nooit vergeven.’ Hij schudde zijn hoofd, een bittere trek rond zijn mond. ‘Dit is geen land voor grote dromen. Shell verkast op een dag naar Engeland en andere multinationals zullen volgen om in vrijheid te kunnen ondernemen. En dan zijn wij hier ook weg. Verrek maar van de honger en de kou met je idealen, met je *rule of law* en je mensenrechten, *Christ*... Die mensen in Afrika en Azië willen helemaal geen mensenrechten, die willen te vreten. Die leveren hun vrijheid graag in voor vrede en welvaart. Overal gaan de vlaggen uit als wij er zijn, behalve hier.’

Hij keek op zijn horloge. ‘Ik moet naar boven, we gaan beginnen.’

Ze liepen naar de lift. De deuren sloten zich achter hen. ‘Maar zeg eens,’ zei hij, ‘vind je het geen beauty?’

‘Zeker,’ zei Hugo, een beetje van zijn stuk gebracht door de griezelige stemmingswisseling. ‘Indrukwekkend. Heel mooi. Zoals ik de Steyr-geweren van pake mooi kan vinden, schoonheid en gevaar.’

Willem keek hem bevreemd aan en schudde toen zijn hoofd. ‘Dat bedoel ik nou,’ zei hij.

Diep in gedachten liep Hugo achter andere gasten een paar trappen af en ging een verdieping lager een soort circustent binnen. Vanuit het niets had Willem zijn monoloog op hem afgevuurd, bezeten van de wil om – om wat eigenlijk? Om zijn instemming te verkrijgen? Zijn waardering zelfs? Hugo vond een stoel halverwege de zaaltribune. Bijna alle vrouwen op de rijen voor hem droegen hoeden, alsof het Prinsjesdag was. Wat had zijn broer bezield? Voor iemand die op het punt stond een miljarden kostend schip ten doop te houden had hij een wonderlijk gekwelde indruk gewekt, en waren zijn woorden doortrokken geweest van miskenning en zelfs bitterheid. Het was niet voldoende dat de rijksten en machtigsten vandaag verzameld waren om hem en zijn schip eer te bewijzen, zijn imperiale drift strekte zich tot ver daarbuiten uit: de hele wereld moest zijn genie erkennen. Arme Willem, wist hij dan niet dat de ziel een zinkgat was dat alles opslokte?

Het kwam Hugo voor dat zijn broer sterker gebukt ging onder de erfenis van hun grootvader dan hij, alsof Willem niet alleen zijn naam, zijn gaven en gezicht had geërfd, maar ook zijn zonden en miskenningen. De grootvader was de eer onthouden die de kleinzoon nu opeiste.

De lichten dimden, het podiumgordijn schoof opzij. Op een groot filmscherm zoomde de camera langzaam in op een stopmotionmannetje op een kade. Het mannetje keek uit over zee. Toen opende hij de scheepskist naast zich, haalde hamer, spijkers en hout tevoorschijn en begon onvervaard te bouwen. Tegen een achtergrond van een zon en een maan die onophoudelijk op- en weer ondergingen, timmerde het mannetje een groot schip dat onmiskenbaar de Boreas voorstelde. De inhoud van de kist was onuitputtelijk en het mannetje onvermoeibaar. Tegen het einde van het introductiefilmpje liet hij zich in een mandje langs de boeg zakken en schilderde er een witte delta op. Toen voer hij wuivend het zeegat uit, de ondergaande zon tegemoet.

Volgde een wervelende act van Aziatische acrobaten die eindigde als menselijke driehoek, die, toen het licht uitging, lichtgevend bleek.

Toen het podiumlicht weer aanging stond Willem achter een spreekgestoelte. Hij heette iedereen welkom op deze grote dag. De dag waarop hij, zei hij in onberispelijk Engels, in zekere zin zijn hele leven had gewacht. Vanaf het moment dat hij schepen tekende en het oerontwerp van de Boreas had gemaakt – op het scherm achter hem werd nu zijn kindertekening van het catamaranachtige schip geprojecteerd, die ingelijst aan de muur in het kantoor van Willem Adema de Oudere had gehangen. Maar eerst wilde hij de toehoorders meenemen naar de begindagen van het bedrijf in Zuid-Amerika. Op de achtergrond trokken zwart-witfoto's van hun grootvader langs. Op een ervan stond hij op een reusachtige, uivormige boei op de werf, wijdbeens, zelfbewust. Willem bewees hem eer als geniaal waterbouwkundige, de man met wie de offshore op de Noordzee pas echt begonnen was. Op zijn revolutionaire ontwerpen bouwden de generaties na hem voort, zonder hem had de Boreas niet bestaan. Hij had de toekomst gezien, zijn dromen hadden de weg gewezen. Helaas liet zijn breekbare gestel niet toe dat hij hier vandaag, 101 jaar oud, aanwezig kon zijn; Willem had hem de afgelopen tijd uitvoerig op de hoogte gehouden van de voortgang. Maar dat zijn grootvader er niet bij kon zijn, liet Willem er geheimzinnig op volgen, betekende niet dat er niet een plaatsje voor hem was ingeruimd. Het licht dimde en daar verscheen uit het niets Willem Adema de Oudere als 3D-projectie op het podium, levensecht, de eminente president-directeur zoals velen zich hem herinnerden. Een scheut van weerzin trok door Hugo heen bij het zien van de zeventiger. Zo herinnerde hij zich zijn grootvader het best, dit was de leeftijd die hij had gehad toen Hugo op Oostraven was komen wonen – deze gestalte op het podium, de man in de slaapkamer.

Om zich heen hoorde hij uitroepen en kreetjes en toen hij opkeek zag hij dat een deel van het publiek verrees om te juichen en te klappen. Anderen bleven zitten, beducht misschien voor beeldmateriaal van zichzelf in een ovationeel applaus voor een oud-SS-man. Minzaam glimlachend keek Willem Adema de Oudere de zaal in, hij knipperde met zijn ogen en knikte goedkeurend, alsof hij bedankte voor het applaus. Langzaam loste toen zijn beeltenis weer op, het applaus nam nog in kracht toe. Het licht viel nu weer op Willem, onmiskenbaar een jongere versie van zijn grootvader. Aan Willem Bruno Adema, zei hij, draag ik dit schip op, in zijn geest zal het de oceanen bevaren. Hij leek aangedaan toen hij het portret van zijn grootvader toeknikte dat op het scherm achter hem was verschenen.

Dit schip, dacht Hugo, mijn kunst, we zijn beiden aan hem schatplichtig. Zijn schaduw strekt zich over onze levens uit, we kunnen hem eren of met hem afrekenen maar aan hem ontsnappen kunnen we niet.

Willem kondigde aan dat het moment van officiële doop was aangebroken, en dat was de cue waarop links en rechts van de zaal het metershoge tentdoek omlaagrolde, zodat zichtbaar was dat ze zich in de diepte tussen de twee boegen van de catamaran bevonden.

'May you sail in good fortune and prosperity!' zei Willem en daar zwaaide een champagnefles aan een touw boven hun hoofden om te pletter te slaan tegen de ene boeg, gevolgd door een tweede die op de andere uiteenspatte. Als één man rezen de genodigden op en joelden en applaudisseerden, hier werd niet minder dan de renaissance van een zeevarende natie gevierd.

Hugo vroeg zich af hoe het met zijn vader was gesteld na deze ode aan de stamvader. Hij was weliswaar in de toespraak genoemd maar meer ook niet, Willem had hem zojuist veroordeeld tot een bestaan als voetnoot in de bedrijfsannalen. Een interbellum, een handvol slappe vredesjaren tussen twee oorlogen in. Max Bruno zou zeggen dat hij het begreep en het een beetje weglachen, hij was er de man niet naar om zijn plaats op te eisen. Hij was, dacht Hugo, simpelweg de aardigste van hen allen, een gewone man, een beetje verdwaald tussen de verwoestende naturen om zich heen.

Een stroom bedienend personeel begaf zich tussen het publiek met bladen champagne, Willem hief het glas met dezelfde minzame glimlach als die van zijn grootvader zojuist – o zeker, deze dag was een duizelingwekkende herhaling van geschiedenissen.

Op een drijvende ponton voor de boeg was de feesttent gebouwd waar het diner zou plaatsvinden. De aankleding was somptueus, niets was aan het toeval overgelaten. Hugo dronk een paar glazen champagne, nam felicitaties in ontvangst en liet zich vóór het diner naar de wal overzetten. Zijn vader had hij niet gezien, Willem nog wel. Zijn broer bewoog zich door een menigte waar hij het voortdurende, stralende midden van was.

77

Tussen de doop van de Boreas en de opening van Hugo's tentoonstelling in werd Geertje met een longontsteking opgenomen in het Bronovo-ziekenhuis. Omdat ze het beademingsmasker telkens lostrok was ze met spanbanden geïmmobiliseerd. Hugo zat aan haar bed. Haar afschuwelijke gehoest herinnerde hem aan Beths laatste weken. Als een stervend aapje lag zijn tante in het grote bed. Zijn Joli-Coeur. Ze reageerde nauwelijks op zijn aanwezigheid. Pneumokokkenbacteriën waren bezig haar te gronde te richten. Steeds meer slijm in haar longen smoorde de opname van voldoende zuurstof, de antibiotica sloegen niet goed aan. Haar behandelend arts, een jonge, gedecideerde vrouw, wilde niet zeggen wat haar kansen waren maar zei op zijn aandringen: 'Ze is oud en heel kwetsbaar, dan is het altijd verstandig om overal op voorbereid te zijn.'

Nee. Ze mocht niet sterven. Hij zou het niet toestaan. *Durchhalten* zou ze. Bah-bah was hier en hij zou haar verhaaltjes over Kikker, Maya en zelfs Dora voorlezen tot ze weer zou kraaien van plezier. Hij versierde haar bed met linten tekeningen van bijen, kikkers, schubdieren, stekelvarkens en kiwi's om haar te herinneren aan de vrolijkste momenten in haar ondoordringbare bestaan. Ze vertoonde geen reactie wanneer hij voorlas of kinderliedjes zong, al haar energie ging op aan raspend ademhalen. Soms opende ze haar ogen een beetje en keek door een kiertje naar het plafond.

Hugo belde zijn vader op om te vertellen dat zijn zuster er slecht aan toe was.

'Ach jee,' zei die, 'dat is slecht nieuws zeg. Wat zeggen de artsen?'

'Dat het slecht nieuws is.'

'Haar kansen, bedoel ik.'

'Voorbereid zijn op het afscheid. Ze gaat achteruit.'

'Wat wil je dat ik doe?'

Hugo was in verwarring gebracht door die vraag. 'Ik dacht dat je het, als haar broer, wel zou willen weten.'

'Zeker,' zei zijn vader. 'Absoluut. Goed dat je eraan dacht.' Hij liet erop volgen dat hij het jammer had gevonden dat ze elkaar niet hadden gezien bij de doop van de Boreas. Hoe had Hugo het gevonden? Wat dacht hij van het schip? Het achtste wereldwonder toch? Het was al uitgevaren naar zijn eerste klus op het Brentveld, Willem was mee.

Geertjes ziekenhuisopname viel samen met de laatste voorbereidingen in het Boijmans. Hugo deed zijn best om zijn hoofd bij de tienduizend dingen te houden. Van de interviewverzoeken uit binnen- en buitenland, had Darya gezegd, hadden de chef communicatie en zij het beste afgeroomd. 's Middags had hij televisie-interviews met Arte en *Nieuwsuur*, morgen werd het een drukke dag met de ZDF, het Franse TF1-journaal en *The Guardian* op het programma. De video-opnames van het interview met de Britten zouden ook op YouTube en socials te zien zijn. Het persbericht had zijn werk gedaan, ze waren als vliegen op de stroop afgekomen op de teaser dat hij zich in zijn werk had uitgelaten over de geschiedenis van zijn grootvader. Darya en hij maakten een laatste ronde door de zaal, haar hakken tikten luid op de vloer. Hij keek op zijn telefoon of er bericht was van het ziekenhuis.

'Ik denk,' zei Darya, 'dat dat gedoe met je ex ook heeft meegewerkt. Als een soort opwarmertje. Mensen zijn toch nieuwsgierig geworden.'

Hij keek opzij.

'Je weet hoe ik denk,' zei ze.

Voor het Nederlandse aanbod had Hugo zich met de keuze bemoeid. Ze hadden voor *Nieuwsuur* gekozen omdat het een inhoudelijk actualiteitenprogramma was met een groot bereik; hun nieuws werd over het algemeen breed overgenomen door kranten en online nieuwsplatforms. De vragen zouden zich toespitsen op de dagboeken en het licht dat die wierpen op zijn grootvaders fronttijd en zijn vergeten periode als directeur van de Nederlandsche Oostbouw. Dat Hugo's werken alleen zijdelings aan bod zouden komen was een ingecalculeerd verlies, het was hem veel waard om de waarheid in één keer goed te kunnen vertellen. Het werd tijd.

Camera en licht stonden opgesteld in de Bodonzaal, met het eerste *Feldgrau*-schilderij op de achtergrond. Kalm beantwoordde hij vragen over de dagboeken en ook over Willem Adema's propaganda-activiteiten en toespraken voor de Nederlandsche SS, zijn betrokkenheid bij oorlogsmisdaden en de noodlottige dienstverplichting die hij in 1943 had ingesteld. Doelgericht brak Hugo steen voor steen de zorgvuldig geconstrueerde façade af: nee, zijn grootvader had niet echt bij het verzet gezeten, niet bij een groep die die naam verdiende in elk geval, en nee, hij was niet vrijgesproken maar door een complex van verdichtsels en goede connecties aan de volheid van zijn straf ontsnapt. Ook het bedrijf en de Boreas kwamen ter sprake, hij beperkte zich ertoe te zeggen dat de doelen van Divisie Wiking en Adema Marine Operations in zekere zin overeenkwamen: het veroveren van fossiele deposito's. De offshore, liet hij er fijntjes op volgen, was in die zin een voortzetting van de oorlog met andere middelen. Hij was gedecideerd, hij wist wat hij deed, de pijl kon niet missen.

Na het interview werden de dagboeken gefilmd terwijl hij erdoorheen bladerde en maakte hij een rondgang met de cameraploeg langs de schilderijen.

Bij de voorbezichtiging was Joop van Caldenborgh komen voorrijden in zijn limousine. Hugo leidde hem zelf rond. Hij was een De' Medici, een minnaar van de kunsten, groot geworden in de chemicaliënindustrie. Darya voorspelde dat Joop een bod zou uitbrengen op de zwembadserie, hij had een voorliefde voor zwembaden. Het zwembad van Leandro Erlich was de publiekstrekker van zijn museum Voorlinden, maar een paar kilometer van Oostraven verwijderd.

'Middags, na de voorbezichtiging, stonden er een persconferentie en een rondleiding voor journalisten gepland – Hugo was vergeten hoe inspannend het was om zich tot zoveel mensen tegelijk te verhouden. Nadien voelde hij zich leeg en gedeprimeerd.

In het ziekenhuisbed vocht Geertje om adem. Haar magere borstkas rees en daalde. Dora ging met haar eeuwige rugzakje om op pad in de jungle en Kikker was kunstschilder geworden. Achter het zuurstofmasker waren haar lippen gebarsten, haar grijze haren lagen vet en plat op haar hoofd. Hier is bah-bah, Geertje, hou vol lieverd, hou alsjeblieft vol. *Ozewiezewoze wiezewalla kristalla kristoze wiezewoze wiezewieswieswieswies.* De spanbanden waren losgemaakt omdat ze de kracht niet meer had om de beademingsapparatuur los te trekken.

78

Zo'n vierhonderd mensen waren op de opening afgekomen. Marnix en Yasmin wel, Loïs en Willem niet. Zijn moeder had zich laten verontschuldigen vanwege haar heupoperatie, zijn vader was die dag jachtmeester bij een jachtpartij op zijn landgoed. Darya had de promotieafdeling ook uitnodigingen laten ronddelen op de Willem de Kooning Academie, de Rijksakademie en de Ateliers. Het was belangrijk voor het beeld, zei ze, zo lieten ze zien dat hij nog aansluiting had bij de nieuwe generatie. De studenten waren met meer gekomen dan verwacht, misschien gelokt door de belofte van gratis champagne en hapjes. Hun uitdossing was zowel baggy als loeistrak, veel piercings en geverfde haren, er viel geen peil te trekken op het modebeeld. Omdat de jongeren tussen het vaste kunstpubliek van gesoigneerde heren en dames met designhalskettingen en brillen met gekleurd montuur zaten, was het alsof ze met hun grootouders gekomen waren.

Ze hadden een geschiedenis, hoorde hij Ex zeggen, het museum en Hugo Adema, onder zijn voorganger was er al werk van hem aangekocht en hij had deelgenomen aan een van de eerste groepstentoonstellingen onder zijn eigen bewind, *Electric Prayers* in 2005. Dit was kortom een weerzien van oude vrienden, en wat voor een. Voor het eerst in bijna zeven jaar kwam hij met nieuw werk, dat zowel hoogstpersoonlijk als geëngageerd was.

Hugo spiekte op zijn telefoon. Het was een goed halfuur rijden naar het ziekenhuis. Geertje had een goede nacht gehad, ze ademde minder zwaar, alsof ze meer lucht had. 'Maar het kan zo weer de verkeerde kant op,' had de verpleger gezegd. Hugo had niettemin het ziekenhuis verlaten in de hoop dat ze het paroxisme had doorstaan en misschien nog een nieuwe lente zou zien.

Hij was al vroeg in het museum geweest en nog eenmaal met een koptelefoon op door de voorhang de installatie in gegaan. Hij legde zijn handen op het koele betonstuc. De bodem van een ravijn, het enige beetje daglicht kwam van boven. Je stond vanzelf stil wanneer er een fragment werd geactiveerd; stierven de woorden weg dan zette je je weer in beweging. *Over partizanes horen we dat zij hun baby nog zullen kelen als die de schuilplaats dreigt te verraden met gehuil. Deze furies worden het eerst aangepakt. Uiterste hardheid.* Schemering, lichamen die gekomen waren om andere lichamen te vernietigen. *Wij waren in Taganrog achtergebleven, maar toen wij dagen later Marioepol binnenreden was de Erschießung nog altijd gaande. Aan de rand van de parkvijver werden ze in rotten afgeknald. Zij die nog leefden klauwden naar adem onder de doden. Ondraaglijke stank. Het uitverkoren volk. Waar is nu hun God van Israël?* Tussen hoge muren opgesloten met een stem die je naar de uiterste gruwelen meevoerde; op hem had het in ieder geval het gewenste effect.

Na de introductiepraatjes barstte een storm van gekakel los, alsof zich in al die mensen gedurende het uur dat ze hadden moeten zwijgen een stuwmeer aan woorden had opgehoopt dat hen nu gutsend verliet. Vliegensvlug werden de klapstoelen opgeruimd, iedereen zwermde uit over de zaal. Mensen praatten fanatiek tegen hem aan om het omgevingsgeluid te overstemmen. Gelaten registreerde hij de spuugvlokjes die ze in zijn richting uitstootten. Hij dronk gestaag champagne en realiseerde zich dat Darya goed werk had geleverd: hij was er nog.

79

Hij hield van de gedempte atmosfeer van het ziekenhuis. Het zieke en het stervende mocht niet worden gestoord, wie hier binnentrad liet zijn rumoerige zelf in de draaideur achter.

Hij zat in de leunstoel op Geertjes kamer in de tentoonstellingscatalogus te bladeren toen hij schrok van de telefoon. Weinig mensen hadden zijn nummer, hij had er niet aan gedacht hem uit te zetten. 'Darya,' zei hij gedempt, 'ik ben in het ziekenhuis, kunnen we later bellen?'

'Heel even, Hugo,' zei ze. '*NRC* vandaag.' Gejaagd las ze voor welke uitwerking het werk op de recensent had gehad, van de dubbelzinnige vertedering bij de bejaarde Madonna met haar ouwelijke poppenkind tot de fysieke weerzin bij de SS-mummie in de tempel. 'Hier, dit,' zei ze. '"In Adema's wereld is het nationaalsocialisme niet verslagen maar heeft het zich ontwikkeld tot een permanente kracht in de wereld, die een thuis biedt aan onze laagste instincten. In dit Duizendjarig Rijk wordt het gemummificeerde overschot van Adema's grootvader, die op een paar schilderijen te zien is, als een naziheilige vereerd. Deze gruwelijke alternatieve geschiedenis slaat de kijker de lucht uit de longen."'

'Hij heeft het écht gezien, Hugo,' zei Darya. 'Moet je toch eens horen: "Dit is virtuoze techniek, subtiliteit en grofheid in dezelfde penseelstreek."' Ze raakte steeds opgewondener, hij moest goed luisteren om haar te kunnen verstaan. Van de zwembadserie had het beeld van John en Jan Pascoe de recensent in het bijzonder getroffen. '"Ruw geschilderd is dit de mens op zijn kwetsbaarst: in de zwarte spiegel van het water kijkt hij naar zichzelf. Alles is goed aan dit schilderij, waarop Adema intimiteit en verwoesting op elkaar laat inwerken."'

'Dat is geweldig, Darya,' zei hij met zijn hand als een kommetje rond het spreekgedeelte. 'Stuur je me de link naar het artikel?'

Een goed begin, dacht hij, absoluut, maar hij wist dat de bom pas echt zou barsten na de uitzending van *Nieuwsuur* komende donderdag.

Met Geertje ging het stukje bij beetje vooruit, het leek erop dat ze nog een lente tegoed had. Inderdaad het taaie gestel van een Adema, zoals zijn vader had gezegd. Toen ze op een ochtend zachtjes 'bah-bah' murmelde sprongen de tranen in zijn ogen.

Na de *Nieuwsuur*-uitzending deed zijn broer iets doms: hij spande een kort geding tegen Hugo aan vanwege aantasting van de eer en goede naam van hem en het concern. Hij eiste dat Hugo niet langer uit de dagboeken mocht citeren of ernaar verwijzen, en dat de schilderijen waarop hun grootvader in SS-uniform was afgebeeld zouden moeten worden verwijderd op straffe van een dwangsom. De tentoonstelling werd al goed bezocht, toen dit het nieuws haalde moest het museum met tijdsloten gaan werken. Bij de uitspraak van de Rechtbank Amsterdam waren de broers niet aanwezig. Het zou een pakkend beeld hebben opgeleverd, een identieke tweeling aan weerszijden van de rechtszaal. Willems eisen werden door de rechter vrij kortaf van tafel geveegd omdat hij zich niet op het portretrecht en de privacy van zijn grootvader kon beroepen.

De pogingen van hun vader om een familieberaad te beleggen

in Kapellen bleven zonder resultaat. 'Laat die teringhond uit mijn buurt blijven,' schreef Willem hem met Hugo in cc, misschien vanaf zijn bewegingloze schip ergens op hoge zee, 'anders breek ik hem allebei zijn benen.'

'Jongen, jongen, wat heb je gedaan?' zei zijn vader door de telefoon. 'Je hebt ons er totaal mee overvallen.'

Hij was volgens Hugo niet zozeer kwaad als wel geschokt in zijn loyaliteit. Hij was nu eenmaal trouw aan de leugen die de familie verbond – de waarheid was schisma, was strijd, ze had verborgen moeten blijven. Maar zijn vader, dacht Hugo, had kunnen weten dat hij de afvallige zou zijn. Zijn verbanning naar Oostraven had lang geleden een buitenstaander van hem gemaakt, de onbetrouwbare in het spel. Jullie eer heet trouw, de mijne ontrouw; uit hun kuilen in de steppe staan de doden op om ons te achtervolgen met verzwegen misdaden.

'Jij hebt,' zei Hugo nu tegen zijn vader, 'de dagboeken ook gelezen. Je gaat me niet vertellen dat je ze thuis bewaarde en ze niet gelezen hebt.'

'Papa heeft me gevraagd ze te bewaren voor als hij er niet meer zou zijn,' antwoordde zijn vader rustig. 'Hij had dingen gedaan waar hij niet trots op was. Het was lang geleden… hij was niet meer dezelfde als toen. Die dagboeken, daar hechtte hij aan, op een bepaalde manier… zo was het geweest, zo had hij het gezien en opgeschreven. Het moest bewaard blijven, vond hij, zijn getuigenis, ook al was het niet… even fraai geweest allemaal.'

'Oorlogsmisdaden,' zei Hugo. 'Laten we het beestje bij de naam noemen.'

'Ja,' zei zijn vader tot zijn verbazing.

'Die verjaren niet.'

'Dat zou kunnen, dat weet ik niet.'

Ze zwegen. De dagboeken hadden een lange reis gemaakt, eerst heel Europa door en toen van Friesland naar Den Haag en van Wassenaar naar een vervallen vakantiehuisje in Nieuw-Balinge, waar ze voor een tijd achter Beths boeken geëindigd waren. O, dat wonderschone geduld van het papier – niet alle liedjes gingen verloren. Deze moordenaarsballade was bewaard gebleven.

Zijn vader vervolgde: 'Hij heeft ze aan mij gegeven, voor als er iets met hem zou gebeuren, dat ze dan in goede handen waren.'

'En Beth,' zei Hugo, 'heeft ze gevonden toen ze haar verhuisdozen weer uitpakte. Ze wist niet hoe ze daarin waren beland. Ze bezwoer dat ze ze niet gestolen had.'

'Dat zou kunnen,' zei zijn vader, 'dat weet ik niet.'

'In de geschiedenis van de dagboeken,' zei Hugo nadenkend, 'is er tweemaal sprake van een onzichtbare hand. De eerste keer wanneer ze uit zijn dossier worden gestolen en de tweede keer wanneer Beth ze tussen haar boeken vindt. Eerst had jij ze, en toen had zij ze. Dat maakt dit iets tussen jou en Beth, toch? Zij zegt dat ze niet liegt. Waarom zou Beth liegen?'

'Mensen hebben zoveel redenen om te liegen.'

'Als zij het niet is, dan ben jij het. Mama heeft geen belang.'

'Ik denk dat we dit gesprek moeten beëindigen, Hugo. Je hebt al genoeg schade aangericht dacht ik zo. Ik spreek je graag als je weer bij zinnen gekomen bent.'

Zo was dat gesprek met zijn vader geëindigd. De gedachte dat hij de dagboeken in Beths boedel had gestopt liet Hugo niet los. Was het een vleugje moreel besef? Een daad van verzet, in de hoop dat Beth ze zou openbaren, de misdaden aan het licht zou brengen? Dat zij zou doen wat hij niet durfde? Inderdaad, mensen hebben zoveel redenen om te liegen... Of was er, als wat zijn vader dreef geen morele overweging was, een wraakmotief? De passieve vergelding van de zoon die overgeslagen is, die niet heeft gebracht wat ervan was gehoopt? De krioyo met zijn vriendelijke natuur? De onzichtbare hand kreeg kleur, contour.

Het was niet sluitend maar iets beters had hij niet.

Geertje ging beetje bij beetje vooruit. Half maart zou ze het ziekenhuis pas verlaten om verder aan te sterken in verpleeghuis Ostara. Hoewel uitgeteerd en erg moe, vond ze daar zo nu en dan iets van haar oude *Lebensbejahung* terug.

Vreemde dagen op Oostraven, waar Hugo zich schrap zette voor de toorn van zijn broer. De wrake verzamelde zich achter de horizon. In een aangetekende brief van Willems advocaat, die intussen blijkbaar ook zijn vader vertegenwoordigde, werd hij gesommeerd de dagboeken terug te bezorgen aan zijn vader, die het eigendom ervan had gehad voordat ze werden ontvreemd. Dat zou helaas niet gaan, liet Hugo via zijn eigen advocaat weten, daar ze zich nu samen met zijn transcript in het archief van het Nederlands Instituut voor Oorlogsdocumentatie te Amsterdam bevonden, waar ze ongetwijfeld op dat eigenste moment door een romanschrijver werden verslonden, maar dat laatste zei hij er niet bij. Het waren de inleidende schermutselingen van een lange reeks vijandigheden, verwachtte hij zo.

Beths afscheidsbrief had hij gefotografeerd en aan Wieringa geappt, met de mededeling dat hij hem het origineel op verzoek zou toesturen. Het antwoord van de schrijver, waarin de woorden 'rat', 'judasstreek', 'ontrouw aan Beths herinnering' en nog een keer 'rat' voorkwamen, had hij voor lief genomen. Molti nemici, molto onore.

80

Op een halfbewolkte, frisse dag in april nam hij Geertje voor het eerst weer mee naar buiten. Ze droeg een bonte hoofddoek en hij had haar stevig ingepakt in een lange donsjas en een sjaal. Op haar neus stond zijn zonnebril, het attribuut waar ze haar damesachtige minzaamheid aan ontleende wanneer ze uit fietsen gingen. Algauw lieten ze de bebouwing achter zich en reden de duinen in. Ineengedoken zat ze voor in de rolstoelbakfiets, alsof ze geschrokken was van de hernieuwde kennismaking met de wereld. Bij haar favoriete lange bocht riep hij 'Daar gaan we, Geertje!', maar ook daar kwam er geen geluidje over haar lippen. Voorafgaand aan het hoge duin zette hij aan en kwam buiten adem boven. Op het plateau parkeerde hij haar naast het bankje. Vandalen hadden geprobeerd het in brand te steken. Toen hij weer op adem was gekomen ging hij op het bankje zitten, naast Geertje in haar rolstoel. Als altijd leek het landschap in vervaalde camouflagekleuren haar in een aandachtige stemming te brengen. Ver weg hingen meeuwen in het waterige blauw.

'Zo meisje,' zei Hugo. 'Daar zitten we dan.'

Ze maakte haar blik los van de verte en keek kort naar hem. 'Dah,' zei ze afwezig.

Hij opende zijn tas en haalde hun lunch tevoorschijn. 'Die doe ik even af,' zei hij, en nam de zonnebril van haar neus. Geertje at een halve boterham en dronk chocomel uit de tuimelbeker. Steeds als er een wolk voor de zon schoof was het opeens een stuk kouder.

Hugo haalde een net mandarijnen tevoorschijn en pelde er een voor haar, maar die liet ze liggen in haar schoot.

Hij kneep in haar hand. 'Je krijgt vanzelf weer meer zin in de dingen als het eenmaal zomer is,' zei hij. 'We moeten niet vergeten dat het kantje boord was met je.'

Geertje smakte. Zwijgend keken ze uit over de duinen. Ergens schoof de Boreas over de horizon. Hugo kon zich zijn broer niet meer op kantoor voorstellen, alleen nog op volle zee, een grimmige Achab op de brug van zijn schip, met kaperbrieven van overheden en oliemaatschappijen gelegitimeerd om de verovering van de aarde voort te zetten.

'Wil je deze nog?' vroeg Hugo, en hield Geertje het mandarijntje voor. Ze sloeg ernaar. 'Je bedoelt nee, denk ik,' mompelde hij, at de mandarijn op en borg alles weer op in de lunchtas. Toen hij opkeek zag hij dat Geertje haar blik op hem gericht had.

'Dah,' zei ze weer.

'Wat wil je?' vroeg Hugo. 'Zeg het maar.'

'Kikke,' zei ze toen.

Hugo knikte en vertelde haar even later een verhaaltje over Kikker die in een zeilbootje naar zee ging om de zon van dichtbij te schilderen. Geertjes lippen bewogen mee met zijn stem, alsof ze niet naar zijn woorden luisterde maar ze proefde.

'Hij voer helemaal naar de overkant van de zee,' zei Hugo, 'en toen weer helemaal de andere kant op.' Hij wees naar het westen, waar ver weg, achter de duinenrijen, het diepe rollen van de branding klonk. Geertje keek naar zijn vinger.

'Maar,' vervolgde Hugo, 'omdat de zon voor elke kunstenaar onbereikbaar is, bleef Kikker maar varen en varen en kwam nooit dichterbij.' Hij snoof en dacht even na, maar wist niets meer te verzinnen. 'En als hij niet gestorven is,' zei hij, 'dan is hij daar nu nog.'

Geertje keek hem ingespannen aan. 'Kikke,' zei ze opnieuw, toen ze merkte dat er niets meer kwam, en porde hem.

'Dat was het,' zei hij. 'Einde verhaal. Volgende keer beter.'

Wolkschaduwen gleden over de aarde. Hugo keek een kiekendief in zijn vlucht langs de duinhellingen na tot hij verdwenen was. Geertje draaide haar hoofd en keek naar de zon die tussen de wolken tevoorschijn kwam.

'Je moet niet zo lang in de zon kijken,' zei hij, 'dat is slecht voor je ogen.' Hij zette haar de zonnebril weer op. Hoeveel tijd had hij nog met haar? Met Beth waren hem slechts luttele weken vergund geweest, Geertje was nu een jaar in zijn leven; hij had het gevoel dat hij haar verhaaltjes vertellend en liedjes zingend voor de poorten van de dood had weggesleept. *Ozewiezewoze*... Zonder haar had hij nu geweten wat het betekende om niemand meer te hebben in de wereld, als een ontheemde of een wees. Weer schoof er een wolk voor de zon en verkilde hen. Hugo ritste Geertjes jas dicht tot onder haar kin en schikte de sjaal rond haar hals.

'Tien jaar,' zei hij. 'Zo lang wil ik je nog bij me hebben, dame. Daarna mag je steeds met tien jaar verlengen.'

Geertje murmelde iets binnensmonds.

'Dat is dan afgesproken,' zei hij. Hij stond op. 'Kom, ik breng je naar huis.'

Ze protesteerde niet toen hij haar in de rolstoelbakfiets zette.

EXIT

Aanhoudende droogte had de oude bomen doen afsterven. Als de zuilen van een verwoeste tempel staken de stammen naar de hemel. Er was nieuw groen tussen opgeschoten, een onstuimige ondergroei van kreupelhout en woekersoorten die de groei van al het andere smoorde. In duinvalleien en drooggevallen poelen had hier en daar een eik kans gezien om wortel te schieten, met grillige vertakkingen vlak boven de grond, en kleine, dikke bladeren. Jongeren verschaften zich soms toegang tot het terrein door een bres in de muur eromheen en liepen er met bonzend hart rond. Eens waren er een paar doorgedrongen tot bij de vervallen villa in het hart van het domein, het paleis van de slaap, door een doornenhaag omringd. Ze hadden ingebroken door een ruit van het souterrain in te slaan; fluisterend slopen ze rond over de verdiepingen, tot ze aanwijzingen vonden dat het huis nog bewoond was en wegvluchtten.

Gelokt door het avontuur dwaalde er op een dag opnieuw een groepje jongens rond. Ze klommen over eeuwenoude stammen en haalden hun kleren open aan taaie braamslingers. Toen ze in het bos een hut ontwaarden, stonden ze geschrokken stil. Het lage houten geval was niet groter dan een wachthok bij de poort van een kazerne en was open aan de voorzijde. Dichterbij gekomen zagen ze daarbinnen een menselijke gestalte zitten. Een man, zeiden ze later op het politiebureau, hij had een baard. Meer details hadden ze niet paraat, alleen die ineengedoken, bewegingloos zittende man. Twee van hen dachten dat hij dood was, de anderen meenden dat hij hen indringend had aangekeken, hoe dan ook waren ze in panische angst weggerend.

Niet precies te zeggen viel hoelang hij al overleden was, maar de staat van het lichaam wees erop dat het in de winter gebeurd moest zijn, tijdens een aanhoudend koele periode die de uitdroging van het lichaam had bespoedigd en een schimmel- en bacterie-invasie had vertraagd. In de sectieruimte van het ziekenhuis werd vastgesteld dat hij negenentwintig kilo woog; zijn haren en nagels waren lang. Marterachtigen of ratten hadden zijn benen en onderlijf aangevreten, en ook een vos; aaskevers hadden gaten geboord in de leerachtige huid. Zijn handen lagen op zijn bovenbenen. Deze lichaamshouding, met zijn benen gekruist, had een postdoc-patholoog-anatoom doen denken aan een soort meditatiezit. Dat, in combinatie met zijn uiterst lage lichaamsgewicht en het feit dat er in zijn maag vooral resten van noten en fruit werden aangetroffen, gaf aanleiding tot de veronderstelling dat ze met een extreem soort ascetisme te maken hadden, iemand die zich in het versterven had geoefend.

En zo scheen het al met al een dood die over zichzelf was afgeroepen maar was het geen suïcide in eigenlijke zin, zodat er een natuurlijke doodsoorzaak werd opgegeven.

Deze paradox zou Hugo Adema zijn bevallen. Hij had niet actief naar de dood of de verlichting gezocht maar was gedurende zijn laatste jaren op het terrein steeds langere periodes in zazen op zijn plek in het bos gebleven, aangemoedigd door momenten van satori, in de beschutting van een brede beuk zoals de Boeddha onder de bodhiboom. Weersomstandigheden hadden hem soms naar binnen gedwongen, zodat hij een cabine had getimmerd om te kunnen blijven zitten zo lang hij wilde. Soms ging hij naar het grote huis om te eten en te drinken, te slapen en te werken; ook in deze periode van zijn leven had hij uitbarstingen van scheppingskracht gekend.

De beuk was langzaam afgestorven en tijdens een storm omgewaaid.

Langer dan een etmaal bleef hij nooit uit het bos weg, waar hij zich herenigd had met het kind dat uit duinpoelen dronk en reeen besloop op de zijkant van zijn voeten, en zich deel wist van al het levende om hem heen. Soms zat hij daar dagenlang in *nyūjō*, de staat van diepe concentratie die een eenheidservaring met alle verschijnselen opriep. Spinnen weefden webben tussen zijn tot een ovaal gevouwen handen – soms kwam er een roodborstje binnen het blikveld van zijn geloken ogen en hipte via een been op zijn pols om de spinnetjes weg te pikken.

In het grote huis had hij zich teruggetrokken in de keuken. Hij had er een eenpersoonsbed naartoe gesleept en bij de potkachel een leunstoel neergezet waarin hij oude boeken las. In de salon had hij jarenlang hetzelfde uitzicht geschilderd – op de sequentie van beelden was te zien hoe het bos geleidelijk tot een ruïnelandschap vervallen was. Na zijn dood werden in de villa 231 schilderijen en een veelvoud aan tekeningen aangetroffen die hij in de laatste decennia van zijn leven gemaakt had, met als gemeenschappelijk kenmerk dat de factor mens er nagenoeg uit verdwenen was. Zijn belangstelling scheen vooral nog te zijn uitgegaan naar de kringloop van het stoffelijke – hij had vermolmde stronken en stapels rottend hout afgebeeld, opwolkende vlinders die zich tegoed deden aan mineralen op reeënkadavers en de bloem van maden die opbloeide uit de buik van een dode rat.

Met verf had hij op de muren van de salon geschreven. *De landing was zacht, de bodem om ons heen is geelachtig. Er zijn geen zeedieren te zien.* Eeuwig zijn de verschijnselen onderweg om van het een het ander te worden. Vandaag is hij een oude man, morgen voedsel voor de planten en de dieren en overmorgen spoelt hij weg naar zee. *Tijd om mijn naam terug te geven.* Stof tot stof, in een onmetelijk traag stromen door de tijd. Hij weet niet hoelang hij daar al zit. *Luister Sariputta, dit lichaam is leegte, leegte is dit lichaam.*

Op dagen waarop zijn boodschappen worden bezorgd loopt hij naar de poort en haalt de schaarse levensmiddelen uit de pakketbrievenbus. Hij werpt een blik op de wereld daarbuiten, dan schuift de poort weer achter hem dicht.

Soms daalt hij af in de wijnkelder en opent net zo lang bestofte flessen met aangevreten etiketten tot hij er een vindt die nog goed is, en stommelt dan door de gangen van het huis, in zichzelf pratend en verwensingen spuwend bij sommige kamers. *Scheiße, du!* Er is een leven geweest daar, zoveel levens, het lijkt of hij al duizend jaar bestaat. Droomt hij dat hij het zich herinnert of herinnert hij zich een droom, vederlicht en onherhaalbaar?

En weer zit hij bewegingloos in het asgrijze bos en wordt met de dag lichter, alsof hij door een windvlaag kan worden opgetild en weggeblazen. Het is koud maar hij voelt geen kou. Duizelingwekkend is de wereld en vreemd en pijnlijk is het moment waarop hij vanuit zijn knieën een onbekend soort gevoelloosheid voelt optrekken naar de rest van zijn lichaam, als een sterk gif dat door zijn bloedbaan trekt en zijn spieren een voor een verlamt – zwaarder en zwaarder wordt hij, als een zinkend schip zo zwaar, alleen zijn lippen en zijn tong kan hij nog bewegen. Wanneer hij zijn mond opent om te schreeuwen komt zijn aangezicht los van zijn schedel, breekt van hem af als een scherf, en zweeft dan opwaarts bij hem vandaan. Op enige afstand blijft het even hangen en kijkt naar het bos en zichzelf onder zich, met als laatste gedachte die als zodanig te kwalificeren valt: wat jammer van de bomen.

Verantwoording

Voor *Nirwana* maakte de auteur dankbaar gebruik van een paar boeken in het bijzonder:

Beneden de wind. Herinneringen aan Curaçao, Johan van de Walle, Querido 1974

De Duitse oorlog. De Tweede Wereldoorlog door de ogen van burgers en soldaten, Nicholas Stargardt, De Bezige Bij 2016 (vertaling: Fred Hendriks, Huub Stegeman en Albert Witteveen)

De SS'ers, Armando en Hans Sleutelaar, De Bezige Bij 1967

Een eigen koers. 50 jaar Heerema Marine Contractors, Boudewijn Pothoven en Matthijs Dicke, De Tijdgeest 2012

Mijzelf merkwaardig vreemd, Willy Peter Reese, De Arbeiderspers 2005 (Oorlogsdomein nr. 15; vertaling: Hans Driessen)

Oostboeren, zee-germanen en turfstekers, David Barnouw, Bert Bakker 2004

Psychoanalyse van het vuur, Gaston Bachelard, Boom 1990 (vertaling: A. Bakker)

The Pyrocene. How We Created an Age of Fire, and What Happens Next, Stephen J. Pyne, University of California Press 2021

Veldgrauw. Nederlanders in de Waffen-SS, Evertjan van Roekel, Spectrum 2019

Verf. Hedendaagse Nederlandse schilders over hun werk, Hans den Hartog Jager, Athenaeum–Polak & Van Gennep 2004

Van Tommy Wieringa verschenen

Dormantique's manco (roman, 1995)
Amok (roman, 1997)
Alles over Tristan (roman, 2002)
Joe Speedboot (roman, 2005)
Pleidooi voor de potscherf (reisnotities, 2005)
Ik was nooit in Isfahaan (reisverhalen, 2006)
De dynamica van begeerte (essays, 2007)
Caesarion (roman, 2009)
Ga niet naar zee (verhalen, 2010)
Dit zijn de namen (roman, 2012)
Een mooie jonge vrouw (Boekenweekgeschenk, 2014)
Honorair kozak (reisverhalen, 2015)
The Fish Pond Song (met Jeroen Kooijmans, gedichten, 2016)
Vrouwen van de wereld (verhalen, 2016)
De dood van Murat Idrissi (roman, 2017)
De heilige Rita (roman, 2017)
Dagboek van een jaar (h.c., nieuwjaarsgeschenk De Bezige Bij, 2018-2019)
Dit is mijn moeder (verhalen, 2019)
Totdat het voorbij is (verhalen, 2019)
Gedachten over onze tijd (essays, 2021)